鲁迅作品单行本

鲁迅日记 ②

鲁迅 著

人民文学出版社

目　录

日记十六〔一九二七年〕……………………… 1
　　附书帐
日记十七〔一九二八年〕……………………… 65
　　附书帐
日记十八〔一九二九年〕……………………… 119
　　附书帐
日记十九〔一九三〇年〕……………………… 177
　　附书帐
日记二十〔一九三一年〕……………………… 239
　　附书帐
日记廿一〔一九三二年〕……………………… 295
　　附书帐
日记廿二〔一九三三年〕……………………… 353
　　附书帐
日记二十三〔一九三四年〕…………………… 427
　　附书帐
日记二十四〔一九三五年〕…………………… 511
　　附居帐　书帐

日记二十五〔一九三六年〕 ………………………… 587
　　附书帐

附　录
一九二二年日记断片 ………………………… 638

日记十六

一 月

一日 晴。晚卓治、玉鲁、方仁、真吾饯行,语堂、矛尘亦在坐。夜大风。

二日 星期。晴。上午寄兼士信。得广平信,十二月二十四日发。下午照相[1]。

三日 晴。晨寄广平信。上午寄小峰稿[2]。得春台信。下午得伏园信,十二月二十八日发。晚刘楚青来挽留并致聘书。罗心田来。

四日 晴。上午林文庆来。刘楚青来。张真如来。得淑卿信,十二月二十六日发。寄漱园稿[3]。下午赴全体学生送别会[4]。晚赴文科送别会。

五日 小雨。上午寄广平信。午后定谟来。丁山来。下午寄淑卿信。得三弟所寄书两本,十二月三十日发。夜译文[5]。

六日 晴。上午得广平信,十二月三十日发。下午陈昌标来。郝秉衡来。欧阳治来。晚同人饯行于国学院,共二十余人。夜译文[6]。服海儿泼八粒。

七日 昙。上午寄小峰信。寄广平信。午雨。下午收去年十二月分薪水泉四百。晚赴语堂寓饭。夜赴浙江同乡送别会。

八日　昙。上午得伏园信，三日发。寄漱园稿二篇又泉百，转交霁野[7]。汇寄三弟泉百廿，托以二十一元八角还北新书局。收京寓所寄衣服五件，被征去税泉三元五角。谢玉生邀赴中山中学[8]午餐，午后略演说。下午往鼓浪屿民钟报馆[9]晤李硕果、陈昌标及他社员三四人，少顷语堂、矛尘、顾颉刚、陈万里俱至，同至洞天夜饭。夜大风，乘舟归。雨。

九日　昙。上午寄漱园信。寄三弟信。寄淑卿信。午林梦琴饯行，至鼓浪屿午餐，同席十余人。下午得遇安信，十二月卅一日九江发。得漱园信，十二月廿九日发。得小峰信，卅日发。得三弟信，三日发。夜风。王珪孙、郝秉衡、丁丁山来。陈定谟来。毛瑞章来并赠茗八瓶，烟卷两合。

十日　昙。上午寄照象二张至京寓。得郑孝观信，六日福州发，午后复。下午同真吾、方仁往厦门市买箱子一个，五元。中山表一个，二元。《徐庾集》合印一部五本，《唐四名家集》一部四本，《五唐人诗集》一部五本，共泉四元四角。在别有天夜餐讫乘船归。夜心田及矛尘来并赠绰古辣[10]两包、酒一瓶、烟卷二合、柑子十枚。

十一日　昙。上午得景宋信二函，五及七日发。得季市信，四日发。得翟永坤信，十二月三十一日发。寄漱园信。午后往厦门市中国银行取款，因签名大纠葛，由商务印书馆作保始解[11]。买《穆天子传》一部一本，二角；《花间集》一部三本，八角。夜矛尘、丁山来。风。

十二日　晴。午后复翟永坤信。复季市信。寄广平信。寄三弟信并汇券一纸，计泉五百。得王衡信，四日发。得季野信,三日发。下午得伏园信,五日发。寄三弟信。晚丁山邀往南普陀夜餐,同坐共八人。

十三日　晴。上午艾锷风、陈万里来。午林梦琴饯行于大东旅馆,同席约四十人。

十四日　昙。上午寄兼士信。寄淑卿信。收王衡所寄小说稿。寄还陈梦韶剧本稿并附《小引》〔12〕。寄有麟信。夜艾锷风来并赠其自著之《Ch. Meryon》一本。

十五日　晴。上午寄林梦琴信再还聘书。午后坐小船上"苏州"船,方仁、真吾、学琛、矛尘送去。往商务印书馆买《温庭筠诗集》、《皮子文薮》各一部,共泉一元。下午送者二十余人来。晚真吾为从学校持来钟宪民信,十日石门发,又淑卿信,六日发。杨立斋持来孙幼卿介绍函。

十六日　星期。昙。午发厦门。

十七日　昙。午抵香港。

十八日　昙。晨发香港。午后雨,抵黄浦[埔]〔13〕,雇小舟至长堤,寓宾兴旅馆。下午寄淑卿信。晚访广平〔14〕。

十九日　小雨。晨伏园、广平来访,助为移入中山大学〔15〕。午后晴,阅市。

二十日　昙。上午得春台信,十三日发。下午广平来访,并邀伏园赴荟芳园夜餐。夜观电影。风。

二十一日　昙。上午广平来邀午饭,伏园同往。午后寄小峰信。下午游小北,在小北园夕餐。黄尊生来访未遇,留函而去。夜风。

二十二日　昙。上午钟敬文、梁式、饶超华来访。黄尊生

3

来访。午后寄陈剑锵、朱辉煌、谢玉生、朱玉鲁信各一。下午寄矛尘信。同伏园、广平至别有春夜饭,又往陆园饮茗。夜观本校演电影。小雨。

二十三日 星期。昙。上午寄淑卿信。寄三弟信。午后梁匡平等来邀至大观园饮茗,又同往世界语会[16],出至宝光照相。夜同伏园观电影《一朵蔷薇》。

二十四日 昙。午后甘乃光来。中大学生会代表李秀然来。徐文雅、潘考鉴来。骝先来。伍叔傥来。下午寄钟宪民信。广平来并赠土鲮鱼四尾,同至妙奇香夜饭,并同伏园。观电影,曰《诗人挖目记》[17],浅妄极矣。

二十五日 昙。午后广平来。黄尊生来。下午往中大学生会欢迎会[18],演说约二十分钟毕,赴茶会。叶君来。刘弄潮来。雨。寄春台信。

二十六日 昙。上午得春台信,十八日发。午后往医科欢迎会讲演半小时。至东郊花园小坐。下午得三弟信,十九日发。晚往骝先寓夜餐,同坐六人。风。

二十七日 晴。上午黄尊生来并赠《楔形文字与中国文字之发生及进化》一本。午后寄矛尘信。寄漱园信。下午赴社会科学研究会[19]演说。游海珠公园。

二十八日 晴。午后梁匡平来。张之迈来。下午得淑卿信,十三日发。得钦文信,十七日发。得有麟信,十二日发。得季黻信,廿一日发。收本月薪水小洋[20]及库券[21]各二百五十。

二十九日 晴。上午得淑卿信,十七日发。得阮和森信,十八日发。下午得语堂信。得真吾信,二十日发。得黎光明信。晚同伏园至大兴公司浴,在国民饭店夜餐。

三十日　星期。晴。上午复黎光明信。复真吾信。寄季市信二。午昙。广平来并赠土鲮鱼六尾。午后王有德茹苓、杨伟业少勤来。晚黄尊生、区声白来。夜廖立峨来。许君来,法科学生。

三十一日　晴。上午得季市信,二十三日嘉兴发。下午黎锦明、招勉之来。广平来。黎光明来。徐文雅、毕磊、陈辅国来并赠《少年先锋》十二本。收矛尘所转寄刊物及信一束,有广平信,去年十二月廿七日发。夜同伏园、广平观市上。

＊　　　＊　　　＊

〔1〕　照相　鲁迅离开厦门大学前与俞念远等学生在南普陀西南小山岗坟墓间留影。后将此照片印入同年3月出版的杂文集《坟》。

〔2〕　即《厦门通信(三)》。后收入《华盖集续编》。

〔3〕　即《奔月》。后收入《故事新编》。

〔4〕　学生送别会　送别会于下午三时在该校群贤楼大礼堂举行,出席者五六百人。鲁迅、林文庆等出席并致辞。

〔5〕　即《文学者的一生》。论文,日本武者小路实笃作。鲁迅译文8日寄韦素园,发表于《莽原》半月刊第二卷第三期(1927年2月),后收入《壁下译丛》。

〔6〕　即《运用口语的填词》。论文,日本铃木虎雄作。鲁迅译文8日寄韦素园,发表于《莽原》半月刊第二卷第四期(1927年2月),后收入《译丛补》。

〔7〕　指鲁迅为李霁野筹措的学费。

〔8〕 中山中学 厦门国民党左派创办,校长江董琴。厦大学生谢玉生在该校兼课,鲁迅应邀前往讲演。讲稿佚。

〔9〕 往鼓浪屿民钟报馆 厦大学生相传鲁迅辞职与学校腐败有关,掀起要求改革的运动。校方一面挽留鲁迅,一面推说鲁迅离厦是因胡适派与鲁迅派相互排斥。《民钟日报》曾据此发表有关通讯。经鲁迅、林语堂等公开澄清后,该报特意为鲁迅钱行,并请传言中的"鲁迅派"与"胡适派"人士陪同,以求消释前嫌。

〔10〕 绰古辣 英语 chocolate(巧克力)的音译。

〔11〕 签名大纠葛 因汇单收款人为"鲁迅",而鲁迅签名"周树人",银行职员要求"鲁迅自己来",鲁迅说明自己即鲁迅,对方不认可。后由商务印书馆出面担保。

〔12〕 指陈梦韶据《红楼梦》改编的剧本《绛洞花主》以及鲁迅所作《〈绛洞花主〉小引》。后者现编入《集外集拾遗补编》。

〔13〕 抵黄埔 黄埔,广州的外港。鲁迅是日抵广州,至9月27日赴沪,前后共八个月又十天。

〔14〕 访广平 此时许广平已从广东女子师范学校迁出,寓高第街其嫂家。

〔15〕 移入中山大学 鲁迅是日移入中山大学大钟楼,至3月29日迁居白云路二十六号白云楼二楼。

〔16〕 往世界语会 广州世界语者是日举行大会,欢迎步行全球抵达广州的德国世界语学者赛耳(Zeihile),鲁迅、孙伏园应邀出席并讲演。

〔17〕 《诗人挖目记》 根据小说改编的国产影片。

〔18〕 中大学生会欢迎会 中山大学学生会欢迎鲁迅,在毕磊陪同下鲁迅出席并作讲演。

〔19〕 社会科学研究会 学习和宣传马克思主义的组织。中国共

产党广东区委所属中山大学支部主办,1926年12月24日成立,毕磊等九人为干事。是日鲁迅应邀前往讲演,后曾多次捐款。

〔20〕 小洋　当时广东等地通用的货币,又称毫洋。

〔21〕 库券　当时国民政府发行的国库券。本月14日国民政府财政部颁布《国库券条例》,发行国库券九百万元,以资北伐经费。

二 月

一日　晴。上午刘达尊赠酒两瓶,饼两合。广平来。午后得霁野信,十六日发。寄季市信。夜往骝先寓夜饭,同坐八人。得陈梦韶信,一月廿八日发。

二日　晴。旧历元旦。午广平来并赠食品四种。

三日　小雨。午后俞宗杰来。

四日　晴。上午同廖立峨等游毓秀山,午后从高处跃下伤足,坐车归。

五日　昙。下午叶、苏二君来。晚林霖、黎光明来。夜宋香舟来。

六日　星期。昙。上午梅君来。晚得语堂电。

七日　昙。下午得小峰信,一月二十三日发。夜寄有麟信。寄霁野信。

八日　昙。下午广平来。傅孟真来。骝先来。得春台信,一月廿七日发。

九日　小雨。午后广平来。下午孟真来。徐文雅来并赠《为什么》三本。收陈梦韶所寄诗稿一本。夜黎锦明来。寄淑卿信。孟真来。

7

十日　昙。上午叶少泉来。午骝先来。午后收钦文所寄《赵先生的烦恼》四本。收卓治稿。收方仁稿。收三弟所寄书三种,计《经典集林》二本,《孔北海年谱》等四种一本,《玉谿生年谱会笺》四本,共泉四元。被任为文学系主任兼教务主任,开第一次教务会议[1]。下午得霁野信,一月廿一日发。晚孟真来。

十一日　昙。上午得敬隐渔信,去年十二月二十九日巴黎发。午朱寿恒等三人来。午后梁君度来。黎锦明来。下午山上政义来。夜张邦珍、罗蕙来。

十二日　晴。上午开文科教授会议[2]。

十三日　星期。小雨,午后霁。梁君度来。杨成志来。下午张邦珍、罗蕙来。寄李小峰信。

十四日　晴。午得语堂信,八日发。下午得季巿信,八日发。招勉之、黎锦明来。

十五日　小雨。午后开第二次教务会议[3]。得陈炜谟信,一月廿八日北京发。得林毓德信,同日福州发。得方仁信,廿九日沪发。得三弟信,卅日发。得朱寿恒信,四日发。得矛尘信,七日发。夜张邦珍及其兄、姊来。雨。

十六日　小雨。上午寄梁式信。得羡苏信,一月二十四日发。得谢玉生等信,五日发。午后寄谢玉生、朱斐信。寄朱寿恒信。收小峰所寄书一包五种。

十七日　雨。上午叶少泉来。午得司徒乔信,一月十九日发。得季巿信,十日发。午后得毛瑞章信,一月卅一日发。下午得羡苏信,三日发。得霁野信,附杨树华信,一日发。得卓治信,五日长崎发。得伏园信,十二日韶州发。得朱国儒信。得林次木信。夜出宿上海旅馆。[4]

十八日　雨。晨上小汽船,叶少泉、苏秋宝、申君及广平同行,午后抵香港,寓青年会[5]。夜九时演说,题为《无声之中国》[6],广平翻译。

十九日　雨。下午演说,题为《老调子已经唱完》[7],广平翻译。

二十日　星期。昙。晨同广平上小汽船,午后回校。得矛尘信二函,五日及十四日发。得谢玉生信,十三日发。得杨立斋信,一月卅一日发。得成仿吾信。得林次木信。得梁君度信。得季市信。下午广平同季市来,偕至季市寓,[8]晚往一景酒家晚餐。

二十一日　晴。上午得许声闻信。午后开第三次教务会议[9]。何思敬、费鸿年来。晚同季市、广平至国民餐店夜餐。收钦文所寄小说四本。

二十二日　晴。午复许声闻信。复霁野信。寄梁君度信。复杨树华信。同季市、广平至陆园饮茗。往公园。至大观茶店夜餐。夜得静农信并书籍发票等,九日发。

二十三日　昙。下午收未名社所寄书十三包。[10]晚小雨。同季市、广平往市夜餐。

二十四日　雨。上午得伏园信,十八日塘村发。赴文科教授会。下午叶少泉来。得郑宾于信。得矛尘信,二十日发。晚张秀哲、张死光、郭德金来。

二十五日　晴,下午昙。开第四次教务会议[11]。

9

鲁 迅 日 记（二）

二十六日　小雨。上午寄矛尘信。寄淑卿信。寄三弟信。午后得陈剑锵信。张秀哲等来。晚同季市、广平至国民餐店夜餐。

二十七日　星期。雨。午钟敬文来。午后同季市、广平、月平至福来居午餐，又往大新公司饮茗及买什物。以照片一枚寄杨树华。夜饭于松花馆。刘侃元君来访未遇，留片而去。得遇安信，十八日赣州发。

二十八日　雨。

* * *

〔1〕　第一次教务会议　是日起鲁迅主持中山大学教务会议七次。第一次会议有饶炎、何思源、朱家骅等十五人出席，议决预科学制、课程设置、编级考试、教员薪金等问题。

〔2〕　文科教授会议　鲁迅参加文科教授会议两次。是日会议决定教授每周讲课十二小时，并由各教授认定授课科目。鲁迅认定文艺论(三小时)、中国文学史上古至隋(三小时)、中国小说史(三小时)、中国字体变迁史(三小时)。在24日的会上，讨论了印发讲义和组织学生求学顾问团体等问题。

〔3〕　第二次教务会议　鲁迅主持，出席者有饶炎、朱家骅等十三人。议决编级考试、外校学生转学、选科日期等事项。

〔4〕　鲁迅将于次日赴香港讲演，为便于清晨上船，故夜宿上海旅馆。

〔5〕　青年会　指香港中华基督教青年会，在香港荷李活道文武庙附近的必列口者士街五十一号。

〔6〕　《无声之中国》　即《无声的中国》。记录稿后来收入《三

闲集》。

〔7〕《老调子已经唱完》 记录稿后收入《集外集拾遗》。

〔8〕 许寿裳因鲁迅推荐,到中山大学任预科教授,19日抵广州住旅馆中。鲁迅从香港讲演回来后,即迎往中山大学同住。

〔9〕 第三次教务会议 鲁迅主持,出席者有饶炎、利寅等十三人。议决补考、编级考试、本校生转科系办法、教员参加教务规定、医科学生学制、各科功课沟通等事项。

〔10〕 鲁迅拟在广州筹办代售北新书局和未名社书籍的门市部北新书屋,嘱未名社寄书。以后收到的北新书局和未名社所寄的大宗书籍,都与此有关。参看本卷第32页注〔5〕。

〔11〕 第四次教务会议 鲁迅主持,出席者有朱家骅、傅斯年等十三人。议决转学重考,补考,社会学组文科生转入经济、政治两系,台湾省及朝鲜学生入校审查及优待条件,收旁听生等事项。

三 月

一日 昙。上午俞宗杰、龚宝贤来。午中山大学行开学典礼[1],演说十分钟,下午照相。得语堂信,二月二十三日发。夜同广平往陆园饮茗。

二日 雨。下午得紫佩信,二月十四日发。得绍原信。得矛尘信,廿四日发。得黎锦明信。得刘前度信并讲稿[2]。夜同季市、广平至市饮茗。

三日 昙。上午谷中龙来。寄陈炜谟信。寄刘侃元信。寄张秀哲信。下午得有麟信,二月二十四日发。得三弟信,十九日发。夜叶少泉来。

四日 晴。上午复刘前度信并还稿。以《华盖集续编之续编》稿寄春台,并信。下午范朗西来。得羡苏信,二月二十二日发。

五日　晴。午后同何思敬访刘侃元。晚寄有麟信。寄三弟信。得卓治信并稿,二月廿三日长崎发。谢玉生等七人自厦门来[3],同至福来居夜饭,并邀孟真、季市、广平、林霖。夜濯足。

六日　星期。晴。上午谢玉生、谷中龙等七人来。午同季市、月平、广平往国民餐店午餐。下午往中央公园。得王方仁信,二月十九日镇海发。夜雨。

七日　昙。上午张秀哲赠乌龙茶一合。午后得刘国一信。得朱辉煌信。得郑仲谟信。晚同谢玉生、廖立峨、季市、广平观电影。得伏园信,二十四日衡阳发。

八日　晴。下午谢玉生等来。夜雨。

九日　昙。午后雨。得霁野及丛芜信,二月廿五日发。得王方仁信,廿八日镇海发。得丁丁山信,同日和县发。得卓治信,一日长崎〔发〕。收二月分薪水泉五百。

十日　晴。下午梁君度来并赠去年所摄六人照相一枚。寄卓治信。寄春台信。

十一日　晴。午后开第五次教务会议[4]。梁君度、钟敬文来。得王方仁信,三日发。晚往中山先生二周纪念会演说[5]。夜同季市、广平往陆园饮茗。

十二日　昙。中山先生逝世二周年纪念休假。上午赴纪念典礼。午后寄羡苏信。寄方仁信。寄紫佩信。下午晴。

十三日　雨。星期休息。上午与季市、广平访孟真,在东方饭店午饭,晚归。

十四日　风雨。上午得矛尘信,八日发。下午霁。得小峰信,三日发。

十五日　雨。午后李竞何、黄延凯、邓染原、陈仲章来。晚寄小峰信。寄三弟信。蒋径三来,未遇,留赠《现代理想主义》一本。

十六日　雨。午后同季巿、广平往白云路白云楼看屋[6],付定泉十元。往商务印书馆访徐少眉,交以孙少卿信。买《老子道德经》、《冲虚至德真经》各一本,泉六角。往珠江冰店夜餐。夜至拱北楼饮茶。

十七日　雨。上午得伏园信,三日汉口发。下午理发。收未名社所寄《坟》六十本,《出了象牙之塔》十五本,又北新书局所寄书九包。晚寄霁野、丛芜信。

十八日　雨。上午得三弟信,十二日发。午后同季巿、广平往陶陶居饮茗。下午阅书肆,在中原书店买《文心雕龙补注》一部四本,八角。夜在晋华斋饭。

十九日　晴。下午得春台信,十四日发。夜张秀哲来,付以与饶伯康之介绍书。

二十日　星期。晴。午后寄伏园信。寄春台信。寄三弟信。同季巿、广平往白云楼看屋,不见守屋人,遂访梅恕曾君。晚往国民餐店夜餐。赴国民电影院观电影。夜得崔真吾信,十二日宁波发。

二十一日　晴。午后得梅恕曾信。晚同季巿、广平、月平往永汉电影院观《十诫》[7]。

二十二日　雨。上午得淑卿信,七日发,附敬隐渔信。得语堂信,十三日发。

二十三日　晴。上午得谷英信。午后得谢玉生信,十五日厦门发。晚观电影。

二十四日　昙。上午得春台信,十二日发。午后收上海北新局所寄书籍二十六包。下午得杨树华信及照片一枚,二十日汕头发。晚晴,夜小雨。

二十五日　雨。上午黄延凯来。午后陈安仁来。下午得俞宗杰信。开教务会议[8]。刘侃元来,未遇。晚得矛尘信,廿一日发。收沪北新局所寄书十五包。

二十六日　晴。上午得语堂信,廿三日发。禤参化来。下午得吕云章信,十五日汉口发。寄谢玉生信。夜同季市、广平往陆园饮茗。濯足。

二十七日　星期。晴。上午得贾华信,十八日星加坡发。晚寄淑卿信。寄霁野信。访刘侃元,赠以《彷徨》一本,在其寓夜饭,同座凡六人。夜雨。

二十八日　雨。下午庄泽宣来。斥宋湜。夜张秀哲、张死光来。濯足。

二十九日　黄花节[9]。雨。晨得卓治信片,二十二日发。上午往岭南大学讲演[10]十分钟,同孔容之归,在其寓小坐。下午晴。移居白云路白云楼二十六号二楼。夜雨。

三十日　昙。上午得春台信。

三十一日　昙。午后得谢玉生信,二十五日发。得朱辉煌信,同日发。得江绍原信,廿八日香港发。下午开组织委员会[11]。陈安仁来。捐社会科学研究会泉十元。晚晴。

*　　　*　　　*

〔1〕 中山大学行开学典礼　开学典礼于是日正午十二时举行,到会者有师生及来宾共二千余人。鲁迅以教务主任身份讲演,记录稿初刊于《国立中山大学开学纪念册》,题为《本校教务主任周树人(鲁迅)演讲辞》,后又改题为《读书与革命》,刊登于4月1日《广东青年》第三期。未收集。

〔2〕 即《老调子已经唱完》记录稿,鲁迅校改后于4日寄还。

〔3〕 谢玉生等七人自厦门来　鲁迅到广州中山大学任教后,厦门大学学生谢玉生、陈延进、谷中龙、廖立峨、朱辉煌、李光藻等七人追随转学到广州。

〔4〕 第五次教务会议　鲁迅主持,出席者有朱家骅、傅斯年等十三人。议决补考办法、转学学生编级、理本科录取标准、考试犯规处理、学生各种情况处理等事项。

〔5〕 中山先生二周纪念会演说　广州市各界为纪念孙中山逝世二周年,定于3月10日、11日、12日三天邀请鲁迅、萧楚女、邓中夏、苏兆征、毕磊、李济深以及朱家骅、潘考鉴等在市内各处讲演。鲁迅于本日下午六时往中山大学礼堂讲。讲稿佚。

〔6〕 往白云路白云楼看屋　鲁迅住在中山大学因来客频繁,影响工作,故在校外觅屋。是日看定白云楼寓,3月29日偕许广平、许寿裳移居该处。后许寿裳于6月5日离去,鲁迅则住至9月27日。

〔7〕《十戒》　美国故事片。派拉蒙影片公司1923年出品。曾被评为1924年美国十大最佳影片之一。

〔8〕 开教务会议　即第六次教务会议。鲁迅主持,出席者有黎国昌、何思源、朱家骅等十五人。议决学生编级考试办法,个别学生考

试、旁听、降级等处理及部分科系课程调整等事项。

〔9〕 黄花节　1911年4月27日(夏历三月二十九日),同盟会领导人黄兴等在广州发动推翻清政府的武装起义,攻打两广总督衙门,结果失败,八十六人战死。事后革命党人将收集到的七十二具烈士遗体合葬于广州市郊黄花岗。民国成立后将公历3月29日定为革命先烈纪念日,通称黄花节。

〔10〕 岭南大学　美国基督教会在广州创办的大学,前身为1888年(清光绪十四年)成立的格致书院。1927年1月由国民革命政府收归国人自办,改名私立岭南大学。是日该校为纪念黄花节,邀请鲁迅与孔祥熙讲演。鲁迅讲稿佚。

〔11〕 组织委员会　中山大学委员会的下属组织,负责"统率联络"全校的教育组织工作,由鲁迅、傅斯年等五人任委员,杨子毅为主席。本日拟定教务处及事务管理处办事通则,教务处办事通则由鲁迅、傅斯年负责整理。

四　月

一日　晴,热。午后叶少泉来。江绍原来,同至福来居夜餐,并邀孟真、季市、广平。收辛岛骁所寄《斯文》一本。夜雨。

二日　晴。上午以《坟》一本寄辛岛。下午寄霁野信。寄春台信。

三日　星期。雨。下午浴。作《眉间赤》[1]讫。

四日　昙。上午寄未名社稿。寄春台信。午得饶超华信。得绍原信,往访未遇,留函而出。得郑仲谟信。得矛尘信,三月廿八日厦门发。夜小雨。

五日　昙。下午得春台信,三月廿八日发,即复。夜雨。

六日　雨。清明,休假。下午托广平买《中国大文学史》一本,泉三元。

七日　雨。午后得谢玉生留函。得尚钺信。得董秋芳信,三月廿三日杭州发。得语堂信,廿七日发。下午谢玉生来。收北新沪局所寄书二十二包。晚朱辉煌、李光藻、陈延进来,从厦门。

八日　雨。上午得霁野信,三月十一日发。得方仁信,卅一日发。下午得三弟信,二十八日发。得郑泗水信,廿四日上海发。晚修人、宿荷来邀至黄浦[埔]政治学校讲演[2],夜归。

九日　雨。上午寄霁野信。下午收三月分薪水泉五百。得静农信,三月廿三日发。

十日　星期。昙。午寄春台信。寄静农信并照片一张。下午雨。

十一日　昙。上午得小峰信,三月卅日发。得伏园信,二十二日发。下午见毛子震,赠以《坟》一本。市立师校[3]邀演说,同广平往,则训育未毕,遂出阅市,买茗一元。

十二日　晴,午后骤雨一陈即霁。

十三日　昙,午后雨。寄董秋芳信。寄矛尘信。复郑泗水信。寄小峰信。下午得刘瑀信,三月廿四日汉口发。得淑卿信,二十一日发。得有麟信,二十六日发。得钦文信,二十七日发。捐社会科学研究会泉十。

十四日　晴。午后得紫佩信,三月二十七日发。得丁山信,六日南京发。下午开教务会议[4]。夜黄彦远、叶少泉及二学生来访,同至陆园饮茗,并邀绍原、广平。

十五日　昙。午后寄淑卿信,附与钦文笺。寄王方仁信。下午雨。赴中大各主任紧急会议[5]。得谢玉生信。赠绍原酒两瓶。

十六日　昙。下午捐慰问被捕学生泉十。

十七日　昙。星期,休息。下午雨。

十八日　昙。上午寄有麟信。午后得黄正刚信,十五日留。得学昭信,九日上海发。

十九日　昙。上午寄丁山信。寄三弟信。午后雨即霁。得春台信,十日绍兴发。得王衡信,三月三十一日北京发。下午得孟真信。晚绍原邀饭于八景饭店,及季市、广平。夜看书店,买《五百石洞天挥麈》一部,二元八角,凡六本。骝先来。失眠。

二十日　晴。上午得朱斐信,三月二十九日厦门发。晚大雷雨。

二十一日　昙。上午寄霁野信。得龚珏信,十九日香港发。得钦文信,六日发。

二十二日　昙。上午文科学生代表四人来[6],不见。广平邀游北门外田野,并绍原、季市,在宝汉茶店午饭。下午雨。在新北园晚餐。黎翼墀来二次,未遇。蒋径三来,〔未〕遇,留赠王以仁著《孤雁》一本。夜骝先来。

二十三日　昙。午中大学生代表四人来。下午晴。寄龚珏信。夜玉生等来。

二十四日　星期。晴。上午寄刘国一、朱玉鲁信并邮款一张,凡泉卅二。寄有麟信并稿[7]。寄小峰信。午季市邀膳于美洲饭店,并绍原、广平、月平。下午阅旧书肆,买书六种共六十三本,计泉十六元。骥先来,未遇。

二十五日　晴。上午寄矛尘信。午后往商务印书馆汇泉。夜玉生、谷中龙来。

二十六日　晴。上午寄伏园信。寄春台信并伏园存款汇票一张,计泉式百三十三元三角三分,由商务印书馆付。晚寄三弟信。二黎君来。

二十七日　晴。午后绍原、风和来,各赠以《坟》一本。晚得陈基志信,廿日厦门发。

二十八日　晴。上午谢玉生来。寄小峰信并《野草》稿子一本。下午得丛芜信,六日发。得淑卿信,十一日发。得三弟信,十七日发。得春台信,十七日发;又一信二十日发,附学昭及卓治笺;又一信二十二日发,并《北新》周刊五本,《文学周报》十本。夜中大学生会代表陈延光来,并致函一封。

二十九日　昙。上午寄中山大学委员会信并还聘书,辞一切职务。寄骥先信。午后谢玉生来。得台静农信,十八日发。下午骥先来,得中山大学委员会信并聘书[8]。

三十日　昙,午后晴。下午收上海北新书局所寄书籍三十二包,又未名社者计八包。得紫佩明信片,十六日发。立峨来。绍原来。

＊　　＊　　＊　　＊

〔1〕《眉间赤》　即《眉间尺》。4日寄未名社。1932年编入《自

选集》时改题为《铸剑》,后收入《故事新编》。

〔2〕 黄埔政治学校 即黄埔军校,全称中国国民党陆军军官学校,亦称黄埔中央军事政治学校。该校校本部每星期五晚照例举行特别讲演会,常邀请中山大学教授讲演。是日鲁迅讲题为《革命时代的文学》,记录稿后经修改收入《而已集》。

〔3〕 市立师校 全称广州市立师范学校,在双门底永汉路越秀书院内。

〔4〕 开教务会议 即第七次教务会议。鲁迅主持,出席者有何思敬、沈鹏飞、朱家骅等十五人。议决咨送留法学生梁天咏补本校学额,学生请假规则,部分学生考试插班、升学、转学等事项。

〔5〕 赴中大各主任紧急会议 国民党蒋介石集团4月12日在上海发动"清党",15日又在广州大规模搜捕共产党员和左派人士。中大师生也被捕四十余人。鲁迅在中大各主任紧急会议上,力主营救被捕师生,但无结果。

〔6〕 文科学生代表四人来 鲁迅21日辞去中山大学一切职务,先后有"文科学生代表"、"中大学生代表"、"中大学生会代表"前来挽留。

〔7〕 此稿系应荆有麟之请而寄。荆原拟在北京为冯玉祥办报,后为入治北京的张作霖侦知,未果。稿未能刊出。篇名不详。

〔8〕 得中山大学委员会信并聘书 鲁迅21日提出辞职后,中大当局恐由此酿成风潮,除由朱家骅和学生代表出面挽留外,中大委员会亦多次致函慰留,但鲁迅坚辞不就。直至6月6日中大委员会始函允辞职。

五 月

一日 雨,午晴。夜谢玉生来,假以泉卅。星期。

二日　昙,午后雨。寄淑卿信,附致子佩函。寄上海北新书局信。下午晴。晚黎翼墀来,托其寄杨子毅信。开始整理《小约翰》译稿[1]。

三日　晴。上午寄台静农信并《〈朝华夕拾〉小引》一篇,又饶超华诗一卷。寄中山大学委员会信并还聘书。午得钦文信,四月廿一日杭州发。午后同季市、广平游沙面,在前田洋行买小玩具一组十枚,泉一元。至安乐园食雪糕。晚黎国昌来。黎翼墀来。夜谢玉生来。

四日　昙。午后同广平往市买纸,遇绍原,遂至陆园饮茗。

五日　昙。上午得霁野信,二十日发。下午雨,晚晴。黎仲丹招饮于南园,与季市同往,坐中共九人。朱辉煌、李光藻、陈延进等来,未遇,留函而去。夜雷雨。

六日　昙。上午朱辉煌等来,假以泉六十。午山上政义来。午后得静农明信片,四月十九日发。下午绍原来。得伏园信,四月十七日发。夜谢玉生来。雨。

七日　雨。无事。

八日　星期。雨。下午蒋径三来。得罗济时信。

九日　昙。上午绍原寄示矛尘信。晚雨。谢玉生、谷中龙来。沈鹏飞来,不见,置中大委员会函并聘书而去。

十日　小雨。无事。

十一日　昙。上午寄中山大学委员会信并还聘书。以矛尘信寄还绍原。午得静农信,四月廿六日发。绍原来。下午立峨来。夜寄静农信,附致凤举信及霁野笺。复上海北新书局批发所信。

十二日　晴。午后黎仲丹来。夜大雷雨。

十三日　晴。上午得三弟信,五日发。下午陈延光来。得钦文信,一日发。得矛尘信,廿七日绍兴发,又一信三日杭州发,即转寄绍原。得三弟信,四月二十九日发。得春台信并《华盖集续编》一本,四日发。雨。晚谢玉生来。

十四日　晴。上午寄静农信并照相三种。午寄三弟信,内附致春台函一封。下午浴。得伏园信,四月二十九日发。得静农明信片,廿七日发。晚谢玉生及谷中龙来,为作一信致玉堂、松年。[2]

十五日　星期。晴。晚立峨来。寄矛尘信。

十六日　晴。上午风和来。午后略雨。

十七日　雨,下午晴。广平为购牙雕玩具六种,泉三元。晚玉生来。黎静修来。

十八日　昙。上午绍原来。下午得淑卿信,一日发,并钦文小说稿一包,二日发。雨。得小峰信,八日发自上海。

十九日　昙。上午寄淑卿信。寄小峰信。收京寓所寄衣一包四件。午后大雨。

二十日　雨,午后晴。寄伏园信。寄丛芜信。得绍原信并文稿。下午雨。得丁山信,十三日厦门发。得杨树华信并文稿数篇,《友中月刊》一本,五日汕头发。绍原来。晚谢玉生来,假去泉四十。收中大四月薪水二百五十。

二十一日　晴。夜浴。

二十二日　星期。晴,午后雨。

二十三日　雨。上午收《自然界》一本,十二日寄。寄三弟信。下午绍原来。得静农明信片,八日发。得冯君培信并《昨日之歌》一本,九日发。得刘瑀信,十日发。晚立峨来,赠以《华盖集续编》一本。

二十四日　雨,午后晴。谢玉生来。晚接中大委员会信。

二十五日　昙。上午复中大委员会信。下午绍原来。晚黎仲丹来。

二十六日　晴。下午整理《小约翰》本文讫。

二十七日　晴。午得淑卿信,十二日发,又明信片,十三日发。得刘国一信,十二日汉口发。得王希礼信,五日上海发。

二十八日　晴。上午得绍原信。午立峨来。晚大雨。

二十九日　星期。晴。下午译《小约翰》序文[3]讫。绍原来。夜浴。

三十日　晴。午谢玉生来。午后寄矛尘信。寄淑卿信。寄三弟信。收北新局船运之书籍十一捆,即函复。下午得织芳信,廿二日上海发。得北新书局信。

三十一日　晴。下午作《小约翰》序文[4]讫,并译短文一篇[5]。夜寄饶超华信。复冯君培信。复有麟信。微雨。

* * *

〔1〕　整理《小约翰》译稿　本日开始整理,5月26日整理正文毕。

〔2〕　林语堂于本年春出任武汉国民政府外交部秘书,孙伏园(松

年)时在武汉《中央日报》副刊任编辑,鲁迅介绍谢玉生、谷中龙两位原厦门大学学生前往武汉通过林、孙谋职。

〔3〕 译《小约翰》序文　序文系贲郝博士(Dr. Paul Rache)原作,鲁迅译文刊于《语丝》周刊第一三七期(1927年6月26日),后收入《小约翰》译本。

〔4〕 即《〈小约翰〉引言》。6月3日寄语丝社。后收入《小约翰》译本,现编入《译文序跋集》。

〔5〕 即《读的文章和听的文字》。参看本卷第27页注〔1〕。

六 月

一日　晴,午雨。下午得三弟信,五月二十四日发。绍原来。晚得静农信,十七日发。得郑泗水信,二十六日厦门发。

二日　晴。上午复郑泗水信。下午得三弟信片,五月二十五日发。晚黎仲丹来。浴。

三日　晴。上午寄杨树华信并《中国小说史略》一本,且还其稿。寄台静农信并译稿两篇[1],校正《出了象牙之塔》[2]一本。寄北京语丝社稿一篇。收中大四月分半月薪水二百五十。午得淑卿信,五月十九日发。得饶超华信。下午雨。晚黎仲丹送食物四种,收芒果四枚,酒两瓶。

四日　旧历端午。晴。午后寄饶超华信。谢玉生来。下午大雨。

五日　星期。昙。午前绍原来。得钦文信,五月廿六日发。午后雨。季市向沪[3]。

六日　晴。上午得中大委员会信,允辞职。立峨来,赠以

《自己的园地》一本。

七日　雨。午得静农信,五月廿七日发。得寄野信,同日发。得春台信,二十八日发。

八日　昙。上午得三弟信,二日发。午后理发。下午雨。晚寄三弟信,附与春台笺。复沪北新书局信。

九日　昙。上午许菊仙来运季市什物去。午后雨。托广平往广雅图书局买书十种共三十七本,泉十四元四角。晚谢玉生来。

十日　雨。上午寄丁山信。寄淑卿信。以副刊[4]二张寄霁野。晚蒋径三来。

十一日　昙。上午得陈学昭信并绘信片三枚,五月廿九日西贡发。午前绍原来。得小峰信,卅日发。得矛尘信,卅日发。收寄野所寄书二包,内《孝图》四种十一本,《玉历》三种三本[5]。午后晴。寄香港循环日报馆信[6]。晚雨。夜浴。谢玉生、朱辉煌来。

十二日　星期。昙,午后晴。寄矛尘信。

十三日　昙。上午寄静农、霁野信。午后晴。得绍原信,即复之。晚绍原来。从广雅书局补得所买书之阙叶,亦颇〔有〕版失而无从补者。

十四日　晴。上午得三弟信,六日发,于是《小约翰》全书具成[7]。

十五日　晴。无事。

十六日　晴。上午得陈翔冰信,六日厦门发。得春台信,三日发。得有麟信,八日发。收《文学大纲》第二及第三册各

25

一本,盖振铎所赠。晚立峨来。雨。夜浴。

十七日　晴。下午绍原、馥泉等来。晚黎仲丹来。

十八日　晴。上午得郝昪薿信,十一日厦门发。叶少泉来。下午寄小峰信。晚寄三弟信,附与春台函。玉生来。立峨等来。

十九日　星期。晴,下午雨。寄有麟信。晚晴。得紫佩信,三日发。

二十日　晴。晚复紫佩信。寄淑卿信。

二十一日　晴,晚风。朱辉煌等来。

二十二日　晴。上午得三弟信,十八日发,午后复。雨一陈。浴。下午绍原来。

二十三日　晴。晨睡中盗潜入,窃取一表而去。上午得伏园信,五月九日发。得有麟信,十五日发。得矛尘信,十四日发。得季市信,十三日发。得杨树华信,十六日发。得静农信,七日发。得霁野、丛芜信,九日发。得淑卿信,七日发。午后蒋径三来。下午雨一陈。蒋径三来。绍原来还书。晚寄矛尘信。寄季市信。寄三弟信。

二十四日　晴,下午大雨。得陈梦韶信,十三日发。夜浴。

二十五日　昙。上午禤参化来,赠以《华盖集续编》一本。晚谢玉生来。

二十六日　星期。晴。上午仲殊等来。下午绍原来。

二十七日　晴。午后捐广东救伤队泉五元。寄矛尘译稿一篇[8]。寄小峰译稿三篇[9]。得霁野信,十二日发。晚立峨与其友来,赠以《桃色之云》一本。夜浴。

二十八日　晴。无事。

二十九日　晴。头痛发热。晚谢玉生来。得淑卿信,十二日发,附赵南柔信,东京发。得钟敬文、杨成志信,二十五日发。收矛尘所寄《玉历钞传》、《学堂日记》各一本。服阿斯匹林三粒。

三十日　晴。上午绍原来。得矛尘信,二十一日发。午后收小说月报社所寄《血痕》五本。收中山大学送来五月分薪水泉五百。下午寄淑卿信。晚立峨等来。朱辉煌等来。

* * *

〔1〕　即《书斋生活与其危险》和《读的文章和听的文字》。随笔,日本鹤见祐辅作,鲁迅译文先后发表于《莽原》半月刊第十二期、十三期(1927年6月、7月),后均收入《思想·山水·人物》。

〔2〕　校正《出了象牙之塔》　指校正该书初版本,供再版用。

〔3〕　季市向沪　鲁迅辞中山大学教职后,许寿裳亦即辞职,是日整装北归。

〔4〕　副刊　指汉口《中央日报》副刊。当时该刊正连载傅东华所译托洛茨基的《文学与革命》,李霁野亦在翻译该书,鲁迅因寄该副刊供李参考。

〔5〕　鲁迅为搜集用于《朝花夕拾》的插图,曾函请李霁野、常维钧、章廷谦借、购《玉历钞传》、《二十四孝图》等书。是日及6月29日,7月2日、3日都收到他们寄的书。

〔6〕　寄香港循环日报馆信　《循环日报》,港英当局所办的报纸,创刊于1874年。1927年6月10日、11日该报副刊《循环世界》刊载徐

丹甫(梁实秋)所作《北京文艺界之分门别户》一文,内有中伤鲁迅的文字,鲁迅因此去函反驳并要求澄清事实。鲁迅的信参看《而已集·略谈香港》。

〔7〕 《小约翰》全书具成　鲁迅整理《小约翰》译稿时,有动植物名二十余种托周建人查考。经多次函商,是日收到查考结果,鲁迅将其补入译稿,并写《动植物译名小记》,至此全书完成。

〔8〕 即《断想》。随笔,日本鹤见祐辅作。是年5月间章廷谦任杭州《民国日报》副刊编辑,来信约稿,鲁迅将此文寄去。不久章离职,译稿转至上海北新书局,连载于《北新》周刊第四十五期至第五十二期(1927年9月2日至10月20日),《北新》半月刊第二卷第一期至第五期(1927年11月至1928年1月),后收入《思想·山水·人物》。

〔9〕 即《善政和恶政》、《人生的转向》和《闲谈》。随笔,日本鹤见祐辅作。鲁迅译文先后发表于《北新》周刊第三十九、四十期合刊(1927年7月),第四十一、四十二期合刊(1927年8月),第四十三、四十四期合刊(1927年8月),后均收入《思想·山水·人物》。

七　月

一日　雨。上午托广平买《史通通释》一部六本,泉三元。服阿思匹林共三粒。

二日　雨。上午寄霁野及静农信并北新书局卖书款[1]百元。收矛尘所寄《玉历钞传警世》一本。下午托广平买闹钟一口,五元四角。晚立峨来,赠以《阿尔志跋绥夫短篇小说集》一本。服规那丸共四粒。

三日　星期。晴,午雨。得未名社所寄《玉历钞传》等一包五本。下午从广雅局买《东塾读书记》、《清诗人征略》、《松心文钞》、《桂游日记》各一部共二十三本,七元七角。绍原来。蒋径三来。晚寄小峰信。复钟敬文、杨志成[成志]信。服规那丸共三粒。

四日　晴。晨阿斗为从广雅书局买来《太平御览》一部八十本,四十元。上午得三弟信,六月二十五发,附柏生笺,十六日发[写],春台信,廿四写。晚黎仲丹来。

五日　晴。晚谢玉生来。

六日　晴。上午得襯参化信。下午得丛芜信,六月廿一日发。

七日　晴。午后寄丛芜信。下午立峨来。径三来。夜齿痛。雨。

八日　昙,风。上午寄矛尘信并《游仙窟》序[2]一篇,又本文一卷。寄语丝社译稿[3]一篇。晚谢玉生来,未见。立峨来。复襯参化信。

九日　昙。晚得春台信,六月廿七日九江发。得小峰信,一日发。得严既澄信,自杭州来。得史绍昌信,即复。

十日　星期。晴。上午得襯参化信。下午得北京北新局信。蒋径三、陈次二来约讲演。[4]夜复襯参化信。

十一日　晴。夜寄淑卿信。作《略谈香港》一篇。

十二日　晴。晚得谢玉生信。夜澡身。

十三日　晴。上午得王衡来信,六月廿四日发。寄绍原信。下午黎仲丹来。晚谢玉生来。夜复王衡信。抄《〈朝华夕拾〉后记》讫。

十四日　晴。晚黎仲丹赠荔支一筐,分其半赠北新书屋[5]同人。

十五日　晴。上午寄霁野、静农信并《〈朝华夕拾〉后记》一篇,《小约翰》译稿一本。寄北京北新书局信并稿[6]一篇。转寄绍原《语丝》一三七期五本。午后雨即霁。晚立峨来。夜浴。

十六日　晴。晨得矛尘信,三日发。得季市信,五日杭州发。上午同广平往街买草帽一顶,钱二元八角,次至美利权食冰酪,至太平分馆午餐。午后往知用中学校讲演[7]一时半,广平翻译。下午得三弟信,五日发。

十七日　星期。昙,风,晚雨。玉生来。寄矛尘信。寄三弟信。

十八日　晴。上午立峨来。得汪馥泉信,一日发。夜朱辉煌等来,还泉廿。

十九日　昙。午后得小峰信,十三日发。下午雨。晚谢玉生、谷铁民来别,并留赠食品四种。寄季市信。

二十日　晴。上午转寄绍原《语丝》一三八期五本。午立峨来,代玉生假去泉十元。下午雨。晚寄饶超华信。寄小峰信。寄淑卿信。

二十一日　晴。下午蒋径三来。晚董长志来。

二十二日　晴。午后大雨一陈。夜浴。

二十三日　晴。上午蒋径三、陈次二来邀至学术讲演会讲[8]二小时,广平翻译。午同径三、广平至山泉饮茗。午后阅市,买《文学周报》四本归。下午骤雨一陈。

二十四日　星期。昙。午后得陈翔鹤寄赠之《不安定的灵魂》一本。得霁野及静农信,四日发。得有麟信,七日发。得对门徐思道信并文稿,下午复。晚小雨。立峨来。夜大风雨,盖海上有飓风。

二十五日　昙。下午复霁野、静农信。复有麟信。晚立峨来。雨。得淑卿信,十二日发。

二十六日　雨。上午往学术讲演会讲二小时,广平翻译。午往美利权买食品四种,二元七角。往永华药房买药物四种,三元一角五分。往商务印书馆买单行本《四部丛刊》八种十一本,二元九角。夜朱辉煌、李光藻来。服泻丸三。

二十七日　晴。上午转寄绍原《语丝》一三九期五本。下午雨。

二十八日　晴。上午寄绍原信。下午骤雨一陈。得矛尘信,十九日发。晚立峨来。

二十九日　雨,上午霁。下午复矛尘信。

三十日　晴。上午转寄绍原《语丝》百卌期五本。夜雨。

三十一日　昙。星期。上午得顾颉刚信[9],二十五日发。下午雨一陈。收《东方杂志》一本。晚陈延进、李光藻来,假去泉卅。寄矛尘信。寄淑卿信。夜澡身。服补写丸一粒。

*　　*　　*

〔1〕　北新书局卖书款　指广州北新书屋代售未名社书籍之款。

〔2〕《游仙窟》序　章矛尘据日本留存的版本校点《游仙窟》后,寄鲁迅审阅,鲁迅阅毕并作序,本日连同校点稿寄还。序文后收入《集

外集拾遗》。

〔3〕 即《专门以外的工作》。随笔,日本鹤见祐辅作。译文发表于《语丝》周刊第一四二、一四三期(1927年7月31日、8月6日),后收入《思想·山水·人物》。

〔4〕 指约往夏期学术讲演会讲演。当时广州市教育局正筹办夏期学术讲演会,鲁迅应蒋径三、陈次二邀请前往演说。

〔5〕 北新书屋　鲁迅在广州筹办的代售北新书局和未名社书籍的门市部。本年3月25日开业,同年8月结束。工作人员为许月平。

〔6〕 即《略谈香港》。后收入《而已集》。

〔7〕 往知用中学校讲演　知用中学,当时一所倾向进步的私立学校。鲁迅应该校教师禤参化之请前往演说,讲题为《读书杂谈》,记录稿经鲁迅审定后收入《而已集》。

〔8〕 至学术讲演会讲　讲题为《魏晋风度及文章与药及酒之关系》,是日未讲完,26日续讲毕。记录稿经鲁迅修正后收入《而已集》。

〔9〕 得顾颉刚信　即要求鲁迅"暂勿离粤,以俟开审"的信,一式两份,一寄白云楼寓,一寄中山大学。后者经鲁迅于8月5日向朱家骅函索,8日转到。

八　月

一日　雨。上午收三弟所寄《自然界》一本。午后复顾颉刚信[1]。寄北京北新书局稿一封[2]。

二日　昙。上午得绍原信,午复。禤参化来。下午邓荣燊来。晚同广平、月平往高第街观七夕供物,在晋华斋晚饭。买《六醴斋医书》一部二十二本,三元五角。夜陈延进来,假去泉廿。李光藻赴沪来别。

三日　雨。修理旧书。晚立峨来,假以泉十。夜浴。

四日　晴。上午得朱可铭信,七月十一日发。

五日　晴。上午寄朱骝先信索顾颉刚函。寄市教育局讲演稿[3]。寄北京北新局稿一篇[4]。

六日　昙,午后晴。得有麟信,七月二十五日发。下午雨一陈。夜朱辉煌来,假以泉卅。李光藻亦至。

七日　星期。晴。上午转寄绍原《语丝》一四一期。寄有麟信。下午寄三弟信。

八日　晴,午后雨。下午得矛尘信,七月卅日发,晚复。得朱骝先信,附顾颉刚函。晚陈延进来。

九日　昙。上午得三弟信,七月卅一日发。午后小雨。下午寄禤参化信并演讲稿[5]。寄沪北新书局稿三种[6]。晴。朱辉煌来别。夜雨。

十日　昙,下午雨。夜寄淑卿信。寄三弟信。

十一日　昙,午晴。立峨来。午后同广平往前鉴街警察四区分署取迁入证。出至西堤买消化药一瓶,四元五角,在亚洲酒店夜餐。夜陈延进来,并交谢玉生连州来信,四日发。澡身。

十二日　昙,午后晴。得春台信,廿八日汉发。得淑卿信,廿七日发。得未名社所寄《孝行录》一部二本,《莽原》十三期两本,廿八日发。得上海北新局书总帐[7],一日发。下午修补《六醴斋医书》。晚蒋径三来。

十三日　昙,午晴。下午同广平往共和书局[8]商量移交书籍。在登云阁买《益雅堂丛书》一部廿本,《唐土名胜图会》

一部六本,甚蛀,共泉七元。晚浴。

十四日　星期。晴。上午收共和书局信。下午黎仲丹来。陈延进来,托其致立峨信。张襄武同其夫人许东平及孺子来,并市酒肴见饷,夜去,赠以英译《阿Q正传》一本、其孺子玩具一串也。

十五日　晴。上午至芳草街北新书屋将书籍点交于共和书局,何春才、陈延进、立峨、广平相助,午讫,同往妙奇〔季〕香午饭。李华延来,未遇,留片而去。

十六日　雨。上午立峨来。

十七日　晴。上午立峨来。午后寄绍原信。寄静农、霁野信。下午修补《六醴斋医书》讫。晚陈延进来,并以摄景一枚见赠。寄矛尘信。夜浴。

十八日　晴。下午得台静农信,附凤举笺,八月一日发。晚蒋径三来。

十九日　晴。上午蒋径三见借《唐国史补》。得霁野信,四日发。下午同春才、立峨、广平往西关图明馆照相,又自照一象,出至在山茶店饮茗。寄李小峰信。夜沐。

二十日　雨。晨寄张凤举信。午后风。春才、立峨来。晚大风雨。

二十一日　星期。昙。上午得三弟信,十五日发。下午晴。晚寄静农及霁野信。寄淑卿信。寄三弟信。

二十二日　晴。终日编次《唐宋传奇集》[9],撰札记。

二十三日　晴。仍作《传奇集》札记。夜浴。

二十四日　晴。仍作《传奇集》札记,大旨粗具。

二十五日　晴。下午蒋径三为持伏园书箧来。晚立峨、春才来并交照相。

二十六日　晴。无事。牙痛,服阿司匹林片二粒。

二十七日　晴。无事。夜服补写丸一粒。

二十八日　星期。晴。上午黎仲丹来。夜对河楼屋失火小焚。

二十九日　晴。午后立峨来。夜浴。

三十日　黎明暴风雨,时作时止终日。

三十一日　昙,午后小雨,下午晴。理发。晚立峨来。夜雨。

＊　　　＊　　　＊

〔1〕　复顾颉刚信　鲁迅复信连同顾颉刚7月24日来信,题作《辞顾颉刚教授令"候审"》,后收入《三闲集》。

〔2〕　即《关于小说目录两件》。现编入《集外集拾遗补编》。

〔3〕　寄市教育局讲演稿　即经鲁迅改定的《魏晋风度及文章与药及酒之关系》。

〔4〕　寄北京北新局稿一篇　未详。

〔5〕　即《读书杂谈》。

〔6〕　即《书苑折枝》、《书苑折枝(二)》、《书苑折枝(三)》。现均编入《集外集拾遗补编》。

〔7〕　上海北新局书总帐　指该书局发至广州北新书屋代售书籍之总帐。

〔8〕　共和书局　设于广州永汉路。鲁迅离广州前,将北新书屋存书全部转让该局。是日往商转让办法,15日点交。

〔9〕 编次《唐宋传奇集》 《唐宋传奇集》,鲁迅据《文苑英华》、《太平广记》等书辑校考订的唐宋传奇的选本。民国初年即开始积累材料,本日起进行整理编辑,并着手撰写《稗边小缀》,9月中旬编讫。

九 月

一日 晴。无事。

二日 晴。晚寄淑卿信。

三日 晴。晚立峨来,付以泉百。

四日 晴。星期。无事。

五日 雨。下午寄小峰信于上海并稿[1]。寄语丝社稿[2]。

六日 晴。无事。

七日 晴。上午立峨、汉华买鸡鱼豚菜来,作馔同午餐。

八日 晴。下午蒋径三来。立峨来并以摄景一枚见赠。晚黎仲丹赠月饼四合。

九日 晴。无事。

十日 旧历中秋。晴。下午陈延进来,赠以照相一枚。夜纂《唐宋传奇集》略具,作序例[3]讫。

十一日 星期。晴。下午蒋径三来,同往艳芳照相,并邀广平。阅书坊。在商业书店买英译《文学与革命》一本,泉七元,拟赠立峨。

十二日 昙。下午寄谢玉生信。寄淑卿信。寄上海北新书局帐目[4]。寄北京语丝社稿两篇[5]。晚立峨来,赠以书。夜吕君、梁君来访。

十三日　晴。晚延进、立峨来。

十四日　晴。上午得三弟信，五日发，夜复。

十五日　晴。作杂论数则[6]。夜浴。

十六日　晴。上午以《朵卿传》寄还王以刚。以《朝花夕拾》定稿寄未名社。寄北京语丝社信并稿[7]。得姜君信。托阿斗从图书馆买《南海百咏》一本，二角；《广雅丛刊》中之杂考订书类十三种共二十四本，泉六元七角五分。下午得小峰信，十日上海发。大风，微雨即霁。晚立峨及李君来。

十七日　晴，风。晚董长志来并交卓治信，七月十一日巴黎发。陈延进来。蒋径三来。夜复姜仇信。寄小峰信并《唐宋传奇集》序[8]。

十八日　星期。晴。夜寄语丝社信。寄沪北新稿[9]。始整行李[10]。

十九日　晴。上午寄崔真吾信。寄王方仁信。晚得翟永坤信二封，八月廿二、廿九日发。

二十日　小雨。上午复翟永坤信。寄矛尘信。得台静农信，八日发。

二十一日　昙。午后春才、立峨来。

二十二日　小雨。无事。

二十三日　昙。下午寄语丝社稿[11]。寄静农、霁野信并《夜记》一篇[12]，照相四枚。寄淑卿信。晚陈延进来。

二十四日　晴。午后同广平往西堤广鸿安栈问船期。往商务印书馆汇泉。往创造社[13]选取《磨坊文札》一本，《创造月刊》、《洪水》、《沈钟》、《莽原》各一本，《新消息》二本，坚不收泉。买网篮一只归。晚蒋径三来。

二十五日 星期。昙。上午得静农及霁野信,十七日发,下午又得霁野信,十四日发。下午暴风雨。晚立峨来。径三来并赠茗二合,饼干一大箱。夜复静农[14]、霁野信。寄共和书局信。

二十六日 昙。上午寄语丝社稿[15]。下午雨。立峨来,交以泉五十。晚关生、长志来。

二十七日 昙。午同广平由广鸿安旅店运行李上太古公司"山东"船,立峨相送。下午发广州[16]。夜半抵香港。

二十八日 昙。泊香港。

二十九日 晴。下午发香港。

三十日 晴。午前抵汕头,下午启碇。

* * *

[1] 即《答有恒先生》。后收入《而已集》。

[2] 即《通信》、《辞"大义"》和《反"漫谈"》、《忧"天乳"》。后均收入《而已集》。

[3] 指《〈唐宋传奇集〉序例》。现编入《古籍序跋集》。

[4] 寄上海北新书局帐目 为广州北新书屋代售北新书局书籍的清帐。

[5] 即《革"首领"》、《谈"激烈"》。后均收入《而已集》。

[6] 即《扣丝杂感》、《"公理"之所在》和《"意表之外"》。

[7] 即《可恶罪》、《新时代的放债法》、《扣丝杂感》、《"公理"之所在》和《"意表之外"》。后均收入《而已集》。

[8] 即《〈唐宋传奇集〉序例》。

〔9〕 即《唐宋传奇集》。

〔10〕 整行李　鲁迅原拟8月中旬离粤,因太古轮船公司船员罢工,行期后延。此时闻已有船往上海,遂开始作准备,拟于月底离粤。

〔11〕 即《某笔两篇》和《述香港恭祝圣诞》。后均收入《三闲集》。

〔12〕 即《怎么写(夜记之一)》。后收入《三闲集》。

〔13〕 创造社　文学团体,1921年6月成立于日本东京,主要成员有郭沫若、郁达夫、成仿吾、张资平等。1927年该社倡导无产阶级革命文学运动,同时增加了冯乃超、彭康、李初梨等从国外回来的新成员。1929年2月被国民党当局封闭。曾先后编辑出版《创造》季刊、《创造周报》、《创造日》、《洪水》、《创造月刊》、《文化批判》等刊物及《创造丛书》。此处指该社出版部广州支店,在广州昌兴街,1926年4月12日设立,负责人周灵均、张曼华。

〔14〕 复静农信　当日台静农来信谈到,瑞典地质学家斯文·赫定受瑞典汉学家高本汉委托,在来华考察时与刘半农商议,拟推荐梁启超、鲁迅作为当年诺贝尔文学奖候选人,刘半农托台静农征求鲁迅意见,鲁迅在回信中婉言谢绝这一提议。

〔15〕 即《小杂感》。后收入《而已集》。

〔16〕 发广州　鲁迅偕许广平赴沪,此后即定居上海。

十　月

一日　晴,傍晚暴雨一阵。

二日　星期。小雨,上午霁。

三日　晴。午后抵上海,寓共和旅馆[1]。下午同广平往北新书局访李小峰、蔡漱六,柬邀三弟,晚到,往陶乐春夜餐。夜过北新店[2]取书及期刊等数种。玉堂、伏园、春台来访,谈至夜分。

四日　晴。午前伏园、春台来,并邀三弟及广平至言茂源午饭,玉堂亦至。下午六人同照相。大雨。小峰及夫人来,交泉百及王方仁信,八月十八日发。三弟交来郑泗水信、绍原信二、谢玉生信、风举及静农信、未名社信。夜钦文来。得小峰招饮柬。

五日　雨。上午寄静农、霁野信。寄季市信。寄淑卿信。钦文来。伏园、春台来并赠合锦二合。午邀钦文、伏园、春台、三弟及广平往言茂源饭。访吕云章,未遇。往内山书店[3]买书四种四本,十元二角。下午往三弟寓[4]。夜小峰邀饭于全家福,同坐郁达夫、王映霞、潘梓年、钦文、伏园、春台、小峰夫人、三弟及广平。章锡箴、夏丏尊、赵景深、张梓生来访,未遇。夜朱辉煌来。

六日　昙。上午郁达夫、王映霞来。元庆、钦文来。午达夫邀饭于六合馆,同席六人。午后访梁君度。下午小雨。往三弟寓,看屋。

七日　昙。上午李小峰来。下午吕云章来。陆锦琴来。晚邀小峰、云章、锦琴、伏园、三弟及广平饮于言茂源,语堂亦至,饭毕同观影戏于百新[星]戏院[5]。寄立峨信。

八日　晴。上午从共和旅店移入景云里[6]寓。得季市信,七日发。下午往内山书店买书三种四本,九元六角。夜同三弟、广平往中有天饭,饭讫至百新[星]戏院观影戏[7]。

九日　星期。晴。下午小峰、衣萍来。夜邀衣萍、小峰、孙君烈、伏园、三弟及广平往中有天夜餐。

40

十日　晴。下午往内山书店买《革命芸術大系》一本，一元。夜雨。

十一日　小雨。午达夫介绍周志初、胡醒灵来访。午后同三弟往商务书馆买《人物志》一部一本，四角；《夷坚志》一部二十本，七元二角。往浙江兴业银行访蒋抑卮，则已赴汉。西谛赠《世界文学大纲》第四本一本。

十二日　昙。午得鲁彦信。午后寄季市信。寄淑卿信。访章锡琛，遇赵景深、夏丏尊。往内山书店买书六本，共泉十五元。晚小峰及其夫人及曙天来访，同往中有天晚饭，乃衣萍邀，坐中共六人，为小峰、漱六、衣萍、曙天、广平、我。饭毕又往内山书店买书两种，四元四角也。

十三日　晴。上午得卓治信，九月十九日巴黎发。午后秋芳来。云章、平江来。

十四日　晴。下午寄未名社信并书款八十元[8]。寄淑卿信并照相两枚。寄立峨《野草》一本，《语丝》三本。夜黎锦明、叶圣陶来[9]。

十五日　晴。上午得有恒信。得敬隐渔信。午后复鲁彦信。寄钦文信。下午同春台、三弟及广平访绍原于泰安栈，并见其夫人，傍晚五人同至北新书局，邀小峰同至言茂源夜饭。

十六日　星期。晴。下午王方仁来，未见。达夫来。夜小峰邀饮于三马路陶乐春，同席为绍原及其夫人、小峰夫人、三弟、广平。

十七日　晴。午得黎锦明信。得谢玉生信。得季市信。午后往内山书店买《偶象再興》一本，二元二角。下午绍原来。晚小峰及其夫人来。得翟永坤信。得霁野信。得立峨信。夜绍原及其夫人招饮于万云楼,同席章雪村、李小峰及其夫人、三弟、广平。看影戏。

十八日　昙。上午得王方仁信。得钦文信。午后晴。寄霁野信。寄季市信。下午黎锦明来。晚复王方仁信。复钦文信。复谢玉生信。夜章雪村招饮于共乐春,同席江绍原及其夫人、樊仲云、赵景深、叶圣陶、胡愈之及三弟、广平。

十九日　晴。下午熊梦飞来。晚王望平招饮[10]于兴华酒楼,同席十一人。

二十日　晴。下午王方仁来。晚小峰、漱六来并交泉百。得立峨信,十三日发。得有麟信,十七日发。得淑卿信,十二日发。收翟永坤所寄《奇缘记》一本。

二十一日　晴。上午得季市信。午后寄绍原信。寄立峨信。寄有麟信。寄霁野信并铜版一方[11]。寄淑卿信。寄小峰稿[12]。

二十二日　晴。晨季市来,午同至兴华楼午餐。午后往内山书店买《アルス美術叢書》二本,《黑旗》一本,共泉七元一角。夜同三弟及广平观电影。

二十三日　星期。晴。上午李式相来,并致易寅村信。衣萍、曙天来。午邀衣萍、曙天、春台及三弟往东亚饭店午餐。下午黎锦明寄赠《破垒集》一本。夜同许希林、孙君烈、孙春台、三弟及广平往近街散步,遂上新亚楼啜茗,春台又买酒归同饮,大醉。

二十四日　晴。下午沈仲九来。晚季市来,同至东亚食堂夜饭,并邀三弟及广平。

二十五日　晴。午后蓝耀文、李光藻来,未见。下午李式相来,同至劳动大学演讲[13]约一小时。夜同三弟及广平至日本演艺馆[14]观电影。

二十六日　晴。晨有麟来。上午衣萍、小峰来并交台静农、李霁野信各一。得有恒信。午往东亚食堂饭。下午寿山来,夜同至中有天饭。得绍原信。夜半腹写二次,服 Help 八粒。

二十七日　昙。午后阅内山书店,买书四本,共泉九元。

二十八日　晴。上午得绍原信并译稿。下午往立达学园演讲[15]。

二十九日　晴。午得未名信二,不知何人。午后同广平往内山书店买《海外文学新选》二本,共泉一元四角。

三十日　星期。上午得夏丏尊信。晚衣萍、曙天、小峰来。

三十一日　晴。上午得淑卿信,二十四日发,又《昆虫記》二本,书面一枚。午后往内山书店买《昆虫記》一本,文学书三本,共泉八元。下午方仁来。夜陈望道君来,约往复旦大学[16]讲演。

*　　*　　*

[1]　共和旅馆　在上海爱多亚路(今延安东路)长耕里内,鲁迅本日起寓此,8日移居景云里。

[2]　北新店　指设在福州路的北新书局门市部。

〔3〕 内山书店　以出售日文书籍为主的书店。日本人内山美喜、内山完造创办于1917年，先设在北四川路（今四川北路）魏盛里内，1929年5月底迁至北四川路底施高塔路（今山阴路）十一号。鲁迅通过该书店购置书籍，收转信件及会友，有时亦托其代售自己或友人的被禁著译。在白色恐怖严重和"一·二八"战争时，曾到该店及其支店避难。

〔4〕 三弟寓　指周建人当时在景云里的寓所。

〔5〕 当日上映影片为美国福克斯公司出品的《剪发奇缘》，另有中华歌舞专门学校演出的歌剧《大葡萄仙子》、《万花仙子》。百星戏院，在老靶子路福生路（武进路罗浮路）口。

〔6〕 景云里　位于横浜路。鲁迅是日入住弄内二十三号；次年9月9日移居十八号；1929年2月21日移居十七号。1930年5月12日迁至北四川路拉摩斯公寓（即北川公寓）。

〔7〕 所观电影为《党人魂》，1926年美国派拉蒙影片公司出品。

〔8〕 书款八十元　系广州北新书屋代销未名社书刊的余款。

〔9〕 黎锦明、叶圣陶来　系请鲁迅为黎锦明所著小说《尘影》作序。

〔10〕 王望平招饮　席间商办中国济难会（后改名革命互济会）刊物《白华》事。中国济难会，1925年9月由恽代英、张闻天、沈泽民、杨贤江、郭沫若、沈雁冰等发起，1926年1月成立于上海，主要宗旨是营救被捕革命者，救济烈士家属。创办《济难》月刊及《白华》、《光明》、《牺牲》等刊物。1933年至1934年间遭国民党当局的压迫、破坏。鲁迅于1927年到上海后不久即参加该会，并多次捐助经费。

〔11〕 铜版一方　即《小约翰》封面铜版。

〔12〕 寄小峰稿　疑为《唐宋传奇集》校样。

〔13〕 劳动大学　1927年创办于上海。是一所半工半读的学校。当时易培基任校长。是日鲁迅往讲《关于知识阶级》，由黄源记录。讲

稿现编入《集外集拾遗补编》。

〔14〕日本演艺馆　即日本侨民办的上海演艺馆,日记又作"歌舞伎座",在北四川路横浜桥附近。是日上映日本影片《二十五度酒精》、《影》等短片。

〔15〕立达学园　1925年2月由浙江上虞春晖中学部分教员募款筹办于上海,本部设在江湾镇。初名"立达中学",下半年改名立达学园。分初中、高中及艺术专门部。校长匡互生。是日鲁迅往讲《伟人的化石》,大意说伟人生前多受挫折,死后无不圆通广大,受人欢迎。讲稿佚。

〔16〕复旦大学　当时为私立大学。前身是法国教会办的震旦学院,1905年由马相伯改组为复旦公学,1917年改今名。当时陈望道任该校国文系主任。

十一月

一日　昙。上午得有麟信。午后寄绍原信。寄小峰信。寄医学书局信。下午易寅村来。得小峰信并立莪信,又翟永坤信及文稿。夜雨。

二日　晴。上午刘肖愚、黄春园、朱迪来,未见。午蔡毓骢、马凡鸟来,邀往复旦大学演讲[1],午后去讲一小时。得小峰信。下午往内山书店买《芸術と社會生活》一本,价五角。晚刘肖愚等来。达夫及王映霞来。复有麟信。寄淑卿信。夜食蟹。

三日　晴。上午得季野信,十月廿六日发。午后雨。晚寄还劳动大学讲稿[2]。寄季野信并稿一篇[3]。汪静之赠《寂寞的国》一本。

四日　晴。上午得易寅村信。元庆来。得霁野所寄《莽原》。得淑卿所寄《语丝》。下午雨。晚衣萍、小峰、漱六来。夜出街,买《日本童話選集》一本,三元四角。

五日　晴。午后同广平往内山书店,见赠《青い空の梢に》一本。得有麟信,四日发。夜同三弟及广平往奥迪安大戏园观电影[4]。

六日　星期。晴。上午丏尊来邀至华兴楼所设暨南大学同级会演讲[5]并午餐。午后阅书铺,买石印《耕织图》一部,一元,又杂书数种。下午得绍原信并稿。

七日　晴。上午得矛尘信,六日发。得淑卿信,十月二十八日发。李秉中及其友来。午后往劳动大学讲[6]。语堂来,未见,留赠红茶四瓶。晚往内山书店买《文学評論》一本,二元。得有恒信。

八日　昙。午李秉中、杨仲文来,并邀三弟及广平至东亚食堂午餐。寄矛尘信。寄绍原信。寄小峰信。

九日　晴。上午得有麟信。午后李秉中来。郑伯奇、蒋光慈、段可情来[7]。下午得小峰信。得淑卿信,三日发。夜食蟹饮酒,大醉。

十日　晴。午后李秉中来。下午大夏大学[8]学生来。小峰、衣萍来。中华大学[9]学生来。晚邀衣萍、小峰及三弟往东亚食堂夜餐,餐毕往内山书店买《文学論》一本,《外国文学序説》一本,《日本原始絵画》一本,共泉七元六角。夜濯足。

十一日　晴。晨得立峨信。得梁式信。季市来。午邀季市往东亚饭店饭,又同至内山书店买书二本,共泉四元。寄立峨书二本。寄小峰稿[10]。下午得季野信,四日发。得陈炜谟所赠《炉边》一本。王方仁来。

十二日 晴。上午达夫来。得绍原信并稿。午后同三弟往北新书局访小峰。在广学会[11]买英文《世界文学》四本,拟赠人,共泉五元。得翟永坤信并文稿。

十三日 星期。晴。上午钦文来,午同至东亚食堂午餐,并邀三弟。

十四日 昙。午后钦文来。季市来。往劳动大学讲。晚季市邀往东亚食堂夜餐,并邀三弟及广平。

十五日 晴。上午得李秉中信片,十二日长崎发。午后寄小峰信。寄绍原信。寄立峨信。寄淑卿信。晚得小峰信,附杜力信,又泉百,书二种,即复。

十六日 昙。下午往光华大学讲[12]。得秋芳信,十三日绍兴发。夜食蟹。

十七日 晴。晨得绍原信并稿,附致小峰函。午得有麟信。午后寄小峰信,附绍原函。寄梁式信。寄有恒信。寄水电公司信。下午往大夏大学演讲[13]一小时。收淑卿所寄书三包,共十八本。

十八日 昙。上午得绍原信并稿。午后朱斐、李立青来。下午往内山书店买书五本,共泉八元八角。买布人形[14]一枚赠晔儿。晚得淑卿信,十三日发。

十九日 雨。上午得秉中信。得淑卿信,九日发。午后寄翟永坤信。寄淑卿信。下午郑、段二君来。晚邀孙君烈、许

47

希林、王蕴如、三弟、晔儿及广平往东亚食堂夜餐。

二十日　星期。雨。午后往内山书店买书三本,四元四角。

二十一日　晴。上午寄绍原信。午元庆来。午后得小峰信及《语丝》。得李秉中信片。下午得小峰信。

二十二日　晴。上午复秉中信。得有恒信。午后寄小峰信。寄立峨刊物四本。下午往内山书店买《思潮批判》、《ユゴオ》、《愛蘭情調》各一本,共泉三元七角。得淑卿信,十五日发。得江石信。夜寄小峰信。寄璇卿信。

二十三日　晴。下午得小峰信,附真吾信。得璇卿信并书面画[15]一枚。晚得田汉信,夜复。

二十四日　晴。午后寄小峰信。

二十五日　晴。午后往内山书店买书四本,十元二角。下午绍原来。

二十六日　晴。下午小峰、衣萍、铁民来。绍原来。晚小峰邀往东亚食堂夜餐,同坐共六人。夜往内山书店买《アメリカ文学》一本,泉二元。托三弟往中国书店买石印本《承华事略》一部二本,一元。

二十七日　星期。晴。上午得立峨信,十九日发。黄涵秋、丰子恺、陶璇卿来[16]。午后托璇卿寄易寅村信。下午望道来。晚李式相及别一人同来。雨。

二十八日　昙。上午寄崔真吾信。下午方仁来,赠以《克诃第传》一部。

二十九日　晴。上午得叶汉章信。晚得小峰信并《语

48

丝》及《北新》。

三十日　晴。午后往内山书店买《英国文学史》、《英国小说史》、《版画を作る人へ》各一本，共泉十元二角。托三弟往有正书局买《汉画》两本，价一元三角，甚草率，欺人之书也。晚邀王馨如、三弟、晔儿及广平往东亚食堂夜餐。

＊　　＊　　＊

〔1〕　往复旦大学演讲　讲关于革命文学问题，有萧立记录稿，题为《革命文学》，刊于1928年5月15日上海《新闻报·学海》。

〔2〕　即《关于知识阶级》的修改稿。

〔3〕　即《略论中国人的脸》。后收入《而已集》。

〔4〕　所观电影为《怕妻趣史》，美国环球影片公司出品。奥迪安大戏院，址在北四川路虬江路口，"一·二八"战事中毁于炮火。

〔5〕　暨南大学　1906年创立于南京，主要招收华侨子弟。初名暨南学堂，次年改名中学堂。1911年停办。1918年复校，名暨南学校。后在上海建筑校舍，1927年夏改组为国立暨南大学。1927年11月该校国文系只有一年级学生，故以"同级会"名义邀请鲁迅演讲，主要讲关于文学创作和读书方法等方面的问题，讲稿佚。

〔6〕　往劳动大学讲　应劳动大学校长易培基之邀，在该校开设文学讲座课。每周讲授一次，至1928年1月10日辞讲。

〔7〕　指创造社代表来谈合作事项。郑伯奇等是日及19日访问鲁迅，商议共同恢复《创造周报》问题。鲁迅表示同意。不久因创造社与太阳社同鲁迅发生关于革命文学问题的论争，此议未实现。

〔8〕　大夏大学　1924年6月厦门大学师生三百余人，因不满当局压迫，退出该校，到上海另组大夏大学。1927年时校长为王伯群。

〔9〕 中华大学 应作光华大学。1925年五卅惨案发生,圣约翰大学学生为抗议帝国主义屠杀中国民众,遭到该校美籍校长的压制,全体离校,另立光华大学。校长张寿镛。

〔10〕 疑为《唐宋传奇集》校样。

〔11〕 广学会 英美基督教传教士于1887年创立于上海的文化机构,除宣传基督教义外也介绍西欧学术文化。

〔12〕 往光华大学讲 主要讲关于文学与社会的问题。记录稿发表于《光华周刊》第二卷第七期(1927年11月28日)。

〔13〕 往大夏大学演讲 讲稿不详。

〔14〕 布人形 日语:布娃娃。

〔15〕 书面画 指陶元庆所作《唐宋传奇集》封面画。

〔16〕 黄涵秋、丰子恺、陶璇卿来 三人均为上海立达学园美术教师,该校拟于12月18日起举办《立达学园西画系第二回绘画展览会》,由陶元庆引见,希望鲁迅给予支持。

十 二 月

一日 昙。上午有麟来,午邀往刘三记饭,并三弟及广平。

二日 晴。午得易寅村信。午后有麟来,赠板鸭二只。得立峨信,十一月二十四日发。收淑卿所寄围巾一条,十月二十八日付邮。夜得绍原信。

三日 晴。晨复叶汉章信。寄淑卿信。午三弟为取来豫约之《说郛》一部四十本,价十四元。收汪静之寄赠小说一本。收小峰所寄期刊四本。晚得张仲苏信。收春台所赠《贡献》一束。夜阅市。

四日　星期。昙。午后叶圣陶来。下午公侠来。夜理发。

五日　昙。上午得矛尘信。得绍原信片。午收李秉中所寄《The Woodcut of To-day》一本,其直五元。午后有麟来。下午得小峰信并泉百,即复。晚黎锦明来。夜往内山书店买书五本,共泉十三元二角。雨。

六日　昙。午后有麟来。下午小峰、衣萍、曙天来,晚往东亚食堂饭,并邀广平。

七日　晴。午后有麟来,付以致蔡先生信。

八日　晴,冷。下午达夫来。夜寄小峰信。得崔真吾信。

九日　晴。午后有麟来。下午往内山书店。晚得立峨信,二日发。

十日　晴。上午得周志拯信,午后复。寄易寅村信。复张仲苏信。复绍原信。复矛尘信。晚璇卿来。得卓治信,十一月二十一日发。

十一日　星期。晴。午李式相来,未见,留易寅村信而去。下午有麟来。

十二日　晴。午后有麟来。曙天来。下午得小峰信并《莽原》合本二本,即复。云章来。夜小雨。

十三日　晴。午得淑卿织背心一件,十一月二十八日寄。下午潘汉年、鲍文蔚、衣萍、小峰来,晚同至中有天饭。得有麟信,昨发。夜雨。

十四日　雨。午璇卿遣人来取关于展览会之文稿[1]去。下午同广平往内山书店买书四种,共泉四元四角。

十五日　昙。午得谢玉生信并泉七十元,四日发。得绍原信,十四日发。午后璇卿偕立达学园学生来选取画象拓本[2]。晚得北大廿九周纪念会[3]由杭州来信。

十六日　昙。午后得霁野信。钦文来并赠茗二合、小胡桃一包。得衣萍信。得季市信。得淑卿信,七日发。晚得招勉之信。得叶绍钧信。夜濯足。

十七日　昙。午后钦文来,并同三弟及广平往俭德贮[储]蓄会观立达学园绘画展览会[4]。买卫生衣等。晚邀璇卿、钦文、三弟及广平往东亚食堂夜餐。得立峨信,九日发。林和清来,未遇。夜雨。

十八日　星期。雨。午后复叶圣陶信。下午林和清来。得小峰信并《语丝》、《北新》、《真美善》,即复并稿[5]。晚收大学院聘书[6]并本月分薪水泉三百。

十九日　晴。上午寄谢玉生信。寄绍原信。寄淑卿信。午得邵明之信,十五日南通发,午后复。寄招勉之信。寄小峰信并稿[7]。寄未名社望・蔼覃象[8]九百五十张。下午往内山书店买《自我经》一本,三元。又买《ニールの草》一本,价同上,赠广平。衣萍、曙天来。晚得立峨信,十四日香港发。

二十日　晴。午后叶锄非来。同广平往佐藤牙医生寓,未见。晚林和清来,有麟来。

二十一日　晴。午后衣萍来邀至暨南大学演讲[9]。晚语堂来。夜雨。

二十二日　晴。午季市来,同往内山书店买《鸟羽僧正》一本,二元。又至一鞋店买《あるき太郎》一本,一元三角。

次往刘三记午餐。下午同广平往密勒路佐藤牙医寓。晚璇卿来。得秋芳信,十七日发。

二十三日　晴。午后有麟来。买书柜一个,泉十元五角。下午方仁来。

二十四日　晴。上午有麟来。午寄叶圣陶信并稿[10],即得复。午后同广平往佐藤医生寓。晚往内山书店买书三本,共泉六元四角。夜得绍原信,附致小峰函一封,即转寄。

二十五日　星期。晴。下午得小峰信及《语丝》,即复。晚同三弟及广平阅市。

二十六日　昙。上午得韦素园及丛芜信,十六日发。得矛尘信并稿,二十五日发,下午复。有麟来。复绍原信。

二十七日　晴。午寄水电局信。寄叶圣陶信并还书。午后秋方及其弟来。许诗荀来。下午衣萍、小峰来,交泉百。曙天、漱六来。夜往内山书店取《世界美術全集》第7册一本,一元六角。又买《欧洲近代文芸思潮論》一本,四元七角。

二十八日　晴。上午寄谢玉生书两本,照相四张。下午刘小愚来。

二十九日　晴。上午得霁野信,二十二日发。午后寄素园、丛芜信。寄谢玉生信。下午寄还暨南大学陈翔冰讲稿。得矛尘信。得季巿信。得芳子信,三弟持来。得吴敬夫信。晚得小峰信并《唐宋传奇集》二十本,旧稿一束,甘酒一皿,即复。得淑卿信,二十二日发。

三十日　晴。下午璇卿来。得绍原信。得季市所寄历日一本。夜有麟来并赠饼饵四个。复绍原信。复季市信。

三十一日　晴。午后同三弟及广平访李小峰。在天福买食物五元。在广学会买《英国随笔集》一本赠三弟。晚李小峰及其夫人招饮于中有天，同席郁达夫、王映霞、林和清、林语堂及其夫人、章衣萍、吴曙天、董秋芳、三弟及广平，饮后大醉，回寓欧吐。

✱　　✱　　✱

〔1〕　即《当陶元庆君的绘画展览时——我所要说的几句话》。后收入《而已集》。

〔2〕　陶元庆等来选取鲁迅珍藏的画象拓本，交立达学园绘画展览会展出。

〔3〕　北大廿九周纪念会　在杭州的北京大学校友商定是年12月17日在杭州西湖蒋庄举行北大成立廿九周年纪念会，邀请鲁迅莅会。

〔4〕　立达学园绘画展览会　全称"立达学园美术院西画系第二届绘画展览会"。12月18日起在福生路（今罗浮路）俭德储蓄会正式展出。第一室陈列陶元庆等人作品。鲁迅曾写《当陶元庆君的绘画展览时——我所要说的几句话》为之介绍。

〔5〕　疑为《近代美术史潮论》之部分译稿。

〔6〕　大学院　国民党政府直属的最高教育、学术机关。1927年10月成立于南京，院长蔡元培。鲁迅与李石曾、吴稚晖、马叙伦、江绍原共五人被聘为特约著述员，每月致送薪水（又称编辑费）三百元。次年8月国民党中央五中全会通过废止大学院、设立教育部的提议，10月改

称教育部。特约著述员之职仍延聘至1931年12月底被裁撤。

〔7〕 发《语丝》第四卷第二期稿。

〔8〕 望·蔼覃象　刊于《小约翰》译本卷首的作者望·蔼覃像，因北京制版质量不佳，故在上海印制后寄去。

〔9〕 至暨南大学演讲　题为《文艺与政治的歧途》。记录稿有二：一为章铁民记，经鲁迅修改，29日寄陈翔冰，以《文学与政治的歧途》为题发表于该校《秋野》月刊第三期（1928年1月）；另一为刘率真（曹聚仁）记，发表于1928年1月29日、30日的上海《新闻报》副刊《学海》第一八二、一八三期，署"周鲁迅讲"，后经鲁迅修改，收入《集外集》。

〔10〕 即《卢勃克和伊里纳的后来》。随笔，日本有岛武郎作。鲁迅译文发表于《小说月报》第十九卷第一期（1928年1月），后收入《壁下译丛》。

书　　帐

徐庾集合印五本　　一·三〇　一月十日
唐四名家集四本　　一·一〇
五唐人诗集五本　　二·〇〇
穆天子传一本　　〇·二〇　一月十一日
花间集三本　　〇·八〇
Ch. Meryon 一本　　艾锷风赠　一月十四日
温庭筠诗集一本　　〇·三〇　一月十五日
皮子文薮二本　　〇·七〇　　　　　　　　六·四〇〇
经典集林二本　　一·〇〇　二月十日
孔北海等年谱四种一本　　一·〇〇
玉谿生年谱会笺四本　　二·〇〇　　　　　四·〇〇〇
现代理想主义一本　　蒋径三赠　三月十五日
老子道德经一本　　〇·二〇　三月十六日
冲虚至德真经一本　　〇·四〇
文心雕龙补注四本　　〇·八〇　三月十八日　　一·四〇〇
五百石洞天挥麈六本　　二·八〇　四月十九日
寰宇访碑录校勘记二本　　二·〇〇　四月二十四日
十三经及群书札记十本　　二·〇〇
巢氏病源候论八本　　二·四〇

粤讴一本　〇·三〇

白门新柳记二本　〇·三〇

南菁书院丛书四十本　九·〇〇　　　　　　一八·八〇〇

补诸史艺文志四种四本　一·三〇　六月九日

三国志裴注述一本　〇·五〇

十六国春秋纂录二本　〇·六〇

十六国春秋辑补十二本　三·八〇

广东新语十二本　四·八〇

艺谈录二本　二·〇〇

花甲闲谈四本　一·四〇

玉历钞三种三本　常维钧收寄　六月十一日

二十四孝图二种二本　同上

百孝图五本　同上

二百卌孝图四本　同上

文学大纲第二三册二本　西谛寄赠　六月十六日　　一四·四〇〇

史通通释六本　三·〇〇　七月一日

东塾读书记五本　一·八〇　七月三日

清诗人征略十四本　四·〇〇

松心文钞三本　一·五〇

桂游日记一本　〇·四〇

太平御览八十本　四〇·〇〇　七月四日

韩诗外传二本　〇·八〇　七月二十六日

大戴礼记二本　〇·六〇

释名一本　〇·三〇

57

邓析子一本　〇·一〇

慎子一本　〇·二〇

尹文子一本　〇·一〇

谢宣城诗集一本　〇·三〇

元次山文集二本　〇·五〇　　　　　　　　　五三·六〇〇

六醴斋医书二十二本　三·五〇　八月二日

益雅堂丛书二十本　五·〇〇　八月十三日

唐土名胜图会六本　二·〇〇　　　　　　　一〇·五〇〇

南海百咏一本　〇·二〇　九月十六日

易林释文一本　〇·三〇

汉碑征经一本　〇·三〇

吴氏遗著二本　〇·八〇

刘氏遗书二本　〇·七〇

愈愚录二本　〇·七〇

句溪杂著二本　〇·五〇

学诂斋文集一本　〇·二五〇

广经室文钞一本　〇·二五〇

幼学堂文稿一本　〇·二〇

白田草堂存稿两本　〇·六五〇

陈司业遗书二本　〇·七〇

东塾遗书二本　〇·四〇

无邪堂答问五本　一·〇〇　　　　　　　　六·九五〇

昆虫记第四本一本　三·三〇　十月五日

续小品集一本　二·八〇

或ル魂の発展一本　二・五〇

世界の始一本　一・六〇

支那学文藪一本　三・八〇　十月八日

雖モ地球ハ動イテ居ル一本　一・八〇

虹児画譜一二輯二本　四・〇〇

革命芸術大系一本　一・〇〇　十月十日

人物志一本　〇・四〇　十月十一日

夷坚志二十本　七・二〇

文学大纲第四本一本　　西谛赠

ダマスクスへ一本　二・六〇　十月十二日

痴人の告白一本　二・五〇

島之農民一本　二・二〇

燕曲集一本　二・二〇

世界性業婦制度史一本　三・〇〇

動物詩集一本　二・二〇

労農露西亜小説集一本　二・二〇

漫画の満洲一本　二・二〇

偶像再興一本　二・二〇　十月十七日

アルス美術叢書二本　四・〇〇　十月二十二日

黒旗一本　三・一〇

アルス美術叢書三本　六・〇〇　十月二十七日

近代文芸与恋愛一本　三・〇〇

海外文学新選二本　一・四〇　十月二十九日

昆虫記第三卷一本　三・〇〇　十月三十一日

欧羅巴の滅亡一本　一・〇〇
革命露西亜の芸術一本　二・〇〇
芸術战線一本　二・〇〇　　　　　　　　七四・二〇〇
芸術と社会生活一本　〇・八〇　十一月二日
日本童話選集一本　三・四〇　十一月四日
青空の梢に一本　内山书店赠　十一月五日
御制耕织图二本　一・〇〇　十一月六日
文学評論一本　二・〇〇　十一月七日
文学論一本　一・一〇　十一月十日
外国文学序説一本　二・二〇
日本原始絵画一本　四・三〇
大自然と霊魂との対話一本　一・七〇　十一月十一日
転換期の文学一本　二・三〇
有島武郎著作第五十集二本　二・六〇　十一月十八日
六朝時代の芸術一本　二・〇〇
現代の独逸文化及文芸一本　二・〇〇
近代芸術論序説一本　二・二〇
現代俄国文豪傑作集一本　一・二〇　十一月二十日
貘の舌一本　一・二〇
バクダン一本　二・〇〇
最近思潮批判一本　一・六〇　十一月二十二日
ヴィクトル・ユゴオ一本　一・五〇
愛蘭情調一本　〇・六〇
世界美術全集17一本　三・二〇　十一月二十五日

英文学覚帳一本　三・四〇
切支丹殉教記一本　二・〇〇
日本印象記一本　一・六〇
アメリカ文学一本　二・〇〇　十一月二十六日
承华事略二本　一・〇〇
英国文学史一本　四・〇〇　十一月三十日
英国小説史一本　三・六〇
版画を作る人へ一本　二・六〇
汉画二本　一・三〇　　　　　　　　　六〇・四〇〇
说郛四十本　一四・〇〇　十二月三日
The Woodcut of To-day 一本　五・〇〇　十二月五日
ロシア文学史一本　一・八〇
最新ロシア文学研究一本　二・四〇
近代美術史潮論一本　五・〇〇
医生の記録一本　一・五〇
北米遊説記一本　二・五〇
文[無]産階級の文化一本　二・二〇　十二月十四日
トルストイとマルクス一本　〇・八〇
黒い仮面一本　〇・六〇
拝金芸術一本　〇・八〇
自我経一本　三・〇〇　十二月十九日
ニール河の草一本　三・〇〇
鳥羽僧正一本　二・〇〇　十二月二十二日
あるき太郎一本　一・四〇

仏蘭西文学史序説一本　三・〇〇　十二月二十四日
芸術の勝利一本　二・六〇
ロシア革命後の文学一本　〇・八〇
近代文芸思潮概論一本　四・七〇　十二月二十七日
美術全集第7冊一本　一・六〇　　　　　五七・三〇〇
　　总计一年＝三〇七・九五〇元
　　平匀每月＝二五・六四五元

西牖书钞

严元照《蕙榜杂记》：近见徐昆《柳崖外编》载傅青主先生一帖，语极萧散有味，录之于此云："老人家是甚不待动，书两三行，眵如胶矣。倒是那里有唱三倒腔的，和村老汉都坐在板凳上，听甚么飞龙闹勾栏，消遣时光，倒还使得。姚大哥说，十九日请看昌。割肉二斤，烧饼煮茄，尽足受用。不知真个请不请？若到眼前无动静，便过红土沟吃两碗大锅粥也好。"

龚鼎臣《东原录》：艺祖尝令传宣于密院取天下兵马数，及本院供到，即后批曰，"我自别为公事，谁要你天下兵马数？"却令还密院。鼎臣，景祐元年进士。

同上：蔡君谟说，艺祖尝留王仁赡语。赵普奏曰，"仁赡奸邪，陛下昨日召与语，此人倾毁臣。"艺祖于奏札后亲翰大略言，"我留王仁赡说话，见我教谁去唤来？你莫肠肚儿窄，妒他。我又不见，是证见只教外人笑我君臣不和睦。你莫殢恼官家。"赵约家见存此文字。

陈世崇《随隐漫录》五：裕斋马枢密判临安府，荣邸解偷山贼，逼令重罪。鞫之，乃拾坟山之坠松者。判云，"松毛落地是草，村人得之是宝，大王稳便解来，即时放了。"世崇，宋末人。

元失名《东南纪闻》一：东山先生杨长孺，字伯子，诚斋之适也。学似其父，清似其父，至骨鲠乃更过之。守雪川时，秀邸横一州,廷相择而使之,盖欲其拔薤……一日,干办府捉解爬松钗人。公据案判云:"松毛本是山中草,小人得之以为宝,嗣王捉得太吃倒,杨秀才放得却又好。"阖郡传之以为笑。

日记十七

一月

一日 星期。昙。无事。

二日 晴。上午得淑卿信,十二月二十四日发。得刘肖愚信,夜复。

三日 昙。上午得陈学昭信。得谢玉生信。午后寄淑卿信。李小酩来,未见。陶璇卿自杭州来,赠梅花一束。下午得小峰信及《语丝》、《北新》,即复。晚衣萍、曙天来。得易鹿山信并泉六十。

四日 晴。午后有麟来。同广平往佐藤牙医寓。下午在商务印书馆买《泰绮思》一本,二元二角。

五日 晴。上午得立峨信,旧十二月三日兴宁发。晚往内山书店买《英文学史》一本,《美術を尋ねて》一本,共泉七元五角。

六日 晴。上午得绍原信。得季市信。午后同广平往佐藤医寓。阅日本堂书店,殊无多书。夜林和清招饮于中有天,同席约二十人余。得颜衡卿信,十二月二十七日安海发。得翟永坤信并稿,同日北京发。

七日 晴。午后朱辉煌来,交谢玉生信,假去泉十五。下午公侠来。

八日　星期。雨。上午得马珏信,十二月卅日发。下午往内山书店。晚立峨来,即同三弟往旅馆,迎其友人来寓。

九日　昙。上午得淑卿信并照相一枚。午后同广平往佐藤医士寓。

十日　昙。午后寄淑卿信。复易寅村信并还薪水六十[1]。夜风。

十一日　昙,冷。上午得方仁信,即复。下午璇卿来。寄绍原信。寄马珏信。

十二日　昙。午后得杜力信。寄小峰信。下午得小峰信并《语丝》十六本。

十三日　晴。午后同广平往佐藤医士寓。晚钦文来并赠干果两包,茗两合。得小峰信并《唐宋传奇集》十本,泉百,即复。得有麟信。夜雨。

十四日　雨。上午寄小峰信。得吴敬夫信。晚明之来,即同往东亚食堂夜餐。

十五日　星期。晴。上午季市来。午后同三弟至仁济里[2]访小峰,未遇。访商务印书馆,买英文《苏俄之表里》及《世界文学谈》各一本,共泉二十二元也。买雪茄一合,嘉香肉一筐,共二元。

十六日　晴。下午寿山来,假以泉百。钦文来。晚往内山书店买《童話及童謠之研究》、《レーニンのゴリキーへの手紙》各一本,共泉一元一角。广平同衣萍、小峰到内山书店来,即同往东亚食堂夜餐。夜得绍原信。

十七日　昙。上午收淑卿所寄《タイース》一本。收商

务印书馆版税四十三元五角二分,又稿费八元。午后林和清来。夜小雨。

十八日　晴。下午寄小峰信。

十九日　晴。上午得季野信,附房曼弦信三纸并诗。午陈望道招饮于东亚食堂,与三弟同往,阖席八人。午后同三弟及广平游市,在商务印书分馆买《The Outline of Art》一部二本,二十元。下午得肖愚信。得有麟信。夜往内山书店买《神話學概論》一本,二元五角。

二十日　晴。上午得钦文信。得黎锦明信。下午马巽伯来。晚同蕴如、晔儿、三弟及广平往明星戏院观电影《海鹰》[3]。夜小雨。

二十一日　昙。上午得陈解信。晚观电影,同去六人。夜雨。

二十二日　星期。雨。下午往市买药及水果。下午得小峰信。得方仁信。旧历除夕也,夜同三弟及广平往民[明]星戏院观电影《疯人院》。

二十三日　旧历元旦。昙,午后小雨。

二十四日　昙。下午小峰、梓年、和清来。肖愚来。

二十五日　雨,下午晴。寿山来。林和清及杨君来。

二十六日　晴。林玉堂及其夫人招饮,午前与三弟及广平同往,席中有章雪山、雪村、林和清。晚往内山书店,无所得。

二十七日　雨。上午蒋抑卮来,未见。

二十八日　晴,午后昙。马巽伯来。夜雨雪。

二十九日　星期。晴。午后寄有麟信。寄小峰信。下午得淑卿所寄《飢エ》一本,二十日发。得玉生信,五日耒阳发。得霁野信,十六日发。

三十日　昙。无事。

三十一日　晴。上午得肖愚信。下午收大学院泉三百,本月分薪水。吴敬夫来,假以泉十五。晚得小峰信并泉百,《曼殊年谱》及《迷羊》各一本。

* * *

〔1〕 还薪水六十　因劳动大学校方压制学生进步活动,鲁迅不再为该校开设文学讲座课,故退还薪水。

〔2〕 仁济里　北新书局编辑部所在地,位于新闸路。

〔3〕 《海鹰》　故事片,美国第一国家影片公司1924年出品。

二 月

一日　晴。午后寄谢玉生信。寄李霁野信。寄淑卿信。往内山书店买《世界美術全集》一本,《階級意識トハ何ゾヤ》一本,《ストリンベルク全集》三本,共泉十元三角。下午璇卿来。

二日　昙。上午得陈绍宋信片。得淑卿信,一月二十二日发。收未名社所寄《小约翰》二十本。下午曙天、衣萍、小峰来。得赖贵富信。林和清来。

三日　晴。下午刘、施两君来。得冬芬信。得小峰信及《语丝》。

四日　晴。上午季市来。午同广平往中有天午饭，小峰所邀，同席十人，饭后往明星戏院观电影[1]。夜得霁野信，一月廿四日发。

五日　星期。雨。上午得有麟信，下午复并寄杂志。寄回大学院收条。寄霁野信。往内山书店买《空想カラ科学ヘ》、《通論考古学》各一本，五元五角。

六日　雨。上午达夫来并见借 K. Hamsun's《Hunger》。下午有麟来。夜风。

七日　昙，午后微雪。往内山书店买书三本，共泉二元。得郑泗水信。

八日　晴，冷。上午得马珏信。得丛芜信。午后王毅伯来。下午璇卿来。

九日　昙。上午得周伯超信。晚同三弟往都益处夜饭，同席十五人。夜小雨。

十日　雨。上午得肖愚信。北京有电报来问安否，无署名，下午复一电至家。寄有麟信。寄淑卿信。寄薥覃象五十枚[2]往未名社。往内山书店买《ロシア劳働党史》一本，九角。得静农信，三日发。

十一日　昙。夜译《近代美术史潮论》[3]初稿讫。濯足。

十二日　星期。晴。上午肖愚来，未见。午前章锡箴招饮于消闲别墅，与三弟同往，同席九人。往蟫隐庐买《敦煌石室碎金》、《敦煌零拾》各一本，《簠斋藏镜》一部二本，共泉六元。买药三种七元，水果一筐一元。下午郁达夫来，未遇，留借 Hamsun 小说一本，赠 Bunin 小说一本。

十三日　小雨。午肖愚来,假以泉四十。午后往内山书店买杂小书四本,共泉一元九角五分。晚得小峰信并《语丝》第六期十六本。

十四日　晴。午后有麟、仲芸来。敬夫来。下午得小峰信并《唐宋传奇集》下册二十五本。得赖贵富信。得庄泽宣信。

十五日　晴。午后得淑卿信,九日发。叶锄非来,未见。方仁来,未见。下午小峰来,晚同往东亚食堂夜饭。得有麟信。

十六日　晴。午后复赖贵富信。得淑卿信,十一日发。得小峰信并泉百。衣萍、玉堂来。方仁来。达夫来。

十七日　晴。午后寄有麟信。以《唐宋传奇集》分寄幼渔、季市、寿山、建功、径三、仲服。

十八日　晴。午后寄高明信。寄马珏信。以《唐宋传奇集》分寄盐谷、辛岛、抑卮、公侠、璇卿、钦文。下午璇卿来。晚曙天、衣萍、小峰及其二侄来,并邀广平同至沪江春夜饭讫,往中央大会堂观暨南大学游艺会[4]。

十九日　星期。晴。下午往内山书店买辩证法杂书四〔四〕本,《進化学説》一本,共四元半。

二十日　晴。晚陈抱一招饮,不赴。

二十一日　晴。午陈抱一招饮于大东旅社,往而寻之不得。下午往内山书店买书二本,五元五角。得霁野信,十四日发。得绍原信片。得学昭信。

二十二日　晴。上午得钦文信。下午寄霁野及丛芜信并来稿。晚崔真吾来。

二十三日　晴。午后寄还静农小说稿。下午得静农信，十五日发。潄六、小峰、曙天、衣萍来。晚往内山书店买《文学と革命》一本，二元二角;《世界美术全集》第一本一本，一元六角五分。遇盐谷节山，见赠《三国志平话》一部,《杂剧西游记》五部，又交辛岛毅［骁］君所赠小说、词曲影片七十四叶，赠以《唐宋传奇集》一部。

二十四日　晴。午明之、子英同来，下午往东亚食堂饭，子英仍来寓，谈至夜。

二十五日　晴。午得开明书店所送《神话研究》及转交马湘影信，即复。午后寄静农信。寄寿山信。寄淑卿信。真吾、方仁来。下午钦文来并赠兰花三株，茗一合。司徒乔、梁得所来并赠《若草》一本。

二十六日　星期。昙。上午得宋云彬信。得小峰信并《语丝》八期，晚复。寄霁野信。林和清来，夜同往东亚食堂饭，并邀三弟及广平。

二十七日　晴。上午得吴敬夫信。晚往内山书店买书两本，共泉四元一角。

二十八日　晴。午后司徒乔来画象[5]。崔真吾来。

二十九日　昙。上午得霁野信，二十一日发。得季市信。得紫佩信，二十二日发。午晴。下午往内山书店买杂书四本，二元四角。得钦文信。得丛芜信，二十二日发。晚伏园来。林风眠招饮于美丽川菜馆，与三弟同往。林和清返厦门来别，未遇，留字而去。夜濯足。

71

＊　　　＊　　　＊

〔1〕 所观电影为《战地莺花录》(Orphans of The War)。

〔2〕 蔼覃象五十枚　鲁迅原拟在沪装订《小约翰》五十册,故留下作者像五十枚,现决定全数在北京装订,遂将所留望·蔼覃像寄未名社。

〔3〕 译《近代美术史潮论》　鲁迅自1927年底译起,是日毕。先连载于《北新》半月刊第二卷第五期至第三卷第五期(1928年1月至1929年1月),后由上海北新书局出版单行本。

〔4〕 暨南大学游艺会　暨南大学于是日及次日在北四川路横浜桥中央大会堂举行"特别童子军筹款游艺会"。

〔5〕 司徒乔来画象　指司徒乔为鲁迅作炭笔速写画像。此画曾发表于1928年4月号《良友》画报,1933年7月刊入《鲁迅杂感选集》。

三　月

一日　晴。上午得辛岛骁信。得寿山信。得小峰信并书,午后复。璇卿来[1]并赠火腿一只。访孟渔。夜失眠。风。

二日　晴。午收未名社所寄稿一卷,《小约翰》十本,《未名》二期二本,午后复霁野。以《小约翰》五本寄春台,以壹本代寿山寄王画初。得马仲服信,二月二十五日发。下午往内山书店买《蘇俄の牢獄》一本,一元。冬芬来,未遇。

三日　昙。无事。

四日　星期。小雨。上午得吴敬夫信。得绍原信片。下午真吾来。得矛尘信,昨发。下午语堂来。小愚来。得小峰信并《语丝》、《北新》及《野草》、《小说旧闻钞》等。得ＨＳ信。

五日　晴。上午得矛尘信。得王画初信。得钦文信。下午吴敬夫来。小峰来。得魏建功信，二月廿八日朝鲜京城发。

六日　晴。上午得有麟信。午后寄绍原信。寄矛尘信。寄钦文信。以《小说旧闻钞》及《西游记》杂剧各一部寄幼渔。下午往内山书店买《鑑鏡の研究》一本，七元二角。晚王映霞、郁达夫来。小雨。夜寄矛尘信。

七日　雨。无事。

八日　昙。上午得有麟信。得小峰信并泉百，刊物三种。晚以《唐宋传奇集》、《野草》寄魏建功于北京。以同前二书寄紫佩及淑卿。夜小雨。

九日　小雨。上午得霁野信，二日发。午后寄马珏信。寄有麟信。寄淑卿信。寄辛岛骁信。得王衡信。得ＧＦ信。得中国银行信。曙天来，交衣萍信借《西游记》传奇，即以赠之。

十日　晴。上午得曾其华信。得学昭信。午后往内山书店买《意匠美术写真类聚》十一本，十一元；《希臘の春》一本，《九十三年》一本，共六角。章雪村赠倍倍尔《妇人论》一本，转送广平。真吾来。夜失眠。

十一日　星期。昙。午季巿、诗荀、诗堇来。三弟分送我藕粉二合，玫瑰花一合。

十二日　晴。午后冬芬来。往邮局寄稿子，局员刁难，不能寄。往内山书店托定书。下午张梓生来。小峰来。收大学院二月分薪水三百。得翟永坤信，四日发。得矛尘信。

十三日　晴。午后同方仁、广平往司徒乔寓观其所作画[2]讫,又同至新亚茶室饮茗。下午得霁野信并稿,七日发。晚李遇安来,赠以《小约翰》一本。

十四日　晴。上午得吴敬夫信。得伏园信,午后复。寄大学院收条。寄霁野信并来稿。往内山书店买《階級鬭争理論》一,《唯物的歷史理論》一,《一週間》一,共泉四元一角。又《広辞林》一本,泉四元五角,赠梓生。季市来。

十五日　晴。午后收未名社书五本。寄矛尘信。晚司徒乔来。

十六日　晴。午后理发。下午往内山书店买《表現主義の戯曲》、《現代英文学講話》各一本,二元八角。又豫约《漫画大観》一部,六元二角,先取一本。晚梁得所来摄影二[3]并赠《良友》一本。夜译书[4]至晓。

十七日　晴。上午寄季野信。寄淑卿信。下午仲芸来并交有麟信。得淑卿信,十一日发。朱国祥、马湘影来。

十八日　星期。晴。无事。

十九日　晴。晨寄钦文信。下午小峰来并交泉百。

二十日　晴。午后寄有麟信,附致易寅村信。寄季市信。往内山书店,赠以红茶一合,买书五种五本,共泉六元四角。

二十一日　晴。午后同广平往祥丰里制版所[5]。往司徒乔个人绘画展览会[6]定画二帧,共泉十三元。晚得梁得所信并照相三枚。

二十二日　昙。上午得钦文信。午后方仁来照相。同方仁、真吾、广平往外滩观 S. SEKIR 小画展览会[7],买取四枚,共泉十八元。

二十三日　昙。上午得季市信。夜初闻雷。

二十四日　雨。上午得马珏信。下午达夫来。

二十五日　星期。昙。上午得有麟信。得矛尘信。午后达夫来。往内山书店买《世界美術全集》2 一本,《支那革命及世界の明日》一本,共泉二元。得季市信。

二十六日　晴。上午得有麟信。得矛尘信。得钦文信。午后小峰来。得易寅村信。郑介石、罗庸、郑天挺来。晚往印刷所取所制图版。得冬芬信并稿。夜濯足。

二十七日　昙。午后寄有麟信,附易寅村笺。寄钦文信。寄季市信。收绍原寄赠《须发[发须]爪》一本。

二十八日　上午同方仁往别发洋行[8]买《Rubáiyát》一本,五元。往北新书店交小峰信并稿[9]。在新亚茶室饮茗,吃面。晚曙天、衣萍来。

二十九日　晴。午后方仁交来卓治信。真吾来。

三十日　晴。午后同广平往制版所。往内山书店买书八本,共泉二十七元五角。

三十一日　昙。上午得钦文明信片。得淑卿信,廿五日发。午后寄小峰信。下午达夫来。晚璇卿来[10]。夜寄霁野信。寄矛尘信。

＊　　＊　　＊

〔1〕璇卿来　陶元庆本日来访,鲁迅托他绘制《朝花夕拾》封面。

〔2〕往司徒乔寓观其所作画　司徒乔拟举办个人画展,鲁迅往

观其画后,翌日作《看司徒乔君的画》一文。后收入《三闲集》。

〔3〕 梁得所来摄影　梁得所为《良友画报》索取鲁迅照片,本日所摄照片中的一张用于该画报1928年4月号。

〔4〕 指译《思想·山水·人物》。随笔集,日本鹤见祐辅作。

〔5〕 往祥丰里制版所　祥丰里,位于虬江路近北四川路。是日往该所当是为《奔流》创刊号的插图处理制版事宜。

〔6〕 司徒乔个人绘画展览会　即在位于北四川路虬江路角"乔小画室"举办的"乔小画室春季展览会",展出作品共七十二幅。

〔7〕 S.SEKIR 小画展览会　指在上海南京路十号举办的德(?)国画家斯吉尔的画展,展出素描、写生画二二六件。

〔8〕 别发洋行　美国侨民开设的商号,亦销售图书。位于南京路(今南京东路)。

〔9〕 发《语丝》第四卷第十四期稿。

〔10〕 璇卿来　本日陶元庆交来《朝花夕拾》封面画。

四 月

一日　昙。星期。午后钦文来。李宗武来。小峰来并交泉百。得郁达夫信。得张孟闻信。得余志通信。夜雨。

二日　雨。午寄小峰信。复余志通信。达夫招饮于陶乐春,与广平同往,同席国木田君及其夫人、金子、宇留川、内山君,持酒一瓶而归。下午往内山书店买《世界文芸名作画譜》一本,二元二角。收未名社书五本。

三日　晴。上午得紫佩信片。午后钦文来。下午寄淑卿信并照相两枚。以《语丝》寄紫佩及童经立。译《思想·山水·人物》迄。

四日　晴。午后往内山书店买书十本,九元二角。

五日　晴。午后往印板所取所制版共十三块,付泉十六元四角。晚在中有天设宴招客饮,计达夫及其夫人、玉堂及其夫人、小峰及其夫人、司徒乔、许钦文、陶元庆、三弟及广平。

六日　晴。午后得有麟信并日报[1]。

七日　晴。午张仲苏、齐寿山来访,少顷季市亦至,仲苏邀往东亚食堂午餐。午后得李秉中所寄《蘇俄美術大観》一本及信片,二日发。下午得小峰信及《语丝》十四期。晚得李秉中信,二日发。

八日　星期。晴。午后寄马珏信。寄紫佩信。同三弟往中国书店买《陈章侯绘西厢记图》一本,五角。崔真吾来,未见,留赠麂肉一包。夜濯足。

九日　小雨。上午寄有麟信。寄秉中信并书三本。午得有麟信。得钦文信。午后往内山书店买《社会文芸叢書》二本,一元八角。下午得杨赢生信。

十日　晴。晨寄小峰信。午后寄汉文渊书肆信。晚季市来。

十一日　晴。下午得潘梓年信二,即复[2]。晚收大学院三月分薪水泉三百。往制版所取锌板,共泉十五。买小踏车一辆赠烨儿。

十二日　晴。午前曙天、衣萍来。下午往内山书店买书四本,共七元二角。

十三日　昙。上午得绍原信,午后复。往汉文渊书肆买《列女传》一部四本,唐人小说八种十三本,《目连救母戏文》一部三本,共泉十六元。下午小峰来并交泉百。得叶汉章信。

77

得梁君度信。璇卿来。

十四日　昙。上午蔡先生来。午后［前］同方仁往书店浏览,午在五芳斋吃面。午后往内山书店买《マルクス主義と倫理》一本,七角。

十五日　星期。晴。上午达夫来。下午真吾来。梓生来。晚王映霞及达夫来。

十六日　晴。无事。

十七日　晴。上午得有麟信。午后寄小峰信。往内山书店买《社会意識学概論》、《芸術の始源》各一部,共泉六元。往仁济堂买药壹元。

十八日　晴。上午得李朴园信。夜濯足。

十九日　昙。上午得小峰信并《语丝》。得有麟信。下午雨。

二十日　昙。上午得紫佩信。得马珏信。得淑卿信,十二日发。夜雨。

二十一日　雨。午后复李朴园信。复叶汉章信。复有麟信。下午真吾来。

二十二日　星期。晴。上午汪静之来,未见。午后同三弟往商务印书馆分店。访梁得所,未遇。在小店买英译 J. Bojer 小说一本,泉五角,即赠方仁。

二十三日　晴。上午寄小峰信。寄淑卿信。下午区国喧来。托三弟从商务印书馆买《百梅集》一部两本,七元二角。托方仁买《Thaïs》一部,十一元二角。

二十四日　晴。午后小峰来。得素园信[3]。得马仲殊信。得李金发信。

二十五日　昙。午后往内山书店取《漫画大观》一本，又买《美術全集》19一本，《精神分析入門》一部二本，共泉五元。又《苦悶的象徵》一本，二元，赠广平。小雨。

二十六日　晴。下午得小峰信并《语丝》第十七期。

二十七日　昙。午后寄韩云浦信。得谨夫信。晚达夫来。

二十八日　晴。午后真吾来。

二十九日　星期。昙。上午螺舲及其公子来访。午后阅市。下午曙天、衣萍来。夜大雨。

三十日　昙。上午得矛尘信，廿八日发。午后雨。下午区国暄来。

＊　　＊　　＊

〔1〕　指南京《市民日报》。荆有麟编辑。

〔2〕　《北新》半月刊编者潘梓年来信附有读者陈德明函，对《近代美术史潮论》插图提出意见。鲁迅的复信以《关于〈近代美术史潮论〉插图》为题，发表于该刊第二卷第十二号(1928年5月)，现编入《集外集拾遗补编》。

〔3〕　得素园信　韦素园在信中告知北京未名社于4月7日被查封，李霁野、台静农、韦丛芜被捕之事。

五　月

一日　昙。午得李宗武信并稿。下午往内山书店买文学书五本,四元四角。得杨赢牲稿。真吾及其友来。晚语堂及其夫人来。

二日　晴。午后金溟若、杨每戡来。

三日　晴。下午得蔡漱六信并泉百,《北新》六本。夜陈望道来约讲演[1]。

四日　晴。午前季市来并交寿山所还泉百。午后得冬芬信并稿。同真吾、方仁、广平往上海大戏园观《四骑士》电影[2]。

五日　晴。上午寄矛尘信。复李金发信。复梁君度信。晚真吾来。夜雨。

六日　星期。晴。午后达夫来,未见。

七日　昙。午得淑卿信并书五本,一日发。往内山书店买书三本,二元五角。陈望道来,未遇。璇卿来,未遇,留赠《陶元庆的出品》一本,画信片五份。晚同三弟访陈望道,未遇,留还衣萍所代借书二本。达夫来。

八日　昙。上午得有麟信,七日发。午后小峰来。得翟永坤信二封。得金溟若信。得矛尘信。下午璇卿来。

九日　昙。午后收大学院上月薪水三百。晚伏[服]阿思匹林[3]一片。夜达夫来。

十日　昙。午后杨维诠来。下午季市来,交以泉百,托代付有麟。得小峰信并《语丝》第十八九期。小雨。服阿思匹林共三片。

十一日　昙。午后寄有麟信。复金溟若信。寄小峰信。往内山书店买《世界文化史大系》(上)一本,八元;又《ケーベル随筆集》、片上氏《露西亜文学研究》各一本,共泉三元九角。

十二日　晴。上午往福民医院[4]诊。下午钦文来并携茗三合。

十三日　星期。昙,热。午后钦文来,留赠照相一枚。夜雨。

十四日　晴。上午得李秉中信,七日发。得马珏信,七日发。下午往福民医院诊。得丛芜信并诗。

十五日　晴。上午得有麟信。午后夏丏尊来。小峰来。得素园信并诗,二日发。陈望道来,同往江湾实验中学校讲演[5]一小时,题曰《老而不死论》。

十六日　晴。上午得金溟若信。得矛尘信并稿。午寄有麟信。午后往内山书店买书二本,三元。往明星戏院观电影[6]。晚得徐诗荃信[7]。

十七日　晴。下午得钦文信片。得小峰信并泉百及《语丝》廿期。

十八日　晴。上午收钦文所寄浙江图书馆印行书目一本。午后寄寿山信。寄淑卿信。以《语丝》等寄许羡苏及紫佩、季市。下午往内山书店买《仏陀帰る》一本,八角。又杂志二本,共一元。

十九日　晴。上午得金溟若信。往福民医院诊。下午王映霞、郁达夫来。

二十日　星期。昙。下午往内山书店,赠以茗一合。

二十一日　晴。下午小峰来。夜黎慎斋来。

二十二日　晴。下午得刘肖愚信。

二十三日　晴。午后复张介信并还小说稿。复金溟若信。寄小峰信。

二十四日　昙。上午得韩云浦信，十八日发。午后往内山书店取《世界美術全集》第30册一本，一元七角；《漫画大观》第6册一本，值先付。又买杂书三本，共泉三元六角。晚真吾来。

二十五日　昙。上午往福民医院诊。得有麟信。晚达夫来。得梁式信。小雨。

二十六日　晴。下午得小峰信并《语丝》第二十一期。

二十七日　星期。晴。午后得敬夫信。刘肖愚来。下午空三来。达夫来并赠《大調和》一本，去年十月号。

二十八日　晴。午后复钟贡勋信。下午杨维诠来。晚得招勉之信。

二十九日　晴。上午收金溟若文稿二篇。夜濯足。

三十日　昙。晚复徐诗荃信。寄有麟信。寄矛尘信。寄中国书店信。

三十一日　小雨。上午得王衡信并照片。往福民医院诊。往内山书店买《革命後之ロシア文学》一本，二元。下午寄还杨镇华稿。寄韩云浦信并还稿一篇。晚陈望道来。

*　　*　　*　　*

〔1〕陈望道来约讲演　复旦大学附属实验中学举办"火曜讲话"，每周二下午邀请名家演讲，陈望道来约鲁迅作第一讲。

〔2〕《四骑士》 又名《儿女英雄》，美国大都会影片公司1921年出品。上海大戏院，在北四川路虬江支路口。

〔3〕 鲁迅到上海后，肺病复发，初服阿司匹林退烧。经福民医院诊治后始知病情严重，前后往诊五次。

〔4〕 福民医院 日本人开设，位于北四川路，院长顿宫宽。其前身为佐佐木金次郎创办的佐佐木医院。鲁迅与该院医生多有交往，常去看病，并多次介绍亲友往诊。

〔5〕 江湾实验中学 即复旦大学附属实验中学。创办于1925年，校长由复旦大学校长李登辉（1873—1947）兼任。1927年12月起，陈望道任该校行政委员会代理主任。鲁迅讲题为《老而不死论》，参看《译文序跋集·〈毁灭〉第二部一至三章译后记》。

〔6〕 所看电影为《医验人体》，科学教育影片，德国友芳影片公司出品。

〔7〕 得徐诗荃信 徐诗荃于15日在复旦实验中学为鲁迅讲演作记录，此信附来记录稿。

六 月

一日 晴。上午璇卿来并赠《元庆的画》四本。午后得小峰信并泉百及《语丝》、《北新》，又《思想·山水·人物》二十本。下午真吾来。收一沤信。收中国书店书目一本。

二日 昙。午后以《思想·山水·人物》分寄钦文、矛尘、斐君、有麟、季市、仲珊、淑卿，又分赠雪村、梓生、真吾、方仁、立峨、贤桢、乔峰、广平。

三日 星期。昙。上午得矛尘信。得季市信。得淑卿信，五月二十六日发。下午达夫来，赠以陈酒一瓶。夜月食，闻大放爆竹。

四日 昙。上午得语堂信。午后寄季市信。下午得金溟若信。往内山书店。

五日 晴。午后得小峰信并新书四种。得徐诗荃信。得李霁野、台静农信。得陈妤雯信。得侍桁信。下午真吾来。夜濯足。

六日 晴。晚复金溟若信。复矛尘信。寄淑卿信。

七日 晴。无事。

八日 晴。午后得紫佩信片,五月卅日发。寄语堂信。下午访招勉之,未遇。往内山书店。晚黎慎斋、翟觉群来。收大学院五月分薪水泉三百。

九日 晴。上午得金溟若信。往福田[民]医院诊。下午得小峰信及《语丝》。夜理发。

十日 星期。晴。午后同三弟往中国书店买书五种十八本,共泉十元六角。

十一日 昙。下午小峰来。得区克宣信。真吾来,假泉卅。夜雨。

十二日 雨。上午得马珏信。得有麟信。下午方仁为买英译绘图《Faust》一本,五元。得韩云浦信。得李少仙信。夜同曾女士、立峨、方仁、王女士、三弟及广平往明星戏院看电影[1]。

十三日 晴。午后复葛世荣信。复徐诗荃信。寄马珏信。下午昙。明之来。曙天来并赠《樱花集》一本。晚往内山书店。夜濯足。

十四日　晴。下午得真吾信。得金溟若信。

十五日　晴。午后复李少仙信。下午往内山书店。得小峰信并泉百,《语丝》十七本,晚复。得侍桁信。内山书店赠海苔三帖。

十六日　晴。夜寄余志通信。寄侍桁信。寄小峰信。

十七日　星期。晴。下午得李小峰信。

十八日　昙。晨寄侍桁信。上午王孟昭交来荆有麟信并金仲芸稿。下午往内山书店买《世界美術全集》(6)一本,一元六角五分。又《輿論と群集》一本,一元五角。晚得淑卿信,八日发。夜小雨。

十九日　小雨。下午达夫来。得语堂信。

二十日　雨。上午得李少仙信。下午得达夫信。得徐诗荃信。有恒来。夜复语堂信。复有麟信。寄小峰信。寄淑卿信。

二十一日　晴。午后往内山书店。璇卿来。得金溟若信。

二十二日　晴。上午得小峰信及《北新》、《语丝》、《奔流》。下午徐思荃来。寿山来。

二十三日　雨。上午得语堂信。下午以《语丝》等寄羡蒙、紫佩、方仁、季市。

二十四日　星期。雨。午前同三弟、广平往悦宾楼,应语堂之约,同席达夫、映霞、小峰、漱六、语堂同夫人及其女其侄。下午买什物十余元,以棉毯二枚分与立峨。晚得春台信,其字甚大。

二十五日　雨。午后金溟若及其友来。下午得马珏信,十八日发。

二十六日　大雨。上午得矛尘信。得紫佩信,十六日发。午后寄小峰信并稿[2],附与达夫笺。下午往内山书店买书五种九本,共泉十元八角五分也。晚得徐诗荃信。

二十七日　昙,午后雨。晚真吾来。

二十八日　昙。上午得侍桁信并稿。午后复马珏信。晚大雨。

二十九日　晴。上午得马珏信,端午发。午后往商务印书馆分馆看书。

三十日　昙。下午达夫来。往内山书店买《階級社会之諸問題》一本,九角。又月刊两本,亦九角。晚得韩云浦信,二十六发。

＊　　＊　　＊

〔1〕　所看电影与5月16日相同,为《医验人体》。
〔2〕　疑为《奔流》第一卷第二本稿。

七　月

一日　星期。晴。上午贤桢赠杨梅甚多,午后分赠小峰一筐,即得复并《语丝》。得达夫信。得语堂信。得王任叔信并小说一册。得和清信。

二日　昙。午赵景深、徐霞村突来索稿[1]。得空三信。午后璇卿来。沈仲章来访,未见,留许季上函而去。晚往内山书店托其为广平保险信作保,并取回《漫画大观》第四本一本,先所豫约也。

三日　昙。午后空三来,未见。得淑卿信,从三弟转来,六月二十四日发。

四日　晴。下午得小峰信,即复。得王衡信。得石民信。得徐霞村信。

五日　昙。午后寄空三信。寄小峰信。寄紫佩信。夜语堂偕二客来。

六日　昙。上午得霁野信,六月廿九日发。午后钦文来并赠茗三合。下午小峰、矛尘来。雨。杨维铨、林若狂来。晚邀诸客及三弟、广平同往中有天夜餐。

七日　晴。午得小峰柬招饮于悦宾楼,同席矛尘、钦文、苏梅、达夫、映霞、玉堂及其夫人并女及侄、小峰及其夫人并侄等。午季市来,未遇。

八日　星期。晴。上午复裘柱常信。复王衡信。午后忽雨忽晴。

九日　晴。上午得有麟信。下午钦文来。季市来。晚矛尘、小峰来。季市邀往大东食堂夜餐,同席钦文、广平及季市之子侄三人。璇卿来,未遇。三弟为托商务印书馆买来《New Book Illustration in France》一本,《Art and Publicity》一本,共泉八元六角。

十日　晴,热。午后赵昕初来。下午钦文来。矛尘来,晚上车赴杭。收崔万秋所寄赠《母与子》一本。

十一日　晴,热。下午收大学院六月分薪水三百。寄翟永坤信。寄小峰信并稿[2]。以《坟》之校本[3]及素园译稿寄未名社。

十二日 晴,热。午后复石民信。寄淑卿信。下午得小峰信并泉百、《语丝》第二八期十七本。往内山书店买《ブランド》一本,八角。晚同钦文、广平赴杭州[4],三弟送至北站。夜半到杭,寓清泰第二旅馆,矛尘、斐君至驿见迓。

十三日 晴。晨介石来。上午矛尘来。午介石邀诸人往楼外楼午餐,午后同至西泠印社茗谈[5],旁晚始归寓。在社买得汉画象拓本一枚,《侯愔墓志》拓本一枚,三圆;《贯休画罗汉象石刻》景印本一本,一元四角;《摹刻雷峰塔砖中经》一卷,四角。晚斐君携小燕来访。矛尘邀诸人至功德林夜饭。

十四日 晴。上午介石来。矛尘、斐君来。午钦文邀诸人在三义楼午餐。下午腹泻,服药二丸。

十五日 星期。晴。午邀介石、矛尘、斐君、小燕、钦文、星微、广平在楼外楼午饭,饭讫同游虎跑泉,饮茗,沐发,盘至晚归寓。

十六日 晴。下午矛尘来,同至抱经堂[6]买石印《还魂记》一部四本,王刻《红楼梦》一部廿四本,《百美新咏》一部四本,《八龙山人画谱》一本,共泉十四元二角。晚又至翁隆盛买茶叶、白菊等约十元。夜失眠。

十七日 晴。清晨同广平往城站发杭州,钦文送至驿。午到寓。得霁野信,六日发。得马珏信,四日发。得真吾信。得徐诗荃信并稿[7]。晚金溟若来,未见。得钱君匋信并《朝花夕拾》书面两千枚。

十八日　晴。午后复钱君匋信。复真吾信。寄钦文信。寄小峰信。复霁野信并书二本，书面二千。寄还招勉之稿并复信。寄矛尘信并《小约翰》二本。寄小峰信。下午金溟若偕二友来。往内山书店买书两本，二元二角。又小说一本，一元。晚黎锦明来，未见。夜达夫来。雨。

十九日　雨。下午得钱君匋信。晚北新书局送来稿件及《奔流》第二期，并《殷虚书契类编》一夹六本，是去年在厦门时托丁山购买者；又陈庆雄、杨赢牲、裘柱常、冯雪峰信，韦素园信片。得杨骚信。

二十日　雨，即晴。晚得钦文信。得紫佩信。得黎锦明信。复冯雪峰信。寄还杨赢生小说稿。

二十一日　昙。上午得侍桁信，门司发。午后复黎锦明信。骤雨一陈即晴。

二十二日　星期。晴，热。上午得矛尘信。得小峰信。午后达夫来。下午陈望道、汪馥泉来。胡[吴]祖藩来。得小峰信并《语丝》、《北新》。得戴望舒信。得高明信。寄小峰信。复素园信。

二十三日　晴，热。午后以《奔流》及《语丝》寄季黻及淑卿。往内山书店买书四种，四元五角。《世界美术全集》(18)一本，一元七角。下午得钦文稿。

二十四日　晴，热。无事。

二十五日　晴，大热。晚得小峰信并泉百。得ＧＦ信。得丛芜信。收《谷风》第二期一本。夜浴。

二十六日　昙，大热。午后杨维铨来。下午雨一陈。晚复康嗣群、戴望舒信。

二十七日　雨。上午收《医学周刊集》一本并丙寅医学社[8]信。晚寄小峰信。

二十八日　昙。午前达夫来。午后晴。晚语堂来。

二十九日　星期。晴。无事。

三十日　晴。晨复金溟若信。寄钦文信。得淑卿信,二十三日发。下午托三弟从商务印书馆买来《续古逸丛书》单本两种五本,《四部丛刊》单本三种四本,《元曲选》一部四十八本,共泉二十元四角。小峰来谈,晚饭后归去。

三十一日　昙,下午小雨。无事。

*　　　*　　　*

〔1〕　赵景深、徐霞村突来索稿　徐霞村等拟办刊物《熔炉》,是日中午偕赵景深来向鲁迅约稿,鲁迅未允。

〔2〕　疑为发《语丝》第四卷第二十九期稿。

〔3〕　《坟》之校本　未名社拟重印《坟》,鲁迅将该书校订后寄去。重排本于1929年3月出版。

〔4〕　赴杭州　鲁迅与许广平应许钦文、章廷谦之邀往杭州游憩。

〔5〕　至西泠印社茗谈　鲁迅是日谈话内容,主要有关萧伯纳和高尔基的作品,并及中国的绘画雕刻等。

〔6〕　抱经堂　古旧书店,1915年创办于杭州。店主朱遂翔。后在上海设分店。出有书目三十余册。鲁迅在该店购书还有《奇觚室吉金文述》十册等。

〔7〕　即《谈谈复旦大学》。徐诗荃作,署冯珧。鲁迅将之发表于《语丝》周刊第四卷第三十期(1928年7月23日)。此文揭露了复旦大

学的腐败现象,遭致该校出身的国民党浙江省党部委员许绍棣之忌,成为该党部1930年呈请通缉鲁迅的原因之一。

〔8〕 丙寅医学社　医学团体。1926年(夏历丙寅)8月在北京成立,故名。主持人杨济畤。

八　月

一日　昙,午小雨即晴。得钦文信。下午达夫来。

二日　昙。上午达夫来并赠杨梅酒一瓶。得丛芜信,七月廿六日发。下午往内山书店买书三本,七元八角。

三日　雨。上午得方仁信。下午晴。寄丛芜信并还稿。寄淑卿信。寄矛尘信。寄小峰信,附丛芜笺。以刊物寄羡蒙、方仁、紫佩。

四日　雨。晚因小峰邀,同三弟及广平赴万云楼夜饭,同席为尹默、半农、达夫、友松、语堂及其夫人、小峰及其夫人,共十一人。从商务印书馆取来托其代购之《The Modern Woodcut》一本,付泉三元四角。

五日　星期。晴。下午郑介石来。

六日　晴。午后得霁野信,七月卅一日发。晚同三弟往四近看屋[1]。

七日　晴。上午得杨维铨信,下午复。寄方仁信。晚收大学院七月分薪水泉三百。

八日　晴。上午得王衡信。午后托三弟从中华书局买石印《梅花喜神谱》一部二本,一元五角。下午达夫来。

九日　昙。上午得有麟信。下午得小峰信并《北新》、

《语丝》及泉一百,即复。晚同三弟往邻弄看屋。夜雨。

十日　小雨。上午内山书店送来《世界文化史大系》下卷一本,下午又往买杂〔书〕三种,共泉十四元五角。得徐思荃信。

十一日　昙。无事。夜雨。

十二日　星期。昙。上午得杨维铨信。午晴。下午小峰赠蒲陶一盘,《曼殊全集》两本。

十三日　晴。午后璇卿自北京来,并持来母亲所给果脯两种。

十四日　晴。上午得语堂信。得春台信,澳门发。

十五日　昙。上午得矛尘信,晚复。寄杨维铨信并泉五十。

十六日　昙。上午内山书店送来《漫画大观》一本。晚往内山书店。夜雨。

十七日　晴。上午得有麟信。下午得矛尘信。语堂来。

十八日　晴。上午得杨维铨信。

十九日　星期。晴,热。上午收杭州抱经堂所寄《奇觚室吉金文述》一部十本,泉十四元二角,矛尘代买。下午收小峰所送《语丝》及《曼殊全集》等。得GF信。得翟永坤信。得素园信。晚柳亚子邀饭于功德林,同席尹默、小峰、漱六、刘三及其夫人、亚子及其夫人并二女。

二十日　晴。上午得矛尘信。午后寄矛尘信。下午洙邻兄来,赠以《唐宋传奇集》一部。夜康嗣群来。

二十一日　昙。上午得方仁信并稿。达夫及映霞小姐自吴淞来,赠打粟干[2]一把。午钦文自杭来,赠酱肘子四包,菱四包。内山书店送来《世界美术全集》第十九本一本,价一元七角。夜出街买火酒。濯足。

二十二日　晴。上午得马仲殊信。得杨维铨信。洙邻兄寄赠《红楼梦本事考证》一本。下午杨维铨来。夜发热,似流行性感冒,服规那丸共四粒。

二十三日　晴。下午得小峰信及《北新》、《奔流》并泉百。仍发热,服阿思匹灵片三次。

二十四日　晴。上午得侍桁信并稿。得小峰信附达夫笺并稿。以《奔流》及《语丝》寄季市、方仁。午后寄小峰信。立峨回去,索去泉一百二十,并攫去衣被什器十余事。夜黎锦明来。热未退,仍服阿思匹林片三回。

二十五日　晴,热。上午杨维铨来。下午钦文来并赠橙花一合。热稍退,仍服药。

二十六日　星期。晴。上午得肖愚信并稿。午后达夫来并交《大众文艺》稿费十元。下午往内山书店,遇蒋径三,值大雨,呼车同到寓,夜饭后去。

二十七日　昙。上午得淑卿信,二十一日发。

二十八日　晴。下午杨维铨来。晚复侍桁信。复方仁信。复淑卿信。

二十九日　晴。上午得钦文信。得黎锦明信。得周向明信。杨维铨来。下午徐诗荃来,未见。得小峰信并《语丝》,即复。晚复黎锦明信。

三十日　晴。上午得徐诗荃信。下午金溟若来。得杨维铨笺并诗稿。收钦文小说稿。收受古堂书目一本。

三十一日　晴。上午达夫来。下午小峰来。徐思荃来。

* * * *

〔1〕往四近看屋　因原寓所环境嘈杂，又因后门邻居家孩童经常顽皮搅扰，故觅屋迁居。9月9日自景云里二十三号移至十八号。

〔2〕打粟干　甜高粱，上海俗称甜芦粟。

九　月

一日　晴。午后时有恒、柳树人来，不见。夜理发。

二日　星期。晴。午后同三弟往北新书局，为广平补买《谈虎集》上一本，又《谈龙集》一本，共泉一元五角。往商务印书分馆买 W. Whitman 诗一本，E. Boyd 论文一本，共泉八元五角。马巽伯来访未遇，留幼渔所赠《掌故丛编》三本。

三日　昙。上午得徐诗荃信。午后雨。往内山书店买《芸術論》一本，一元三角。

四日　晴。午后得王方仁信。

五日　晴。无事。夜濯足。

六日　晴。午后复[得]陈翔冰信。刘肖愚来。下午昙。大学院送来八月分薪水泉三百。收《未名》六期二本。徐诗荃来。复陈翔冰信。

七日　昙。午后往内山书店买《欧洲絵画十二講》一本，四元。下午小雨。王方仁来，还在厦门所假泉二十。得署名 N. P. Malianosusky 者信。

八日　昙。午后杨维铨来。得小峰信并书又泉百，即复。

夜小雨。

九日　星期。晴。下午移居里内十八号屋。真吾来。

十日　晴。下午寄还马仲殊稿。晚真吾、方仁来。夜季市来。

十一日　昙。上午得侍桁信并稿，五日北京发。午后晴。寄大学院会计科信。寄矛尘信。寄钦文信。下午往内山书店。

十二日　昙。午后真吾来。寄小峰信，附寄达夫函。下午小雨。晚方仁赠酒两瓶。真吾还在厦门所假泉卅。

十三日　昙。上午得高明所寄信片。晚同三弟往商务印书馆阅书。应李志云及小峰之邀往皇宫西餐社晚餐，同座约卅人。小雨。得马珏信，六日发。夜大风。

十四日　雨。无事。

十五日　雨。下午陈望道来。晚存统来并赠《目前中国革命问题》一本。

十六日　星期。雨。午望道来。得矛尘信。

十七日　昙。午后往内山书店买《草之葉》(2)一本，一元五角。下午雨。

十八日　晴。上午得钦文信。下午得小峰信并泉百及《北新》、《语丝》等。

十九日　晴。午后得吴敬夫信。夜寄矛尘信。寄小峰信。得绍原信片。

二十日　晴。上午得淑卿信，九日发。午后寄马珏信。寄侍桁信。吴敬夫来。下午往内山书店取《世界美術全集》(31)一本，泉一元八角。

二十一日　晴。上午达夫来。午后同方仁出街阅华洋书店,仅买画信片一枚及《文学周报》等十余本。寄小峰信。得王衡信。

二十二日　晴。阿菩周岁,赠以食用品四种,午食面饮酒。夜雨。

二十三日　星期。雨。午真吾来。下午往内山书店。

二十四日　雨。午真吾来。下午叶圣陶代赠《幻灭》一本。

二十五日　昙。午代矛尘校《游仙窟》。金溟若来,赠《未明》一本。

二十六日　晴。午后寄陈望道信并稿[1]。下午得小峰信并《奔流》、《语丝》、《北新》。得冯雪峰信,晚复。

二十七日　晴。上午寄小峰信。同方仁往中国书店买书十种四十五本,共泉二十一元。晚玉堂、和清、若狂、维铨同来,和清赠罐头水果四事,红茶一合。夜邀诸人至中有天晚餐,并邀柔石、方仁、三弟、广平。

二十八日　晴。下午望道来。得钟青航信。往内山书店。

二十九日　昙,午后晴。真吾来。下午季市来。晚得小峰信并泉百卅。

三十日　星期。晴。晚寄小峰信。

*　　*　　*

〔1〕　即《捕狮》。小说,法国腓立普作。鲁迅译文发表于《大江月

刊》创刊号（1928年10月），后收入《译丛补》。

十 月

一日　晴。上午得林若狂信并稿。得钦文信。下午寄淑卿信。得饶超华信。达夫及夏莱蒂来。

二日　晴。下午吴敬夫来。夏莱蒂来并交稿费十五元。

三日　昙，下午小雨。季黻来。得小峰信并《语丝》卅九期。

四日　晴。午后往内山书店买《漫画大观》(7)一本，一元一角。下午杨维铨来。小峰、石民来。

五日　晴。无事。

六日　昙。上午得侍桁所寄译稿。下午真吾来。

七日　星期。上午得小峰信并泉百，即复。得廖馥君信。下午陈翔冰来。夜林和清及其侄来。

八日　晴。上午复廖馥君信。得霁野信并《朝花夕拾》二十本。得马珏信。得真吾信。得侍桁信。下午和森及其长男来，晚同至中有天晚餐，并邀三弟。托方仁买《观堂遗书》二集一部十二本，泉十元。

九日　晴。上午以《朝华夕拾》寄赠斐君、矛尘、璇卿、钦文。下午廖馥君来。

十日　晴。午后杨维铨来。下午往内山书店买书三种，共泉七元五角，内《女性のカット》一本，以赠广平。夜真吾来。

十一日　晴。午收大学院九月分薪水泉三百。下午宋崇乂来并赠柚子三个。

十二日　晴。上午寄矛尘信。寄小峰信。午后得紫佩信。得金溟若信。晚往内山书店买《思想家としてのマルクス》一本,泉二元。得侍桁信片。

十三日　晴。午真吾来。维铨来。午后得矛尘信。下午吴敬夫来。

十四日　星期。晴。上午达夫来。午后寄小峰信并铜版五块[1]。下午司徒乔来并交伴侣杂志社[2]信及《伴侣》三本,又赠画稿一枚。

十五日　晴。上午得吴敬夫信。得廖馥君信。

十六日　昙。上午寄语堂信。寄侍桁信。得有麟信。得徐诗荃信并稿。下午往内山书店买书四种六本,共泉十一元二角。

十七日　晴。上午得矛尘信。得陈翔冰信。下午杨维铨来,假以泉百。廖馥君、卢克斯来,赠以《朝花夕拾》及《奔流》等。夜寄语堂信。

十八日　晴。午后得小峰信并泉百。得杨[汤]振扬、汪达人信,夜复。

十九日　晴。上午得语堂信。得张永成信。得史济行、徐挽澜、王实味信,午后复。复陈翔冰、雷镜波信。寄矛尘信。寄淑卿《奔流》。寄紫佩、羡蒙《语丝》。寄还王实味小说稿。晚得吴祖藩信。

二十日　晴。上午达夫来。下午往内山书店取《漫画大观》(五)一本。

二十一日　星期。晴。上午得达夫信片。得璇卿信。下午寄小峰信。复徐诗荃信。复石民信。

二十二日　昙。上午得淑卿信,十五日发。得徐翼信片。季市来。

二十三日　晴。上午收未名社所寄《格利佛游记》十本。

二十四日　晴。上午寄小峰信。得敬夫信。午真吾来。托方仁代买到《CARICATURE OF TODAY》一本,五元二角。夜林和清来。

二十五日　晴。午后往内山书店。往一日本书店买《日本童話選集》(2)一本,《支那英雄物語》一本,共泉五元一角。陈望道来并交大江书店[3]信及稿费十元。司徒乔来。

二十六日　晴。上午达夫来。下午杨维铨来,假以泉百。晚语堂及其女来。

二十七日　晴。午真吾来。下午杨维铨来。收小峰信并《北新》。得林和清信。

二十八日　星期。晴。下午小峰来。

二十九日　昙。晚上市买药。往内山书店取《世界美术全集》(二四)一本,又别买书二本,共泉三元四角。复柳柳桥信。复汤振扬信。

三十日　晴。下午陈翔冰来,未见。晚寿山来。

三十一日　昙。晨寄陈翔冰信。寄侍桁信。寄淑卿信。午得侍桁信二封,又《ドン・キホーテ》一本,是《世界文学全集》之一。午后吕云章来。下午夏莱蒂来取译稿[4]。赵景深来并赠《文学周报》一本。达夫来。夜林和清来。

* * *

〔1〕 铜版五块　即《奔流》月刊第一卷第五本所刊关于惠特曼书画五种插图的铜版。

〔2〕 伴侣杂志社　香港的一家文艺月刊社,司徒乔曾为作封面画和插图。来信可能系向鲁迅约稿。

〔3〕 大江书店　应作大江书铺。陈望道、汪馥泉1927年创办于上海。出版《大江月刊》、《文艺研究》等刊物。1929年曾出版鲁迅所译《现代新兴文学的诸问题》(日本片上伸著)、《艺术论》(苏联卢那察尔斯基著)等书。

〔4〕 即《农夫》。小说,苏联雅各武莱夫作。鲁迅译文发表于《大众文艺》月刊第一卷第三期(1928年11月),后收入《译丛补》。

十 一 月

一日　晴。上午杨维铨来。得冬芬信并稿。得语堂信并稿。午后往内山书〔店〕买书二本,二元。托方仁寄小峰信,又代买《Springtide of Life》一本,6.8元。

二日　晴。上午季市来。晚达夫来。夜得钦文信。

三日　昙。午后同真吾、柔石、方仁、广平往内山书店。

四日　星期。昙。上午江绍原来。得小峰信并泉百。

五日　晴。上午复暳岚信。复施宜云信。许德珩来。午后复许天虹信。寄侍桁信并《奔流》四本,《朝华夕拾》一本,来稿一篇。下午寿山及季市来,晚同至中有天晚餐,并邀广平。微雨。

六日　雨。上午寄小峰信。得明之信。下午司徒乔来。

七日　昙。晨得侍桁信并稿。寄矛尘信。复明之信。晚达夫来并交现代书局[1]稿费四十。夜往内山书店交寄宇留川君信并泉十。又买书三种，共泉四元七角。

八日　雨。上午得洪学琛信。

九日　晴。上午寄小峰信。收蒋径三所寄《荷牐丛谈》、《星槎胜览》、《木棉集》各一部。下午陈望道来。夜林和清来。冷。

十日　晴。上午往大陆大学讲演[2]。午真吾来。

十一日　星期。昙。下午玉堂来。梓生来。晚内山完造招饮于川久料理店，同席长谷川如是闲、郁达夫。

十二日　雨。晚得陈翔冰信。得小峰信并期刊三种。夜林和清来。

十三日　昙。无事。

十四日　昙。上午得矛尘信。夜雨。

十五日　晴。上午得丛芜信。下午寄小峰信。往内山书店买《最後の日記》一本，《岩波文庫》二本，三元一角。又收宇留川信并《忘川之水》画面一枚。傍晚又往交《彷徨》、《野草》各一本，托代赠长谷川如是闲。内山夫妇〔赠〕雕陶茶具一副共六件一合。

十六日　昙。下午杨维铨来。夜林和清来。

十七日　昙。上午寄小峰信。午司徒乔赴法来别，留赠炭画二枚。真吾来，下午托其寄小峰信并图板三块[3]。往内山书店买《詩之形態学序説》一本，三元二角。夜收教育部十月分薪水泉三百。

十八日 星期。晴。午后肖愚来。得郑泗水信。

十九日 晴。下午复郑泗水信并还稿。得小峰信并泉百。

二十日 晴。上午托三弟从商务印书馆买来《Contemporary European Writers》一本,七元五角。下午寄林和清信并还稿。寄小峰信。得侍桁信并稿。

二十一日 晴。上午得肖愚信并诗。下午明之来。子英来。夜得钦文信。

二十二日 晴。上午得林和清信。得淑卿信,十六日发。下午达夫来。往内山书店买《人生遺伝学》及《セメント》各一本,共泉六元八角。夜濯足。

二十三日 昙。晚璇卿来。

二十四日 晴。上午得丛芜信。午有麟来。午后寄语堂信。下午夏洛蒂来。真吾来。往内山书店取《世界美術全集》(23)一本,一元七角;买《露西亜三人集》一本,一元一角。晚同柔石、真吾、三弟及广平往 ISIS 看电影[4]。

二十五日 星期。晴。下午有麟来,夜同往 ODEON 看电影[5],并邀三弟、广平。

二十六日 晴。上午得语堂信。得矛尘信。下午吴敬夫及其友数人来。夜得小峰信及《而已集》、《语丝》。得李荐侬信。得石民信。

二十七日 晴。午后同柔石往北新书局访小峰,又至商务印书馆阅书。

二十八日　昙。下午夏洛蒂来并交稿费四十。

二十九日　晴。午后得许天虹信。寄朱企霞信。寄矛尘信。以《而已集》寄矛尘、斐君、钦文。寄淑卿信。夜得杨维铨信。得达夫信片。寄小峰信。

三十日　晴。上午得王衡信。下午往内山书店买翻译书三种，四元三角。又《漫画大观》第九本一本，一元一角。晚真吾来。得侍桁信并稿。

* ＊ ＊ ＊

〔1〕　现代书局　洪雪帆、张静庐1927年创办于上海。以出版文艺书籍为主，曾发行《大众文艺》、《现代》月刊等刊物。

〔2〕　大陆大学　国民党改组派所办的大学，创立于1927年，校长陈公博。是日鲁迅应许德珩之请前往演讲，主要阐述关于无产阶级革命文学的意见，一说讲题为《从文学革命到革命文学》，讲稿佚。

〔3〕　图板三块　即印入《奔流》第一卷第六本的《跳蚤》、《坦波林之歌》和《儿童的将来》三文的插图铜版。

〔4〕　所看电影为《有情人》，美国大都会影片公司1927年出品。ISIS，即上海大戏院。

〔5〕　所看电影为《忘恩岛》，美国哥伦比亚影片公司出品；《非洲猎怪》，美国FOB公司1926年出品。ODEON，即奥迪安大戏院，在北四川路虬江路口。后毁于"一·二八"战火。

十 二 月

一日　晴。上午真吾来。午后昙。晚玉堂来。夜同柔石、三弟及广平往光陆大戏院看电影《暹罗野史》[1]。

二日　星期。晴。午后得小峰信并泉百。下午往内山书店。

三日　雨。无事。

四日　昙,冷。上午得钦文信。得杨维铨信。下午和森来,交以火腿一只,铝壶一把,托寄母亲。收未名社所寄《黑假面人》两本。

五日　昙。上午寄侍桁信。寄小峰信。

六日　昙。上午得矛尘信。下午达夫来。夜杨维铨来。

七日　昙。下午内山书店送来《芸術の社会的基礎》一本,一元一角。得小峰信并《北新》、《语丝》。得翟永坤信。得招勉之信。

八日　雨。上午真吾来。下午时有恒来,不见。往内山书店。

九日　星期。雨,下午霁。夜望道来。柔石同画室来[2]。收大江书店稿费十五元。

十日　晴。下午得吴曙天信,即复,并假以泉五十。公侠来,并赠《Goethe's Brief und Tagebücher》一部二本。

十一日　昙。上午得侍桁信并稿。午后达夫来。下午得徐翼信。晚小峰来。夜雨。

十二日　昙。午后杨维铨来。下午小雨。往内山书店买《マルクス主義者の見るトルストイ》一本,七角。又《最新生理学》一本,八元二角,赠三弟。托方仁买来《Holy Bible》一本,有图九十余幅,九元。得达夫信。

十三日　昙。午后寄达夫信。晚小雨。得金溟若信并稿。

十四日　雨。下午达夫来。下午托方仁买书两本,共泉十三元二角。

十五日　昙。上午郑介石来,未见。午后真吾来。

十六日　星期。昙。上午寄裘柱常信并《朝华》两期。得季市信。下午曙天来并赠《种树集》一本。

十七日　晴。上午得张友松信,下午复。得马珏信。得侍桁信并丸善书店书目两本。晚往内山书店。夜得季市名片,取去藤箧一只。

十八日　晴。上午寄张友松信。收商务馆稿费六十。下午友松来。

十九日　晴。上午得徐诗荃信并稿。下午得有麟信。得小峰信并《语丝》、《奔流》等,又版税泉一百。得无锡中学信,夜复。

二十日　昙。下午复许天虹信。复陈翔冰信。复金溟若信。晚往内山书店买《世界文学と無產階級》及《巴黎の憂鬱》各一本,共三元。

二十一日　晴。午后寄还黄守华稿。以刊物寄许羡蒙、淑卿、子佩。下午真吾来。得刘衲信。夜邀前田河广一郎、内山完造、郁达夫往中有天夜饭。托真吾寄李小峰信并稿[3]。

二十二日　晴。上午得冬芬信并稿。得赵景深信[4]。下午理发。

二十三日　星期。晴。午曙天、衣萍来。下午往内山书店。夜杨维铨来。

二十四日　昙。上午得侍桁信并稿。下午子英来。张友松、夏康农来,未见。托方仁在广学会买《伊索寓言》画本一本,四元四角。

二十五日　晴。上午得张友松信。午收赵景深所赠《中国故事研究》一本。下午〔托〕广平寄小峰信。下午张友松、夏康农来。季市来,赠以《而已集》及《奔流》、《语丝》等。晚同季市往内山书店。

二十六日　昙。下午金溟若来,未见。

二十七日　昙。上午得陈翔冰信。得淑卿信,二十二日发。下午雨。寄侍桁信。往内山书店买《歷史底唯物論入門》一本,《板画の作り方》一本,共三元二角;又《生理学粹》一本,四元四角,以赠三弟。

二十八日　晴。上午得子英信。得李秉中信。午后肖愚来。达夫来。寄矛尘信。复刘衲信。复抱经堂信。寄还刘绍苍、邵士荫、李荐侬来稿,各附一笺。

二十九日　晴。上午寄李秉中信。得林和清信并稿。午后真吾来。晚石民来。夜蓬子来。

三十日　星期。昙。午后内山完造赠宇治茶及海苔细煮各一合。下午寄翟永坤信并还来稿。晚杨维铨来,因并邀三弟及广平同往陶乐春,应小峰之邀,同席十三人。

三十一日　昙。上午收大学院十一月分薪水泉三百。徐蔚南寄赠《奔波》一本。下午寄子英信。寄马珏信。寄淑卿信。晚往内山书店买《支那革命の現階段》一本,又《美術全集》第八本及《業間録》一本,共泉五元一角也。夜得淑卿信,二十五日发。三弟为代买 CIMA 表一只,值十三元。

* * *

〔1〕 《暹罗野史》 原名《CHANG》,美国派拉蒙电影公司 1927 年出品。光陆大戏院,在乍浦路桥南堍。

〔2〕 画室来 冯雪峰来访时,曾与鲁迅商议编译马克思主义文艺理论丛书事。后定名为《科学的艺术论丛书》。

〔3〕 寄李小峰稿 未详。

〔4〕 得赵景深信 信中报告欧洲纪念托尔斯泰的消息。鲁迅在《奔流》第一卷第七本《编校后记》中曾引用此信。

书　　帐

Thaïs 一本　二・二〇　一月四日

英文学史一本　五・三〇　一月五日

美術をたづねて一本　二・二〇

The Mind and Face of Bol. 一本　一一・〇〇　一月十五日

World's Literature 一本　一一・〇〇

童謡及童話の研究一本　〇・三〇　一月十六日

レーニンのゴリキへの手紙一本　〇・八〇

The Outline of Art 二本　二〇・〇〇　一月十九日

神話学概論一本　二・五〇　　　　　　四五・三〇〇

美術全集第 29 冊一本　一・七〇　二月一日

階級意識トハ何ゾヤ一本　〇・五〇

下女の子一本　三・〇〇

結婚一本　二・七〇

大海のとほり一本　二・四〇

空想カラ科学へ一本　一・六〇　二月五日

通論考古学一本　三・九〇

史的唯物論一本　一・〇〇　二月七日

拷問と虐殺一本　〇・六〇

108

日记十七〔一九二八年〕 书帐

愛の物語一本　〇・四〇

ロシア労働党史一本　〇・九〇　二月十日

敦煌石室碎金一本　一・〇〇　二月十二日

敦煌零拾一本　一・〇〇

簠斎臧镜二本　四・〇〇

Mitjas Liebe 一本　达夫赠

支那革命の諸問題一本　〇・四五〇　二月十三日

唯物論と弁証法の根本概念一本　〇・四五〇

弁証法と其方法一本　〇・四五〇

新反対派ニ就イテ一本　〇・六〇

辩证法杂书四本　三・五〇　二月十九日

進化学説一本　一・〇〇

唯物史観解説一本　二・二〇　二月二十一日

写真年鑑一本　三・三〇

文学と革命一本　二・二〇　二月二十三日

世界美術全集1一本　一・六五〇

三国志平话一本　盐谷节山赠

杂剧西游记五部五本　同上

旧刻小说词曲杂景片七十四枚　辛岛骁赠

露国の文芸政策一本　一・〇〇　二月二十七日

農民文芸十六講一本　三・一〇

マキシズムの謬論一本　〇・五〇　二月二十九日

海外文学新選三本　一・九〇　　　　　四八・〇〇〇

ロシアの牢獄一本　一・〇〇　三月二日

109

鑑鏡の研究一本　七・二〇　三月六日

美術意匠写真類聚十一本　一一・〇〇　三月十日

希臘の春一本　〇・二〇

九十三年一本　〇・四〇

階級闘争理論一本　〇・七〇　三月十四日

唯物的歴史理論一本　一・二〇

一週間一本　二・二〇

広辞林一本　四・五〇

表現主義の戯曲一本　〇・六〇　三月十六日

現代英文学講話一本　二・二〇

漫画大観一本　六・二〇　（豫約）

経済概念一本　〇・七〇　三月二十日

民族社会国家観一本　〇・七〇

社会思想史大要一本　二・八〇

史的唯物論略解一本　一・一〇

新ロシア文化の研究一本　一・一〇

革命及世界の明日一本　〇・三〇　三月二十五日

世界美術全集第2册一本　一・七〇

Pogány 絵本 Rubáiyát 一本　五・〇〇　三月二十八日

弥耳敦失楽園画集一本　三・八〇　三月三十日

但丁神曲画集一本　六・六〇

弁証的唯物論入門一本　二・二〇

Hist. Materialism 一本　七・五〇

階級争闘小史一本　〇・三五〇

マルクスの弁証法一本　〇・六五〇

西洋美術史要一本　五・〇〇

私の画集一本　一・四〇　　　　　　　　七八・三〇〇

世界文芸名作画譜一本　二・二〇　四月二日

佐野学雑稿二本　二・二〇　四月四日

研幾小録一本　四・四〇

杂文学书七本　二・六〇

蘇俄美術大観一本　李秉中贈　四月七日

老蓮絵〔会〕真記図一本　〇・五〇　四月八日

社会文芸叢書二本　一・八〇　四月九日

独乙語自修の根柢一本　三・八〇　四月十二日

ファシズムに対する闘争一本　〇・五〇

満鮮考古行脚一本　一・八〇

意匠美術類聚一本　一・一〇

阮刻列女传四本　八・〇〇　四月十三日

唐人小说八种十三本　七・〇〇

目莲救母戏文三本　一・〇〇

マルクス主義と倫理一本　〇・七〇　四月十四日

社会意識学概論一本　二・四〇　四月十七日

芸術の始源一本　三・六〇

The Power of a Lie 一本　〇・五〇　四月二十二日

百梅集二本　七・二〇　四月二十三日

Thaïs 一本　一一・二〇

美術全集第 16 一本　一・六〇　四月二十五日

111

現代漫画大観2一本　先付
精神分析入門二本　三・四〇
苦悶的象徵一本　二・〇〇　　　　　　　　　七〇・五〇〇
マルクス主義的作家論一本　〇・六〇　五月一日
プロレタリヤ文学論一本　一・六〇
社会主義文学叢書三本　二・二〇
現代のヒーロー一本　〇・四〇　五月七日
チェーホフ傑作集一本　一・一〇
フイリップ短篇一本　一・〇〇
陶元庆的出品一本　璇卿赠
元庆的画五份四十枚　同上
世界文化史大系上一本　八・〇〇　五月十一日
ケーベル随筆集一本　〇・四〇
露西亜文学研究一本　三・五〇
フリオ・フレニトと其弟子達一本　二・〇〇　五月十六日
メッザレム一本　一・〇〇
仏陀帰る一本　〇・八〇　五月十八日
世界美術全集30一本　一・七〇　五月二十四日
漫画大観(6)一本　先付
社会運動辞典一本　二・〇〇
支那は眼覚め行く一本　一・二〇
歴史過程の展望一本　〇・四〇
革命後のロシア文学一本　二・〇〇　五月卅一日 三〇・〇〇〇
元庆的画四部四本　作者赠　六月一日

李涪刊误一本　〇·六〇　七[六]月十日

直斋书录解题六本　二·〇〇

开有益斋读书志六本　六·〇〇

殷契拾遗一本　一·二〇

醉菩提四本　〇·八〇

英译 Faust 一本　五·〇〇　六月十二日

世界美術全集(6)一本　一·六五〇　六月十八日

輿論と群集一本　一·五〇

レーニンの弁証法一本　〇·七〇　六月二十六日

一革命家の人生社会観一本　一·六〇

蘇聯文芸叢書三本　二·六五〇

性と性格二本　二·四〇

世界文学物語二本　三·五〇

階級社会の諸問題一本　〇·九〇　六月三十日　三〇·五〇〇

漫画大観(4)一本　先约　七月二日

New Book Illustration in France 一本　四·三〇　七月九日

Art and Publicity 一本　四·三〇

ブランド一本　〇·八〇　七月十二日

汉画象拓本一枚　一·〇〇　七月十三日

侯愔墓志铭拓本一枚　二·〇〇

景印贯休画罗汉象拓本一本　一·四〇

雷峰塔砖中陀罗尼翻刻本一卷　〇·四〇

石印明刻本还魂记四本　二·七〇　七月十六日

王刻红楼梦二十四本　九·〇〇

百美新咏四本　一・八〇
八龙山人画谱一本　〇・七〇
近代劇全集二本　二・二〇　七月十八日
十月一本　一・〇〇
殷虚文字类编六本　七・〇〇　七月十九日
赤い恋一本　一・六〇　七月二十三日
恋愛の道一本　〇・八〇
乱婚裁判一本　〇・五〇
マルクス主義と芸術運動一本　一・六〇
世界美術全集18一本　一・七〇
啸堂集古录二本　三・五〇　七月三十日
曹子建文集三本　四・八〇
蔡中郎文集二本　〇・四七〇
昭明太子文集一本　〇・二七〇
国秀集一本　〇・二〇
元曲选四十八本　一〇・九六〇　　　　　六五・二〇〇
マルクス主義の根本問題一本　〇・六〇　八月一[二]日
雄鶏とアルルカン一本　五・二〇
アポリネール詩抄一本　二・〇〇
The Modern Woodcut 一本　三・四〇　八月四日
梅花喜神谱二本　一・五〇　八月八日
世界文化史大系(下)一本　八・三〇　八月十日
ツァラツストラ解説及批評一本　一・二〇
開かれぬ手紙一本　一・〇〇

支那文芸論藪一本　四・〇〇

漫画大観(3)一本　先付　八月十六日

奇觚室吉金文述十本　一四・二〇　八月十九日

世界美術全集(19)一本　一・七〇　八月二十一日　四四・一〇〇

Poems of W. Whitman　二・〇〇　九月二日

Studies from Ten Literatures　一本　六・五〇

掌故丛编三本　幼渔寄赠

マルクス芸術論一本　一・三〇　九月三日

近世欧洲絵画十二講一本　四・〇〇　九月七日

草の葉(Ⅱ)一本　一・五〇　九月十七日

世界美術全集(31)一本　一・八〇　九月二十日

观堂遗集三四集十四本　一二・〇〇　九月二十七日

铸鼎遗闻四本　二・四〇

瀛壖杂志二本　一・二〇

历代名人画谱四本　〇・八〇

申报馆所印杂书五种十八本　三・六〇

笺经室丛书三本　一・〇〇　　　　三八・一〇〇

漫画大観(7)一本　一・一〇　十月四日

观堂遗书二集十二本　一〇・〇〇　十月八日

芸術と唯物史観一本　三・三〇　十月十日

階級社会の芸術一本　一・一〇

女性のカット一本　三・一〇

思想家としてのマルクス一本　二・〇〇　［十月十二日］

社会主義及ビ社会運動一本　一・一〇　十月十六日

漫画大観(8)一本　一・一〇

漫画西游記一本　一・一〇

二葉亭全集三本　七・九〇

漫画大観(五)一本　先付　十月二十日

CARICATURE OF TODAY　一本　五・二〇　十月二十四日

日本童話選集(2)一本　四・一〇　十月二十五日

支那英雄物語一本　一・〇〇

世界美術全集(24)一本　一・六〇　十月二十九日

婚姻及家族の発展過程一本　一・〇〇

史的唯物論(上)一本　〇・八〇

ドン・キホーテ一本　侍桁寄来　十月三十一日　五一・五〇〇

Springtide of Life　一本　六・八〇　十一月一日

社会進化の鉄則一本　〇・六〇

仏蘭西詩選一本　一・四〇

恋愛と新道徳一本　一・四〇　十一月七日

芸術論一本　〇・六〇

手芸図案集一本　二・七〇

荷牐丛谈二本　蒋径三寄赠　十一月九日

星槎胜览一本　同上

最後の日記一本　二・二〇　十一月十五日

岩波文庫二本　〇・九〇

詩の形態学序説一本　三・二〇　十一月十七日

現今欧洲作家传一本　七・五〇　十一月二十日

人生遺伝学一本　四・四〇　十一月二十二日

セメント一本　二・四〇

世界美術全集(ⅠⅢ)一本　一・七〇　十一月二十四日

露西亜三人集一本　一・一〇

社会進化の鉄則(下)一本　〇・八〇　十一月三十日

芸術の唯物史観的解釈一本　一・〇〇

漫画大観(九)一本　一・一〇

近代仏蘭西詩集一本　二・二〇　　　　　　四二・〇〇〇

芸術の社会底基礎一本　一・一〇　十二月七日

Goethe's Briefe u. Tagebücher　二本　公侠贈　十二月十日

マルキシストの見るトルストイ一本　〇・七〇　十二月十二日

最新生理学一本　八・二〇

HOLY BIBLE　一本　九・〇〇

Contemp. Movements in Eu. Lit. 一本　五・九〇　十二月十四日

Fairy Flowers　一本　六・三〇

世界文学と無産階級一本　一・〇〇　十二月二十日

巴黎の憂鬱一本　二・〇〇

伊索寓言画本一本　四・四〇　十二月二十四日

唯物史観入門一本　一・二〇　十二月二十七日

創作版画の作り方一本　二・〇〇

生理学粋一本　四・四〇

支那革命の現階段一本　〇・三五〇　十二月三十一日

世界美術全集(八)一本　一・七五〇

漫画大観(十)一本　先付

業間録一本　三・〇〇　　　　　　　　　五一・三〇〇

　　总计一年共用五九四・八〇〇，
　　平匀每月计用四七・九〇〇。

日 记 十 八

一 月

一日　昙。上午马巽伯来,未见,留矛尘所寄茶叶二斤。夜画室来。

二日　昙。无事。

三日　晴。上午得矛尘信。

四日　晴。下午陶光惜来,未见。晚真吾来。夜黄行武来,未见,留陶璇卿所寄赠之花一束,书面一帧。

五日　晴。上午得王仁山信。午后得小峰信并《北新》、《语丝》及版税泉一百元。得陈泽川信。得裘柱常信。收侍桁所寄《グレコ》一本,价二元。

六日　星期。晴。上午得侍桁信并《有島武郎著作集》三本,约泉三元三角。下午达夫来。

七日　晴。上午寄矛尘信。寄侍桁信。寄淑卿信。午后寄中国书店信。往内山书店买书五种,共泉八元六角。

八日　晴。上午寄石民信。收未名社所寄《影》两本,《未名》两期。收杨维铨信并诗稿。下午托广平往北新寄小峰信。梁得所来,未见。

九日　晴。午后季市来。收侍桁寄来《ドン・キホーテ》一部二本,价四元。

十日 晴。下午得马珏信。假真吾泉五十。寄侍桁《而已集》一本。晚往内山书店。孟余及其夫人来。付朝华社[1]泉五十。

十一日 晴。上午得子英信。下午小峰来并赠笔五支、《新生》一部二本,即以书转赠广平。夏莱蒂来并交稿费二十。

十二日 晴。下午小峰送来鱼圆一碗。

十三日 星期。晴。上午得协和信。下午杨维铨来。夜画室来。

十四日 昙。午后同柔石、方仁往大马路看各书店。下午雨。

十五日 晴。上午寄小峰信。得曙天信。下午刘衲来。收教育部去年十二月分编辑费三百。得李秉中信。夜真吾来,赠玫瑰酥糖九包。

十六日 晴。下午达夫来。夜雨。

十七日 昙。下午得小峰信并版税泉百,又《语丝》及《奔流》。方仁为从日本购来《美术史要》一本,又从美国〔购〕来《斯坎第那维亚美术》一本,共泉二十。

十八日 昙。上午收侍桁所寄丸善书目一本,下午转寄季市,并《奔流》、《语丝》。以刊物分寄陈翔冰、子佩、羡蒙、淑卿。收侍桁代购之《アルス美術叢書》三本,值六元。学昭赴法,贤桢将还乡,晚邀之饯于中有天,并邀柔石、方仁、秀文姊、三弟及二孩子、广平。夜微雪。

十九日 晴。晚真吾来。夜失眠。

二十日　星期。小雨。晨收侍桁所寄《小さき者へ》一本,值八角。下午交朝华社泉五十。寄小峰信。寄侍桁信。钦文来,并赠茗三合,白菊华一包。晚真吾来。夜雪峰来。

二十一日　雨。上午得和森信。下午得侍桁信。往内山书店买文艺书三种四本,共泉十七元五角。晚真吾来。杨维铨来。

二十二日　昙,冷。上午得淑卿信,十七日发。收未名社所寄《烟袋》两本。下午雨。章铁民等来,未见。陈空三等来,未见。晚得小峰信并本月《奔流》编辑费五十元、《痴人之爱》一本。

二十三日　昙。午后寄侍桁信。下午钟子岩来,未见。

二十四日　微雪。午后寄语堂信。复杨晋豪、卜英梵、张天翼、孙用信。下午语堂来。达夫来。得江绍原信。托柔石从商务印书馆买来《The Best French Short Stories》及《三余札记》各一部,十一元三角。

二十五日　昙。夜达夫来约饮。

二十六日　昙。午达夫招饮于陶乐春,与广平同往,同席前田河、秋田、金子及其夫人、语堂及其夫人、达夫、王映霞,共十人。夜雨。

二十七日　星期。雨。午后林和清来,未见,留札而去。

二十八日　雨。无事。

二十九日　雨。上午寄白薇信。下午画室来。得小峰信并《北新》〔半〕月刊。

三十日　昙。上午寄马珏信并照相一枚。从商务印书馆买来 G. Craig《木刻图说》一本，六元一角。下午往内山书店买《世界美術全集》第二十集一本，一元六角。达夫来。夜望道来。

三十一日　昙。下午高峻峰持寿山函来。达夫来并转交《森三千代詩集》一本，赠粽子十枚。得王峙南信。

* * *

〔1〕 朝华社　即"朝花社"。鲁迅和柔石、崔真吾、王方仁、许广平组织的文艺团体。1928年11月成立于上海，1930年1月结束。该社主要介绍东欧、北欧文学和外国版画。先后出版《朝花》周刊、《朝花旬刊》、版画丛刊《艺苑朝华》以及《近代世界短篇小说集》等。朝花社筹建资金为五百元，鲁迅承担二百元，分别于本日、2月20日、3月5日和10月14日各支给五十元，并于6月间增资一百元，作为许广平的参股资金。

二 月

一日　雪，午后晴。下午雪峰来。张友松来。晚得杨维铨信。夜濯足。

二日　晴。上午得许天虹信。下午马巽伯来。晚陈望道、汪馥泉来。

三日　星期。昙。无事。

四日　晴。上午寄石民信。徐诗荃来，未见。夜得小峰信并《语丝》及版税泉一百。得孙用信。得张天翼信。

五日　微雪，午晴。无事。

六日　晴。上午寄达夫信。为东方杂志社作信与徐旭生征稿。午后望道来，未见。徐诗荃来，未见。得绍兴县长汤日新信。下午小峰来。望道来。

七日　晴。午后得徐诗荃信。下午季市来并赠日历一帖。得侍桁信并稿。夜得张友松信。收教育部一月份编辑费三百。

八日　晴。午后往内山书店，得《草花模様》一部，赠广平。下午友松来。达夫来。

九日　晴。下午往内山书店。

十日　星期。晴。旧历元旦也。

十一日　晴。上午得前田河广一郎信片。午后同柔石、三弟及广平往爱普庐观电影[1]。曙天来，未见，留赠柑子一包，麦酒三瓶。

十二日　晴。上午得马珏信。收《未名》二之二两本。

十三日　晴。上午收侍桁代购寄之《Künster-Monographien》三本，《銀砂の汀》一本。下午赵少侯来。

十四日　晴。下午往内山书店买《独乙文学》(3)一本，二元四角。得侍桁信。

十五日　晴。下午收侍桁代购寄之《Gustave Doré》一本，计值十二元。得刘衲信。晚林若狂持白薇稿来。

十六日　晴。午后寄其中堂信。寄小峰信。寄淑卿信。寄陈毓泰、温梓川信并还稿。寄疑今信并还稿。寄许羡蒙《语丝》。林语堂来。下午往内山书店。晚寄陈望道、汪馥泉信并译稿[2]。疑今信复退回，因觅不到住址。夜雪峰来。

十七日　星期。晴。下午步市,在一鞋店买《日本童話選集》第三輯一本,《ラムラム王》一本,共泉五元八角。寄侍桁信。寄小峰信。

十八日　晴。上午得白薇信。得友松信并稿。

十九日　晴。上午复白薇信。寄小峰信。午后季市来,赠以《艺苑朝华》二本。下午夏康农、张友松、友桐来。夜雨。

二十日　小雨。午后真吾来。下午达夫来。晚往内山书店。得白薇信。得小峰信并版税泉一百及《北新》二之三期。得翟永坤信。得史济行信。得石民信。得陈永昌信。得陈泽川信。得彭礼陶信。

二十一日　昙。上午复白薇信。寄小峰信。午后复石民、刘衲、彭礼陶、史济行、陈永昌信。以《艺苑朝华》及《奔流》等寄仲琎、淑卿、钦文、璇卿。下午得素园信。下午收盐谷节山所寄赠影明正德本《娇红记》一本,内山书店送来。得小峰信并《语丝》五十一期。晚移至十九号屋[3]。

二十二日　昙。下午往内山书店。

二十三日　昙。下午衣萍、曙天来,并还泉卅。夜风。

二十四日　星期。昙。下午小峰来。夜雪峰来。

二十五日　昙。上午得有麟信。午后往内山书店。得季市信。下午刘衲来。雨。晚得小峰信并代取之款[4]八十元,《游仙窟》五本。

二十六日　昙。午后得淑卿信,十九日发。收未名社所寄《格利佛游记》(二)二本。收其中堂书目一本。夜得石民信并《良夜与恶梦》一本。雨。

二十七日　雨。午后钦文来并赠兰花三株,酱鸭一只。杨骚来。

二十八日　晴。下午往内山书店买杂书五本,共泉三元七角。

*　　*　　*

〔1〕　所看电影为《皇后私奔记》(The Private Life of Helen of Troy),美国第一国家影片公司1927年出品。爱普庐电影院,在北四川路海宁路。后毁于"一·二八"战火。

〔2〕　即《现代新兴文学的诸问题》。论文,日本片上伸作,鲁迅译。1929年4月上海大江书铺出版。

〔3〕　移至十九号屋　应为移居景云里十七号。周建人一家仍居十八号,两户打通,出入仍由十八号。

〔4〕　代取之款　指代取高峻峰稿费。3月12日交高峻峰。

三　月

一日　风,雨。上午达夫来,未见,留稿而去。寄季市信并英译《三民主义》一本。夜达夫及映霞来。濯足。

二日　晴。上午内山书店送来从芸草堂购得之画谱等四种,共泉十元五角。得钦文信。下午往内山书店取《世界美术全集》第二十一本一册,一元七角。

三日　星期。昙。下午复钦文信。复石民信。寄小峰信。

四日　微雪,下午晴。往内山书店,又往北新分店。

五日　晴。上午寄大华印刷公司信。寄小峰信。得季市信。下午借朝华社泉五十。晚林和清及其子来。通夜校《奔流》[1]稿。

六日　晴。上午寄林语堂信。寄高峻峰信。午后寄淑卿信。寄季市信。寄盐谷节山信。往内山书店买月刊两种。得大华印刷局笺，即复。寄小峰信。下午寄日本其中堂书店信并金十二圆。晚得小峰信并版税泉百。得钟贡勋信。

七日　晴。午后同真吾、方仁往中美图书馆买 Drink-water's《Outline of Literature》一部三本，二十元；J. Austen 插画 Byron's《Don Juan》一本，十五元。

八日　晴。午后往内山书店买《ソヴエトロシア詩集》一本，七角。得钦文信并信笺四十余种[2]。从商务印书馆向德国函购《Das Holzschnittbuch》一本，三元二角。夜邀柔石、真吾、方仁、三弟及广平往 ISIS 电影馆观《Faust》[3]。

九日　晴。上午得张天翼信并稿。得缪崇群信并稿。下午寄钦文信。寄矛尘信。寄达夫信。晚陈望道来。

十日　星期。昙。下午达夫来。夜杨维铨、林若狂来。

十一日　晴。上午得侍桁信。杨维铨来。下午往内山书店。夜雪峰来。

十二日　晴。上午得马珏信。下午高峻峰来，交以稿费八十。寄石民信并还介绍稿。得矛尘信。

十三日　晴。下午吕云章送来矛尘所代买茗三斤。

十四日　晴。上午得钦文信。下午秋芳来。

十五日　晴。下午得小峰信并《奔流》编辑费五十元及

《语丝》等。

十六日 晴。上午往内山书店买《西欧図案集》一本,五元五角。《詩卜詩論》一本,一元六角。徐旭生来。午后寄矛尘信。晚张梓生来。

十七日 星期。晴。晚同柔石、方仁、三弟及广平往陶乐春,应小峰招饮,同席为语堂、若狂、石民、达夫、映霞、维铨、馥泉、小峰、漱六等。夜风。

十八日 晴。上午得李霁野信。下午李宗武来,不见。得衣萍信。

十九日 晴。午后往内山书店买书三本,共泉十一元。

二十日 晴。上午得李宗武信。夜杨维铨来。雪峰来。伏园、春台来。

二十一日 晴。上午得其中堂信片。得淑卿信,十五日发。

二十二日 晴。上午收未名社所寄《黄花集》两本。下午收其中堂所寄《唐国史補》及《明世説》各一部,共泉五元六角。夜达夫来。

二十三日 晴。上午寄其中堂书店信。寄霁野信。寄淑卿信。得季市信。下午寄许羡蒙《语丝》满一年。往内山书店。寄韦素园信。

二十四日 星期。小雨。下午寄马珏信。寄钦文信。寄季市信。

二十五日 昙。上午寄侍桁信并泉十元,托买书。下午雨。

二十六日　昙。上午寄小峰信。下午达夫来。得侍桁信并稿。晚得小峰信并版税泉一百及《奔流》、《语丝》、《北新》月刊等。得乌一蝶信。得何水信。得查士骥信。

二十七日　晴。下午张友松来。杨维铨来。寄季市、淑卿《奔流》等。寄小峰信。得侍桁信并稿。

二十八日　小雨。上午得友松信。得钦文信。下午往内山书店买文艺书四种,共泉九圆五角。夜雪峰来,赠《流冰》一本。雨。

二十九日　昙。午后寄侍桁信。复乌一蝶信。复友松信。寄达夫信。下午往内山书店。洙邻来,赠以《游仙窟》一本。雨。

三十日　晴。上午得冬芬信。午后理发。往内山书店取《世界美术全集》(廿二)一本,一元六角。

三十一日　星期。晴。上午得刘衲信。徐诗荃送来照相一枚。午后同柔石、真吾、三弟及广平往观金子光晴浮世绘展览会[4],选购二枚,泉廿。往北新书局买《游仙窟》一本。往中国书店买《常山贞石志》一部十本,八元。往东亚食堂夜餐。

*　　*　　*

〔1〕　校《奔流》　指校该刊第一卷第九本清样。

〔2〕　信笺四十余种　指委托许钦文自杭州浣花斋所购信笺。

〔3〕　《Faust》　《浮士德》。根据歌德诗剧改编的电影。美国米高梅影片公司1926年出品。

〔4〕 金子光晴浮世绘展览会　展览会设于蓬路(塘沽路)的日本人俱乐部,展出金子光晴在上海所绘名所百景。浮世绘,日本德川幕府时代(1603—1867)兴起的一种民间版画。

四　月

一日　晴。下午往内山书店。晚郁达夫、陶晶孙来。

二日　昙。上午得侍桁信。

三日　晴。下午复刘衲信。复缪崇群信。复侍桁信并还稿。

四日　晴。午后得羽太重久信。得淑卿信,下午复。往内山书店买《詩卜詩論》等三本,共泉三元八角。晚得小峰信并《语丝》及版税泉百。得任子卿信。得钟子岩信。得李力克信。得白云飞信。

五日　晴。上午其中堂寄来《图画醉芙蓉》、《百喻经》各一部,共泉六元四角。午后同贺昌群、柔石、真吾、贤桢、三弟及广平往光陆电影园观《续三剑客》〔1〕。观毕至一小茶店饮茗。夜雨。

六日　昙。上午复李力克信。复白云飞信。寄小峰信。下午得素园信。

七日　星期。晴。上午往内山书店买《表現主義の彫刻》一本,一元二角。

八日　昙。午后寄小峰信。复邓肇元信。复韦素园信。下午雨。

九日　晴。午后同柔石、真吾及广平往六三公园〔2〕看樱花,又至一点心店吃粥,又至内山书店看书。下午文[光]华大学生沈祖牟、钱公侠来邀讲演,未见。晚季市来,赠以《艺苑朝花》[3]及《语丝》。

十日 昙。午后寄达夫信。下午得有麟信。林和清来,不见。夜濯足。

十一日 晴。下午林惠元来,不见,留函而去。夜达夫来。

十二日 晴。上午得侍桁信并当票一张[4]。夜雪峰来。

十三日 昙。上午得孙伏园等明信片。得小峰信并版税泉百。午后往内山书店买《現代欧洲の芸術》一本,一元一角。又豫定《厨川白村全集》一部,六元四角也。下午得光华大学文学会信,夜复之。复林惠元信。

十四日 星期。晴。午后杨维铨来。下午得衣萍信并稿。时有恒来,不见。

十五日 晴。上午得韦丛芜信。收未名社所寄《坟》及《朝华夕拾》各二本。收侍桁所寄《粕谷独逸語学叢書》二本,《郁文堂独谷[和]対訳叢書》三本,共泉七元。收学昭所寄照相一枚。下午得现代书局信。夜邻街失火,四近一时颇扰攘,但火即熄。

十六日 晴。上午得李霁野信。下午托真吾寄小峰信并稿两种,锌版两块。孙席珍来,不见,留函并书四本。得钟宪民信。

十七日 昙。下午雪峰来。雨。夜达夫来并交稿费四十。

十八日　晴。午后复钟宪民信。寄侍桁信。下午寄李霁野锌版三块[5]。往内山书店买书两本，共泉二元一角。夜饮酒醉。

十九日　昙。下午寄小峰信。友松来。晚出街买火酒。得侍桁信。

二十日　雨，上午晴。寄侍桁信。下午石民来。得侍桁信。夜雪峰来。

二十一日　星期。晴。下午往内山书店。

二十二日　晴。上午寄石民信。夜半译《艺术论》[6]毕。

二十三日　晴。上午收学昭代买之《Petits Poèmes en Prose》一本。下午内山书店送来《厨川白村全集》第五本一本。雪峰来。夜林和清来辞行，不见。

二十四日　昙。上午收教育部二月分编辑费三百。得梁君度信。得高明信，下午复。得小峰信并版税百五十，编辑费五十。杨维铨来。

二十五日　昙，晚雨。托广平送给张友松信并译稿[7]。

二十六日　晴。午前吴雷川来。得友松信。午后寄任子卿信。寄侍桁信。下午往内山书店买书两本，共泉四元六角。复友松信。

二十七日　晴。午后杨维铨来，并同柔石及广平往施高塔路看パン・ウル个人绘画展览会[8]，购《倒立之演技女儿》一枚，泉卅。晚在中有天请王老太太夜饭，并邀昌群、方仁、秀文姊、三弟、阿玉、阿菩及广平。夜夏〔康〕农、张友松来。雪峰来。

二十八日　星期。昙。上午潘垂统来,不见。白薇、杨骚来。下午同广平访梦渔未遇。晚孙席珍来,不见。达夫来。

二十九日　晴。上午得淑卿信。从商务印书馆由英国购来《Animals in Black and White》四本,共泉五元六角。下午得侍桁信。

三十日　晴。晚张友松、夏康农招饮于大中华馆［饭］店,与广平同往,此外只一林语堂也。

* * *

〔1〕《续三剑客》　原名《Three Mustelters》,美国联艺电影公司1921年出品。

〔2〕六三公园　即"六三花园"。为日本人白石六三郎所办的游乐场所。地址在花园路南。

〔3〕指《艺苑朝华》第三种《近代木刻选集(2)》。

〔4〕当票一张　韩侍桁出国前典当皮袍一件,因典期将满,故将当票寄请鲁迅代赎,鲁迅于本年5月往北平时为之赎出,并于6月2日送往韩宅。

〔5〕即《朝花夕拾》封面锌版。图系陶元庆绘。

〔6〕《艺术论》　指苏联卢那察尔斯基的《艺术论》。

〔7〕即《新时代的预感》。论文,日本片上伸作,鲁迅译文发表于《春潮》月刊第一卷第六期(1929年5月),后收入《译丛补》。

〔8〕パン・ウル个人绘画展览会　即日本人宇留川的个人画展。

五　月

一日　晴。上午得季市信。下午得小峰信并杂志。晚雪峰来。

二日　晴。上午得有麟信。同广平往内山书店买书三本,共泉二元二角。下午曙天来,未见,还泉二十。小峰来并交版税泉三百。

三日　晴。上午望道来,未见。午后复有麟信。复季市信。以期刊等寄季市、淑卿。寄还陈瑛及叶永蓁稿并复信。夜濯足。

四日　晴。午后内山书店送来《世界美术全集》(9)一本。下午张友松、夏康农来。晚张梓生及其子来。夜冯雪峰、姚蓬子来。

五日　星期。晴。午后往内山书店。下午得舒新城信,即复。小峰令人送《壁下译丛》来,即复。晚倪文宙、胡仲持来,赠以《译丛》。夜雨。

六日　雨。夜张梓生来。

七日　昙。午后得韦素园信片。下午寄侍桁信。寄季市及淑卿《壁下译丛》。托方仁买来《一九二八年欧洲短篇小说集》及《Peter Pan》各一本,共泉十一元六角。

八日　晴。上午得侍桁信。得刘衲信。午后同真吾、方仁及广平看各书店,因赛马多停业者[1],归途往内山书店买书两本,泉五元半。

九日　晴。无事。下午日食,因昙不见。

十日　晴。上午得有麟信,下午复。复刘衲信。复唐依尼信。访友松,交《奔流》稿[2]。往内山书店买《新兴文学全集》一本,一元一角。得董秋芳信并稿。得张天翼信并稿。

十一日　昙。午后达夫来。杨骚来。下午雨。望道来。晚雪峰来。

十二日　星期。雨。下午衣萍及曙天来,各赠以《木刻集》之二[3]一本。托真吾寄李小峰信。托广平寄张友松信。略集行李[4]。

十三日　晴。晨登沪宁车,柔石、真吾、三弟相送,八时五十分发上海,下午三时抵下关,即渡江登平津浦通车,六时发浦口。

十四日　昙,下午雨。在车中。

十五日　晴,风。午后一时抵北平,即返寓。下午托淑卿发电于三弟。紫佩来。

十六日　晴。晨寄三弟信,附致广平函一封。下午李霁野来,未见。

十七日　晴。午后陶望潮来。下午往未名社,遇霁野、静农、维钧。访幼渔,未遇。夜濯足。

十八日　昙,风。上午韦丛芜来。下午幼渔来。李秉中来。寄广平信,附与柔石笺。夜得广平信,十四日发。

十九日　星期。晴。上午冯文炳来。下午紫佩、冬芬来。

二十日　晴,风。上午得广平信,十六日发。午后访兼士,未遇。访尹默还草帽。赴中央公园贺李秉中结婚,赠以花绸一丈,遇刘叔雅。下午访凤举、耀辰,未遇。访徐旭生,未遇。寄柔石书四本,三弟转。翟永坤来,未遇。李霁野来,未遇,留赠《不幸者的一群》五本。

二十一日　晴,风。上午得韦丛芜信。午后寄广平信。访陶望潮。访徐吉轩。下午往直隶书局,遇高朗仙。往博古斋买六朝墓铭拓片七种八枚,共泉七元。得广平信,十七日发,附钦文信。得三弟信并汇款百元,十七日发。

二十二日　晴。上午得广平信,十八日发。下午凤举来。晚往燕京大学讲演[5]。

二十三日　晴。上午北京大学国文系代表六人来。午后寄广平信。往伊东寓拔去一齿。往商务印书馆取三弟所汇款。从静文斋、宝晋斋、淳菁阁蒐罗信笺数十种,共泉七元。

二十四日　晴。晨寄三弟信,附致广平函。寄钦文信。上午郝荫潭、杨慧修、冯至、陈炜谟来,午同至中央公园午餐。下午得广平信二封,一十九发,一二十。晚张目寒、台静农来。

二十五日　晴。午后寄侍桁信。寄广平信。往孔德学校访马隅卿,阅旧本小说,少顷幼渔亦至。下午访凤举,未遇。往未名社谈至晚。

二十六日　星期。晴。下午紫佩来。

二十七日　晴。上午寄广平信。往东亚公司买插画本《項羽と劉邦》一本,泉四元六角。往伊东牙医寓。李秉中、陈瑾琼来,未遇。得张凤举信。下午得三弟信,廿一日发。得广平信,廿一日发。得北大国文学会信,约讲演。晚再往伊东寓补一齿,泉五元。凤举、旭生邀饮于长美轩,同席尹默、耀辰、隅卿、陈炜谟、杨慧修、刘栋业等,约十人。

二十八日　晴。上午马隅卿来。得望潮信,即复。午后寄侍桁信。寄广平信。往松古斋及清閟阁买信笺五种,共泉四元。往观光局问船价。晚访幼渔,在其〔寓〕夜饭,同坐为范文澜君及幼渔之四子女。李霁野来访,未遇。孙祥偈、台静农来访,未遇。

二十九日 晴。上午得子佩信。杨慧修来。李秉中遣人送食物四种。午后寄广平信。下午往未名社,晚被邀至东安市场森隆晚餐,同席霁野、丛芜、静农、目寒。七时往北京大学第二院演讲[6]一小时。夜仍往森隆夜餐,为尹默、隅卿、凤举、耀辰所邀,席中又有魏建功,十一时回寓。

三十日 晴。晨目寒、静农、丛芜、霁野以摩托车[7]来邀至磨石山西山病院[8]访素园,在院午餐,三时归。冬芬在坚俟,斥而送之。得广平信二函,廿三及廿五日发,下午复。得小峰信,廿五日发。晚静农及天行来,留其晚餐。

三十一日 晴。午后金九经偕冢本善隆、水野清一、仓石武四郎来观造象拓本。下午紫佩来,为代购得车券一枚,并卧车券共泉五十五元七角也。

* * *

〔1〕 因赛马多停业者 当时上海的跑马厅(赛马场)在南京路西藏路附近,每逢5月第一周周一到周三及周六,11月第一周周一到周三举行赛马。本日是5月第一周的周三。

〔2〕 交《奔流》稿 指托张友松代校《奔流》第二卷第一本稿。

〔3〕 《木刻集》之二 即《近代木刻选集(2)》。为《艺苑朝华》第三辑。

〔4〕 略集行李 鲁迅将于13日赴北平探亲。此次探亲前后共

二十四天,于6月5日回沪。

〔5〕 燕京大学 美国基督教会所办的大学,址在今北京大学内。1919年至1920年由北通州协和大学、北京汇文大学、华北女子协和大学合并而成。是日鲁迅往讲《现今的新文学的概观》,记录稿后收入《三闲集》。

〔6〕 往北京大学第二院演讲 因听众达千余人,后改在第三院礼堂举行。此次演讲系北大国文学会主办。讲题不详,讲稿佚。

〔7〕 摩托车 即汽车。

〔8〕 磨石山西山病院 磨石山,通称"模式口",在北京西郊,邻近名胜区"八大处"。西山病院,全称"西山福寿岭疗养院"。

六 月

一日 晴。上午寄小峰信。寄广平信。张我军来,未见。得广平信,五月二十七日发。霁野来。范文澜来。第二师范学院[1]学生二人来。钱稻孙来,未见。下午寄徐旭生信。第一师范学院[2]学生二人来。乔大壮来。得广平信,上月二十九日发。得真吾信,亦二十九日所发。

二日 星期。晴。上午往第二师范院演讲一小时。午后沈兼士来。下午昙。往韩云浦宅交皮袍一件。晚往第一师范院演讲一小时。夜金九经、水野清一来。陆晶清来。吕云章来。风。

三日 昙。上午寄第一师范学院国文学会信。午后林卓凤来还泉二。携行李赴津浦车站登车,卓凤、紫佩、淑卿相送。金九经、魏建功、张目寒、常维钧、李霁野、台静农皆来送。九经赠《改造》一本,维钧赠《宋明通俗小说流传表》一本。二时发北平。

四日 晴。在车中。

五日 晴。晨七时抵浦口,即渡江改乘沪宁车,九时发南京。下午四时抵上海,即回寓。收编辑费三百,三月分。收季志仁代购之法文书籍二包并信。晚寄淑卿信。夜浴。

六日 昙。上午收抱经堂书目一本。下午往内山书店。夜雪峰来。

七日 晴。午后往内山书店买《美術叢書》二本,杂书一[二]本,《世界美術全集》(25)一本,共泉十二元五角。托真吾买来《Desert》一本,一元五角。夜同方仁、贤桢、三弟及广平往东海电影院观电影[3]。

八日 昙。午后寄小峰信。下午达夫来。夜雨。同方仁、真吾、贤桢、三弟及广平往北京大戏院观《古城末日记》[4]影片,时晏呼摩托车回。

九日 星期。小雨。上午得侍桁信。下午往内山书店。

十日 晴,热。下午得小峰信并杂志、书籍等,又版税泉二百,即复。夜同贤桢、三弟及广平往上海大戏院观《北极探险记》[5]影片。

十一日 昙。午后同广平往内山书店买《鑑賞画選》一帖八十枚,五元八角。将周阆风信转寄达夫。复周阆风、季小波、胡弦等信。夜寄霁野信。寄淑卿信。真吾昨夜失窃,来假泉卅。

十二日 晴。上午复叶永蓁信。午后访友松,见赠《曼侬》及《茶花女》各一本,转送广平。往内山书店买《露西亚现代文豪傑作集》之二、六各一本,共泉二元四角。

十三日　昙。上午以《世界小说集》等分寄矛尘、钦文、季黻、淑卿。得淑卿信,九日发,附侍桁函。午得友松信。午后寄季市信。下午托广平送友松信,即得复。得叶永蓁信。

十四日　小雨。夜雪峰来。友松来。

十五日　晴。上午收教育部编译费三百,是四月分。午后汪静之来,未见。雨。下午叶永蓁来。夜同方仁、广平出街饮冰酪。大雨。

十六日　星期。雨。午后友松来。下午复白莽信。复孙用信。寄叶永蓁信。寄淑卿信。往内山书店买书三种六本,共泉七元三角。夜代广平付朝华社出版费[6]一百。濯足。服阿斯丕林一粒。

十七日　雨。上午得钦文信。下午寄季志仁信。

十八日　晴。上午得叶永蓁信。得友松信。午后往内山书店晤今关大[天]彭。

十九日　昙。上午得叶永蓁信。得内山信,即转寄达夫。发寄钦文信。寄霁野信。寄小峰信并锌版。午后得友松信,即复。下午往内山书店买グンクウル的《歌麿》一本,五元七角。买草花两盆共五角。晚友松来,并赠绘画明信片一帖五十枚。

二十日　昙。午后冢本善隆来看拓本。下午以译稿[7]寄友松。晚内山延饮于陶乐春,同席长谷川本吉、绢笠佐一郎、横山宪三、今关天彭、王植三,共七人。天彭君见赠《日本流寓之明末名士》一本。

二十一日　晴。上午季市来。下午寄季志仁信并汇票一千法郎,托其买书。下午得友松信并画片一枚。寄叶永蓁信并画稿。寄安平信并稿。寄徐沁君信并稿。寄陈君涵信。寄李小峰信。

二十二日　昙。午后得霁野信并《小约翰》五本,画片一枚。晚张梓生来。雨。

二十三日　星期。晴。上午得叶永蓁信并插画十二枚[8]。刘穆字燧元,来访。下午三弟为从商务印书馆买来《Animals in Black & White》Ⅴ—Ⅵ两本,三元三角。又豫约《全相三国志平话》一部三本,《通俗三国志演义》一部二十四本,共泉十元八角。下午友松来。季市来。

二十四日　雨,午晴。下午寄陈翔冰信。寄陈君涵信。寄霁野信。寄李白英信。寄季志仁信附副汇票一张,又另寄信笺一包约五十枚。往内山书店买书三本,七元五角。晚得淑卿信,二十日发,并《装豪飞集》二本[9]。夜雨。

二十五日　雨。上午得白莽信。得矛尘信,午后复。寄淑卿信。

二十六日　晴。上午内山书店送来《厨川白村全集》(一)、《世界美术全集》(二十六)各一本。得小峰信并版税一百,《奔流》编校费一百。得陈英信。得陈翔冰信并稿。得查士骥信,催稿也,拟转与北新局。得陈君涵信,亦索稿也,下午寄还之。托柔石寄白莽信并 Petöfi 集两本。甘乃光来。夜同三弟及广平往内山书店买文学杂书五种五本,共泉十二元八角。又买《動物学実習法》一本,一元,赠三弟。途经北冰洋冰店饮刨冰而归。

二十七日　昙。上午得马珏信。得侍桁信,午后复。寄幼渔信。寄小峰信并别信二函,《忘川之水》版税收据一纸。下午收教育部五月分编辑费三百。夜雨。

二十八日　雨。上午得有麟信。下午得高明信。得叶永蓁信。得钦文信。

二十九日　晴。上午复有麟信。复叶永蓁信。下午得有麟信。杨维铨来。

三十日　星期。晴,午昙。刘穆来,未见,留稿[10]而去。午后寄梁惜芳、高明、黄瘦鹤三人信并还稿。寄钦文信。寄季市信。丁山及罗庸来,不见。下午往内山书店买《チェホフとトルストイの回想》一本,半价九角也。大江书店送来《艺术论》二十本,分赠知人大半。夜雨。

* * *

〔1〕　第二师范学院　即北平大学第二师范学院,前身即北京女子师范大学。该校学生二人来约请演讲,鲁迅次日前往,主要谈青年出路问题。讲稿佚。

〔2〕　第一师范学院　即北平大学第一师范学院,前身为北京师范大学。该校学生许延年和次丰二人来约请演讲,鲁迅次日前往,主要谈文艺界的形势及与政治的关系。讲稿佚。

〔3〕　所观电影为《天涯恨》(Where the Pavement),美国大都会影片公司1923年出品。东海电影院,在提篮桥海门路。

〔4〕《古城末日记》 原名《The Last Days of Pompeii》。故事片,美国好莱坞根据科顿的同名历史小说改编,1925年出品。北京大戏院,在北京路贵州路口。

〔5〕《北极探险记》 原名《Lost in the Arctic》,美国福克斯影片公司1928年出品。

〔6〕 代广平付朝华社出版费 指鲁迅以许广平名义给朝花社的参股增资。参看本卷第122页注〔1〕。

〔7〕 即《论文集〈二十年间〉第三版序》。苏联普列汉诺夫作,鲁迅译文发表于《春潮》月刊第一卷第七期(1929年7月),后收入《艺术论》中译本。

〔8〕 插画十二枚 叶永蓁自绘《小小十年》插图。

〔9〕《裴多飞集》二本 鲁迅嘱许羡苏从北平寓所藏书中找出留学日本时托丸善书店从德国购得的《裴多飞集》二册寄来上海,于26日托柔石赠与白莽。不久白莽被捕,书被没收。

〔10〕 "稿"应作"书"。指《蔚蓝的城》,苏联短篇小说集,刘穆、薛绩辉译,1929年上海远东图书公司出版。

七 月

一日 晴。午秋田义一来。晚党家斌、张友松来。夜雨。

二日 昙,午后雨。以书、志分寄矛尘、霁野等。寄还庄一栩稿并信。下午得钦文信。

三日 昙。午后寄苏金水信。寄马珏信。午后张目寒来,未见,留《Pravdivoe Zhizneopisanie》及《Pisateli》各一本,又新俄画片一帖二十枚而去,皆靖华由列京[1]寄来者。得霁野信。下午秋田义一来。晚夏康农、张友松来。夜雨。

四日　雨。午后白莽来,假以泉廿。夜濯足。

五日　雨。上午内山书店送来《創作版画》第五至第十辑,计五[六]帖共六十枚,价六元。

六日　小雨。午得达夫信。下午往内山书店买杂书四本,共泉三元六角。

七日　星期。雨。下午改《小小十年》讫。林语堂来。夜达夫来。

八日　晴。午得刘穆信。午后访友松。往商务印书分馆。下午肖愚来。夜雨。

九日　昙。上午得友松信。下午往内山书店买《革命芸術大系》(一)一本,一元一角。得小峰信并杂志等。寄霁野信。

十日　晴。晨三弟往北京,赠以饼干一合,香烟十余枝。下午以书籍及杂志分寄季市、钦文、淑卿。小峰来并赠《曼殊遗墨》第一册一本。复卜英梵信。得季野信。

十一日　晴,风。上午得白莽信。得李宗奋信,即复。得淑卿信,七日发,下午复。寄李小峰信[2]。夜达夫来。

十二日　晴,热。上午得淑卿信,七日发。午后得白莽信并诗。下午浴。季市来。晚友松来。夜望道来。

十三日　晴,热。下午寄罗西信。寄霁野信。寄淑卿信。寄小峰信,附与杨骚及白薇笺。寄白禾信并还稿。以重久信转寄三弟。往内山书店。陶晶孙来。得孙席珍信,索稿,晚寄还之。

十四日　星期。晴。上午得钦文信。

十五日　晴,大热。午后得丛芜译稿一篇。

十六日　晴。上午得三弟信,十二日北京发。午后得杨骚信,下午复。以《艺苑朝华》[3]分寄仲珊、钦文、璇卿、淑卿。往内山书店。

十七日　晴。午后得有麟信。得矛尘信并小燕照相一枚。得石民信并稿。

十八日　昙。上午复石民信。寄小峰信。下午党家斌、张友松来。

十九日　晴,风。上龈肿,上午赴宇都齿科医院[4]割治之,并药费三元。收六月分编辑费三百,下午复。往内山书店买《老子原始》一本,三元三角;《裂地と版画》一帖六十四枚,五元。曙天来,并赍衣萍信。夜得友松信。同雪峰、柔石、真吾、贤桢及广平出街饮冰。得石民信。

二十日　晴,大热。午前赴宇都齿科医院疗齿讫。晚得史济行信。得淑卿信,十六日发。寄赠石民《艺苑朝华》两本。雪峰来,假以稿费卅。

二十一日　星期。晴。上午得霁野信。得方仁稿。下午杨骚来。

二十二日　晴,大热。上午寄石民信。寄矛尘信。寄淑卿信。下午得侍桁信并稿。收李秉中自日本所寄赠《观光纪游》一部三本。晚张友松、党家斌来。得小峰信并版税二百。

二十三日　晴,热。上午得钦文信。得淑卿信,十九日发。下午石民来。夜曙天来。

二十四日　晴,热。上午复淑卿信。得三弟信,二十日发。得陈少求信。

二十五日　晴,热。午前往内山书店买文艺书两本,《新らしい言葉の字引》一本,共泉五元四角。夜同柔石、真吾、方仁及广平往百星大戏院看卓别林之演《嘉尔曼》[5]电影,在北冰洋冰店饮刨冰而归。

二十六日　晴,热。下午往内山书店买文艺书三本,共八元。夜服阿思匹林一。

二十七日　晴。上午内山书店送来《世界美術全集》(3)一本。

二十八日　星期。晴。上午寄陈少求信。得侍桁信并译本一篇,原书一本。得兼士信并《郭仲理画樗拓本》影片十二枚,未名社代寄来。下午得小峰信并版税一百。得杨藻章信。得凡信并刻石肖像三枚。夜复侍桁信。寄徐诗荃信。友松来。

二十九日　晴。上午得侍桁信,下午复。复杨藻章信。寄小峰信。往内山书店。真吾将于明日回家,夜假以泉十。夜极小雨。

三十日　晴,热,有风。午后有淑卿信,二十五日发。下午朱荦澹来。寄还各种投《奔流》稿[6]。内山书店送来《厨川白村全集》(4)一本。

三十一日　晴。上午得霁野信,下午复。寄淑卿信。寄来青阁书庄信。叶永蓁来,假以泉廿。林林来,假以泉廿。夜季市来。杨骚来。

* * * *

〔1〕 列京　指列宁格勒,即圣彼得堡。

〔2〕 寄李小峰信　北新书局将资金挪作他用,长期拖欠《奔流》作者稿费,本月应付鲁迅的版税亦未予支付,鲁迅于11、13、18、29日连续写信催问,李迟未作答。

〔3〕 指《艺苑朝华》之第三辑《近代木刻选集(2)》和第四辑《比亚兹莱画选》。

〔4〕 宇都齿科医院　日本人宇都氏办的牙科医院,址在狄斯威路(今溧阳路)。

〔5〕《嘉尔曼》　原名《Garmen》(《卡门》),美国爱赛耐影片公司1916年出品。

〔6〕 寄还各种投《奔流》稿　因北新书局长期拖欠《奔流》稿费,鲁迅拟编至第二卷第四本停编,因将来稿退还各作者。

八　月

一日　晴。下午三弟从北平回,赠杏仁一包。晚杨骚来。

二日　昙。上午得马珏信。夜同柔石访友松,归途饮冰。

三日　雨。上午收来青阁书目一本。午后往内山书店,得《創作版画》第十一、十二辑两帖,泉一元八角。收未名社所寄《四十一》共五本。又精装《外套》一本,是韦素园寄赠者。下午朱莘渰及其妹来。

四日　星期。晴。午得白莽信。

五日　晴,热。午李志云、小峰邀饭于功德林,不赴。

六日　昙,午雷雨。三弟为从商务印书馆买《小百梅集》一本来,价一元九角。下午晴。夜白薇、杨骚来。闷热。四近喧扰，失眠。

七日　晴，热。上午得孙席珍信并《女人的心》一本。得雪峰信，午后复。夜张友松、党家斌来。

八日　晴。上午复韦丛芜信。复雨谷清信。同广平往福民医院诊察。往内山书店买《言語その本質、発達及び起原》一本，计泉九元六角。下午得友松信并日本现代小说一本。得侍桁信。晚访友松，不遇。党家斌来。夜达夫来。友松来。福冈诚一来，谈至夜半。

九日　晴。上午得侍桁信，下午复。友松来。徐思荃来。王余杞来。夜雨。

十日　晴。上午往内山书店。寄雪峰信。下午家斌、康农、友松来。得矛尘信。夜得钦文信，报告陶元庆君于六日午后八时逝世。雨。

十一日　星期。晴，午雨一陈即霁。下午家斌、友松来。

十二日　昙，大风。晨寄李小峰信，告以停编《奔流》。上午得幼渔信。下午访友松、家斌，邀其同访律师杨铿[1]。晚得小峰信并版税五十，《奔流》编辑费五十。夜雨。

十三日　昙，午后雨。得霁野信。下午梁耀南来。友松、家斌来，晚托其访杨律师，委以向北新书局索取版税之权，并付公费二百。夜家斌来，言与律师谈事条件不谐，以泉见返。梁耀南来。

十四日　雨。午钦文托人送来璇卿逝世后照相三枚。下午家斌、友松来，仍托其往访杨律师，持泉二百。夜大风雨，屋漏不能睡。

十五日　雨。午后寄雪峰信并译稿两篇[2]。午后得友松信并杨律师收条一纸。得淑卿信，十一日发。晚得小峰信并版税泉百，即还之。夜雪峰来并还泉卅。

十六日　昙。上午得杨铿信。得白莽信并稿。收霁野所寄《近代文艺批评断片》五本。午叶某来。午后晴。下午得钦文信，即复。小峰来[3]。收教育部编译费三百。得杨骚信。夜友松、修甫来。

十七日　雨。上午复白莽信。寄淑卿信。午后复杨骚信。寄达夫信。寄矛尘信。下午访友松、修甫。晚得达夫信。

十八日　星期。晴。上午复达夫信。下午白莽来，付以稿费廿。得侍桁信。晚往内山书店。夜友松、修甫来。

十九日　晴。上午方仁自宁波来，赠蟹一枚。午杨骚来。

二十日　晴，热。午得季志仁信。午后寄侍桁信。下午徐诗荃赴德来别。晚得章廷骥信并稿。得达夫信。为柔石作《二月》小序一篇[4]。

二十一日　晴。午后复王艺滨信。寄达夫信。寄霁野信。寄季志仁信。下午浴。友松、修甫来。夜雪峰来。

二十二日　晴。上午叶圣陶赠小说两本。下午石民来。衣萍、曙天来。

二十三日　晴。午后访杨律师。夜达夫来[5]。得川岛信。友松来。

二十四日　晴，热。午后复矛尘信。晚友松来。夜雨。得杨律师信。

二十五日　星期。晴，热。午后同修甫往杨律师寓，下午即在其寓开会,商议版税事,大体俱定[6],列席者为李志云、小峰、郁达夫,共五人。雨。

二十六日　晴,热。上午得淑卿信,二十日发,午后复。得丛芜信。下午雨。往内山书店。钦文来[7]。夜矛尘、小峰来,矛尘赠茗一包。钦文往南京,托以《新精神论》一本交季市。

二十七日　昙。上午收王余杞所寄赠之《惜分飞》一本。收季志仁所代买寄之《Les Artistes du Livre》五本,《Le Nouveau Spectateur》二本。下午骤雨一陈即霁。达夫来,并交厦门文艺书社信及所赠《高蹈会紫叶会联合图录》一本,先寄在现代书局,匿而不出,今乃被夏莱蒂搜得者。晚友松、修甫来。矛尘来。柔石为从扫叶山房买来《茜窗小品》一部二本,计泉二元四角。

二十八日　昙。上午得侍桁信。午后大雨。下午达夫来。石君、矛尘来。晚霁。小峰来,并送来纸版,由达夫、矛尘作证,计算收回费用五百四十八元五角。同赴南云楼晚餐,席上又有杨骚、语堂及其夫人、衣萍、曙天。席将终,林语堂语含讥刺[8],直斥之,彼亦争持,鄙相悉现。

二十九日　昙。上午梁耀南来。午后复侍桁信。寄幼渔信。晚明之来。夜矛尘来。柔石来,假泉廿。收本月编译费三百。

三十日　晴,大热。下午钦文来。夜矛尘来。

三十一日　昙。上午内山书店送来《世界美术全集》(三十二)一本。下午晴。理发。夜往内山书店。

* * *

〔1〕 访律师杨铿　鲁迅因多次向北新书局催索版税无结果,故委托律师代为交涉。

〔2〕 疑即苏联卢那察尔斯基所作《文艺与批评》中的两篇译稿,收入水沫书店版《文艺与批评》。

〔3〕 小峰来　李小峰得知鲁迅延请律师向北新书局交涉版税,来求和解。

〔4〕 即《柔石作〈二月〉小引》。后收入《二心集》。

〔5〕 达夫来　当时郁达夫在杭州,李小峰电请其来沪参与调解与鲁迅的版税纠纷。是夜郁即为此来访,并建议另邀在杭州的章廷谦也来沪协同调解。

〔6〕 是日会上主要议定:北新书局当年分四期偿还拖欠鲁迅的版税共八千多元,次年起继续偿还,总共偿还欠款约两万元;鲁迅作价收回旧著纸型;此后北新书局出版鲁迅著作,必须加贴版税印花并每月支付版税四百元;鲁迅续编《奔流》,每期出版时北新书局将稿费交由鲁迅转发各作者。

〔7〕 钦文来　为筹建陶元庆墓,许钦文到上海、南京等地募款。

〔8〕 林语堂语含讥刺　指林语堂说鲁迅受他人挑拨而与北新书局涉讼的言论。

九　月

一日　星期。晴。下午得季市信。

二日　晴。上午修甫、友松来。得石民信并稿。得杨骚信。夜得季志仁信。

日记十八〔一九二九年〕 九月

三日 晴。晨复季志仁信。复季市信。复石民信。午后昙。复杨骚信。得友松信并铅字二十粒[1]。晚朱君、陈君来。

四日 晴。无事。

五日 晴。上午得矛尘信。同广平往福民医院诊察。下午叶永蓁来并赠《小小十年》一部。修甫、友松来。

六日 晴。上午得石民信并稿。

七日 昙。上午秋田义一来还拓片。午钦文来。得小峰信并书报等。下午得淑卿信,九[八]月三十日发。夜康农、修甫、友松来。

八日 星期。晴。上午辛岛骁来。下午钦文来,付以泉三百,为陶元庆君买冢地[2]。得杨维铨信。夜校译《小彼得》毕。

九日 昙。上午复杨维铨信。复石民信。寄淑卿信。寄达夫信。得张天翼信并稿,午后寄还旧稿。晴。往内山书店买《世界文学全集》中之两本,每本一元二角。

十日 晴。上午内山书店送来《厨川白村集》(六)一本,全部完。午后雨一陈即霁。寄修甫信。下午达夫来。晚得小峰信并《奔流》第四期。得黎锦明信并稿。得罗西信并稿。得陈翔冰信并稿。得柳垂、陈梦庚、李少仙、范文澜信各一封,夜复讫。

十一日 晴。午后修甫来,托其以译著印花约四万枚送交杨律师。下午得达夫信,即复。下午往内山书店,遇辛岛、达夫,谈至晚,买《社会科学の豫備概念》及《読史叢録》各一

151

部而归,共泉八元四角。得钦文信。得何君信。

十二日　晴。上午施蛰存来,不见。下午友松来。得矛尘信。

十三日　晴。上午收杨慧修所寄赠之《除夕》一本。午后收大江书店版税泉三百,雪峰交来。得侍桁信。下午得张天翼信。得诗荃信。晚得钦文信,夜复。寄协和信并泉百五十。假柔石泉廿。

十四日　晴。午后得白莽信并稿。

十五日　星期。晴,热。无事。

十六日　晴。上午得杨律师信。得侍桁信并稿。午后寄修甫、友松信。下午往内山书店买《支那歷史地理研究》及续编共二册,泉十元八角。夜修甫及友松来,并赠糖食三合。

十七日　昙。午得有麟信。中秋也,午及夜皆添肴饮酒。

十八日　小雨。晨寄白莽信。夜濯足。

十九日　昙。上午得侍桁信并稿。午后小雨。朱企霞来,不见。晚达夫来。得叶永蓁信。

二十日　晴。下午友松、修甫来。广平从冯姑母得景明本《闺范》一部,即以见与。

二十一日　晴。上午友松送来《小小十年》五部。午杨律师来,交还诉讼费[3]一百五十,并交北新书局版税二千二百元,即付以办理费[4]百十元。午后寄友松信。下午白莽来,付以泉五十,作为稿费。晚康农、修甫、友松来,邀往东亚食堂晚餐。假修甫泉四百。

二十二日　星期。昙,午后晴。晚张梓生来。

二十三日　晴。上午得内山信片。午后得协和信。晚得霁野信。

二十四日　雨,下午晴。寄淑卿信,并九及十两月家用三百。内山书店送来绢品一方,辛岛骁所赠。得侍桁信。夜雨且动雷。

二十五日　昙。晨寄淑卿信,托其从家用款中取泉五十送侍桁家。午后得淑卿信,附刘升来信,二十一日发。内山书店送来《世界美术全集》(卅三)一本。下午收本月分编译费三百。达夫来别。夜发热。

二十六日　晴。上午往福民医院诊,云热出于喉,给药三种,共泉六元。下午送广平入福民医院。夜在医院。

廿七日　晴。晨八时广平生一男。午后寄谢敦南信。寄淑卿信。下午得友松、修甫信。夜为《朝华旬刊》译游记一篇[5]。

廿八日　晴。上午往福民医院。下午寄霁野信。复友松信。秋田义一来,不见。往内山书店买文艺书五种共九本,泉十六元八角。买文竹一盆,赠广平。泽村幸夫来,未见。

廿九日　星期。晴。上午往福民医院诊,取药三种,共泉二元四角。晚康农、修甫、友松来访,夜邀之往东亚食堂晚餐。

三十日　昙。午后往福民医院,并付泉百三十六元。

* * *

〔1〕铅字二十粒　这些铅字是鲁迅在北新书局出版各书书名的首字,用以分别盖在初版或再版各书的版税印花上,以防止书局滥印。

〔2〕 为陶元庆君买冢地　陶元庆逝世后,许钦文募集安葬费,连鲁迅所捐在内,共得三百五十元。后在杭州玉泉购地三分余,围铁栅栏,题名"元庆园"。

〔3〕 诉讼费　8月中旬,鲁迅委托杨铿与北新书局交涉时,原拟提起诉讼,即交"公费"二百,后既经调解了结,故杨退还诉讼费一百五十元。

〔4〕 办理费　根据议定,鲁迅自北新取得积欠版税中的百分之五作为律师办理费。

〔5〕 即《青湖纪游》。俄国确木努易作,因《朝花旬刊》停刊,鲁迅译文乃发表于《奔流》月刊第二卷第五本(1929年12月),后收入《译丛补》。

十　月

一日　晴。上午得杨律师信。午后秋田义一来,赠油绘静物一版,假以泉五。下午往福民医院,与广平商定名孩子曰海婴。得何春才信。

二日　昙。上午友松赠仙果牌烟卷四合。午后修甫来。往福民医院。往内山书店。晚得达夫信。夜同三弟往福民医院,又之市买一帽,直三元。

三日　晴。晨复达夫信。寄钦文信。上午得叶永蓁信。友松来,即导之往福民医院诊察。视广平。

四日　晴。下午往福民医院。

五日　晴。上午寄霁野信并开明书店收条。午后友松来。下午季市来。往福民医院看广平。夜为柔石校《二月》讫。

六日　星期。晴。上午得淑卿信,二日发。往福民医院。夜雨。

七日　昙。午后往福民医院。往内山书店买《弁証法》及《唯物的弁証》各一本,共泉一元五角。又昭和三年板《鑑賞画選》一帖八十枚,六元五角。晚得石民信。夜与三弟饮佳酿酒,金有华之所赠也。

八日　晴。午后得金溟若信。托三弟从商务印书馆寄自欧洲之书三种到来,托方仁去取,共泉十元五角。往福民医院。晚得史济行信。

九日　晴。上午寄淑卿信。泽村幸夫来,未见。午后得友松信。往福民医院。下午往内山书店。付朝华社纸泉百五十。得侍桁信并稿,济南发。夜方仁来假泉三十。托柔石送还石民译稿。

十日　晴。上午往福民医院付入院泉七十,又女工泉廿,杂工泉十。下午同三弟、蕴如往福民医院迓广平及海婴回寓。金溟若来,不见。达夫来,赠以佳酿酒一小瓶。晚夏康农来。

十一日　晴。上午内山赠孩子涎挂一个,毯子一条。下午得谢敦南信。夜得秋田信。

十二日　晴。午后秋田义一来为海婴画象,假以泉十五。夜译《艺术论》[1]毕。

十三日　星期。晴。上午得罗西信。未名社寄来《蠢货》五本。下午寄雪峰信并《艺术论》译稿一份。夜往街闲步。

十四日　雨。午杨律师来,交北新书局第二期板税泉二千二百,即付以手续费百十。下午季市来。复罗西信并还稿二篇。晚收季志仁从法国寄来之《Le Bestiaire》一本,价八十佛郎。夜往内山书店。付雪峰校对费[2]五十。付朝华社泉五十。

十五日　雨。午后得雪峰信并还泉五十。下午达夫来。夜仍以泉交雪峰。

十六日　晴。上午得侍桁信。得丛芜信。下午请照相师来为海婴照相。

十七日　晴。上午代广平寄张维汉、谢敦南书各一包。午后修甫来。下午复侍桁信。复丛芜信。下午往内山书店买《若きソヴェトロシヤ》一本,泉二元。夜同三弟、贤桢及煜儿往街买物。

十八日　晴。上午携海婴往福民医院检查,无病,但小感冒。下午赴街买吸入器[3]及杂药品。晚得钦文信。

十九日　晴。上午得叶永蓁信。午后往内山书店买小书两本,共泉一元四角也。下午寄小峰信,晚得复。夜出市买茶叶两筒。

二十日　晴。星期。午后复小峰信。寄季市信。下午上街取照相,未成。魏金枝来。柔石得 Gibbings 信并木刻三枚以给我。得霁野信。

二十一日　晴。上午复霁野信。寄达夫信。午得友松信。夜同三弟往街买青森频果,在店头遇山上正义,强赠一筐,携之而归。

二十二日　晴。上午得友松信。下午取海婴照相来。托蕴如买小床、药饵、火腿等，共用泉四十五元。夜得绍原信片，即复。得田夫信，即复。

二十三日　晴。午后得季市信。以海婴照相寄谢敦南及淑卿。下午往内山书店取《世界美術全集》（十）一本，又杂书二本，共泉八元二角。

二十四日　晴。午后得淑卿信。得侍桁信并稿，即复。晚访久米治彦医士，为广平赠以绸一端。得罗西信，即复。得川岛信。

二十五日　昙。午后寄还投《奔流》稿八件。下午往内山书店。晚得季志仁信并稿。得徐诗荃信，柏林发。友松来。

二十六日　昙。午后寄母亲小说及历本、淑卿《奔流》及《朝华》、子佩《语丝》。下午朱君来。石民、衣萍、曙天、小峰、漱六来，并赠孩子用品。得王宗城信并稿。夜康农、友松来。倪文宙、张梓生来。

二十七日　星期。昙。上午得侍桁信。下午修甫、友松来，并赠毛线一包。

二十八日　晴。上午寄矛尘信。寄淑卿信。午后季市来并赠海婴衣冒。收教育部编辑费三百。友松来。寄小峰信并稿。下午往内山书店买《図案資料叢書》六本，杂书三本，共泉十七元三角。

二十九日　昙。午后达夫来。

三十日　小雨。上午得罗西信。

三十一日　小雨。上午寄霁野信并《文艺与批评》五本，还作者像片[4]一张。午后友松来。夜律师冯步青来，为女佣王阿花事。

＊　　＊　　＊

〔1〕《艺术论》 指俄国普列汉诺夫的《艺术论》。

〔2〕 付雪峰校对费 指冯雪峰为鲁迅所译《文艺与批评》一书做校对的酬金。

〔3〕 吸入器 治疗支气管炎症的医用喷雾器。

〔4〕 即卢那察尔斯基像。

十一月

一日 晴。上午携海婴往福民医院诊察。午得矛尘信。夜得友松信。

二日 晴。午后友松来，假以泉五百。下午往内山书店。杨骚来。汤爱理来。夜张梓生来。食蟹。

三日 星期。晴。上午泽村幸夫赠《每日年鑑》一部。得梁耀南信。

四日 昙。午后得杨律师信。晚得小峰信并书籍、杂志。夜康农、修甫、友松来。康农赠孩子衣帽各一。雨。

五日 昙。午后友松、修甫来。下午访杨律师。许叔和来访，未见。夜雨。

六日 雨。上午携海婴往福民医院诊。午得侍桁信。晚得小峰信并《奔流》稿费[1]二百，即复。收靖华所寄赠《契诃夫死后二十五年纪念册》一本。得黎锦明、陈君涵、陈翔冰、孙用、方善竟等信及稿。

七日　昙。上午得杨维铨信。得汤爱理信。晚修甫、友松来,邀往中华饭店晚餐,并有侃元、雪峰、柔石。真吾赠芋头及番薯一筐。

八日　晴。午后复汤爱理信。复矛尘信。下午往内山书店。夜蓬子来。

九日　昙。午后寄孙用信。下午雨。得吴曙天信。夜得王任叔信。

十日　星期。晴。上午携海婴往福民医院诊察。午后得淑卿信,一日发。下午昙。复王任叔信。复吴曙天信。复陈君涵信并寄还稿。友松来。晚雨。得白莽信。

十一日　晴。午后寄友松信。夜得小峰信并《奔流》稿费一百。

十二日　晴。午后友松来。下午往内山书店。得友松信,即复。夜蓬子来并赠《结婚集》一本。

十三日　晴。上午得汤爱理信。得汪馥泉信,即复。下午修甫、友松来,托其寄王余杞信并汇稿费十元。寄达夫信。晚杨骚、凌璧如来。夜理发。寄友松信。寄小峰信。

十四日　昙。上午携海婴往福民医院诊。得孙用信并世界语译本《勇敢的约翰》[2]一本。下午寄淑卿信。得友松信,即复。往内山书店买《造型芸術社会学》、《表現派紋樣集》各一本,共泉五元三角。

十五日　雨。上午得丛芜信。得钦文信。得有麟信。下午陶晶孙、张凤举及达夫来。晚得达夫信。

十六日　晴。上午得淑卿信,十二日发。得章廷骥信并稿,即复。晚得小峰信并《语丝》。夜寄石民信。寄季志仁信。寄徐诗荃信。雨。

十七日　星期。昙。下午达夫来。装火炉用泉卅二。

十八日　晴。上午寄黄龙信并还稿。寄何水信并还稿。寄霁野信并附与靖华笺[3]。寄丛芜信。携海婴往福民医院诊察。下午往内山书店买《ロシヤ社会史》一本,一元三角。得霁野信。买煤一吨,泉卅二。夜得丛芜信。友松来。

十九日　晴。上午得石民信。得矛尘信。从德国寄来《Neue Kunst in Russland》一本,价三元四角。下午昙。往制版所托制版[4]。晚秋田义一、卫川有澈来。夜修甫、友松来[5]。

二十日　昙。上午寄孙用信并稿费十二元。夜雨。

二十一日　晴。上午得杨骚信。晚修甫、友松来。

二十二日　晴。上午携海婴往福民医院诊。午后复杨骚信。寄小峰信。下午往内山书店买雕刻照片十枚,二元。杨律师来,并交北新书店第三次版税千九百二十八元四角一分七厘。夜编《奔流》二之五讫[6]。

二十三日　晴。午后往制版所。下午衣萍、小峰来。杨骚来。夜蓬子来。雨。

二十四日　星期。晴。夜友松来。得范沁一信。

二十五日　晴。上午得淑卿信,二十二日发,附心梅叔信。午后得侍桁信。得孙用信。收本月份编辑费三百。下午刘肖愚来。以商务印书馆存款九百五十元赠克士。夜复侍桁信。收《萌芽》稿费泉四十。汪静之来。

二十六日　晴。上午同广平携海婴往福民医院诊察,体重计三千八百七十格伦。下午往小林制版所取铜版。得王余杞信并稿。达夫来。寄心梅叔泉五十。寄季志仁信并泉五百法郎。晚许叔和及夫人、孩子来。

二十七日　晴。上午复王余杞信,附与霁野笺。午后修甫、友松来。下午寄淑卿信并家用三百。往内山书店买书四本,共泉九元一角。又取《世界美术全集》(十一)一本,一元七角。晚雪峰来还泉十五。假柔石泉百。

二十八日　晴。午后寄范沁一信。得季志仁信。下午望道来。得小峰信。

二十九日　晴。午后同柔石往神州国光社,无物可买。往中美图书馆买《Great Russian Short Stories》一本,六元四角。夜译《洞窟》[7]毕。

三十日　晴。上午同广平携海婴往福民医院诊察。下午寄徐诗荃以《奔流》、《语丝》及《野草》共一包。往内山书店买书三本,三元四角。得范沁一信。

*　　*　　*

〔1〕《奔流》稿费　根据8月25日协议,北新书局先后于本日及11日将《奔流》第二卷第五本稿费三百元送交鲁迅转发作者。此后鲁迅即着手续编该刊。

〔2〕《勇敢的约翰》由匈牙利考罗卓译成世界语,孙用据此译为中文。鲁迅读中译稿后,拟介绍出版,函请孙用将世界语译本寄来,以便校订和选取插图。

〔3〕 与靖华笺　系约曹靖华翻译苏联绥拉菲摩维支的长篇小说《铁流》。

〔4〕 即制《奔流》第二卷第五本用的裴多菲、契诃夫、阿霍、高尔基、理定像插图铜版，共五块。

〔5〕 此来谈及出版《勇敢的约翰》事。张友松等同意该书由春潮书局出版，后又改变此许诺。

〔6〕 编《奔流》二之五讫　本期《奔流》因北新书局多方拖延，第二年春始印出。此后由于书局兴趣转移，遂不复出刊。

〔7〕 《洞窟》　小说，苏联札弥亚丁著，鲁迅译文发表于《东方杂志》第二十八卷第一号（1931年1月），后收入《竖琴》。

十二月

一日　星期。晴。下午得钦文信。牙痛。

二日　晴。上午复钦文信。复季志仁信。以书籍及杂志寄季市、淑卿。夜雨。

三日　雨。上午得刘肖愚信。下午修甫来。夜译《恶魔》[1]毕。

四日　晴。上午寄小峰信。得叶永蓁信。携海婴往福民医院诊察，衡其体重，计四千一百十六格兰，医师言停服药。午后周正扶等来迓往暨南学校演讲[2]，下午归。得小峰信并《语丝》。晚往内山书店买《近代劇全集》一本，一元四角。

五日　晴。午后修甫、友松来。下午同柔石往天主堂街看法文书店。往内山书店买《康定斯基芸術論》一本，八元二角。夜友松来。

六日　晴。无事。夜雨。

七日　雨。似微发热,服阿司匹林两片。

八日　星期。雨。下午柔石赠信笺数种。出街买频果、蒲陶。

九日　雨。上午得素园信片。得侍桁信。下午出街买稿纸及杂志两本,用泉四元。夜夏康农及其兄来访。

十日　晴。午后往内山书店买《グリム童話集》(六)一本,五角。寄侍桁原稿纸三百枚。夜得小峰信,即复,并附译稿一篇。

十一日　晴。无事。

十二日　昙。午前修甫来,并交白龙淮信。午后得淑卿信,五日发。叶永蓁来。

十三日　昙。上午复白龙淮信。复淑卿信。午后得林林信并稿。夜雨。

十四日　昙。下午得徐诗荃信,十一月廿二日发。晚雨。似感冒发热。

十五日　星期。雨。下午服阿司匹林二片。下午贺昌群及其夫人、孩子来。梁耀南来,未见,留盈昂所寄赠之《古骸底埋葬》一本而去。晚得小峰信并《语丝》及《呐喊》、《彷徨》合同,即复。夜雨霰。

十六日　雨。午后托三弟汇寄金鸡公司[3]泉三十元四角并发信片,定书二种。

十七日　晴,冷,下午昙。往内山书店买书五本,共泉二十二元。晚小峰遣人持信来,即付以《呐喊》书面铸板一块,《彷徨》纸板一包,二书版税证各五千。

十八日　雨。上午内山书店送来书两本,计泉十三元五角。

十九日　雨。无事。

二十日　晴。上午收霁野所寄《四十一》序[4]一篇。得扬州中学信,午后复。下午往内山书店买文艺书三本,共泉十元五角。夜似发热。

二十一日　雨雪。上午得陈元达信并稿。

二十二日　星期。晴。上午党修甫来,并赠《茶花女》两本。午后刘肖愚来。晚雪峰为买来《ロシヤ社会史》(2)一本,价一元。夜作杂文一篇[5]。

二十三日　晴。下午杨律师来并交北新书局第四期版税千九百二十八元四角一分七厘,至此旧欠俱讫[6]。夜假柔石泉百。

二十四日　晴。下午收杨慧修所寄《华北日报附刊》两本。林庚白来,不见。

二十五日　晴。上午得史沫特列女士信,午后复。寄修甫信。下午寄淑卿信并明年正、二月份家用泉三百。得侍桁信。夜秋田义一偕一人来,未问其名姓。夜雨。

二十六日　雨。上午复侍桁信。寄中华书局信,索《二十四史》样本。下午寄神户版画之家[7]信。往内山书店买书三本,共泉十六元二角。晚林庚白来信谩骂。[8]真吾来并赠冬笋。雪峰来并交《萌芽》稿费二十七元。

二十七日　小雨。午后得杨维铨信。下午史沫特列女士、蔡咏裳女士及董绍明君来。董字秋士,静海人,史女士为

《弗兰孚德报》通信员,索去照相四枚。

二十八日　昙。午后修甫来。夜小雨。

二十九日　星期。昙。上午内山书店送来《世界美术全集》(二七)一本,价二元也。午后同真吾、柔石及三弟往商务印书馆豫定《清代学者象像〔传〕》一部四本,十八元。并取所定购《Bild und Gemeinschaft》一本,七角。往北新书局为谢敦南购寄《语丝》第一至第〔第〕四卷全部,又《坟》及《朝花夕拾》各一本。夜马思聪、陈仙泉来,不见。寄徐诗荃信。寄陈元达信并还译稿一篇。

三十日　昙。上午得杨骚信。午后往内山书店买《王道天下之研究》一本,十一元。又《改造文库》二本,六角。夜真吾为买原文《恶之华》一本来,一元二角。

三十一日　昙。上午寄还岭梅诗稿。收编辑费三百,本月分。下午往内山书店买《美術叢書》三本,《日本木彫史》一本,杂书两本,共泉二十三元。夜濯足。

*　　　*　　　*

〔1〕《恶魔》　小说。苏联高尔基著,鲁迅译讫并作《译后附记》,于10日寄李小峰,发表于《北新》半月刊第四卷第一、二期合刊(1930年1月),后收入《译丛补》。

〔2〕往暨南学校演讲　讲题为《离骚与反离骚》。记录稿发表于《暨南校刊》第廿八至第卅二期合刊(1930年1月18日),未收集。

〔3〕金鸡公司　即 Golden Cockerell Press,英国伦敦的一家出版社。鲁迅曾多次从该社订购图书。

〔4〕《四十一》序　即曹靖华作的《〈第四十一〉后序》,发表于《萌芽月刊》第一卷第二期(1930年2月)。

〔5〕即《我和〈语丝〉的始终》。后收入《三闲集》。

〔6〕旧欠俱讫　自9月21日至12月23日,鲁迅四次共收北新书局还欠版税八千二百五十六元八角三分四厘。

〔7〕神户版画之家　日本神户一家出售日本版画家作品的商行。山口久吉主持。1924年起创办版画专刊《HANGA》(《版画》),1930年停刊。

〔8〕林庚白来信谩骂　林庚白于24日造访景云里鲁迅寓所,因鲁迅未见,故来信指责。信中说:"一,鲁迅居然也会'挡驾'吗?二,鲁迅毕竟是段政府底下的教育部佥事不是?三,鲁迅或者是新式名士?因为名士不愿随便见人,好像成了原则似的。四,像吴稚晖遗留的鲁迅是否革命前途的障碍物;要得要不得?"又附《讽鲁迅》诗一首。

书　　帐

グレコ一本　二・〇〇　一月五日

生レ出ル悩ミ一本　一・一〇　一月六日

或ル女二本　二・二〇

詩と詩論第一册一本　一・六〇　一月七日

グウルモン詩抄一本　三・〇〇

R・S主義批判一本　一・一〇

ソヴェト学生日記一本　一・一〇

右側の月一本　一・八〇

ドン・キホーテ二本　四・〇〇　一月九日

Einführung in die Kunstgeschichte 一本　七・〇〇　一月十七日

Scandinavian Art 一本　一三・〇〇

アルス美術叢書三本　六・〇〇　一月十八日

小さき者へ一本　〇・八〇　一月二十日

長崎の美術史一本　一〇・〇〇　一月二十一日

南欧の空一本　二・五〇

独逸文学二本　五・〇〇

The Best French Short Stories 二本　一〇・七〇　一月二十四日

三余札記二本　〇・六〇

G. Craig's Woodcuts 一本　六・一〇　一月三十日

167

世界美術全集(20)一本　一・六〇
森三千代詩集一本　作者贈　一月三十一日　　八三・六〇〇
草花模様二本　八・八〇　二月八日
Künster-Monographien 三本　十二・〇〇　二月十三日
銀砂の汀一本　一・三〇
独逸文学三輯一本　二・四〇　二月十四日
GUSTAVE DORÉ 一本　一二・〇〇　二月十五日
日本童話選集(3)一本　四・一〇　二月十七日
ラムラム王一本　一・七〇
景正徳本娇红记一本　盐谷节山寄赠　二月二十一日
殉難革命家列伝一本　一・一〇　二月二十八日
史的一元論一本　二・二〇
改造文庫三本　〇・四〇　　　　　四六・〇〇〇
雛一帖二十七枚　还讫　三月二日
唐宋大家像伝二本　一・〇〇
水滸伝画譜二本　一・二〇
名数画譜四本　五・〇〇
海僊画譜三本　三・三〇
世界美術全集(21)一本　一・七〇
Outline of Literature 三本　二〇・〇〇　三月七日
J. Austen 插画 Don Juan 一本　一五・〇〇
ソヴェトロシア詩選一本　〇・七〇　三月八日
Das Holzschnittbuch 一本　三・二〇
詩と詩論(3)一本　一・六〇　三月十六日

欧西[西欧]図案集一本　五・五〇
Photograms of 1928 一本　三・四〇　三月十九日
輪廓図案一千集一本　四・三〇
唯物史観研究一本　三・三〇
国史補三本　二・八〇　三月二十二日
皇明世説新語八本　二・八〇
改造文庫一本　〇・五〇　三月二十八日
文芸と法律一本　三・一〇
コクトオ詩抄一本　三・一〇
美術概論一本　二・八〇
世界美術全集（22）一本　一・六〇　三月三十日
常山貞石志十本　八・〇〇　三月三十一日　　　　　九四・〇〇〇
詩と詩論（二輯）一本　一・六〇　四月四日
書斎の消息一本　〇・八〇
近代劇全集（27）一本　一・四〇　〖四月五日〗
図画酔芙蓉三本　五・二〇　〔四月五日〕
佛説百喻经二本　一・二〇
表現主義の彫刻一本　一・二〇　四月七日
現代欧洲の芸術一本　一・一〇　四月十三日
厨川白村集（3）一本　六・四〇　豫付全部
粕谷独逸語学叢書二本　三・六〇　四月十五日
郁文堂独和対訳叢書三本　三・四〇
ソヴェト政治組織一本　七[〇]・九〇　四月十八日
欧米ポスター図案集一帖　一・二〇

Petits Poèmes en Prose 一本　二六・〇〇　四月二十三日
厨川白村集(5)一本　先付
フオードかマルクスか　一・〇〇　四月二十六日
イヴァン・メストロヴィチ一本　三・六〇
Animals in Black and White 四本　五・六〇　四月二十九日
　　　　　　　　　　　　　　　　　　六四・二〇〇
史的唯物論及例証二本　一・四〇　五月二日
壊滅一本　〇・八〇
世界美術全集(9)一本　一・七〇　五月四日
Short Stories of 1928 一本　六・〇〇　五月七日
PETER PAN 一本　五・六〇
応用図案五百集一本　三・八〇　五月八日
工芸美論一本　一・七〇
新興文芸全集(23)一本　一・一〇　五月十日
厨川白村全集(2)一本　五月十七日　豫付
A History of Wood-Engraving 一本　五月二十日　二四・〇〇
六朝墓銘拓本七种八枚　七・〇〇　五月二十一日
插画本項羽と劉邦一本　四・六〇　五月二十七日　五六・七〇〇
Quelques Bois 一帖十二枚　六・〇〇　六月五日
Hermann Paul 传一本　四・〇〇
Vigny 诗集一本　二五・〇〇
Valéry　致友人书一本　三〇・〇〇
Les Idylles de Gessner　七・五〇
Le Jaloux Garizalès 一本　一二・〇〇

世界美術全集(25)一本　一・七〇　六月七日
現代の美術一本　三・八〇
フランドルの四大画家論一本　三・四〇
古希臘風俗鑑一本　二・一〇
プレハノフ論一本　一・五〇
DESERT 一本　一・五〇
鑑賞画選一帖八十枚　五・八〇　六月十一日
露西亜現代文豪傑作集二本　二・四〇　六月十二日
世界性慾学辞典一本　三・二〇　六月十六日
全訳グリム童話集四本　一・九〇
オルフエ一本　二・二〇
グンクゥールの歌麿一本　五・七〇　六月十九日
Animals in Black and White 二本　三・三〇　六月二十三日
全相平话三国志三本
三国志通俗演义二十四本　一〇・八〇
プレハーノフ選集二本　三・五〇　六月二十四日
西比利亜から満蒙へ一本　四・〇〇
厨川白村全集(1)一本　先付　六月二十六日
世界美術全集(26)一本　一・七〇
自由と必然一本　〇・九〇
赤い子供一本　〇・六〇
ソ・ロ・漫画、ポスター集一本　四・七〇
東西文芸評伝一本　三・六〇
詩と詩論(4)一本　二・〇〇

鲁　迅　日　记（二）

動物学実習法一本　一・〇〇
チエホフとトルストイの回想一本　〇・九〇　六月三十日
　　　　　　　　　　　　　　　　　　　一五八・四〇〇
Pravdivoe Zhizneopisanie 一本　靖华寄来　七月三日
Pisateli 一本　同上
創作版画第五至第十輯五［六］帖　六・〇〇　七月五日
唯物史観一本　〇・九〇　七月六日
グリム童话集(5)一本　〇・五〇
ハウフの童話一本　一・五〇
漁夫とその魂一本　〇・七〇
革命芸術大系一本　七月九日　一・一〇
曼殊遺墨第一册一本　小峰贈　七月十日
老子原始一本　三・三〇　七月十九日
裂地と版画一帖六十四枚　五・〇〇
観光紀遊三本　李秉中寄贈　七月二十二日
マルクス主義批評論一本　一・八〇　七月二十五日
プロレタリア芸術教程（Ⅰ）一本　一・二〇
新らしい言葉の字引一本　二・四〇
伊太利ルネサンスの美術一本　三・六〇　七月二十六日
文芸復興一本　二・六〇
袋路一本　一・八〇
世界美術全集(3)一本　一・八〇　七月二十七日
郭仲理画樟拓本影片十二枚　兼士寄贈　七月二十八日
厨川白村全集(4)一本　先付　七月三十日　　　三四・二〇〇

172

版画第十一十二辑二帖二十枚　一·八〇　八月三日

外套一本　素园寄赠

小百梅集一本　一·九〇　八月六日

言語その本質、発達及起原一本　九·六〇　八月八日

Les Artistes du Livre 五本　三七·〇〇　八月二十七日

Le Nouveau Spectateur 二本　季志仁寄赠

高蹈紫葉二会聯合図録一本　世界文艺社寄赠

茜窗小品二本　二·四〇

世界美術全集（32）一本　一·七〇　八月三十一日　五四·四〇〇

近代短篇小説集一本　一·二〇　九月九日

新興文学集一本　一·二〇

厨川白村集（六）一本　預付　九月十日

社会科学の豫備概念一本　二·四〇　九月十一日

読史叢録一本　六·〇〇

支那歴史地理研究一本　四·四〇　九月十六日

支那歴史地理研究続編一本　六·四〇

景印明刻閨范四本　广平赠　九月二十日

世界美術全集（三十三）一本　一·八〇　九月二十五日

図案資料叢書五本　六·五〇　九月二十八日

史的唯物論ヨリ見タル文学一本　一·七〇

露西亜革命の豫言者一本　三·五〇

文学と経済学一本　二·六〇

詩人のナプキン一本　二·五〇　　　　　四〇·二〇〇

弁証法等二本　一·五〇　十月七日

鑑賞画選八十枚一帖　六・五〇
Flower and Still-life Painting 一本　四・九〇　十月八日
My Method by the leading European Artists 一本　四・九〇
Bliss : Wood Cuts 一本　〇・七〇
Le Bestiaire 一本　八・〇〇　十月十四日
若きソヴェト・ロシヤ一本　二・〇〇　十月十七日
レーニンの幼少時代一本　〇・七〇　十月十九日
チェホフ書簡集一本　〇・七〇
R. Gibbings 木刻三枚　柔石交来　十月二十日
世界美術全集(10)一本　一・八〇　十月二十三日
エピキュルの園一本　二・八〇
文化社会学概論一本　三・六〇
図案資料叢書六本　八・四〇　十月二十八日
世界観としてのマルキシズム一本　〇・五〇
コムミサール一本　二・二〇
支那の建築一本　六・二〇　　　　　　　五四・四〇〇
契诃夫死后廿五年纪念册一本　靖华寄赠　十一月六日
造型芸術社会学一本　一・三〇　十一月十四日
表現紋樣集一帖百枚　四・〇〇
ロシヤ社会史(1)一本　一・三〇　十一月十八日
Neue Kunst in Russland 一本　二[三]・四〇　十一月十九日
雕刻照象信片十枚　二・〇〇　十一月二十二日
史的唯物論一本　一・四〇　十一月二十七日
芸術と無産階級一本　一・六〇

最新独和辞典一本　　四・五〇
かくし言葉の字引一本　　一・六〇
世界美術全集(11)一本　　一・七〇
Great Russian Short Stories 一本　　六・四〇　　十一月二十九日
マルクス主義批判者の批判一本　　二・〇〇　　十一月卅日
文芸批評史一本　　〇・七〇
現代美術論集一本　　〇・七〇　　　　　　　　四一・三〇〇
近代劇全集(30)一本　　一・四〇　　十二月四日
カンヂンスキイ芸術論一本　　八・二〇　　十二月五日
グリム童話集(六)一本　　〇・五〇　　十二月十日
Plato's Phaedo 一本　　二五・四〇　　十二月十六日
The Seventh Man 一本　　五・〇〇
支那古代経済思想及制度一本　　九・六〇　　十二月十七日
詩の起原一本　　六・六〇
近代唯物論史一本　　二・〇〇
文学理論の諸問題一本　　二・四〇
ブロレタリア芸術教程(2)一本　　一・四〇
画譜一千夜物語(上)一本　　一一・〇〇　　十二月十八日
蠹魚之自伝一本　　二・五〇
滞欧印象記一本　　三・〇〇　　十二月二十日
ゲオルゲ・グロッス(上)一本　　三・八〇
芸術学研究(1)一本　　二・七〇
ロシヤ社会史(2)一本　　一・〇〇　　十二月二十二日
考古学研究一本　　九・〇〇　　十二月二十六日

ボオドレール研究一本　三・五〇
機械と芸術との交流一本　三・七〇
世界美術全集(27)一本　二・〇〇　十二月二十九日
清代学者象伝四本　（豫约）　一八・〇〇
Bild und Gemeinschaft 一本　〇・七〇
王道天下之研究一本　一一・〇〇　十二月三十日
改造文庫二本　〇・六〇
Les Fleurs du Mal 一本　一・二〇
労農ロシア戯劇集一本　一・五〇　十二月卅一日
大旋風一本　一・五〇
美術叢書三本　一二・〇〇
日本木彫史一本　八・〇〇　　　　　　　一五九・二〇〇
　　　总计八八六・四〇〇，
　　　平匀每月用泉七三・八六六……

日记十九

一月

一日 雨。无事。

二日 昙。午后修甫来。下午望道来。雨。

三日 昙。无事。

四日 晴。海婴生一百日,午后同广平挈之往阳春馆[1]照相。下午往内山书店买文艺书类三本,共泉八元二角。晚微雪。达夫招饮于五马路川味饭店,同座为内山完造、今关天彭及其女孩。

五日 星期。晴。下午映霞、达夫来。

六日 昙。上午往福民医院,邀杨女士为海婴洗浴。往内山书店杂志部[2]买《新兴芸術》四本,四元。得叶锄非信。下午往小林制版所,托制版。往内山书店还围巾。得徐诗荃信。晚章衣萍来,不见。夜友松、修甫来。大冷。

七日 昙。午后复叶锄非信。复徐诗荃信。得淑卿信,十二月廿九日发,附万朝报社信。下午收德文杂志三本,诗荃所寄。

八日 晴。下午友松来。魏福绵来。

九日 晴。午有杨姓者来,不见。下午寄徐诗荃信并汇四十马克买书。得神户版画の家来信。与广平以绒衫及围领

177

各一事送赠达夫、映霞,贺其得子[3]。晚修甫及友松来,托其以原文《恶之华》一本赠石民。夜代女工王阿花付赎身钱百五十元,由魏福绵经手。

十日　晴。上午得季市信。午友松、修甫来。下午赴街取图版不得,于涂中失一手套。买煤半吨,十七元。夜雨雪。

十一日　晴。下午昙。寄季市书四本。

十二日　星期。晴。午后往街取图版。取照相。寄诗荃信。夜之超来。

十三日　雨。上午收诗荃所寄《柏林晨报》两卷。下午出街为瑾儿及海婴买药。晚杨先生来为海婴沐浴,衡之重五千二百格兰。夜雪。

十四日　晴。下午得侍桁信。沁一、友松来。

十五日　雨夹雪。上午寄诗荃信。得淑卿信,五日发。下午达夫来。石民来。收大江书店版税[4]九十九元陆角五分。

十六日　昙。晨被窃去皮袍一件。午后上街取照片。

十七日　晴。下午寄淑卿信并照片三枚,内二枚呈母亲。往内山书店买《詩と詩論》(五及六)二本,《世界美术全集》(十二)一本,共泉八元。

十八日　晴。上午得有麟信。夜友松来。

十九日　星期。微雪。上午得霁野信。

二十日　晴。上午复霁野信。寄季市信。寄淑卿信,托由家用中借给霁野泉百。

二十一日　小雨。上午得季志仁信。得徐诗荃信。下午得史沫特列信。

二十二日　昙。午后复史沫特列信。小峰送来风鸡一只,鱼圆一碗。夜方仁来,还陆续所借泉百五十,即以百廿元赔朝花社亏空,社事告终。[5]

二十三日　昙。下午陶晶孙来。晚小雨。

二十四日　晴。上午收诗荃所寄《柏林晨报》一卷。下午作杂评一篇[6]讫,一万一千字,投《萌芽》。晚得侍桁信。夜友松来。

二十五日　昙。上午托柔石往中国银行取水沫书店[7]所付《艺术与批评》版税百六十九元二角。买《Russia Today and Yesterday》一本,十二元。付《二月》及《小彼得》纸泉百五十八元。下午史沫特列、蔡咏霓、董时雍来。雨。往内山书店买文学及哲学书共六本,计泉十元四角。

二十六日　星期。昙。午后修甫、友松来。达夫来并赠《达夫代表作》一本。

二十七日　晴。下午友松来,还《二月》及《小彼得》纸泉五十。午后理发。寄神户版画之家泉八元四角并发信购版画五帖。晚往内山书店。夜收《萌芽》第三期稿费泉五十。收本月编辑费三百。

二十八日　晴。下午同三弟往街买铝制什器八件,共泉七元,拟赠友松也。

二十九日　晴。晨托扫街人寄友松信并什器八件,贺其结婚,又以孩子衣帽各一事属转赠夏康农,贺其生子,午后得复。下午侍桁来。

三十日　庚午元旦。晴。午后得羡苏信,二十五日发。

179

下午侍桁来。夏康农、党修甫、张友松来。

三十一日 晴。上午同广平携海婴往福民医院种牛痘。午望道来并赠《社会意识学大纲》(二版)一本。下午杜海生、钱奕丞、金友华来。衣萍、曙天来。

＊ ＊ ＊ ＊

〔1〕 阳春馆 应作春阳照相馆,日记又作"阳春堂",北四川路福民医院对面一家日本人开设的照相馆。

〔2〕 内山书店杂志部 即内山书店分设在北四川路窦乐安路(今多伦路)附近的杂志部,后由主持人长谷川三郎独立经营。

〔3〕 郁达夫与王映霞于1929年11月生一女,取名静子。鲁迅据传闻误为得子。

〔4〕 大江书店版税 此为上年出版鲁迅所译卢那察尔斯基《艺术论》一书的版税。

〔5〕 朝花社创办时,王方仁以其兄在上海开设合记教育用品社,请由代买纸张及代售朝花社出版的书刊。后王方仁经手所买油墨、纸张,往往以次充好,印刷质量甚差,而合记代售的书款又难以收回。朝花社屡次增股,终不能弥补亏损。至此以社务无法进行而告结束。

〔6〕 即《"硬译"与"文学的阶级性"》。后收入《二心集》。

〔7〕 水沫书店 原名第一线书店,1928年刘呐鸥、戴望舒创办于上海。该店曾出版鲁迅所译的《文艺政策》、《文艺与批评》等。

二 月

一日 晴。下午石民、侍桁来,假侍桁泉甘。复淑卿信。

大江书店招餐于新雅茶店[1],晚与雪峰同往,同席为傅东华、施复亮、汪馥泉、沈端先、冯三昧、陈望道、郭昭熙等。

二日　星期。晴。上午得风举信片,一月五日巴黎发。

三日　昙。上午得霁野信。得淑卿信,一月卅日发。晚小雨。夜石民及侍桁来。译《艺术与哲学,伦理》[2]半篇讫,投《艺术讲座》。

四日　雨。上午王佐才来,有达夫介绍信。下午寄友松信。往内山书店买书四种,共泉六元六角。得季志仁信并译稿一篇及所赠之《Le Miroir du Livre d'Art》一本,一月五日巴黎发。成君赠酒一坛。

五日　昙。午后侍桁来,托其寄石民信并季志仁稿。得友松复信并还稿二篇。从商务印书馆寄到英文书二本,共泉十二元六角。下午得金溟若信,即复。得小峰信并书籍杂志等。

六日　晴。上午同广平携海婴往福民医院诊视牛痘,计出三粒,极佳。下午修甫、友松来。晚出街买倍溶器二个,一元五角。

七日　昙。下午陶晶孙来。侍桁来。小雨。晚石民来并交季志仁稿费十。

八日　昙。午后寄陈望道信并《文艺研究》例言草稿八条[3]。下午寄马珏及淑卿《美术史潮论》各一本。往内山书店,托其店员寄陶晶孙信并答文艺之大众化问题小文[4]一纸。下午友松来。晚王佐才来。

九日　星期。晴。无事。夜濯足。

十日　晴。午后收沈钟社[5]所寄赠之《北游》及《逸如》各一本。下午董绍明来并赠《世界月刊》五本,且持来 Agnes Smedley 所赠《Eine Frau allein》一本,所摄照相四枚。晚王佐才来。邀侍桁、雪峰、柔石往中有天夜饭。

十一日　晴。上午得孙用信。午后托柔石往邮局以海婴照片一枚寄孙斐君,以《萌芽》及《语丝》一包寄季市。收版画之家所寄《版画》第三、四、三、IX辑各一帖,又特辑一帖,共泉八元四角。

十二日　晴。上午同广平携海婴往福民医院诊察。下午得董绍〔明〕信并赠所译《士敏土》一本。寄季市信。寄版画之家山口久吉信并信笺一包。以《萌芽》及《语丝》寄诗荃。晚得诗荃信。

十三日　晴。午后饮文来。下午侍桁来。晚邀柔石往快活林[6]吃面,又赴法教堂[7]。

十四日　晴。午后复孙用信。复董绍明信。寄淑卿信。下午真吾来别,赴合浦。饮文来。

十五日　晴。上午得霁野信。午后往内山书店买《昆虫记》(分册十)一本,六角。收诗荃所寄《Der Nackte Mensch in der Kunst》一本,八马克。晚从中有天呼酒肴一席请成先生,同坐共十人。

十六日　星期。晴。上午得季市信。午后同柔石、雪峰出街饮加菲[8]。

十七日　晴。上午得淑卿信,十四日发。下午收《柏林晨报》三卷,诗荃所寄。收东方杂志社稿费卅。夜邀侍桁、柔石及三弟往奥迪安戏园观电影[9]。

十八日　晴。午杨律师来并交北新书局版税泉二千。下午高峻峰来。中华艺术大学[10]学生来邀讲演。秦涤清来,不见。

十九日　昙。上午得钦文信。北新书局转来柳无忌及朱企霞信各一。

二十日　晴。午后复朱企霞信。寄季志仁信。托柔石交小峰信并稿件[11]等。下午往内山书店买《映画芸術史》一本,二元。得有麟信。晚达夫来,赠以越酒二瓶。夜得钦文信。

二十一日　晴。午后寄诗荃信并汇泉一百马克。往艺术大学讲演[12]半小时。

二十二日　昙。上午得矛尘信,下午复。

二十三日　星期。雨,上午晴。夜蓬子来。黄幼〔雄〕母故,赙二元。雨。

二十四日　昙。午后乃超来[13]。波多野种一来,不见。敬隐渔来,不见。晚得乐天文艺研究社[14]信。得白莽信并稿。夜雨。

二十五日　晴。午后寄白莽信。同柔石往北新书局为广平买书寄常应麟。买纸。夜出街买点心。雨。夜半大雷雨。

二十六日　昙。上午寄钦文信并纸样。午后收诗荃所寄德文书七本,约价二十九元五角,又杂志两本。夜编《艺苑朝华》第五辑[15]稿毕。

二十七日　昙。上午得丛芜信。午后寄诗荃信。补寄金鸡公司邮费三元四角。下午往内山书店买《世界美术全集》一本,《祭祀及礼と法律》一本,共泉五元八角。得翟永坤信。夜雨。

二十八日 晴。上午同广平携海婴往福民医院诊察。收编辑费三百。收诗荃所寄《柏林晨报》一卷。午后同蕴如及广平往齿科医院诊治,〔16〕付以泉十。夜雷雨。

＊　　＊　　＊

〔1〕 大江书铺创办人陈望道为筹办《文艺研究》杂志招餐。鲁迅应约在一周后为作《〈文艺研究〉例言》。新雅茶店在北四川路虬江支路口,经营粤菜、茶点及食品。

〔2〕《艺术与哲学,伦理》 论文,日本本庄可宗著,鲁迅译文发表于《艺术讲座》(1930年4月),后收入《译丛补》。

〔3〕《文艺研究》例言草稿八条 即《〈文艺研究〉例言》。发表于该刊第一卷第一本,现编入《集外集拾遗补编》。

〔4〕 即《文艺的大众化》。后收入《集外集拾遗》。

〔5〕 沈钟社 即沉钟社。文学团体,由原上海浅草社主要成员冯至、陈翔鹤、陈炜谟、杨晦等组成,1925年10月在北京成立。先后编印《沉钟》周刊和《沉钟》半月刊,1927年起出版《沉钟丛刊》。

〔6〕 快活林 上海南京路河南路(今南京东路河南中路)附近的一家西餐馆。

〔7〕 指参加中国自由运动大同盟成立大会。鲁迅赴会并与柔石、郁达夫等五十人列名《中国自由运动大同盟宣言》,为该盟发起人。它以争取言论、出版、结社、集会等自由,反对国民党专制统治为宗旨,成立不久即遭到国民党当局的压迫,国民党浙江省党部曾以鲁迅参加

该组织为借口,呈请国民党中央予以通缉。会议举行的地点,一说在爱文义路(今北京西路)圣彼得堂,一说在汉口路江西路附近的圣公会教堂,但两处均非法国教堂。

〔8〕 指参加"上海新文学运动者底讨论会"。会议在北四川路(今四川北路)九九八号公啡咖啡店举行。到会者有鲁迅、沈端先、郑伯奇、冯乃超、彭康、沈起予、华汉、蒋光慈、钱杏邨、洪灵菲、柔石、冯雪峰等十二人。会上检讨了过去文学运动中的缺点,确定今后文学运动的任务,决定成立"中国左翼作家联盟"筹备委员会,由冯乃超起草"左联"纲领。

〔9〕 所看电影为《侠盗雷森》,原名《Volga-Volga》,又译为《伏尔加—伏尔加》,德国奥尔布利克·梅斯托洛影片公司1928年出品。

〔10〕 中华艺术大学 中共地下党主办的大学,1929年春创立,校长为陈望道,址在北四川路底窦乐安路二三三号(今多伦路二〇一弄二号)。1930年3月2日"左联"在此举行成立大会。

〔11〕 即《通信(柳无忌来信按语)》。现编入《集外集拾遗补编》。

〔12〕 往艺术大学讲演 讲题为《绘画杂论》。讲稿佚。

〔13〕 乃超来 冯乃超来请鲁迅审阅"左联"纲领草稿。

〔14〕 乐天文艺研究社 上海大夏大学预科学生的文学团体。1929年秋成立,参加者前后共四十余人。该社决定于1930年新学期开学时约请鲁迅、郁达夫等到校演讲。

〔15〕 即《新俄画选》。

〔16〕 齿科医院 即日本人开设的上海齿科医院。当时周建人妻王蕴如和许广平在该院治齿。鲁迅为之翻译。

三 月

一日 晴。上午得马珏信。得淑卿信,二月廿五日发。

二日　星期。晴。上午携海婴往福民医院诊。收淑卿所寄家用帐簿一本[1]。内山书店送来《千夜一夜》(2)一本，二元五角。午后修甫、友松来。往艺术大学参加左翼作家连盟成立会[2]。夜蓬子来。雨。

三日　昙。上午得钦文信。同王蕴如及广平往牙科医院诊察。午后往内山书店杂志部买《新興芸術》五、六合本一本，一元一角。下午达夫来。雨。

四日　昙。上午携海婴往福民医院诊察。下午侍桁赠青岛牛舌干两枚。雨。

五日　雨。午后往齿科医院作翻译。往内山书店买书三种，共泉六元四角。

六日　昙。晚往万云楼，系光华书局[3]邀饭，同席十二人。得紫佩信。

七日　昙。上午得矛尘信。下午雨。复紫佩信。复丛芜信。收《艺术讲座》稿费廿。得诗荃信。

八日　晴。上午得杨律师信。收季志仁所寄《Sylvain Sauvage》一本，五十五法郎。午后往齿科医院作翻译。以杂志寄紫佩、季市。往内山书店。夜收诗荃所寄德文书四本，共二十二马克。

九日　星期。晴。上午携海婴往福民医院诊察。午前任子卿来。午后往中华艺术大学演讲[4]一小时。

十日　〔星期。〕晴。上午携海婴往福民医院诊察。得季志仁信并《Notre Ami Louis Jou》一本，价四百法郎。夜石民来。

十一日　雨。上午复季志仁信。复诗荃信。寄李春圃信。下午往齿科医院作翻译。往内山书店买书两本，共泉四元六角。夜得任子卿信。

十二日　昙。上午得俞芳信，代母亲写。得李霁野信，午后复。夜雨。

十三日　晴。上午得廖立峨信。午后侍桁同赵广湘君来。下午往大夏大学乐天文艺社演讲[5]。夜得徐声涛信并稿。

十四日　晴。上午得徐白信。得朱企霞信。收诗荃所寄《Die Kunst und die Gesellschaft》一本，价四十马克。午后寄母亲信。泰东书局招饮[6]于万云楼，晚与柔石、雪峰、侍桁同往，同席十一人。

十五日　晴。午后以《萌芽》三本寄矛尘。往内山书店买《柳瀬正夢画集》一本，二元四角。下午康农、修甫、友松来。晚望道来。因有绍酒越鸡，遂邀广湘、侍桁、雪峰、柔石夜饭。夜建行来。得叶永蓁信。

十六日　星期。晴。午前季市来。午后叶永蓁、段雪笙来。高峻峰来。

十七日　晴。上午得刘衲信。午后议泰东书局托办杂志事，定名曰《世界文化》。下午往内山书店，买《詩学概論》一本、《生物学講座》第一辑六本一函，共泉六元四角。收诗荃所寄《柏林晨报》一卷。

十八日　晴。夜得李洛信。得淑卿信，四日大名发。

十九日　晴。午后落一牙。往中国公学分院讲演[7]。

离寓[8]。收《萌芽》稿费卅。

二十日 晴。上午得许楚生信并中学募捐启[9],午后复之。魏金枝自杭来,夜同往兴亚夜餐,同坐又有柔石、雪峰及其夫人,归途有形似学生者三人,追踪甚久。夜浴。

二十一日 晴。下午侍桁来。晚三弟来。夜广平来。

二十二日 晴。午复刘一僧信。复矛尘信。晚广平来。三弟来。

二十三日 星期。晴。午前广平来。杨律师交来北新书局版税千。午后柔石及三弟来,同往近处看屋[10],不得。下午广平来,未见。晚柔石来,同往老靶子路看屋,不佳。夜侍桁来。雪峰来。

二十四日 晴。午前王蕴如及广平携海婴来,同往东亚食堂午餐。午后同王蕴如往上海齿科医院作翻译。下牙肿痛,因请高桥医生将所余之牙全行拔去,计共五枚,豫付泉五十。晚三弟来。得丛芜信。夜柔石、雪峰来。

二十五日 晴。午广平来。得母亲信,十八日发。午后赴齿科医院。邵明之来,未遇。晚三弟来。柔石、侍桁来。夜浴。

二十六日 晴。午广平来。得霁野信。收本月编辑费三百。下午往齿科医院疗治。在内山书店买小说两本、《生物学講座》第二期一函,共泉六元五角。晚三弟来。收诗荃所寄《柏林晨报》一卷,《左曲》二本。夜柔石、侍桁、雪峰来。雨。

二十七日 雨。海婴满六阅月,午广平携之来,同往福井写真馆照相,照讫至东亚食堂午餐。下午得矛尘信。得史沫特列信并稿。往上海齿科医院治疗。往儿岛洋行问空屋,不得。

二十八日　晴。上午广平来。得母亲信,二十一日发,即复。答矛尘信。午后侍桁、柔石来,假柔石泉卅。下午同柔石赴北四川路一带看屋,不得。复史沫特列女士信。晚三弟及广平来。柔石、雪峰来。

二十九日　雨。上午林惠元、白薇来,未见。午后往齿科医院,除去齿槽骨少许。柔石及三弟来,同往蓬路看屋,不得。下午收《世界美术全集》(5)一本,二元四角。晚广平来。浴。

三十日　星期。昙。上午往齿科医院治疗。白薇及林惠元来。午后侍桁、雪峰、柔石来。广平来。得李春朴信。晚三弟及王蕴如携烨儿来。

三十一日　昙。上午广平携海婴来。午后往医院治齿。下午同柔石往海宁路看屋。在内山书店买《フィリップ全集》(3)一本,杂书二本,共泉三元七角。

* 　*　 *

〔1〕 叔卿所寄家用帐簿　许羡苏即将离开北平前往河北大名任教,她将代管鲁迅家帐目期间的帐簿交还。

〔2〕 左翼作家连盟成立会　左翼作家连盟,全称"中国左翼作家联盟",简称"左联",中国共产党领导下的革命文学团体。成立大会于是日下午二时在中华艺术大学举行,到会五十余人。大会推定鲁迅、沈端先、钱杏邨三人为主席团。会上通过了"左联"的理论纲领及行动纲

领,并选举沈端先、冯乃超、钱杏邨、鲁迅、田汉、郑伯奇、洪灵菲七人为常务委员,周全平、蒋光慈二人为候补委员。鲁迅在会上做题为《对于左翼作家联盟的意见》的讲演,由王黎民(冯雪峰)记录,后收入《二心集》。

〔3〕 光华书局　沈松泉、张静庐主持。1924年创办于上海。曾出版鲁迅所译《艺术论》(普列汉诺夫著)。

〔4〕 往中华艺术大学演讲　讲题为《美术上的写实主义问题》,讲稿佚。

〔5〕 往大夏大学乐天文艺社演讲　讲题为《象牙塔和蜗牛庐》,讲稿佚。演讲大意参看《二心集·序言》。

〔6〕 泰东书局招饮　席间泰东图书局向鲁迅等约稿,并请"左联"编辑一个刊物。

〔7〕 中国公学　1906年由反对日本取缔韩、清留学生规则而相率回国的留日学生发起,成立于上海吴淞镇炮台湾。分院,指该校社会科学院及商学院,设在上海闸北东八字桥。是日鲁迅的讲题为《美的认识》,讲稿佚。

〔8〕 离寓　鲁迅因参加中国自由运动大同盟被国民党政府通缉,故避居内山书店楼上及内山完造家。4月1日回家,6日再度避居,至4月19日返寓。

〔9〕 许楚生信并中学募捐启　中学,应为大陆大学。该校被封闭后,教师许楚生(许德珩)等为表示抗议,拟另办社会科学院,分别函请友好资助,鲁迅收信后即给以支持。

〔10〕 看屋　鲁迅因受国民党通缉并发现被跟踪,拟迁离景云里,是日起往各处觅屋。

四　月

一日　晴。上午广平来。晚同柔石、侍桁往东亚食堂晚餐。夜回寓。得紫佩信。得石民信。

二日　晴。午后复石民信。复朱企霞信。寄诗荃信。晚望道来。

三日　昙。上午托三弟从商务印书馆买来《新郑古器图录》一部二本,泉五元六角。午后雨。下午高峻峰来。晚得黎锦明信。得乐芬信,即复。

四日　昙。下午映霞来。晚寄陈望道信。石民来。

五日　晴。上午得段雪生信。下午寄紫佩信,附三、四月家用二百元,托转交。夜圣陶、沈余及其夫人来。

六日　星期。晴。晚侍桁邀往东亚食堂晚膳,同席为雪峰及其夫人、柔石、广平。夜寄宿邬山生寓,为斋藤、福家、安藤作字。

七日　微雨。上午广平来。午后往齿科医院治疗。理发。在内山书店买书三本,共泉六元。下午得汤振扬信。得盐谷温诸君纪念信片。晚三弟来。

八日　雨。上午广平来。午后寄黎〔锦〕明信并还小说稿。下午看定住居,顶费五百,[1]先付以二百。夜柔石、侍桁来。广平来。雪峰来。

九日　昙,风。午前广平来。得汤振扬信。午后季市来。三弟来。雪峰、蓬子来。寄淑卿信。寄小峰〔信〕。夜三弟来。侍桁、柔石来。雨。

十日　昙,风。午前广平携海婴来。下夜大雷雨彻夜。浴。

十一日　昙。午前广平来。得母亲信,三日发。下午雪峰来并交为神州国光社编译《现代文艺丛书》合同[2]一纸。柔石来。晚得小峰信,并志仁、林林稿费共卅二元。以海婴照片一枚寄母亲。三弟来,少顷广平来,遂同往东亚食堂晚膳,又少顷蕴如导明之来,即邀之同饭。夜侍桁来。

十二日　晴。上午广平来。得母亲信,六日发,附李秉中函,晚复。三弟来。收诗荃所寄《柏林晨报》两卷。夜柔石来。雪峰来。得方善竟信并《新声》四张,另有《希望》数张,属转寄孙用,即为代发。

十三日　星期。雨。上午广平来。午后复李秉中信。复方善竟信。

十四日　小雨。上午广平来。得紫佩信。寄曹靖华信。午后往齿科医院治疗。寄季志仁稿费二十六元并发信。晚三弟来。

十五日　昙。午后广平来。夜侍桁来。雪峰来。

十六日　晴。上午广平携海婴来。午后得冰莹信。下午得小峰信并《美术史潮论》版税三百十五元。侍桁来,同往市啜咖啡,又往内山书店杂志部阅杂志。夜柔石、三弟来。得诗荃信,三月二十七日发。

十七日　晴。上午以《萌芽》分寄诗荃、矛尘、季市。下午达夫、映霞来。晚与三弟及广平往东亚食堂饭。复小峰信。夜浴。小雨。

十八日　晴。上午广平来。得张友松信。午后复冰莹信。柔石来。付新屋顶费三百。晚雪峰来。内山君邀往新半斋夜饭,同席十人。

十九日　昙。上午广平来。下午雨。李小峰之妹希同与赵景深结婚,因往贺,留晚饭,同席七人。夜回寓。

二十日　星期。晴。上午得杨律师信。

二十一日　晴。午后往齿科医院试模,付泉五十。往内山书店。得任子卿信。寄达夫信。寄诗荃信。下午得小峰信,即复,并交纸版三种。

二十二日　雨。上午寄小峰信。收《萌芽》稿费十五元。

二十三日　晴。上午同王蕴如及广平、海婴往齿科医院。携海婴往理发店剪发。下午收《鼓掌绝尘》一本,李秉中寄赠。得紫佩信。

二十四日　昙。上午得小峰信并书五本,即转赠侍桁、柔石、雪峰、蓬子、广平。午后得苏流痕信,即复。下午晴。往上海齿科医院试模。往内山书店买书三种,共泉十一元。晚复友松信。寄望道信并稿。

二十五日　昙。上午得叶锄非信。夜阅《文艺研究》第一期原稿讫。

二十六日　晴。午后寄望道信并稿[3]。往上海齿科医院补齿讫。往内山书店取《世界美術全集》(13)一本,一元八角。杨律师来并交北新书局所付版税千五百。下午中美图书公司送来《Ten Polish Folk Tales》壹册,付直三元。晚望道来。得胡弦信并稿,即转雪峰。

二十七日　星期。昙。上午得水沫书店信。得石民信并诗。由商务印书馆从德国购来《Die Schaffenden》第二至第四年全份各四帖,每帖十枚,又第五年份二帖共二十枚,下午托三弟往取,计值四百三十二元二角。每枚皆有作者署名,间有著色。夜雨。失眠。

二十八日　昙。上午携海婴往福民医院诊。得母亲信,二十日发。得李秉中信。午后中美图书公司送来 Gropper:《56 Drawings of Soviet Russia》一本,价六元。下午往齿科医院。往内山书店。

二十九日　昙。上午得上海邮务管理局信,言寄矛尘之《萌芽》第三本[4],业被驻杭州局检查员扣留。下午收四月分编辑费三百。得诗荃信并照相两枚,十日发。寄紫佩信并五月至七月份家用共三百,托其转交。夜小雨。

三十日　昙。上午同广平携海婴往福民医院诊。午后同三弟往齿科医院。往内山书店。三弟赠野山茶三包。收诗荃所寄在德国搜得之木刻画十一幅,其直百六十三马克,约合中币百二十元。又书籍九种九本,约直六十八元。

* * *

〔1〕看定住居,顶费五百　指看定北四川路一九四号拉摩斯公寓(即今川北公寓)。后于4月12日迁入。旧时上海租屋,须向原住户付一笔作为让渡承租权利的酬金,称顶费,但仍须付租金。

〔2〕为神州国光社编译《现代文艺丛书》合同　神州国光社原为专门出版碑帖书画类书籍的书店,在左翼文艺的影响下,拟出版一套新俄文艺作品丛书,特请鲁迅主编,选出十种有影响的剧本和小说,约定译者。后因当局对左翼文化的压迫,该店毁约,最终仅出四种。

〔3〕 为《文艺研究》第一期原稿。鲁迅编讫后寄陈望道付排。

〔4〕 《萌芽》第三本　应作《萌芽》第四期。

五　月

一日　昙。上午得紫佩信，上月二十四日发。携海婴往福民医院诊，广平同去。下午季市来。晚雨。

二日　晴。上午同广平携海婴往福民医院诊。午后得母亲信，四月廿六日发。下午同广平去看屋。往内山书店买《昆虫記》（五）一本，二元五角。往齿科医院。晚得学昭所寄赠《Buch der Lieder》一本。得季志仁所购寄《Les Artistes du Livre》（10 et 11）两本，直十三元也。夜侍桁交来代买之《The 19》一本，直七元。

三日　昙。上午得内山柬，即复。午小雨。午后寄母亲信。复李秉中信。下午往齿科医院。往内山书店。晚收诗荃所寄书籍一包五本，计直十三元六角。夜托望道转交复胡弦信。收《文艺研究》第一期译文豫支版税三十。

四日　星期。晴。夜金枝来。

五日　晴。午后得霁野信。下午往齿科医院。往内山书店。

六日　晴。午后得季志仁信。高峻峰来。下午史沫特列、乐芬、绍明来。

七日　晴。上午复季志仁信。午后往齿科医院。往内山书店买书二册，共泉十四元四角。晚同雪峰往爵禄饭店[1]，回至北冰洋吃冰其林。

八日　昙。上午同广平携海婴往福民医院诊。午后得诗荃信并《文学世界》三份,四月十八日发。雨。夜失眠。作《艺术论》序言[2]讫。

九日　昙,上午晴,暖。午后寄高峻峰信。下午往内山书店。收大江书店四月分结算版税一百四十五元八角三分七厘。

十日　晴。上午寄诗荃信并书款三百马克。午后得有麟信并枣一包。下午将书籍迁至新寓。晚往内山书店。夜风。

十一日　星期。晴。上午复有麟信。午后石民来。段雪笙、林骥材、苟克嘉来。下午往内山书店取《生物学講座》第三辑一部六本,三元四角。

十二日　昙。午后移什器。得未名社所寄《未名》月刊终刊号两本,《拜轮时代之英文学》译本一本。晚雨。夜同广平携海婴迁入北四川路楼寓[3]。

十三日　晴。上午同广平携海婴往福民医院诊。买厨用什器。午后雪峰来。下午得谢冰莹信并稿。收冰莹所寄周君小说稿。收诗荃所寄德译小说两本。汇付季志仁书款一千法郎,合中币百二十一元。

十四日　晴。晚三弟来。夜往内山书店买书两本,共泉四元二角。

十五日　晴。下午柔石、侍桁来。

十六日　晴。上午得靖华信并原文《被解放的堂克诃德》一本,四月十二日发,下午复讫。往内山书店。收诗荃所寄《Die stille Don》一本,即交贺菲。[4]

十七日　昙。上午木工送来书箱十二口,共泉六十四元。下午内山书店送来《芸术学研究》(2)一本,三元二角。晚三弟来。夜柔石、广湘来,雪峰及侍桁来,同出街饮啤酒。

十八日　星期。晴。午后得母亲信,十二日发。下午修电灯,工料泉六元半。

十九日　晴。下午出街为海婴买蚊帐一具,一元五角。往内山书店买书两本,《生物学讲座》(四)一期七本,共泉十九元二角。晚三弟来。得紫佩信。得诗荃所寄照相。寓中前房客赤谷赠作冰酪器械一具。内山赠海苔一罐。夜雪峰来。

二十日　雨。无事。

二十一日　雨。下午浴。晚收诗荃所寄《海兑培克新闻》一卷。

二十二日　昙。上午内山书店送来《千夜一夜》(4)一本。得杨律师信。夜同乐芬谈,托其搜集绘画。

二十三日　昙。午后往内山书店买自然科学及文学书五种,泉十元七角。

二十四日　晴。上午得矛尘信,下午复。寄诗荃信。

二十五日　星期。昙。午后寄诗荃信。往街买画匡三面,二元二角。买《新兴芸术》(二之七及八)一本,一元二角。下午喷台列宾油以杀蟹虫。夜雨。

二十六日　昙。午得紫佩信。午后往齿科医院,为冯姑母作翻译。晚三弟来。

二十七日　晴。午后柔石来。收编辑费三百,本月份。

二十八日　晴。午后寄诗荃信。下午柔石、雪峰来。三弟来。收诗荃所寄《海兑培克新闻》一卷,杂志三本,书目一本。

二十九日　晴。上午季市来。午后往左联会[5]。夜同广平携海婴访三弟。

三十日　晴。午后柔石来。晚往内山书店取《千夜一夜》(五)、《世界美术全集》(一五)各一本,又文学杂书二本,共泉十一元。

三十一日　昙。午后寄诗荃信。钦文来,赠以《新俄画选》一本。下午往内山书店,以浙绸一端赠内山夫人。买《沙上の足跡》一本,戏曲两种,共泉七元。晚钦文来。夜三弟来。柔石、雪峰、广湘来。收学昭所赠像照一枚。

* * * *

〔1〕是晚鲁迅应约往西藏路汉口路附近爵禄饭店会见当时党的领导人李立三。冯雪峰、潘汉年陪同。据冯雪峰《回忆鲁迅》说,李立三希望鲁迅发表宣言支持他的"立三路线",鲁迅未同意。

〔2〕《艺术论》序言　即《〈艺术论〉译本序》。后收入《二心集》。

〔3〕北四川路楼寓　即拉摩斯公寓。鲁迅是日从景云里移居该公寓A三楼四号。至1933年4月11日迁至施高塔路大陆新村。

〔4〕鲁迅主编《现代文艺丛书》时邀贺菲(赵广湘)翻译萧洛霍夫的《静静的顿河》,是日鲁迅收到徐诗荃寄自德国的该书德文本,即交赵广湘作翻译参考。

〔5〕 指出席"左联"第二次全体大会。大会听取了出席在上海召开的苏维埃区域代表大会代表的报告及其他报告;议决一致参加纪念"五卅"示威活动,并在"五卅"自动启封被国民党当局查封的中华艺术大学;决定与"社会科学家联盟"建立密切联系。在检查"左联"工作的基础上,通过了改组机构及改选干部的提案。

六 月

一日 星期,亦旧历端午。昙,热。下午季市来,赠以《新俄画选》一本。

二日 晴。晚三弟来。得和森信,秦皇岛发。夜往内山书店买书二本,四元四角。柔石来,未见。雪峰来,收水沫书店版税[1]支票一张,十二日期也,计百八十元零。

三日 昙。午后柔石来。晚往内山书店买《法理学》一本,一元八角。夜雨。

四日 雨。上午得王方仁信,香港发。下午往内山书店买《ジヤズ文学叢書》四本,十二元。得靖华所寄《台尼画集》一本。晚得诗荃信,五月十三日发。夜内山及其夫人与松藻小姐来。

五日 晴。午后同柔石往公啡[2]喝加啡。买稿纸四百枚,一元四角。晚三弟来,未见。夜许叔和来。雨。

六日 晴。午前往杨律师寓取北新书局版税泉千五百。下午托王蕴如从五洲药房买含药鱼肝油一打,泉二十八元。往内山书店买《洒落の精神分析》一本,三元。晚三弟来。收小峰信并版税支票一纸,千百八十元,廿五日期。

七日　晴。午后雪峰、柔石来。捐互济会[3]泉百。下午雨。买米五十磅。

八日　星期。晴。无事。

九日　晴。下午得季野信。夜得靖华信并画信片一枚，译诗一首，五月十日发。

十日　晴。午后侍桁、柔石来。托柔石往德华银行汇寄诗荃买书款三百马克，合中币二百六十元。下午三弟来。晚复霁野信。夜陈延炘来。译《被解放的 Don Quixote》[4]第一幕讫。

十一日　小雨。下午复靖华信。寄诗荃信。收英伦金鸡公司所寄 Plato's《Phaedo》一本，为五百本中之第六十四本，合中币二十四元。

十二日　昙。晚三弟来。王蕴如携晔儿来。雨。得荔臣画二幅，以其一赠内山。取得水沫书店支票之百八十一元三角。

十三日　昙。上午得靖华信并 С. Чехонин 及 А. Каплун 画集，又《罗曼杂志》一张，五月二十日发。下午内山夫人赠花布两匹给海婴。映霞、达夫来。夜往内山书店买《蔵書票の話》一本，十元。

十四日　昙。下午晴。无事。

十五日　星期。小雨。下午三弟来。晚内山完造招饮于觉林，同席室伏高信、太田宇之助、藤井元一、高久肇、山县初男、郑伯奇、郁达夫，共九人。

十六日　晴。午后与广平携海婴同去理发。往内山书店买《现代美学思潮》一本,六元。作《浮士德与城》后记[5]讫。

十七日　晴。上午以《新俄画选》一本寄马珏。下午内山书店送来《生物学講座》(五)一函并观剧券五枚。雪峰、柔石来。晚浴。

十八日　晴。上午收诗荃所寄《海兑培克新闻》两卷。午后柔石来。收《浮士德与城》编辑费及后记稿费九十。下午往春阳馆照插画一枚[6]。

十九日　雨。无事。

二十日　雨。上午内山书店送来《世界美術全集》一本,第二十八。晚三弟来。得诗荃信,五月卅一日发。收未名社所寄《罪与罚》(上)两本。夜侍桁来。

二十一日　雨。上午高桥澈志君来,赠以英译《阿Q正传》一本。午后得李秉中信片。下午买茶六斤,八元。买米五十磅,五元七角。收王阿花所还泉八十,王蕴如交来。

二十二日　星期。晴。午后寄诗荃信。寄靖华信。取《浮士德与城》插画之照片,即赠内山、雪峰、柔石及吴君各一枚。下午三弟来。蕴如携烨儿、瑾男来。侍桁来。

二十三日　晴。下午以小说四种六本寄诗荃。以《文艺讲座》一本寄秉中。晚得紫佩信。夜往内山书店。收叶永蓁信。

二十四日　晴,热。午后柔石来,交朝花社卖书所得泉十[7]。访高桥医生。制镜框四枚,共泉三元二角。夜雪峰来。

二十五日　昙。下午寄母亲信。复紫佩信。得李志云信。夜雨。

二十六日　晴,大热。晚侍桁来。骤雨一陈。

二十七日　晴。午后内山夫人来。下午三弟来。陈延炘君来并赠茗二合。

二十八日　晴,下午雨一陈即霁。往内山书店还书帐。得靖华所寄 V. F. Komissarzhevskaia 纪念册一本,托尔斯泰像一枚,画片一张。

二十九日　星期。晴。下午出街买纹竹二盆,分赠陈君及内山。在内山书店买书两本,共泉五元六角。买滋养糖及蚊烟、牙刷等,共六元七角。晚三弟等来。侍桁来。夜大雨一陈。

三十日　晴。下午买麦门冬一盆,六角。收编辑费三百,本月分。夜王蕴如来。收有麟信。收诗荃所寄《德国近时版画家》一本、《Für Alle》一本,二十四元。又剪纸画二枚,二十元。

*　　*　　*

〔1〕　水沫书店版税　此系鲁迅翻译《科学的艺术论丛书》中《文艺政策》一书的版税。

〔2〕　公啡　日本侨民开设的咖啡馆。在北四川路窦乐安路转角九九八号。"左联"筹备时曾在这里多次举行筹备会议。

〔3〕　互济会　全称"中国革命互济会",原名"中国济难会"。参看本卷第 44 页注〔10〕。

〔4〕　《被解放的 Don Quixote》　即《被解放的堂·吉诃德》。第

一幕由鲁迅从德、日译本重译,发表于《北斗》月刊第一卷第三期(1931年11月),后收入《译丛补》。鲁迅对照原文后,发现德、日译本删节较多,故未续译。

〔5〕《浮士德与城》后记　后收入《集外集拾遗》。

〔6〕为《浮士德与城》插画。

〔7〕朝花社卖书所得泉十　朝花社结束后,存书由柔石托光华书局、明日书店代售,此处所得十元即售书款之一部分。

七　月

一日　晴,热。无事。

二日　雨。下午内山书店送来《千夜一夜》(6)一本。夜大风。

三日　昙,风,午后晴。往内山书店付书泉百八十五元,即日金百圆。

四日　晴,风。上午同广平携海婴往福民医院诊。下午平复及金枝来。得君智信并稿。晚收李小峰信。夜以荔枝一磅赠内山。

五日　晴。上午同广平携海婴往福民医院诊。下午买米五十磅。晚得张锡类信。得丛芜信。夜往内山书店买《自然科学と弁証法》(下)一本,三元。又往雪宫吃刨冰,广平及海婴同去。

六日　星期。晴。上午同广平携海婴往福民医院诊。午后复小峰信。复有麟信。寄杨律师信。下午观时代美术社[1]展览会,捐泉一元。夜得杨律师信。访三弟。

七日　晴。上午付北新书局《呐喊》印花五千枚。午后复杨律师信。往内山书店买《インテリゲンチヤ》一本,三元。

八日　晴。上午同广平携海婴往福民医院诊。午以书籍及杂志等寄紫佩、季市及丛芜等四人。下午浴。晚平甫来。

九日　晴。上午同广平携海婴往平井博士寓诊。夜访三弟。

十日　晴。上午同广平携海婴往平井博士寓诊。下午往内山书店。晚三弟及蕴如携烨儿来,赠以玻璃杯四只。得紫佩信。收诗荃所寄德国版画四枚。是日大热。

十一日　晴,大热。上午同广平携海婴往平井博士寓诊。晚收商务印书馆代购之德文书两本,共泉四元五角。收诗荃所寄日报两卷。

十二日　晴。下午寄季市信。寄紫佩信,附致母亲函,并八月至十月份家用泉三百,托其转送。晚往内山书店。夜雪峰及其夫人来。高桥澈志君及其夫人来,并赠海婴玩具二事。

十三日　星期。昙。上午同广平携海婴往平井博士寓诊。下午高桥君来。季市及诗英来[2],并赠复制卅年前照相一枚,为明之、公侠、季市及我四人,时在东京。晚复张锡类信。浴。

十四日　昙,风。晚三弟来。得钦文信。夜雨。

十五日　雨。上午达夫来。往平井博士寓问方。下午晴。往内山书店。收诗荃所寄 Käthe Kollwitz 画集五种,George Grosz 画集一种,约共泉三十四元,又《文学世界》三份。夜高桥君来。

十六日　晴。上午寄季市信。同广平携海婴往平井博士寓诊。下午雷雨即霁。得靖华信,六月六日发。夜雨。

十七日　晴。午后往内山书店买《詩と詩論》第七、第八期各一本,共八元。得时代美术社信。复靖华信。

十八日　昙。上午同广平携海婴往平井博士寓诊。晚往内山书店买千九百二十九年度《世界芸術写真年鑑》一本,价六元。

十九日　晴。上午内山书店送来《生物学講座》第六辑一函七本,值四元。下午收诗荃所寄《Eulenspiegel》六本。淑卿来,晚邀之往中西食堂晚饭,并邀乔峰、蕴如、晔儿、广平及海婴。将陶璇卿图案稿一枚托淑卿携至杭州交钦文陈列。[3]夜浴。

二十日　星期。昙。上午同广平携海婴往平井博士寓诊。午后晴。

二十一日　晴,大热。下午内山书店送来《世界美術全集》(十五)一本,三元。三弟来。收诗荃所寄 Carl Meffert 刻《Deine Schwester》五枚,共七十五马克。晚寄自来火公司[4]信。夜热不能睡。

二十二日　晴。上午往仁济堂买药。买米五十磅,六元。午后大雨一阵。下午得 R. M. Rilke:《Briefe an einen jungen Dichter》一本,学昭所寄。赠三弟痱子药水一小瓶。夜映霞及达夫来。

二十三日　晴,大热。午后内山书店送来《欧洲文芸思潮史》一本,四元四角。夜三弟来并交淑卿信,即托其汇泉一百。

二十四日　晴,热。上午复淑卿信。同广平携海婴往平井博士寓诊。午在仁济药房买药中钱夹被窃,计失去五十余元。晚浴。

二十五日　晴,大热。无事。

二十六日　晴,热。上午往仁济药房买药。下午三弟来。得诗荃信二封,一六月十二日发,一七月四日发。得王楷信并稿,即由雪峰托水沫书店将稿寄回。

二十七日　星期。晴,风。上午广湘来。下午复诗荃信。夜雨。

二十八日　晴,风。上午往仁济堂买药。午后访三弟。访蒋径三,未见。下午内山书店送来《支那古明器泥象图说》一函两本,价三十六元。

二十九日　昙,风。上午同广平携海婴往店剪发。夜雨。浴。

三十日　昙而时晴时雨。上午往仁济堂买药。下午得杨律师信。得季市所寄江南官书局书目两分。收抱经堂书目一张。晚寄诗荃信。往内山书店,得靖华所寄书三本,附笺一、信封三[5]。夜雨。

三十一日　昙,风。午后钦文来,并赠《一坛酒》两本。

＊　　＊　　＊

〔1〕　时代美术社　1930年2月在上海成立的美术团体,由许幸

之、沈叶沉、王一榴等发起。本次展览共三天，鲁迅借与部分苏联作品参展，并捐助资金。

〔2〕 许寿裳（季市）长子许世瑛（诗英）考入清华大学中国文学系，特来沪请鲁迅开示必读书目，鲁迅遂为之开具包括十二种古籍的书目。现以《开给许世瑛的书单》为题编入《集外集拾遗补编》。

〔3〕 陶元庆（璇卿）去世后，许钦文在杭州西湖边建"元庆纪念堂"，鲁迅将所存陶元庆画稿交许钦文陈列。

〔4〕 自来火公司　指煤气公司。上海煤气公司于1863年建立，初由英国人经营，1901年组建上海自来火公司。

〔5〕 信封三　曹靖华用俄文写了他在苏联地址的信封，备鲁迅与他通信用。

八　月

一日　昙，风。上午往仁济堂买药。下午收诗荃所寄书二本，报一卷。得紫佩信。得世界语学会[1]信。内山书店送来书四本，值十二元。夜得方善竟信，由大江书店转来。

二日　晴，风。下午复世界语学会信。复方善竟信。往内山书店买《歷史ヲ捻ヂル》一本，二元五角。得谢冰莹信。得陈延炘信并所还泉。夜访三弟，赠以啤酒一瓶。

三日　星期。晴。上午往仁济堂买药。下午平甫来。晚浴。

四日　晴。下午三弟来。得母亲信，七月二十八日发。得诗荃信附木刻习作四枚，七月十七日发，又《海兑培克日报》等一卷。

五日　晴。上午得靖华信，七月八日发。夜寄母亲信。

寄诗荃信。

六日　晴。上午往仁济堂买药。买米五十磅,五元九角;啤酒一打,二元九角。收诗荃所寄书两包五本,合泉十六元四角,又《左向》一本,《文学世界》三份。午后往夏期文艺讲习会讲演[2]一小时。晚内山邀往漫谈会[3],在功德林照相并晚餐,共十八人。夜钦文及淑卿来,未见。

七日　昙,下午晴。访三弟。访蒋径三。得杨律师信。钦文来。

八日　晴。午后以书籍杂志等寄诗荃、季市、素园、丛芜、静农、霁野等。晚映霞及达夫来。往内山书店。

九日　晴。夜成先生、王蕴如、三弟及煜儿来。

十日　星期。晴,热。下午蕴如来并赠杨梅烧酒一瓶,虾干、豆豉各一包。浴。

十一日　晴,热。无事。

十二日　晴,风,大热。无事。

十三日　雨,午霁。无事。

十四日　晴,大热。下午得霁野信。夜往内山书店买《ソヴェートロシア文学理論》一本,三元二角。服胃散一撮。夜半服 Help 八粒。

十五日　晴,大热。下午三弟来。得淑卿信,附俞沛华信,九日烟台发。

十六日　昙,热,下午雨一陈而晴。浴。晚有雾。

十七日　星期。晴,下午昙。三弟来。夜小雨。

十八日　雾。午后内山书店送来《生物学講座》(7)一部六本,值四元。下午得母亲信,十三日发。收诗荃所寄书一包十二种[本],计直卅四元二角。晚同广平邀成慧珍、王蕴如及三弟、煜儿往东亚食堂晚饭。

十九日　晴。上午寄母亲信。下午乐芬交来 Deni 画集一本,直五卢布。夜侍桁来。寄靖华信。买玩具三种。

二十日　晴。上午内山太太来并赠食品四种、功德林漫谈会时照相一枚。下午三弟来。收诗荃所寄《海兑培克新闻》两卷。

二十一日　昙,下午雨。无事。

二十二日　晴。下午买米五十磅,五元九角。往内山书店买《プロレタリア芸術教程》(4)一本,二元。晚三弟来,托其定《Die Schaffenden》第六年分。

二十三日　晴。下午内山书店送来《世界美術全集》(卅四)一本,直三元。下午得母亲信。晚在寓煮一鸡,招三弟饮啤酒。

二十四日　星期。晴,热。下午理发。往内山书店买《芸術学研究》(4)一本,乂元。菅原英(胡儿)赠《新興演劇》(5)一本。晚浴。

二十五日　晴,风。上午寄杨律师信。寄陈延耿书籍四本。下午得朱宅信。夜蒋径三来。

二十六日　晴。上午达夫来。下午托三弟在商务印书馆豫定百衲本《二十四史》一部,付泉二百七十。夜乐君及蔡女士来。

二十七日　昙。晚蒋径三招饮于古益轩,同席十一人。

二十八日　昙,下午大雷雨。无事。

二十九日　昙。下午内山书店送来《千夜一夜》(九)一本。晚三弟来。

三十日　昙。上午往仁济堂为海婴买药。下午广湘来假泉五十。晚译《十月》[4]讫,计九万六千余字。夜寄丛芜信。往内山书店买《新洋画研究》(2)一本,四元。又托其寄达夫以《戈理基文录》一本。

三十一日　星期。晴。午后三弟来,下午同至商务印书馆取影宋景祐本《汉书》卅二本,是为百衲本《廿四史》之第一期。

＊　　＊　　＊

〔1〕世界语学会　全称"中华世界语学会",为国际革命世界语作家协会的会员组织。叶籁士等主持。曾设世界语函授学校、世界语书店及图书馆。出版《绿光杂志》、《世界月刊》等刊物。

〔2〕夏期文艺讲习会　指"左联"、"社联"合办的"暑期补习班",由冯雪峰、王学文主持,设于环龙路(今南昌路)。学员主要为来自杭州及其他城市的进步学生。讲师多从"左联"、"社联"、"剧联"成员中聘请。本日鲁迅应冯雪峰之请往讲文艺理论问题,讲稿佚。

〔3〕漫谈会　由内山完造邀请作家、新闻记者、画家、职员等参加,主要是漫谈当时政治、文艺等问题,名为"上海漫谈会"。本日出席者为鲁迅、田汉、郁达夫、欧阳予倩、山崎百治、神田喜一郎、石井政吉、郑伯奇、升屋治三郎、塚本助太郎、岛津四十起、中岛洋一郎、内山完造、泽村幸夫。

〔4〕译《十月》　鲁迅曾于1929年1月据日译本译此书第一至

第三节,发表于《大众文艺》第一卷第五期及第六期(1929年1、2月)。本日译毕全书,后交上海神州国光社出版。

九 月

一日 小雨。上午为海婴往仁济堂买药。晚得孙用信。得王方仁信并画信片三枚,八月十四日柏林发。得诗荃信并自作木刻二枚,十五日发。

二日 昙,下午雨。得李秉中信。得杨律师信,即复。寄邵铭之信。晚铭之来,邀之往东亚食堂夜饭。

三日 雨。上午往仁济堂买药。下午复李秉中信。复孙用信。以书三本寄诗荃。寄紫佩信。寄李小峰信。

四日 雨。午后往杨律师寓取北新书局版税七百四十。下午晴。往内山书店买《史底唯物论》一本,《独逸基礎単語四〇〇〇字》一本,共四元六角。买食品四种赠阿玉、阿菩。

五日 雨,午晴。下午寄 Татьяна Кравцовой 书两包。寄诗荃信。

六日 时晴时雨。下午为海婴往仁济堂买药。买《露語四千字》一本,《アトリヱ》(九月号)一本,共泉四元三角。托三弟由商务印书馆汇绍兴朱积成泉百。收大江书店版税泉肆十八元五角三分八厘。得君智信。得孙用信。

七日 星期。晴。下午三弟来。晚访史沫特列女士。

八日 晴。上午收七月分编辑费三百。下午得朱宅信。得钦文信。

九日 晴,下午风。晚上街买滋养糖二瓶、点心四种。

十日　昙,风。上午往春阳写真馆照相。得小峰信。下午收靖华所寄《十月》一本,《木版雕刻集》(二至四)共叁本,其第二本附页烈宁像[1]不见,包上有"淞沪警备司令部邮政检查委员会验讫"印记,盖彼辈所为。书系八月廿一日寄,晚复之。往三弟寓。雨。

十一日　昙,上午雨。无事。

十二日　晴。下午往内山书店买书两本,五元。得朱宅信。广湘来。晚三弟来。收诗荃所寄 Carl Meffert 作《Zement》木刻插画十枚,直一百五十马克,上海税关取税六元三角;又《海兑培克日报》两卷。

十三日　昙。上午收《十月》稿费三百,捐左联五十,借学校[2]六十。下午往内山书店买《新洋画研究》(1)一本,四元。

十四日　星期。晴。午后三弟来,同往西泠印社买《悲盦賸墨》十集一部,二十七元;《吴仓石书画册》一本,二元七角。又为诗荃买《悲盦賸墨》三本(每三·四元),《吴仓石书画册》一本(同上),又《花果册》一本(一·六),《白龙山人墨妙》第一集一本(二·六),共泉十三元六角。伤风,服阿斯匹灵。

十五日　昙,下午雨。得靖华信,八月廿七日发。得有麟信。

十六日　昙。午后得季市信。得杨律师信。下午内山书店送来《广重》一本,其直卅四元。夜雨。为广湘校《静静的顿河》毕。

十七日　昙。午后往杨律师寓取北新书局版税泉七百六十元,尚系五月分。友人为我在荷兰西菜室作五十岁纪念[3],晚与广平携海婴同往,席中共二十二人,夜归。

十八日　晴,风。上午达夫来。

十九日　晴。上午季市来。蔡君来。致苏联左翼作家笺。以照相赠乐芬、史沫特列、内山。得紫佩信。晚内山假邻家楼设宴宴林芙美子,亦见邀,同席约十人。

二十日　晴。下午寄母亲信。晚复靖华信。夜发热。

二十一日　星期。昙。上午往石井医院诊。

二十二日　昙。上午寄小峰信。雨。午后往内山书店取《生物学講座》(八)一部七本,直四元。晚三弟来,以《生物学講座》八函赠之。得君智信。得伦敦金鸡公司寄来之《The 7th Man》一本,其直十元,已于去年付讫。

二十三日　晴。上午往石井医院诊。寄诗荃书两包,计六本,附照相一枚。寄尚佩吾信,并由先施公司[4]寄婴儿自己药片一打,海参两斤。寄钦文信。下午买米五十磅,五元九角。晚收诗荃所寄关于文艺书籍五本,其直十六元二角。

二十四日　昙,午晴。下午收未名社所寄《坟》及《出了象牙之塔》各三本。往内山书店买《新フランス文学》一本,五元。今日为阴历八月初三日,予五十岁生辰,晚广平治面见饷。

二十五日　晴。午后同广平携海婴往阳春堂照相。

二十六日　昙。午后寄平甫信。得朱企霞信。得钦文信。收《世界美術全集》(三十五)一本,四元。晚三弟来并赠酒一瓶。平甫来并赠海婴以绒制小熊一匹。夜濯足。

二十七日　晴。上午内山夫人来。以三弟所赠酒转赠镰田君。往石井医院诊。下午三弟赠海婴衣料两种。王蕴如携烨儿来,因出街买糯米珠二勺、小喷壶两个赠二孩子。今日为海婴生后一周年,晚治面买肴,邀雪峰、平甫及三弟共饮。

二十八日　星期。昙。夜小雨。无事。

二十九日　小雨。无事。

三十日　昙。午同广平携海婴往石井医院诊。下午得达夫信。得靖华所寄《Горе от Ума》一本,约直十元。收水沫书店八月分结算版税支票一百六十三元二角五分。夜雨。

*　　*　　*

〔1〕　烈宁像　即列宁像。

〔2〕　学校　指"左联"和"社联"继"暑期补习班"后所办的"现代学艺讲习所"。设于威海卫路(今威海路),由冯雪峰、王学文负责。创办未及两月,即于10月间被查封。

〔3〕　五十岁纪念　指左翼文化界借吕班路(今重庆南路)五十号荷兰菜馆庆祝鲁迅五十寿辰。发起人为柔石、冯雪峰、冯乃超、董绍明、蔡咏裳、许广平,出席者有"左联"、"社联"、"美联"、"剧联"成员以及叶圣陶、茅盾、傅东华及史沫特莱等。先由柔石致祝辞,继由各左翼文化团体代表及史沫特莱致辞,鲁迅致答辞,后共进晚餐。

〔4〕　先施公司　上海一家大型百货公司。1900年创设于香港,1917年在上海设分公司,在南京路浙江路口。主营百货,兼营旅馆、酒楼、游乐场、邮务等业务。与永安、新新、大新公司并称上海四大百货公司。

十月

一日　昙。下午三弟来。得丛芜信。

二日　晴,风。上午同广平携海婴往石井医院诊。寄小峰信,下午得复。得神州国光社信并《静静的顿河》编辑费五十元,又代侯朴收稿费二百元。复丛芜信。复靖华信。寄母亲信。

三日　晴。午后广湘来还泉卅。收教部八月分编辑费三百。

四日　晴。上午同广平携海婴往石井医院诊。午后三弟来。今明两日与内山君同开版画展览会于购买组合第一店楼上,[1]下午与广平同往观。得田汉信并致郑振铎信及译稿。往内山书店买《千夜一夜》(八)及《抒情カット図案集》各一本,共泉七元八角。夜蒋径三来,即以田汉信并译稿托其转交郑振铎。

五日　星期。晴。下午往版画展览会。寄诗荃信。

六日　晴。上午同广平携海婴往石井医院诊。董绍明、蔡咏裳来。是日为旧历中秋,煮一鸭及火腿,治面邀平甫、雪峰及其夫人于夜间同食。

七日　晴。上午寄紫佩信,附十一月至明年一月份家用泉汇票三百,托其转交。晚三弟来,交《自然界》稿费十元。收诗荃所寄书四本,其直十一元,九月十七日寄。

八日　晴。上午同广平往石井医院取药。往内山书店买《機械論と弁証法の唯物論》一本,二元。午后得紫佩信,九月廿八日发。

九日　晴。上午达夫来。午后复紫佩信。晚得诗荃信，九月十五日发。得《Einblick in Kunst》一本，方仁所寄。夜往内山书店，见赠复刻歌川丰春[2]笔《深川永代凉之图》一枚，并框俱备。

十日　晴。无事。

十一日　晴。午后寄诗荃信并照片一枚，小报数张。下午往内山书店买《詩と詩論》（九）一本，三元。买日本别府温泉场所出竹制玩具二事：一牛若丸，一大道艺人[3]，共泉一元五角。

十二日　星期。昙。上午同广平往石井医院诊。买米五十磅，五元。

十三日　昙。下午寄李小峰信。晚收诗荃所寄《Das Bein der Tiennette》一本，又换来之《Der stille Don》一本。得王乔南信，夜复之。

十四日　昙。上午往石井医院取药。午雨。季巿来。得诗荃信，九月廿三发。

十五日　晴。上午往阳春馆买小鸣禽一对赠冯姑母。得张琰信。下午寄蒋径三信。晚得诗荃所寄书一本，杂志四本，又一本，《文学世界》四分。得李小峰信并八月结算版税支票九百八十元，现泉三元一角二分。

十六日　晴。无事。

十七日　晴。下午得茂真信。得母亲信，十三日发。

十八日　昙。午后往内山书店，得《The New Woodcut》及

《生物学講座》各一部,共泉十一元四角。得靖华信并俄国古今文人像十七幅,九月二十三日寄。晚蒋径三来。夜译《药用植物》[4]讫。雨而有电。

二十九日　星期。晴,大风。午后寄母亲信。下午得诗荃所寄画帖两种,又彩色画片两枚。夜往内山书店食松茸[5]。

二十日　晴,风。午后复矛尘信。下午侍桁来。晚三弟来,同始食蟹。

二十一日　晴,风。无事。

二十二日　雨。午后寄靖华信。往内山书店买书两本,六元八角。

二十三日　小雨。无事。

二十四日　昙。午往内山书店买《川柳漫画全集》(十一)一本,二元二角。又《命の洗濯》壹本,三元五角。晚蒋径三来。夜小雨。

二十五日　晴。午后往内山书店买书两本,五元四角。

二十六日　星期。昙。午后腹写,服 Help。以平甫文寄靖华。夜雨。

二十七日　昙。午后得诗荃信,九日发。下午从内山书店假泉百。夜雨。

二十八日　昙。上午广平往商务印书馆取得从德国寄来之美术书七种十二本,共付泉百八十八元。下午以重出之《Mein Stundenbuch》一本赠镰田政一君。往内山书店买《上海自然科学研究所彙报》两本(四及五),共泉五元六角。得靖华信,十一日发。晚三弟来并为代买得《中国文字之原始及其构造》二本,直一元六角。

二十九日　昙,午后雨。复靖华信。夜大风雨。

三十日　晴。午后往内山书店取《世界美术全集》(三十六)一本,于是全书完。晚得遇庵信。得小峰信。得诗荃所寄书两本,杂志一本。

三十一日　晴。上午同广平携海婴往石井医院诊。午后昙。下午寄小峰信。内山书店送来《千夜一夜》(十)一本。寄诗荃小报一卷。晚雨。

* * *

〔1〕指世界版画展览会。鲁迅、内山完造合办,会址在狄思威路(今溧阳路)八一二号上海购买组合(日语:供销合作社)第一店二楼。鲁迅拿出所藏苏、德等国版画七十多幅参加展出。

〔2〕歌川丰春(1735—1814)　日本歌川派浮世绘的代表人物之一。

〔3〕牛若丸(1159—1189)　日本古代行侠仗义的武士,原名源义经,幼名牛若丸;大道艺人,日本民间杂技艺人。此处指以他们的形象制作的工艺品。

〔4〕《药用植物》　日本刘米达夫著,鲁迅译文发表于《自然界》月刊第五卷第九期及第十期(1930年10月、11月),后收入1936年商务印书馆出版的《药用植物及其他》。

〔5〕松茸　日本出产的香菇一类食品。

十一月

一日　小雨,午晴,下午昙。寄诗荃信。

二日　星期。午后昙。无事。

三日　晴,风。下午蕴如来,并赠莼菜两瓶,给海婴玩具三种。

四日　晴。下午寄紫佩信。寄杨律师信。

五日　晴。午后得谭金洪信并稿。得诗荃信,十月十七日发。由商务印书馆取得去年豫约之《清代学者像传》一部四本。买蟹分赠邻寓及王蕴如,晚邀三弟至寓同食。收未名社所寄《建塔者》六本。夜雨。

六日　雨。上午得杨律师信。得蔡、董二君信。下午雨。理发。夜径三及平甫来,各赠以《建塔者》一本。

七日　雨。上午得紫佩信,二日发。患感冒,夜服阿斯匹林二片。

八日　雨。上午收诗荃所寄日报两卷,《文学世界》四分。

九日　星期。昙,午后晴。三弟送来成先生所赠酒一坛。晚雨。

十日　昙。上午收神州国光社稿费百。下午收诗荃所寄画集二本。得王乔南信。内山书店送来书籍二册,直泉十元。得石民信。

十一日　晴,风。上午复石民信。寄诗荃以《梅花喜神谱》一部。下午往内山书店买《ボローヂン脱出記》一本,二元。

十二日　晴。上午引石民往平井博士寓诊。午后昙。晚濯足。

十三日　晴。午后往内山书店买《川柳漫画全集》(5)

一本,二元二角。得紫佩信,八日发。为诗荃买《贯休罗汉象》一本,《悲盦賸墨》七本,共泉二十元一角六分。晚三弟来谈。

十四日 晴。午后以所买书寄诗荃,计两包。复紫佩信。夜腹泻。

十五日 晴。下午寄诗荃信。复王乔南信。三弟为代买来《汉南阳画像集》一本,二元四角。内山书店送来《生物学講座》一函六本,即交三弟。夜侍桁来。

十六日 星期。晴。午后往内山书店买书一本,二元五角。下午蒋径三来。

十七日 晴。无事。

十八日 晴。下午制裤二条,泉十二元也。

十九日 晴。上午往平井博士寓乞诊,并为石民翻译。从内山书店买《浮世絵版画名作集》(第二回)第一及第二辑各一部,每部二枚,泉十四元。得真吾信。

二十日 晴。下午商务印书馆为从德国购来《Der Maler Daumier》一本,计钱六十六元五角。寄叶誉虎信。复崔真吾信。往内山书店买《世界美術全集》(别卷十五)、《マチス以後》各一本,共泉十元零六角。夜开始修正《中国小说史略》[1]。

二十一日 晴。下午往内山书店买《芸術総論》一本,一元八角。晚得诗荃信,三日发。得孙用信并《勇敢的约翰》插画[2]十二枚。得梓生信。三弟送来《自然界》第十期稿费八元。

二十二日　晴。晚密斯冯邀往兴雅晚饭,同坐五人。矛尘、小峰来,未见。

二十三日　星期。晴。无事。

二十四日　晴。下午复孙用信。

二十五日　晴。下午汇寄诗荃书款二百马克,合中币百七十三元。晚往内山书店,得《浮世绘名作集》第二回第三辑一帖二枚,直十四元。夜改订《中国小说史略》讫。小雨。

二十六日　晴。上午往平井博士寓为石民作翻译,并自乞诊。下午往街买药。晚三弟来,留之晚酌。收东方杂志社稿费三十。

二十七日　昙。午后中美图书公司送来书一本,七元半。内山书店送来书两本,八元。又自取两本,亦八元。收神州国光社稿费支票二百。

二十八日　昙。上午达夫来。午后内山书店送来特制本《楽浪》一本,其直九十元。下午校《溃灭》[3]起。

二十九日　晴。无事。夜雨。

三十日　星期。昙,大风。下午得孙用信。

* 　 * 　 * 　 *

〔1〕　指对《中国小说史略》第十四、十五及二十一篇的修订,二十五日毕,即付北新书局重排。是为该书第三版。

〔2〕　《勇敢的约翰》插画　1930年春,鲁迅拟自费印行《勇敢的约翰》,托人觅购该书的插画未得。9月函嘱孙用与匈牙利友人联系,后经该书世界语译者考罗卓之助,得彩色画片十二幅,为匈牙利画家山陀

尔・贝拉(Sándor Béla)据该书故事所作壁画的缩印图。

〔3〕 校《溃灭》 《溃灭》,后改译为《毁灭》。鲁迅从1929年下半年起据藏原惟人日译本重译,先连载于1930年出版的《萌芽月刊》,至第二部第四章时该刊被禁,遂停。是日鲁迅据德译本校其已译部分。

十 二 月

一日 昙。无事。

二日 晴。午后往瀛环书店[1]买德文书七种七本,共泉二十五元八角。晚内山书店送来书籍两本,六元二角。

三日 晴。上午将世界语本《英勇的约翰》及原译者照相寄还孙用。下午往内山书店买书一本,一元五角。得中美图书公司信。

四日 雨。无事。

五日 晴,下午昙。内山书店送来《川柳漫画集》一本,价二元二角。晚三弟来并赠《进化和退化》十五本。得诗荃信,十一月十七日发。

六日 晴。午后复孙用信。寄季市《进化和退化》两本。得李小峰信。下午得靖华信并《小说杂志》两本,十一月二十日发。

七日 星期。昙。上午复靖华信。下午从三弟寓持来母亲所寄果脯、小米、斑豆、玉蜀黍粉等,云是淑卿带来上海者。晚蒋径三来,赠以《进化和退化》一本。

八日 雨。上午得有麟信。同石民往平井博士寓为翻译。

九日　晴。午后寄母亲信。寄诗荃信。晚寄还有麟旧稿。

十日　晴。无事。

十一日　晴。下午往内山书店买《泰西名家傑作選集》一本,价三元,以赠广平。得《ヤボンナ月刊》两张。

十二日　晴。午后广平往商务印书馆取得从德国寄来之《Die Schaffenden》(VI Jahrgang)二帖二十枚,《Kulturgeschichte des Proletariats》(Bd. I)一本,付直九十五元。夜风。

十三日　晴。晚往内山书店。三弟来,留之饮郁金香酒。

十四日　星期。昙。下午钦文来。晚北新书局招饮,不赴。

十五日　晴,午后昙。收编辑费三百,为九月分。

十六日　晴。上午内山书店送来《生物学講座》(十一)一函八本,其直四元。

十七日　雨。午前同石民往平井博士寓诊。夜有雾。

十八日　晴。上午寄紫佩信并汇票泉二百,为明年二月及三月家用;又照相二枚,一赠紫佩,一呈母亲。下午往内山书店买《浮世絵大成》(四)一本,三元六角。夜有雾。

十九日　小雨。无事。夜寄汉文渊书肆信。

二十日　昙。无事。夜雨。

二十一日　星期。雨。下午内山夫人赠海婴玩具两种。夜濯足。

二十二日　晴,风而冷。下午内山书店送来《浮世絵版画名作集》第四集一帖二枚,《エゲレスイロハ》一本,计书直

223

十七元五角。

二十三日　晴。前寄 Татьяна Кравцова 之书两包不能达,并退回。下午往内山书店买小说二本,《昆虫记》二本,计泉八元。托人从天津买来蒲桃二元,分赠内山。又添玩具四种赠阿玉、阿菩。夜邀一萌等在中有天晚餐,同席六人。

二十四日　晴。无事。

二十五日　晴。晚三弟来,留之晚饭。

二十六日　晴。午后王蕴如及淑卿来。晚得杨律师信,即复。买金牌香烟五条,四元六角。夜译《溃灭》讫。小雨。

二十七日　晴,午后昙。晚杨律师来并交北新书局六月份应付旧版税五百。付商务印书馆印《士敏土》插画[2]泉二百。煮火腿及鸡鹜各一,分赠邻友,并邀三弟来饮,又赠以《溃灭》校阅费[3]五十。夜雨。

二十八日　星期。昙,下午小雨。无事。

二十九日　晴。午后往内山书店还书泉。下午平甫来。

三十日　昙。午后季市来。内山书店送来《生物学講座》(十二)一函六本,即赠三弟。得紫佩信,二十四日发。夜校《铁甲列车 Nr. 14—69》记[讫],并作后记一叶[4]。

三十一日　昙。午前王蕴如来,并赠元宵及蒸藕。午韦丛芜来,邀之在东亚食堂午饭,并三弟。下午往内山书店,得书五种,共泉十五元四角。晚小雨。

*　　*　　*

〔1〕瀛环书店　即瀛寰图书公司(Zeitgeist Book Store),德国人

伊蕾娜(Irene)办的西文书店。位于静安寺路(今南京西路)。

〔2〕 《士敏土》插画　指《梅斐尔德木刻士敏土之图》。

〔3〕 校阅费　鲁迅请周建人以《毁灭》英译本校中译稿的报酬。

〔4〕 即《〈铁甲列车 Nr. 14—69〉译本后记》。现编入《集外集拾遗补编》。

书　　帐

現代独逸文学一本　三・六〇　一月四日
造形美術ニ于ケル形式問題一本　三・六〇
都会の論理一本　一・〇〇
新興芸術四本　四・〇〇　一月六日
詩と詩論（五至六）二本　六・〇〇　一月十七日
世界美術全集（十二）一本　二・〇〇
Russia Today and Yesterday 一本　一二・〇〇　一月二十五日
グリム童話集（七）一本　〇・六〇
様式と時代一本　一・五〇
レニンと哲学一本　一・八〇
レニン主義と哲学一本　一・五〇
フィリップ全集（一及二）二本　五・〇〇　　　四二・六〇〇
転形期の歴史学一本　二・四〇　二月四日
千夜一夜（一）一本　二・四〇
四十一人目一本　一・〇〇
自然科学史一本　〇・八〇
Le Miroir du Livre d'Art 一本　季志仁寄贈
Contemporary Figure Painters 一本　六・三〇　二月五日
Etching of Today 一本　六・三〇

Eine Frau allein 一本 Agnes Smedley　赠　二月十日

版画第三、四、十三、十四辑各一帖　五·〇〇　二月十一日

版画特辑一帖五枚　三·四〇

昆虫记(十)一本　〇·六〇　二月十五日

Der nackte Mensch in der Kunst 一本　六·〇〇

映画芸術史一本　二·〇〇　二月二十日

Der befreite Don Quixote 一本　二·〇〇　二月二十六日

Die Abenteuer des J. Jurenito 一本　五·〇〇

Deutschland, D. über alles 一本　四·〇〇

30 neue Erzähler des neuen Russland 一本　六·五〇

Die 19 一本　三·五〇

Taschkent u. and. 一本　三·五〇

Zement 一本　五·五〇

世界美術全集(4)一本　二·〇〇　二月二十七日

祭祀及礼と法律一本　三·八〇　　　　　　七二·〇〇〇

千夜一夜(2)一本　二·五〇　三月二日

文学の社会学的批判一本　二·一〇　三月五日

芸術に関する走書的覚書一本　二·〇〇

文学的戦術論一本　二·三〇

S. Sauvage 一本　五·五〇　三月八日

Der russische Revolutionsfilm 一本　一·八〇

G. Grosse's Die Zeichnungen 一本　四·六〇

Das neue Gesicht der herrschenden Klasse 一本　四·六〇

Der Buchstabe "G" 一本　四·六〇

魯迅日記(二)

Notre Ami Louis Jou 一本　　四〇・〇〇　三月十日
弁証法と自然科学一本　　二・三〇　三月十一日
社会学上ヨリ見タル芸術一本　　二・三〇
Die Kunst und die Gesellschaft 一本　　三〇・〇〇　三月十四日
柳瀬正夢画集一本　　二・四〇　三月十五日
詩学概論一本　　三・二〇　三月十七日
生物学講座第一函六本　　三・二〇
鉄の流一本　　一・六〇　三月二十六日
装甲列車一本　　一・六〇
生物学講座第二函七本　　三・三〇
世界美術全集(五)一本　　二・四〇　三月二十九日
オスカア・ワイルド一本　　〇・八〇　三月三十一日
芸術の暗示と恐怖一本　　〇・六〇
フィリップ全集(3)一本　　二・三〇　　　　　　一〇九・〇〇〇
新鄭古器図録二本　　五・六〇　四月三日
芸術とマルクス主義一本　　一・七〇　四月七日
唯物史観序説一本　　一・七〇
千夜一夜(3)一本　　二・六〇
鼓掌绝尘一本　　李秉中贈　四月二十三日
叛乱一本　　一・五〇　四月二十四日
巴黎の憂鬱一本　　一・八〇
世界出版美術史一本　　七・七〇
世界美術全集(13)一本　　一・八〇　四月二十六日
Ten Polish Folk Tales 一本　　三・〇〇

Die Schaffenden 第二至四年三帖　　三七〇・五〇　四月二十七日
同上第五年分二帖二十枚　　六一・七〇
56 Drawings of S. R. 一本　　六・〇〇　四月二十八日
德国原枚〔板〕木刻十一枚　　一二〇・〇〇　四月三十日
Amerika im Holzschnitt 一本　　六・〇〇
Passion 一本　　六・〇〇
Der Dom 一本　　六・〇〇
Der Persische Orden 一本　　八・〇〇
Das Werk Diego Riveras 一本　　四・五〇
Die Kunst und die Gesellschaft 一本　　三二・〇〇
Das Schlosz der Wahrheit 一本　　二・〇〇
Was Peteschens Freunde Erzahlen 一本　　一・五〇
Volksbuch 1930 一本　　二・〇〇　　　　　六四二・〇〇〇
昆虫記（五）一本　　二・五〇　五月二日
Buch der Lieder 一本　　学昭寄赠
Les Artistes du Livre 二本　　一三・〇〇
The Nineteen 一本　　七・〇〇
G. Grosz's Gezeichneten 一本　　五・〇〇　五月三日
Neue Gesicht 一本　　五・〇〇
Hintergrund 一帖十七枚　　一・四〇
Die Pioniere sind da 一本　　〇・四〇
Ein Blick in die Welt 〇・八〇
支那近代戲曲史一本　　一二・〇〇　五月七日
C. C. C. P. 一本　　二・四〇

生物学講座第三輯六本　三・四〇　五月十一日
Der stille Don 一本　五・四〇　五月十三日
Die Brusky 一本　四・六〇
プロ芸術教程(3)一本　一・七〇　五月十四日
芸術社会学一本　二・五〇
Osvob. Don-Kixot 一本　靖华寄来　五月十六日
芸術学研究(2)一本　三・二〇　五月十七日
ロシア革命映画一本　一・八〇　五月十九日
東亜考古学研究一本　一四・〇〇
生物学講座(4)七本　三・四〇
千夜一夜(4)一本　二・六〇　五月二十二日
支那産"蚰"ニ就イテ一本　一・七〇　五月二十三日
漢薬写真集成(一)一本　二・〇〇
食療本草の考察一本　二・〇〇
人類協同史一本　三・二〇
文学論一本　一・六〇
新興芸術(七、八)一本　一・二〇　五月二十五日
千夜一夜(五)一本　三・〇〇　五月卅日
世界美術全集(14)一本　三・〇〇
ソ・ロ文学の展望一本　二・〇〇
シュベイクの冒険(上)一本　三・〇〇
沙上の足跡一本　三・六〇　五月卅一日
巡洋艦ザリヤー一本　一・四〇
吼えろ支那一本　二・〇〇　　　　　一〇八・〇〇

大学生の日記一本　一・八〇　六月二日

プロ美術の為めに一本　二・六〇

マルクス主義と法理学一本　一・八〇　六月三日

ジヤズ文學（一——四）四本　一二・〇〇　六月四日

台尼画集一本　靖华寄来

洒落の精神分析一本　三・〇〇　六月六日

Platon's Phaedo 一本　二四・〇〇　六月十一日

C. Чехонин 画集一本　靖华寄来　六月十三日

A. Каплун 画册一本　同上

蔵書票の話一本　一〇・〇〇

現代美学思潮一本　六・〇〇　六月十六日

生物学講座（五）六本　三・八〇　六月十七日

世界美術全集（忩）一本　三・〇〇　六月二十日

V. F. Komissarzhevskaia 纪念册一本　靖华寄来
　　　　　　　　　　　　　　　　　　六月二十八日

東亜文明の黎明一本　四・〇〇　六月二十九日

芸術とは何ぞや一本　一・六〇

儿童剪纸画二枚　二〇・〇〇　六月三十日

Deutscher Graphiker 一本　一八・〇〇

Für Alle! 一本　四・〇〇　　　　　　　一一五・六〇〇

千夜一夜（六）一本　四・〇〇　七月二日

自然科学と弁証法（下）一本　三・〇〇　七月五日

インテリゲンチヤ一本　三・〇〇　七月七日

太阳（木刻）一枚　三〇・〇〇　七月十日

战地（木刻）一枚　一五·〇〇
作书之豫言者（木刻）一枚　三〇·〇〇
蝶与鸟（著色石版）一枚　一〇·〇〇
H. Robinska:Pioniere 一本　二·〇〇　七月十一日
Landschaften und Stimmungen 一本　二·五〇
Mit Pinsel und Schere 一本　一·〇〇　七月十五日
Ein Ruf ertönt 一本　三·〇〇
Ein Weberaufstand etc　三·〇〇
Mutter und Kind 一本　三·〇〇
Käthe Kollwitz-Werk 一本　一六·〇〇
Käthe Kollwitz Mappe 一帖　八·〇〇
詩と詩論（七、八）二本　八·〇〇　七月十七日
二九年度世界芸術写真年鑑一本　六·〇〇　七月十八日
生物学講座（六辑）七本一函　四·〇〇　七月十九日
世界美術全集（十五）一本　三·〇〇　七月二十一日
Dein Schwester 五枚　七〇·〇〇
R. M. Rilke's Briefe 一本　学昭寄贈　七月二十二日
欧洲文芸思潮史一本　四·四〇　七月二十三日
支那古明器泥象図説二本　三六·〇〇　七月二十八日
Plunut Nekogda 一本　靖华寄来　七月三十日
Tri Sestri 一本　同上
Ha Dhe 一本　同上　　　　　　　　　　二六五·〇〇〇
現代のフランス文学一本　三·〇〇　八月一日
現代の独乙文学一本　二·〇〇

超现实主義と絵画一本　三・〇〇

千夜一夜(7)一本　四・〇〇

Das Werk D. Riveras 一本　六・〇〇

Volksbuch 1930 一本　四・〇〇

歴史を捻ぢる一本　二・五〇　八月二日

Die polnische Kunst 一本　八・五〇　八月六日

Des Antliz des Lebens 一本　二・七〇

Verschwörer u. Revolutionäre 一本　三・〇〇

Eine Woche 一本　一・二〇

Panzerzug 14—69 一本　一・〇〇

ソヴェートロシア文学理論一本　三・二〇　八月十四日

生物学講座(7)六本　四・〇〇　八月十八日

Wie Franz u. Grete nach Russland reisten 一本　二・〇〇

Hans-Ohne-Brot 一本　一・〇〇

Roter Trommler 2—9 八本　二・七〇

Die Sonne 一本　二五・〇〇

Mein Stundenbuch 一本　三・五〇

Мы, наши Друзья и н. Враги 一本　一〇・〇〇　八月十九日

プロレタリア芸術教程(4)一本　二・〇〇　八月二十二日

世界美術全集(34)一本　三・〇〇　八月二十三日

芸術学研究(4)一本　四・〇〇　八月二十四日

百衲本二十四史一部　豫约二七〇・〇〇　八月二十六日

千夜一夜(九)一本　四・〇〇　八月二十九日

新洋画研究一本　四・〇〇　八月三十日

影宋本汉书三十二本　预付讫　八月三十一日　三七五・三〇〇
史的唯物論入門一本　二・六〇　九月四日
独逸基礎単語四〇〇〇字一本　二・〇〇
露西亜基礎単語四千字一本　二・〇〇　九月六日
アトリヱ(九月号)一本　二・三〇
Октябрь 一本　一・〇〇　九月十日
Гравюра(2—4)三本　九・〇〇
戦闘的唯物論一本　二・〇〇　九月十二日
コクトオ芸術論一本　三・〇〇
ZEMENT 插画木刻十枚　一四一・三〇
新洋画研究(1)一本　四・〇〇　九月十三日
悲盦賸墨十集十本　二七・二〇　九月十四日
吴仓石书画册一本　二・七〇
広重一本　三四・〇〇　九月十六日
生物学講座(八)七本　四・〇〇　九月二十二日
The 7th Man 一本　一〇・〇〇
Mynoun：G. Grosz 一本　三・〇〇　九月二十三日
Karl Thylmann's Holzschnitte 一本　二・四〇
Kinder der Strasse 一本　三・〇〇
"Mein Milljoh" 一本　三・〇〇
W. Klemm：Das Tierbuch 一本　四・八〇
新フランス文学一本　五・〇〇　九月二十四日
世界美術全集(35)一本　四・〇〇　九月二十六日
Gore ot Uma 一本　一〇・〇〇　九月十[三十]日　二八二・三〇〇

千夜一夜(八)一本　四・〇〇　十月四日

抒情カット図案集一本　三・八〇

Briefe an Gorki 一本　一・五〇　十月七日

George Grosz 一本　二・〇〇

BC 4ü 一本　三・五〇

Reineke Fuchs 一本　四・〇〇

機械論と唯物論一本　二・〇〇　十月八日

Einblick in Kunst 一本　方仁寄来　十月九日

深川永代涼之図一枚　内山贈

詩と詩論(九)一本　三・〇〇　十月十一日

Das Bein der Tiennette 一本　三・二〇　十月十三日

Bilder Galerie zur Russ. Lit. 一本　四・〇〇　十月十五日

The New Woodcut 一本　七・四〇　十月十八日

生物学講座(九)一函八本　四・〇〇

俄国古今文人画象十七幅　靖华寄来

Van Gogh-Mappe 一帖十五幅　诗荃寄来　十月十九日

Die Wandrungen Gottes　同上

芸術社会学の方法論一本　一・二〇　十月二十二日

造型美術概論一本　五・六〇

川柳漫画全集(十一)一本　二・二〇　十月二十四日

いのちの洗濯一本　三・五〇

文学革命の前哨一本　二・四〇　十月二十五日

機械と芸術革命一本　三・〇〇

F. Masereel's Bilder-Romane 六本　二〇・〇〇　十月二十八日

同 C. Stirnhiem's Chronik 插画一本　四二·〇〇
同 O. Wilde's The Ballad of Reading Gaol 插画一本
　　　　　　　　　　　　　　　　　　三七·〇〇
同插画 C. Philippe's Der alte Perdrix 一本　三·〇〇
同 Gesichter und Fratzen 一本　二〇·〇〇
W. Geiger：Tolstoi's Kreutzersonata 插画一帖十三枚
　　　　　　　　　　　　　　　　　　四七·〇〇
Maler Daumier(Nachtrag)一本　一九·〇〇
天産鈉化合物の研究(其一)一本　三·〇〇
漢薬写真集成(第二辑)一本　二·六〇
中国文字之原始及其构造二本　一·六〇
世界美術全集(卅六)一本　三·〇〇　十月三十日
Die Jagd nach Zaren 一本　〇·六〇
Das Attentat auf den Zaren 一本　一·〇〇
千夜一夜(十)一本　三·八〇〇　十月卅一日　二六七·五〇〇
Über alles die Liebe 一本　七·二〇　十一月十日
Das Teufelische in der Kunst　一·八〇
美術史の根本問題一本　四·八〇
新しき芸術の獲得一本　五·二〇
ボローヂン脱出記一本　二·〇〇　十一月十一日
川柳漫画全集(5)一本　二·二〇　十一月十三日
南阳汉画象集一本　二·四〇　十一月十五日
生物学講座(十)六本　四·〇〇
ドレフユス事件一本　二·五〇　十一月十六日

浮世絵名作集(第二回)第一輯二枚　一四・〇〇　十一月十九日
同上第二輯二枚　一四・〇〇
Der Maler Daumier 一本　六六・五〇　十一月二十日
世界美術全集(別卷十五)一本　三・〇〇
マチス以後一本　七・六〇
芸術総論一本　一・八〇　十一月二十一日
浮世絵名作集第三輯二枚　一四・〇〇　十一月二十五日
The New Woodcut 一本　七・五〇　十一月二十七日
芸術学研究(4)一本　四・〇〇
詩と詩論(特輯別冊)一本　四・〇〇
機械と芸術の交流一本　五・〇〇
ヒスラーリ一本　三・〇〇
樂浪(特制本)一本　九〇・〇〇　十一月二十八日
　　　　　　　　　　　　　二二六・三〇

Abrechnung Folget 一本　二・〇〇　十二月二日
Die Kunst ist in Gefahr　〇・七五〇
China-Reise 一本　三・七〇〇
Erinnerungen an Lenin　一・三〇
Geschichte der Weltliteratur 一本　七・六〇
Wesen u. Veränderung der Formen 一本　七・六〇
Geschichten aus Odessa 一本　二・八五〇
千夜一夜(十一)一本　三・〇〇
世界美術全集(別冊三)一本　三・二〇

レーニンと芸術一本　一・五〇　十二月三日
川柳漫画全集(5)一本　二・二〇　十二月五日
泰西名家傑作選集一本　三・〇〇　十二月十一日
Die Schaffenden (VI Jahrgang) 四帖二十枚　七八・〇〇
　　十二月十二日
Kulturgeschichte des Prolet. (Vol. I) 一本　一七・〇〇
生物学講座(十一回)一函八本　四・〇〇　十二月十六日
浮世絵大成(四)一本　三・六〇　十二月十八日
浮世絵版画名作集(四)一帖二枚　一五・〇〇　十二月二十二日
エゲレスイロハ一本　二・五〇
昆虫記(七)一本　二・〇〇　十二月二十三日
昆虫記(八)一本　二・〇〇
新シキ者ト古キ者一本　一・六〇
工場細胞一本　二・四〇
生物学講座(十二)一函六本　四・〇〇　十二月三十日
千夜一夜(十二)一本　三・〇〇　十二月三十一日
世界美術全集(別巻7)一本　三・二〇
川柳漫画全集(九)一本　二・二〇
浮世絵大成(十)一本　三・六〇
欧洲文学発達史一本　三・四〇　　　　一九一・二〇〇
　　総計二四〇四・五〇〇，
　　平均毎月用泉二〇〇・三七五〇〇〇。

日记二十

一 月

一日　昙。无事。

二日　晴。无事。

三日　昙。上午得宋崇义信片。得高桥医生信片。得储元熹信。下午三弟及蕴如来。夜小雨。

四日　星期。昙,午后晴。下午理发。

五日　昙。上午同广平携海婴往平井博士寓诊。得母亲信,去年十二月二十九日发。往内山书店买关于绘画之书二本,其直九元。下午小雨。夜大风。

六日　昙。午后得季志仁信并《插画家传》五本,D. Wapler木刻三枚一帖,其值共三十一元,去年十二月八日发。得诗荃信贰封,去年十二月六日及十六日发。寄三弟信。

七日　昙。夜寄母亲信。寄靖华信。往东亚食堂饭。

八日　昙。上午收编辑费三百,去年十月分。复季志仁信。午后雨。往仁济堂为海婴买药。往内山书店买《詩と詩論》(十)一本,三元。晚三弟来。得紫佩信,三日发。夜风。

九日　雨雪而风,下午霁。复紫佩信。复诗荃信。夜又雨雪。

十日　晴,冷,下午微雪。晚明日书店[1]招饮于都益处,不赴。

十一日　星期。昙,冷。晚三弟来,留之夜饭。

十二日　晴。晚平甫及密斯冯来,并赠新会橙四枚。

十三日　晴,冷。上午内山书店送来《葛飾北斎》一本,二十元。

十四日　晴。下午得诗荃信,去年十二月二十二日发。

十五日　晴。上午往瀛寰图书公司买书四种六本,共泉三十七元二角。下午金枝来,并赠榲果一合。以 Strong 之《China's Reise》赠白莽。晚三弟来,留之夜饭,并即还其持来之叶永蓁稿。

十六日　晴。午后往内山书店买《ソヴェートロシアの芸術》一本,三元九角。下午山田女士及内山夫人来,并赠海婴玩具麾[摩]托车一辆。

十七日　昙。下午冯梅君来。往内山书店买《昆虫记》(六)一本,二元五角。得母亲信,十一日发。夜蒋径三来。

十八日　星期。晴。午前三弟来,留之吃面。下午往内山书店买《大十年の文学》一本,一元六角。晚史沫特列女士偕翻译来。

十九日　晴。午后得诗荃信,去年十二月廿九日发。得世界语学会信。

二十日　晴。上午寄中学生杂志社信,答郑振铎[2]。午后内山书店送来《浮世絵傑作集》(第五回)一帖二枚,计直十六元。下午偕广平携海婴并许媼移居花园庄[3]。

二十一日　雨。下午寄季市信。寄杨律师信。

二十二日　昙。上午往内山书店。下午得丛芜信。

二十三日　晴,风。午后得学昭、何穆合照片,巴黎发。寄小峰信。寄紫佩信。晚蒋径三来。

二十四日　昙。晚复丛芜信。雨。

二十五日　星期。雨。上午收《自然界》稿费三十六元。

二十六日　风,雪。下午收诗荃所寄《弗兰孚德日报》一卷。

二十七日　雨雪,上午晴。中美图书公司送来书一本,直八元三角。

二十八日　昙,冷。午后收诗荃所寄《弗兰孚德日报》三封。下午往内山书店买风景及静物画选集各一本,每本直一元七角。晚付花园庄泉百五十。

二十九日　晴,夜小雨。无事。

三十日　雨。下午收靖华所寄《平静的顿河》第二卷一本。寄母亲信。寄诗荃信。夜往陆羽居吃面。内山及其夫人来。

三十一日　昙。午后往内山书店,得川上澄生[4]所刻《伊蘇普物語図》第一回分八枚,又第二回分七枚,《浮世絵大成》第六卷一本,共泉九元六角。夜雨。

＊　　＊　　＊

〔1〕　明日书店　许杰、王育和等1928年创办于上海,1932年停业。店址原在大连湾路(今大连路),后迁至福州路。

〔2〕　即《关于〈唐三藏取经诗话〉的版本》。后收入《二心集》。

〔3〕 移居花园庄　因柔石等一月十七日被捕,鲁迅携眷移此避难,至2月28日回寓。花园庄,日本人与田丰蕃在黄陆路(今黄渡路)二十七号开设的旅馆。

〔4〕 川上澄生　日本版画家。

二　月

一日　星期。晴。午后同广平携海婴往内山书店,见赠川上澄生氏木刻静物图二枚。下午昙。夜访三弟。雨。

二日　昙。午后得靖华信,十日发。寄素园信。寄小峰信。晚得紫佩信,一月二十八日发。是日印《梅斐尔德木刻士敏土之图》二百五十部成,中国宣纸玻璃版,计泉百九十一元二角。

三日　昙。午后友堂赠冬笋一包,以八枚转赠内山君。买《昆虫記》(六至八)上制三本,共十元,又川上澄生木刻静物图三枚,十一元六角。晚得小峰信,并版税泉四百,鱼圆一皿,茗一合。

四日　雨。下午寄李秉中信。

五日　雨。上午寄母亲信。复小峰信。下午寄有麟信。泽村幸夫君见赠《Japan, Today and Tomorrow》一本。

六日　微雪。下午往内山书店。晚径三来。

七日　晴。下午收神州国光社稿费四百五十,捐赎黄后绘泉百。

八日　星期。昙。上午分与三弟泉百。得黎锦明信。夜雨。

九日　雨。下午以复黎锦明函寄章雪村,托其转寄。夜雨雪。

十日　昙。下午往内山书店,得《エゲレスいろは》诗集两种,《風流人》一本,共泉七元五角。

十一日　晴,午后昙。赠内山明前[1]一斤。得母亲信,五日发。得李简君信,即复。得小峰信,夜复。微雪。

十二日　雨雪。日本京华堂主人小原荣次郎君买兰将东归,为赋一绝句[2],书以赠之,诗云:"椒焚桂折佳人老,独托幽岩展素心。岂惜芳馨遗远者,故乡如醉有荆榛。"

十三日　雨。午邀小峰在东亚食堂午饭。下午得诗荃所寄《弗兰克孚德日报》三张,又自作木刻两幅。夜雨霰。

十四日　雨雪。午后访蔡先生,未遇,留赠《士敏土图》两本。

十五日　星期。晴,下午雨。为王君译眼药广告一则,得茄力克香烟六铁合。为长尾景和君作字[3]一幅。收北新书局收回《而已集》纸版费四十六元。

十六日　昙。午后得李秉中信,九日发。下午往内山书店。旧历除夕也,托王蕴如制肴三种,于晚食之。径三适来,因留之同饭。夜收水沫书店版税七十三元六角。付南江店友赎款五十[4]。雨。

十七日　辛未元旦。雨雪,午霁。下午寄小峰信。

十八日　晴。午后得素园信。得有麟信。寄李秉中信。

十九日　昙。上午王蕴如携阿菩来。得诗荃信,一月二十八日发。下午往内山书店,得《浮世絵傑作集》(六)二枚一帖,计直十八元。

二十日　昙。下午往内山书店取《生物学講座》(第十三回》一函七本,计直六元,即赠三弟。

二十一日　昙。午后得小峰信并版税四百。寄诗荃信。下午往内山书店买《美学及ビ美[文]学史論》一本,二元二角。

二十二日　星期。晴。无事。

二十三日　晴。上午访子英。下午寄小峰信。得紫佩信,十七日发。

二十四日　晴。午后复紫佩信。复靖华信。

二十五日　晴,风。无事。

二十六日　晴。下午往内山书店,得《川柳漫画全集》(3)一本,其直二元六角。

二十七日　晴。上午得杨律师信,下午复。得山上正义信并《阿Q正传》日本文译稿[5]一本。

二十八日　昙。午后三人仍回旧寓。往内山书店,得《浮世絵大成》(九)一本,其直四元六角。

＊　　＊　　＊

〔1〕　明前　用清明前细嫩叶芽制成的绿茶。

〔2〕　即《送O.E君携兰归国》。后收入《集外集》。

〔3〕　为长尾景和君作字　文为:"潇湘何事等闲回,水碧沙明两岸苔。二十五弦弹夜月,不胜清怨却飞来。　义山诗　长尾景和仁兄雅嘱　周豫才"。此诗应为唐代钱起作《归雁》,条幅误作"义山诗"。

〔4〕南江店友　当指在上海被捕的"左联"作家柔石等人。柔石等于1月17日被捕，鲁迅曾试图托人营救，未果。南江，旧指吴淞江，入上海段即今苏州河。

〔5〕《阿Q正传》日本文译稿　日本林守仁（山上正义）译，译稿经鲁迅校订并写校释八十五条。

三　月

一日　星期。晴。上午赠长尾景和君《彷徨》一本。午后往内山书店，赠内山夫人油浸曹白[1]一合，从内山君乞得弘一上人[2]书一纸。

二日　晴。午后得丛芜信。雨。

三日　雨。午后校山上正义所译《阿Q正传》讫，即以还之，并附一笺。下午往内山书店，得《近代劇全集》（别册，舞台写真帖）一函共一百八十五枚，直二元六角。又《伊蘇普物語木刻図》十二枚，因纸质不同，故以士帖社[3]即以为赠，不计直。得李秉中信，二月廿五日发。

四日　小雨。晨季市来。上午同广平携海婴往石井医院诊。得徐旭生所赠自著《西游日记》一部三本。下午得靖华信，二月十三日发。得钱君匋信，索《士敏土之图》，即与之。

五日　昙。午后为升屋、松藻、松元各书自作一幅[4]，文录于后："春江好景依然在，海国征人此际行。莫向遥天忆歌舞，《西游》演了是《封神》。""大野多鈎棘，长天列战云。几家春袅袅，万籁静愔愔。下土惟秦醉，中流辍越吟。风波一浩荡，花树已萧森。""昔闻湘水碧于染，今闻湘水胭脂痕。湘灵

245

装成照湘水,皓如素月窥彤云。高丘寂寞竦中夜,芳荃苓落无余春。鼓完瑶瑟人不闻,太平成象盈秋门。"下午雨。晚长尾景和来并赠复刻浮世绘歌麿作五枚,北斋、广重作各一枚。

六日　大雾而雨。午后复李秉中信。松元赠烟卷三合。

七日　昙,午后晴。收去年十一月编辑费三百。寄母亲信。

八日　星期。晴。上午同广平携海婴往石井医院,值医师出诊,遂索药而归。买《世界文学評論》第六号一本,七角五分。午后寄山上正义信。下午晤丛芜[5]。

九日　微雪。午后得心梅叔信。晚径三来。

十日　晴。上午寄紫佩信,并四月至六月家用泉共三百,托其转交。

十一日　晴。午后往内山书店,取《世界美術全集》(别册十六)一本,四元。下午浴。晚得诗荃所寄书籍一木箱,内代买书六本,寄存书二十八本,期刊等十九本,《文学世界》八分。

十二日　晴。午后理发。收《世界美術全集》(别册一)一本,直四元。

十三日　大雾,午晴。下午收靖华所寄书三本。

十四日　晴。无事。

十五日　星期。昙,下午晴。无事。

十六日　昙。午后得托商务印书馆从德国买来之书三本,共泉二十三元。夜校《小说史略》印本[6]起。

十七日　昙。午内山书店送来《浮世絵傑作集》(七)一帖二枚,价十七元。又《伊曽保絵物语》(第三回)一帖十二枚,价三元。

十八日　晴。下午寄小峰信。晚史女士及乐君来。

十九日　晴。无事。

二十日　晴。下午阿菩来洗浴,偕之上街,为买痘苗一管,玩具二种。往内山书店,得《生物学講座》(第十四回)一函七本,价四元八角。得小峰信。夜访三弟。得紫佩信,十六日发。

二十一日　晴。下午收李秉中寄赠海婴衣裤一套。

二十二日　星期。晴。无事。

二十三日　晴,风。下午森本赠海苔一匣,烟卷六合。

二十四日　晴。下午往内山书店买《書林一瞥》一本,六角。

二十五日　晴,晚雾,夜大风。无事。

二十六日　晴。晚得诗荃信并木刻《戈理基像》一幅,《文学世界》六分,九日发。

二十七日　晴。午前长尾景和君来,并赠烟卷四合。

二十八日　晴。下午寄靖华信。寄诗荃信。寄未名社信。往内山书店,得《浮世絵大成》(十一)一本,价四元。

二十九日　星期。昙,晚雨。无事。

三十日　昙。下午往内山书店买《新洋画研究》一本,四元七角。雨。

三十一日　晴。午后内山书店送来书二本,六元一角。

＊　　＊　　＊

〔1〕 油浸曹白　用广东制法制作的油浸鳓鱼。

〔2〕 弘一上人　即李叔同(1880—1942)，浙江平湖人，我国早期话剧活动家、艺术教育家。1918年出家，法号弘一。

〔3〕 以士帖社　即以士帖印社，日本横滨的一家出版社。

〔4〕 即《赠日本歌人》、《无题》("大野多钩棘")、《湘灵歌》。后均收入《集外集》。

〔5〕 晤丛芜　本日韦丛芜在内山书店会见鲁迅时，提出结束未名社业务的问题。

〔6〕《小说史略》印本　指1930年修订稿的校样。

四　月

一日　晴。无事。

二日　晴。下午寄诗荃信并马克五十。

三日　晴。午后往内山书店。下午广平买茶腿[1]一只，托先施公司寄母亲。夜服阿思匹林一粒。

四日　晴。上午寄母亲信。寄李秉中信。午请文英夫妇食春饼。下午三弟来。得李秉中信。大风。

五日　星期。晴。午后得未名社信。收去年十二月分编辑费三百。

六日　晴。无事。

七日　晴。上午托 A. Smedley 寄 K. Kollwitz 一百马克买板画。

八日　晴。下午得靖华信，三月廿三日发。

九日　晴。无事。

十日　雨。下午内山书店送来书两本，六元三角。夜大风。

十一日　昙。午后往内山书店买书三种，十三元二角。晚治肴八种，邀增田涉君、内山君及其夫人晚餐。

十二日　星期。昙。无事。

十三日　晴。无事。

十四日　晴。无事。

十五日　晴。午后得钦文信。往内山书店，得《浮世絵傑作集》（八回）一帖二枚，十七元。

十六日　晴，风。上午复钦文信。下午复李秉中信。

十七日　晴。上午内山赠面筋及酱骨各一包。午后长尾景和来并赠板画一枚，手巾一条，玩具四种，糖一袋。往同文书院讲演[2]一小时，题为《流氓与文学》，增田、镰田两君同去。

十八日　昙。午后往内山书店买书一本，一元八角。

十九日　星期。晴。午后同三弟往西泠印社买北齐《天龙寺造象》拓片八枚，三元七角。又往文明书局买《女史箴图》一本，一元五角。并为增田君买《板桥道情墨迹》及九华堂信笺等。夜雨。

二十日　昙。上午以信笺八十枚寄诗荃。下午同广平、海婴、文英及其夫人并孩子往阳春馆照相[3]。得Meyenburg信及诗荃绍介函，十四日自日本发。晚托三弟往西泠印社代买《益智图》、《续图》、《字图》及《燕几图》共六本，四元二角。夜雨。

二十一日　雨。无事。

二十二日　晴。买《益智图千字文》石印本一部,一元五角。

二十三日　昙,下午雨。买《生物学講座》(十五回)一函八本,值四元八角,即赠三弟。增田君来,并赠羊羹一合。

二十四日　晴。上午收同文书院车资十二元。下午内山君赠海婴五月人形金太郎[4]一坐。晚蒋径三来。

二十五日　昙。午后同广平往高桥齿科医院。下午雨。

二十六日　星期。晴。上午同广平携海婴往石井医院诊。下午得小峰信并版税泉四百,即复。

二十七日　昙。上午复 Dr. Erwin Meyenburg 信。下午雨。往内山书店买新剧版画二种二帖共八枚,共泉二元四角。

二十八日　昙。下午托三弟从商务印书馆买来宋、明、清人画册五种五本,共泉八元六角。得紫佩信,二十一日发,云董秋芳由山东寄还泉五十元,已交京寓。夜雨而雷。

二十九日　上午得韦丛芜信,午后复。

三十日　昙。上午寄韦丛芜信。午后雨。往内山书店买《现代欧洲文学とプロレタリアト》壹本,三元六角。夜同广平访三弟而不在寓,遂即归。

* * *

〔1〕茶腿　优质火腿。

〔2〕同文书院　全称东亚同文书院。前身是1883年设立的东洋学馆,1900年改称。日本东亚同文会创办,校址在上海虹桥路一〇〇

号,当时校长为大内畅三。鲁迅本日往讲《流氓与文学》,讲稿佚。

〔3〕 往春阳馆照相　是日,鲁迅与冯雪峰通宵编印《前哨·纪念战死者专号》毕,冯雪峰提议两家合影留念。

〔4〕 五月人形金太郎　金太郎,日本传说中的英雄坂田金时。日本风俗,端午节时以其形象制作玩具,称"五月人形金太郎"。

五　月

一日　晴。下午得韦丛芜信,即复,并声明退出未名社[1]。

二日　晴。上午内山书店送来《世界美術全集》(别卷六)、《浮世絵大成》(八)各一本,共泉七元八角。午后得诗荃信,四月十六日发,下午又得所寄 W. Hausenstein:《Der Körper des Menschen》一本,值四十八元。

三日　星期。晴。下午得流水信。晚小峰来。

四日　昙。晚收诗荃所寄《Edvard Munchs Graphik》一本,直七元。

五日　雨。午后收一月及二月分编辑费共泉六百。寄孙用信。

六日　雨。午后增田君及清水君来,谈至晚。夜校《勇敢的约翰》。

七日　昙。上午寄诗荃信并百马克汇票一纸,又《士敏土之图》一本,《申报图画附刊》十余张。下午买樟木箱二个,共三十四元二角。

八日　晴。午后收 New Masses 社[2]所寄月刊七本,

《Red Cartoons》三本。得赵景深信。下午同增田、文英及广平往上海大戏院观《人兽世界》[3]。内山书店送来《芸術の起源及ビ発達》一本,二元四角。

九日 晴。午后从内山书店买《書道全集》六本,二十四元。

十日 星期。昙,下午雨。同增田访清水君于花园庄,晚饭后归。

十一日 小雨。无事。

十二日 晴。晚蒋径三来,并交王育和信及旧寓[4]顶费五十五元。

十三日 晴。午后往内山书店买《霰》一本,《La malgranda Johano》一本,共泉四元五角。夜重复整理译本《毁灭》[5]讫。

十四日 晴。午后收经训堂书目两本。以泉五元买上虞新茶六斤,赠内山君一斤,向之假泉一百。晚雨。李一泯赠《甲骨文字研究》一部。

十五日 晴,风。上午广平往中国银行取泉三百五十,还内山君泉百。下午从商务印书馆取来托买之 G. Grosz 石版《Die Raüber》画帖一帖九枚,直百五十元,邮费二十八元。托三弟买珂罗版[6]印字画三种三本,四元八角。又买上虞新茶七斤,七元。

十六日 晴。午后同增田、镰田两君往观第四回申羊会[7]洋画展览会。下午得孙用信并《勇敢的约翰》插画三种[8]。夜与广平邀蕴如及三弟往上海大戏院观《人兽世界》。

十七日　星期。昙,下午雨。清水君来并赠水果一筐。

十八日　昙,午后雨。无事。

十九日　昙。上午得诗荃信,一日发。下午与田君来,并赠糖一合,约访斋藤愻一君,傍晚与增田君同往。雨。

二十日　昙。午后得《浮世絵傑作集》(九回)一帖二枚,价十七元。晚理发。

二十一日　昙。上午将书籍八箱运往京寓[9]。午后晴。下午清水三郎君来。晚往内山书店,得《日本裸体美术全集》(Ⅲ)一本,值十二元。雨,即霁。夜复雨。

二十二日　晴,风。下午托三弟买《李怀琳书绝交书》一本,四角。

二十三日　昙。上午寄母亲信。寄紫佩信。季市来。夜雨。

二十四日　星期。晴。下午收 Käthe Kollwitz 版画十二枚,直百二十元。晚往内山〔图〕书店买书两本,共泉十五元。夜雨。

二十五日　晴。午后往内山书店,得《生物学講座》(十六回)一函八本,值六元,即赠三弟。内山君赠麦酒一瓶,ボンタン饴[10]一合。

二十六日　晴。午后内山书店送来书籍二本,十二元六角。晚得诗荃集《文选》句《咏怀》诗[11]一篇,九日发。

二十七日　晴,暖。上午季市来。夜邀清水、增田二君饭。

二十八日　晴。午后得朱稷臣信,言其父(可铭)于阴历四月初十日去世。

二十九日　晴。上午由中国银行汇朱稷臣泉一百。下午收大江书店四月分结算版税二十六元。夜雨。

三十日　昙。午后得蔡咏裳信。下午清水君来。赠增田君《四库[部]丛刊》本《陶渊明集》一部二本。晚寄母亲信。寄朱稷臣信。复蔡君信。运书八箱往京寓。

三十一日　星期。晴。午后见柳原烨子女士。山本夫人赠海婴以奈良人形一合。夜同广平访三弟。

*　　*　　*

〔1〕　声明退出未名社　1930年9月起,未名社事务由韦丛芜主持。因管理不善,使经费支绌,遂与开明书店签订合同,将社员译著印行事宜托开明书店代理,并函请鲁迅也遵守该店有关部门规定,鲁迅对此不满,遂声明退出。

〔2〕　New Masses 社　新群众社。美国进步杂志社。1926年成立,出版文学与政治月刊《新群众》。

〔3〕　《人兽世界》　又名《人兽奇观》(Trade Horn),纪录片,美国米高梅影片公司1930年出品。

〔4〕　旧寓　指景云里二十三号。1928年9月鲁迅迁离后,即由王育和、柔石等迁入。

〔5〕　整理译本《毁灭》　鲁迅于是夜改定《毁灭》全书译稿,不久即付大江书铺排印。

〔6〕　珂罗版　照相平版印版的一种。因用厚磨砂玻璃做版材,故又名玻璃版。

〔7〕 申羊会　上海日侨组织的画会。

〔8〕 《勇敢的约翰》插画三种　指该书世界语译本中雅希克·阿尔莫斯(Jaschik Almos)所作插画三张。

〔9〕 京寓　日记又作"平寓"、"燕寓",均指鲁迅在北平的寓所。

〔10〕 ボンタン饴　日语:文旦饴。

〔11〕 诗荃集《文选》句《咏怀》诗　原诗有序云:"余迹离别故国既久,结习已空,文字语言日益疏远。一日晨起,忽接到鲁迅先生惠寄素笺一束,欣忭之情,良不可任。适会列卡河水大发,浸淫街巷,所居地低洼,遂不能下楼。俯视屋影摇光,舟行入户,殊属不可乐观。幸新与房东媾和,面包腊肠,由彼供给,加之茶叶菸草火柴无缺,亦飘飘然如蓬莱中人。遂取《文选》句集为《咏怀》诗一篇,岂曰成裘,实同缀衲,意不欲负此佳纸而已,并以张黑誌字体书之,以副绍兴鲁公之厚意。一九三一年五月八日石油灯下。"原诗如次:"朝霞开宿雾(渊明),清风吹我衿(嗣宗)。索居易永久(灵运),良讯代兼金(士衡)。荒草何茫茫(渊明),浮景忽西沉(孟阳)。登高望九州(嗣宗),谓若旁无人(太冲)。迅雷中宵激(士衡),玄云起重阴(嗣宗)。兰枯柳亦衰(渊明),鹈鴂发哀音(嗣宗)。鸾翮有时翮(延年),夫子值狂生(彦昇)。洞庭空波澜(灵运),南岳无余云(渊明)。慕类抱情殷(延年),知深觉命轻(灵运)。五车摧笔锋(朋远),百二俘秦京(士衡)。畴昔怀微志(景阳),心迹犹未并(灵运)。云霞收夕晖(灵运),淮海变微禽(景纯)。衣冠终冥漠(延年),荃蕙岂久芬(延年)。咏言著斯章(嗣宗),聊以莹心神(渊明)。"

六　月

一日　晴。下午得小峰信并五月份版税四百,晚分与三弟百。

二日　晴。晨复小峰信。上午达夫来。同广平携海婴往平井博士寓诊。晚内山君招饮于功德林[1]，同席宫崎、柳原、山本、斋藤、加藤、增田、达夫、内山及其夫人。

三日　晴。午后收三、四两月编辑费六百。下午清水清君来。收朱穰臣信。得紫佩信，五月二十八日发。夜同蕴如、三弟及广平往奥迪安大戏院观电影《兽国春秋》[2]。

四日　晴。上午同广平携海婴往平井博士寓诊。午后由商务印书馆从德国寄来书二本，共泉十九元六角。夜同广平携海婴往内山书店，得关于浮世绘之书两本，共泉二十二元四角。

五日　晴。下午寄紫佩信并七月至九月家用泉三百，海婴等照片一枚，托其转交。内山书店送来书二本，直八元。

六日　昙，下午雨。夜径三来。

七日　星期。雨，午后霁。同三弟往西泠印社买石章二，托吴德元［光］、顾［陶］寿伯各刻其一，共用泉四元五角。在艺苑真赏社买《燕寝怡情》一本，三元二角。在蟫隐庐豫约《铁云藏龟》一部，四元。晚冯君来，并为代买得《Alay-Oop》一本，直八元。

八日　晴。午后往内山书店，得《千家元麿詩箋》一帖四枚，二元三角。又《新洋画研究》(5)一本，四元六角。得尾崎君信。下午清水君来。蒋径三来。

九日　晴。午后得诗荃所寄《Eulenspiegel》十本。晚以《燕寝怡情》赠增田君。夜同径三、增田、雪峰往西谛寓，看明清版插画。朱穰臣赠鱼干一篓，笋干及干菜一篓，由三弟转交。

十日　晴。下午清水及与田君来。

十一日　晴,风。午后内山书店送来《川柳漫画全集》(十)一本,直二元五角。往婦女の友会讲[3]一小时。下午访清水君。晚冯君及汉堡嘉夫人来,赠以《士敏土之图》一本。寄钦文信。寄中国书店信。

十二日　晴。午后斋藤女士、山本夫人及其孩子来,赠广平纱伞一柄,答以画片每人各二枚。下午邀清水、增田、蕴如及广平往奥迪安大戏院观联华歌舞团[4]歌舞,不终曲而出,与增田君观一八艺社展览会[5]。从商务印书馆取来由德购到之 C. Glaser:《Die Graphik der Neuzeit》一本,三十五元四角。得诗荃信,廿七日发。

十三日　晴。午后得中国书店目录两本。晚得靖华译稿[6]一本。

十四日　星期。晴,午后昙。寄靖华信。为宫崎龙介君书一幅云:"大江日夜向东流,聚义群雄又远游。六代绮罗成旧梦,石头城上月如鉤。"又为白莲女士书一幅云:"雨花台边埋断戟,莫愁湖里余微波。所思美人不可见,归忆江天发浩歌。"[7]夜雷电大雨。

十五日　昙。无事。

十六日　昙。无事。

十七日　昙。午后得紫佩信,十一日发。得钦文信。得靖华信并木刻戈理基像一纸,五月三十日发。买《独逸語基本語集》一本,二元六角。夜雨。

十八日　雨。上午复钦文信。买《生物学講座》(十七)

一部,下午以赠三弟。

  十九日　雨。下午增田、清水二君来谈,留之晚饭。夜寄靖华信。

  二十日　昙,午后雨。无事。

  二十一日　星期。晴。夜浴。

  二十二日　昙。上午寄紫佩信并还其代付之书籍运送费四十一元。

  二十三日　晴。夜同广平携海婴访王蕴如及三弟。得李秉中信,十六日发。收六月分《新群众》一本。得诗荃所寄Daumier及Käthe Kollwitz画选各一帖,十六及十二枚,共泉十一元也。

  二十四日　晴。午后复秉中信。寄诗荃信。寄小峰信。晚往花园庄访清水君。夜蕴如及三弟来。雷电而雨。

  二十五日　晴。午后收《世界美術全集》(别卷5)一本,值三元四角。夜增田及清水君来。

  二十六日　晴,热。下午清水君来并赠饼饵一合。夜访三弟。

  二十七日　晴。上午内山书店送来《浮世絵傑作集》(第十回)一帖二枚,直十六元。下午同增田君及广平往日本人俱乐部观太田及田坂两君作品展览会,购取两枚,共泉卅。观木村响泉个人展览会。归途在ABC酒店饮啤酒。夜径三来,并持来西谛所赠信笺及信封各一合。蕴如及三弟来。得诗荃信,十日发。

  二十八日　星期。晴,热。午后建纲来。清水君来,邀往奥迪安大戏院观《Escape》[8]。下午雨一阵。夜同增田君及广平出观跳舞。

二十九日　昙,上午雨一阵即霁。午后同增田君往上海艺术专科学校[9]观学期成绩展览会。山本夫人见赠携其幼儿之照相一枚。下午海婴发热,为请平井博士来诊。得朱积成信。

三十日　晴,热。下午得紫佩信,廿六日发。

*　　*　　*

〔1〕　功德林　素菜馆,1922年创办于北京东路,1932年迁卡尔登路(今黄河路)梅白克路(今凤阳路)口。内山完造常邀文化界人士在此雅集,称"功德林漫谈会"。

〔2〕　《兽国春秋》　原名《Rango》,有声探险片。美国派拉蒙影片公司1931年出品。

〔3〕　婦女の友会　应作婦人の友会。鲁迅讲稿佚。

〔4〕　联华歌舞团　指联华影业公司音乐歌舞班。黎锦晖主办。

〔5〕　一八艺社展览会　一八艺社,1929年由杭州艺术专科学校学生二十多人组成的美术团体。主要成员有胡一川、陈广、陈铁耕等。1930年陈广、陈铁耕等因被迫害到上海另组一八艺社。1931年6月11日至13日由杭州一八艺社成员在上海靶子路吴淞路日本上海每日新闻社二楼举行第二次展览会,共展出木刻、油画、雕塑等作品一百八十余件。鲁迅曾为之作《一八艺社习作展览会小引》,后收入《二心集》。

〔6〕　指《铁流》译稿。曹靖华于4月30日译毕此书,即以复写本辗转通过在欧洲的友人寄交鲁迅。

〔7〕　即《无题二首》。后均收入《集外集拾遗》。

〔8〕《Escape》 全称《I Can't Escape》,中译名《法网与情网》。美国雷电华影片公司1930年出品。

〔9〕 上海艺术专科学校 设在江湾路天通庵车站附近。陈抱一、王道源、关紫兰等在该校任教。6月25日至7月1日在校内举办学期绘画展览会,展出该校师生及日本画家作品六百余件,其中油画最多,本日鲁迅前往参观。

七 月

一日 雨。上午同广平携海婴往平井博士寓,适值其休息日,未诊,仍服旧方。午前晴。夜蕴如来,赠杨梅一筐。

二日 晴,热。上午同广平携海婴往平井博士寓诊。午后往内山书店买《詩と詩論》(十二)一本,四元六角。下午明之、子英来。三弟来。夜邀三人同往东亚食堂夜饭。

三日 晴,热。晚往内山书店买《独和動詞辞典》一本,四元六角。夜雨。

四日 雨。上午同广平携海婴往平井博士寓诊。

五日 星期。雨,夜大雷雨。无事。

六日 雨。上午寄母亲信。下午小峰及其夫人,川岛及其夫人携二孩子来,并赠桃子一合,茗一斤,即赠以皮球一枚,积木一合。从商务印书馆由德国寄来书籍三本,价九元二角。得诗荃信,上月十八日发,附冯至所与信二种。

七日 晴,热。上午收五月份编辑费三百。午后寄三弟信。往内山书店得《書道全集》二本,《浮世絵大成》一本,共泉九元四角。

八日　昙。无事。

九日　昙,热,下午大雷雨。无事。

十日　晴。午后得荔丞所寄赠自作花鸟一帧。

十一日　晴,热,夜雷雨。无事。

十二日　星期。晴,夜雨。山上君招饮于南京酒家,同席五人。

十三日　晴。午后往内山书店,得《日本裸体美术全集》(五)一本,十二元。下午蔡君来,并赠海婴以汕头傀儡一枚。夜收水沫书店版税四十一元五角五分。校《苦闷的象征》印稿[1]讫。

十四日　晴。午后往内山书店,得《虫类画谱》一本,直三元四角,以赠广平。下午得小峰信并六月分版税四百。

十五日　昙。午后复小峰信。寄未名社信,索还《土敏土之图》[2]。下午小雨。

十六日　晴。下午得母亲信,十二日发。得有麟信。夜同广平访三弟,赠以茶腿一方。

十七日　晴。下午为增田君讲《中国小说史略》毕[3]。

十八日　晴,热。下午得小峰信。夜雨。浴。

十九日　星期。晴,热。上午寄开明书店信。复小峰信,附致未名社信一函。下午大风雨,雷电,门前积水尺余。

二十日　晴,热。下午增田君来,并赠元川克已作铅笔风景画一枚。晚往暑期学校演讲[4]一小时,题为《上海文艺之一瞥》。夜雨。校录《夏娃日记》毕。

二十一日　雨。上午得开明书店信。

二十二日　昙。午后内山书店送来《浮世絵傑作集》(十一回分)一帖二枚,直十六元。得诗荃信,三日发。夜同广平访三弟。雨。

二十三日　雨。晚得振铎信,并赠《百华诗笺谱》一函二本。夜雾。

二十四日　晨大雨,门前积水盈尺。午后复振铎信。寄荔丞信。下午得 Käthe Kollwitz 作版画十枚,共泉百十四元。夜大雷雨一陈。

二十五日　雨。下午得韦丛芜信。从丸善寄来书两本,每本八元。

二十六日　星期。雨。上午往内山书店买《静なるドン》(2)一本,二元。

二十七日　晴。下午得诗荃信,八日发。夜雨。

二十八日　晴。午后得张子长信,即复。下午同广平携海婴往福井写真馆照相[5]。往内山书店,得美术书二本,七元八角。又《書道全集》(五、八、十二、十三)共泉十元。晚雨。

二十九日　晴。午后往内山书店买《東洋画概論》一本,直七元,夜煮干菜鸭一只,邀三弟晚饭。

三十日　晴,热。上午复诗荃信。理发。午后同广平携海婴复至福井写真馆重行照相。下午文英、丁琳来[6]。得小峰信。夜同增田君及广平往奥迪安馆观电影[7],殊不佳。

三十一日　晴。上午复小峰信。晚寄诗荃信。

＊　　＊　　＊

〔1〕《苦闷的象征》印稿　指北新书局重印本的校样。

〔2〕索还《士敏土之图》　鲁迅曾将所印的《梅斐尔德木刻士敏土之图》四十部托北平未名社代售,现因其停办,故索回存书。

〔3〕为增田君讲《中国小说史略》毕　是年3月,增田涉来沪向鲁迅请教有关《中国小说史略》等问题。鲁迅每日下午以日语为之讲解三小时左右,本日告一段落。同年12月增田涉回国后,便着手该书的日译。

〔4〕暑期学校　指社会科学研究会。"左联"所办的暑期学校,主要培训工农作者。是日鲁迅所讲《上海文艺之一瞥》,后收入《二心集》。

〔5〕往福井写真馆照相　因谣传鲁迅被捕,在北平的母亲担忧鲁迅等的安危,鲁迅遂摄合影以释母念。但此照在冲洗中损坏,故于三十日重照。

〔6〕当时丁玲(丁琳)筹办《北斗》月刊,为选用插图事偕冯雪峰(文英)往访鲁迅。鲁迅提供了珂勒惠支的版画《牺牲》和里惠拉的壁画《贫人之夜》等。

〔7〕所看电影为《狼狈为奸》(See America Thirsty),喜剧片,美国环球影片公司1930年出品。

八　月

一日　晴,热。下午订《铁流》讫。

二日　星期。晴,热。无事。

三日　晴,热。下午内山书店送来《书道全集》(廿一)一本,二元五角。

四日　晴,大热。下午得清水君信片。夜浴。

五日　昙,热,午后小雨而霁。内山书店送来《書道全集》(十一)一本,二元五角。收六月分〔分〕编辑费三百。夜同蕴如、三弟及广平观电影。

六日　晴,大热。上午往内山书店买《日本プロレタリア美術集》一本,五元。

七日　晴,大热。无事。

八日　晴,热。上午寄母亲信。晚得小峰信。

九日　星期。晴。上午复小峰信。夜译短篇《肥料》[1]讫。

十日　晴,热。晚浴。夜同广平携海婴访王蕴如及三弟。风。

十一日　昙,风。上午以海婴照片寄母亲。下午得靖华信。

十二日　晴,风而热。夜同蕴如、三弟及广平往奥迪安观电影[2]。

十三日　晴,热。上午内山书店送来《川柳漫画全集》(六)一本,二元五角。子英来。午后片山松藻女士绍介内山嘉吉君来观版画。下午从商务印书馆取得由德购来之书四本,共泉三十四元。从蝉隐庐取得豫约之《铁云藏龟》一部六本,四元。

十四日　晴,热。午后得蔡永言信并《士敏士〔土〕》跋。得靖华信,七月廿八日发。

十五日　晴,热。午后得靖华所寄《Zhelezniy Potok》一本。下午同广平携海婴上街买肚兜、磁碗并玩具等,并为阿菩买四件。晚得小峰信并七月份版税四百。夜交柔石遗孤教育费[3]百。访三弟,还铁床泉二十,得杨梅烧酒一瓮。

十六日　星期。晴,热。邀三弟来寓午餐,下午同赴国民大戏院观电影《Ingagi》[4],广平亦去,夜并迎阿菩来同饭。

十七日　晴。晨复永言信。复靖华信。请内山嘉吉君教学生木刻术[5],为作翻译,自九至十一时。下午得母亲信二封,十三及十四日发。

十八日　晴。上午作翻译。午后往内山书店买书一本,二元。

十九日　晴。上午作翻译。午后得《浮世絵傑作集》(十二)一帖二枚,直十四元。夜浴。

二十日　昙。上午作翻译。午后以 Käthe Kollwitz 之《Weberaufstand》六枚赠内山嘉吉君,酬其教授木刻术。晚得秉中信。夜始校《铁流》[6]。闷热。

二十一日　晴,热。上午作翻译。下午得内山信。得靖华信,并《铁流》注[7]。

二十二日　晴,热。上午作翻译毕,同照相,并分得学生所赠水果两筐,又分其半赠三弟。下午得诗荃信,一日发。晚内山完造君招饮于新半斋,为其弟嘉吉君与片山松藻女士结婚也,同坐四十余人。

二十三日　星期。晴。午后同三弟往北新书局编辑所访小峰不遇,因至文明书局买书。夜同增田君、三弟及广平往山西大戏院观电影《哥萨克》[8]，甚佳。大风吹麦门冬一盆坠楼下，失之。

二十四日　晴，大风。上午为一八艺社木刻部讲一小时[9]。季市来，未遇。午邀章雪秋、高桥悟朗、内山完造往东亚食堂饭。下午得靖华信并《铁流》注解，九日发。夜王蕴如来，并赠鲞四片，鸡一只，即并偕广平往三弟寓，四人又至山西大戏院观《哥萨克》。

二十五日　昙，大风，午大雨至夜。寓屋漏水，电灯亦灭也。

二十六日　小雨。上午寄母亲信。午后晴。往日语学会[10]。晚得林兰信。得母亲信，二十一日发。

二十七日　晴。晨复秉中信。下午赠同文书院《野草》等共七本。

二十八日　晴。午后寄开明书店信。以左文杂志[11]二份寄靖华。夜访三弟，得《苏俄印象记》一本，愈之所赠。

二十九日　昙。午后往内山书店，得《浮世絵大成》一本，四元四角。晚得季志仁所寄《Les Artistes du Livre》（16—21）六本，约值六十六元。

三十日　星期。昙。午后得绍明信。夜同广平携海婴访三弟。

三十一日　昙。午后映霞、达夫来。下午得商务印书馆景印百衲本《二十四史》第二期书《后汉书》、《三国志》、《五代史记》、《辽史》、《金史》五种共一百二十二本。以《士敏土之图》一本赠胡愈之。得开明书店信。

* * * *

〔1〕 《肥料》 小说,苏联绥甫林娜著,鲁迅译文发表于《北斗》月刊创刊号和第一卷第二期(1931年9月、10月),后收入《一天的工作》。

〔2〕 所看电影为《摩洛哥》(Morocco),故事片,美国派拉蒙影片公司1930年出品。

〔3〕 柔石遗孤教育费 柔石牺牲后,王育和等人发起募集其子女的教育费。鲁迅捐助一百元。

〔4〕 《Ingagi》 中译名《兽世界》,风光片,刚果影片公司1931年出品。

〔5〕 指举办暑期木刻讲习班。为了给青年木刻者创造学习条件,鲁迅借长春路三六〇号(现三一九号)日语学校举办暑期木刻讲习班,请时在日本成城学园教美术的内山嘉吉传授木刻技法,并自任翻译。为配合讲授,鲁迅每日带来珂勒惠支及英、日等国的版画,利用课余供学员观摩,并进行讲解。讲习班参加者有上海一八艺社社员六人、上海艺专学生二人、上海美专学生二人、白鹅画会学生三人,共十三名。是中国现代第一个木刻技法讲习会。讲习共六天:17日讲授版画简史及创作版画基本知识;18日至20日讲授黑白木刻制作法;21日讲授套色木刻制作法;22日对学员习作进行讲评。

〔6〕 校《铁流》 鲁迅用藏原惟人日译本校曹靖华译稿。

〔7〕 《铁流》注 指俄文《铁流》第六版注释的中译稿。24日所记"《铁流》注释"同此。参看《集外集拾遗·〈铁流〉编校后记》。

〔8〕 《哥萨克》 原名《The Cossaks》,故事片,美国米高梅影片公司1928年出品。

〔9〕 为一八艺社木刻部讲一小时 是日,鲁迅引导一八艺社部

分成员观摩自己所藏画片、画册,并作讲解。

〔10〕 日语学会　又称日语学校,内山完造、郑伯奇主办。

〔11〕 左文杂志　指"左联"文学杂志《前哨》。

九　月

一日　昙。无事。

二日　晴,风。午后得诗荃信,八月十六日发。得同文书院信。下午得靖华信并《铁流》序文等[1],八月十六日发。晚骤雨。

三日　雨。无事。

四日　阴雨。上午寄靖华信。下午收编辑费三百元,七月分。

五日　阴雨。午后往内山书店,得《書道全集》(二十二)一本,《岩波文庫》本《昆虫記》(二、一八)二本,共泉三元六角。得靖华信并绥氏论文等,八月二十一日发。得司徒乔信。

六日　星期。阴雨。下午寄三弟信。复司徒乔信。

七日　晴。松藻小姐将于明日归国,午后为书欧阳炯《南乡子》词一幅[2],下午来别。广平往先施公司买茶腿两只,分寄母亲及紫佩,连邮费共十四元。晚得韦丛芜信。

八日　晴。午后寄紫佩信。晚径三来。三弟来,留之晚饭。

九日　晴。午后往内山书店,得《日本裸体美术全集》(二)一本,值十五元也。下午收韦丛芜所寄《罪与罚》(下)两本。夜访三弟。

十日　晴。无事。夜雨。

十一日　昙，风，时而微雨。下午寄母亲信。寄小峰信。往内山书店买《チヤパーエフ》一本，三元四角。

十二日　昙。午后往看内山君疾。夜始校《朝花夕拾》[3]。

十三日　星期。昙。上午同广平携海婴往石井医院诊。午后得湖风书局[4]信并《勇敢的约翰》校稿，即复。晚小雨旋止。治肴三品，邀蕴如及三弟夜饭，饭毕并同广平往国民大戏院观电影[5]。夜雨。校正印稿之后，继以孺子啼哭，遂失眠。

十四日　昙，下午雨。无事。

十五日　昙，午后雨。下午达夫来。得小峰信并八月分板税四百，订正本《小说史略》二十本，即赠增田君四本。夜校《毁灭》讫。风。

十六日　昙。上午寄小峰信。寄孙用信。得季志仁信，八月十日发，下午复。寄紫佩信并十月至十二月家用泉三百，托其转交。寄三弟信。寄湖风书店信，并还校稿。

十七日　昙。上午同广平携海婴往石井医院诊。以《勇敢的约翰》原稿寄还孙用。以《中国小说史略》改订本分寄幼渔、钦文、同文书院图书馆各一本，盐谷节山教授三本。下午往内山书店买《現代芸術の諸傾向》一本，一元六角。

十八日　晴。午后得靖华信，一日发[6]。

十九日　昙。午后往内山书店，得《浮世絵版画名作集》（十三回）一帖二枚，值十六元。下午以关于版画之书籍八本赠一八艺社木刻部。钦文来。晚径三来，赠以《中国小说史略》一本。得现代木刻研究会[7]信。

二十日　星期。晴。午后钦文来，赠以《士敏土之图》一本。夜同广平携海婴访三弟。

二十一日　昙。上午寄靖华信。汇寄绍兴朱宅泉五十。午后往内山书店买日译《阿Q正传》一本，一元五角。得靖华信，一日发，并《绥拉菲摩维支全集》卷一一本。

二十二日　晴。午后得孙用信并印花千枚。得诗荃信，三日发。

二十三日　昙。午后往内山书店，得《詩と詩論》（十三）一本，四元五角；《生物学講座》（十八完）一函十本，五元。得钦文信。得绍明信。得清水君所寄复制浮世绘五枚。晚得紫佩信并照片，十九日发。小雨。

二十四日　雨。上午寄湖风书店信。午晴，下午雨。

二十五日　昙。下午湖风书店交来印图之泉[8]五十元。晚治肴六种，邀三弟来饮，祝海婴二周岁也。夜雨。

二十六日　晴。午后往内山书店，得嘉吉君所赠浮世绘复刻本一帖四枚，又买《理論芸術学概論》一本，三元五角。得山本夫人留诗一枚。增田君之女周晬[9]，以前年内山君赠海婴之驼毛毯一枚赠之。传是旧历中秋也，月色甚佳，遂同广平访蕴如及三弟，谈至十一时而归。

二十七日　星期。晴。无事。

二十八日　阴雨。无事。夜大风。

二十九日　昙。午后往内山书店买《世界裸体美术全集》（二及五）二本，十五元；丛文阁版《昆虫記》（九）一本，二元二角。下午得朱积功信。得紫佩信,二十二日发。晚三弟来,留之夜饭。

三十日　昙。下午在内山店买书二本,共七元八角。

*　　*　　*　　*

〔1〕　《铁流》序文等　指《铁流》作者绥拉菲摩维支的论文《我怎么写〈铁流〉的》,并第五、六版上的自序两小节。5日所记"绥氏论文等"同此。

〔2〕　书欧阳炯《南乡子》词一幅　文为:"洞口谁家,木兰船系木兰花。红袖女儿相引去,游南浦,笑传春风相对语。　录欧阳炯《南乡子》词奉应　内山松藻女史雅属　鲁迅"。

〔3〕　校《朝花夕拾》　校后付上海北新书局重印,为该书之第三版。

〔4〕　湖风书局　日记又作"湖风书店"。"左联"通过宣侠父筹资创办于1931年,设在七浦路。该书局曾出版鲁迅校订的《勇敢的约翰》(孙用译)及《夏娃日记》(李兰译)等书。

〔5〕　所观电影为《破坏者》(Spoilers),故事片,美国派拉蒙影片公司1930年出品。

〔6〕　得靖华信　信内有《铁流》作者给中译本所作特注及曹靖华自己订正的条目共二十五条,因其时中译本正在排印,鲁迅便将此信录入《〈铁流〉编校后记》(后收入《集外集拾遗》),作为"一张《铁流》的订正及添注表"。21日所记"得靖华信,一日发"同此。

〔7〕　现代木刻研究会　以参加暑期木刻讲习班的"一八艺社"成员等为主,并吸收其他青年木刻者组成的美术团体。当时为筹款向德国定购木刻参考书籍发起募捐。

〔8〕 湖风书店交来印图之泉 《勇敢的约翰》作者像及插图十二幅的制版、印刷费共二百三十余元,系由鲁迅代付,本日湖风书局先送还五十元。

〔9〕 周晔 婴儿出生一周岁。

十 月

一日 晴。无事。

二日 晴。无事。

三日 晴。上午三弟引协和及其次男来,留之午膳。收八月份编辑费三百。午后往内山书店,得《世界美术全集》(别册八)一本,三元四角。广平托张维汉君在广州买信笺五元,下午寄到,仍是上海九华堂制品。夜访三弟。小雨。

四日 星期。昙。无事。

五日 昙。晚三弟来,留之食蟹,并赠以饼干一合。夜雨。

六日 晴。午后寄孙用信,并代湖风书店预付《勇敢的约翰》版税七十。寄小峰信。得湖风书店信并校稿[1]。晚季市来,赠以《中国小说史略》及《士敏土之图》各二本。夜雨。

七日 晴。下午还湖风书店校稿。夜同广平往奥迪安观电影[2]。雾。

八日 晴。午后往内山书店,得《世界裸体全集》(六)、《書道全集》(三)各一本,共泉九元四角。得大江书店信。

九日 晴。下午得小峰信并九月份版税四百。夜邀王蕴如、三弟及广平同往国民大戏院观《南极探险》电影[3]。小雨,大风。

十日　晴,风。无事。

十一日　星期。晴。午后得孙用信并所赠《过岭记》一本。午后同三弟往艺苑真赏社买《三国画象》一部二本,一元二角。往北新书局买杂书六本。访小峰。夜邀三弟、蕴如及广平往国民大戏院观《西线无事》电影[4]。

十二日　昙。午后得靖华信并《铁流》地图[5]一枚,九月二十六日发。得端先所赠《战后》(下)一本。得湖风书局信并校稿。下午收大江书铺版税二十四元一角四分九厘。夜复湖风书店信。得真吾信。

十三日　晴,风。上午复真吾信。寄母亲信。校《勇敢的约翰》毕。

十四日　晴。上午内山书店送来《日本裸体美术全集》(1)一本,《工房有闲》一部二本,共泉二十元。下午理发。夜同广平往上海大戏院观电影《Belly in the Kid》[6]。

十五日　晴。夜邀方璧、文英及三弟食蟹。

十六日　晴。无事。夜大雾。

十七日　晴。下午寄湖风书店信并《勇敢的约翰》插画十三种一万三千枚,图板二十块。在内山书店买林译《阿Q正传》一本,八角。夜同广平访三弟,值其外出。

十八日　星期。晴。夜邀蕴如及三弟并同广平至上海大戏院观电影[7]。

十九日　晴。上午得小峰信。下午往内山书店买书两本,共一元六角。尾崎君赠林译《阿Q正传》一本,即转赠文英。内山君赠盐煮松茸一盂。

二十日　晴。午后钦文来。赠内山以蟹八枚。下午清水君来。夜同广平往奥迪安大戏院观《故宇妖风》[8]电影。

二十一日　晴。午后增田君邀往花园庄食松茸饭,并得清水君所赠刈田岳礦河底石所刻小地藏[9]一枚。下午往内山书店,得《日本浮世絵傑作集》(第十四回)一帖二枚,直十五元。夜译《士敏土》序[10]讫。

二十二日　晴。下午校《夏娃日记》讫。晚访三弟。

二十三日　晴。肢体无力,似得感冒。

二十四日　晴。下午买《芸術的現代の諸相》一本,六元四角。晚清水君来访。

二十五日　星期。昙,风。上午寄子英信。

二十六日　晴,大风。下午寄湖风书局信并校稿[11]。寄长江印务公司信并稿件[12]。广平为买鱼肝油一打,二十八元六角。以海婴照相一张,茶腿一只,托人寄赠王家外婆。

二十七日　晴。下午往内山书店,得《世界美術全集》(别册九)、《浮世絵大成》(一)各一本,共泉八元八角。得钦文信。得靖华信,八日发。

二十八日　晴。下午子英来,赠以《中国小说史略》一本,德文书二本。

二十九日　晴。上午复靖华信。午后往内山书店买《二十世紀の欧洲文学》一本,三元四角。得抱经堂书目一本。得内山嘉吉君信片,伊豆发。得子英信。以《士敏土》序跋及插画[13]付新生命书局[14]。

三十日　晴。上午寄钦文信。以《勇敢的约翰》译者印证千枚，并插画制版收据，并印证税收据付湖风书局，共计直泉三百七元，下午收所还泉五十。得母亲信，二十六日发。夜邀蕴如及三弟并同广平往上海大戏院观《地狱天使》电影〔15〕。

三十一日　下午得靖华信二函，十四及十七日发。内山君赠海婴草履一双。

*　　　*　　　*

〔1〕　即《勇敢的约翰》校样。7日及12日所记的校稿同此。

〔2〕　所观电影为《两亲家游菲洲》(The Cohens And Kellys In Africa)，喜剧片，美国好莱坞1931年出品。

〔3〕　《南极探险》　原名《With Byrd at The South Pole》，风光片，美国派拉蒙影片公司1929年出品。

〔4〕　《西线无事》　原名《All Quiet on The West Front》，通译《西线无战事》，美国环球影片公司1930年根据雷马克同名小说改编出品。

〔5〕　《铁流》地图　即《达曼军行军图》。后印入中译本《铁流》。

〔6〕　《Belly in the Kid》　中译名《义士艳史》。美国米高梅影片公司1930年出品。

〔7〕　所观电影为《蝙蝠祟》(The Bat Whispers)，美国联美影片公司1931年出品。

〔8〕　《故宇妖风》　原名《The Cat Creeps》，又译《黑猫爪》，美国环球影片公司1930年出品。

〔9〕　刈田岳碛河底石所刻小地藏　刈田，日本宫城县十六郡之一，在阿武隈河支流白石河上游的山谷里；河底石，指白石河河底石；小

地藏,指地藏菩萨的小雕像。

〔10〕 《士敏土》序　即《〈士敏土〉代序》。苏联戈庚(П.С. Коган)作。鲁迅译文印入 1932 年新生命书局再版《士敏土》,后收入《译丛补》。

〔11〕 即《夏娃日记》校样。

〔12〕 指三闲书屋版《毁灭》增加的后记及序。

〔13〕 《士敏土》序跋及插画　序跋,指鲁迅译的代序和董绍明、蔡咏裳作的后记;插画,指《梅斐尔德木刻〈士敏土〉之图》。

〔14〕 新生命书局　樊仲云创办,设在海宁路传薪里。董绍明、蔡咏裳合译的《士敏土》经鲁迅介绍,1932 年由该局再版。

〔15〕 《地狱天使》　原名《Hella Angels》,美国联美影片公司 1930 年出品。

十一月

一日　星期。晴。无事。

二日　晴。上午得冯余声信,即复。下午得湖风书店信,即复。

三日　昙,夜雨。无事。

四日　晴。上午收九月分编辑费三百。得钦文信并代买《青在堂梅谱》一本,价二元。得诗荃所寄《Graphik der Neuzeit》一本,照相二张,自作铜版画一枚。午后往内山书店买《書道全集》(一)、《昆虫記》各一本,共泉五元。夜译《亚克与人性》[1]毕,共八千字。

五日　晴。下午内山君赠《支那人及支那社会の研究》一本。

六日　晴,风。下午寄子英信。寄小峰信。寄钦文信。与冯余声信并英文译本《野草》小序[2]一篇,往日照相两枚。夜访三弟。

七日　晴。下午水野胜邦君来访,由盐谷教授介绍。夜径三来。

八日　星期。晴。午后得小峰信。晚三弟来,留之小饮。

九日　昙。午后得靖华信,十月二十三日发。晚治馔,邀水野、增田、内山及其夫人夜饭。赠水野君《小说史略》一本,拓本三种,增田君一种。雨。

十日　昙。上午寄三弟信。下午水野君赠Capstan[3]十合。寄靖华信。诗荃寄赠《Deutsche Form》一本,十月二十四日柏林发。晚雨。

十一日　雨。上午往内山书店,买《世界裸体美術全集》(三)一本,读书家版《魔女》一本,共泉十一元八角。内山君赠苹果六枚,晚并邀饭于书店,同坐为水野、增田两君。

十二日　雨。上午得诗荃信,十月五日发。下午得湖风书店信并《勇敢的约翰》二十本,即复。

十三日　昙。下午寄孙用信并《勇敢的约翰》十一本,内一本托其转赠钦文。得湖风书店信并《勇敢的约翰》七十五本,作价三十七元八角也。夜微雨,访三弟,值其未归,少顷偕蕴如来,遂并同广平往国民大戏院观电影《银谷飞仙》[4],不佳,即退出。至虹口大戏院观《人间天堂》[5],亦不佳。校《嵇康集》以涵芬楼景印宋文[本]《六臣注文选》。

十四日　昙。下午寄紫佩信,并《勇敢的约翰》四本,托其分赠舒、珏及矛尘、斐君。得钦文信。

十五日　星期。昙。下午得靖华信,十月二十八日发。夜同广平往明珠大戏院观电影《三剑客》[6]。译唆罗诃夫短篇[7]讫,约五千字。

十六日　昙。晨寄三弟信并还《文选》。晚得叶圣陶信。

十七日　昙。晨寄诗荃信。寄小峰信,下午得复,并十月版税泉二百。

十八日　晴。上午寄小峰信。得孙用信。校《士敏土》起。

十九日　昙。上午石民来并交松浦氏所赠日译《阿Q正传》四本,《文学新闻》二张。下午往内山书店买《昆虫记》布装本(九及十)二本,共七元;《科学の詩人》〔一〕本,三元五角。留给黄源信。

二十日　昙。无事。

二十一日　昙。晨寄中国书店及蟫隐庐信,并各附邮票二分。收朱宅从越中寄赠海婴之糕干及椒盐饼共一合。午后雨。下午邀蕴如及三弟并同广平往新光戏院观电影《禽兽世界》[8],观毕至特色酒家晚饭,食三蛇羹。

二十二日　星期。昙。下午寄子英信。寄长江印刷局信。

二十三日　晴。下午往内山书店,得《浮世絵傑作集》(十五)一帖、《日本裸体美术全集》(六)一本,共泉卅元,二种俱完毕。又《川柳漫画全集》(一)一本,二元二角。夜同广平往威利大戏院观电影《陈查理》[9]。

二十四日　晴。上午得子英信。得钦文信。得中国书店及蟫隐庐旧书目各一本。下午子英来。

二十五日　晴。午后子英来。下午得水野胜邦君信。王家外婆寄赠米粉干及花生等一篓。

二十六日　昙。下午汉嘉堡［堡嘉］夫人来借版画[10]。《毁灭》制本成。

二十七日　昙，午后小雨。往内山书店，得《世界美术全集》（别册四）一本，三元五角。晚答开明书店问[11]。寄小峰信。

二十八日　晴。清水清君将归国，赠以绣龙靠枕衣一对。

二十九日　星期。晴。午后同三弟往中国书店买《华光天王传》一本，一元。又至艺苑真赏社代张襄武买碑帖影本约二十种。又至蟫隐庐买《历代名将图》一部二本，一元六角。并买《文章轨范》一部二本，价八角，以赠小岛君。得杨、汤信。

三十日　晴。上午得小峰信并十月分版税泉二百。下午山本夫人赠热海所出玩具鸣子（吓鸦板）一枚，《古东多万》第一号一本。夜大雾。

*　　*　　*　　*

〔１〕《亚克与人性》　小说，苏联左祝黎著，鲁迅译文收入《竖琴》。

〔２〕即《〈野草〉英文译本序》。后收入《二心集》。该书译稿毁于"一·二八"战事，未出版。

〔3〕 Capstan 英文,"绞盘牌"香烟,俗称"白锡包",美国和英国 WD & HOWILIS 公司出品。

〔4〕《银谷飞仙》 原名《Silver Valley》,美国福克斯影片公司 1927 年出品。

〔5〕《人间天堂》 原名《This Is Heaven》,美国联美影片公司 1929 年出品。

〔6〕《三剑客》 原名《Three Musketeers》,美国联美影片公司 1921 年出品。

〔7〕 即《父亲》。小说,苏联萧洛霍夫著,鲁迅译文收入《一天的工作》。

〔8〕《禽兽世界》 原名《East of Borneo》,探险片,美国环球影片公司 1931 年出品。

〔9〕《陈查理》 全名《中国大侦探陈查理》,原名《Charlie Chan Carries On》,美国福克斯影片公司 1931 年出品。

〔10〕 为筹办"德国版画展览会",汉堡嘉夫人来借版画。展览会后延至 1932 年 6 月 4 日开幕。

〔11〕 即《答中学生杂志社问》。后收入《二心集》。

十二月

一日 昙。上午复小峰信。得紫佩及舒信,十一月二十六日发。

二日 昙。下午收十月分编辑费三百。得钦文信,即复。作送增田涉君归国诗一首[1]并写讫,诗云:"扶桑正是秋光好,枫叶如丹照嫩寒。却折垂杨送归客,心随东棹忆华年。"得诗荃所寄《Masereel 木刻选集》及《Baluschek 传》各一本,自柏林发。晚小雨。校《士敏土》小说。

三日　昙。午后得叶圣陶信。下午微雪。

四日　晴。海婴染流行感冒,上午同广平携之往石井医院诊。

五日　晴。午后寄紫佩信,附与舒笺,又明年一至三月份家用泉三百,托其转交。往内山书店,得《世界裸体美术全集》(四)一本,七元。夜收湖风书店所赠《夏娃日记》十本。

六日　星期。雾。上午同广平携海婴往石井医院诊。午后海婴发热,复往石井医院取药。下午得增田君信。以《夏娃日记》分赠知人。

七日　小雨。上午同三弟携晔儿往福民医院诊。夜得钦文信。

八日　大雾。上午同广平携海婴往石井医院诊。内山书店送来《書道全集》(十七)一本,价二元五角。下午复钦文信。复杨、汤信。得高见泽木版社信片并山田[村]耕花版画《裸婦》一枚,为《日本裸体美術全集》购完后之赠品。得靖华信并毕斯凯莱夫木刻《〈铁流〉图》[2]四枚,十一月二十一日发;又一信,二十二日发,所附同上。夜雨。

九日　昙。下午复靖华信。晚径三来。

十日　昙。无事。

十一日　昙。上午同广平携海婴往石井医院诊。增田涉君明日归国,于夜来别。大风。

十二日　昙,大风。上午寄小峰信。夜《铁流》印订成。

十三日　星期。晴,风,大冷。晚三弟持版权印证来,印费三十四元。

十四日 晴,冷。上午往石井医院取药。寄靖华《铁流》八本,寄钦文《毁灭》、《铁流》各一本。下午得钦文信,十一日发。

十五日 晴。午后同三弟往三洋泾桥买纸五元。夜得汉堡嘉夫人信,并赠海婴玩具一件。

十六日 昙。下午买玩具分赠晔儿、瑾男、志儿。得宋大展信,十一日发。

十七日 晴。下午寄靖华《铁流》三本,《导报》六期。得靖华信并《Совре. Обложка》一本,十一月三十日发。得圣陶信。得诗荃信,十一月三十日发。

十八日 晴,晚雨。无事。

十九日 雨。晨寄钦文信。寄小峰信。上午寄靖华信并抄扛纸一包,参皮纸及宣纸等共一包[3]。下午复叶圣陶信。晚理发。

二十日 星期。晴。无事。

二十一日 晴。晨寄诗荃信。午后昙。得钦文信。代靖华寄卢氏高小校梁次屏《铁流》两本。身热疲倦,似患流行感冒,服阿思匹林四片。

二十二日 晴。上午内山君赠海婴木制火车模型一具。下午得小峰信并版税泉百。得钦文信。晚服草麻子油。

二十三日 晴。下午往内山书店买《园芸植物图谱》(二及三)两本,共泉十元。波良生女,赠以小孩衣帽共四事。夜内山君来,告增田君已抵家。

二十四日 昙。下午得紫佩信,廿日发。收漱园译《最后之光芒》一本。

二十五日　晴。下午寄来青阁书庄信。收靖华所寄《Faust i Gorod》一本，又改正中译《不走正路的安得伦》一本。

二十六日　晴。下午往内山书店买《デカメロン》一部二本，值十二元。晚小雨。

二十七日　星期。昙，冷。下午得增田君信，二十一日发。

二十八日　昙。上午复汤、杨信[4]。午后得诗荃所寄书籍两包，共计三本，皆画册。下午得钦文信，二十七日发。胃痛，服海儿普锭。

二十九日　雨。下午得诗荃所寄书两本。得吴成钧信，夜复。

三十日　昙。上午寄母亲信。寄诗荃信。下午往内山书店，得《世界美术全集》（别册十八）一本，直三元。夜濯足。

三十一日　晴。晨寄钦文信。寄子佩及舒信。下午往内山书店，得《書道全集》一本第七卷，直二元六角。晚上市买药并为海婴买饼饵。得小峰信并版税二百。夜同广平往购买组合买食物，分赠阿玉、阿菩及海婴。收十一及十二月分编辑费各三百。

＊　　＊　　＊

〔1〕　即《送增田涉君归国》。后收入《集外集》。

〔2〕　毕斯凯莱夫木刻《〈铁流〉图》　曹靖华应鲁迅之托，在苏联遍访两年，始获得此图原版拓本。但鲁迅收到时《铁流》中译本已装订成书，未及印入。后鲁迅以锌版复制，拟单独印行，却又毁于"一·二

八"战火。1933年7月始于《文学》创刊号刊出。

〔3〕 以中国纸寄赠苏联木刻家。曹靖华寄来《〈铁流〉图》时在信中说:这木刻版画定价虽贵,然而无须付款,苏联的木刻家说,印画莫妙于中国纸,只要寄些给他就好。鲁迅便于十五日买纸,本日寄去两包,托曹靖华转致毕斯凯莱夫。

〔4〕 即《关于小说题材的通信(并 Y 及 T 来信)》。后收入《二心集》。

书　　帐

二十世纪絵画大観一本　五・〇〇　一月五日
新洋画研究一本　四・〇〇
Les Artistes du Livre 五本　三〇・〇〇　一月六日
D. Wapler 木刻三枚一帖　一・〇〇
詩と詩論(十)一本　三・〇〇　一月八日
葛飾北斎一本　二〇・〇〇　一月十三日
Passagiere der leeren Plätze 一本　三・六〇　一月十五日
Der Ausreisser 一本　二・五〇
Schwejk's Abenteuer 三本　二四・六〇
Honore Daumier 一本　六・五〇
ソヴェトロシアの芸術一本　三・九〇　一月十六日
昆虫記(六)一本　二・五〇　一月十七日
大十年の文学一本　一・六〇　二[一]月十八日
浮世絵傑作集(五)一帖二枚　一六・〇〇　一月二十日
Gods' Man 一本　八・三〇　一月二十七日
風景画選集一本　一・七〇　一月二十八日
静物画選集一本　一・七〇
伊蘇普物語木刻図(一)八枚　二・五〇　一月三十一日
同上(第二回)七枚　二・五〇

浮世絵大成（六）一本　　四・一〇　　　　　　一六八・〇〇〇
川上澄生静物図二枚　　内山君贈　二月一日
川上澄生静物図三枚　　一一・六〇　二月三日
昆虫記（六至八）布面本三本　　一〇・〇〇
エゲレスいろは詩集二本　　四・〇〇　二月十日
風流人壹本　　三・五〇
浮世絵傑作集（六）一帖二枚　　一八・〇〇　二月十九日
生物学講座（十三）一函七本　　六・〇〇　二月二十日
美学及文学史論一本　　二・二〇　二月二十一日
川柳漫画全集（三）一本　　二・六〇　二月二十六日
浮世絵大成（九）一本　　四・六〇　二月二十八日　　六二・五〇〇
伊蘇普物語木刻十二枚　　以士帖社寄贈　三月三日
近代劇全集（別冊）一函　　二・六〇
徐旭生西游日记三本　　著者贈　三月四日
复刻哥麿等浮世絵七枚　　长尾景和君贈　三月五日
世界美術全集（別冊十六）一本　　四・〇〇　三月十一日
Rembrandt: Zeichnungen 一本　　一六・〇〇
Honore Daumier 一本　　二五・〇〇
Daumier und die Politik 一本　　八・〇〇
C. D. Friedrich: Bilde 一本　　五・〇〇
Ernst Barlach 一本　　四・〇〇
Der Findling 一本
世界美術全集（別冊一）一本　　四・〇〇　三月十二日
Osvobozhd. Don Kixot 一本　　靖华寄来　三月十三日

Zovist 一本　同上

Pravd. Ist. A-КEЯ 一本　同上

Der dürer Kater 一本　六・〇〇　三月十六日

Bilder des Groszstadt 一本　一三・〇〇

Die Passion eines Menschen 一本　四・〇〇

浮世絵傑作集（七）一帖二枚　一七・〇〇　三月十七日

伊蘇普物語木刻（三）十二枚　三・〇〇

生物学講座（十四）一函七本　四・八〇　三月二十日

書林一瞥一本　〇・六〇　三月二十四日

木刻戈理基像一幅　诗荃寄来　三月二十六日

浮世絵大成（十一）一本　四・〇〇　三月二十八日

新洋画研究（4）一本　四・七〇　三月三十日

芸術の本質と変化（上）一本　二・五〇　三月三十一日

詩と詩論（十一）一本　三・六〇　　　一二〇・八〇〇

川柳漫画全集（四）一本　二・五〇　四月十日

世界美術全集（別巻十三）一本　三・八〇〔五月二日〕

マ主義芸術理論一本　二・〇〇　四月十一日

ゴオホ画集一本　三・四〇

支那諸子百家考一本　七・八〇

浮世絵傑作集（八回）二枚　一七・〇〇　四月十五日

静かなるドン（1）一本　一・八〇　四月十八日

顾凯之女史箴图一本　一・五〇　四月十九日

齐天龙寺造象拓片八枚　三・七〇

益智图并续图四本　二・七〇　四月二十日

287

益智燕几图二本　　一・五〇
益智图千字文八本　　一・五〇　四月二十二日
生物学講座（十五）一函八本　　四・八〇　四月二十三日
ウキリアム・テル版画一帖三枚　　一・二〇　四月二十七日
シラノ劇版画一帖五枚　　一・二〇
郭忠恕辋川图卷一本　　一・二〇　四月二十八日
天籁阁旧藏宋人画册一本　　二・四〇
文衡山高士传真迹一本　　二・〇〇
陈老莲画册一本　　一・〇〇
石涛纪游图咏一本　　二・〇〇
現代欧洲文学とプロ一本　　三・六〇　四月三十日　六八・六〇〇
世界美術全集（別卷六）一本　　三・八〇　〔五月二日〕
浮世絵大成（八）一本　　四・〇〇
Der Körper des Menschen 一本　　四八・〇〇
E. Munchs Graphik 一本　　七・〇〇　五月四日
Red Cartoons 三本　　New Masses 社寄来　五月八日
芸術の起源及び発達一本　　二・四〇
書道全集六本　　二四・〇〇　五月九日
霰一本　　二・五〇　五月十三日
La Malgranda Johano 一本　　二・〇〇
甲骨文字研究二本　　李一氓赠　五月十四日
Die Raüber 画帖一帖九枚　　一七八・〇〇　五月十五日
索靖书出师颂一本　　〇・八〇
颜书裴将军诗卷一本　　〇・八〇

石涛山水精品一本　二·二〇
浮世絵傑作集（九回）一帖二枚　一七·〇〇　五月二十日
日本裸体美術全集（Ⅲ）一本　一二·〇〇　五月二十一日
李怀琳书绝交书一本　〇·四〇　五月二十二日
Käthe Kollwitz 版画十二枚　一二〇·〇〇　五月二十四日
現代尖端猟奇図鑑一本　七·〇〇
西域文明史概説一本　八·〇〇
生物学講座（十六回）一函八本　六·〇〇　五月二十五日
文学論考一本　八·〇〇　五月二十六日
書物の話一本　四·六〇　　　　　　　四五三·五〇〇
G. Hauptmann's Das Hirtenlied 一本　九·六〇　六月四日
Reise durch Russland 一本　一〇·〇〇
浮世絵大成（二）一本　四·八〇
日本裸体美術全集（四）一本　一七·六〇
書道全集（二十）一本　四·〇〇　六月五日
世界美術全集（別冊十）一本　四·〇〇
燕寝怡情一本　三·二〇　六月七日
Alay-Oop 一本　八·〇〇
千家元麿詩箋一帖四枚　二·三〇　六月八日
新洋画研究（五）一本　四·六〇
川柳漫画全集（十）一本　二·五〇　六月十一日
Die Graphik der Neuzeit 一本　三五·四〇　六月十二日
独逸語基本単語集一本　二·六〇　六月十七日
生物学講座（十七）一函九本　四·八〇　六月十八日

H. Daumier-Mappe 一帖十六枚　　三・〇〇　　六月二十三日
K. Kollwitz-Mappe 一帖十二枚　　八・〇〇
世界美術全集（別巻5）一本　　三・四〇　　六月二十五日
浮世絵傑作集（十回）一帖二枚　　一六・〇〇　　六月二十七日
田坂乾吉郎刻銅裸婦図一枚　　二〇・〇〇
太田貢水彩画湖浜図一枚　　一〇・〇〇　　　　一七三・八〇〇
詩と詩論（十二）一本　　四・六〇　　七月二日
独和動詞辞典一本　　四・六〇　　七月三日
Daumier-Mappe 一帖十六枚　　三・六〇　　七月六日
Es war einmal… u. es wird sein 一本　　三・四〇
Die Uhr 一本　　二・二〇
書道全集（六及十四）二本　　五・〇〇　　七月七日
浮世絵大成（十二）一本　　四・四〇
日本裸体美術全集（V）一本　　一二・〇〇　　七月十三日
虫類画譜一本　　三・四〇　　七月十四日
元川克巳作風景画一枚　　増田君贈　　七月二十日
浮世絵傑作集（十一）一帖二枚　　一六・〇〇　　七月二十二日
百华诗笺谱一函二本　　振铎赠　　七月二十三日
Ein Weberaufstand 六枚　　四四・〇〇　　七月二十四日
Bauernkreig 四枚　　七〇・〇〇
Francisco de Goya 一本　　八・〇〇　　七月二十五日
Vincent van Gogh 一本　　八・〇〇
静なるドン（二）一本　　二・〇〇　　七月二十六日
浮世絵大成（三）一本　　四・四〇　　七月二十八日

世界美術全集(別册十七)一本　　三・四〇

書道全集(五、八、十二、十三)四本　一〇・〇〇

東洋画概論一本　七・〇〇　七月二十九日　　　二六・〇〇

書道全集(二十一)一本　　二・五〇　八月三日

書道全集(十一)一本　　二・五〇　八月五日

日本プロレタリア美術集一本　　五・〇〇　八月六日

川柳漫画全集(六)一本　　二・五〇　八月十三日

Spiesser-Spiegel 一本　　九・〇〇

Goethe : Pandora 一本　　八・〇〇

Dämonenu, Nachtgeschichte 一本　　一三・〇〇

Herr u. sein Knecht 一本　　四・〇〇

重印铁云藏龟六本　　四・〇〇

Zheleznii Potok 一本　　靖华寄来　八月十五日

マルクス主義美学一本　　二・〇〇　八月十八日

浮世絵傑作集(十二)一帖二枚　　一四・〇〇　八月十九日

浮世絵大成(五)一本　　四・四〇　八月二十九日

Les Artistes du Livre (16—21) 六本　　六六・〇〇

影宋绍兴本后汉书四十本　　预付讫　八月三十一日

影宋绍熙本三国志二十本　　同上

影宋庆元本五代史记十四本　　同上

影元本辽史十六本　　同上

影元本金史三十二本　　同上　　　　　一三六・九〇〇

書道全集(二十二)一本　　二・五〇　九月五日

岩波本昆虫記(二、十八)二本　　一・一〇

日本裸体美術全集(二)一本　一五・〇〇　九月九日
赤色親衛队一本　三・四〇　九月十一日
現代芸術の諸傾向一本　一・六〇　九月十七日
浮世絵版画名作集(十三)一帖二枚　一六・〇〇　九月十九日
阿Q正传日译本一本　一・五〇　九月二十一日
詩と詩論(十三)一本　四・五〇　九月二十三日
生物学講座(十八)一函十本　五・〇〇
理论芸術学概論一本　三・五〇　九月廿六日
饾刻浮世絵一帖四枚　内山嘉吉君赠
世界裸体美術全集(二、五)二本　一五・〇〇　九月二十九日
叢文閣本昆虫記(九)一本　二・二〇
世界美術全集(別冊十二)一本　三・四〇　九月三十日
浮世絵大成(七)一本　四・四〇　　　　七九・一〇〇
世界美術全集(別冊八)一本　三・四〇　〔十月三日〕
世界裸体美術全集(六)一本　七・〇〇　十月八日
書道全集(三)一本　二・四〇
潘锦作三国画象二本　一・二〇　十月十一日
日本裸体美術全集(一)一本　一五・〇〇　十月十四日
工房有閑一夹二本　五・〇〇
林氏日译阿Q正传一本　〇・八〇　十月十七日
革命の娘〔孃〕一本　〇・八〇　十月十九日
銃殺されて生きてた男一本　〇・八〇
浮世絵傑作集(十四回)一帖二枚　一五・〇〇　十月二十一日
芸術的現代の諸相一本　六・四〇　十月二十四日

世界美術全集(別冊九)一本　三・四〇　十月二十七日
浮世絵大成(一)一本　四・四〇
二十世紀の欧洲文学一本　三・四〇　十月二十九日
　　　　　　　　　　　　　　　　六六・四〇〇
Graphik der Neuzeit 一本　诗荃寄赠　十一月四日
青在堂梅谱一本　二・〇〇
書道全集(一)一本　二・五〇
昆虫記(十)一本　二・五〇
支那人及支那社会の研究一本　内山君赠　十一月五日
Deutsche Form 一本　诗荃寄赠　十一月十日
魔女(读书家版)一本　五・〇〇　十一月十一日
世界裸体美術全集(三)一本　六・八〇
昆虫記布装本(九及十)二本　七・〇〇　十一月十九日
科学の詩人一本　三・五〇
浮世絵傑作集(十五)一帖二枚　一五・〇〇　十一月二十三日
日本裸体美術集(六)一本　一五・〇〇
川柳漫画全集(一)一本　二・二〇
世界美術全集(別冊四)一本　三・五〇　十一月二十七日
华光天王传一本　一・〇〇　十一月二十九日
历代名将图二本　一・六〇　　　　　六七・六〇〇
Landschaften u. Stimmungen 一本　诗荃寄　十二月二日
Wendel：Baluschek 一本　亦诗荃寄
世界裸体美術全集(四)一本　七・〇〇　十二月五日
書道全集(十七)一本　二・五〇　十二月八日

山田［村］耕作［花］刻裸婦一枚　　高见泽木版社赠
毕氏木刻铁流图二组共八枚　　靖华寄来
Соврем. Обложка 一本　　同上　　十二月十七日
園芸植物図谱（二、三）二本　　一〇·〇〇　十二月二十三日
Фауст i Город 一本　　靖华寄来　　十二月二十五日
全译デカアメロン二本　　一二·〇〇　十二月二十六日
Reise durch Russland 一本　　诗荃寄来　　十二月二十八日
Anders Zorn 一本　　同上
Max Beckmann 一本　　同上
Barbaren u Klassiker 一本　　同上　　十二月二十九日
Expres. Bauernmalerei 一本　　同上
世界美術全集（別册十八）一本　　三·〇〇　十二月三十日
書道全集（七）一本　　二·六〇　十二月三十一日　　三七·〇〇〇

　　　总计全年共一四四七·三〇〇，
　　　平均每月为一二〇·六〇八三……

日 记 廿 一

一 月

一日　晴。下午访三弟。

二日　晴。午后收来青阁书目一本。晚蕴如及三弟来，留之夜饭。

三日　星期。晴。午后桢吾来访，赠以所校印书四种。

四日　晴。午后邀蕴如、三弟及广平往上海大戏院观《城市之光》[1]，已满座，遂往奥迪安观《蛮女恨》[2]。

五日　晴。午后往内山书店，得汤、杨信及小说稿。得钦文所寄抱经堂书目一本，即复。晚访三弟，赠以泉百。

六日　晴。晨寄靖华信。寄增田君信并《铁流》及《文艺新闻》等一包。下午往内山书店，得《世界裸体美術全集》（一）一本，值六元。得钦文信，三日发。夜大风，微雪。

七日　昙，冷。无事。

八日　晴。午后得母亲信，二日发。得增田忠达及涉君信片各一。得罗山尚宅[3]与靖华信，即为转寄。夜得白川君信。

九日　晴。下午买《世界地理風俗大系》（一至三）三本，共泉十五元。

十日　星期。大雾，上午霁。寄钦文信。午后邀蕴如、三弟及广平往上海大戏院观《城市之光》。晚复杨、汤信,并还小说稿。夜小雨。

十一日 晴。午后得钦文信并《监狱与病院》一本,八日发。得靖华所寄小说一本,文学杂志一本。下午季巿来。得永言信。

十二日 晴。上午寄母亲信。复钦文信。寄小峰信。午后往内山书店买《世界古代文化史》一本,《園芸植物図譜》(第一卷)一本,共泉二十一元。得李白英所赠书三本。得内山嘉吉君及其夫人信片。晚得诗荃信并铜版《梭格拉第象》一枚,去年十二月十六日发。夜同广平往内山君寓晚饭,同座又有高良富子夫人。

十三日 晴。下午买小说一本,二元二角。得钦文信,晚复。

十四日 晴。午后得汤、杨信。下午得小峰信。

十五日 昙,下午小雨。得钦文信,晚复。

十六日 晴。下午得增田君信,即寄以《北斗》(四)等,并复函。

十七日 星期。晴。下午得沈子余信。赠曲传政君《毁灭》一本。

十八日 晴。同蕴如携晔儿至篠崎医院[4]割扁桃腺,广平因喉痛亦往诊,共付泉二十九元二角。托丸善书店买得《Modern Book-Illustration in Brit. and America》一本,值七元。晚买烟卷五箱,四元五角。

十九日 小雨。上午内山君赠福橘一筐。托三弟买书三种六本,值二元八角。

二十日　昙。上午同广平往篠崎医院诊。晚得小峰信并版税百五十。

二十一日　晴。下午得增田君信,十五日发。寄中国书店信。得淑卿信并钦文所赠茶叶两合,杭白菊一合。夜雨。

二十二日　昙。上午复钦文信。同广平往篠崎医院诊。下午往内山书店买《两周金文辞大系》一本,直八元。夜雨。

二十三日　昙。上午同广平携海婴往福民医院诊。午后为高良夫人写一小幅[5],句云:"血沃中原肥劲草,寒凝大地发春华。英雄多故谋夫病,泪洒崇陵噪暮鸦。"下午小雨。夜同广平访三弟。

二十四日　星期。晴。下午得真吾信。

二十五日　昙。晨同王蕴如携晔儿往篠崎医院诊,广平亦去。上午同广平携海婴往福民医院诊。午后寄古安华《毁灭》、《铁流》各五本,《士敏土图》二本。寄母亲信。寄蟫隐庐信。夜小雨。

二十六日　昙。午后从内山书店买《世界美术全集》(别册二)一本,《世界地理风俗大系》(别册二及三)各一本,共泉十二元八角。夜访三弟。

二十七日　晴。上午同广平携海婴往福民医院诊。收蟫隐庐书目一本。午后钦文来。得永言信。

二十八日　昙。上午同广平往篠崎医院诊。下午附近颇纷扰[6]。

二十九日　晴。遇战事,终日在枪炮声中。夜雾。

三十日　晴。下午全寓中人俱迁避内山书店[7]，只携衣被数事。

* * * *

〔1〕《城市之光》　原名《City Lights》，卓别林编、导、主演的故事片，美国联美影片公司1931年出品。

〔2〕《蛮女恨》　原名《Aloha》，故事片，美国铁斐纳影片公司1930年出品。

〔3〕尚宅　指河南省罗山县曹靖华之岳家。

〔4〕篠崎医院　1900年日本人篠崎都香佐在上海创设的医院，原在熙华德路（今余杭路）十一号，1910年迁蓬路（今塘沽路）六十八号。1923年转让与副院长秋田康世。

〔5〕即《无题》（"血沃中原肥劲草"）。后收入《集外集拾遗》。

〔6〕指"一•二八"事变发生前的动乱。是晚驻沪日军进攻闸北，其时鲁迅住在拉摩斯公寓，面对日本海军陆战队司令部，受到战火的威胁。

〔7〕指"一•二八"事变中的避难。鲁迅因居所临近战区，初避居内山书店三楼；2月6日迁至四川路福州路附近内山书店中央支店；3月13日因海婴出疹子移入福建路牛庄路口大江南饭店；3月14日曾回寓一次；19日迁返原寓。

二　月

一日　失记。

二日　失记。

三日　失记。

四日　失记。

五日　失记。

六日　旧历元旦。昙。下午全寓中人俱迁避英租界内山书店支店,十人[1]一室,席地而卧。

七日　雨雪,大冷。下午寄母亲信。

八日　雨。晚寄钦文信。夜同三弟往北新书局访小峰。

九日　昙。

十日　昙。下午同三弟往北新书局访小峰,又至蟫隐庐买陈老莲绘《博古酒牌》一本,价七角。

十一日　晴。

十二日　昙。

十三日　雨雪。

十四日　星期。晴。午后同三弟往北新书局,又往开明书店。

十五日　晴。下午寄母亲信。收北新书局版税泉百。夜偕三弟、蕴如及广平往同宝泰饮酒。

十六日　晴。下午同三弟往汉文渊买翻汪本《阮嗣宗集》一部一本,一元六角;《绵州造象记》拓片六种六枚,六元。又往蟫隐庐买《鄱阳王刻石》一枚,《天监井阑题字》一枚,《湘中诗》一枚,共泉二元八角。夜全寓十人皆至同宝泰饮酒,颇醉。复往青莲阁饮茗,邀一妓略来坐,与以一元。

十七日　晴。下午往北新书局。夜胃痛。

十八日　晴。上午为钦文寄陶书臣信。[2]胃痛,服 Bismag。

十九日　晴。下午往蟫隐庐买《樊谏议集七家注》一部，一元六角。

二十日　晴。上午付内山书店员泉四十五[3]，计三人。下午往汉文渊买《王子安集注》、《温飞卿集笺注》各一部，共泉六元。

二十一日　星期。晴。午后得紫佩信。得秉中信。得诗荃信二函。下午同三弟访子英[4]。

二十二日　阴。下午复紫佩信。寄季市信。

二十三日　昙。午后得母亲信，十四日发。

二十四日　晴。下午得钦文信。微雪。

二十五日　晴。午后同三弟访达夫。

二十六日　昙。下午往北新书局买《安阳发掘报〔告〕》（一及二）二本，共三元。

二十七日　晴。

二十八日　星期。晴。下午往北新书局取版税泉百。得紫佩信。得母亲信，十八日发，又一函二十一日发，内附秉中信。

二十九日　晴。午后复秉中信。复紫佩信。下午达夫来并赠干鱼、风鸡、腊鸭。

*　　*　　*

〔1〕　十人　指鲁迅与周建人两家及女工。

〔2〕　指为营救许钦文事。许钦文因借住他家的陶思瑾（陶元庆之妹）杀害同室居住的刘梦莹案受牵连，于2月11日被拘押。鲁迅函

托在司法界任职的陶书臣设法营救,3月19日许被交保释放。

〔3〕 付内山书店员泉四十五　内山完造在"一·二八"战事中回国避居,代理经理镰田寿亦因护送其子骨灰返日,遂由鲁迅垫付内山书店中央支店店员的工资。

〔4〕 访子英　许寿裳因对鲁迅在"一·二八"战事中的安危感到不安,曾致电在沪的陈子英探询鲁迅下落,陈子英为此登报找寻,鲁迅悉情后往访。

三　月

一日　晴。上午寄母亲信。午后得季市信。下午往锦文堂买程荣本《阮嗣宗集》一部二本,三元。又在汉文渊买《唐小虎浩象》拓片一枚,一元。

二日　晴。下午寄季市信。

三日　晴。下午得靖华信,一月二十一日发。映霞、达夫来。

四日　晴。午后同三弟往中国书店买汪士贤本《阮嗣宗集》、《商周金文拾遗》、《九州释名》、《矢彝考释质疑》各一部,共泉四元八角。

五日　昙。

六日　星期。昙。

七日　晴。午后映霞、达夫来。下午往北新书局,遇息方,遂之店茗谈。

八日　晴。午后往汉文渊买《四洪年谱》一部四本,二元;陈森《梅花梦》一部二本,八角;《古籀余论》一部,亦二本,一元二角。

九日　雨。下午得紫佩信,附与宋芷生函,三日发,夜复。

十日　昙。上午镰田君自日本来,并赠萝卜丝、银鱼干、美洲橘子。午后复诗荃信。

十一日　晴。午后政一君来,并赠海苔一合。得山本夫人信。

十二日　晴。午后复山本夫人信。

十三日　星期。晴。晨觉海婴出疹子,遂急同三弟出觅较暖之旅馆,得大江南饭店订定二室,上午移往。三弟家则移寓善钟路淑卿寓。下午往北新书局取版税二百。得季市信。得紫佩信。晚雨雪,大冷。

十四日　晴。上午三弟来,即同往内山支店交还钥匙,并往电力公司为付电灯费。午后同三弟及蕴如往知味轩午餐,次赁摩托赴内山书店,复省旧寓,略有损失耳。

十五日　晴。午后理发。夜寄季市信。寄子英信。寄达夫信。

十六日　晴。午三弟及蕴如来,遂并同广平往知味轩午饭。

十七日　晴。午后寄母亲信。下午往蟫隐庐买《王子安集佚文》一部一本,《函青阁金石记》一部二本,共二元六角。子英来。

十八日　晴。上午三弟来,即托其致开明书店信索款。得秉中信。午同蕴如、三弟及广平往冠生园午餐。下午得子英信,即复。夜蒋径三来。濯足。

十九日　昙。海婴疹已全退,遂于上午俱回旧寓。午后访镰田君兄弟,赠以牛肉二罐,威士忌酒一瓶。夜补写一月三十日至今日日记。

二十日　星期。晴。上午蒋径三来。收山本夫人赠海婴橡皮鞠三枚。午后头痛,与广平携海婴出街闲步。

二十一日　昙。午后寄母亲信。寄靖华信,内附罗山尚宅来信一封。寄秉中信并海婴一岁时照相一枚。

二十二日　昙。午三弟及蕴如来。午后往景云里三弟旧寓取纸版,择存三种,为《唐宋传奇集》、《近代美术史潮论》及《桃色之云》。下午寄诗荃信。寄紫佩信。得季市信,十七日发,晚复。访春阳馆照相馆,其三楼被炮弹爆毁,而人皆无恙。

二十三日　晴。无事。

二十四日　晴。午后同广平携海婴出街闲步并买饼饵。

二十五日　晴。无事。

二十六日　晴。海婴发热,上午邀石井学士来诊,云盖感冒。

二十七日　星期。昙。午后往内山书店,得《書道全集》(二十三)一本,二元六角。

二十八日　晴。上午同广平携海婴往石井医院诊,而医不在院,遂至佐佐木药房买前方之药而归。史女士及金君来[1]。午蕴如及三弟来。得钦文信,廿四日发,下午复。寄紫佩信。

二十九日　昙。午后得内山君信。得山本夫人信。

三十日　昙。午后往内山书店,得《世界芸術発達史》一本,四元。得紫佩信,二十四日发。下午王蕴如及三弟来,为从蟫隐庐买书两本,共泉一元五角,遂留之夜饭。自饮酒太多,少顷头痛,乃卧。

三十一日　晴。午后为颂棣书长吉七绝一幅[2]。又为沈松泉书一幅[3]云："文章如土欲何之,翘首东云惹梦思。所恨芳林寥落甚,春兰秋菊不同时。"又为蓬子书一幅[4]云："蓦地飞仙降碧空,云车双辆挈灵童。可怜蓬子非天子,逃去逃来吸北风。"下午访石井学士,并致二十六日诊金十元。

* * *

〔1〕　史女士及金君来　史沫特莱等来访,为商讨营救牛兰夫妇事。

〔2〕　为颂棣书长吉七绝一幅　即唐代李贺《南园十三首》之七。文为："长卿牢落悲空舍,曼倩诙谐取自容。见买若耶溪水剑,明朝归去事猿公。　录长吉诗为　颂棣先生雅属　鲁迅"。

〔3〕　即《偶成》。后收入《集外集拾遗》。

〔4〕　即《赠蓬子》。后收入《集外集拾遗》。

四月

一日　晴。午后收内山书店所还代付店员三人工钱四十五元。

二日　晴。无事。夜小雨。

三日　星期。小雨,午后霁。往来青阁买陶氏涉园所印图象书三种四本,《吹网录》、《鸥陂渔话》合刻一部四本,《疑年录汇编》一部八本,共泉十九元。往博古斋买张溥《百三家集》本《阮步兵集》一本,一元二角。得母亲信,上月二十七日发。

四日　晴,暖。午后往博古斋买《龟甲兽骨文字》一部二本,《玉豁生诗》及《樊南文集笺注》合一部十二本,《乡言解颐》一部四本,共泉十五元五角。又为石井君买《无冤录》一本(《乡敬[敬乡]楼丛书》本),五角。

五日　昙,大风。下午三弟及蕴如来。得秉中信,三月二十八日发。

六日　晴。午后寄母亲信。寄小峰信。寄生生牛奶房信。送石井君以《无冤录》及林守仁译《阿Q正伝》各一本。晚钦文来。夜雨。

七日　昙。上午蕴如及三弟来。得马珏信并与幼渔合照照片,去年十二月一日发,下午复,附照片一枚。寄山本夫人信。晚得王育和信并平君文稿[1]一包,夜复。雨。

八日　昙。午后得山本夫人信。下午往ベカリ[2]饮啤酒。

九日　晴。下午寄钦文信。

十日　星期。晴。无事。夜雨。

十一日　雨。午后得季市信,即复。得秉中信片,五日发。得母亲信,三日发,云收霁野所还泉百元[3],并附霁野一笺,三月三十一日写。夜大风。

十二日　晴。上午王蕴如及三弟来。下午得钦文信二。得内山君信,二日发。得增田君信,二日之夜发。

十三日　晴,午后昙。得小峰信并版税泉二百。复内山君信[4]。

十四日　晴。上午复小峰信。夜始编杂感集[5]。

十五日　昙。午后得小峰信,即付以版权证印九千。往内山书店买《原色贝类图》一本,二元四角。买烟卷五包,四元五角。

十六日　晴。午后得钦文信,十四日发。始为作者校阅《苏联闻见录》。

十七日　星期。昙,下午小雨。无事。

十八日　晴,风。午后三弟、蕴如及二孩子来。

十九日　晴。午后沈叔芝来。下午寄紫佩信,内附奉母亲信,并由中国银行汇泉二百,为五、六两月家用。买饼饵一元。

二十日　晴。无事。夜作《闻见录》序[6]。

二十一日　昙,夜雨。无事。夜半闻雷。

二十二日　雨。下午阅《苏联闻见录》毕。

二十三日　昙。晨与田君等四人来,并赠檀竹合成火钵一枚。上午往前园齿科医院。得靖华信,二日发。得诗荃信,三月卅一日发。下午从许妈之女买湖绉一匹、纱一疋,拟分赠避难时相助者。晚复往前田[园]医院,以义齿托其修理。复靖华信。

二十四日　星期。昙。晨复诗荃信。寄静农信,附与霁野笺,托其转交。下午雨。往前园医院取义齿,未成。往内山书店买《人生漫画帖》一本,二元四角。晚往前园取义齿,仍未成。夜编一九二八及二九年短评讫,名之曰《三闲集》,并作序言。

二十五日　晴。午前往前园齿医院取义齿,付泉五元。

下午得钦文信,二十三日发。晚寄小峰信。

二十六日　昙。午前三弟及蕴如来。得李霁野信并未名社帐目[7]。得小峰信并版税泉百,即付以《三闲集》稿,并《唐宋传奇集》、《桃色之云》纸版各一副。雨。夜编一九三十至卅一年杂文讫,名之曰《二心集》,并作序。

二十七日　昙。晨寄小峰信。午前复李霁野信并还帐簿。三弟及蕴如来,并为买来宣纸等五种三百五十枚[8],共泉二十五元六角。午后付光华书局《铁流》一八四本,《毁灭》一〇二本[9],五折计值,共二三〇元八角,先收支票百元。下午雨。

二十八日　晴。上午汉嘉堡[堡嘉]夫人来。得马珏信。得山本夫人信。下午寄内山君信,托其买纸寄靖华。买牛乳粉一合三元二角五分,买点心一元三角。买《ノアノア》一本,五角。得内山君信,二十二日发。

二十九日　雨。午后汉嘉堡[堡嘉]夫人来,借去镜框四十个[10]。

三十日　晴。午后三弟及蕴如来。寄靖华信并宣纸、抄梗纸等六卷共一包。收山本夫人寄赠之《古東多卍》四月号一本。

＊　　＊　　＊

〔1〕　平君文稿　即林克多(原名李平)的《苏联闻见录》原稿。

〔2〕　ベカリ　为英语 Bakery 的日语音译,意为面包房。

〔3〕　收霁野还泉百元　1927 年 1 月鲁迅在厦门时,李霁野为出

版《黑假面人》及在燕京大学求学,曾向鲁迅借资百元。上海发生"一·二八"事变后,李霁野担心鲁迅北京眷属生活困难,遂还此款。

〔4〕 复内山君信 内山完造在"一·二八"事变时回国避居,与增田涉等商请鲁迅到日本九州大学任教,鲁迅回信谢绝。

〔5〕 编杂感集 鲁迅整理1928年至1931年间杂文稿,拟编为《三闲集》和《二心集》。

〔6〕 即《林克多〈苏联闻见录〉序》。后收入《南腔北调集》。

〔7〕 未名社帐目 未名社结束后,韦丛芜承诺清还所欠鲁迅三千余元、曹靖华一千余元、李霁野八百余元。李霁野所寄即此帐目。参见本卷第324页注〔3〕。

〔8〕 鲁迅在上海购买宣纸等,又托在日本的内山完造代购日本纸,俱用以寄请曹靖华转致苏联版画家以换取他们的作品。两年后从所得作品中选出六十幅,精印为《引玉集》。

〔9〕《铁流》、《毁灭》系鲁迅以"三闲书屋"名义自费印行,因当时受"一·二八"战事影响,故将所存之书半价售与光华书局,以收回一些成本。

〔10〕 为促使德国版画展览会的举行,鲁迅特置镜框一批,本日借与汉堡嘉夫人供展览用。

五 月

一日 星期。晴,下午昙。自录译著书目[1]讫。得靖华所寄《国际的门塞维克主义之面貌》及《版画自修书》各一本。夜大雾。

二日 晴。下午往内山书店买《友达》一本,二元五角。

三日 晴。午前平和洋行[2]主人夫妇来,并赠茶杯二个,又给海婴玩具汽车一辆。下午蒋径三来。得秉中信,四月十八日北平发。得母亲信,四月廿四日发,并与三弟一函,即转寄。夜雨。

四日　晴。下午寄母亲信。寄秉中信,谢其镌赠印章。往内山书店,得《世界美术全集》(别册十一及十四)二本,共泉六元四角,全书完成。买烟卷六包,共泉五元四角。夜大雨。

五日　雨。无事。夜风。

六日　晴。午后同广平携海婴往春阳馆为之照相。下午往内山书店,得《古东多卍》二至三,今年一至三,共五本,共泉七元四角。又今关天彭作《近代支那の学芸》一本,六元八角。

七日　雨,午后霁。得增田君信,三月二十一日发。得紫佩信,二日发。下午以重出之 Vogeler 绘《新俄纪行》一本赠政一君,又《Masereel 木刻画选》一本寄赠内山嘉吉君。代广平寄《同仁医学》四本。为海婴买图画本一本,九角。访高桥医士。夜小雨。

八日　星期。昙。午前三弟来。午后寄小峰信。晚复山本夫人信,附致增田君信,托其转寄。夜雨。

九日　昙。上午复马珏信。复子佩信。下午同广平往高桥齿科医院。得增田君信,一日发,即复,并寄周刊两种[3],《北斗》一本。

十日　晴。上午寄光华书局信。午后携海婴同广平往高桥医院。下午三弟及蕴如来,晚同往东亚食堂夜饭,并同广平及海婴、许妈共六人。夜得蒋径三信。小雨。

十一日　昙。上午寄三弟信,附径三笺。午与田丰蕃君来,并赠煎饼及油鱼丝各一合。下午雨。

十二日　晴。午后得母亲信,一日发。得李霁野信。午后三弟及蕴如来,并赠海婴玩具五件。下午得内山君信。得增田君信,七日发。得京华堂所寄《鲁迅創作選集》五本。得诗荃信,四月二十二日发。

十三日　晴。午后复李霁野信。复增田君信。以海婴照相分寄母亲、马珏、秉中及常玉书。得小峰信并版税百五十。下午雨。

十四日　晴。夜寄小峰信。

十五日　星期。昙。上午复诗荃信。寄季市信。下午三弟及蕴如来并赠酒两瓶、茗一合。夜托学昭寄季志仁信。

十六日　雨。午前得增田君信,十日发。夜三弟乘"江安"轮船往安徽大学教授生物学[4]。译乎尔玛诺夫所作《英雄们》[5]起。

十七日　昙。午后得高良女士所寄赠《唐宋元明名画大观》一函二本。下午达夫及映霞来。夜风雨。

十八日　晴,暖。午前蕴如来。午后得小峰信并代买之小说九种。夜雨。

十九日　晴。午后往内山书店,收《書道全集》(二十五)一本,价二元四角。

二十日　晴。上午内山君送来海苔一合及增田君所赠之香烟道具一副、玩具狮子舞一座。得《書道全集》(二及九)二本,四元八角。午后海婴腹写发热,为之延坪井学士来诊,云是肠加答儿[6]。下午得山本夫人信,十五日发。得康嗣群信,夜复。雨。

二十一日　晴。海婴腹写较甚,下午延坪井学士来诊,由镜检而知为菌痢,傍晚复来为之注射。收文求堂印《鲁迅小说选集》版税日金五十。以衣料分赠内山、山本、镰田、长谷川及内山嘉吉夫人。寄增田君信并《水浒传》等八种十六本[7]。寄康嗣群君《士敏土之图》一本。夜濯足。

二十二日　星期。晴。上午坪井学士来为海婴注射。往内山书店,得桥本关雪作《石涛》一册,价三元二角。

二十三日　晴,风。下午坪井学士来为海婴注射。寄文求堂信。夜雨。

二十四日　昙,风,下午雨。坪井学士来为海婴注射。

二十五日　晴。午后蕴如来并代买茶叶十斤。下午坪井学士来为海婴注射。得内山嘉吉君信片。得马珏信。

二十六日　昙。下午往内山书店买书二本,三元五角。夜雨。

二十七日　雨。上午坪井学士来为海婴注射。得三弟信,十九日安庆发,下午又得一函,二十三日发,即复。得小峰信并版税一百。夜风。

二十八日　昙。上午得钦文信。得增田君信并其女木の实君照相一枚。

二十九日　星期。晴。上午坪井学士来为海婴注射。午后得三弟信,廿五日发。

311

三十日　小雨。上午同广平携海婴往筱崎医院,由坪井学士为之洗肠。见马巽伯。得山本夫人信并所赠《古东多卍》(五)一本。得季市信。下午寄北斗杂志社信。夜译《英雄们》毕,共约二万字。

　　三十一日　晴。下午往内山书店买《文学の連続性》一本,价五角。

＊　　＊　　＊

〔1〕　即《鲁迅译著书目》。后收入《三闲集》。

〔2〕　平和洋行　日本人米田登代子及其丈夫在上海北四川路底开设的钓具、玩具商店。

〔3〕　即《中国论坛》与《文艺新闻》。

〔4〕　三弟往安徽大学教授生物学　"一·二八"战事中,商务印书馆编译所、工厂等被毁,该馆宣布职工一律解聘。周建人经鲁迅托人介绍,往安徽大学任教。后经蔡元培洽商,于8月仍回商务印书馆任职。安徽大学,1927年成立于安庆。

〔5〕　《英雄们》　即《革命的英雄》。短篇小说,苏联孚尔玛诺夫(通译富曼诺夫)著,鲁迅译文后收入《一天的工作》。

〔6〕　肠加答儿　指肠炎。

〔7〕　当时增田涉为编译《世界幽默全集》中的中国部分函商鲁迅。鲁迅为之选寄《水浒传》等小说八种,并指明这些小说中可译的有关章节。

六 月

一日　晴。上午同广平携海婴往篠崎医院洗肠并注射。买怀中火炉一枚,三元五角。下午昙。寄增田君信并《北斗》(二卷二期)及《中国论坛》等一卷。买竹雕刘海蟾一枚,一元二角。理发。夜雨。

二日　雨。午后得湖风书局信并《勇敢的约翰》版税三十。得文求堂田中庆太郎信。得靖华信,五月十三日发,即复。晚晴。

三日　晴。上午同广平携海婴往篠崎医院注射。寄山本初枝夫人信,谢其赠书。寄高良富子教授信,谢其赠书。复湖风书局信。为海婴买饼干一合,四元。自买书一本,一元。下午蕴如来,得三弟信,五月三十日发。晚得靖华所寄 G. Vereisky 石印《文学家像》及《Anna Ostraoomova-Liebedeva 画集》各一本,P. Pavlinov 木刻一枚,A. Gontcharov 木刻十六枚。

四日　晴,午后昙。往瀛寰图书公司观德国版画展览会[1],并买《Wirinea》一本,四元二角。往北新书局,取得秉中信片一枚,五月卅一日发。往内山书店,得《世界地理風俗大系》(六、九、十一、十六、二二、二四)共六本,计直泉三十一元。得钦文信并剪报[2]等,二日发。夜雨。

五日　星期。微雨。上午同广平携海婴往篠崎医院洗肠。午后复李秉中信。下午得静农信。得霁野信,即复。得母亲信,五月十五及二十二日发,即复。夜寄三弟信,附母亲笺。

六日　晴。上午内山书店送来嘉吉君及其夫人信,并所赠操人形[3]一枚,名曰"嘉子"。午后复静农信。下午得诗荃信,五月十九日发。

七日　晴。上午同广平携海婴往篠崎医院诊。午后画家斋田乔及雕刻家渡边两君来。得靖华所寄书两包,内书籍五本,木刻原版印画大小二十幅。

八日　晴。上午季市来,并还泉百,赠以增田君所寄之烟草道具一合也。下午得靖华信,五月十八日发。晚内山夫人来,赠枇杷一包。

九日　晴。上午同广平携海婴往篠崎医院诊。

十日　晴。午后得李霁野信。得育和信并赵宅收条[4]一纸。往内山书店,买《世界地理風俗大系》(廿一及别卷)二本,共泉十元。晚浴。

十一日　昙,风。午后复靖华信。下午小雨。

十二日　星期。雨。午前林芙美子来。午后得山本夫人信,六日发。蕴如来并持来朱宅所送糕干、烧饼、干菜、笋豆共两篓。晚晴。

十三日　昙。上午得三弟信,九日发。午后得秉中信片,南京发。下午得小峰信并版税二百。季市来,并赠海婴糖果二合,晚同至东亚食堂夜饭。夜雨。

十四日　小雨。午后同广平携海婴去理发。往内山书店买书两本,四元二角,又《喜多川歌麿》一本附图一幅(六大浮世绘师之一),九元八角。

十五日　昙。上午同广平携海婴往篠崎医院诊,并付诊疗费五十七元。

十六日　昙。午后得母亲信,十二日发。得增田君信,七日发。下午往北新书店。往朵云轩买单宣百五十枚,特别宣百枚,共泉二十七元。雨。

十七日　雨。上午寄母亲信。寄三弟信。寄靖华纸一包共二百二十五枚。下午得静农信。得增田信片。

十八日　晴。上午得《王忠悫公遗集》（第一集）一函十六本,静农寄赠。同广平携海婴往篠崎医院注射。午得三弟信,十六日发。下午寄静农《铁流》、《毁灭》各二本一包。夜寄季市信。雨。

十九日　星期。雨。上午复静农信。坪井学士来为海婴注射。冷。

二十日　昙。上午坪井先生来为海婴注射。午后收霁野寄还之任译《黑僧》稿子一本。

二十一日　昙。上午坪井先生来为海婴注射。得小山信,五月卅一日发。得诗荃信并照相一枚,同日发。

二十二日　晴。下午内山书店送来《世界地理風俗大系》（别卷）、《川柳漫画全集》各一本,共泉七元。以《铁流》版售与光华书局[5],议定折价作百四十元,先收百元,即付以纸版一包、画图版大小十四块。

二十三日　昙,风。上午寄坪井学士信。平井博士将于二十五日回国,午后往别。在内山书店买《欧米ニ于ケル支那古鏡》一本,《鹿の水鏡》一本,共泉十五元。晚得小峰信并版税百五十。

二十四日　晴。午后得母亲信,十九日发,即复。下午往北新编辑所。

二十五日　昙。上午径三来。午后寄紫佩信。寄靖华信。下午蕴如及三弟来,并赠茗壶一具,又与海婴茶具三事,皆从安庆携来,有铭刻,晚同至东亚食堂夜饭。夜收光华局《铁流》版税五十。小雨。

二十六日　星期。雨。上午同广平携海婴往篠崎医院诊。往内山书店买《小杉放庵画集》(限定版千部之四〇一)一本,五元五角。下午寄季市信。同广平携海婴往青年会观春地美术研究所[6]展览会,买木刻十余枚,捐泉五元。蕴如及三弟来。胃痛,服海尔普。

二十七日　昙,下午晴。蕴如及三弟来,赠以蒲陶酒一瓶。晚胃痛。

二十八日　晴。上午剑成来。得增田君信,下午复。蕴如及三弟来并赠杨梅一筐,分其三之一以赠内山君。

二十九日　昙。上午往篠崎医院付诊疗费十二元。午后得季市信,二十八日发。内山夫人及山本夫人来,并赠海婴玩具两事,饴一瓶。下午往内山书店买书两本,共泉二元八角。秉中遣人持赠名印一方。

三十日　昙。午后从内山书店得《東洲斎写楽》一本,七元七角。买香烟五包,四元四角。汉嘉堡〔堡嘉〕夫〔人〕来还版画。下午往知味观定酒菜。得母亲信,二十六日发。得李霁野信,二十七日发。夜同广平携海婴往花园庄,赠与田君之孩子饼干一合。

※　　※　　※

〔1〕 德国版画展览会　由上海瀛寰图书公司德籍经理伊蕾娜（Irene）主办，当时侨居上海的德国汉堡嘉夫人出面筹办。原定1931年12月7日开幕，因置备大镜框费时，延期至次年6月始展出。展品有珂勒惠支、梅斐尔德、格罗斯等人作品百余幅。鲁迅曾为之写《介绍德国作家版画展》、《德国作家版画展延期举行真像》等文，并借与镜框及珍藏的名画。

〔2〕 指许钦文从有关报纸上剪下证明自己与陶（思瑾）刘（梦莹）案件无关的材料。

〔3〕 操人形　日语：提线木偶。

〔4〕 赵宅收条　指收到鲁迅捐助柔石子女教育费的字据。

〔5〕 以《铁流》版售与光华书局　当时有人在北平盗印《铁流》，纸质劣而错讹多，故鲁迅将该书纸型售与上海光华书局印行普及本，以作抵制。

〔6〕 春地美术研究所　1932年5月成立，由原一八艺社部分成员及其他左翼美术工作者组成。6月17日起该所在八仙桥基督教青年会举办展览会，展出中国木刻百余幅及鲁迅等提供的德国木刻数十幅。展览会结束后不久该所即遭国民党当局破坏。

七　月

一日　昙，午晴。夜同广平携海婴访坪井学士。

二日　晴。下午蕴如及三弟来。得霁野所寄信札抄本[1]一卷。

三日　星期。晴。午后寄母亲信并广平抱海婴照片一张。复李霁野信。晚在知味观设筵宴客，座中为山本初枝夫人、坪井芳治、清水登之、栗原猷彦、镰田寿及诚一、内山完造及其夫人,并广平共十人。

四日 昙。无事。

五日 晴,热。午后得诗荃信,六月十七日发。山本夫人赠海婴脚踏车一辆。下午暴雨,晚霁。

六日 晴,热。下午复诗荃信。寄靖华信并日文《铁流》[2]一本,《文学》二本。

七日 晴。下午蕴如及三弟来。

八日 昙。午后得母亲信,三日发。得霁野信。得钦文信,晚复。

九日 晴,大热。无事。夜浴。

十日 星期。晴,大热。下午得静农信。子英来。雨一陈。

十一日 昙。上午得静农所寄古燕半瓦[3]二十种拓片四枚,翻版《铁流》一本。午后为山本初枝女士书一笺[4],云:"战云暂敛残春在,重炮清歌两寂然。我亦无诗送归棹,但从心底祝平安。"又书一小幅,录去年旧作[5]云:"惯于长夜过春时,挈妇将雏鬓有丝。梦里依稀慈母泪,城头变幻大王旗。眼看朋辈成新鬼,怒向刀边觅小诗。吟罢低眉无写处,月光如水照缁衣。"即托内山书店寄去。夜浴。

十二日 晴。上午伊赛克君来。访达夫。午后得钦文信。下午明之来,并赠笋干、干菜各一包,茶油浸青鱼干一坛。

十三日 晴,大热。上午蕴如及三弟来。下午复钦文信。夜浴。

十四日 晴,大热。午后往北新书局取得版税百五十。

往无锡会馆观集古书画金石展览会[6],大抵赝品。夜同广平携海婴散步并饮冰酪。浴。

十五日 晴,大热。下午三弟来。夜浴。

十六日 晴,大热。下午买啤酒、汽水共廿四瓶,六元八角。得紫佩信,十一日发。得增田君信,十日发。得卓治信片,六月二十六日日内瓦发。夜同广平携海婴散步。寄达夫信。

十七日 星期。晴,大热。下午复卓治信。三弟及真吾来。夜浴。

十八日 晴,大热。上午得达夫信。下午真吾来,同往内山书店及其杂志部买书报。复增田君信。夜浴。

十九日 晴,大热。午后得靖华信,六月卅日发。得山本夫人信。得马珏信,十四日发。三弟来。

二十日 晴,大热。午后复马珏信。晚得靖华寄赠海婴之图画十幅。夜浴。为淑姿女士遗简作小序[7]。风。

二十一日 晴,热。上午复靖华信。在内山书店买《诡弁の研究》一本,一元五角。夜同广平携海婴散步。大风。

二十二日 晴,风而热。夜同广平携海婴访三弟。浴。

二十三日 晴,热。下午三弟来,留之晚酌。夜风。浴。

二十四日 星期。晴,风而热。午后得靖华信,六日发。得陈耀唐信并刻泥版画五幅,夜复。

二十五日 晴,热。夜蕴如及三弟来。

二十六日 晴,热。午后代广平托内山书店寄谢敦南信。得小峰信并版税百五十。得大江书店信。下午同津岛女士至白保罗路为王蕴如诊视。晚浴。夜复小峰信。

二十七日　晴,热。上午三弟为从大江书店取来版税八十七元四角。下午季市来。夜风。

二十八日　晴,热。下午从内山书店买《セザンヌ大画集》(1)一本,七元五角。晚蕴如及三弟来。夜大雨一阵。

二十九日　晴,风而热。午后往四马路买书、刻印。晚浴。

三十日　晴,风而热。上午同广平往福民医院诊。下午三弟来,言蕴如于昨日生一女[8]。晚同广平携海婴散步,因便道至津岛女士寓,为付接生费三十。

三十一日　星期。昙,风而热,午后晴。晚浴。

*　　*　　*

〔1〕　信札抄本　即鲁迅致台静农等人信札的抄本。当时冯雪峰拟编印多人的书信集,曾向鲁迅索取其1927年9月25日致台静农信。因鲁迅未留底稿,故请李霁野择要抄寄。

〔2〕　日文《铁流》　鲁迅将自己珍藏的日译本《铁流》(藏原惟人译)寄曹靖华,托赠该书作者绥拉菲摩维支。

〔3〕　古燕半瓦　即古代燕地(北京一带)的半圆形瓦当。

〔4〕　即《一二八战后作》。后收入《集外集拾遗》。

〔5〕　即《无题》。后录入《南腔北调集·为了忘却的记念》。

〔6〕　集古书画金石展览会　全称"集古书画碑帖古玩展览会"。无锡旅沪同乡会举办。7月9日至15日在七浦路该会展出,展品达千余种。

〔7〕 即《〈淑姿的信〉序》。后收入《集外集》。

〔8〕 蕴如生一女　即周蕖。

八　月

一日　昙,大风。上午理发。得季市信,七月卅日发。得马珏信,二十七日发。买麦酒两打,麦茶一升,共泉七元。往三弟寓,赠以麦茶、煎饼、蒲陶饴。晚寄母亲信。得山本夫人信。

二日　晴,大风。午后寄季市信。往华文印社取所定刻印。往文明书局买画册九种十本,共泉十一元。下午收靖华所寄《星花》译稿及印本[1]各一本。夜雨。

三日　昙,风。无事。

四日　晴,热。上午三弟来。得季市信,三日发。内山书店送来《世界地理風俗大系》十五本,共泉五十三元。下午寄靖华文学周刊及月刊并《五年计画故事》、翻版《铁流》等共二包。

五日　晴,大热。下午得母亲信,一日发。得霁野、静农、丛芜三人信,言素园在八月一日晨五时三十八分病殁于北平同仁医院。

六日　晴,大热。上午复霁野等信。午后三弟来,并赠红茶一包。下午往内山书店买《マ・レ・主義芸術学研究》(改题第一辑)一本,一元五角。得陈耀唐信。

七日　星期。晴,热。晚浴。夜同广平携海婴坐摩托车向江湾一转。

八日　晴,热。下午买《金文丛考》一函四本,十二元。

九日　晴,热。上午三弟来。下午买《支那住宅誌》一本,六元。晚同广平携海婴散步。得增田君信,四日发。

十日　晴,热。无事。夜浴。

十一日　晴,热。上午同广平往福民医院诊,并携海婴。买麦酒大小三十瓶,九元四角。得季市信,九日发。午后复增田君信。下午同三弟往蔡先生寓[2],未遇。往文明书局买杂书四种二十七本,共泉五元。叔之来,未遇。夜大雨。

十二日　晴,热。上午三弟来。下午得母亲信,八日发。得未名社信,七日发。

十三日　昙,热。午后寄季市信。下午得小峰信并版税百五十。

十四日　星期。晴,热。上午三弟来。得黄静元信并小说稿。

十五日　晴,热。午后得母亲信,十一日发。得台静农信。下午至商务印书馆访三弟。至开明书店问未名社事[3]。

十六日　昙。上午寄母亲信。复黄静元信并还小说稿。复静农信并赠《中国小说史略》一本。寄小峰信。午从内山书店得《支那古明器図鑑》(一及二辑)两帖,共泉十四元。

十七日　昙。上午寄季市信。午得季市信,十五日发。得山本夫人信。得开明书店杜海生信。下午得《鳥居清長》一本,价七元也。晚三弟来。夜复杜海生信。

十八日　昙。上午寄季市信并《文始》一本。

十九日　昙,热。下午往内山书店,得限定版《読書放浪》一本,值四元。寄山本夫人信。晚大雷雨。沐及浴。

二十日　晴，风。上午复耀唐信。午后得季市信。

二十一日　星期。昙。午后三弟来。

二十二日　昙。午后从内山书店得《支那古明〔器〕泥象图鑑》（第三辑）一帖，《書道全集》（二十四）一本，共泉九元。夜骤凉。

二十三日　大风，微雨而凉。将《二心集》稿售去[4]，得泉六百。下午往内山书店买《露西亚文学思潮》一本，二元五角。

二十四日　晴，风。下午捐野风社[5]泉廿。夜雨。

二十五日　晴，风。晚内山夫人来并赠蒲陶一盘、包袱一枚。三弟来。

二十六日　晴，风。午后得母亲信，二十一日发。下午得小峰信并版税百五十，付印花七千。得程鼎兴所赠《淑姿的信》一本。

二十七日　昙。下午译论一篇[6]讫，万五千字。得俞印民信，晚复。

二十八日　星期。晴。上午因三日前觉右腿麻痹，继而发疹，遂赴篠崎医院乞诊，医云是轻症神经痛，而胃殊不佳，授药四日量，付泉五元八角。午后得熊文钧信并小说稿[7]。得靖华信，七月十八日发。下午三弟来并赠香烟两合，少顷蕴如亦至。钦文将入蜀，来别，赠以胃散一瓶。

二十九日　晴。上午往福民医院为广平作翻译，并携海婴散步至午。得小山信[8]，七月十五日柏林发。

三十日　昙。午后得山本夫人信。晚大风，雷雨。夜诗荃来自柏林[9],赠文艺书四种五本,又赠海婴积木一匣。

三十一日　雨。上午往福民医院为广平作翻译。又自至篠崎医院就医,又断为带状匐行疹,付敷药等费共三元八角。夜钦文来,假泉百二十。

* * *

〔1〕　《星花》译稿及印本　《星花》,短篇小说,苏联拉甫列涅夫著,曹靖华译,后由鲁迅编入《竖琴》。印本,指先在苏联出版的《星花》中译本。

〔2〕　往蔡先生寓　"一·二八"战事后,周建人被商务印书馆解雇,鲁迅曾函托许寿裳转请蔡元培推荐返馆工作。事成,鲁迅偕周建人往蔡寓取聘约并致谢。

〔3〕　至开明书店问未名社事　8月12日鲁迅收未名社信中附有《未名社账目结束清单》一分,其中说明积欠鲁迅的三千多元将由该社在开明书店的存款中支付。本日鲁迅往询该店应代未名社付款的数额,未得结果,至17日该店杜海生来信始作明确答复。

〔4〕　将《二心集》稿售去　《二心集》于4月编成后,不久即交北新书局,但该局不愿接受出版。后经阿英介绍给合众书店出版,并售与版权。

〔5〕　野风社　左翼青年木刻家团体,主要成员有陈卓坤、顾鸿干、野夫、陈学书、吴似鸿、郑邵勤、倪焕之等。1932年8月成立,设在虹口西江湾路公园坊24号。鲁迅多次前往该社演讲并曾捐款资助该社。

〔6〕　即《苏联文学理论及文学批评的现状》。论文,日本上田进作,鲁迅译文发表于《文化月报》第一卷第一期(1932年11月),后收入《译丛补》。

〔7〕 小说稿　为《大年三十晚上》,鲁迅修改后退回。

〔8〕 得小山信　小山即萧三。此信为邀鲁迅赴苏联旅行。

〔9〕 诗荃来自柏林　徐诗荃因母病危,自柏林回国往长沙探亲,经上海时往访鲁迅。鲁迅此后在9月8日及10月6日所得徐诗荃信,均为徐在回国前所发。

九　月

一日　雨。午前同广平携海婴访何家夫妇[1],在其寓午餐。夜蕴如及三弟来,饮以麦酒。

二日　昙。上午往篠崎医院诊察、取药并注射,共付泉六元八角。午前往内山书店买《世界宝玉童話叢書》三本,共泉四元。

三日　昙。下午收新生命书店所赠《士敏土》十本。得许省微信并还钦文借款百二十。夜三弟来。得俞印民信。

四日　星期。晴。上午往篠崎医院诊察、注射并取药,共泉六元八角。下午往内山书店闲坐。晚三弟及蕴如携婴儿来。

五日　晴。上午复许省微信。复俞印民信。

六日　昙。上午往篠崎医院诊,广平携海婴同去。下午得诗荃信,一日长江船上发。

七日　昙,下午微雨。无事。

八日　晴。上午往篠崎医院诊,广平亦去。得诗荃信,七月二十日柏林发。从内山书店得《セザンヌ大画集》(3)一本,价六元二角。晚水野君及其夫人来。夜蕴如及三弟来。

九日　晴。上午得靖华所寄《戈理基象》一本。

十日　晴。上午往篠崎医院诊。下午得山本夫人寄赠之《古东多万》(别册)一本。得紫佩信,七日发。得施蛰存信。

十一日　星期。雨。上午携海婴往篠崎医院诊。下午得季志仁信并《书籍插画家集》(二二及二三)两本,八月四日巴黎发,书价为二十八元。三弟来,留之夜饭。

十二日　晴。上午往内山书店,得俄译《一千一夜》一至三共三本,插图《托尔斯泰小话》及《安璧摩夫漫画集》一本,价未详。下午寄靖华信,附复肖三笺。复紫佩信。得钦文信片,八日武昌发。蕴如来并赠杨梅烧酒一瓶。

十三日　晴。上午往篠崎医院诊察,并携海婴,共付泉六元六角。下午内山书店送来《生物学讲座补编》(一及二回)共四本,计泉二元。镰田诚一君自福冈回上海,见赠博多人形一枚。夜编阅《新俄小说家二十人集》上册讫,名之曰《竖琴》。

十四日　晴。上午蕴如来并赠蒸藕一盘。文尹夫妇来,留之饭。下午得小峰信并版税百五十元,《三闲集》二十本。

十五日　晴。上午同广平携海婴往篠崎医院诊,诊毕散步,并至一俄国饭店午餐。下午从内山书店买《The Concise Universal Encyclopedia》一本,十四元五角。得靖华信,八月十七日发。晚内山君邀往书店食锄烧[2],因与广平挈海婴同去。

十六日　昙,午后雨。夜蕴如及三弟来。

十七日　雨。上午同广平携海婴俱往篠崎医院诊,付泉十元。

十八日　晴。午后同广平携海婴往春阳馆照相。得文尹信并赠海婴金铃子壹合,叫呱呱二合,包子一筐。夜蕴如及三弟来并赠香烟三合,赠以包子、韩梨。译班菲洛夫小说一篇[3]讫。

十九日　晴。上午与广平携海婴俱往篠崎医院诊,付泉十一元四角。午同往粤店啜粥。下午编《新俄小说家二十人集》下册讫,名之曰《一天的工作》。得山本夫人信。晚季市来,赠以《三闲集》二本。

二十日　晴。上午内山夫人来,赠蒲陶二房。下午得俞印民信。

二十一日　昙。上午同广平携海婴俱往篠崎医院诊,付泉九元六角。下午雨一陈。以《淑姿的信》寄季市,以《三闲集》寄静农及霁野。

二十二日　小雨。上午复山本夫人信。复季志仁信。下午寄熊文钧信,还小说稿。寄增田君《三闲集》一本。从内山书店买东京及京都版之《東方学报》各二本,共泉十二元八角。

二十三日　晴。上午同广平携海婴俱往篠崎医院诊,共泉十元四角。

二十四日　晴。午后以海婴及与许妈合摄之照片各一张寄母亲。下午得小峰信并版税泉百五十。晚濯足。夜蕴如及三弟来,并为从商务印书馆代买书四种四本,共泉一元八角五分,赠以孩子玩具四种。

二十五日　星期。昙。上午与广平携海婴俱往筱崎医院诊,共付泉十元四角。阅文尹小说稿[4],下午毕。

二十六日　昙。无事。

二十七日　小雨。上午同广平携海婴往筱崎医院诊,付泉十元四角。下午往内山书局买《魏晋南北朝通史》一本,泉六元二角五分。

二十八日　晴。上午坪井学士来为海婴诊。午后往文华别庄看屋[5]。下午得季市信,即复。

二十九日　晴。上午寄静农信。同广平携海婴往筱崎医院诊,付泉十元四角。午后得靖华译《粮食》剧本一册。得母亲信,二十五日发。得大江书店信。补祝海婴三周岁,下午邀王蕴如及孩子们,晚三弟亦至,并赠玩具帆船一艘,遂同用晚膳。临去赠孩子们以玩具四事,煎饼、水果各一囊。

三十日　晴。下午往内山书店,得书三本共泉七元三角。得山本夫人寄赠海婴之糖食三合。得钦文信,六日汉口发,即复。

*　　　*　　　*

〔1〕　指访瞿秋白夫妇。当时他们寓于南市紫霞路六十八号冯雪峰友人谢澹如家中。

〔2〕　锄烧　即鸡素烧。日本的一种小吃。

〔3〕　即《枯煤,人们和耐火砖》。苏联班菲洛夫著,译文后收入《一天的工作》。

〔4〕　文尹小说稿　指杨之华译的绥拉菲摩维支作《一天的工

作》和《岔道夫》，后均由鲁迅收入《一天的工作》。

〔5〕 往文华别庄看屋　因拉摩斯公寓正房朝北，不宜于海婴健康，本日起鲁迅另觅新居，次年3月21日看定大陆新村九号寓。文华别庄，应作"文华别墅"，在施高塔路（今山阴路）大陆新村迤北。

十　月

一日　晴。上午寄母亲信。寄三弟信。同广平携海婴均往篠崎医院诊，共付泉十元四角。下午收熊文钧信。晚蕴如及三弟来。

二日　星期。晴。上午达夫来，赠以《铁流》、《毁灭》、《三闲集》各一本。下午得增田君信，九月二十七日发，夜复。

三日　晴。上午寄小峰信。同广平携海婴往篠崎医院诊，付泉十元四角。以《竖琴》付良友公司[1]出版，改名《星花》，下午收版税二百四十，分靖华七十。得山本夫人信。夜三弟来。

四日　昙。午后买《科学画报丛书》四本，共泉八元。晚诗荃来。

五日　晴。上午同广平携海婴往篠崎医院诊，付泉八元四角。下午同往大陆新村[2]看屋。买《科学画报丛书》一本，二元。晚达夫、映霞招饮[3]于聚丰园，同席为柳亚子夫妇、达夫之兄嫂、林微音。

六日　昙。下午得诗荃信，八月一日沙乐典培克发。得母亲信，三日发。晚洛扬来并赠桌上电灯一座。蔡永言来。

七日　晴。上午同广平携海婴往篠崎医院诊，付泉八元四角。下午蔡永言来并赠海婴荔支一斤,牛肉脯、核桃糖各一合。

八日 晴,风。上午得诗荃信。下午得钦文信,九月廿九日成都发。得增田君信片。理发。夜蕴如及三弟来。

九日 星期。晴。上午同广平携海婴往篠崎医院诊,付泉八元六角,并游儿童公园。下午买《セザンヌ大画集》(2)一本,价七元。

十日 晴。无事。

十一日 晴。上午同广平携海婴往篠崎医院诊,付泉六元六角。下午得马珏信,四日发。内山君赠《斗南存稿》一本。

十二日 昙。前寄靖华之第二次纸张上午退回,又付寄费十五元五角。午后为柳亚子书一条幅,云:"运交华盖欲何求,未敢翻身已碰头。旧帽遮颜过闹市,破船载酒泛中流。横眉冷对千夫指,俯首甘为孺子牛。躲进小楼成一统,管他冬夏与春秋。达夫赏饭,闲人打油,偷得半联,凑成一律以请"云云。下午并《士敏土之图》一本寄之。晚内山夫人来,邀广平同往长春路看插花展览会。得映霞信。得真吾信并书两本,九月二九日南宁发,内一本赠三弟。夜雨。

十三日 昙。上午复王映霞信。同广平携海婴往篠崎医院诊,付泉六元六角。午后复马珏信。下午得小峰信并版税百五十元,三版《朝华夕拾》二十本。

十四日 晴。上午从柏林运到诗荃书籍一箱,为之寄存。午后往内山书店买《書物の敵》一本,二元。得母亲信,十一日发。

十五日　晴。上午寄母亲信。寄真吾信并《朝花夕拾》、《三闲集》各一本。同广平携海婴往筱崎医院诊，付泉十六元六角。以新版 K. Kollwitz 画帖赠坪井学士。收大江书店版税七十一元一角。晚邀三弟全家来寓食蟹并夜饭。夜胃痛。

十六日　星期。晴。下午得起应信并《文学月报》两本。

十七日　晴。上午同广平携海婴往筱崎医院诊，付泉三元六角，又至鹊利格[4]饮牛乳。午后风。访小峰，托其为许叔和作保证。晚雨。

十八日　昙。上午内山书店送来《書道全集》（廿五及廿六）两本，价共五元二角，全书完。得母亲寄与之羊皮袍料一件，付税一元七角五分。下午雨。

十九日　小雨。上午同广平携海婴往筱崎医院诊，付泉四元二角。下午费君持小峰信来并代买之历史语言研究所[5]所印书四种十三本，共泉十八元六角，即付以印鉴九千枚，赠以《士敏土之图》一本。

二十日　昙。下午寄母亲信。寄小峰信。寄须藤医士信。

二十一日　晴。上午同广平携海婴往筱崎医院诊，付泉一元八角。晚得母亲信，十六日发。买铁瓶一，价六元。

二十二日　晴。晚得小峰信并版税泉百五十。

二十三日　星期。晴。上午同广平携海婴往筱崎医院诊，付泉一元四角。下午三弟及蕴如携婴儿来，留之晚餐并食蟹。

二十四日　晴。下午买《现代散文家批评》二本赠何君,并《文始》一本。

二十五日　昙。上午同广平携海婴往篠崎医院诊,付泉一元四角。午后往内山书店,得《文学的遗産》(一至三)三本,《文芸家漫画像》一本,《葛飾北斎》一本,共泉二十九元。又得出版书肆所赠决定版《浮世画[絵]六大家》书箱一只,有野口米次郎自署。下午寄季市信。

二十六日　晴。上午得山本夫人信,十九日发。寄三弟信。下午往野风画会[6]。

二十七日　昙。上午广平买阳澄湖蟹分赠鎌田、内山各四枚,自食四枚于夜饭时。夜三弟来并为代买《殷周青铜器铭文研究》一部二本,价五元,赠以酒一瓶。

二十八日　晴。上午同广平携海婴往篠崎医院诊,付泉一元四角。下午得增田君信,二十一日发。

二十九日　昙,下午雨。无事。

三十日　星期。晴。下午蕴如及三弟来,留之夜饭并食蟹。

三十一日　晴。上午托广平往开明书店豫定插图本《中国文学史》一部,先取第二本,付与五元,又买杂书二本,一元五角。夜排比《两地书》讫,凡分三集。

*　　*　　*　　*

〔1〕良友公司　即良友图书印刷公司。1926年1月创办,设在北四川路八五一号。总经理为伍联德,编辑先后有梁得所、郑伯奇、马

国亮、赵家璧等。曾出版鲁迅编译的《竖琴》、《一天的工作》及鲁迅编选的《中国新文学大系·小说二集》、《苏联版画集》等。

〔2〕 大陆新村　在施高塔路(今山阴路)近北四川路。由大陆银行投资建造,1932年春建成,共六栋六十户。鲁迅后于次年4月11日迁居于此。参看本卷第374页注〔7〕。

〔3〕 达夫、映霞招饮　郁达夫因其长兄郁华自北平调任江苏省高等法院上海刑庭庭长,设宴招待,请鲁迅、柳亚子等作陪。

〔4〕 鹊利格　应作鹊格利面包公司。

〔5〕 历史语言研究所　国立中央研究院所属研究所之一。1927年11月成立于北京,所长傅斯年。

〔6〕 往野风画会　讲《美术上的大众化与旧形式利用问题》,讲稿佚。

十一月

一日　晴。下午得林竹宾信,夜复。

二日　晴。夜蕴如及三弟来。得林淡秋信,即复。

三日　晴。下午买《满铁支那月誌》三本,共泉一元八角。得季市信,晚复。

四日　晴。以《一天的工作》归良友公司出版,午后收版税泉二百四十,分与文尹六十。夜校《竖琴》。

五日　昙。晚蕴如携晔儿来,少顷三弟亦至,留之夜饭。夜雨。

六日　星期。昙,大风。上午往筱崎医院为海婴延坪井学士来诊,午后至,云是喘息。下午往内山书店,得《支那古明器泥象図鑑》第四辑一帖十枚,价六元。得母亲信,十月三十日发。

七日 晴。晨坪井学士来为海婴诊。上午寄郑君平信并《竖琴》校稿。下午得钦文信,十月二十三日成都发。广平制孩子衣冒等四种成,托内山君转寄松藻女士。

八日 晴。上午寄母亲信。午后内山夫人来并赠海婴糖食二种。下午往北新书局买书四种,又为内山书店买《曼殊集》三部。

九日 昙。上午同广平携海婴往篠崎医院诊。下午寄山本夫人信。寄增田君信。寄和森书五本,赠其子长连。夜三弟来,交北平来电,云母病速归。浴。

十日 雨。上午往北火车站问车。往中国旅行社买车票,付泉五十五元五角。得紫佩航空信,七日发。下午内山夫人来并赠母亲绒被一床。费君来。合义昌煤号经理王君来兜售石炭。晚往内山书店辞行,托以一切。夜三弟及蕴如来。屏当行李少许。

十一日 昙。晨八时至北火车站登沪宁车[1],九时半开。晚五时至江边,即渡江登北宁车,七时发浦口。

十二日 晴。在车中。

十三日 星期。晴。午后二半钟抵前门站,三时至家,见母亲已稍愈。下午寄三弟信。寄广平信。晚长连来,赠以书三本。

十四日 昙,风。上午寄内山君信。寄广平信。午紫佩来。午后盐泽博士来为母亲诊视,付泉十二元四角并药费。

十五日　晴,风。午后得广平信,十二日发。下午往北新书局访小峰,已回上海。访齐寿山,已往兰州。访静农,不得其居,因至北京大学留笺于建功,托其转达。访幼渔,不遇。

十六日　晴。下午幼渔来。舒及其妹来。盐泽博士来为母亲诊,即往取药,并付泉十一元八角。得广平信,十三日发。

十七日　晴。上午寄广平信。静农及季野来。下午建功来。

十八日　晴。晨得幼渔信。下午盐泽博士来为母亲诊视,即令潘妈往医院取药,付泉十二元八角。霁野、静农来,晚维钧来,即同往同和居夜饭,兼士及仲澐已先在。静农并赠《东京及大连所见中国小说书目提要》一本。得广平信,十五日发。

十九日　晴。午后因取书触扁额仆,伤右趾,稍肿痛。下午访幼渔,见留夜饭,同席兼士、静农、建功、仲澐、幼渔及其幼子,共七人。临行又赠《晋盛德隆熙之碑》并阴拓本共二枚。

二十日　星期。晴。上午趾痛愈。寄广平信。德元来。午后紫佩来。下午静农来。晚得广平信,十七日发。

二十一日　晴。上午寄广平信。下午得三弟信,十八日发。盐泽博士来为母亲诊察,即往取药,付泉十一元六角。

二十二日　晴。晨复三弟信。午后得广平信,十九日发。下午紫佩来并见借泉一百。静农来,坐少顷,同往北京大学第二院演讲[2]四十分钟,次往辅仁大学演讲[3]四十分钟。时已晚,兼士即邀赴东兴楼夜饭,同席十一人,临别并赠《清代文字狱档》六本。

二十三日 昙,午后小雨。得广平信,二十日发,下午复。盐泽博士来为母亲诊察,云已愈,即令潘妈往取药,并诊费共付泉十二元七角。往留黎厂买信笺四合,玩具二事。晚郑石君、李宗武来。

二十四日 晴,风。上午朱自清来,约赴清华[4]讲演,即谢绝。下午范仲澐来,即同往女子文理学院讲演[5]约四十分钟,同出至其寓晚饭,同席共八人[6]。

二十五日 晴,风。上午何春才来。午后往北新书局,得版税泉百。往商务印书馆为海婴买动物棋一合,三角。在新书店为母亲买《海上花列传》一部四本,一元二角。至松古斋买纸三百枚,九角。下午游西单牌楼商场,被窃去泉二元余。得广平信,廿二日发,附小峰笺。得和森信,由绥远来。晚师范大学代表三人来[7]邀讲演,约以星期日。

二十六日 晴。上午寄季市信。寄广平信。午后游白塔寺庙会。刘小芊来。下午幼渔及仲瑊来。静农来[8],并持来《考古学论丛》(弍)一本,《辅仁学志》第一卷第二期至第三卷第二期共五本,皆兼士所赠。

二十七日 星期。晴。上午诗英来。吕云章来。午紫佩来,还以泉百。午后往师范大学讲演[9]。往信远斋买蜜饯五种,共泉十一元五角。下午静农来。朱自清来。孙席珍来,不见。晚得广平信,二十四日发。矛尘来邀往广和饭店夜饭,座中为郑石君、矛尘及其夫人等,共四人。夜风。

二十八日 晴。上午诗英来。午前往中国大学讲演[10]

二十分钟。紫佩来。沈琳等四人来。下午静农相送至东车站,矛尘及其夫人已先在,见赠香烟一大合。晚五时十七分车行。

二十九日　晴。在车中。夜足痛复作。

三十日　晴。晨八时至浦口,即渡江登车,十一时车行。下午六时抵上海北站,雇车回寓。见钦文信。见张露薇信。见山本夫人信,十五日发。见内山松藻信,二十日发。见林竹宾信。见谢冰莹信。见真吾信并杂志一束。见姚克信。得内山书店送到之《版芸術》七本,日译《鲁迅全集》二本,共直九元。晚三弟来,赠以糖果二合。

*　　*　　*

〔1〕　登沪宁车　鲁迅赴北平探母病。在平期间作演讲五次,是为"北平五讲"。

〔2〕　往北京大学第二院演讲　题为《帮忙文学与帮闲文学》,后收入《集外集拾遗》。

〔3〕　往辅仁大学演讲　辅仁大学,美国公教本笃会在华创办的学校。1925年在北平设立"公教大学",1927年改为现名。1933年由美国圣公会接办。本日鲁迅讲题为《今春的两种感想》,后收入《集外集拾遗》。

〔4〕　指清华大学。其前身为游美学务处附设之肄业馆,1911年易名清华学校,1925年改为清华大学。

〔5〕　往女子文理学院讲演　女子文理学院,前身为女师大。本日鲁迅往讲《革命文学与遵命文学》,讲稿佚。

〔6〕 指在范文澜家与北平左翼文化团体的代表见面。

〔7〕 师范大学代表三人来　即王志之、张松如、谷万川。

〔8〕 台静农来请鲁迅往其寓参加北平各左翼社团欢迎会,鲁迅在会上讲了话。

〔9〕 往师范大学讲演　讲题为《再论"第三种人"》,讲稿佚。

〔10〕 往中国大学讲演　讲题为《文学与武力》(一作《文艺与武力》),讲稿佚。

十二月

一日　晴。上午往内山书店,赠以糖果两合,松仁一斤。下午寄母亲信。寄静农信。晚访坪井先生,赠以糖果两盒,松仁一斤,《鲁迅全集》一本。

二日　昙。上午得山本夫人信,十一月二十二日发。得季市信,一日发。下午以书籍分寄真吾、云章、静农、仲服。下午小雨。

三日　昙。上午复季市信。复姚克信。雨。午后往内山书店买《金文馀释之馀》一本,价三元。寄季市书二本。晚霁。夜三弟及蕴如来。

四日　星期。昙。下午寄紫佩信。

五日　雨。晚诗荃来,赠以信笺二十枚。

六日　晴。午后得母亲信。得卓治信。下午诗荃来,赠以《秋明集》一部。

七日　晴。无事。

八日　晴。下午往内山书店,得《Marc Chagall》一本,价五元六角。

九日　晴。上午内山书店送来《鈴木春信》(六大浮世绘师之一)一本，价五元六角。同广平携海婴往篠崎医院诊。下午维宁及其夫人赠海婴积铁成象玩具一合。为冈本博士写二短册，为静农写一横幅。

十日　昙。夜三弟及蕴如来。小雨。

十一日　星期。昙。下午寄母亲信。治馔六种邀乐扬、维宁及其夫人夜饭，三弟亦至。

十二日　晴。大风。下午得静农信。买玩偶二具，分赠阿玉、阿菩。

十三日　晴。午后得小峰信并版税泉百。下午往内山书店，得《版芸術》(十二月号)一本，价六角，并见赠日历一坐。得钦文信，十一月二十八日成都发。得紫佩信，十日发。夜蕴如及三弟来。

十四日　晴。午后寄靖华信。寄静农信。下午收井上红梅寄赠之所译《鲁迅全集》一本，略一翻阅，误译甚多。自选旧日创作为一集[1]，至夜而成，计二十二篇，十一万字，并制序。

十五日　晴。上午得仲珊信，十日发。下午寄靖华《文学月报》二本，《文化月报》一本，《现代》八本。寄敦南《同仁医学》四本。以选集之稿付书店印行，收版税泉支票三百。

十六日　晴。上午寄山本夫人信。下午得母亲信，十一日发。

十七日　晴。午后理发。内山君赠万两[2]并松竹一盆。

夜雾。

十八日　星期。晴。下午蕴如及三弟来。晚明之来。夜雾。

十九日　昙。下午往内山书店,得《大東京百景版画集》一本,山本夫人寄赠。得陈耀唐信并木刻八幅,即复。得增田君信并质疑[3],十日发,夜复。

二十日　晴。下午得王志之信,十四日发。得母亲信,十六日发。往内山书店买《動物図鑑》一本,二元,拟赠三弟。

二十一日　晴。下午往野风社闲话[4]。得增田君信,夜复。得小峰信并版税泉百。为杉本勇乘师书一筐[5]。

二十二日　晴。上午寄母亲信。寄穆诗信并泉十。下午复王志之信。往内山书店买《東方学報》(东京之三)一本,四元二角。又得《版芸術》(八)一本,六角。得母亲信,十八日发。得霁野信。

二十三日　昙。上午内山君送来玩具飞机一合,以赠海婴。下午寄矛尘书三本。寄兼士信并书三本,以赠其子。夜雨。

二十四日　昙。下午买《文学思想研究》(第一辑)一本,价二元五角。寄小峰信。夜蕴如及三弟来。雨。

二十五日　星期。雨。上午长谷川君赠海婴玩具摩托车一辆。下午得维宁信[6]并赠火腿爪一枚,答以文旦饴二合。晚雨稍大。

二十六日　昙。午后得霁野信。得紫佩信。得志之信。下午往内山书店买《中世欧洲文学史》一本,三元。得山本夫人信。若君来。得张冰醒信,即复。夜同广平访三弟。雨。濯足。

二十七日　昙。无事。

二十八日　昙。上午同广平携海婴往篠崎医院诊。下午得维宁信并诗[7],即复。小峰及林兰来,并交版税泉百五十。晚坪井先生来邀至日本饭馆食河豚,同去并有滨之上医士。

二十九日　昙。上午寄绍兴朱宅泉八十。午后为梦禅及白频写《教授杂咏》各一首[8],其一云:"作法不自毙,悠然过四十。何妨赌肥头,抵当辨证法。"其二云:"可怜织女星,化为马郎妇。乌鹊疑不来,迢迢牛奶路。"下午得《版芸術》(十)一本,其值六角。得紫佩贺年片。得伊罗生信。夜三弟来。

三十日　晴。上午同广平携海婴往篠崎医院诊,付药泉二元四角。午后得母亲信,二十五日发。下午达夫来[9]。赠内山君松子三斤,笋六枚。赠篠崎医院译员刘文铨蛋糕一合,板鸭二只。晚三弟来并为代买得西泠印社印泥一合,价四元;书籍三种五本,共泉四元八角。勇乘师赠海婴玩具电车、气枪各一。

三十一日　昙,风。午后季市来。下午得介福、伽等信。为知人写字五幅,皆自作诗[10]。为内山夫人写云:"华灯照宴敞豪门,娇女严装侍玉樽。忽忆情亲焦土下,佯看罗袜掩啼痕。"为滨之上学士云:"故乡黯黯锁玄云,遥夜迢迢隔上春。岁暮何堪再惆怅,且持卮酒食河豚。"为坪井学士云:"皓齿吴娃唱柳枝,酒阑人静暮春时。无端旧梦驱残醉,独对灯阴忆子规。"为达夫云:"洞庭浩荡楚天高,眉黛心红涴战袍。泽畔有人吟亦险,秋波渺渺失'离骚'。"又一幅云:"无情未必真豪杰,怜子如何不丈夫。知否兴风狂啸者,回眸时看小于菟。"

*　　*　　*

〔1〕 即《鲁迅自选集》。下文的"序",题作《〈自选集〉自序》,收入《南腔北调集》。

〔2〕 万两 日语。即硃砂根,又名平地木。一种药用及观赏植物。

〔3〕 增田君信并质疑 增田涉当时在翻译鲁迅《中国小说史略》,并为佐藤春夫主编的《世界幽默全集》翻译《阿Q正传》等作品,遇有疑难问题即向鲁迅函询,鲁迅答问的信件有八十余通,现编为《答增田涉问信件集编》,收入本全集第十四卷。

〔4〕 往野风社闲话 是日鲁迅由叶以群陪同,往野风社做关于艺术创作等问题的谈话。

〔5〕 箑 即扇。此处指扇面。鲁迅为书《自嘲》,其中"冷对"写作"冷看"。

〔6〕 得维宁信 瞿秋白(维宁)夫妇因遭国民党特务注意,11月下旬到鲁迅家中暂住。本月下旬又移居他处。此信为瞿秋白夫妇到达新居后的来信。

〔7〕 瞿秋白赠诗并跋为:"不向刀丛向舞楼,摩登风气遍神州。旧书摊畔新名士,正为西门说自由。　近读《申报·自由谈》,见有人说真正快乐的情死,却是《金瓶梅》里的西门庆。此外尚有'冷摊负手对残书'之类的情调,实在'可敬',欧化白话文艺占领《自由谈》,正像国民革命军进北京城。欲知后事如何,只要看前回分解可也。因此打油一首。"

〔8〕 即《教授杂咏》(一)及(二)。后均收入《集外集拾遗》。

〔9〕 郁达夫是日来访,告诉鲁迅,《自由谈》编辑已易为刚从法国回来的黎烈文,希望鲁迅等进步作家写稿。次年初,鲁迅即为该刊撰文,开始时曾一度通过郁达夫代转稿件。

〔10〕 五首依次为《所闻》,《无题二首——其一》,《无题二首——其二》,《无题》("洞庭浩荡楚天高"),《答客诮》。除《无题》一首收入《集外集》,余均收入《集外集拾遗》。

书　　帐

世界裸体美術全集(一)一本　六・〇〇　一月六日
世界地理風俗大系(一至三)三本　一五・〇〇　一月九日
Andron Neputevii 一本　靖华寄来　一月十一日
世界古代文化史一本　一七・〇〇　一月十二日
園芸植物図譜(一)一本　四・〇〇
铜板苏格拉第像一枚　诗荃寄来
マルチンの犯罪一本　二・二〇　一月十三日
Book-Illustration in B. and A. 一本　七・〇〇　一月十八日
中国史话四本　二・〇〇　一月十九日
司马迁年谱一本　〇・五〇
班固年谱一本　〇・三〇
两周金文辞大系一本　八・〇〇　一月二十二日
世界美術全集(別冊二)一本　二・八〇　一月二十六日
世界地理風俗大系(別冊二及三)二本　一〇・〇〇
　　　　　　　　　　　　　　　　　七四・八〇〇
陈老莲博古酒牌一本　〇・七〇　二月十日
翻汪本阮嗣宗集一本　一・六〇　二月十六日
绵州造象记六枚　六・〇〇
鄱阳王刻石拓片一枚　一・五〇

天监井阑题字拓片一枚　一·〇〇

湘中纪行诗拓片一枚　〇·三〇

樊谏议集七家注二本　一·六〇　二月十九日

王子安集注六本　四·〇〇　二月二十日

温飞卿集笺注二本　二·〇〇

安阳发掘报告(一及二)二本　三·〇〇　二月二十六日

　　　　　　　　　　　　　　　　二一·〇〇〇

程荣本阮嗣宗集二本　三·〇〇　〔三月一日〕

唐小虎造象拓片一枚　一·〇〇　〔三月一日〕

汪士贤本阮嗣宗集二本　二·〇〇　三月四日

商周金文拾遗一本　一·〇〇

九州释名一本　一·〇〇

矢彝考释质疑一本　〇·八〇

四洪年谱四本　二·〇〇　三月八日

古籀馀论二本　一·二〇

陈森梅花梦二本　〇·八〇

王子安集佚文一本　一·〇〇　三月十七日

函青阁金石记二本　一·六〇

書道全集(二十三)一本　二·六〇　三月二十七日

世界芸術発達史一本　四·〇〇　三月三十日

颐志斋四谱一本　〇·六〇

亿年堂金石记一本　〇·七〇　　　　　二四·三〇〇

影印萧云从离骚图二本　四·〇〇　四月三日

影印耕织图诗一本　一·五〇

影印凌烟阁功臣图一本　二·〇〇
吹网录鸥陂渔话四本　四·〇〇
疑年录汇编八本　七·五〇
张溥本阮步兵集一本　一·二〇
龟甲兽骨文字二本　二·五〇　四月四日
冯浩注玉谿生诗文集十二本　一二·〇〇
乡言解颐四本　一·〇〇
原色貝類図一本　二·四〇　四月十五日
人生漫画帖一本　二·四〇　四月二十四日
ノアノア（岩波文庫本）一本　〇·五〇　四月二十八日
古東多卍（四月号）一本　山本夫人赠　四月三十日　四一·〇〇〇
国际的门塞维克主义之面貌一本　靖华寄来　五月一日
版画自修书一本　同上
友達一本　二·五〇　五月二日
世界美術全集（别册十一）一本　三·二〇　五月四日
世界美術全集（又十四）一本　三·二〇
古東多卍（第一年二至三）二本　二·五〇　五月六日
古東多卍（第二年一至三）三本　三·九〇
近代支那の学芸一本　六·八〇
唐宋元明名画大観二本　高良女士寄赠　五月十七日
書道全集（二十五）一本　二·四〇　五月十九日
書道全集（二及九）二本　四·八〇　五月二十日
石濤（関雪作）一本　三·二〇　五月二十二日
建設期のソヴエート文学一本　一·八〇　五月二十六日

史底唯物論一本　一・七〇

古東多卍(五)一本　山本夫人寄赠　五月三十日

文学の連続性一本　〇・五〇　五月三十一日　　　三七・五〇〇

支那文学史綱要一本　一・〇〇　六月三日

G. Vereisky 石版文学家像一本　靖华寄来　六月三日

A. Ostraoomova 画集一本　同上

P. Pavlinov 木刻画一幅　同上

A. Gontcharov 木刻画十六幅　同上

Wirinea 一本　四・二〇　六月四日

世界地理風俗大系六本　三一・〇〇

J. Millet 画集一本　靖华寄来　六月七日

Th. A. Steinlen 画集一本　同上

G. Grosz 画集一本　同上

I. N. Pavlov 画集一本　同上

A. Kravtchenko 木刻一幅　同上

N. Piskarev 木刻十三幅　同上

V. Favorski 木刻六幅　同上

I. Pavlov 木刻自修书一本　同上

世界地理風俗大系(二十一)一本　五・〇〇　六月十日

世界地理風俗大系(別卷)一本　五・〇〇

建設期のソヴエート文学一本　二・〇〇　六月十四日

歷史学批判叙説一本　二・二〇

喜多川歌麿一本附图一幅　九・八〇

王忠悫公遗集(第一集)十六本　静农寄赠　六月十八日

世界地理風俗大系（別巻）一本　五・〇〇　六月二十二日
川柳漫画全集（七）一本　二・〇〇
欧米に于ケる支那古鏡一本　一三・〇〇　六月二十三日
鹿の水かがみ一本　二・〇〇
小杉放庵画集一本　五・五〇　六月二十六日
プロと文化の問題一本　一・五〇　六月二十九日
民族文化の発展一本　一・三〇
東洲斎写楽一本　七・七〇　六月三十日　　　　　九八・〇〇
古燕半瓦二十种拓片四枚　静农寄赠　七月十一日
詭弁の研究一本　一・五〇　七月二十一日
セザンヌ大画集（1）一本　七・五〇　七月二十八日　九・〇〇〇
李龙眠九歌图册一本　一・一〇　八月二日
仇文合作飞燕外传一本　一・五〇
仇文合作西厢会真记图二本　三・〇〇
沈石田灵隐山图卷一本　一・一〇
释石涛东坡时序诗意一本　一・〇〇
石涛山水册一本　〇・六〇
石涛和尚八大山人山水合册一本　〇・七〇
黄尊古名山写真册一本　〇・六〇
梅癯山黄山胜迹图册一本　一・四〇
地理風俗大系十五本　五三・〇〇　八月四日
芸術学研究（第一辑）一本　一・五〇　八月六日
金文丛考一函四本　一二・〇〇　八月八日
支那住宅誌一本　六・〇〇　八月九日

石印筠清馆法帖六本　一·五〇　八月十一日

明清名人尺牍一至三集十八本　二·七〇

石印景宋本陶渊明集一本　〇·二〇

文始二部二本　〇·六〇

支那古明器図鑑（一）一帖　七·〇〇　八月十六日

支那古明器図鑑（二）一帖　七·〇〇

鳥居清長一本　七·〇〇　八月十七日

読書放浪一本　四·〇〇　八月十九日

支那古明器図鑑（三）一帖　六·五〇　八月二十二日

書道全集（二十四）一本　二·五〇

ロシヤ文学思潮一本　二·五〇　八月二十三日

Die Malerei im 19 Jahrhundert 二本　诗荃赠　八月三十日

Die Kunst der Gegenwart 一本　同上

Der Kubismus 一本　同上

Der Fall Maurizius 一本　冯至赠　　　一二五·〇〇〇

世界宝玉童話叢書三本　四·〇〇　九月二日

セザンヌ大画集（3）一本　六·二〇　九月八日

M. Gorky 画象一本　靖华寄来　九月九日

古東多卍（別册）一本　山本夫人寄赠　九月十日

PAUL JOUVE 一本　一五·〇〇　九月十一日

TOUCHET 一本　一三·〇〇

俄译一千一夜（一——三）三本　三〇·〇〇　九月十二日

托尔斯泰小话一本　二·〇〇

EPIMOV 漫画集一本　六·〇〇

生物学講座補編(一)二本　一・〇〇　九月十三日
生物学講座補編(二)二本　一・〇〇
The Concise Univ. Encyc. 一本　一四・五〇　九月十五日
東方学報(东京)二本　六・四〇　九月二十二日
東方学報(京都)二本　六・四〇
六书解例一本　〇・五〇　九月二十四日
说文匡鄦一本　〇・七〇
九品中正与六朝门阀一本　〇・四〇
稷下派之研究一本　〇・二五〇
魏晋南北朝通史一本　六・二五〇　九月二十七日
園芸植物図譜(四)一本　三・六〇　九月三十日
愛書狂の話一本　一・二〇
紙魚繁昌記一本　二・五〇　　　　一二〇・九〇〇
植物の驚異一本　二・〇〇　十月四日
続動物の驚異一本　二・〇〇
昆虫の驚異一本　二・〇〇
顕微鏡下の驚異一本　二・〇〇
動物の驚異一本　二・〇〇　十月五日
セザンヌ大画集(2)一本　七・〇〇　十月九日
斗南存稿一本　内山君贈　十月十一日
書物の敵一本　二・〇〇　十月十四日
書道全集(廿五)一本　二・六〇　十月十八日
書道全集(廿六)一本　二・六〇
扊氏编钟图释一本　二・七〇　十月十九日

秦汉金文录五本　一〇·八〇
安阳发掘报告(三)一本　一·五〇
敦煌劫馀录六本　三·六〇
现代散文家批评集二本　八·〇〇　十月二十四日
文学的遗产(一至三)三本　一六·〇〇　十月二十五日
文艺家漫画象一本　六·〇〇
葛飾北斎一本　七·〇〇
殷周铜器铭文研究二本　五·〇〇　十月二十七日
插图本中国文学史(二)一本　豫付五元　十月三十一日
周作人散文钞一本　〇·五〇
看云集一本　一·〇〇　　　　　　　九〇·〇〇〇
满鉄支那月誌三本　一·八〇　十一月三日
支那古明器泥象図鑑(四)一帖　六·〇〇　十一月六日
大晋盛德隆熙之碑并阴拓本二枚　幼渔赠　十一月十九日
清代文字狱档六本　兼士赠　十一月二十二日
考古学论丛(一)一本　同上　十一月二十六日
版芸術(一至七)七本　四·〇〇　十一月三十日
鲁迅全集(日译)二本　五·〇〇　　　　　一六·八〇〇
金文馀释之馀一本　三·〇〇　十二月三日
Marc Chagall一本　五·六〇　十二月八日
鈴木春信一本　五·六〇　十二月九日
版芸術(九)一本　〇·六〇　十二月十三日
大東京百景版画集一本　山本夫人赠　十二月十九日
木刻小品八种八枚　陈耀唐赠

動物図鑑一本　二・〇〇　十二月二十日
東方学報(东京之三)一本　四・二〇　十二月二十二日
版芸術(八)一本　〇・六〇
文学思想研究(一)一本　二・五〇　十二月二十四日
中世欧洲文学史一本　三・〇〇　十二月二十六日
版芸術(十)一本　〇・六〇　十二月二十八[九]日
籀经堂钟鼎文考释一本　一・〇〇　十二月三十日
有万熹斋石刻跋一本　〇・八〇
苏斋题跋三本　三・〇〇　　　　　　三二・五〇〇

　　本年共用书泉六百九十三元九角，
　　平匀每月用书泉五十七元八角一分。

日 记 廿 二

一 月

一日　晴,午昙。下午蕴如及三弟来。夜作短文一篇[1]。

二日　晴。午后寄母亲信。下午寄维宁信。

三日　晴。下午三弟及蕴如携婴儿来。寄小峰信。夜雨。

四日　雨。上午同广平携海婴往篠崎医院诊,付诊费二元,药泉一元二角。夜三弟来并为代买《长恨歌画意》一本,三元二角;又杂书三种,共三元八角。得蔡子民先生信。

五日　昙。午后往内山书店,见赠百合五枚。得母亲信,去年十二月卅日发。得王志之信。得静农信。得真吾信。得诗荃信。为锡君买字典两本,九元九角八分。夜雨。

六日　昙。下午往商务印书馆邀三弟同至中央研究院[2]人权保障同盟[3]干事会,晚毕遂赴知味观夜饭。得小峰信并《三闲集》二本,杂书二本。夜校《新俄小说集》下册。

七日　晴。午后往内山书店,得《支那明器泥像图鑑》(五)一帖,《支那古器图考·兵器篇》一函,内图五十二页,说一本,共泉十六元。得诗荃信。得达夫信。夜校《〔新〕俄小说集》下册讫。

八日　星期。晴。上午寄天马书店[4]信。下午蕴如及三弟来。

九日　晴。午后复诗荃信。寄王志之信并稿。下午寄良友图书公司信并校稿。夜季市来,并赠海婴玩具二事,赠以日译《鲁迅全集》一本,并留之夜饭。雨。

十日　昙。下午收《明日》一本,由东京寄赠。寄靖华再版《铁流》两本,《三闲集》、《二心集》各一本。寄增田君《文学月报》等三本。寄达夫自写诗二幅[5]并信,丐其写字。夜雨而大风。

十一日　大风,小雨。上午寄叶圣陶信。午后得母亲信,八日发。得雪辰信并周柳生所照照相二枚。下午往商务印书〔馆〕访三弟,即同至中央研究院开民权保障同盟〔会〕[6],胡愈之、林玉堂皆不至,五人而已。六时散出,复同三弟至四如春吃饭,并买杂书少许。夜雪。

十二日　微雪。下午出街为海婴买饼干一合,三元二角。至内山书店买日译《鲁迅全集》一本、《少年画集》一帖八枚,共泉三元二角。

十三日　雨雪。上午往篠崎医院为海婴取药,付泉二元四角也。矛尘自越往北平过沪,夜同小峰来访,以《啼笑因缘》一函托其持呈母亲。复阅《两地书》讫。

十四日　微雪。午后得母亲信,九日发。得方璧信。晚费君来,并交到小峰信及版税泉百五十,即付以《两地书》稿一半,赠以《鲁迅全集》一本。适夷来,并见赠《苏联童话集》一本。

十五日　星期。晴。上午为海婴往篠崎医院取药,付泉二元四角。午后得叶圣陶信。内山夫人赠海婴甘鲷[7]一碟。午后三弟来,即同至大马路一带书局索书目,并买珂罗板印书二本,共泉二元八角。次至开明书店取去年豫约之《中国文学史》二本,为一及三。晚得维宁信。寄小峰信。夜邀三弟、蕴如及广平往上海大戏院观电影,曰《人猿泰山》[8]。

十六日　雨。午再校《新俄小说二十人集》下册讫。下午往蟫隐庐买《花庵词选》、《今世说》各一部,共一元六角。往中央研究院[9]。夜风。

十七日　昙。上午寄良友公司信并校稿,即得复。午后微雪。收良友公司所赠《竖琴》十册。下午往人权保障大同盟开会[10],被举为执行委员。蔡子民先生为书一笺[11],为七律[绝]二首。

十八日　大雪。上午往良友公司付以印证二千,并购《竖琴》二十本,付泉十四元四角。往中央研究院午餐,同席八人。下午得诗荃信。得积功信。

十九日　昙。上午同广平携海婴往篠崎医院诊,付泉二元四角。下午达夫来,并交诗笺二[12],其一为柳亚子所写。以《竖琴》十本寄靖华,又赠雪峰四本,保宗、克士各一本。

二十日　昙,午后雨。访小峰。下午寄母亲信。寄季市信。寄诗荃信。得山本夫人信。收大江书店版税泉五十一元六角。夜寄孙夫人、蔡先生信。校《自选集》。风。

二十一日　昙。上午往篠崎医院为海婴取药,付泉二元四角。下午得张一之信。晚内山君招饮于杏花楼,同席九人。

二十二日　星期。晴。下午三弟来。晚往坪井先生寓，致自写所作诗一轴[13]，并饼饵、茗、果共三色。夜风。

二十三日　晴,风。晚得小峰信并版税泉百五十,即付以印证一万枚。夜治肴六种,邀辛岛、内山两君至寓夜饭,饭后内山夫人来,并赠照相一枚。得适夷信并儿童书局赠海婴之书二十五本。

二十四日　昙。下午以翻刻本雷峰塔砖中佛经一纸赠辛岛君。以《竖琴》一本赠适夷。蕴如来。夜得维宁信并稿,即复。

二十五日　晴。上午内山书店送来《東洋美術史の研究》一本,价泉八元四角。同广平携海婴往篠崎医院诊,付药泉四元八角。午后得三弟信。寄达夫信并小文二[14]。下午往中央研究所[院]。晚冯家姑母赠莱菔糕一皿,分其半以馈内山及镰田两家。得季市信并诗笺一枚[15]。旧历除夕也,治少许肴,邀雪峰夜饭,又买花爆十余,与海婴同登屋顶燃放之,盖如此度岁,不能得者已二年矣。

二十六日　旧历申年[16]元旦。昙,下午微雪。夜为季市书一笺[17],录午年春旧作。为画师望月玉成君书一笺[18]云:"风生白下千林暗,雾塞苍天百卉殚。愿乞画家新意匠,只研朱墨作春山。"又戏为邬其山生书一笺[19]云:"云封胜境护将军,霆落寒村戮下民。依旧不如租界好,打牌声里又新春。"已而毁之,别录以寄静农。改胜境为高岫,落为击,戮为灭也。

二十七日　昙。下午得诗荃信。得增田君信片。得平寓信。

二十八日　晴。午后同前田寅治及内山君至奥斯台黎饮咖啡。夜蕴如及三弟来,并见赠饼饵一合、烟卷四十枝。

二十九日　星期。晴。下午得钦文信,十日成都发。得《Der letzte Udehe》一本,似靖华所寄。

三十日　晴。午后复钦文信。寄《涛声》编辑信[20]。下午往中央研究院[21]。

三十一日　晴。午后蕴如持来稿费八十二元,分赠蕴如、广平各二十,自买《周漢遗宝》一本,十一元六角,为海婴买玩具三种,八角。下午寄绍兴朱宅泉五十。得静农及霁野信,二十六日发,夜复。

＊　　＊　　＊

[1]　即《听说梦》。九日寄王志之。后收入《南腔北调集》。

[2]　中央研究院　国民党政府的最高学术机构。1927年11月在南京成立,院长蔡元培。此处指该院上海分院,其办事处在亚尔培路(今陕西南路)三三一号。1933年1月至6月间中国民权保障同盟常假该处进行会务活动。

[3]　人权保障同盟　即"中国民权保障同盟"。1932年12月由宋庆龄、蔡元培、杨铨(杏佛)等人发起组织的团体。1933年1月先后在上海、北平等地设立分会。旨在反对国民党白色恐怖,营救被关押的革命者和进步人士,争取言论、出版、结社、集会等自由。1933年6月该盟总干事杨铨遭国民党特务暗杀后被迫停止活动。是日鲁迅出席该盟临时执行委员会会议,商议组织上海分会事,并电南京国民党中央常务委

员会,要求释放1932年12月17日在北平被当局拘捕的许德珩、马哲民、侯外庐三教授。

〔4〕 天马书店 1932年郭澕创办于上海,曾出版鲁迅的《自选集》及《门外文谈》。

〔5〕 即《无题》("洞庭浩荡楚天高")、《答客诮》。

〔6〕 开民权保障同盟会 会上研究筹备成立上海分会事项。并发会员证,鲁迅会员号为第二十号,会员证号为第三号。

〔7〕 甘鲷 即方头鱼。

〔8〕 《人猿泰山》 原名《Tarzan, The Ape Man》,美国米高梅影片公司出品的六部系列故事片的第一部。

〔9〕 出席中国民权保障同盟会议。会上讨论并决定于17日成立中国民权保障同盟上海分会,并继续设法营救被拘之牛兰夫妇。

〔10〕 出席中国民权保障同盟上海分会成立大会。到会会员十六人。通过《中国民权保障同盟分会章程》,修正并发表《中国民权保障同盟上海分会宣言》,选举宋庆龄、蔡元培、鲁迅、杨杏佛、邹韬奋、胡愈之、林语堂、伊罗生、陈彬龢等九人为执行委员。

〔11〕 蔡子民先生为书一笺 内容为七绝二首:"养兵千日知何用,大敌当前喑不声。汝辈尚容说威信,十重颜甲对苍生。 几多恩怨争牛李,有数人才走越胡。顾犬补牢犹未晚,祇今谁是蔺相如? 旧作录奉鲁迅先生正之 蔡元培"。

〔12〕 郁达夫及柳亚子赠诗。郁达夫诗为:"醉眼朦胧上酒楼,彷徨呐喊两悠悠。群盲竭尽蚍蜉力,不废江河万古流。 赠 鲁迅先生 郁达夫"。柳亚子诗为:"附热趋炎苦未休,能标叛帜即千秋。稽山一老终堪念,牛酪何人为汝谋? 此三年前寄怀 鲁迅先生诗也。录请教正 一九三三年一月亚子"。

〔13〕 即《答客诮》。

〔14〕 即《逃的辩护》（原题为《"逃"的合理化》）、《观斗》。系托郁达夫转投《申报·自由谈》。后均收入《伪自由书》。

〔15〕 许寿裳诗笺文为："画图不厌百回看，好侣枝头露未干。万紫千红谁管领，尽分春色到豪端。　和靖梅花茂叔莲，古人爱好岂无偏？名葩粲粲休争艳，小草青青亦自妍。　题某君画册二首录呈　鲁迅兄两正　邻常"。

〔16〕 申年　应作"酉年"。1933年为农历癸酉年。

〔17〕 即七律《无题》（"惯于长夜过春时"）。录入《南腔北调集·为了忘却的记念》。

〔18〕 即《赠画师》。后收入《集外集拾遗》。

〔19〕 即《二十二年元旦》。后收入《集外集》。

〔20〕 即《论"赴难"和"逃难"》（原题为《三十六计走为上计》）。后收入《南腔北调集》。

〔21〕 出席中国民权保障同盟会议。研究抗议江苏省政府主席顾祝同下令于1月21日枪杀江苏镇江《江声日报》记者刘煜生事。

二　月

一日　昙。下午为靖华寄尚芸佩［佩芸］信并泉五十，又寄尚振声信并泉百，皆邮汇。得张天翼小传稿。

二日　晴。上午蒋径三来，赠以书三种，并留之午餐。午后得王志之信。往来青阁买《李太白集》一部四本，《烟屿楼读书志》一部八本，共泉五元。下午明之携其长女景渊来，赠以书三种，明之并见赠糟鸡一瓮，云自越中持来。

三日 晴。午后寄王志之信并张天翼自传。寄季市信。寄达夫短评二[1]。下午收《Intern. Lit.》(4—5)一本。收《现代》(二卷之四)一本。得天马书店信并校稿[2]。致起应信并《竖琴》两本。茅盾及其夫人携孩子来,并见赠《子夜》一本,橙子一筐,报以积木一合,儿童绘本二本,饼及糖各一包。夜蕴如及三弟来,并持交振铎所赠《中国文学史》(一至三)三本,赠以橙子一囊。

四日 昙。下午得母亲信,一月卅日发。得维宁信。得山本夫人信。

五日 星期。雨。下午得母亲信,二日发。

六日 昙。上午寄母亲信。寄郑振铎信。午后蕴如来并赠年糕及粽子合一筐,以少许分与内山君,于夜持去,听唱片三出而归。

七日 昙,下午雨。柔石于前年是夜遇害,作文[3]以为记念。

八日 昙。上午往篠崎医院为海婴取药,付泉二元四角。寄良友公司信。寄达夫短评二则[4]。午后访达夫,未遇。收申报馆稿费十二元。得母亲所寄小包一个,内均食物。夜雨。

九日 雨雪,午霁。得靖华信,一月九日发。晚得诗荃信。达夫来访。得费慎祥信,并见赠《现代史料》(第一集)一本。

十日 昙。上午复靖华信,附文、它笺[5]。往篠崎医院为海婴取药,付泉二元四角。午后雨雪。下午得良友公司信,即复。寄申报馆信[6]。

十一日　昙,午晴。濯足。下午伊洛生来。得静农信并照片四枚,六日发。

十二日　星期。晴。上午为海婴往篠崎医院取药,付泉四元八角。下午得绍兴朱宅所寄糟鸡、笋干共一篓。得小峰信并版税二百元。得程琪英信,去年十一月十四日柏林发。往内山书店,得《版芸術》(二月分)一本,价六角。三弟及蕴如携婴儿来,留之夜饭。

十三日　晴。午后复程琪英信。寄静农信并《竖琴》六本。得内山嘉吉君信片。从内山书店买书三本,三元九角。夜三弟来。

十四日　晴。午后寄尚佩吾信并靖华版税百七十。得玄珠信。得山本初枝寄赠之《アララギ》二十五周年纪念絵葉書三十三枚。得辛岛骁君从朝鲜寄赠之玩具二合六枚,鱼子一合三包,分给镰田及内山君各一包。得霁野信及靖华译《花园》稿一份。

十五日　雨。午后送申报馆信[7]。下午得达夫信。得尚振声发银回帖。

十六日　雨。上午为海婴往篠崎医院取药,付泉四元八角。午后寄尚佩芸信,付尚声振[振声]回帖。往内山书店买《プロレタリア文学概論》一本,一元七角。得林语堂信。寄程琪英《彷徨》等六本共一包。

十七日　昙。晨得内山君笺。午后汽车赍蔡先生信来,即乘车赴宋庆龄夫人宅[8]午餐,同席为萧伯纳、伊[9]、斯沫特列女士、杨杏佛、林语堂、蔡先生、孙夫人,共七人,饭毕照相二枚。同萧、蔡、林、杨往笔社[10]，约二十分后复回孙宅。绍介木村毅君于萧。傍晚归。夜木村毅君见赠《明治文学展望》一本。

十八日　晴。午后蕴如来。下午得母亲信，十四日发。得霁野信片。夜内山君招饮于知味观，同席为木村毅君等，共七人。

十九日　星期。昙。午后蕴如及三弟来。下午雨。往内山书店买《英和字典》两种，共泉三元六角。寄天马书店版权印证三千枚。晚得语堂信。夜同广平往上海大戏院观苏联电影，名曰《生路》[11]。

二十日　昙。上午同广平携海婴往篠崎医院诊，付药泉四元八角。

二十一日　晴。上午寄林语堂信并稿一篇[12]。晚晤施乐君[13]。夜得小峰信并版税泉二百，付以印证一万枚。

二十二日　晴。上午得费君信。得林克多信。下午寄蔡先生信。

二十三日　昙。上午得蔡先生信。晚雨。夜蕴如及三弟来。风。

二十四日　晴。上午寄黎烈文信。得霁野信。得增田君信。访蔡先生。午杨杏佛邀往新雅午餐，及林语堂、李济之。下午寄改造社[14]稿一篇[15]。夜买英文学书二本，共泉三元二角。

二十五日　晴。下午得黎烈文信，夜复，附文稿一[16]。小雨。

二十六日　星期。雨。下午蕴如及三弟来。

二十七日　雨。上午得霁野信并未名社对开明书店收条〔17〕一纸。得尚佩吾信。下午往语堂寓。夜蕴如及三弟来，赠以香烟一合。寄小峰信。

二十八日　昙。上午为海婴往篠崎医院取药，付泉四元八角。下午在内山书店买《ツルゲネフ散文詩》一本，二元。雨。得林微音信，即复。

* 　　* 　　*

〔1〕　即《航空救国三愿》、《崇实》。后均收入《伪自由书》。

〔2〕　即《鲁迅自选集》校样。

〔3〕　即《为了忘却的记念》。后收入《南腔北调集》。

〔4〕　即《不通两种》、《电的利弊》。后均收入《伪自由书》。

〔5〕　附文、它笺　指附在鲁迅信中的杨之华（文）、瞿秋白（它）致曹靖华的信。当时瞿秋白夫妇第二次避居鲁迅家中，故由鲁迅代转信件。

〔6〕　函内附《战略关系》、《赌咒》二文。后均收入《伪自由书》。

〔7〕　函内附《颂萧》（原题为《萧伯纳颂》）。后收入《伪自由书》。

〔8〕　宋庆龄夫人宅　即上海莫利爱路二十九号（今香山路七号孙中山故居）。下文"孙宅"同此。

〔9〕　指伊罗生。手稿"伊"字右侧有"：:"号（鲁迅用作删去的符号），但据伊罗生回忆及现存照片，当时他也在座。

〔10〕　笔社　应作"笔会"（Pen Club）。国际著作家联合团体。1921年成立于英国伦敦。1929年由蔡元培、杨杏佛等发起，成立分会

于上海。

〔11〕 《生路》 以救济改造流浪儿为题材的故事片,苏联国际工人救济委员会影片公司1931年出品。

〔12〕 即《谁的矛盾》。后收入《南腔北调集》。

〔13〕 唔施乐君 施乐,即美国记者埃德加·斯诺。当时他正拟与姚克等将鲁迅小说译成英文,特来请教有关问题。

〔14〕 改造社 日本东京的一家出版社。社长山本实彦。1919年成立。该社出版的综合性月刊《改造》,山本三生编。

〔15〕 即《看萧和"看萧的人们"记》。后收入《南腔北调集》。

〔16〕 即《对于战争的祈祷》。后收入《伪自由书》。

〔17〕 未名社对开明书店收条 为未名社收取开明书店代售该社存书第一期书款的单据。此款作为该社向鲁迅归还欠款的一部分,3月14日鲁迅往开明领回。

三 月

一日 晴。午后寄木村毅信。得内山嘉吉信,言于二月二十二日举一子。得杨杏佛信并照片二枚。得静农信并《初期白话诗稿》五本,半农所赠。得季市信。得黎烈文信。同内山夫人往东照里看屋[1]。下午理发。买景宋椠《三世相》一本。达夫来,未遇。夜寄母亲信。复静农信。发贺内山嘉吉夫妇生子信。

二日 晴。上午寄山本初枝女士信。寄增田君信。得靖华信,一月末发。晚得小峰信并《呐喊》等六本。山县氏索小说并题诗,于夜写二册赠之[2]。《呐喊》云:"弄文罹文网,抗世违世情。积毁可销骨,空留纸上声。"《彷徨》云:"寂寞新文苑,平安旧战场。两间余一卒,荷戟尚彷徨。"

三日　晴。上午内山夫人来并赠堇花一盆。得适夷信。午后往东照里看屋。下午寄季市信并代买书二本。往中央研究院[3]。寄紫佩信。夜寄黎烈文信并稿三[4]。校《萧伯纳在上海》起。雨。

四日　昙,午后雨。下午以照片两枚寄山本夫人。夜风。

五日　星期。昙。上午寄天马书店信。午后寄语堂信并文稿一[5]。得姚克信二封,下午复。蕴如及三弟来。晚端仁及雁宾来,同至聚丰楼夜饭,共五人。赠端仁、雁宾以《初期白话诗稿》各一本。大风而雪,草地及屋瓦皆白。

六日　昙。午后得程鼎兴信并火腿二只。下午访维宁,以堇花壹盆赠其夫人。得尚佩芸信,晚复。托三弟买《The Adventure of the Black Girl in her Search for God》一本,价二元五角。

七日　昙。午后寄靖华信,附尚佩吾及惟宁笺。寄申报馆稿一篇[6]。下午姚克来访。得适夷信并所赠《二十世纪之欧洲文学》一本。

八日　晴。下午至施高塔路一带看屋。收申报馆稿费四十八元。

九日　昙,下午雨。季市来,赠以《竖琴》两本,《初期白话诗稿》一本。晚往致美楼夜饭,为天马书店所邀,同席约二十人。

十日　小雨。下午得母亲信,六日发。得赵家璧信,夜复。寄李霁野信。

十一日 昙。午后得静农信并北平《晨报》一张[7],七日发。从内山书店买《世界史教程》(分册二)一本,一元二角。晚寄开明书店信。寄申报馆稿一篇[8]。夜三弟及蕴如来并赠油鱼一裹。得季志仁信并《CARLÉGLE》一本,价四百七十五法郎,二月八日巴黎发。

十二日 星期。晴。夜雪峰来并赠火腿一只。

十三日 晴。午后韦姑娘来。得母亲信。得紫佩信,九日发。得罗玄鹰信并《微光》两分。得林微音信,即复。下午寄静农信并照片一枚。得《版芸術》三月号一本,六角。夜同广平访三弟。得幼渔告其女珏结婚柬。校《萧伯纳在上海》讫。

十四日 晴。午后得开明书店信。得紫佩所寄《坟》一本。下午往开明书店取未名社欠款,得五百九十六元七角七分支票一枚。买《二心集》一本。得小峰信并本月分板税泉二百。夜风。

十五日 昙,风。上午往大马路买什物。晚得姚君信,遂往汉弥尔登大厦 Dr. Orlandini 寓夜饭。夜得小峰信。

十六日 晴,风。上午复小峰信并付版权印证八千枚。得山本夫人信,八日发。

十七日 晴。午后得山县初男君信,并赠久经自用之卓镫一具。得山本夫〔人〕赠海婴之梅干有平糖[9]一瓶,又正路君所赠之玩具二事,分其一以赠保宗之长儿。得林微音信。得黎烈文信,夜复。

十八日　晴。午后往良友图书公司买《国亮抒情画集》一本,二元。得俞藻信,十二日发。得山本夫人信,十三日发。得增田君信,十一日发。下午往青年会[10],捐泉十。夜寄烈文信并稿[11]。

十九日　星期。晴。上午同广平携海婴往篠崎医院诊,付泉四元八角。下午得崔万秋信片。得母亲信并泉五十,十六日发。得小峰信。

二十日　晴。夜三弟来,付以母亲所赠之泉二十。得《自选集》二十本,天马书店送来。大风。

二十一日　昙。午后寄小峰信。下午得内山嘉吉君信,并成城学园[12]五年生桔林信太木刻一幅。得钦文信,二日发。得崔万秋信。买《西域南蛮美術東漸史》一本,价五元。决定居于大陆新村,付房钱四十五两,付煤气押柜泉廿,付水道押柜泉四十。夜雨且雾。

二十二日　雨。上午寄母亲信。复崔万秋信。寄《自由谈》稿一[13]。下午往内山书店,遇达夫交黎烈文柬。买《プロレタリア文学講座》(三)一本,一元二角。得小峰信并版税泉二百。得姚克信,即复。

二十三日　雨。上午同广平携海婴往篠崎医院诊,付泉四元八角。下午得吴成均信,夜复。内山书店送来《改造》四月特辑一本。

二十四日　雨。上午寄《自由谈》稿二[14]。午后往内山书店买《ヴェルレヌ研究》一本,三元二角。得增田君信片并所赠《支那ユーモア集》一本。得山本夫人信。下午姚克

邀往蒲石路访客兰恩夫人。晚往聚丰园应黎烈文之邀,同席尚有达夫、愈之、方保宗、杨幸之。得小峰信。《萧伯纳在上海》出版,由野草书店[15]赠二十部,又自买卅部,其价九元,以六折计也。

二十五日　晴。下午寄静农信并《萧伯纳在上海》六本。寄小峰信并校稿[16]。晚三弟来。夜理书籍。

二十六日　星期。雨。下午蕴如及三弟携橐官来。

二十七日　晴。上午得《改造》信并稿费四十圆。从内山书店买《ミレー大画集》一本,四元。又得《白と黒》(十二至十九号)八本,四元六角。午后白薇来。下午移书籍至狄思威路[17]。

二十八日　晴。午后得许锡玉信。得诗荃寄还之《嵇中散集》校本。得赵家璧信并良友图书公司所赠《一天的工作》十本,又自买二十五本,共泉十五元七角五分。买《澄江堂遗珠》一本,二元六角。下午往中央研究院。夜蕴如及三弟来。得林语堂信。

二十九日　昙。午后理书。下午得小峰信。得施蛰存信并稿费卅。

三十日　晴。上午以《一天的工作》十本寄靖华,又以六本寄静农等。午前往中央研究院[18]。下午理书籍。得佘余信。

三十一日　晴。午上遂来,赠以书三种六本。下午寄黎烈文信并稿三[19]。寄小峰信并校稿。往中央研究院[20]。夜三弟来。复佘余信。

＊　　＊　　＊

〔1〕　往东照里看屋　系为瞿秋白找住所。东照里，在施高塔路（今山阴路）一三五弄大陆新村对面。数日后瞿秋白即迁入东照里十二号。

〔2〕　即《题〈呐喊〉》、《题〈彷徨〉》。前者收入《集外集拾遗》，后者收入《集外集》。

〔3〕　出席中国民权保障同盟临时中央执行委员会。会上作出"开除会员胡适"的决议。2月1日胡适任该盟北平分会主席，2月中下旬发表一系列反对该盟章程中关于"释放政治犯"等内容的言论，无据攻击同盟"赝造文件"和"一二人擅断"，为此该盟曾两次致电胡适，促其公开更正，因胡不从，故决定将他开除出会。

〔4〕　即《从讽刺到幽默》、《从幽默到正经》、《文摊秘诀十条》。前二篇收入《伪自由书》，后一篇现编入《集外集拾遗补编》。

〔5〕　即《由中国女人的脚，推定中国人之非中庸，又由此推定孔夫子有胃病》。后收入《南腔北调集》。

〔6〕　即《伸冤》。瞿秋白执笔。后收入《伪自由书》。

〔7〕　北平《晨报》一张　即1933年3月6日北平《晨报》，上载北平未名社声明：将社事委托上海开明书店办理，但社员欠人之款概由该社结束处负责，与开明书店无涉。

〔8〕　即《曲的解放》。瞿秋白执笔，经鲁迅改定。后收入《伪自由书》。

〔9〕　有平糖　日语：糖棍儿。

〔10〕　出席中国民权保障同盟上海分会执行委员会。此次会议为改选上海分会部分执委。于八仙桥青年会举行。本日鲁迅捐助经费

十元。

〔11〕 即《"光明所到……"》。后收入《伪自由书》。

〔12〕 成城学园　1917年日本教育家泽柳政太郎在东京创办成城小学校,1922年又创办中学,1925年再创办旧制高等学校。总称"成城学园"。1933年时成城学园小学部五年级有三个组(班),即橘组、白杨组、楠组。林信太系橘组学生。

〔13〕 即《止哭文学》。后收入《伪自由书》。

〔14〕 即《出卖灵魂的秘诀》(瞿秋白执笔)、《"人话"》。后均收入《伪自由书》。

〔15〕 野草书店　应作野草书屋,即联华书局的前身。费慎祥等人所办。曾出版鲁迅编校并作小引的《不走正路的安得伦》等书。

〔16〕 即《两地书》校样。31日所记"校稿"同此。

〔17〕 指狄思威路鲁迅藏书室,在今溧阳路一三五九号二楼。鲁迅迁居大陆新村时将一部分书籍庋藏于此。

〔18〕 出席中国民权保障同盟会议。28日晚廖承志、余文化、罗登贤以"共产党嫌疑"在租界被捕。次日初审时,因捕房律师要求侦查,改期续审,并拒绝交保。为此该盟于是日讨论并决定为"廖余罗案"发表宣言。

〔19〕 其中二篇为《最艺术的国家》(瞿秋白执笔)、《文人无文》。后均收入《伪自由书》。另一篇疑为《〈子夜〉与国货年》(瞿秋白执笔),连载于4月2、3日《申报·自由谈》。

〔20〕 出席中国民权保障同盟会议,继续商议营救廖承志等。是日下午捕房续审廖案,事后廖即被引渡与国民党上海市公安局。

四 月

一日　晴。午后复施蛰存信。下午寄蒋径三以《一天的工作》一本。往内山书店,得《版芸術》(四月号)一本,五角五分。得姚克信。得胡兰成由南宁寄赠之《西江上》一本。得母亲信,三月二十七日发。

二日　星期。昙。上午同广平携海婴往篠崎医院诊。下午三弟来。雨。

三日　昙。上午寄母亲信。寄山本夫人信。寄增田君信。午后得小峰信并校稿。达夫来并赠《自选集》一本。得王志之信。夜三弟及幼雄来,赠以《自选集》及《萧在上海》各一本。寄《自由谈》稿二篇[1]。

四日　昙,午后晴。坪井学士来为海婴诊。

五日　晴。夜寄小峰信并校稿五叶[2]。

六日　晴。上午往篠崎医院为海婴取药,付泉四元四角。下午得母亲信,一日发。得靖华信,三月十五日发。得崔万秋留片并《申报月刊》一本。得黎烈文信,即复。晚校《两地书》讫。三弟偕西谛来,即被邀至会宾楼晚饭[3],同席十五人。坪井先生来为海婴诊。夜雨。

七日　昙。上午寄小峰校稿。午后得黎烈文信并稿费六十六元。得刘之惠信,即复。得母亲所寄小包一个,内香菌、摩菇、瑶柱、蜜枣、榛子,夜复。寄金丁信。三弟来,饭后并同广平往明珠大戏院观《亚洲风云》[4]影片。雨,夜半大风,有雷。

八日　雨。上午同广平携海婴往篠崎医院诊,付泉四元四角。午后收李辉英所赠《万宝山》一本。晚三弟来。收论语社[5]稿费十八元。

九日　星期。昙。夜浴。

十日　昙。下午寄黎烈文信并稿二篇[6]。

十一日　晴。午后得母亲信,七日发。是日迁居大陆新村[7]新寓。

十二日　昙。午后得陈烟桥信并木刻二枚。得小峰信并版税泉百。

十三日　晴。午后得姚克信。得适夷信,即复。下午寄母亲信。复陈烟桥信。复小峰信。晚姚克来邀至其寓夜饭。雨。

十四日　雨。上午同广平携海婴往篠崎医院诊,付泉二元四角。下午晴。保宗来访。夜三弟来,留之夜饭。

十五日　小雨。午后得季市信。下午寄《自由谈》稿二篇[8]。

十六日　星期。雨。下午寄季市信。三弟来,未见。

十七日　晴。下午从内山书店买《新潮文库》二本,《英文学散策》一本,共泉三元。

十八日　小雨。下午得小峰信并《两地书》版税百五十,即付印证千。寄内山嘉吉君信,并信笺十余枚,托其〔交〕成城学园之生徒寄我木刻者。夜寄《自由谈》稿二篇[9]。

十九日　雨。午后得母亲信。往大马路石路知味观定座。下午发请柬。得小峰信并《两地书》版税泉百,并赠书二十本,又添购二十本,价十四元也。

二十日　晴。上午同广平携海婴往篠崎医院诊,付泉二元四角。下午寄电力公司信。寄自来火公司信。寄姚克信。以《两地书》寄语堂及季市。买《一立斋広重》一本，六元。夜三弟来。寄小峰信。

二十一日　晴。午后得母亲信并泉三元，十七日发。得靖华信并稿一篇，又插画本《十月》及译本《一月九日》各一本，三月二十五日发。下午得小峰信并本月版税泉二百。付何凝《杂感集》编辑费百。寄柏林程琪英六本复被寄回，不知其故。收内山嘉吉君为其子晓弥月内祝之品一合。

二十二日　晴。午后得姚克信。得祝秀侠信。买《人生十字路》一本，一元六角也。晚在知味观招诸友人夜饭[10]，坐中为达夫等共十二人。风。

二十三日　星期。晴。上午达夫来，未见，留字而去。午后寄母亲信。寄《自由谈》稿一篇[11]。晚在知味观设宴，邀客夜饭，为秋田、须藤、滨之上、菅、坪井学士及其夫人并二孩子、伊藤、小岛、镰田及其夫人并二孩子及诚一、内山及其夫人、广平及海婴，共二十人。黄振球女士携达夫绍介信来，未见，留字及《现代妇女》一册而去。

二十四日　昙，下午雨。得紫佩信，廿日发，夜复。

二十五日　雨。午后得《世界の女性を語る》及《小说研究十二講》各一本，著者木村君赠。又买《支那中世医学史》一本，价九元。买椅子一、书厨二，价三十二元。下午得《木铃木刻》一本。得增田君信，二十日发。得朱一熊信。

二十六日　晴。下午往中央研究院[12]。得李又燃信，夜复。

二十七日　晴。上午得姚克信。晚得崔万秋信并《セルパン》(五月分)一本。

二十八日　晴。午后得王志之、谷万川信,并《文学杂志》二本。得施蛰存信。夜三弟及蕴如来,并见赠食品六种。

二十九日　雨。上午同广平携海婴往篠崎医院诊,付泉三元九角。又买玩具名"尚武者"一具,一元九角。午晴。午后得靖华信,三月卅一日发。得西村真琴信并自绘鸠图一枚。得增田君所寄原文《Noa Noa》一本。晚姚克招饮于会宾楼,同席八人。得张梓生所赠《申报年鉴》一本。

三十日　星期。晴。上午坪井学士来为海婴注射。午后得语堂信。买《素描新技法講座》一部五本,八元四角;《版芸術》(五月分)一本,六角。晚交还旧寓讫。三弟及蕴如携藁官来。

*　　*　　*

〔1〕　即《推背图》、《现代史》。后均收入《伪自由书》。

〔2〕　即《两地书》序目校样。

〔3〕　席间商讨筹办《文学》月刊事。

〔4〕　《亚洲风云》　又名《国魂》,故事片,苏联国际工人救济委员会影片公司 1928 年出品。

〔5〕　论语社　指《论语》半月刊编辑部。

〔6〕　即《〈杀错了人〉异议》、《中国人的生命圈》。后均收入《伪自由书》。

〔7〕　迁居大陆新村　是日鲁迅自拉摩斯公寓迁居大陆新村第一

弄(现一三二弄)九号,直到逝世。1951年作为"上海鲁迅故居"对外开放。参看本卷第333页注〔2〕。

〔8〕 即《内外》、《透底》。均为瞿秋白执笔。后收入《伪自由书》。

〔9〕 即《"以夷制夷"》、《言论自由的界限》。后均收入《伪自由书》。

〔10〕 为介绍姚克与上海文艺界人士见面。出席者有茅盾、黎烈文、郁达夫等。

〔11〕 即《大观园的人才》(文末署"四月二十四日")。瞿秋白执笔。后收入《伪自由书》。

〔12〕 出席中国民权保障同盟临时全国执行委员会会议。主要决议有:通过章程;聘请律师去南京营救罗登贤、罗章龙等;聘请律师依法营救在北平被判有期徒刑的马哲民、侯外庐两教授;开除吴迈会籍。

五 月

一日 晴,风。上午坪井学士来为海婴注射,并赠含钙饼干一合,漆果子皿一个。得母亲信,附和森笺,四月二十八日发。得山本夫人信。午后复施蛰存信。寄三弟信。下午往春阳馆照相。理发。往高桥齿科医院修义齿。买《漫画サロン集》一本,七角。夜濯足。风。

二日 昙。下午寄王志之信并泉廿。付坂本房租六十,为五月及六月分。往高桥齿科医院,广平携海婴同行。夜大风。

三日 晴。下午得小峰信并《两地书》版税泉百二十五,即复。晚得季市信,即复。得母亲信,四月廿九日发。得文学社[1]信。得神州国光社信并《十月》二十本。给三弟信。夜风。

四日 晴。上午往高桥齿科医院改造义齿讫,付泉十五元。午后寄《自由谈》稿二[2]。下午得黎烈文信,夜复。小雨。

五日 晴。上午往篠崎医院为海婴取药,付泉二元四角。往良友公司买《竖琴》及《一天的工作》各五本,《雨》及《一年》各一本,共泉七元六角。午后寄《自由谈》稿一篇[3]。下午往高桥齿医院修正义齿。往内山书店买《日和見主義ニ対スル闘争》一本,八角。得魏卓治信。

六日 晴。午保宗来并赠《茅盾自选集》一本,饭后同至其寓,食野火饭[4]而归。晚得申报馆信。得为守常募捐公函[5]。得森堡信并诗。

七日 星期。晴,风。上午寄《自由谈》稿二篇[6]。午后复魏卓治信。寄母亲信。下午得野草书店信。得曹聚仁信,即复。校《杂感选集》起手。夜得黄振球信。三弟及蕴如来。

八日 晴。午后得山本夫人信。下午买《Van Gogh 大画集》(一)一本,五元五角也。

九日 晴。上午同广平携海婴往篠崎医院诊,付泉二元四角。午后寄矛尘信并《两地书》二。以书分寄季市、静农、志之等。下午魏卓治见访。得姚克信。得孔若君信。买《ブレイク研究》一本,价三元七角。寄邹韬奋信。

十日 晴。午后寄季市信。得志之信,即复。得邹韬奋信。得语堂信。史沫特列女士将往欧洲[7],晚间广平治馔为之饯行,并邀永言及保宗。

十一日　晴。上午得《粮食》及插画本《戈理基小说集》各一本,靖华所寄。午后寄紫佩信并赙李守常泉五十元,托其转交,又《两地书》等二包,托其转送。下午往中央研究院[8]。夜寄姚克信。寄王志之信。校《不走正路的安得伦》起。夜风。

十二日　晴,风。上午寄《自由谈》稿一篇[9]。午后得静农信,六日发。得霁野信,八日发。买《卜辞通纂》一部四本,十三元二角。晚三弟来。

十三日　晴,风。上午往中央研究院,又至德国领事馆[10]。午后得增田君信。得保宗信。得魏猛克等信,下午复。寄三弟信。得小峰信。夜作《安得伦》译本序[11]一篇。

十四日　星期。晴,大风而热。下午三弟及蕴如携藁官来。

十五日　晴,热。午后寄天马书店信。下午得母亲信。得黎烈文信。得保宗信。得小峰信并本月分版税二百,《坟》二十本,又《两地书》五百本版税百二十五元,即复,并交广平印证[12]五百枚。大雷雨一阵即霁。林语堂为史沫特列女士饯行,亦见邀,晚同广平携海婴至其寓,并以玩具五种赠其诸女儿,夜饭同席十一人,十时归,语堂夫人赠海婴惠山泥孩儿一。小雨。

十六日　晴。下午得东亚日报社[13]信。内山君赠椒芽菹[14]一盆。夜雷雨。

十七日　晴。上午复东亚日报社信。玄珠来并赠《春蚕》一本。午后得季市信。得邹韬奋信并还书[15]。达夫来,未见。

十八日　晴。上午寄《自由谈》稿一篇[16]。午后寄邵明之信。得母亲信。得东亚日报社信。得冯润璋信。晚大雨一阵。得达夫信。

十九日　昙。午后得黎烈文信。得紫佩信,十五日发。买《最新思潮展望》一本,一元六角。下午寄东亚日报社信。寄语堂信。夜雨。

二十日　雨。上午复烈文信并稿二[17]。午后得王志之信。得姚克信并大光明〔戏〕院试演剧券二,下午与广平同往,先为《北平之印象》,次《晴霁逝世歌》独唱,次西乐中剧《琴心波光》,A. Sharamov[18]作曲,后二种皆不见佳。晚寄增田君信并《太平天国野史》一本。假野草书店泉五十。

二十一日　星期。晴。上午寄《自由谈》稿二[19]。午后校《不走正路的安得伦》毕。下午蕴如及三弟来。得东方杂志社信。得申报月刊社信。

二十二日　晴。无事。

二十三日　晴。午后得矛尘信,十七日发。

二十四日　晴。午后得君敏信。得许席珍信,夜复。得铭之信。三弟及蕴如来,并为代买新茶三十斤,共泉四十元。

二十五日　小雨。上午得姚克信。得紫佩信,廿日发。得母亲信,二十一日发。午后往中央研究院。以茶叶分赠内山、镰田及三弟。晚复母亲信。复冯润璋信。以《自选集》等三本寄铭之。

二十六日　晴。午后得黎烈文信。同姚克往大马路照相[20]。

二十七日　昙。上午季市来,留之午餐,并赠以旧邮票十枚。午后得小峰信并本月版税二百,又《两地书》版税百二十五,即付以印证五百枚。下午雨。得六月分《版芸術》一本,价六角。晚治馔邀蕴如及三弟夜饭,阿玉、阿菩同来。

二十八日　星期。旧历端午。晴。上午复黎烈文信。以照相二枚寄姚克。下午得晓风社[21]信。以戈理基短篇小说序稿[22]寄伊罗生。

二十九日　晴。午后得许席珍信。下午得小峰信。得张释然信,夜复。

三十日　晴。下午寄曹聚仁信并稿[23]。得王黎信,即复。复许席珍信。复晓风社信。寄黎烈文信并沈子良稿。夜同广平携海婴访坪井先生,赠以芒果七枚,茶叶一斤。

三十一日　晴。上午收到北平古佚小说刊行会[24]景印之《金瓶梅词话》一部二十本,又绘图一本,豫约价三十元,去年付讫。长谷川君次男弥月,赠以衣服等三种。内山书店杂志部送来《白と黒》十三本,共泉七元八角。下午收大江书铺送来版税泉六十九元五角。寄曹聚仁信。寄紫佩信。得黎烈文信,夜复。内山夫人来,并赠手巾二筒、踯躅一盆。

＊　　＊　　＊　　＊

[1]　文学社　指《文学》月刊编辑部。

〔2〕 即《文章与题目》（原题《安内与攘外》）、《新药》。后均收入《伪自由书》。

〔3〕 即《"多难之月"》。后收入《伪自由书》。

〔4〕 野火饭　浙江地区的一种便餐，用肉丁、笋丁、豆腐干丁、栗子、虾米、白果等与大米混煮成饭，原为立夏时节在露天做饭，故称。

〔5〕 为守常募捐公函　1933年4月，北平民众在中国共产党领导下，为公葬李大钊发起募捐。鲁迅于11日捐款五十元。

〔6〕 即《不负责任的坦克车》、《从盛宣怀说到有理的压迫》。后均收入《伪自由书》。

〔7〕 史沫特列女士将往欧洲　史沫特莱为治疗心脏病，于本月前往苏联高加索休养。

〔8〕 出席中国民权保障同盟会议，讨论向德国领事馆递交抗议书事。

〔9〕 即《王化》。《自由谈》未能刊出，又转投《论语》半月刊，发表于该刊第十八期（1933年6月），后收入《伪自由书》。

〔10〕 为抗议希特勒纳粹党人蹂躏人权，摧残文化等暴政，是日上午由宋庆龄、蔡元培、鲁迅、杨杏佛等人代表中国民权保障同盟，向德国驻沪领事馆递交抗议书。

〔11〕 即《〈不走正路的安得伦〉小引》。原题《介绍〈不走正路的安得伦〉》。后收入《集外集拾遗》。

〔12〕 广平印证　《两地书》以许广平名义收取版税，故以其版税印花交北新书局。

〔13〕 东亚日报社　朝鲜报社，1920年4月在汉城创办《东亚日报》。该报驻中国记者申彦俊来信请求采访。

〔14〕 椒芽菹　用山椒嫩芽做成的咸菜。

〔15〕 即《高尔基画像集》。鲁迅得知邹韬奋在编译《革命文豪高尔基》时,将收藏的《高尔基画像集》寄供选用插图。韬奋用毕后即归还。

〔16〕 即《天上地下》。后收入《伪自由书》。

〔17〕 即《保留》、《再谈保留》。当时均未能刊出,后收入《伪自由书》。

〔18〕 A. Sharamov 应为 Avshalomov,通译阿甫夏洛穆夫(?—1965),犹太作曲家。三十年代从俄罗斯移居上海,1947 年去美国。

〔19〕 即《"有名无实"的反驳》、《不求甚解》。当时均未能刊出,后收入《伪自由书》。

〔20〕 往大马路照相 鲁迅应姚克之请,往南京路雪怀照相馆照相,拟用于斯诺、姚克等在翻译中的英译本《鲁迅短篇小说集》。此像后刊于斯诺编译的《活的中国》(《Living China》)一书。

〔21〕 晓风社 即晓风文艺社。安徽大学学生文艺团体。1931 年至 1934 年先后出版《绿洲》周刊和《沙漠》月刊。

〔22〕 即《译本高尔基〈一月九日〉小引》。原为在我国重印《一月九日》作,后该书在印刷时被当局查抄而未印成。本文 1934 年收入《集外集》时,被检查官抽去。1938 年收入《集外集拾遗》。

〔23〕 即《〈守常全集〉题记》(原题《〈守常先生全集〉题记》)。后收入《南腔北调集》。

〔24〕 北平古佚小说刊行会 应作北平古籍小说刊行会。1933 年北平图书馆搜得明万历年间刻本《金瓶梅词话》时,即以此名义印行。

六 月

一日 昙。下午长谷川君赠蛋糕一合。得冯润璋信。得施蛰存信并《现代》杂志稿费八元,晚复。

二日　晴。午后代何女士延须藤先生诊。夜校阅王志之《落花集》讫。

三日　晴,风。夜三弟及蕴如来,并赠烟卷四合。得曹聚仁信。费君持来《不走正路的安得伦》四十本。雨。

四日　星期。雨。下午复曹聚仁信。得魏猛克信。得紫佩信并《初期白话诗稿》一本,五月三十日发。作文一篇[1]投《文学》。

五日　昙。午后得白兮信并《无名文艺》月刊一本。得景渊信,夜复。

六日　昙。下午复魏猛克信,寄语堂信并信稿[2]。得邹韬奋信,即复。得黎烈文信。买《ミレー大画集》(2)一本,价四元。

七日　晴。下午坪井先生来为海婴注射。得俞芳信,二日发。得白苇信。夜蕴如及三弟来。

八日　晴。上午内山书店送来《白と黒》(卅五)一本,价六角。午后收《自由谈》稿费三十六元。寄黎烈文信并稿二[3]。坪井先生来为海婴注射。下午往科学社[4]。得林语堂信。

九日　昙,风,午后雨。得西村真琴信。收论语社稿费三元。得母亲信。从内山书店得ヴァレリイ《现代の考察》一本,价二元二角。

十日　雨。午后寄白兮信。下午得谷万川信。得诗荃信并照相,五日长沙发。得钦文信,五月廿七日成都发。复王志之信。

十一日　星期。昙,午后晴。得适夷信。收《文艺月报》一本。起应见赠《新俄文学中的男女》一本。下午蕴如及三弟来。收《自由谈》稿费三十六元。

十二日　昙。上午复谷万川信。寄涛声社[5]信。下午得内山嘉吉君所寄其子晓生后九十五日照相一枚。得增田君信片。得杨杏佛信并我之照相一枚,夜复。复适夷信。

十三日　昙。上午寄母亲信,附钦文笺。午后小雷雨,下午晴。寄志之等《不走正路的安得伦》四本。得小峰信并版税二百。

十四日　晴,风。上午复诗荃信。午后得曹聚仁信。

十五日　晴。夜寄《自由谈》稿二篇[6]。

十六日　晴。午后得黎烈文信,附许席珍函。夜校《杂感选集》讫。雨。

十七日　晴。下午复黎烈文信并稿二篇[7]。得文学社稿费十四元。得学昭寄赠之《海上》一本。夜蕴如及三弟来。

十八日　星期。昙。午后得《创作的经验》五本,天马书店赠。得《木版画》第一期第一辑一帖十枚,野穗社[8]赠。得姚克信,夜复。

十九日　雨。上午复曹聚仁信。午季市来,赠以《创作的经验》乙本,《不走正路的安得伦》二本。午后保宗来,并见赠精装本《子夜》壹本。下午得赵家璧信并所赠《白纸黑字》一本。得山本夫人所寄《明日》(四号)一本。得崔万秋信[9]。

二十日　雨。上午寄谷万川信并稿[10]。寄赵家璧信并印证四千枚。内山夫人来,并见赠食品二种。得山本夫人所寄赠照相一枚。午季市来,午后同往万国殡仪馆送杨杏佛殁[11]。得太原榴花社[12]信。得语堂信。

二十一日　昙。上午复语堂信。复榴花社信。下午为坪井先生之友樋口良平君书一绝[13]云:"岂有豪情似旧时,花开花落两由之。何期泪洒江南雨,又为斯民哭健儿。"为西村真琴博士书一横卷[14]云:"奔霆飞焰歼人子,败井颓垣剩饿鸠。偶值大心离火宅,终遗高塔念瀛洲。精禽梦觉仍衔石,斗士诚坚共抗流。度尽劫波兄弟在,相逢一笑泯恩仇。西村博士于上海战后得丧家之鸠,持归养之;初亦相安,而终化去。建塔以藏,且征题咏,率成一律,聊答遐情云尔。一九三三年六月二十一日鲁迅并记。"下午小峰及林兰来。铭之来,并赠鱼干一合。夜三弟及蕴如来。

二十二日　雨。下午往内山书店买《ショウを語る》及《輪のある世界》各一本,共泉三元二角。得论语社稿费七元。晚赠内山君笋干一合。井上红梅见赠海苔一合。夜濯足。

二十三日　晴。无事。

二十四日　晴。下午从内山书店买书三本,十五元八角。晚得小峰信并《两地书》版税一百二十五元,即付印证五百枚。

二十五日　星期。晴,大风。午后得母亲信,廿日发。得王志之信。下午蒋径三来,赠以《两地书》一本。夜蕴如及三弟来,以饼干一合赠其孩子们。

二十六日　晴。上午寄母亲信。寄紫佩信。寄山本夫人信。寄增田君信。寄小峰信。午后得宋大展信。得谷万川信。下午得小峰信并版税泉二百。

二十七日　昙。上午寄王志之信并《两地书》一本。寄《自由谈》稿二篇[15]。午后得白兮信。得赵家璧信并再版《竖琴》及《一天的工作》各一本,《母亲》(作者署名本)一本。下午达夫及夏莱蒂来。

二十八日　晴,热。下午为萍荪书一幅[16]云:"禹域多飞将,蜗庐剩逸民。夜邀潭底影,玄酒颂皇仁。"又为陶轩书一幅[17]云:"如磐遥夜拥重楼,剪柳春风导九秋。湘瑟凝尘清怨绝,可怜无女耀高丘。"二幅皆达夫持来。得静农信,即复。

二十九日　雨,午后晴。夜蕴如及三弟来。

三十日　昙,午后小雨。理发。寄稿一篇[18]于《文学》第二期。下午得谷万川信。得诗荃信。往内山书店付书帐,并买《クオタリイ日本文学》(第一辑)一本,《现代世界文学》一本,共泉三元六角。夜浴。大雨。

＊　　＊　　＊

〔1〕　即《又论"第三种人"》。后收入《南腔北调集》。

〔2〕　即《复魏猛克》。与魏猛克来信一并发表于《论语》半月刊第十九期(1933年6月),总题为《两封通信》,现编入《集外集拾遗补编》。

〔3〕 即《夜颂》、《推》。后均收入《准风月谈》。

〔4〕 科学社 全称"中国科学社"。自然科学团体。由杨杏佛、胡明复、赵元任等发起,1915年成立于南京。总社后移上海亚尔培路五三三号(今陕西南路永嘉路口)。中国民权保障同盟曾在此开会。

〔5〕 涛声社 即"听涛社",指《涛声》周刊编辑部。信中附《"蜜蜂"与"蜜"》,后收入《南腔北调集》。

〔6〕 即《二丑艺术》、《偶成》。后均收入《准风月谈》。

〔7〕 即《"抄靶子"》、《谈蝙蝠》。后均收入《准风月谈》。

〔8〕 野穗社 陈铁耕、陈烟桥、何白涛等发起组织的青年木刻团体,1933年成立于上海新华艺术专门学校。

〔9〕 得崔万秋信 杨邨人化名柳丝在6月17日《大晚报·火炬》发表《新儒林外史》攻击鲁迅后,该刊编者崔万秋即致信鲁迅表示如有反驳也可登载。鲁迅未予理睬。后在《伪自由书·后记》及与友人通信中揭露他们的伎俩。

〔10〕 稿为茅盾所作《"杂志办人"》,刊于《文学杂志》第三、四号合刊(1933年7月)。

〔11〕 送杨杏佛殓 6月18日中国民权保障同盟总干事杨铨(杏佛)遭国民党蓝衣社特务暗杀。据传鲁迅亦被列入暗杀黑名单,如前往出席杨铨大殓则将加害。但鲁迅仍偕许寿裳冒雨往胶州路万国殡仪馆送殓。出门时不带钥匙,以示决绝;返后作《悼杨铨》诗。

〔12〕 榴花社 由唐诃等人发起的文学团体,1933年春成立于太原。曾出版《榴花周刊》,附在太原的《山西日报》发行,出至第七期被迫停刊。

〔13〕 即《悼杨铨》。后收入《集外集拾遗》。

〔14〕 即《题三义塔》。后收入《集外集》。

〔15〕 即《"吃白相饭"》、《华德保粹优劣论》。后均收入《准风月谈》。

〔16〕 即《无题三首·其一》。后收入《集外集拾遗》。

〔17〕 即《悼丁君》。后收入《集外集》。

〔18〕 即《我的种痘》。现编入《集外集拾遗补编》。

七 月

一日 晴。午后协和及其长子来,因托内山君绍介其次子入福民医院。夜请须藤先生来为海婴诊,云是胃加答儿。

二日 星期。昙。上午季市来。午后往福民医院视协和次子病。得《版芸術》(七月号)一本,六角。下午蕴如及三弟来。须藤先生来为海婴诊视。夜寄野草书屋信。

三日 晴。上午得云章信。得天马书店信。下午得小峰信。

四日 晴,风。上午同广平携海婴往须藤医院诊。午后复天马书店信。寄《自由谈》稿二篇〔1〕。下午买ヴァレリイ作《文学》一本,一元一角。得山本夫人信。

五日 晴。上午寄《自由谈》稿二篇〔2〕。午后得母亲信,一日发。得紫佩信,同日发。得王志之信。得罗清桢信并自作《木刻集》第一辑一本。下午北新书局送来《两地书》版税泉百二十五,即付印证千。晚伊君来邀至其寓夜饭,同席六人。得疑父及文尹信,并文稿〔3〕一本。

六日 晴。午后收《自由谈》稿费四十二元。

七日 小雨。上午复罗清桢信。午后晴,风。为《文学》

作社谈二篇[4]。下午得诗荃信。得烈文信。得天马书店信并版税支票二百。邹韬奋寄赠《革命文豪高尔基》一本。夜蕴如及三弟来。

八日 晴。上午复紫佩信。复天马书店信。午后同广平携海婴往福民医院访协和次男,假以零用泉五十。下午至内山书店,得《ヴァン・ゴホ大画集》(2)一本,五元五角。假野草书屋泉六十。得小峰信并《杂感选集》二十本,版税百,即付以印证[5]千。得陈此生信,至夜复之。复黎烈文信,附稿一篇[6]。钦文自蜀中来[7]。

九日 星期。晴,风而热。下午协和来。夜浴。

十日 晴,热。午后大雷雨一陈。下午收良友图书公司版税二百四十元,分付文尹、靖华各卅[8]。以《选集》编辑费二百付疑冰。

十一日 晴,热。上午得母亲信,四日发。得增田君信,六日发。得罗清桢信。得曹聚仁信。得合众书店[9]信,夜复。复曹聚仁信。与广平携海婴往内山书店,并买《アジアの生産方式に就いて》一本,二元二角。

十二日 晴,热。上午寄母亲信。寄山本夫人信。寄增田君信并海婴照相一张,《两地书》及《杂感选集》各一本。夜蕴如及三弟携蕖官来。费慎祥来,并赠惠山泥制玩具九枚。

十三日 晴,热。镰田诚一君于明日回国,下午来别。程鼎兴君赠鲜波罗二枚,又罐装二个。晚蕴如及三弟来。得申报月刊社信,即付稿二[10]。得钦文信。得洪荒月刊社[11]信。得黎烈文信二,夜复。

十四日　晴,热。上午得诗荃信并《尼采自传》译稿一本。下午寄黎烈文信并稿[12]。

十五日　晴,热。午后大雷雨一陈即霁。往内山书店买《星座神話》、《法蘭西新作家集》各一本,《史的唯物論》一部三本,共泉七元四角。下午得小峰信并版税二百,又赠海婴童话二本。夜浴。

十六日　星期。晴,热。午后协和来。下午蕴如及三弟来。

十七日　晴,风而热。上午得烈文信并退回稿一篇[13]。下午收《申报月刊》稿费十一元。

十八日　晴,热。上午得罗〔清〕桢信并木刻五幅。得赵竹天信并《新诗歌作法》及期刊等一包。下午内山书店送来《古明器泥像図鑑》(六辑)一帖,书三本,期刊三本,共泉十七元九角。得靖华信并译稿一篇,六月十五日发。得易之信。晚得施蛰存信,附程靖宇函。

十九日　晴。上午复罗清桢信。复施蛰存信。复程靖宇信。夜浴。

二十日　晴。上午得诗荃信。夜编《伪自由书》讫。

二十一日　昙。午后为森本清八君写诗一幅[14]云:"秦女端容弄玉筝,梁尘踊跃夜风轻。须臾响急冰弦绝,独见奔星劲有声。"又一幅云:"明眸越女罢晨装,荇水荷风是旧乡。唱尽新词欢不见,旱云如火扑晴江。"又一幅录顾恺之诗。下午雨。

二十二日　昙,风。晚蕴如及三弟来。永言来。得黎烈文信,夜复,附稿一篇[15]。

二十三日　星期。晴,风。下午三弟来。

二十四日　晴,风。上午内山夫人及其姨甥〔来〕,并携来内山嘉吉君所赠蝇罩一枚、羊羹二包。得文艺春秋社[16]信。夜三弟来,赠以羊羹一包。

二十五日　晴,热,下午昙。复诗荃信。寄烈文信并稿二篇[17]。往内山书店买《希臘文学総説》等三种,共泉八元二角。

二十六日　雨,午晴,热。下午内山书店送来《生物学講座増補》三本,值二元。

二十七日　晴,大风。上午得程鼎兴信。延须藤先生来为海婴诊,云是食伤。

二十八日　晴,大风。下午须藤先生来为海婴诊。得黎烈文信。得许席珍信。得诗荃信。得小峰信并版税二百,付以《伪自由书》稿。为协和付其次子在福民医院手术及住院费百五十二元。

二十九日　晴。上午寄文学社信[18]。晚寄黎烈文信[19]。往内山书店,得《版芸術》(八月号)一本,价六角。

三十日　星期。晴。下午三弟及蕴如携蘖官来,并代买得景宋袁州本《郡斋读书志》一函八本,二十一元六角。又墨西哥《J. C. Orozco 画集》一本,二十三元。蘖官昨周岁,赠以衣裤二事,饼干一合,又赠阿玉、阿菩学费五十。协和及其长子来。晚季市来。收文学社《文学》二期稿费二十二元。夜作《伪自由书》后记讫。

三十一日　晴。上午得崔万秋信,下午复。夜季市赴宁,赠以《杂感选集》二本,蝇罩一枚。

＊　　＊　　＊

〔1〕　即《我谈堕民》、《华德焚书异同论》。后均收入《准风月谈》。

〔2〕　即《序的解放》、《驳"文人无行"》。前篇收入《准风月谈》;后篇未能刊出,后录入《伪自由书·后记》。

〔3〕　指《解放了的董·吉诃德》稿本,瞿秋白译。

〔4〕　即《辩"文人无行"》、《大家降一级试试看》。前篇因当时《文学》"社谈"不署作者名,由编者移该刊"散文随笔"栏发表,现编入《集外集拾遗补编》;后篇因《申报月刊》索稿,由作者连同十二日所作《沙》转该刊发表,后收入《南腔北调集》。

〔5〕　指何凝(瞿秋白)之印证,供《鲁迅杂感选集》出版用。

〔6〕　即《别一个窃火者》。后收入《准风月谈》。

〔7〕　钦文自蜀中来　许钦文于1932年2月因陶、刘命案牵连被释后往成都谋职,刘家继续上诉,此时在许家住所搜出刘梦莹遗物所藏共青团证件及进步刊物,许又被以"窝藏共党"罪起诉。他回杭州入狱候审,途经上海来访。后经鲁迅托蔡元培营救,1934年7月获释。

〔8〕　良友图书公司版税　即《竖琴》和《一天的工作》版税。《竖琴》中有曹靖华所译《星花》;《一天的工作》中有瞿秋白所译《一天的工作》、《岔道夫》两篇,故鲁迅分给相应版税。

〔9〕　合众书店　方家龙创办,设在福州路太和坊。该店于1932年出版鲁迅的《二心集》,1934年再版时,被国民党图书杂志审查会删去《对于左翼作家联盟的意见》等二十二篇,余十六篇由该店改名《拾零

集》出版。来信即为此事。

〔10〕 即《大家降一级试试看》、《沙》。

〔11〕 洪荒月刊社　该社于本月出版文学月刊《洪荒》。

〔12〕 即《智识过剩》。后收入《准风月谈》。

〔13〕 即《驳"文人无行"》。

〔14〕 即《赠人二首》。后收入《集外集》。

〔15〕 即《诗和预言》。后收入《准风月谈》。

〔16〕 文艺春秋社　上海杂志社。该社于本月出版文学月刊《文艺春秋》。

〔17〕 即《"推"的余谈》、《查旧帐》。后均收入《准风月谈》。

〔18〕 即《给文学社信》。后收入《南腔北调集》。

〔19〕 信内附《晨凉漫记》。后收入《准风月谈》。

八　月

一日　晴,热。下午得志之信。得西村博士信。得语堂信。得烈文信。得吕蓬尊信,夜复。得陈企霞等信,夜复。得胡今虚信。得崔万秋信。得陈光宗小画象[1]一纸。

二日　昙。上午复胡今虚信。复语堂信。同广平携海婴访何昭容。往高桥齿科医院为海婴补齿。下午须藤先生来为海婴诊。托文学社制图版十三块,共泉二十二元八角。晚得小峰信,并《两地书》版税百廿五,《杂感选集》版税百,即付印证各壹千枚。夜风雨。

三日　昙。下午复烈文信。内山书店送来《ジイド以后》一本,一元一角。夜蕴如及三弟来,托其寄复施蛰存信,附稿一篇[2]。

四日　晴,热。上午得赵家璧信。内山书店有客将归,以食品三种托其携交山本初枝及内山松藻二家。下午寄《自由谈》稿二篇[3]。寄小峰信。夜永言来。风。

五日　晴,热。上午复赵家璧信。午后往鸿运楼饮。得生活周刊社[4]信。得陈烟桥信并木刻一帧,夜复。蕴如及三弟来。

六日　星期。晴,大热。上午寄须藤先生信。

七日　晴,大热。上午寄曹聚仁信并稿[5]一篇。午后内山书店送来《ミレー大画集》(3)一本,四元。寄靖华信并书报等二包。得烈文信并《自由谈》稿费五十元。下午大雨一陈。寄烈文信并稿一篇[6]。寄赵家璧信并木版书序[7]一篇。得增田君信,七月三十日发。

八日　晴,大热。上午寄陈烟桥信。寄王志之信并书籍等。夜三弟及蕴如来。得杜衡信。浴。

九日　昙,午晴,大热。夜往内山书店,得赵家璧信并木刻书序稿费二十元。得霁野信,附与靖华笺及其版税二百五十五元,即复。得董永舒信并小说稿一篇。

十日　昙,热。上午寄三弟信。下午风,稍凉。

十一日　晴,风而热。上午复杜衡信。寄黎烈文信并稿二篇[8]。得曹聚仁信。下午得诗荃信。晚大雷雨。夜三弟来并代购得《高尔基传》一本。

十二日　晴,风,大热,下午雷雨。无事。

十三日　星期。晴,热。午后寄母亲信。下午复董永舒信并寄书籍七本。协和来。三弟及蕴如携二孩来。得杜衡信。寄《申报月刊》稿二篇[9]。

十四日　昙,热。下午雨一陈,仍热。寄烈文信并稿四篇[10]。复杜衡信。

十五日　晴,热。下午大雨,稍凉。无事。

十六日　昙,热。上午得钦文信。得天马书店信并版税即期支票二百,下午复之,并寄印证千。得小峰信并版税二百。晚得黎烈文信。得语堂信。三弟及蕴如携蘽官来。

十七日　晴。下午校《伪自由书》起。

十八日　晴。上午寄《自由谈》稿二篇[11]。得韦丛芜信并还靖华泉二百元。得天马书店信并再版《自选集》五本。夜浴。

十九日　昙。午后往内山书店买文艺书三种五本,共泉四元五角。又从杂志部得《白と黑》(三十八)一本,《仏蘭西文芸》(一至五)五本,共泉一元七角。晚雨。得季市信。得杜衡信。

二十日　星期。晴。下午复季市信。复杜衡信。以霁野信转寄靖华。晚得靖华所寄 V. Favorsky 木刻六枚,又 A. Tikov 木刻十一枚,并书二本。以杨桃十六枚赠内山君。三弟及蕴如携蘽官来。收申报月刊社稿费十元。

二十一日　晴。午后日食。下午达夫来。夜大风而雨。

二十二日　晴。上午得靖华稿并信,七月十七日发。得山本夫人信。得母亲信,十五日发,即复。得紫佩信,即复。

二十三日　晴。下午森本清八君赠眼镜一具。

二十四日　晴。上午得霁野信。得烈文信,下午复,并稿二篇[12]。寄语堂信并稿一篇[13]。

二十五日　晴,热。午后得大江书店信,即复,并检印五百枚。下午理发。得《版艺术》(九月分)一本,六角。得叶之琳信,夜复。

二十六日　晴,热。无事。

二十七日　星期。晴,热。午后往内山书店买《憂愁の哲理》一本,九角。又《虫の社会生活》一本,二元。得季市信。下午协和来。晚三弟及蕴如携菓官来。得语堂信。小雨旋止,稍凉。夜雷雨一陈。

二十八日　雨。上午寄杜衡信并稿一篇[14],书两本,又萧参译稿一篇。

二十九日　晴。上午寄《自由谈》稿三篇[15]。晚得母亲信。得静农函,内为未名社致开明书店信并收条二纸[16]。夜浴。

三十日　晴,风。上午寄开明书店信,附未名社函。下午得烈文信。得姚克信。得靖华信并《铁流》作者自序[17]译稿,七月三十日发。晚得小峰信,并版税泉二百。北新寄志之书复归。夜三弟来。

三十一日　晴,热。午后姚克来访,并赠五月六日所照照相[18]二种各一枚,赠以自著《野草》等十本,《两地书》一本,选集二种二本。晚福冈君来。

※　　※　　※

〔1〕　指陈光宗作鲁迅画像。

〔2〕　即《关于翻译》。后收入《南腔北调集》。

〔3〕　即《中国的奇想》、《豪语的折扣》。后均收入《准风月谈》。

〔4〕　生活周刊社　上海杂志社。所出《生活》周刊创刊于1925年10月，初由王志莘主编，次年改由邹韬奋主编。1933年12月停刊，后改出《新生》周刊。

〔5〕　即《祝〈涛声〉》。后收入《南腔北调集》。

〔6〕　寄烈文信并稿一篇　未详。

〔7〕　即《〈一个人的受难〉序》。后收入《南腔北调集》。

〔8〕　即《踢》、《"中国文坛的悲观"》（原题《悲观无用论》）。后均收入《准风月谈》。

〔9〕　即《上海的少女》、《上海的儿童》。后均收入《南腔北调集》。

〔10〕　即《秋夜纪游》、《"揩油"》、《我们怎样教育儿童的？》、《为翻译辩护》。后均收入《准风月谈》。

〔11〕　即《娘儿们也不行》、《爬和撞》。前篇现编入《集外集拾遗补编》，后篇收入《准风月谈》。

〔12〕　即《各种捐班》、《四库全书珍本》。后均收入《准风月谈》。

〔13〕　即《"论语一年"》。后收入《南腔北调集》。

〔14〕　即《小品文的危机》。后收入《南腔北调集》。

〔15〕　即《登龙术拾遗》、《新秋杂识》、《帮闲法发隐》。后均收入《准风月谈》。

〔16〕　收条二纸　为未名社收到开明书店代售该社存书的第二、第三期书款单据。都作为该社还欠鲁迅款项的一部分，鲁迅分别于9

月5日、14日往开明领取。

〔17〕 《铁流》作者自序 1933年4月绥拉菲摩维支为《铁流》中译本补写的序言,初版本未及收入。

〔18〕 五月六日所照照相 应为5月26日所照照相。

九 月

一日 晴,热。上午海婴往求知小学校幼稚园。下午小雨即霁。得开明书店信。得良友公司信。得曹聚仁信,即复。又雨,时作时止。

二日 昙,风,午后大风雨。下午得山本夫人信。晚内山君招饮于新半斋,同席为福冈、松本及森本夫妇等,共十人。

三日 星期。大风而雨,午晴。午后得母亲信,八月二十八日发。得杜衡信。得《白と黒》(三十九)一本,价六角。得《仏蘭西文芸》(九)一本。得叶之琳信。下午蕴如及三弟携蘖官来。得宁华信,即复。

四日 晴。上午得原文《戈理基全集》三本,杂书五本,图二幅,《恐惧》译稿一本,靖华所寄。下午得小峰信并泉百二十五元,即付《两地书》印证千。

五日 晴。下午得黎烈文信。晚见Paul Vaillant-Couturier,以德译本《Hans-ohne-Brot》乞其署名。夜三弟来。得开明书店代未名社付第二期版税八百五十一元。

六日 晴。上午复烈文信并稿二篇[1]。晚云章来。

七日 晴。下午为协和次子付福民医院费二百元八角。寄烈文信并稿三篇[2]。得靖华信,即作复函,并付所存稿费及霁野、丛芜还款共泉五百二十七元,托西谛带去,夜又发一信。

八日　晴。上午寄母亲信。寄曹聚仁信。寄开明书店信。下午收《自由谈》八月分稿费七十六元。得姚莘农信。得曹聚仁信。寄黎烈文信并稿两篇[3]。晚映霞及达夫来。

九日　晴。无事。

十日　星期。下午得靖华信并诗一本。晚三弟来。协和来。日晴,夜雨。

十一日　晴。上午寄杜衡信并译稿一篇[4]。从ナウカ社[5]寄来苏联美术书三本,共泉十五元四角。得烈文信。得开明书店信。曹聚仁邀晚饭,往其寓,同席六人。寄《自由谈》稿二篇[6]。

十二日　雨,午晴。夜三弟来。得杜衡信并书两本,《现代》九月号稿费五元,萧参豫支《高氏小说选集》版税廿二日期支票百元,即复。

十三日　昙。上午同广平、海婴往王冠照相馆照相。大雨一陈。午后寄紫佩信。下午往内山书店买《大自然卜霊魂トノ対話》一本,《ヴァン・ゴッホ大画集》(三)一本,共泉六元四角。夜补译《山民牧唱》[7]开手。

十四日　晴。下午收开明书店代付未名社欠版税第三次款八百五十二元六分。

十五日　晴。午后往内山书店买《现代文学》及《ヒラカレタ处女地》各一本,共泉三元。得黎烈文信并还稿一篇[8]。下午同广平往美国书业公司买《Zement》及《Niedela》之插画本各一册,共泉十五元五角。

十六日　晴。下午得韦丛芜信,附致章雪村、夏丏尊笺[9]。

十七日　昙。星期。下午以照相分寄母亲及戚友。三弟来。夜雨。濯足。得《中国文学史》(四)一本,振铎寄赠。收《申报月刊》九月分稿费十元。

十八日　昙。上午寄振铎信。寄小峰信。寄章雪村信附韦丛芜笺。得山本夫人寄赠海婴之文具、玩具等共一合。午大雨,夜大风。

十九日　小雨而风,午晴。午后得紫佩信。得季市信。下午协和来。得小峰信并本月版税泉四百。夜复季市信。

二十日　晴。下午广平为买鱼肝油十二瓶,又海婴之牛乳粉一合,共泉三十八元七角五分。

二十一日　晴。上午寄黎烈文信并稿二篇[10]。午后得叶永蓁信并《小小十年》三本。买《猎人日记》(上)并《二十世纪文学之主潮》(九)各一本,共泉三元五角。下午得黎烈文信。得紫佩信。夜雨。

二十二日　昙。晨寄曹聚仁信。是日旧历八月三日,为我五十三岁生日,广平治肴数种,约雪方夫妇及其孩子午餐,雪方见赠万年笔[11]一枝。

二十三日　风雨。上午内山夫人来,并赠海苔一合。得增田君信。得紫佩所寄《中国文学史纲要》一册。午内山君邀午餐,同席为原田让二、木下猛、和田齐。下午得羡苏信。得天马书店信,即复。

二十四日　星期。小雨。上午复增田君信。寄母亲信。午晴。得姚克信二函,并梁以俅君所作画像[12]一幅,即复。复章雪村信,即复。下午须藤先生来为海婴诊,云是感冒也。晚蕴如及三弟来。夜大雨,雷电。校《伪自由书》毕。

二十五日　雨。午后寄小峰信。下午得罗清桢信并木刻四幅。得叶之琳信。得天马书店信并版税支票三百,付印证千。

二十六日　小雨。下午须藤先生来为海婴诊。得小峰信,即付《伪自由书》印证五千。晚往内山书店买《影繪の研究》一本,二元八角。

二十七日　昙。上午ナウカ社寄来《1001 Ноти》(4)一本,八元。得章雪村信。下午季市来,赠以《自选集》二本,《小小十年》一本,梨二枚。晚寄《自由谈》稿一篇[13]。

二十八日　晴。上午收大江书店版税三十一元。得姚克信。得伯奇信并《戏》一本。得董永舒信。得西谛信。夜寄申报月刊社稿二篇[14]。

二十九日　晴。上午得母亲信。得山本夫人所寄《明日》(五)一本。得达夫信片。得烈文信附胡今虚笺。得《版芸術》(十月号)一本,价六角。下午复罗清桢信。复胡今虚信。复黎烈文信并附稿两篇[15]。

三十日　晴。上午寄母亲信。寄山本夫人信。复西谛信。午后往内山书店,买《一粒ノ麦モシ死ナズバ》及《詩ト体験》各一本,共泉七元八角,又赠以松子一合,火腿松四包,见赠小盆栽二盆。夜微雨。

※　　※　　※

〔1〕 即《由聋而哑》、《新秋杂识（二）》。后均收入《准风月谈》。

〔2〕 即《男人的进化》、《同意和解释》、《文床秋梦》。后均收入《准风月谈》。

〔3〕 其一为《电影的教训》，后收入《准风月谈》；另一篇待查。

〔4〕 即《海纳与革命》。论文，德国毗哈作，鲁迅译文发表于《现代》月刊第四卷第一期（1933年11月），后收入《译丛补》。

〔5〕 ナウカ社　日本东京的一家出版社，大博竹吉主持。"ナウカ"，俄语 Hayka 的日语音译，意为"科学"。

〔6〕 即《关于翻译（上）》（未能刊出）、《关于翻译（下）》。后均收入《准风月谈》。

〔7〕 《山民牧唱》　短篇小说，西班牙巴罗哈著。此篇共八则，其中《往诊之夜》鲁迅于1929年译出，刊于《朝花》周刊第十四期。今日开译另外七则，译成后题作《山中笛韵》，发表于《文学》月刊第二卷第三期（1934年3月），后收入鲁迅所译巴罗哈短篇小说集，集名仍为《山民牧唱》。

〔8〕 即《关于翻译（上）》。

〔9〕 韦丛芜致章雪村等笺。笺中通知开明书店，以后将应付韦素园、韦丛芜的版税直接交付鲁迅，作为韦氏兄弟还鲁迅欠款之用。

〔10〕 即《礼》、《打听印象》。后均收入《准风月谈》。

〔11〕 万年筆　日语：自来水笔。

〔12〕 梁以俅君所作画像　即梁以俅作鲁迅画像。

〔13〕 即《吃教》。后收入《准风月谈》。

〔14〕 即《偶成》、《漫与》。后均收入《南腔北调集》。

〔15〕 即《禁用和自造》、《喝茶》。后均收入《准风月谈》。

十 月

一日 星期。昙。午后寄烈文信并稿三篇[1]。下午协和及其夫人同次子来。晚蕴如及三弟来。得西谛所寄北平笺样[2]一包。夜雨。

二日 晴。上午得姚克信，午后复。

三日 昙。上午得增田君信。得陈霞信并诗，午后复，诗稿寄保宗。寄振铎信并还笺样。得良友公司所赠《离婚》一本。买ノヴアーリス《断片》一本，三元一角。晚三弟来。夜雨。

四日 中秋。雨。上午寄西谛信并泉四百[3]。得许拜言信。夜大风雨。

五日 晴。上午得母亲信，二日发。得罗清桢所寄木刻一幅。寄小峰信。晚雨。

六日 昙。上午寄曹聚仁信。得胡今虚信，下午复，并寄小说三本。往内山书店买文艺书三本，共泉九元五角。夜雨。

七日 雨。午后得《英国ニ于ケル自然主义》两本，一元六角。《白と黒》（四十）一本，五角。得黎烈文信并稿费八十四元。得赵家璧信并《一个人的受难》二十本，又《我的忏悔》等三种各一本。得增田君信，夜复。

八日 星期。晴。上午复赵家璧信。下午蕴如及三弟携菓官来。

九日 晴。上午得疑冰信。晚得曹聚仁信。得姚克信。

得陈铁耕信并木刻三幅,夜复。得姚[胡]今虚信,夜复。寄幼渔信。

十日　晴。下午得许拜言信。蕴如及三弟携阿玉、阿菩来,留之夜饭。

十一日　昙。上午得西谛信,午后复。得山本夫人信。与广平装潢木刻[4]。

十二日　晴。下午寄烈文信并稿二篇[5]。

十三日　晴。上午寄陈铁耕信。得烈文信并还稿一篇[6]。得艾芜信。得增田君信,下午复。微雨。晚得何谷天信,夜复。

十四日　晴。上午复陈霞信。下午同广平携海婴往木刻展览会[7]。

十五日　星期。晴。上午同广平携海婴往须藤医院诊。下午往木刻展览会。晚蕴如及三弟来,少坐即同往上海大戏院观电影,曰《波罗洲之野女》[8]。托三弟寄申报月刊社稿二篇[9]。夜校《被解放之堂吉诃德》起。

十六日　晴。午后得胡今虚信。陈铁耕赠木刻《法网》插画十三幅。下午同内山君往上海美术专门学校[10]观MK木刻研究社[11]第四次展览会,选购六幅。买《レッシング伝説》(第一部)一本,一元五角。得小峰信并版税二百元,《伪自由书》二十本。

十七日　晴。上午内山君赠复刻锦绘[12]一枚并框。午后须藤先生来为海婴诊。得陈光尧片并书四本。寄小峰信。下午得韩起信,夜复。

十八日　昙。午后得志之信。得陶亢德信。买乂氏[13]《文芸論》一本,一元五角。夜寄陈铁耕信。复陶亢德信。寄《自由谈》稿二篇[14]。

十九日　晴。上午得《绥吉仪央小说》及《苏联演剧史》各一本,似萧三寄来。得陈铁耕信。午后得振铎信并笺样一包,《北平图书馆舆图版画展览会目录》三本,下午复。寄《自由谈》稿二篇[15]。须藤先生来为海婴诊。携海婴往购买组合,为买一小火车。晚又寄西谛信,并还笺样及赠《伪自由书》一本。森本君寄赠松蕈,内山君夫妇代为烹饪,邀往其寓夜饭,广平携海婴同去。又收文学书四本,盖亦萧三寄来。

二十日　晴。上午寄黎烈文信并稿一篇[16]。午后同广平携海婴观海京伯兽苑[17]。

二十一日　晴。上午得西谛信,下午复。须藤先生来为海〔婴〕诊。得靖华信。得王熙之信。晚往知味观定座。夜复靖华信。复王熙之信。复陈铁耕信。

二十二日　星期。昙。上午复姚克信。下午蕴如及三弟携〔藁〕官来。得许拜言信。得许羡苏信。收《申报月刊》二卷十号稿费十五元。得东方杂志社信。

二十三日　晴。午后得母亲信,附与三弟笺。得罗清桢信并木刻一帧。得钦文信。得烈文信,即复,附稿一[18]。得金帆信,即复。得陶亢德信,即复。得胡今虚信。得胡民大信。下午须藤先生来为海婴诊。得沈钟社所寄《沈钟》半月刊(十三至二十五)共十三本。得 MK 木刻研究〔社〕木刻九幅,共泉一元三角,十六日所选购。晚为海婴买陀罗二个,木工道具一匣，共泉二元五角。在知味观设宴，请福民医院院长及吉田、高桥二君，会计古屋君夜饭，谢其治愈协和次子也，并邀高山、高桥及内山君，共八人。

二十四日　昙。午后寄母亲信。收《论语》（二十五期）稿费七元。下午托蕴如买中国书店旧书三种十四本，共泉三元七角。得疑冰信。

二十五日　晴。上午寄烈文信并稿一篇[19]，下午又寄一函并订正稿[20]一。寄费慎祥信。得季市信。内山君赠酱松茸一瓯，报以香肠八枚。

二十六日　晴。午后复季市信。复罗清桢信并寄照相一枚。下午寄王熙之《伪自由书》一本。寄增田君《伪自由书》一本，《唐宋传奇集》上下二本。赠曲传政君《伪自由书》、《两地书》各一本。夜得小峰信并《伪自由书》五本，版税泉二百。

二十七日　晴，风。午后得陶亢德信，即复。得西谛信，即复。夜复胡今虚信。

二十八日　晴。上午得胡今虚信，午后复。寄黎烈文信并稿[21]一篇。往三马路视旧书店，无所得。下午得西谛信并笺样一枚。从丸善书店购来法文原本《P. Gauguin 版画集》一部二本，价四十元，为限定版之第二一六。

二十九日　星期。小雨。晚蕴如及三弟来。

三十日　晴。午后复识之信。复山本夫人信。得烈文信。

三十一日　晴。上午寄西谛信并《北平笺谱》序[22]一篇。得俄文书十本，盖萧参所寄。晚得紫佩信。得靖华信，即复。得增田君信。夜雨。寄三弟信。

* * *

〔1〕 即《看变戏法》、《重三感旧》、《双十怀古》(未能刊出)。后均收入《准风月谈》。

〔2〕 北平笺样 为印《北平笺谱》的笺纸样张,郑振铎寄来供鲁迅选择。

〔3〕 寄西谛信并泉四百 此为二人合编《北平笺谱》的印刷费。

〔4〕 装潢木刻 为14日举行的德俄木刻展览会作准备。

〔5〕 即《"感旧"以后(上)》、《"感旧"以后(下)》。后均收入《准风月谈》。

〔6〕 即《双十怀古》。

〔7〕 指"德俄木刻展览会"。此为鲁迅第二次筹办的木刻展览会,本月14、15两日,借千爱里(今山阴路二弄)四十号空屋举行,展出作品四十幅。

〔8〕 《波罗洲之野女》 又译作《洪荒历险记》,原名《Wild Woman of Borneo》。

〔9〕 即《世故三昧》、《谣言世家》。后均收入《南腔北调集》。

〔10〕 上海美术专门学校 即上海美术专科学校。1912年刘海粟创办于上海,初名上海图画美术院,1920年改称上海美术学校,旋又改称上海美术专门学校,1927年曾一度停顿,1931年改称上海美术专科学校。校址在菜市路(今顺昌路)。

〔11〕 MK木刻研究社 上海美术专科学校的学生艺术团体,由张望、黄新波、周金海、陈葆真等发起组织,1932年9月成立,至1933年10月曾先后在校内举办四次木刻版画观摩展览会。 MK,为"木刻"

二字的拉丁化拼音起首字母。

〔12〕 锦绘　即彩色浮世绘。

〔13〕 メ氏　指メレジコーフスキイ，即梅列日科夫斯基(Д. С. Мережковский)，俄国文艺批评家。十月革命后流亡法国。

〔14〕 即《黄祸》、《冲》。后均收入《准风月谈》。

〔15〕 即《外国也有》、《"滑稽"例解》。后均收入《准风月谈》。

〔16〕 即《扑空》。后收入《准风月谈》。

〔17〕 海京伯兽苑　德国海京伯马戏团附设的兽苑。1933年10月至11月该团来中国，在上海静安寺路戈登路(今南京西路江宁路)空地上设场表演；其兽苑也售票供人参观。

〔18〕 即《答"兼示"》。后收入《准风月谈》。

〔19〕 即《中国文与中国人》。瞿秋白执笔。后收入《准风月谈》。

〔20〕 即《〈扑空〉正误》。后收入《准风月谈》。

〔21〕 即《野兽训练法》。后收入《准风月谈》。

〔22〕 《北平笺谱》序　刊入《北平笺谱》，后收入《集外集拾遗》。

十一月

一日　昙。上午寄费慎祥信。午后得陈铁耕信。得《書物趣味》及《版芸術》各一本，共泉壹元。下午寄靖华《安得伦》四本，《两地书》一本。

二日　晴。上午复陈铁耕信。下午得程琪英信。得陶亢德信，即复。

三日　晴。上午叶洛声来，赠以《伪自由书》一本。午后理发。下午得胡今虚信。得西谛信并笺样一卷，即复。买

《社会主義的レアリズムの問題》一本,一元。夜小雨。寄烈文信并稿一篇[1]。

四日 昙,午晴。寄慎祥信并校稿[2]。下午得姚克信并评传译稿[3]。

五日 星期。雨。午后往内山书店买科学书二本,共泉四元。下午复姚克信。寄《自由谈》稿一篇[4]。晚蕴如同三弟来。夜大风。

六日 昙。下午寄《自由谈》稿二篇[5]。ナウカ社寄来原文《四十年》(1)一本,价五元。

七日 晴。午前季市来,赠以书三种。晚寄烈文信并稿二篇[6]。收《申报》上月稿费七十九元。收《白と黒》(四十一)一本,价五角。收《仏蘭西文学》(十一月号)一本,价二角。

八日 晴。午后寄靖华信。寄章雪村信。夜赴楷尔寓饮酒,同席可十人。

九日 晴。午后寄三弟信。下午得母亲信,六日发。得诗荃信。得三弟信。得胡今虚信。得吴渤信并《木刻创作法》稿子一本。

十日 晴。午后寄曹聚仁信。得章雪村信。得宜宾信并稿二篇。

十一日 晴。上午得西谛信,午后复。夜濯足。

十二日 星期。晴。午后买《弁证法》二本,共泉二元六角。下午复吴渤信并还译稿[7]。晚蕴如同三弟来。得杜衡信并《现代》稿费三十三元。

十三日　昙。上午寄母亲信。寄心梅叔泉五十元，为修坟及升课之用。复杜衡信。午后得山本夫人〔信〕并全家照相一枚。得曹聚仁信。得陈霞信，即复。得陶亢德信，即复。得林庚白信。晚寄增田君信。

十四日　昙。上午又寄增田君信。寄陈铁耕信。复曹聚仁信。寄仁祥君校稿。得《絵入みよ子》一本，为五百部限定版之第二十部，山本夫人寄赠。得姚克信。得何白涛信并木刻四幅，即复。得陈烟桥信并木刻二幅，即复。得靖华信并苏联作家木刻五十六幅，晚复，并附《四十一》后记一篇。季市来。

十五日　晴。上午复山本夫人信。午后昙。得小峰信并版税泉二百。得徐懋庸信并《托尔斯泰传》一本，夜复。

十六日　晴。上午复小峰信。复姚克信。午后得吴渤信，即复。寄烈文信。夜三弟来。收申报月刊社稿费十四元。收商务印书馆为从美国购来之《A Wanderer in Woodcuts》by H. Glintenkamp 一本，十一元一角。

十七日　昙，午后晴。往内山书店买《近代仏蘭西絵画論》一本，一元六角。得烟桥信。得陈因信。得陈铁耕信，即复。下午寄诗荃信。

十八日　晴，风。午前同广平携海婴往须藤医院诊。午后寄徐懋庸信。下午往内山书店买文学书三本，共泉五元。

十九日　星期。晴。下午得母亲信，附致三弟笺，并泉五元，十六日发。得罗清桢信并木刻二幅。得徐懋庸信，即复。晚三弟来。

二十日　晴。下午得西谛信,即复。得黎烈文信并还稿,即复。寄曹聚仁信并稿[8]。寄叶圣陶信。买《ゴーリキイ研究》一本,一元二角。

二十一日　晴。午后得增田君信,即复。得何俊明信,即复。

二十二日　晴。下午得论语社信。得钦文小说稿一本。

二十三日　晴。上午得母亲所寄小米、果脯、茯苓糕等一包。晚得曹聚仁信。雨。

二十四日　小雨。午后寄母亲信并火腿一只。寄紫佩信并火腿一只。下午寄小山信并书籍杂志等两包。得靖华信,晚复。

二十五日　昙。上午寄西谛信并随笔稿一篇[9]。下午得烈文信。夜雨。

二十六日　星期。晴。上午寄靖华信。下午三弟来。收《新群众》五本。

二十七日　晴。上午蕴如持来成先生所送酱肉二筐、茶叶二合、酱鸭一只、豆豉一包。午后得河内信。为土屋文明氏书一笺[10]云:"一枝清采妥湘灵,九畹贞风慰独醒。无奈终输萧艾密,却成迁客播芳馨。"即作书寄山本夫人。买《文学の為めの経済学》一本,二元六角。

二十八日　昙。无事。

二十九日　昙,午晴。晚寄三弟信。寄陈铁耕信。寄李雾城信。蕴如之甥女出嫁,送礼十元。夜得小峰信并版税泉二百。假费慎祥泉百。

三十日　晴。午得诗荃信。得胡今虚信,即转寄谷天。得赵家璧信,内附黄药眠函。下午昙。得《版芸术》(十二月号)一本,价五角。

＊　　＊　　＊

〔1〕　即《反刍》(文末署"十一月四日")。后收入《准风月谈》。

〔2〕　即《解放了的董·吉诃德》校样。十四日所记"校稿"同此。

〔3〕　即《鲁迅评传》。埃德加·斯诺作,由姚克译成中文,寄鲁迅征求意见。

〔4〕　即《归厚》。未能发表。后收入《准风月谈》。

〔5〕　即《古书中寻活字汇》、《论翻印木刻》。前篇收入《准风月谈》;后篇《自由谈》未能发表,改寄曹聚仁发表于《涛声》周刊第二卷第四十六期(1933年11月25日),后收入《南腔北调集》。

〔6〕　即《"商定"文豪》、《青年与老子》。后均收入《准风月谈》。

〔7〕　译稿　即《木刻创作法》。鲁迅所作《〈木刻创作法〉序》,亦于本日一并附寄。

〔8〕　即《论翻印木刻》。

〔9〕　即《选本》。后收入《集外集》。

〔10〕　此诗后以《无题(一枝清采妥湘灵)》收入《集外集拾遗》。

十二月

一日　晴。午后得何俊明信。蕴如赠补血祛风酒二瓶。晚浴。

二日　晴。午后得西谛信并《北平笺谱》序稿[1],即复。

得增田君信,即复。得紫佩信。下午往日本基督教青年会[2]观俄法书籍插画展览会[3]。得小峰信,即付《两地书》印证五百,《朝华夕拾》印证二千。晚蕴如偕女客三人、孩子五人来,留之夜饭,并买玩具、糖果赠孩子。夜三弟来。

三日 星期。晴。上午同广平携海婴往须藤医院诊。寄小峰信。午后赵、成二宅结婚,与广平携海婴同往观礼。下午同三弟往来青阁买阮氏本《古列女传》二本,又黄嘉育本八本,石印《历代名人画谱》四本,石印《圆明园图咏》二本,共泉十三元六角。仍回成宅观余兴,至夜归。

四日 晴。午后得姚克信。买《刑法史の或る断層面》一本,二元;《エチュード》一本,三元。下午协和来。得叶圣陶送来之笺样一本,即析其中之三幅,于晚寄还西谛。夜寄铁耕信。寄雾城信。头痛,服阿斯匹林。

五日 晴。上午寄须藤先生信,为海婴取药。午后得罗清桢信并木刻七幅,即复。得陶亢德信,即复。下午海婴与碧珊去照相,随行照料。寄西谛信。夜为大阪《朝日新闻》作文一篇[4]。

六日 昙。上午复姚克信。午后得雪生信并乔君稿一篇。得靖华信。得雾城信并木刻一幅。得吴渤信,即复。得《白と黑》(十二月分)一本,价五角。晚须藤先生来为海婴诊。小雨。

七日 小雨。下午得征农信,即复,附致赵家璧函。得罗清桢信,即复。

八日 雨。上午往须藤医院。午后得母亲信,三日发。

得山本夫人信并《明日》(六)一本。得林淡秋信,即复。下午须藤先生来为海婴诊。往商务印书馆邀三弟同往来青阁买原刻《晚笑堂竹庄画传》一部四本,价十二元。又《三十三剑客图》及《列仙酒牌》共四本,价四元。次至新雅酒楼应俞颂华、黄幼雄之邀,同席共九人。夜风。

九日　昙。上午得董永舒信。得高植信,午后复。夜得白兮信并《文艺》一本。

十日　星期。昙。上午寄小峰信。午后诗荃来并赠蜜饯二合。买《資本論の文学的構造》一本,七角。晚三弟来。夜修订旧书三种十本讫。胃痛。

十一日　晴。午后得金溟若信。得烈文信并《自由谈》稿费卅。下午诗荃来。胃痛。

十二日　晴。上午寄景明信。午后往内山书店买《东西交涉史の研究》一部二本,《英文学風物誌》、《汲古随想》各一本,共泉二十四元。下午诗荃来。须藤先生来为海婴诊。晚复黎烈文信并稿一篇[5]。胃痛,用怀炉温之。

十三日　晴。午后得陶亢德信。得欧阳山信并稿一篇。得吴渤信,即复。得崔万秋所赠《新路》一本。得西谛所寄《北平笺谱》尾页一百枚,至夜署名讫,即寄还。胃痛,服海尔普,并仍用怀炉温之。

十四日　晴。下午得MK木刻社信并木刻。晚得李雾城信并木刻二幅,夜复。

十五日　雨。下午得谷天信并《文艺》(三)一本。从内山书店买《鳥類原色大図説》(一)一本,《面影》一本,共泉十一元五角。夜风。胃痛,服 Bismag。

十六日　晴。午后得大街社[6]信。得姚克信。得吴渤信并木刻一卷。下午诗荃来并赠自作自写诗一篇。胃痛,服 Bismag。

十七日　星期。晴。上午诗荃来邀至 Astor House 观绘画展览会,为 A. Efimov 等五人之作。[7]三弟来。午得黄振球信并赠沙田柚五枚。夜蕴如来。

十八日　晴。上午得金溟若信。得葛琴信,即复。买《蠹鱼無馱話》一本,二元六角。下午寄申报月刊社短文二篇[8],小说半篇,又欧阳山小说稿一篇。晚内山书店送来东京大学[9]《東方学報》第四册一本,四元二角。夜同广平往融光大戏院观电影,曰《罗宫春色》[10]。

十九日　昙。午后复葛琴信。寄母亲信。复吴渤信。下午得何白涛信并木刻三幅,晚复。夜复姚克信。始装火炉焚火。

二十日　晴。午后得三弟信。得许拜言信,即复。得靖华信,即复。得郑野夫信,即复。得倪风之信,即复。买《古代铭刻汇考》一部三本,《東洋史論叢》一部一本,共泉十二元。得徐懋庸信,夜复。得西谛信,夜复。

二十一日　晴。上午得赵家璧所赠书二本。午后得紫佩所赠《故宫自[日]历》一帖,干果二种,即复。下午买煤一吨,泉廿四。诗荃来。

二十二日　晴。上午寄俊明信。收靖华所寄图表[11]一卷。下午买《異常性慾の分析》一本,藏原惟人《芸術論》一本，共泉三元六角。晚得王熙之信并诗稿一本，儿歌一本。得小峰信并版税泉二百。假费仁祥泉百。得西门书店信。内山夫人赠海婴组木玩具一合。

二十三日　晴。上午得洛扬信[12]。得紫佩信附心梅叔笺。午后同广平邀冯太太及其女儿并携海婴往光陆大戏院观儿童电影《米老鼠》及《神猫艳语》[13]。夜寄孙师毅信。赠阿玉及阿菩泉五，俾明日可看儿童电影。收申报月刊社稿费十六元。

二十四日　星期。晴。午后得罗清桢信并木刻十四幅。得黎烈文信并赠自译《医学的胜利》一本，下午复。杂志部长谷川君赠海婴蛋糕一盒，玩具一种。得葛飞信。晚三弟及蕴如携蘖官来，留之夜饭。诗荃来别，留赠烟卷一匣，自写《托尔斯泰致中国人书》德译本一本。

二十五日　晴。午后托广平往中国书店买《赌棋山庄全集》一部卅二本，十六元。下午校《解放了的堂吉诃德》毕。夜作《〈总退却〉序》[14]一篇。

二十六日　晴。午后寄小峰信。复王熙之信并还诗稿，且赠《伪自由书》一本。下午复罗清桢信。复倪风之信并寄《珂勒惠支画集》一本。

二十七日　昙。上午得志之信。得静农信。下午得增田君信，夜复。

二十八日　昙。上午复静农信。午后收大阪朝日新闻社稿费百，即假与葛琴[15]。得语堂所赠《言语学论丛》一本。得天马书店信并《丁玲选集》二本，下午复。托内山书店购得

415

《コーリキイ全集》一部二十五本,值三十二元。

二十九日　小雨。上午寄陶亢德信并志之来稿二篇。复志之信。得姚克信。季市来。下午映霞及达夫来。夜风。

三十日　晴。上午得谷天信。得《白と黒》(明年一月分)一本,五角。午后为映霞书四幅一律[16]云:"钱王登遐仍如在,伍相随波不可寻。平楚日和憎健翮,小山香满蔽高岑。坟坛冷落将军岳,梅鹤凄凉处士林。何似举家游旷远,风沙浩荡足行吟。"又为黄振球书一幅[17]云:"烟水寻常事,荒村一钓徒。深宵沈醉起,无处觅菰蒲。"晚得小峰信并版税泉二百。付《吉诃德》排字费[18]五十。须藤先生来为海婴及碧珊诊。

三十一日　星期。晴。上午内山夫人赠松竹梅一盆。午今关天彭寄赠《五山の詩人》一本。晚须藤先生来为海婴及碧珊诊,即同往其寓取药。治肴分赠内山、镰田、长谷川三家。夜蕴如及三弟来。

*　　*　　*

〔1〕　《北平笺谱》序稿　郑振铎作,经鲁迅阅后,印入《北平笺谱》。

〔2〕　日本基督教青年会　在靶子路(今武进路)四十号,总主事斋藤摠一。

〔3〕　俄法书籍插画展览会　为鲁迅第三次举办的木刻画展览会。本月2、3两日展出,展品四十幅,主要为苏联版画,杂以少量法国版画作掩护。

〔4〕 即《上海所感》。后收入《集外集拾遗》。

〔5〕 即《"儿时"》。瞿秋白作。发表于1933年12月15日《申报·自由谈》。

〔6〕 大街社 即《上海商报》副刊《大街》的编辑部。

〔7〕 Astor House 阿斯特大楼。今上海黄浦路浦江饭店。A. Efimov，叶菲莫夫，苏联画家。

〔8〕 即《捣鬼心传》、《家庭为中国之基本》。后均收入《南腔北调集》。

〔9〕 东京大学 日本国立大学，1878年成立于东京。

〔10〕 《罗宫春色》 原名《The Sign of the Cross》，故事片，美国派拉蒙影片公司1932年出品。

〔11〕 图表 指苏联第一个五年计划图表。

〔12〕 洛扬信 即冯雪峰在赴江西瑞金中央根据地途中来信。

〔13〕 《米老鼠》及《神猫艳语》 原名《Mikey Mouse》和《Buss in Boots》。美国动画片。从1928年到1953年，迪斯尼拍摄了一百多部以米老鼠为题材的动画片，《米老鼠》为其第一部。

〔14〕 《〈总退却〉序》 后收入《南腔北调集》。

〔15〕 当时葛琴之夫华岗被捕，关押山东狱中。鲁迅以此款借与葛琴用作营救。

〔16〕 即《阻郁达夫移家杭州》。后收入《集外集》。

〔17〕 即《酉年秋偶成》。后收入《集外集拾遗》。

〔18〕 《吉诃德》排字费 即《解放了的董·吉诃德》排版费。

书　　帐

长恨歌画意一本　三·二〇　一月四日
支那古器図考（兵器篇）一函　九·五〇　一月七日
支那明器泥象図鑑（五）一帖　六·五〇
少年画帖一帖八枚　一·〇〇　一月十二日
鲁迅全集一本　二·二〇
景印秦泰山刻石一本　一·二〇　一月十五日
及时行乐一本　一·六〇
中国文学史（一、三）二本　去年付讫
唐宋诸贤词选三本　一·〇〇　一月十六日
今世说四本　〇·六〇
東洋美術史の研究一本　八·四〇　一月二十五日
Der letzte Udehe 一本　靖华寄来　一月二十九日
周漢遺宝一本　一一·六〇　一月三十一日　　　四六·八〇〇
李太白集四本　二·〇〇　二月二日
烟屿楼读书志八本　三·〇〇
中国文学史（一至三）三本　郑振铎赠　二月三日
版芸術（十一）一本　〇·六〇　二月十二日
プロ文学講座（一、二）二本　二·四〇　二月十三日
世界史教程（五）一本　一·五〇

418

プロ文学概論一本　一・七〇　二月十六日
明治文学展望一本　木村毅贈　二月十七日
英和辞典一本　二・九〇　二月十九日
袖珍英和辞典一本　〇・七〇
現代英国文芸印象記一本　二・〇〇　二月二十四日
近代劇全集(三九)一本　一・二〇
ツルゲネフ散文詩一本　二・〇〇　二月二十八日　二〇・〇〇〇
初期白话诗稿五本　刘半农赠　三月一日
影宋槧三世相一本　九・〇〇
The Adventures of the Black Girl
　　　in her search for God 一本　二・五〇　三月六日
世界史教程(二)一本　一・二〇　三月十一日
CARLÉGLE 一本　九六・〇〇
版芸術(三月号)一本　〇・六〇　三月十三日
国亮抒情画集一本　二・〇〇　三月十八日
西域南蛮美術東漸史一本　五・〇〇　三月二十一日
プロ文学講座(三)一本　一・二〇　三月二十二日
支那ユーモア全集一本　増田君贈　三月二十四日
ヴェルレエヌ研究一本　三・二〇
ミレー大画集(一)一本　四・〇〇　三月二十七日
白と黒(十二至十九)八本　四・六〇
澄江堂遺珠一本　二・六〇　三月二十八日
一天的工作二十五本　一五・七五〇　　　　一四三・三五〇
版芸術(四月号)一本　〇・五五〇　四月一日

漫画坊つちやん一本　〇・三〇　四月十七日
漫画吾輩は猫である一本　〇・三〇
英文学散策一本　二・四〇
両地书二十本　一四・〇〇　四月十九日
一立斎広重一本　六・〇〇　四月二十日
插画本十月一本　靖华寄来　四月二十一日
人生十字路一本　一・六〇　四月二十二日
世界の女性を語る一本　木村毅君贈　四月二十五日
小説研究十二講一本　同上
支那中世医学史一本　九・〇〇
Noa Noa 一本　増田君寄来　四月二十九日
素描新技法講座五本　八・四〇　四月三十日
版芸術（五月分）一本　〇・六〇　　　　四三・一五〇
漫画サロン集一本　〇・七〇　五月一日
竪琴五本　三・一五〇　五月五日
一天的工作五本　三・一五〇
雨一本　〇・六五〇
一年一本　〇・六五〇
小林论文集一本　〇・八〇
ヴァン・ゴッホ大画集（1）一本　五・五〇　五月八日
ブレイク研究一本　三・七〇　五月九日
卜辞通纂四本　一三・二〇　五月十二日
最新思潮展望一本　一・六〇　五月十九日
版芸術（六月号）一本　〇・六〇　五月二十七日

金瓶梅词话廿本图一本　　三〇・〇〇　　五月卅一日
白と黒（廿一至卅一）十一本　　六・六〇
白と黒（卅三、卅四）二本　　一・二〇　　　　　　七一・五〇〇
ミレー大画集（2）一本　　四・〇〇　　六月六日
白と黒（三十五）一本　　〇・六〇　　六月八日
現代の考察一本　　二・二〇　　六月九日
木版画（一期之一）一帖十枚　　野穂社贈　　六月十八日
ショウを語る一本　　一・五〇　　六月二十二日
輪のある世界一本　　一・七〇
支那思想のフランス西漸一本　　一〇・〇〇　　六月二十四日
師・友・書籍一本　　二・二〇
広辞林一本　　三・六〇
母亲（署名本）一本　　良友公司赠　　六月二十七日
现代世界文学研究一本　　二・二〇　　六月三十日
クオタリイ日本文学一本　　壹・四〇　　　　　　二九・四〇〇
版芸術（七月号）一本　　〇・六〇　　七月二日
ヴァレリイ文学一本　　一・一〇　　七月四日
革命文豪高尔基一本　　邹韬奋赠　　七月七日
ヴァン・ゴッホ大画集（2）一本　　五・五〇　　七月八日
アジア的生産方式に就いて一本　　二・二〇　　七月十一日
星座神話一本　　二・二〇　　七月十五日
史的唯物論三本　　三・〇〇
仏蘭西新作家集一本　　二・二〇
支那古明器泥像図鑑（六）一帖　　七・七〇　　七月十八日

モンパルノ（精装本）一本　四・五〇
ゲーテ批判一本　一・四〇
ハイネ研究一本　一・二〇
白と黒（卅六、七）二本　一・一〇
季刊批評一本　二・〇〇
古代希臘文学総説一本　三・四〇　七月二十五日
ボオドレエル感想私録一本　二・八〇
ノヴァーリス日記一本　二・〇〇
生物学講座増補三本　二・〇〇　七月二十六日
版芸術（八月号）一本　〇・六〇　七月二十九日
袁本郡斋读书志八本　二一・六〇　七月三十日
J. C. Orozco 画集一本　二三・〇〇　　　　九〇・〇〇〇
ジイド以後一本　一・一〇　八月三日
ミレー大画集（3）一本　四・〇〇　八月七日
移民文学一本　〇・九〇　八月十九日
独逸浪漫派一本　〇・九〇
青春独逸派一本　〇・九〇
フロイド主義と弁証法的唯物論一本　〇・七〇
クオタリイ日本文学（二）一本　一・一〇
白と黒（三十八）一本　〇・六〇
V. Favorski 木刻六枚　靖华寄来　八月二十日
A. Tikov 木刻十一枚　同上
版芸術（九月份）一本　〇・六〇　八月二十五日
憂愁の哲理一本　〇・九〇　八月二十七日

虫の社会生活一本　二・〇〇　　　　　　　　　　一四・七〇〇
白と黒(三十九)一本　〇・六〇　九月三日
D. I. Mitrohin 版画集一本　四・四〇　九月十一日
列宁格勒风景画集一本　八・〇〇
儿童的版画一本　三・〇〇
大自然と霊魂との対話一本　〇・九〇　九月十三日
ヴァン・ゴッホ大画集(三)一本　五・五〇
現代文学一本　一・七〇　九月十五日
開かれた処女地一本　一・三〇
插画本 Zement 一本　九・五〇
插画本 Niedela 一本　六・〇〇
中国文学史(四)一本　振铎赠　九月十七日
猟人日記(上)一本　二・八〇　九月二十一日
青春独逸派(二)一本　〇・九〇
影絵の研究一本　二・八〇　九月二十六日
1001 Noti(4)一本　八・〇〇　九月二十七日
版芸術(十月号)一本　〇・六〇　九月二十九日
一粒の麦もし死なずば(上)一本　二・八〇　九月三十日
詩と体験一本　五・〇〇　　　　　　　　　　六三・八〇〇
离婚一本　良友图书公司赠　十月三日
ノヴアーリス断片一本　三・一〇
ヴァン・ゴッホ大画集(四)一本　三・八〇　十月六日
文芸学概論一本　〇・九〇
エリオット文学論一本　四・八〇

鲁　迅　日　记（二）

英国に于ける自然主義二本　一・六〇　十月七日
白と黒（四十）一本　〇・五〇
木刻法网插画十三幅　作者赠　十月十六日
レッシング伝説（第一部）一本　一・五〇
メレジコーフスキイ文芸論一本　一・五〇　十月十八日
Dnevniki 一本　似萧参寄来　十月十九日
苏联演剧史一本　同上
诗林正宗六本　一・五〇　十月二十四日
会海对类大全六本　一・二〇
实学文导二本　一・〇〇
P. GAUGUIN 版画集二本　四〇・〇〇　十月二十八日
　　　　　　　　　　　　　　　六一・二〇〇

書物趣味（二巻ノ四）一本　〇・五〇　十一月一日
版芸術（十一月号）一本　〇・五〇
社会主義的レアリズムの問題一本　一・〇〇　十一月三日
有史以前の人類一本　三・二〇　十一月五日
臨床医学ト弁証法的唯物論一本　〇・八〇　十一月五日
四十年（原文第一巻）一本　五・〇〇　十一月六日
白と黒（四十一）一本　〇・五〇　十一月七日
唯物弁証法講話一本　一・五〇　十一月十二日
弁証法読本一本　一・一〇
絵入みよ子一本　山本夫人寄贈　十一月十四日
何白涛木刻四幅　作者寄贈
陈烟桥木刻二幅　同上

424

苏联作家木刻五十六幅　靖华寄来

A Wanderer in Woodcuts 一本　一〇·一〇　十一月十六日

近代法蘭西絵画論一本　一·六〇　十一月十七日

世界文学と比較文学史一本　〇·九〇　十一月十八日

文芸学史概説一本　〇·九〇

内面への道一本　三·二〇

ゴーリキイ研究一本　一·二〇　十一月二十日

文学の為めの経済学一本　二·六〇　十一月二十七日

版芸術(十二月号)一本　〇·五〇　十一月三十日　三五·〇〇〇

阮刻本古列女传二本　二·四〇　十二月三日

黄嘉育本古列女传八本　七·二〇

历代名人画谱四本　一·六〇

石印圆明园图咏二本　二·四〇

刑法史の或ル断層面一本　二·〇〇　十二月四日

エチュード一本　三·〇〇

白と黒(十二月分)一本　〇·五〇　十二月六日

晩笑堂竹庄画传四本　一二·〇〇　十二月八日

三十三剑客图二本　二·〇〇

列仙酒牌二本　二·〇〇

資本論の文学的構造一本　〇·七〇　十二月十日

東西交渉史の研究(南洋篇)一本　七·〇〇　十二月十一[二]日

東西交渉史の研究(西域篇)一本　八·〇〇

英文学風物誌一本　六·〇〇

汲古随想一本　三・〇〇
鳥類原色大図説(一)一本　八・八〇　十二月十五日
面影一本　二・七〇
蠹鱼無駄話一本　二・六〇　十二月十八日
東方学報(东京,四)一本　四・二〇
古代铭刻汇考三本　六・〇〇　十二月二十日
東洋史論叢一本　六・〇〇
異常性慾の分析一本　二・一〇　十二月二十二日
藏原惟人芸術論一本　一・五〇
赌棋山庄全集三十二本　一六・〇〇　十二月二十五日
言语学论丛一本　语堂寄赠　十二月二十八日
ゴーリキイ全集二十五本　三二・〇〇
版芸術白と黒一本　〇・五〇　十二月三十日
五山の詩人一本　今关天彭赠　十二月三十一日　一二〇・五〇〇

　　　总计七百叁十九元四角正，
　　　平均每月用泉六十一元六角也。

日记二十三

一 月

一日 晴。午后访以俅未遇,因往来青阁,购得景宋本《方言》一本,《方言疏证》一部四本,《元遗山集》一部十六本,共泉十八元。回寓后即寄以俅信。下午诗荃来并赠水仙花四束,留之夜饭。夜半濯足。

二日 晴。下午寄三弟信。

三日 晴。午后寄谷天信。理发。蕴如为从中国书店买得《诗经世本古义》一部十六本,《南菁札记》一部六本,共泉五元。

四日 昙。午后往内山书店买《ジョイス中心の文学運動》一本,二元五角。得聚仁、增田、福冈、良友公司贺年片。得王熙之信。得雾城附木刻一幅信,即复。得葛琴信。晚宜宾来。[1]

五日 昙。午后寄姚克信。下午达夫来。

六日 晴。上午内山书店送来ディド《文芸評論》等三本,共泉六元三角。午烈文招饮于古益轩[2],赴之,同席达夫、语堂等十二人。下午往中国通艺馆买《陶靖节集》一部四本,《洛阳伽蓝记鉤沈》一部二本,共泉二元二角。得陶亢德信并还稿。得天马书店信。得钟步清信,即复。以插画底稿四幅寄俊明。夜三弟来,留之饮白蒲陶酒。

七日 星期。昙。上午寄语堂信。下午诗荃来。晚蕴如及三弟来。夜雨雪。同广平邀蕴如、三弟、密斯何及碧珊往上海大戏院观电影《Ubangi》[3]。

八日 昙。午后得王慎思信并木刻一本。下午往 ABC ベカーリ[4]饮啤酒。得山本实彦信片。得增田君信并其子游照相一幅,即复。得诗荃所寄诗四首。得任[何]白涛信,夜复。买《ドストイエフスキイ研究》一本,价二元。

九日 微雪。上午寄烈文信并稿二篇[5]。寄墨斯克跛木刻家亚历舍夫等信并书二包,[6]内计木板顾凯之画《列女传》、《梅谱》、《晚笑堂画传》、石印《历代名人画谱》、《耕织图题咏》、《圆明园图咏》各一部,共十七本。午后寄猛克信并稿一篇[7]。晚三弟来并为从商务印书馆取得百衲本《二十四史》中之《宋书》、《南齐书》、《陈书》、《梁书》各一部共七十二本。夜得宜宾信。

十日 昙。午后得山本夫人信。下午梁、姚二君来访,并赠《以俅画集》一本,至晚同往鸿运楼夜饭。夜风。

十一日 晴,午后昙。复王慎思信。复山本夫人信。下午得小山信。得西谛信,即复。

十二日 晴。上午寄三弟信。午后寄静农信。下午得山本夫人贺年片。得姚克信并王钧初木刻新年信片四枚。得任[何]白涛信。得野夫信并木刻连续画《水灾》一本。得猛克信。得三弟信。

十三日 晴。上午寄俊明信。午后复猛克信。收《论语》第一集一本。

十四日　星期。昙。上午收《文学季刊》(第一期)四本。午后复野夫信。下午诗荃来。晚蕴如及三弟来,并为代购得《词学季刊》(三)一本。夜雨。

十五日　雨,下午成雪。往良友图书公司交《一天的工作》附记一篇,印证四千。

十六日　昙。上午寄猛克稿二篇[8]。得未删改本《文学季刊》一本,《访笺杂记》[9]一篇,盖西谛所寄。午后买《芸術上のレアリズムと唯物論哲学》一本,《科学随想》一本,共泉二元四角。得姚克信并英译木刻目录一张[10]。得三弟信。得王慎思信并木刻六幅。得三弟信。下午内山夫人赠苹果十、柚子一。得烈文信并赠《嫉妒》一本。寄增田君《文学季刊》一本。夜风。

十七日　晴。午得黄幼雄信并《申报月刊》稿费十元。下午得猛克信。得诗荃诗。以中国新作五十八幅寄谭女士。复小山信并寄《文学季刊》等共五本。

十八日　雨雪。上午复黄幼雄信。复黎烈文信,附稿两篇[11]。得罗西信。得俊明信。得光仁信。下午得邵川麟信。得葛琴信。得白涛信。蕴如携阿玉、阿菩来,晚三弟亦至,并留晚餐。为钦文寄稿于文学社,得稿费卅六元,托三弟寄其弟拜言。得《蜈蚣船》一本,作者澎岛寄赠。得语堂信并还楚囚稿。

十九日　晴。上午复俊明信。还欧阳山稿。午后得诗荃信。得吴渤信,夜复。

二十日　晴。午后买《岩波全書》中之《細胞学》、《人体解剖学》、《生理学》(上)各一本，每本八角。寄母亲信。得张少岩信。

二十一日　星期。晴。晚蕴如及三弟携菓官来。

二十二日　晴。上午得西谛信。午后寄赵家璧信。得小峰信并版税泉二百。晚西谛至自北平，并携来《北平笺谱》一函六本。

二十三日　昙。午后得母亲信，二十日发。晚往天一楼夜饭，同席六人。诗荃来，未遇，留函并文稿及所写《悉怛多般怛罗咒》而去，夜以函复之。

二十四日　晴。午后复张少岩信。复姚克信。下午编《引玉集》讫。往内山书店买《殷墟出土白色土器の研究》及《柽禁の考古学的考察》各〔一〕本，共泉十六元。得姚克信。得费慎祥信。

二十五日　晴。上午寄烈文信并梵可短评三则。午复王慎思信。复天马书店信。下午得靖农信。得吴渤信并还木刻书一本。诗荃来。晚内山君邀往日本酒店食鹌鹑，同席为其夫人及今关天彭君。

二十六日　晴。上午复姚克信。复静农信。午方璧及西谛来，留之午餐。下午得《園芸植物図譜》一本，三元；《白と黑》(二月分)一本，五角。晚得野夫信。

二十七日　晴。午后得烈文信。得山本夫人信。得增田君信，晚复。寄三弟信。

二十八日　星期。晴。午后复烈文信并附诗荃稿三篇。

复山本夫人信。买ジィド《思索と随感［想］》一本，一元八角。得宜宾信。得亚丹信，即复。晚蕴如携蕖官及三弟来，并为买得《默庵集锦》一部二本，四元；杂书四本，共一元；抄更纸一刀，一元二角。

二十九日　晴。午后寄西谛信。买关于两性之书二本，二元。收小山所寄关于美术之书三本，期刊一卷。得志之信。得天马书店信。夜濯足。

三十日　晴。午后得三弟信。夜寄仁祥信。寄烈文信并克士稿一篇。

三十一日　晴。下午复天马书店信，附印证五百枚。寄改造社杂评一篇[12]。买《鸟類原色大図説》（二）一本，八元；《版芸術》（二月号）一本，五角。得山本夫人寄赠之《版画》（一至四）共四帖。得陈霞信，即复。

*　　*　　*

〔1〕　宜宾　即瞿秋白。瞿因将赴江西瑞金中央根据地，来与鲁迅叙别。

〔2〕　烈文招饮于古益轩　《申报·自由谈》新年招待作者。出席者有鲁迅、郁达夫、林语堂、陈子展、唐弢、曹聚仁、周木斋等。

〔3〕　《Ubangi》　中译名《兽国奇观》。非洲探险纪录片。美国皮洛尔公司1931年出品。

〔4〕　ABCベカーリ　日记又作ABC茶店、ABC吃茶店，位于北四川路狄思威路附近。

〔5〕　即《未来的光荣》、《女人未必多说谎》。后均收入《花边

431

文学》。

〔6〕 墨斯克跋　即莫斯科。鲁迅自1931年起,通过曹靖华向苏联莫斯科和列宁格勒的版画家搜求木刻作品,编成《引玉集》,即将出版。本日所寄书为对苏联版画家的回赠。参看《集外集拾遗·〈引玉集〉后记》。

〔7〕 即《答杨邨人先生公开信的公开信》。此文寄沙汀、魏猛克等人拟办之文学杂志,因该刊未办成,故未发表,后收入《南腔北调集》。

〔8〕 寄猛克稿二篇　未详。

〔9〕 《访笺杂记》　郑振铎写的访购笺纸的记事文。经鲁迅提议,印入《北平笺谱》。

〔10〕 英译木刻目录　即鲁迅收集的中国左翼美术工作者版画五十八幅的目录,由姚克译成英文。次日将此目录及五十八幅作品寄给谭丽德女士,拟在巴黎、莫斯科等地举办《革命的中国之新艺术》木刻展。

〔11〕 即《批评家的批评家》、《漫骂》。后均收入《花边文学》。

〔12〕 即《关于中国的两三件事》(原题《火·王道·监狱》)。后收入《且介亭杂文》。

二　月

一日　晴。上午寄母亲信。寄《自由谈》稿二篇[1]。午后昙。得王慎思信。得费仁祥信。得楼炜春信。买季刊《露西亚文学研究》(第一辑)一本,一元五角。下午诗荃来。得天马书店信,夜复。雨。

二日　昙。上午复天马书店信。寄猛克信。赠三弟泉百,为阿玉等学费之用。

三日　晴。午后以酱鸭各一赠内山及镰田君。得文尹信并译稿一篇。得姚克信。得《巧克力》一本,译者所赠。下午编《南腔北调集》讫。晚蕴如及三弟来,并为豫约得重雕《芥子园画谱》三集一部,二十四元。《四部丛刊》续编一部,百三十五元,取得八种。

四日　星期。晴。午后内山夫人来。下午寄《自由谈》稿一篇[2]。夜内山君及其夫人邀往歌舞伎座观志贺廼家淡海剧团[3]演剧,广平携海婴同去。

五日　晴。上午得天马书店信并版税泉百。午内山君招饮于新半斋,同席志贺廼家淡海、惠川重、山岸盛秀,共五人。得母亲信并白菜干一包共八绞,以其二赠内山君,其三分与三弟。购赠阿玉、阿菩跳绳各一。

六日　晴。午后寄母亲信。寄中国书店信并邮票三分。下午复天马书店信。寄李小峰信。夜三弟来并为取得《四部丛刊》续编三种共五本。

七日　晴。上午寄烈文信并诗荃稿二篇。寄三明印刷厂《引玉集》序跋[4]。得增田君所寄其长女木之实照相一枚。收《自由谈》稿费一月分二十四元。下午得诗荃诗并短评稿一篇。得小峰信并版税泉二百,即付印证八千。付《解放了的董吉诃德》排字费五十。晚亚丹来并赠果脯、小米,即分赠内山及三弟。夜同内山及郑伯寄[奇]往歌舞伎座观淡海剧。

八日　晴。午后得安弥信并书一本。

九日　晴。午后得姚克信。得季市信并剪报四方,即复。得西谛信并补《北平笺谱》缺叶五幅,即复。下午协和及其次子来。

十日　晴。午后得李雾城信并木刻一幅。下午往内山书店买《漫画只野凡児》(I)一本，一元。诗荃来，未见。晚蕴如携三孩来，并为买得《司马温公年谱》一部四本，三元。夜三弟来。

十一日　星期。昙。午后复李雾城信。复姚克信。

十二日　晴。午后复诗荃信。以诗荃稿三篇寄《自由谈》。下午同亚丹往 ABC 茶店吃茶[5]。得姚克信，即复。得增田君信，晚复。蕴如及三弟来并为取得《四部丛刊》续编中之《山谷外集诗注》一部八本。

十三日　小雨。上午寄山本夫人信。午后得母亲信，十日发。得姚克信。得内山嘉吉信，通知于三日生一男，名曰鹄。下午同亚丹、方璧、古斐往 ABC 吃茶店饮红茶。

十四日　旧历壬[甲]戌元旦。晴。晨亚丹返燕，赠以火腿一只、玩具五种，别以火腿一只、玩具一种托其转赠静农。下午得静农信，十一日发。晚寄小峰信。

十五日　晴。上午得母亲所寄糟鸡一合、玩具九种，午后复。下午寄静农信。寄《自由谈》稿一篇[6]，又克士作一篇。得诗荃信并短评一篇。得西谛信并《北平笺谱》提单一纸。买《日本廿六聖人殉教記》一本，一元。寄靖华书四本。寄三明印刷局校稿一封。晚蕴如及三弟来。

十六日　晴。午后以诗荃稿寄《自由谈》。买《東方学報》(京都第四册)一本，四元。下午诗荃来。

十七日　昙。午后寄烈文信。下午雨。得诗荃信。

十八日　星期。晴。无事。

十九日　昙。午后得京都大学[7]《東方学報》第三册一本,三元五角。得山本夫人信并《明日》(七)一本。得烈文信并还克士稿。得姚克信。下午为保宗寄小山小说七本。晚蕴如及三弟来并为取得《作邑自箴》一本,《挥麈录》七本。饭后同往威利大戏院观电影[8],为马来深林中情状,广平亦去。夜雨。

二十日　昙。午后往内山书店得《生物学講座補正》八本,四元;《白と黒》(四十四号)一本,五角。夜同广平往上海大戏院观电影[9]。

二十一日　昙。午后复诗荃信。复姚克信。下午得天马书店信,夜复。

二十二日　晴。上午寄天马书店印证二千枚。午后同广平携海婴并邀何太太携碧山往虹口大戏院观电影[10]。晚得母亲信,十八日发。得古飞信,即复。得陈霞信,即复。得葛贤宁信并诗集一本,即复。

二十三日　昙。午后得靖华信。得增田君信,即复。下午得烈文信,即复。收到《北平笺谱》十八部。雨。

二十四日　小雨。上午寄《自由谈》稿一篇[11]。午后收改造社稿费日金百圆。得天马书店信,即复。得天下篇半月刊社[12]信并刊物二本,即复。夜寄西谛信。寄小峰信。

二十五日　星期。昙。晚蕴如及三弟来。

二十六日　晴。上午得王慎思信并花纸束一,即复。得罗清桢信并木刻四幅,午后复。以《北平笺谱》寄赠蔡先生及山本夫人、内山嘉吉、坪井、增田、静农各一部。下午买《チェーホフ全集》(第一卷)一本,二元五角。晚蕴如来。三弟来,并为取得《梅亭先生四六标准》一部八本。

二十七日 晴。上午寄西谛信。午后寄增田君信。铭之来。下午往内山书店买《東洋古代社会史》一本,五角;《読書放浪》一本,二元。

二十八日 昙。下午伊君来。晚收北新版税二百。夜寄小峰信。

※　　※　　※

〔1〕 即《"京派"与"海派"》、《北人与南人》。后均收入《花边文学》。

〔2〕 即《〈如此广州〉读后感》。后收入《花边文学》。

〔3〕 志贺廼家淡海剧团　日本一个演出讽刺话剧的剧团。团长志贺廼家淡海。

〔4〕 《引玉集》序跋　序,即陈节(瞿秋白)摘译苏联楷戈达耶夫作《十五年来的书籍版画和单行版画》,作为该书《代序》;跋,即鲁迅作《〈引玉集〉后记》,后收入《集外集拾遗》。

〔5〕 是日及次日往 ABC 茶店,都是为介绍曹靖华与上海"左联"的朋友见面。

〔6〕 即《过年》。后收入《花边文学》。

〔7〕 京都大学　即京都帝国大学。日本的一所国立大学。1898年创设于京都。

〔8〕 所观电影为《龙虎斗》(Beyond Bengal),美国休曼斯社 1934

年出品。威利大戏院，在乍浦路海宁路口。

〔9〕 所观电影为《菲洲孔果国》(Kango)，探险片，美国米高梅影片公司1932年出品。孔果，通译刚果。

〔10〕 所观电影为《菲洲小人国》(Congorilla)，探险片，美国福克斯影片公司1932年出品。

〔11〕 即《运命》。后收入《花边文学》。

〔12〕 天下篇半月刊社　天津的一家杂志社。1934年2月创办《天下篇》半月刊。

三　月

一日　晴。午后编《引玉集》毕，付印。以《北平笺谱》一部寄苏联木刻家协会[1]。下午买《ドストイエフスキイ全集》卷八、卷九各一本，共泉五元。得天马书店信并版税二百，夜复。校《南腔北调集》起。

二日　晴。午后得烈文信。得惠川重信。

三日　晴。午后得陈霞信，即复。下午寄亚丹信。寄西谛信。夜濯足。

四日　星期。晴。晚蕴如及三弟携阿玉、阿菩来，留之夜饭。诗荃来，不之见。

五日　晴。上午寄烈文信并诗荃稿四篇。午后寄肖山信。下午寄纽约及巴黎图书馆《北平笺谱》各一部。得天下篇社信。得王慎思信。得《白と黑》第四十五册一本，五角。夜三弟来并为取得《四部丛刊》续编三种共七本。

六日　晴。上午寄肖山信。下午得靖华信，即复。得姚克信,晚复。三弟来。

七日 晴,风。上午同广平携海婴往须藤医院诊。

八日 晴。上午得三月分《版芸術》一本,五角。午后寄《自由谈》稿一篇[2]。寄施乐君夫妇《北平笺谱》一部。得诗荃信并稿一,晚寄烈文。夜须藤先生来为海婴诊。内山君及其夫人来访。为海婴施芥子泥罨法,不能眠。

九日 晴。上午得张慧信并诗集二本,诗稿二本。得何白涛信并木刻一幅、泉卅,午后复。下午须藤先生来为海婴诊。得西谛信。晚得小峰信并二月份版税泉二百。

十日 雨。上午内山君同贺川丰彦君来谈。午后复王慎思信。复西谛信。夜风。

十一日 星期。雨。上午须藤先生来为海婴诊。午后得诗荃稿四篇。晚蕴如及三弟来,饭后同往大上海戏院观《锦绣天》[3],广平同去。风。

十二日 昙。午后得《東方の詩》一本,著者森女士寄赠。得烈文信并稿费卅。得天下篇社信并刊物二本。得王慎思信并木刻一卷。理发。北新书局持来《呐喊》等十本,付印证五千。下午得增田君信。收文学社稿费六十一元。

十三日 晴。晨须藤先生来为海婴诊。午后以诗荃稿二篇寄《自由谈》。下午诗荃来,未见。晚得葛贤宁信并诗。蕴如及三弟来,并取得《张子语录》一本,《龟山语录》二本,《东皋子集》一本。

十四日 晴。上午寄西谛信并内山书店豫定再版《北平笺谱》泉三百。下午须藤先生来为海婴诊。夜复王慎思信。

寄三弟信。

十五日　晴,风。下午须藤先生来为海婴诊。夜得姚克信,即复。寄母亲信。

十六日　晴。上午复天下篇社信。闻天津《大公报》记我患脑炎[4],戏作一绝[5]寄静农云:"横眉岂夺蛾眉冶,不料仍违众女心。诅咒而今翻异样,无如臣脑故如冰。"午后须藤先生来为海婴诊。下午收靖华所寄美术画十幅,赠秀珍、海婴各二幅。买《仏蘭西精神史の一側面》一本,二元八角。夜校《南腔北调集》讫。

十七日　晴。上午得陈霞信。得山本夫人信,并玩具二种赠海婴。前寄靖华书四本复回,午后再寄,并函一。下午须藤先生来为海婴诊。夜复山本夫人信。寄森三千代女士信,谢其赠书。

十八日　星期。晴。午后复增田君信。下午须藤先生来为海婴诊,云已愈。得好友读书社信。买《仏教に于ける地獄の新研究》一本,一元。晚蕴如及三弟来,留之夜饭。得刘肖愚信。得林语堂信。

十九日　晴。午后得增田君信。晚三弟来并为取得《四部丛刊》续编二种共三本。

二十日　昙。午后以诗笺四稿寄《自由谈》。下午雨。得小峰信并版税二百。夜风。

二十一日　晴。午后得三弟信。内山书店送来《人形图篇》一本,二元五角。复增田君问。

二十二日　晴。午后寄《自由谈》稿一篇[6]。收良友图书公司版税四百八十。下午往知味观定菜,付泉廿。往来青阁买南海冯氏刻《三唐人集》一部六本,四元。收罗清桢所寄木刻一卷二十二幅。夜同广平往金城大戏院观《兽王历险记》[7]。

二十三日　昙,风。午后得李雾城信并木刻一幅。得施乐君及其夫人信。得静农信。得诗荃稿二篇,即为转寄自由谈社。寄蔡柏林君信,附致季志仁笺,托其转寄。为施君托魏猛克作插画[8]。夜雨。

二十四日　晴。下午得母亲信,十九日发。得姚克信,晚复。寄西谛信。夜濯足。

二十五日　星期。昙。午后得王慎思信并木刻集一本。买《ダーウイン主義とマルクス主義》一本,一元七角。夜招知味观来寓治馔,为伊君夫妇饯行,同席共十人。雨。

二十六日　小雨。下午得兼士所赠《右文说在训诂学上之沿革及其推测[阐]》一本。得诗荃信并《论翻译》一篇,即为转寄《自由谈》。得西谛信并补《北平笺谱》阙叶五幅,《十竹斋笺谱》复刻样本二幅,晚复。蕴如及三弟来并为取得《四部丛刊》续编中之《梦溪笔谈》一部共四本。夜补订《北平笺谱》四部。风。

二十七日　昙。午后得靖华信。下午以《北平笺谱》一部寄赠佐藤春夫君。晚复静农信。夜风而雨。

二十八日　雨。午后复王慎思信。寄靖华信并良友公司版税八十。寄天下篇社信并方晨译稿一篇。下午得陶亢德信。得增田君信。

二十九日　晴。上午寄母亲信。寄季市信。复李雾城信。往须藤医院为海婴取丸药。往内山书店，得《ドストイエフスキイ全集》(十三)、《チェーホフ全集》(二)各一本，共泉五元。夜同广平往卡尔登戏院观电影[9]。

三十日　昙。上午寄陈霞信。复陶亢德信。得同文局[10]信并书五十本。

三十一日　晴。上午寄靖华信。寄静农信。午史佐才来访。午后得靖华信并卢氏传略[11]。得陶亢德信。下午以《南腔北调》分寄相识者。下午蕴如携阿菩、阿玉来，并为取得豫约之《芥子园画传》三集一部四本。得猛克信并插画稿五幅。夜三弟来并为取得《嘉庆重修一统志》一部二百本。

*　　*　　*

〔1〕　苏联木刻家协会　指苏联画家和雕刻家协会。

〔2〕　即《大小骗》。后收入《花边文学》。

〔3〕　《锦绣天》　原名《Flying Down to Rio》，歌舞片，美国雷电华影片公司1933年出品。

〔4〕　1934年3月10日天津《大公报》"文化情报"栏刊载署名"乓"的简讯，说鲁迅"忽患脑病，时时作痛，并感到一种不适。经延医证实确系脑病，为重性脑炎。……"

〔5〕　即《闻谣戏作》。后收入《集外集拾遗》。

〔6〕　寄《自由谈》稿一篇　未详。

〔7〕　《兽王历险记》　原名《Jungle Adventure》，探险片，美国好莱坞出品。

〔8〕 指托魏猛克为斯诺译的《阿Q正传》作插图。

〔9〕 所观电影为《泰山之王》(Tarzan the Fearless)，美国普林斯波影片公司1933年出品。

〔10〕 同文局　指同文书局，日记又作同文书店，为联华书局另一用名。本日所得书，即由该局出版的《南腔北调集》。

〔11〕 卢氏传略　即卢那察尔斯基小传。后印入《解放了的董吉诃德》一书。

四　月

一日　晴。上午季市来，赠以《北平笺谱》一部。下午诗荃来。得山本夫人所寄夏服一套，赠海婴者。夜赠阿菩、阿玉以糖果及傀儡子。

二日　昙。上午托三弟寄章雪村信并木刻一幅。午后寄烈文信并诗荃短评五篇。复陶亢德信。晚雨。夜同广平往南京大戏院观电影[1]。

三日　晴。上午蒋径三来。寄姚克信并魏猛克画五幅。以所书韦素园墓表[2]寄静农。得紫佩信。得王慎思信并木刻三幅，即复。午后与广平携海婴访蕴如，并邀阿玉、阿菩往融光大戏院观《四十二号街》[3]，观毕至如园食沙河面，晚归。夜复魏猛克信。

四日　雨。午后得烈文信。得陶亢德信。得天下篇社信，夜复。以诗荃五稿寄《自由谈》。

五日　雨。午后复烈文信，附稿二篇[4]。复陶亢德信，附致内山君函，凭以取照相者。得张慧信，下午复，并寄还诗稿。得李雾城信并木刻一幅。

六日　晴。上午复李雾城信。午后得陈霞信。得姚克信。得亚丹信并译稿一。

七日　晴。上午寄李雾城信。收《自由谈》稿费八元八角。得陶亢德信并《人间世》二本，下午复。得山本夫人信。寄小峰信。晚蕴如来，夜三弟来，饭后与广平邀之至北京大戏院观《万兽之王》[5]。风。

八日　星期。晴，大风。上午往须藤医院为海婴取丸药。午后得魏猛克信。得陶亢德信。夜同广平往卡尔登大戏院观《罗京管乐》[6]。

九日　昙。午后得小山信并文学书报五包，内德文十本，英文八本，俄文三本。复姚克信。得《版芸術》四月号一本，价五角。下午蕴如来并为取得《韦斋集》一部三本。季市来。得语堂信，夜复。雨。

十日　昙。南宁博物馆藉三弟索书，上午书一幅[7]寄之。复猛克信。下午雨。得徐式庄信。得亚丹信。得陈霞信，即复。得谷天信并小说稿一篇。买普及版《ツルゲェネフ散文诗》一本，五角。

十一日　雨。午后得母亲信，七日发。下午寄亚丹信并书报一包。得增田君信，晚复。复谷天信并还小说稿。夜得小峰信并版税二百，《唐宋传奇集》纸版一包，书面锌版两块。

十二日　昙。午后得李雾城信并木刻三幅，即复。得静农信。得姚克信，八日发。得李又然信，夜复。雨。

十三日　晴，冷。上午寄母亲信。复静农信。复姚克信。

午后得罗清桢信并木刻一幅,照相一枚。得杨霁云信。下午寄小山书报两包。得紫佩信。

十四日　晴。上午得烈文信并诗荃原稿六篇,午后复,附诗荃稿一篇。下午诗荃来并持示《泥沙杂拾》[8]一本。得语堂信。晚蕴如及三弟来,并持来商务印书馆代购之《Das Neue Kollwitz-Werk》一本,六元。又《四部丛刊》续编三种共二本。夜与广平邀蕴如及三弟往南京大戏院观《凯赛琳女皇》[9]。

十五日　星期。晴。上午复语堂信。午广平邀蕴如携晔儿、瑾男、海婴并许妈游城隍庙。夜与广平往上海大戏院观《亡命者》[10]。

十六日　晴。午后寄亢德信并诗荃稿一卷。得烈文信并还稿一篇[11],又诗荃者三篇。夜三弟来。

十七日　晴。上午往须藤医院治胃病。下午得王慎思信并木刻一本,即复。得诗荃稿一篇,即转寄《自由谈》。得增田君信,九日发。晚得姚克信,十三日发。得徐讦信。夜蕴如及三弟来。

十八日　晴。上午复罗清桢信。午后寄李雾城信。下午复徐讦信。得诗荃稿二篇,即为转寄《自由谈》。

十九日　昙。午后往内山书店买《猎人日记》下卷一本,二元五角。得李雾城信,下午复。夜雨。

二十日　昙。上午往须藤医院诊,阿霜同去。午得母亲信,十六日发。得靖华信,即复。得诗荃稿二,即转寄《自由谈》。下午往来青阁买《范声山杂著》四本,又《芥子园画传》初集五本,共泉四元。又往有正书局买《芥子园画传》二集四本,六元。得徐讦信。晚方璧来邀夜饭,即与广平携海婴同去,同席共九人。夜费君送来《解放的董吉诃德》五十本。

二十一日　晴。上午得猛克信。得陶亢德信。得许省微信。得《白と黑》(四十六)一本,价五角。得《文学季刊》(二)一本。晚三弟来,饭后并同广平往大上海戏院〔观〕《虎魔王》[12]。夜雨。

二十二日　星期。雨。上午寄《自由谈》稿二[13]。往须藤医院诊。下午诗荃来,因卧不见,留笺并稿二篇而去,夜以其稿寄《自由谈》。

二十三日　小雨。上午复姚克信。寄《动向》稿一[14]。得肖山所寄书三包,内俄文十本,德文四本,英文一本。得MK木刻研究社信并木刻五幅。得雾城信并木刻二幅,午复。得徐讦信,即复。得烈文信并诗荃底稿二。下午得合众书店信,即复。晚三弟来并为取得《南唐书》二种共七本。

二十四日　晴。午后得杨霁云信,即复。得何白涛信,即复。得姚克信。下午诗荃来并赠芒果一筐;夜与广平携海婴访坪井先生,转以赠之。

二十五日　晴。上午与广平携海婴往须藤医院诊。寄母亲信。得郑振铎著《中国文学论集》一本,著者寄赠。买《满洲画帖》一函二本,三元。得山本夫人信,午复。午后寄何白涛信。下午收北新书局送来版税泉二百。

二十六日　昙。上午复烈文信并稿二[15]。午后复MK木刻研究会信。寄三弟信。下午得合众书店信,即复。雨。季市来,并赠海婴积木二合。

二十七日　昙。上午往须藤医院诊,广平携海婴同去。午后寄烈文信并稿一[16]。下午得吴微唏信。得木天信并《茫茫夜》一本。得诗荃信并文二、诗四。紫佩来访,未遇,即往旅馆访之,亦未遇。访三弟于商务印书馆。夜内山书店送来《鳥類原色大図説》(三)一本,八元;ドストイエフスキイ及チェーホフ集各一本,共五元。

二十八日　昙。上午得佐藤春夫信。得王慎思信。得叶紫信。紫佩来,并赠榛子、蜜枣各一合,又母亲笺一、摩菰一包、《世界画报》二本。下午得靖华信。买《世界原始社会史》一本,二元。夜雨。

二十九日　星期。昙。上午同广平携海婴往须藤医院诊。晚三弟及蕴如来并赠香糕、蛋卷、馒头、春笋等,三弟并为取得《四部丛刊》续编二种三本。

三十日　晴。上午寄叶紫信。得诗荃稿一,即并前二篇俱寄《自由谈》。下午得小山信。得曹聚仁信,夜复。寄烈文信并诗荃诗二章。

*　　*　　*

〔1〕　所观电影为《云裳艳曲》(Fashions of 1934),歌舞片,美国影片公司1934年出品。

〔2〕　即《韦素园墓记》。后收入《且介亭杂文》。

〔3〕　《四十二号街》　原名《Forty-Second Street》,歌舞片,美国华纳兄弟影片公司1933年出品。

〔4〕　其一为《"小童挡驾"》,后收入《花边文学》;另一篇未详。

〔5〕 《万兽之王》 原名《King of the Jungle》,探险片,美国派拉蒙影片公司1933年出品。

〔6〕 《罗京管乐》 英文名《The Song of the Sun》,德国音乐歌唱片。

〔7〕 为南宁博物馆书一幅。文为:"风号大树中天立,日薄沧溟四海孤。杖策且随时旦暮,不堪回首望菰蒲。偶忆此诗而忘其作者鲁迅"。此诗为明项圣谟作,题在《大树风号图》上。"沧溟"原作"西山","杖策"原作"短策","旦暮"写作"旦莫"。据鲁迅所存寄件回执的邮戳,寄件日应为4月9日。

〔8〕 《泥沙杂拾》 随笔,闲斋(徐诗荃)作,经鲁迅介绍连载于《人间世》半月刊第三至第六期,第十八、十九期(1934年5月至6月,1934年12月、1935年1月)。

〔9〕 《凯赛琳女皇》 原名《Catherrine the Great》,故事片,美国联美影片公司1934年出品。

〔10〕 《亡命者》 原名《I Am a Fugitive from a Chain Gang》,故事片,美国华纳兄弟影片公司1932年出品。

〔11〕 还稿一篇 未详。

〔12〕 《虎魔王》 原名《Devil Tiger》,关于马来半岛丛林的探险片,美国福克斯影片公司1934年出品。

〔13〕 即《洋服的没落》、《朋友》。后均收入《花边文学》。

〔14〕 即《古人并不纯厚》。后收入《花边文学》。

〔15〕 即《清明时节》、《小品文的生机》。前篇未能在《自由谈》发表,5月18日转寄《动向》。两文后均收入《花边文学》。

〔16〕 稿一 未详。

五 月

一日　晴。上午寄自来火公司信。寄《动向》稿二篇[1]。秉中及其夫人携孩子来访,并赠藕粉、蜜枣各二合,扇一柄,未遇,午后同广平携海婴往旅馆访之,亦未遇。下午三弟及蕴如携三孩子来,赠以藕粉、蜜枣各一合。买《ソヴエト文学概論》一本,一元二角。得娄如煐信,夜复。浴。

二日　晴。下午秉中来,赠以原文《四十年》一本。

三日　小雨。上午寄西谛信。寄紫佩信。寄三弟信。往须藤医院诊。寄聂绀弩信并还小说稿。午秉中来并赠海婴鞋一双,赠以书三本,金鱼形壁瓶一枚。夜得母亲信,附与三弟笺,四月三十日发。得嘉业堂[2]刊印书目一本,季市所寄。得增田君信,即复。得 MK 木刻社信并版四块。

四日　小雨。上午内山书店送来《日本玩具史篇》一本,二元五角。得张慧信并诗。下午诗荃来,未见。得语堂信。晚蕴如及三弟来,饭后与广平共四人至上海大戏院观《拉斯普丁》[3]。

五日　昙。午寄母亲信。复语堂信。午后往嘉业堂刘宅买书,寻其处不获。下午海生及三弟来。得陶亢德信。夜同广平往新光大戏院观《阿丽思漫游奇境记》[4],复至南越酒家食面而归。

六日　星期。晴。上午蕴如携晔儿来,即同往须藤医院诊。复陶亢德信,附诗荃稿三篇。午三弟携瑾男、蕖官来。下午得杨霁云信,夜复。

七日　晴,暖。上午寄动向社稿二[5]。午后往嘉业堂刘宅买书,因帐房不在,不能买。晚蕴如来。夜三弟来并为取得《四部丛刊》续编二种共三本。风。

八日　昙。午后得陶亢德信并还诗荃稿二篇。下午诗荃来。得何白涛信,夜复。

九日　昙。上午寄季市信,以诗荃稿六篇寄《自由谈》。得语堂信。下午得内山嘉吉君寄赠海婴之铅笔一合,又其子鹑弥月内祝绸袱一方。买《長安史跡之研究》一本并图百七十幅合一帙,共泉十三元。

十日　晴。上午内山夫人来邀晤铃木大拙师,见赠《六祖坛経・神会禅師語録》合刻一帙四本,并见眉山、草宣、戒仙三和尚,斋藤贞一君。得烈文信并《自由谈》四月分稿费十六元。得猛克信,即复。得静农信,即复。寄动向社稿一篇[6]。林语堂函邀夜饭,晚往其寓,赠以磁制日本"舞子"一枚,同席共十人。

十一日　晴。上午得本月分《版芸術》一本,五角。得山本夫人寄赠海婴之画本一本。得增田君信,即复。得董永舒信,即复。得诗荃信并稿一。得光仁信。得锡丰信。得王思远信并《文史》二本,一赠方璧,夜复。费君来,付以印证[7]千。

十二日　晴。上午得诗荃稿一,午后以寄《自由谈》。寄天马书店信。寄小峰信。晚蕴如及三弟来。梓生来并赠《申报年鉴》一本。

十三日　星期。晴。午后得《白と黒》(四七)一本,五角。下午得天马书店信,晚复之。

十四日　晴,风。上午寄天马书店印证五百,《自选集》用。寄猛克信并方君稿一篇。晚蕴如来,并为豫约《仰视千七百二十九鹤斋丛书》一部,付泉十七元。三弟来并为取得《公是先生七经小传》一本。

十五日　晴。上午寄《自由谈》及《动向》稿各二[8]。午得绀弩信,即复。得杨霁云信,即复。下午得史岩信。寄靖华信并书报一包。寄思远及小山书报各一包。理发。夜得猛克信,即复。得何白涛信。

十六日　晴。上午蕴如来,并为从上虞山间买得茶叶十九斤,十六元二角。下午得天马书店信,即复。寄母亲信并《金粉世家》、《美人恩》各一部。得西谛信并笺叶,夜复。诗荃来并携来短文一篇,即为转寄《自由谈》。补订《北平笺谱》一部。

十七日　雨。上午寄陶亢德信。午后闻镰田政一君于昨日病故,忆前年相助之谊,为之黯然。下午费君来并交《唐宋传奇集》合本十册,又得小峰信并版税泉贰百,且让与石民之散文小诗译稿[9]作价二百五十元。

十八日　晴。午后得天马书店信,即复。得陶亢德信,即复。遇叶紫及绀弩,同赴加非店饮茗,广平携海婴同去。收《动向》稿费三元。得烈文信并还稿一篇,即转寄《动向》[10]。下午得紫佩信,即复。得刘岘信并木刻《孔乙己》一本,单片十一张,夜复之。寄何白涛信。

十九日　昙。上午寄李雾城信。得钟步清信,即复。得增田君信,午后复。下午寄小峰信并印证收条,嘱其改写。达夫来，赠以《唐宋传奇集》、《南腔北调集》各一本。晚蕴如及三弟来。夜雷雨。

二十日　星期。晴。下午寄小峰信。得同文书店信并纸版一副。得MK木刻研究社信并《木刻集》稿一本。得诗荃稿一，即为转寄《自由谈》。得猛克信，即复。得陶亢德信。得母亲信，十六日发。

二十一日　晴。上午得《祝蔡先生六十五岁论文集》（上）一本，季市所寄。下午蕴如携莱官来。晚三弟来并为取得《尔雅疏》一部二本。

二十二日　昙。午后得诗荃信并稿二篇，即转寄《自由谈》。得季市信。得猛克信。得谷飞信。得徐懋庸信，即复。得杨霁云信，下午复。得王思远信，晚复。得靖华信，即复。亦志招宴于大三元，与广平携海婴往，同席十二人。

二十三日　昙。上午洪洋社[11]寄来《引玉集》三百本，共工料运送泉三百四十元。寄《自由谈》稿一[12]。复季市信。午后得千秋社[13]信。得李雾城信并木版三块。得王慎思信并木版六块。得文求堂书目及景印《白岳凝烟》各一本。买《史学概論》、《ドストエーフスキイ再観》各一本，二元八角。晚寄省吾信。寄靖华信。

二十四日　晴。上午以《引玉集》分寄相识者。寄雾城信。寄保宗信。寄天马书店信。寄三弟信。寄《自由谈》稿二[14]。午得杨霁云信，下午复。复王思远信。寄西谛信。得姚克留片，夜复。

二十五日　晴。午后得《ドストイエフスキイ全集》

451

(一)一本,二元七角。下午得赵家璧信,即复。得陶亢德、徐讦信,即复。夜同广平往新光戏院观电影[15]。

二十六日　晴。午后得诗荃稿一,即转寄《自由谈》。得徐懋庸信,下午复。诗荃来并出稿二,即为转寄《自由谈》,赠以《引玉集》一本。下午蕴如携阿玉、阿菩来。晚三弟来并为买得抄更纸二十帖,共泉二十三元,又从商务印书馆取来《Art Young's Inferno》一本,十六元三角;《吕氏家塾读诗记》一部十二本。

二十七日　星期。昙,风。午后得陶亢德信。得姚克信。得《罗清桢木刻第二集》一本,作者所寄,下午复。镰田夫人来并赠海婴文具一合,簿子五本,夏蜜柑三枚。晚邀莘农夜饭,且赠以《引玉集》一本,并邀保宗。夜作短文一篇二千字[16]。

二十八日　晴。午后得罗生信。得刘岘信。得钟步清信并木刻一枚。遇杨霁云,赠以《引玉集》一本,并以二本托其转交徐懋庸及曹聚仁。买《古代铭刻汇考续编》及《英国近世唯美主義の研究》各一本,共泉十一元五角。

二十九日　晴。上午寄思远信并稿。寄季市信。寄何白涛信。下午寄来青阁书庄信。寄杨霁云信。得李雾城信,即复。寄母亲信。

三十日　昙。午复罗生信。午后为新居格君书一幅[17]云:"万家墨面没蒿莱,敢有歌吟动地哀。心事浩茫连广宇,于无声处听惊雷。"下午寄《动向》稿一[18]。得来青阁书目一本。晚内山君招饮于知味观,同席九人。

三十一日　晴,风。上午寄西谛信并稿一篇[19]。下午得母亲信,附与三弟笺,二十七日发。得徐懋庸信。得靖华信。得猛克信,即复。得杨霁云信并《胡适文选》一本,即复。买《チェーホフ全集》(十三)、《版芸術》(六月号)各一本,三元。晚得小峰信并版税二百,即付《杂感选集》印证千。夜同广平往新光戏院观苏联电影《雪耻》[20]。寄增田君信,改《小说史略》文。

* * * *

[1]　其一为《论"旧形式的采用"》(文末署"五月二日"),后收入《且介亭杂文》;另一篇未详。

[2]　嘉业堂　浙江吴兴藏书家刘承幹的藏书室名,亦营雕版印书。址在吴兴南浔镇。上海有分室,在爱文义路卡德路(今北京西路石门二路)刘宅附近。刘于1914年为清皇陵植树捐巨资,得废帝溥仪赏赐"钦若嘉业"匾额,遂以名室。

[3]　《拉斯普丁》　原名《Rasputin and the Empress》,以旧俄宫廷生活为背景的故事片,美国米高梅影片公司1932年出品。

[4]　《阿丽思漫游奇境记》　原名《Alice in Wonderland》,据卡罗尔的同名童话改编的故事片,美国派拉蒙影片公司1933年出品。

[5]　其一为《刀"式"辩》,后收入《花边文学》;另一篇未详。

[6]　即《化名新法》。后收入《花边文学》。

[7]　指《唐宋传奇集》版税印花。该书于1934年由联华书局出版合订本。

[8]　即《一思而行》、《读几本书》及《推己及人》、《法会和歌

剧》。后均收入《花边文学》。

〔9〕 指《巴黎之烦恼》,当时石民因需款治肺疾,拟将所译法国波特莱尔散文诗《巴黎之烦恼》版权售与北新书局未成,乃托鲁迅设法。鲁迅预付其稿费二百五十元,后介绍给生活书店,于1935年4月出版。

〔10〕 即《清明时节》。后收入《花边文学》。

〔11〕 洪洋社 日本东京的一家出版社。鲁迅曾托该社印刷《引玉集》。

〔12〕 即《偶感》。后收入《花边文学》。

〔13〕 千秋社 上海杂志社,设在昆山路。1933年6月创刊文艺半月刊《千秋》。

〔14〕 即《"……""□□□□"论补》、《论秦理斋夫人事》。后均收入《花边文学》。

〔15〕 所观电影为《生吞活捉》(Eat'em Alive),探险纪录片,美国生活影片公司1933年出品。

〔16〕 即《儒术》。后收入《且介亭杂文》。

〔17〕 即《戌年初夏偶成》。后收入《集外集拾遗》。

〔18〕 即《谁在没落?》。后收入《花边文学》。

〔19〕 即《〈看图识字〉》。后收入《且介亭杂文》。

〔20〕 《雪耻》 苏联故事片。同场加映《莫斯科生活》、《苏联体育世界》等短片。

六 月

一日 晴,风。午后得季市信。紫佩寄来重修之《芥子园画传》四集一函,又代买之《清文字狱档》七及八各一本,共泉一元。以《引玉集》寄原作者,计三包十二本。以《唐宋传奇集》各一本寄增田及雾城。夜雨。

二日 晴。上午寄小峰信。午后往来青阁买《补图承华事略》一部一本，石印《耕织图》一部二本，《金石萃编补略》一部四本，《八琼室金石补正》一部六十四本，共泉七十元。下午得董永舒信。得曹聚仁信，即复。得紫佩信，即复。得西谛信，即复。得吴渤信。得陈铁耕信。得何白涛信，晚复。蕴如及三弟来并赠裁纸刀一柄，又为取得《四部丛刊》续编中之《啸堂集古录》一部二本，饭后同往巴黎大戏院观《魔侠吉诃德》[1]，广平亦去。

三日 星期。晴。上午寄梓生信。得思远信并小说稿两篇。下午诗荃来并出稿六篇，即为分寄《自由谈》及人间世社。得杨霁云信，夜复。

四日 晴，夜小雨。无事。

五日 晴。午后季巿来。夜濯足。

六日 晴。上午寄《动向》稿二篇[2]。午后得增田君信并照相一枚。得钟步清信。得诗荃信。得徐讦、陶亢德信，即复。买《ゴオゴリ全集》一本，二元五角；《ニンジン》一本，一元。托商务印书馆买来《"Capital" in Lithographs》一本，十元。下午北新书局送来《小约翰》及《桃色之云》纸版各一副，付以《两地书》印证千五百。寄烈文信。寄思远信并保中稿一篇。寄吴渤及陈铁耕信并《引玉集》各一本。寄小山杂志三本。寄汝珍《文学报》四张。

七日 晴。下午得西谛信。得梓生信并《自由谈》稿费廿七元。得杨霁云信。

八日　昙。上午复山本夫人信。复增田君信。得徐懋庸信,即复。得陶亢德信,即复。午后同广平携海婴往须藤医院诊,见赠墨鱼一枚。买《ダァシェンカ》一本,三元五角。下午得叶紫信,即复。复梓生信。

九日　雨,午晴。得静农信,即复。得聚仁信,即复。午后同猛克及懋庸往 Astoria 饮茶。[3]晚邀烈文、保宗、蕴如及三弟夜饭[4],同席共七人。

十日　星期。昙。上午致须藤先生信取药。复杨霁云信。得母亲信,七日发。下午诗荃来并赠自刻名印一枚,又稿三篇,即为转寄自由谈社。

十一日　晴。午后得雾城信。得徐懋庸信。得靖华信,即复。下午买特制本《にんじん》一本,《悲劇の悲[哲]学》一本,《新興仏蘭西文学》一本,共泉十九元二角。晚三弟来并为取得《读四书丛说》三本。夜小雨。同三弟及广平往南京大戏院观《民族精神》,原名《Massacre》[5]。

十二日　晴。上午复徐懋庸信并稿一[6],又诗荃稿一篇。寄《自由谈》稿二[7]。寄汉文渊信。得天马书店信并版税泉百。得燕寓旧存《清代文字狱档》(一至六辑)六本,子佩代寄。内山君赠长崎枇杷一碟。得杨霁云信,下午复。得山本夫人信。得费慎祥信,下午复。得天马书店信并版税泉百元,夜复。

十三日　昙。上午寄母亲信。收汉文渊书目一本。午后蕴如来并赠角黍一筐。下午得诗荃信并稿三篇,即以其二寄《自由谈》。夜三弟同季志仁来。

十四日　晴,风。上午收开明书店送来韦丛芜之版税八十二元八角七分,还旧欠,即付收条。午后季市来,并赠北地摩菰一合,白沙枇杷一筐。下午得诗荃稿一,即转寄《自由谈》。夜同季市及广平往南京大戏院观《富人之家》[8]。

十五日　昙。午后得诗荃信。下午往汉文渊买顾凯之画《列女传》一部四本,《小学大全》一部五本,《淞滨琐话》一部四本,共泉十三元八角。北新书局送来版税二百,又《两地书》者一百。夜同广平往光陆大戏院观电影[9]。

十六日　晴。午后往二酉书店为内山君买《点石斋画报汇编》一部三十六本,卅六元。又往来青阁自买石印《圆明园图咏》二部二本,二元。下午诗荃来并交一稿,即为转寄《自由谈》。晚蕴如携阿玉、阿菩来。三弟来并为取得《北山小集》一部十本。旧历端午也,广平治馔留诸人夜饭,同坐共八人。夜坪井先生来并赠长崎枇杷一筐。

十七日　星期。晴,风。午后得北平翻印本《南腔北调集》一本,似静农寄来。

十八日　昙,风。上午须藤先生来为海婴诊,云是消化系性流行感冒,随至其寓取药。晚得罗清桢信。得静农信,夜复。雨。

十九日　雨。上午寄杨霁云信并稿一[10]。下午须藤先生来为海婴诊。得靖华信,即复。得罗清桢所寄木刻画版六块,晚复。姚克来并交施乐君及其夫人信,即写付作品翻译及在美印行权证一纸[11]。

二十日　晴。上午寄西谛信。得诗荃稿一,即为转寄

《自由谈》。下午须藤先生来为海婴诊。晚斋藤君赠麒麟啤酒一箱。

二十一日　晴,风。上午寄雾城信。得杨霁云信。得梓生信并还诗荃稿一篇,即复。得徐懋庸信,即复,并附诗荃稿一篇。得西谛信并《十竹斋笺谱》样本三十六幅,下午复。夜风较大而旋止。编《准风月谈》起。

二十二日　昙,午后小雨。得《白と黑》(四十八)一本,五角。下午得甘努信,晚复。夜雨。

二十三日　晴,风。上午寄《自由谈》稿一篇[12]。午后保宗来。莘农及省吾来。得楼炜春信,附适夷致友人笺[13]。得陶亢德信。下午诗荃来并赠海婴糖果一合。晚蕴如来。三弟来并为取得《清波杂志》一部二本。夜与蕴如及三弟并同广平往融光大戏院观《爱斯基摩》[14]。

二十四日　星期。晴。午后诗荃来,未遇,留稿而去,即为转寄《自由谈》。下午买果戈理《死せる魂》一本,二元。得季市信,即复。得徐懋庸信,即复。得志之信,晚复。得何白涛信并木刻三幅。夜浴。

二十五日　晴,风而热。上午复楼炜春信并还适夷笺。下午得杨霁云信。得诗荃二稿,即为转寄《新语林》。晚蕴如携藁官来。三弟来。

二十六日　晴,热。上午往二酉书店买《淞隐漫录》一部六本,《海上名人画稿》一部二本,共泉九元。午后收《动向》上月稿费二十四元。得猛克信。下午得何白涛所寄木版六块,夜复。得新居多美子信。

二十七日　晴,热。上午寄西谛信并汇泉三百,为刻《十竹斋笺谱》之工资。下午得李雾城信。得何白涛信并木刻一幅。得王慎思信并木刻一束,即复。得增田君信并照相一枚,即复,亦附照相一枚也。

二十八日　晴,热。上午往汉文渊买残杂书四本,三元六角。午往内山书店,得《世界玩具图篇》及《ドストイエフスキイ全集》(十二)各一本,共泉五元。买麦茶壶一个,茶杯二个,共泉三元五角。得霁野信。得徐懋庸信。得三弟信。夜浴。

二十九日　晴,风而热。上午寄静农信,附致季市函及复霁野笺。午后季市来。得靖华信,即复。得陈铁耕信。得《版芸術》(七月号)一本,五角。

三十日　晴,热。上午寄西谛信。寄中国书店信。午后得王之兑信。得铁耕所寄木刻画版一块。收《新语林》稿费四元。得《新生》一至二十一期共二十一本。晚王蕴如来。三弟来并为取得《四部丛刊》中之《切均指掌图》一本。为海婴买玩具枪一具,一元四角。夜同蕴如、三弟及广平往融光大戏院观电影《豹姑娘》〔15〕。

*　　*　　*

〔1〕　《魔侠吉诃德》　原名《Don Quixote》。根据塞万提斯《唐·吉诃德》改编的故事片。法国万道尔影片公司1933年出品。

〔2〕　其一为《拿来主义》,后收入《且介亭杂文》;另一篇未详。

〔3〕　Astoria　日记又作奥斯台黎,设在北四川路施高塔路(今四

川北路山阴路)附近的西点铺。光华书局请徐懋庸任《自由谈》半月刊编辑,徐于此征询鲁迅的意见。

〔4〕 邀烈文、保宗、蕴如及三弟夜饭　席间商议创办《译文》月刊之事。

〔5〕《民族精神》　故事片,美国华纳兄弟影片公司1933年出品。

〔6〕 即《隔膜》。后收入《且介亭杂文》。

〔7〕 即《玩具》、《零食》。后均收入《花边文学》。

〔8〕《富人之家》　即《大富之家》(The House of Rothschild),故事片,美国福克斯影片公司1934年出品。

〔9〕 所观电影为《米老鼠大会》(Mikey Mouse Show),动画片,美国迪斯尼公司出品。

〔10〕 即《倒提》。其时杨霁云拟编刊物,鲁迅寄以此文。后因出刊计划取消,遂改投《自由谈》,后收入《花边文学》。

〔11〕 写付作品翻译及在美印行权证一纸　指同意斯诺编译的《活的中国》一书在美印行。该书收有鲁迅《药》、《孔乙己》、《祝福》等七篇作品。

〔12〕 即《正是时候》。后收入《花边文学》。

〔13〕 适夷致友人笺　"友人",指鲁迅等。楼适夷的信中谈到在南京狱中的情况,并请鲁迅等设法营救。

〔14〕《爱斯基摩》　原名《Eskimo》,纪录片,美国米高梅影片公司1933年出品。

〔15〕《豹姑娘》　原名《Island of Lost Souls》,科学探险片,美国派拉蒙影片公司1932年出品。

七　月

一日　星期。晴，大热。午后得周权信并《北辰报》副刊《荒草》二十四张。得静农所寄汉画象等拓片十种。下午罗清桢、张慧见访，未见，留片而去，并赠荔枝一包。赠内山夫人《北平笺谱》一部。夜雷电不雨，仍热。浴。

二日　晴。上午得静农信。得中国书店书目一本。夜蕴如及三弟来。热。

三日　晴，热。上午复陈铁耕信并寄《北平笺谱》一部。复静农信并寄还画象拓本三种。午后与市原分君谈。夜浴。

四日　晴。上午得梁得所信并《小说》半月刊。得《オブローモフ》（前编）一本，二元二角。下午得耳耶信，即复。得诗荃诗二篇。夜同广平携海婴访三弟，小坐归。

五日　晴。上午寄《自由谈》稿一篇[1]。寄静农信并泉百。蕴如来并赠杨梅一筐，又杨梅烧一瓮。内山书店送来《チェーホフ全集》（四）一本，一元五角。午后季市来。下午得蔡先生信。得西谛信。

六日　晴，风。午后得冰山信并《作品》二本。得《大荒集》一部二本，语堂寄赠。

七日　晴，风。上午复西谛信。寄蝉隐庐信。寄须藤先生信并致荔枝一筐。译戈理基作《我的文学修养》[2]毕，约五千字，寄文学社。午后北新书局送来版税泉二百，上月分。下午复冰山信。得思远信，即复。得韩白罗信，即复。得靖华信。得梓生信并《自由谈》稿费三十三元。晚蕴如及三弟来并为取得《诸葛武侯传》一本，《嘉庆一统志索引》一部十本。

八日　星期。晴。上午陈君来访。得《ゴオゴリ全集》（三）一本，二元五角。下午诗荃来。

九日　晴，热。上午得姚克信。得徐懋庸信，下午复。复梓生信并寄文稿二篇[3]。

十日　晴，大热。上午得《白と黒》（四十九）一本，五角。夜蕴如及三弟来。浴。

十一日　晴，大热。上午复靖华信。午后得蟫隐庐书目一本。得罗清桢信。得钦文信，下午复。夜浴。

十二日　晴，大热。晨至下午校读《其三人》译本。得《陣中の竪琴》及《続紙魚繁昌記》各一本，共泉六元。得母亲信，即复。得陈铁耕信并木刻三幅，晚复。夜蕴如及三弟携阿菩、阿玉来，并赠《动物学》教科书一部二本。浴。

十三日　晴，大热。上午理发。晚同广平携海婴访坪井先生，未遇，见其夫人，赠以荔枝一筐。夜得罗生信。得王余杞信。得徐懋庸信。浴。

十四日　晴，大热。上午复徐懋庸信并稿一篇[4]，又克士稿一篇。以字一小幅寄梁得所。买电风扇一具，四十二元。午后得达夫信，并赠《屐痕处处》一本，赠以《引玉集》一本。与保宗同复罗生信。得静农所寄画象及造象拓本一包。晚蕴如及三弟来并为取得《元城先生尽言集》一部四本。夜浴。

十五日　星期。晴，热。午后得静农信。得徐懋庸信。夜浴。

十六日　晴，热。下午寄静农信并还石拓本，只留三种，其值三元八角。诗荃来并交稿二篇，即为之转寄《自由谈》。

托广平往蟫隐庐买《鼻烟四种》一本，价一元，以赠须藤先生。夜蕴如及三弟携诸儿来，飨以西瓜、冰酪。作《忆韦素园》[5]文一篇，三千余字。校《准风月谈》起。浴。

十七日　昙，热。午前以昨所作文寄静农。午后雨一陈。晚得靖华信。得吴渤信，即复。得杨霁云信，即复。得罗清桢信并木版一块，即复。得徐懋庸信，夜复[6]。浴。

十八日　阴晴不定而热。上午寄《自由谈》稿二篇[7]。下午编《木刻纪程》并作序目[8]讫。得陈侬非信。得山本夫人信。夜蕴如及三弟来。得母亲信，十六日发。

十九日　忽晴忽雨而热。上午得梓生信并还诗荃稿一篇。内山书店送来《金時計》一本，一元；《創作版画集》一帖，六元。晚蕴如持来托商务印书馆由德国购得之 G. Grosz's《Spiesser-Spiegel》及《Käthe Kollwitz-Werk》各一本，共泉十捌元二角。寄《自由谈》稿二篇[9]。夜浴。

二十日　忽晴忽雨而热。午前内山夫人及冈口女士来，并赠セーピス二瓶。得和光学园[10]絵葉書一转并其生徒所作木刻四十三枚，嘉吉寄来。得诗荃稿一，即为转寄《自由谈》，附自作一[11]。得耳耶信，下午复。往内山书店买《世界史教程》（第三分册）一本，一元三角。夜烈文来。风。

二十一日　雨。上午同保宗往须藤医院诊，云皆胃病。须藤夫人赠海婴波罗蜜一罐。晚蕴如及三弟来，并为取得《蜕庵诗集》一本。收北新书局版税泉二百。夜风而雨。胁痛。

二十二日　星期。雨，午后晴。得诗荃稿三，即以其二转寄《自由谈》。得谷非信,即复。

二十三日　昙。上午寄徐懋庸信并 Lili Körber 及诗荃稿各一篇。午后晴。收《动向》上月稿费九元。得白兮信并稿二。买《ツルゲーネフ全集》(五)一本,一元五角。下午寄小山杂志一包。复内山嘉吉君信,并寄仿十竹斋笺一帖。夜浴。

二十四日　昙。上午复山本夫人信。午后晴,晚骤雨一陈。夜译《鼻子》[12]起。

二十五日　晴,风而热。上午以新字草案稿[13]寄罗西。寄烈文信。午后得何白涛信。得韩白罗信并翻印《士敏土之图》二本。下午睡中受风,遂发热,倦怠。内山书店送来《卜氏集》(三)一本,二元五角。夜蕴如及三弟来。

二十六日　晴,热。上午往须藤医院诊。下午得唐弢信。

二十七日　晴,热。上午复何白涛信。复唐弢信。下午得徐懋庸[信],即复。得罗清桢信,即复。复韩白罗信,并寄《母亲》插画印本十四张,引一[14]。

二十八日　晴,热。午后得小山信,附致靖华笺。得淡海信片。得山本夫人信并正路照相一枚。得罗生信。得曹聚仁信。晚蕴如及三弟来,赠以发刷一枚。夜寄靖华信,附小山笺。夜浴。

二十九日　星期。晴,热。上午往须藤医院诊。午后雷雨一陈即晴。下午复曹聚仁信。得程琪英信。得陈铁耕信。诗荃来,未见,留字而去。

三十日　晴。上午寄母亲信,附海婴笺,广平手录。复山本夫人信。午后收八月分《文学》稿费二十四元。晚三弟来并为取得《急就篇》一本,赠以饼干一合。得西谛信,附致保宗笺,即为转寄。闻木天被捕。

三十一日 晴,热。午后得小峰信并版税泉二百。下午寄季市信。复小峰信并寄印证三千。得亚丹信,言静农于二十六日被捕[15],二十七日发,又一信言离寓,二十九日发。得陶亢德信,即复。晚寄季茀信。夜译《鼻子》讫,约一万八千字。

* * *

〔1〕 即《再论重译》。后收入《花边文学》。

〔2〕 《我的文学修养》 苏联高尔基作。鲁迅译文发表于《文学》月刊第三卷第二号(1934年8月),后收入《译丛补》。

〔3〕 即《"彻底"的底子》、《知了世界》。后均收入《花边文学》。

〔4〕 即《买〈小学大全〉记》。后收入《且介亭杂文》。

〔5〕 即《忆韦素园君》。后收入《且介亭杂文》。

〔6〕 复信中附有《赠〈新语林〉诗及致〈新语林〉读者辞》,奥地利莉莉·珂贝作。鲁迅译文发表于《新语林》半月刊第三期(1934年8月),后收入《译丛补》。

〔7〕 即《水性》、《算帐》。后均收入《花边文学》。

〔8〕 即《〈木刻纪程〉小引》。后收入《且介亭杂文》。

〔9〕 即《玩笑只当它玩笑》(上)、(下)两篇。后均收入《花边文学》。

〔10〕 和光学园 日本东京的一所私立学校,1932年11月10日建立于东京世田谷。其时内山嘉吉在该校任工艺教师。

〔11〕 即《做文章》。后收入《花边文学》。

〔12〕 《鼻子》 小说,俄国果戈理作,鲁迅译文发表于《译文》月刊第一卷第一期(1934年9月),后收入《译丛补》。

〔13〕 新字草案稿 即1931年9月在海参崴举行的中国新文字第一次代表大会公布的《北方话拉丁化方案》,该方案由吴玉章等拟定,先在苏联境内华侨中试行,后寄鲁迅。鲁迅是日转寄欧阳山(罗西),以便在新文字运动委员会中讨论。

〔14〕 即《〈母亲〉木刻十四幅·序》。现编入《集外集拾遗补编》。

〔15〕 静农被掳 台静农于本月26日被国民党北平特别市党部以"共党嫌疑"委由宪兵第三团逮捕。不久被囚于南京警备司令部。参看本卷第471页注〔18〕。

八 月

一日 晴,热。午后内山书店送来《ツルゲーネフ全集》(六)一本,《版芸術》(八月分)一本,共泉二元三角。夜风。

二日 晴,热。上午得猛克信,下午复。以海婴照片一幅寄母亲。以赖纳[1]照片一幅寄烈文。夜得小峰信。浴。

三日 晴,热。上午得徐懋庸信,下午复。寄曹聚仁信[2]。以自己及海婴之照片各一幅寄山本夫人。夜译《果戈理私观》[3]起。

四日 晴,热。晚蕴如及三弟来,并为取得《春秋左传类编》一部三本。得梓生信并上月《自由谈》稿费四十,附文公直信,夜复[4]。费君来并为代印绿格纸三千枚,共泉九元六角。译《果戈理私观》讫,约四千字。

五日 星期。晴,热。午后得西谛信,即复。下午诗荃来。晚得文尹信。生活书店[5]招饮于觉林,与保宗同去,同席八人。

六日 晴,热。午后寄《自由谈》稿二篇[6]。得嘉吉信。晚钦文来[7]并赠《蜀龟鉴》一部四本,杭州陆军监狱囚所作牛骨耳挖一枚。夜浴。

七日 晴,热。上午得文尹信。得王思远信。得增田君信,即复,并附十竹斋笺四幅。得季市信。下午钦文来,云明晚将往南京,因以饼干二合托其持赠李秉中君之孩子。内山书店送来《乡土玩具集》(一至三)三本,共泉一元五角,并绍介山室周平及其妹善子来访。得霁野信。得唐弢信。晚孙式甫及其夫人招饮于鼎兴楼,与广平携海婴同往,同席十二人。夜访山室君等。大风而雨。

八日 大风,小雨而凉。上午得母亲信,四日发。得唐弢信。得徐懋庸信,即复,附稿一篇[8]。下午烈文来并交译稿三篇。夜译格罗斯小论一篇[9]毕。

九日 晴,热。自晨至晚编《译文》。谢君及其夫人并孩子来。得诗荃诗并稿四篇。得梓生信,夜复,并附诗荃稿三篇。寄绀奴信并诗荃稿一篇。复唐弢信。胁痛颇烈。

十日 晴,热。上午得西谛信。得耳耶信并《当代文学》(二)一本,夜复。浴。

十一日 晴,风而热。上午得母亲信并与海婴笺,六日发。得罗清桢信。得梓生信并关于欧化语来稿四种。内山书店送来《白と黒》(终刊)一本,价五角。午钦文来并带来鲁绸浴衣一件,秉中所赠。晚蕴如携阿玉、阿菩及蘩官来。三弟来并为取得《麟台故事》残本一本。胁痛,服阿斯匹林二枚。

十二日 星期。晴,风而热。午后寄母亲信。寄耳耶信。寄小峰信并稿一篇[10]。

十三日 晴,热。上午寄吴景崧信并还梓生寄来之关于欧化语法文件四种。寄《自由谈》稿二篇[11]。得烈文信。得曹聚仁信,午后复。下午昙,雷。复白尧信。得《ゴオゴリ全集》(二)一本,二元五角。又 Gogol:《Brief wechsel》二本,十三元二角。

十四日 晴,热。上午同广平携海婴往须藤医院诊,云是睡中受凉,并自乞胃药。编《木刻纪程》讫,付印。得山本夫人信。得亚丹信,即复。得吴景崧信,下午复。夜三弟及蕴如携蘩官来。

十五日 晴,热。上午复西谛信。寄保宗信。寄《动向》稿二篇[12]。下午雨一陈,仍热。得诗荃稿三篇,即为之转寄《自由谈》。收北新书局版税泉二百。

十六日 小雨,上午晴。同广平携海婴往须藤医院诊。寄三弟信。得耳耶信。得钦文信。夜蕴如及三弟来。

十七日 晴,热。午后得曹聚仁信。下午须藤先生来为海婴诊。收《北平笺谱》再版本四部,西谛寄来。夜写《门外谈文》[13]起。

十八日 晴,热。上午对门吉冈君赠麦酒一打。下午代常君寄天津中国银行信。

十九日　晴,星期,热。午后诗荃来,并卖[买]去再版《北平笺谱》二部。下午须藤先生来为海婴诊。得猛克信。夜浴。

二十日　晴,热。上午复猛克信。寄《自由谈》稿二篇[14]。得母亲信,十五日发。下午得小山信。得罗生信。晚写《门外文谈》讫,约万字。夜蕴如及三弟来并为取得《棠阴比事》一本,赠以麦酒四瓶。寄楼炜春信。

二十一日　晴,热。下午须藤先生来为海婴诊。复母亲信。寄《动向》稿一篇[15]。

二十二日　晴,热。上午内山书店送来《東方学報》(京都版第五册)一本,一[二]元。得幼渔母李太夫人讣,即函紫佩,托其代致奠敬。得楼炜春复信。下午与保宗同复罗生信。寄吴景崧信并《门外文谈》稿一篇。

二十三日　晴,热。午后寄《动向》稿一篇[16]。寄母亲小说五种。下午居千爱里[17]。

二十四日　晴,热。上午得思远信。得三弟信。得诗荃稿二,即为转寄《自由谈》。下午广平携海婴来。井上芳郎君来谈。大[尾]崎君赠《女一人大地を行ク》一本。

二十五日　晴,热。晨得亚丹信。得诗荃稿二,即为转寄《自由谈》。上午寄伊罗生信。晚三弟及蕴如来并为取得《贞观政要》一部四本。夜得寄野信。得葛琴信并茶叶一包。

二十六日　星期。晴,热。上午寄野来[18]。得《卜氏集》(十四)一本,《海の童話》一本,共三元九角。得母亲信,二十三日发。得诗荃信。

二十七日　晴,热。上午寄野来。复葛琴信。夜浴。

二十八日　晴,热。上午得天津中国银行信。得姚克信。得林语堂柬。得耳耶及阿芷信,即复。得光人信,即复。得望道信。得《版芸術》九月分一本,五角。夜蒋径三来并赠茶叶二合。

二十九日　昙,风。上午代常君复中国银行信。复语堂信。复陈望道信。午后雨一陈即霁。下午诗荃赠饼饵二种。井上芳郎、林哲夫来谈。

三十日　昙。上午得诗荃稿一,即为转寄《自由谈》。下午得黄源信。晚雨。

三十一日　小雨。上午寄望道信并稿一篇[19]。得陈农非信。得阿芷信。得母亲信,二十八日发,午后复。下午复姚克信。山本夫人寄来《版芸術》十一本。夜寄省吾信。

*　　*　　*

〔1〕　赖纳　通译列那尔(Jules Renard),法国作家。著有《红萝卜须》等。鲁迅以其照片寄黎烈文,后印入黎译《红萝卜须》。

〔2〕　即《答曹聚仁先生信》。后收入《且介亭杂文》。

〔3〕　《果戈理私观》　论文,日本立野信之作,鲁迅译文发表于《译文》月刊第一卷第二期(1934年9月),后收入《译丛补》。

〔4〕　即《康伯度答文公直》。后收入《花边文学》。

〔5〕　生活书店　1933年7月由邹韬奋等创办于上海。曾印行过鲁迅的译作《表》、《小约翰》、《桃色的云》等。出版《生活》、《文学》、《太白》、《译文》等刊物。是日招饮,席间商谈合作编刊《译文》月刊事。

〔6〕 即《看书琐记》、《看书琐记(二)》。后均收入《花边文学》。

〔7〕 钦文来　许钦文 7 月 10 日获释后,是日来访鲁迅。

〔8〕 即《从孩子的照相说起》。后收入《且介亭杂文》。

〔9〕 即《艺术都会的巴黎》。论文,德国格罗斯作,鲁迅译文发表于《译文》月刊第一卷第一期(1934 年 9 月),后收入《译丛补》。

〔10〕 即《忆刘半农君》。后收入《且介亭杂文》。

〔11〕 即《趋时与复古》、《安贫乐道法》。后均收入《花边文学》。

〔12〕 即《奇怪》、《奇怪(二)》。后均收入《花边文学》。

〔13〕《门外谈文》　即《门外文谈》。后收入《且介亭杂文》。

〔14〕 其一为《迎神与咬人》,后收入《花边文学》;另一篇疑为《门外文谈》中之一节。

〔15〕 即《"大雪纷飞"》(文末署"八月二十二日")。后收入《花边文学》。

〔16〕 即《汉字和拉丁化》。后收入《花边文学》。

〔17〕 居千爱里　内山书店职员张荣甫、周根康因从事进步活动被捕,鲁迅暂居千爱里三号内山完造家,9 月 18 日返寓。

〔18〕 指为营救台静农事。台静农于 7 月 26 日被北平国民党当局逮捕后,李霁野来沪商请鲁迅设法营救,后经鲁迅函托蔡元培营救,于 1935 年 1 月获释。参看本卷第 466 页〔15〕。

〔19〕 即《不知肉味和不知水味》。后收入《且介亭杂文》。

玖　月

一日　晴。上午得赵家璧信并《记丁玲》及《赶集》各一本。阿芷来谈。下午复赵家璧信。诗荃来。北新书局送来版税泉二百。晚蕴如来。三弟来并为取得《图画见闻志》一本。夜得紫佩信。

二日 星期。晴。上午内山君归国省母,赠以肉松、火腿、盐鱼、茶叶共四种。得诗荃稿一,即为转寄《自由谈》。寄三弟信。得《ツルゲーネフ全集》第四卷一本,二元五角。下午保宗及西谛来,并赠《清人杂剧》二集一部十二本,名印两方。河清来。晚得罗生信。

三日 昙。上午得秋朱之介信,即复。复李天元信并寄《毁灭》及《杂感选集》各一本。寄赵家璧《引玉集》一本。下午译《饥馑》[1]起。晚省吾来。

四日 晴,热。上午得思远信,即复。午后蕴如来并为取得《辞通》下册一本。下午大雨。晚望道招饮于东亚酒店[2],与保宗同往,同席十一人。

五日 昙。晨得诗荃稿二,即为转寄《自由谈》。上午得猛克信,午后复。下午寄紫佩信并《淞隐漫录》等一包,托其觅人重装,又海婴照片一枚,转赠阮长连。夜三弟来。

六日 晴,热。午后作短评一篇[3]与文学社。下午得《チェーホフ全集》(七)一本,二元五角。得张梓生信并上月《自由谈》稿费五十九元。

七日 雨,午后晴。得吴景崧信。捐世界语社[4]泉十。

八日 晴,风。上午得绀弩信。下午得诗荃稿三,即为转寄《自由谈》,并附答张梓生及吴景崧笺。蕴如携孩子来。夜三弟来并为取得《吴越备史》一部二本。得母亲信,附与三弟笺。

九日　星期。晴。上午得李又燃信。译《饥馑》讫,约万字。下午同广平携海婴并邀阿霜至大上海戏院观《降龙伏虎》[5]毕,往四而斋吃面。夜浴。

十日　昙。上午雨一陈即霁。寄达夫信。下午诗荃来并为代买《格林童话》、《威廉·蒲雪新画帖》各一本,共泉二十一元五角。

十一日　昙,上午雨。得内山君信。得增田君信。下午何昭容来访,并赠梨及石榴一筐。夜得亚丹信。得曹聚仁信。

十二日　雨。上午复增田君信。夜得达夫信。得山本夫人所寄画片十幅。得《虚無よりの創造》一本,一元五角。

十三日　雨,上午晴。午后得吴渤信。晚曹聚仁招饮于其寓,同席八人。

十四日　雨。上午得张慧信并木刻十四幅。得诗荃稿一,即为转寄自由谈社。午后霁。得新生周刊社信。译戈理基作《童话》[6]二篇讫,约四千字。下午烈文来。晚河清来并持来《译文》五本。得阿芷信,即复。夜雨。

十五日　雨。上午得诗荃稿一,即为转寄《自由谈》。午后同广平携海婴往须藤医院诊。下午诗荃来并赠印一枚,文曰"迅翁",不可用也。晚蕴如来,三弟来并为取得《春秋胡氏传》一部四本。得曲传政信并见赠频果一筐。夜雷电大雨。

十六日　星期。晴。上午得光人信,即复。得志之信。寄母亲信,附海婴笺,广平所写。午后雨一陈即霁,天气转热。下午买书三种,共泉七元七角。夜得楼炜春信,附适夷笺[7]。得夏丏尊信。得刘岘信并木刻一本。

十七日　晴。上午同广平携海婴往须藤医院诊。晚三弟及梓生来,蕴如亦至,留之夜饭。北新书局送来版税泉二百。夜编《译文》第二期稿讫。

十八日　晴。下午须藤先生来为海婴诊。晚得寄野信。得烈文信并稿,即转寄译文社。夜回寓。得山本夫人信。

十九日　昙。上午寄还志之小说稿一篇。得徐懋庸信。得诗荃信并诗一首。得《The Chinese Soviets》一本并信,译者寄赠。得絵葉書九枚,ナウカ社寄来。内山君及其夫人见赠海苔、黍糖各一合,梨五枚,儿衣一件。下午雨。得 A. Kravchenko 信并木刻十五幅。夜译《童话》[8]（三）讫,约万字。

二十日　晴,风。上午复徐懋庸信。寄陈望道信。午后张望寄来木刻三幅。内山书店送来《玩具工业篇》(《玩具叢書》之一)一本,二元五角。

二十一日　晴,风。上午同广平携海婴往须藤医院诊。寄三弟信。寄《动向》稿一篇[9]。午得耳耶信,附杨潮信,下午复。晚寄楼炜春信。

二十二日　晴。下午须藤先生来为海婴诊。晚诗荃来。夜蕴如及三弟来并为取得《先天集》一部二本,饭后并同广平往南京大戏院观电影[10]。

二十三日　星期。旧历中秋。晴。午后得炜春信。得谷非信。得望道信并《太白》稿费四元,即复。下午寄山本夫人信。夜同内山君及其夫人、村井、中村并一客往南京大戏院观《泰山情侣》。

二十四日　晴。上午得《ゴーゴリ全集》（四）一本，二元五角。午后得白涛信，下午复。得靖华信，夜复。寄艾寒松信并稿一篇[11]。

二十五日　昙。午后得母亲信，二十二日发。得徐懋庸信并译稿一。得烈文信，即复，并附徐氏译文，托其校定。得钦文信，即复。得耳耶信，即复。雨。

二十六日　晴。上午寄望道信并稿二篇[12]。午后寄《动向》稿二篇[13]。理发。

二十七日　昙。午后得西谛信并笺样六幅[14]，即复。得阿芷信，即复。得顾君留柬，下午即同广平携海婴往访之。大雨。晚寄雾城信。

二十八日　晴。上午寄母亲信。午后往广雅纸店访黄色罗纹纸，不得。得西谛所寄书二本，纸二百二十枚，晚复。寄夏丏尊信。夜同广平观电影。

二十九日　晴，暖。午得李天元信。午后为吉冈君书唐诗一幅。又为梓生书一幅[15]，云："绮罗幕后送飞〔光〕，柏栗丛边作道场。望帝终教芳草变，迷阳聊饰大田荒。何来酪果供千佛，难得莲花似六郎。中夜鸡鸣风雨集，起然烟卷觉新凉。"晚蕴如及三弟来并赠阿菩照相一枚。

三十日　星期。晴，暖。午后得母亲信，附与海婴笺，二十七日发。得罗清桢信。夜作《解杞忧》[16]一篇，约二千字。夜风。

※　　※　　※

〔1〕 《饥馑》 小说,俄国萨尔蒂珂夫作,鲁迅译文发表于《译文》月刊第一卷第二期(1934年10月),后收入《译丛补》。

〔2〕 为研究《太白》半月刊事。

〔3〕 即《做"杂文"也不易》。现编入《集外集拾遗补编》。

〔4〕 世界语社 应作世界社。指上海世界语者协会出版的《世界》月刊的编辑部。该刊1932年创刊,叶籁士、胡绳编辑。

〔5〕 《降龙伏虎》 原名《White Cargo》,探险纪录片,美国佛兰克·巴克拍摄。

〔6〕 即《俄罗斯的童话》。高尔基著,共十六篇。鲁迅于是日起据日译本重译,次年4月17日译讫。陆续在《译文》月刊发表一部分,后由上海文化生活出版社出版单行本。

〔7〕 适夷笺 鲁迅在编《草鞋脚》时选入楼适夷的《盐场》,故通过楼炜春向狱中的楼适夷询问生平资料,此笺为楼适夷的答函。

〔8〕 即《俄罗斯的童话》。

〔9〕 即《"莎士比亚"》。后收入《花边文学》。

〔10〕 所观电影为《泰山情侣》(Tarzan and His Mate),故事片《人猿泰山》的续集,美国米高梅影片公司1934年出品。

〔11〕 即《中国语文的新生》。后收入《且介亭杂文》。

〔12〕 即《考场三丑》、《中国人失掉自信力了吗?》。前篇收入《花边文学》,后篇收入《且介亭杂文》。

〔13〕 即《中秋二愿》、《商贾的批评》。后均收入《花边文学》。

〔14〕 指《十竹斋笺谱》刻成的样张。

〔15〕 题为《秋夜偶成》。后收入《集外集拾遗》。

〔16〕 即《"以眼还眼"》。10月1日寄沈雁冰。后收入《且介亭

杂文》。

十 月

一日　昙。上午寄烈文信。午后得十月分《版芸術》一本，五角。得耳耶信，即复，并附稿一篇[1]。下午雨。复罗清桢信。晚蕴如及三弟来并为取得《法书考》一本。得钱君匋信。寄保宗信并稿一篇。

二日　小雨。上午得董永舒信并泉十五。得林绍仑信，即复。下午北新书局送来版税泉二百。茅盾来并赠《短篇小说集》一本。晚寄《动向》稿一篇[2]。

三日　小雨。上午寄姚省吾信。午得谷非信。得冰山信。《木刻纪程》（一）印成，凡一百二十本。午后得猛克信。晚诗荃来。得望道信。夜同广平邀内山君及其夫〔人〕并村井、中村二君往新中央戏院观《金刚》[3]。

四日　昙。午后复冰山信。寄陈铁耕信。得王泽长信，即复。得耳耶信并徐行译稿，即复。下午广平为从蟫隐庐买《安徽丛书》三集一部二函十八本，价十元。寄陈铁耕信并《木刻纪程》三本。

五日　昙。上午寄漫画生活社稿一篇[4]。午后得增田君信。得烈文信。得刘岘信。得霁野信。得靖华信。下午得征农信，即复。得《ドストイエフスキイ全集》（二）一本，二元五角。

六日　晴。上午同海婴往须藤医院诊，广平亦去。下午寄刘岘、白涛及罗清桢信，并赠《木刻纪程》及还木版。广平往蟫隐庐为取得豫约之《仰视千七百二十九鹤斋丛书》一部六函卅六本。夜公饯巴金于南京路饭店,与保宗同去,全席八人。复靖华信,附克氏笺一枚,版税泉十二元汇票一纸。

七日　星期。晴。上午同内山君夫妇及广平携海婴往日本人俱乐部[5]观堀越英之助君洋画展览会。得耳耶信。得西谛信。晚三弟及蕴如携晔儿来,并为取得《吴骚合编》一部四本。得梓生信并《自由谈》稿费二十九元。

八日　晴。上午复西谛信并赠《木刻纪程》一册,又二册托其转赠施君夫妇。以《文报》[6]一束寄亚丹。为仲方及海婴往须藤医院取药。下午托内山君以《北平笺谱》一部寄赠日本上野图书馆。得小山信。得丏尊信,即转寄西谛。

九日　晴。上午得刘岘信,即复。午后得冈察罗夫所寄木刻十四幅。下午得张慧信,即复。得萧军信,即复。

十日　晴。上午得韩白罗信并翻印《母亲》插画一本,午后复。寄杨霁云信。夜同广平往光陆大戏院观《罗宫绮梦》[7]。

十一日　晴。午前钦文来,并赠《两条裙子》一本。得省吾信。得征农信。下午寄 Harriette Ashbrook 信,谢其赠书。寄小山杂志一包。复董永舒信并所代买书一包。夜同广平往上海大戏院观《傀儡》[8]。

十二日　晴。晚得《ツルゲーネフ全集》(十四)一本,价二元五角。晚蕴如来。

十三日　晴。上午得林绍仑信。得谭正璧信。得邵逸民信。得合众书店信,即复。得杨霁云信,午后复。下午买《ド一ソン蒙古史》一本,六元。晚寄烈文信。得何白涛信并木刻二幅。蕴如携阿菩来,三弟来并为取得《郑守愚文集》一本。

十四日　星期。晴,暖,下午昙。得亚丹信。夜同广平邀内山君及其夫人、村井、中村、蕴如及三弟往大上海戏院观《金刚之子》[9]。雨而风。

十五日　雨。上午复亚丹信,附冈察罗夫笺。得阿芷信。得耳耶所寄稿三种。下午烈文来。晚黄河清来并交《译文》第二期五本。

十六日　昙。午后得陈铁耕信并《阿Q正传》木刻插画九幅。得吴渤信,即复。得雾城信,即复。下午寄耳耶信并还稿一篇。得陈侬非信。晚寄徐懋庸信。夜雨。同广平往南京戏院观《VIVA VILLA》[10]。

十七日　晴。上午得母亲信,十三日发。得山本夫人所寄《斯文》(十六编之八号)一本。下午诗荃来。收北新书局版税泉二百。寄李雾城《木刻记程》四本。晚得杨晦所寄《除夕》及《被囚的普罗密修士》各一本。得李天元所寄三七粉及百宝丹各一瓶。得徐懋庸信,夜复。

十八日　晴。午后买《ジイド全集》(四)一本,二元六角。得徐懋庸信,即复。得殷林信,即复。下午须藤先生来为海婴诊。

十九日　晴。上午内山书店送来《物質与悲劇》一本,一元八角。寄陶亢德信并诗荃稿一篇,即得复。得耳耶信,即复。寄三弟信。下午得紫佩信并代付装订之《淞隐漫录》等两函共十本。夜编第三期《译文》讫。

二十日　晴。晨寄烈文信。上午得单忠信信。得罗清桢信并木刻一卷。午后寄母亲信。复李天元信。下午收新生社稿费六元。晚河清来。蕴如携菓官来。三弟来并为取得《雪窦四集》一部二本。

二十一日　星期。晴。午后复罗清桢信。复阿芷信。下午得耳耶及阿芷信。得孟斯根信并译文后记,即转寄河清,并复。得西谛信。

二十二日　晴。上午寄靖华信,附冈氏笺。寄《动向》稿一[11]。午得 P. Ettinger 信。得萧军信。得诗荃稿并信。下午得徐懋庸信,即复。得烈文信,即复。寄黄河清信。晚蕴如及三弟来,饭后并同广平往融光大戏院观电影《奇异酒店》[12]。

二十三日　晴。上午季市夫人携季市函及其女世玚来,即导之往篠崎医院诊。午前得秉中信片。下午寄 P. Ettinger《引玉集》一本。夜风。

二十四日　晴。上午寄紫佩信并还泉六元。寄省吾信。得望道信,《太白》三期稿费六元五角,即复并附稿一篇[13]。得沈振黄信,即复。昙。得山本夫人信。得姚克信。得钦文信。得孟斯根信并戈理基画像一幅。得谷非信。午小雨即霁。内山书店送来《生物学講座補遺》八本,四元。又赠斗鱼二匹,答以蒲桃一包。买《支那社会史》一本,二元五角。开明书店送来泉八十一元一角七分,盖丛芜版税,还未名社欠款者。

二十五日　晴。下午淡海赠镜子及蛇皮笔各一,即以镜赠谷非夫人,笔赠海婴。得烈文信,即复。得河清信,即复。

二十六日　晴。上午得上野图书馆信片,谢赠《笺谱》。得海滨社[14]信并《海滨月刊》一本。得靖华信,晚复。省吾来。得读书生活社信。

二十七日　晴。上午复 A. Kravchenko 信并寄《引玉集》一本。复 P. Ettinger 信并寄《木刻纪程》一本,又二本托其分送 A. K. 及 A. Goncharov。得刘岘信并木刻一卷。午后写《准风月谈》后记毕。下午复西谛信。寄季市信。内山君赠松茸一盘。诗荃来,不见。晚蕴如携晔儿来。夜三弟来并为取得《汉上易传》一部八本,赠以《生物学講座補遺》,亦八本。

二十八日　星期。晴。上午寄生活周刊社稿一篇[15]。午后得萧军信并稿。得铃木大拙师所赠《支那仏教印象记》一本。晚得韦伊兰信片。得林来信。夜内山君及其夫人邀往歌舞伎座观淡海剧,与广平携海婴同去。

二十九日　晴。上午访伊兰。得母亲信并照相一幅,二十五日发。得《ゴーゴリ全集》卷五及《版芸術》十一月号各一本,共泉三元。得孟斯根信,下午复。晚同仲方往上海疗养院访史美德君,见赠俄译《中国的运命》一本。

三十日　晴。上午收文艺杂志九本,日报两卷,照相四张,盖安弥所寄。即以杂志一本交仲方,四本寄亚丹。午寄母亲信。寄中国书店信。午后昙。得胡风信。得烟桥信。得孟斯根信。吴朗西邀饮于梁园[16],晚与仲方同去,合席十人。得刘炜明信。收《文学》五期稿费十二元。夜雨。

三十一日　昙。午后复刘炜明信。得孟斯根信,即复。寄黄河清信。寄三弟信。下午得徐懋庸信并稿。得叶紫信并稿费五元,即复。晚往内山书店买《モリエール全集》(一)、《牧野植物学全集》(一)各一本,共泉九元。夜收漫画生活社稿费泉八元。雨。

* * *

〔1〕　即《又是"莎士比亚"》。后收入《花边文学》。

〔2〕　即《点句的难》。后收入《花边文学》。

〔3〕　《金刚》　原名《King Kong》,故事片,美国雷电华影片公司1933年出品。

〔4〕　即《说"面子"》。后收入《且介亭杂文》。

〔5〕　日本人俱乐部　上海日本侨民的社交场所。1914年建于公共租界北区的蓬路(今塘沽路),为四层建筑。

〔6〕　《文报》　指《文学报》。

〔7〕　《罗宫绮梦》　原名《Roman Scandals》,歌舞喜剧片,美国联美影片公司1933年出品。

〔8〕　《傀儡》　英文名《Marionette》,木偶喜剧片,苏联国际工人救济委员会影片公司1934年出品。

〔9〕　《金刚之子》　原名《Son of King Kong》,故事片,美国米高梅影片公司1933年出品。

〔10〕　《VIVA VILLA》　中译名《自由万岁》,历史题材故事片,美国米高梅影片公司1934年出品。

〔11〕　寄《动向》稿一　未详。

〔12〕 《奇异酒店》 原名《Wonder Bar》,歌舞片,美国华纳兄弟影片公司 1934 年出品。

〔13〕 即《运命》。后收入《且介亭杂文》。

〔14〕 海滨社 即海滨学社。汕头海滨师范学校（后改名海滨中学）的文学团体。黄勋吾等主持。1933 年 7 月成立并先后创刊《海滨学术》、《海滨月刊》。

〔15〕 寄生活周刊社稿一篇 未详。

〔16〕 席间吴朗西为《漫画生活》向鲁迅等约稿并征求意见。

十一月

一日 昙,冷。午后得中国书店书目一本。得史美德信并《现代中国》稿费二十金〔1〕,又书籍画片一包。得窦隐夫信并《新诗歌》二本。夜寄徐懋庸信,附复窦隐夫笺,托其转交。风。

二日 晴。上午寄《动向》稿二篇〔2〕。午后得靖华信,附致冈察罗夫笺,即为转寄。得读书生活社信。得《ドストイエフスキイ全集》（六）一本,二元五角。

三日 昙。午后往内山书店,得《園芸植物図譜》（六）、《王様の背中》各一本,共泉六元三角。吉冈恒夫君赠苹果一筐。得良友图书〔公〕司信并《文艺丛书》〔3〕（十二及十四）二本。得铁耕信。得季市信。得萧军信,即复。晚蕴如及三弟携阿菩来,并为托梓生从吴兴刘氏〔4〕买得其所刻书十五种三十五本,共泉十八元四角。

四日 星期。晴。午后得徐懋庸信。夜浴。诗荃来赠照相一枚。

五日　小雨。上午内山书店送来《チェーホフ全集》(八)、《芸術社会学》各一本,共泉四元。午后得有恒信。得杜谈信,即复。得萧军信,即复。得刘岘信,即复。下午寄楼炜春信并适夷所索书四本。晚烈文来并交稿二篇。复夏征农信并《读书生活》稿一篇[5]。

六日　昙。午后寄望道信并漫画六种。寄河清信并短文一篇[6]。下午得霁野信。夜同广平往新光戏院观电影《科学权威》[7]。

七日　晴,风。午后复霁野信。寄河清信。寄北平全国木刻展览筹备处[8]信并《木刻纪程》一本,木刻三十二幅。下午得徐懋庸信。得西谛信并《十竹斋笺谱》样本六幅。肋间神经痛,服须藤先生所与药二次。

八日　晴,风。上午同海婴往须藤医院诊,并自取药,广平亦去。午后复西谛信并寄《博古酒牌》一本。代谢敦南寄大陆银行(北平)信。下午得俞念远信。得张慧信并木刻两幅。得罗清桢信片。诗荃来,未见,留字而去。晚得汪铭竹信,即复。夜同广平往新光戏院观《科学权威》后集。

九日　晴。上午寄烈文信。得萧军及悄吟信。下午得西谛寄赠之《取火者的逮捕》一本。得紫佩信。得刘岘信并木刻一卷。得诗荃信。

十日　晴。午后得马隅卿所寄赠《雨窗敧枕集》一部二本,即复。得董永舒信。下午寄西谛信。晚三弟及蕴如携蘂官来。夜发热38.6°。

十一日　昙。上午得烈文信,即复。得河清信,即复。午后内山书店送来田园诗《シモオヌ》及《モリエール全集》(二)各一本,共泉七元五角。下午须藤先生来诊,云是受寒,并诊海婴。热三七·二度。

十二日　雨。下午译契诃夫短篇三[9],共七千余字。晚复诗荃信。复刘岘信。复萧军及悄吟信。寄懋庸及聚仁信。夜热三七·六度。

十三日　昙。上午得耳耶信一,阿芷信二,午复。得林绍仑信并木刻三十枚,午后复,并将木刻转寄北平全国木刻展览会筹备处。下午须藤先生来诊。晚蕴如来。夜三弟来并为取得《四库丛编》续编三种共九本。热三八·二度。

十四日　晴。上午内山夫人来访,并赠菊花一束,熟果六罐。内山书店送来《ジイド全集》(一至三、六、八、九、十)七本,共泉十八元二角。得烈文信。得陈烟桥信。得谷非信。得杜谈信,即复。得萧军及悄吟信。得增田君信,即复。得郭孟特信,即复。下午河清来。生活书店送来《桃色的云》十本。内山书店送来英文《动物学》三本,四十二元,即以赠三弟。夜热三十八度三分。与广平同往金城大戏院观《海底探险》[10]。

十五日　晴。上午得靖华信。下午须藤先生来诊,并携血去检。得征农信并《读书生活》一本。晚烈文来。夜八时热三十七度九分。答《戏》周刊编者信[11]。

十六日　晴。上午得须藤先生信,云血无异状。午后得曹聚仁信。得西谛信。午后得母亲信。得徐懋庸信并稿,即复。晚河清来并赠《译文》第三本五册。夜八时热三十七度六分。得吕渐斋信，即复。复靖华信。

十七日 雨。上午复萧军信。寄河清信。午晴。得徐懋庸信。得王冶秋信并忆素园文一篇。午后须藤先生来诊。下午得母亲所寄小包二个，计外套一件，以与海婴；此外为摩菰、小米、果脯、茯苓饼，均与三弟家分食。晚得伯奇信并柳倩作《生命底微痕》一本。晚蕴如及三弟来并为取得《四部丛刊》续编三种共十六本。夜八时热三十七度七分。

十八日 星期。雨。上午寄须藤先生信取药，并赠以松子糖一包。午霁而风。夜八时体温三十六度九分半。夜半腹写，药效也。

十九日 晴。上午寄母亲信。复《戏》周刊编者信[12]，附铁耕木刻《阿Q正传图》十幅。以罗清桢及张慧木刻寄北平全国木展筹备处。得诗荃信。得金维尧信，即复。午后寄《动向》稿一篇[13]得季巿信。得霁野信并拓片一包，择存汉画像四幅，直四元。下午须藤先生来诊。夜八时体温三七·一五。

二十日 晴。上午复霁野信并还拓片。得许仑音所寄木刻十七幅。得张慧所寄木刻三幅。得志之信并稿一本。得萧军信。得木展筹备处信，即复。得阿芷信，即复，附画片四幅。得金肇野信，即复。下午广平为往中国书店买得《红楼梦图咏》、《纫斋画賸》、《河朔访古新录》（附碑目）各一部，《安阳发掘报告》（四）一本，共泉十三元五角。晚铭之来，留之夜饭。夜九时体温叁十七度四分。复萧军信。

二十一日　昙。上午得北平木刻展览会信。得耳耶信并稿。得谷非信。得金惟尧信。得陶亢德信。下午须藤先生来诊。诗荃来。得刘岘所寄木刻。夜九时体温三十七度三分。为《现代中国》作论文一篇[14]，四千字。

二十二日　昙。上午得谷非信。得伊兰信。得孟十还信，午后复。寄黄河清信。下午得杨潮信并译稿。寄增田君《文学》等。寄霁野《译文》。得烟桥信，即复，并寄《木刻纪程》五本。得太白社信并第五期稿费四元。夜九时体温三十六度八分。

二十三日　昙。下午寄来青阁书庄信。夜九时体温三十六度六分。雨。

二十四日　昙。午得张慧所寄木刻三幅。得钦文信。得陈君冶信并译稿三篇，即复。午后复金惟尧信。复王冶秋信。晚蕴如携阿玉来。得艾寒松信，即复。夜三弟来并为取得《清隽集》一本，《嵩山文集》十本。九时体温三十六度七分。

二十五日　星期。昙。上午得靖华信，即复。午晴。寄《动向》稿一篇[15]。下午西谛来。夜校《准风月谈》讫。九时热三十七度五分，十时退四分。雨。

二十六日　雨。上午往须藤医院诊。午前季市夫人携世场来，并赠海婴饼干及糖食各二合，饭后即同往须藤医院为世场看病。下午得望道信，即复。得猛克信并木刻八幅。得葛琴信并小说稿，即复。晚寄艾寒松信。九夜[夜九]时体温三十六度七分。风。

二十七日　小雨。上午得罗生信。寄有恒信并泉二十。

寄季市信。寄志之信。寄萧军信。午后望道赠云南苗人部落照相十四枚。下午河清来,并赠德译本《果戈理全集》一部五本,值十八元,以其太巨,还以十五元也。夜九时体温三十七度一分。

二十八日　晴。上午季市夫人携世玚来,即同往须藤医院诊。得萧军信,即复。得金惟尧信并稿,即复。得刘炜明信,下午复。得赵家璧、郑君平信。夜九时体温三十七度弱。

二十九日　昙。上午得母亲信,二十六日发。得霁野信并陀氏《被侮辱的与被损害的》一部二本。得谷非信。午后为靖华之父作《教泽碑文》一篇成[16]。夜寄三弟信。九时体温三十七度。

三十日　晴。晨寄靖华信并文稿。上午季市夫人携世玚来,即同往须藤医院诊,并赠世玚玩具三合。买玻璃水匣一个,三元。内山书店送来《ドストイエフスキイ全集》(十)一本,二元五角。午后得有恒信。得霁野信片。萧军、悄吟来访。夜九时体温三十七度一分半。

*　　*　　*

〔1〕《现代中国》稿费二十金　史沫特莱寄来的二十美元为《现代中国》发表鲁迅《中国文坛上的鬼魅》英译文的预支稿费。

〔2〕即《略论梅兰芳及其他》(上)、(下)。后均收入《花边文学》。

〔3〕《文艺丛书》　即《良友文学丛书》。

〔4〕吴兴刘氏　指刘承幹的嘉业堂。

〔5〕 即《随便翻翻》。后收入《且介亭杂文》。

〔6〕 即《拿破仑与隋那》。后收入《且介亭杂文》。

〔7〕 《科学权威》 原名《Vanishing Shadow》,科学幻想片,美国环球影片公司1934年出品。

〔8〕 北平全国木刻展览筹备处 即"全国木刻画联合展览会"的筹备处。由金肇野、唐诃、许仑音等以"平津木刻研究会"名义组织。1935年元旦起在北平展出木刻作品六百多件,后又在天津、济南、太原、汉口等地展出,同年10月在上海结束。鲁迅曾为之捐助经费和提供展品,并作《〈全国木刻联合展览会专辑〉序》。

〔9〕 即《假病人》、《簿记课副手日记抄》、《那是她》。鲁迅译文发表于《译文》月刊第一卷第四期(1934年12月),题作《奇闻三则》,后均收入《坏孩子和别的奇闻》。

〔10〕 《海底探险》 原名《See Killer》,探险纪录片,美国福克斯影片公司1933年出品。

〔11〕 即《答〈戏〉周刊编者信》。后收入《且介亭杂文》。

〔12〕 即《寄〈戏〉周刊编者信》。后收入《且介亭杂文》。

〔13〕 即《骂杀与捧杀》。后收入《花边文学》。

〔14〕 即《中国文坛上的鬼魅》。后收入《且介亭杂文》。

〔15〕 即《读书忌》。后收入《花边文学》。

〔16〕 即《河南卢氏曹先生教泽碑文》。后收入《且介亭杂文》。

十 二 月

一日 晴。午后烈文寄赠《红萝卜须》一本。臧克家寄赠《罪恶的黑手》一本。下午诗荃来。晚钦文来,并赠《蜀碧》

一部二本,清石刻薛涛象拓片一幅。蕴如携阿菩来。夜三弟来并为取得《容斋随笔》全集一部共十二本。九时体温三十六度九分。

二日　星期。晴。午后得全国木刻展览会信。得汝珍信。得萧军信。得增田君信,夜复。九时体温三十七度一分。

三日　晴。上午寄须藤先生信取药。寄西谛信。午得夏征农信并《读书生活》第二期稿费七元四角,即复。下午诗荃来,不见。

四日　晴,风。上午得殷林信。得林绍仑信。得孟十还信并译稿,午后复。下午理发。得萧军信。晚河清来并持来《小约翰》十本。夜风。

五日　晴,风。午寄西谛信。寄孟十还信。下午得杨霁云信,夜复。寄河清信。

六日　昙,风。上午得靖华信。得孟十还信,即复。午后晴。复萧军信。寄母亲信。夜濯足。

七日　晴。上午得王冶秋信。午后得霁野所寄译稿一篇,其学生译。得陈君冶信。杨霁云来,赠以《木刻纪程》一本,买去《北平笺谱》一部,十二元。下午诗荃来。

八日　晴。上午得霁野信。得张慧信并木刻三幅。得孟十还信。得十二月分《版艺术》一本,五角。晚蕴如携蘖官来。夜三弟来并为取得《龙龛手鉴》及《金石录》各一部共八本。

九日　星期。晴。下午得胡今虚信。得牧之信。得季市信,即复。得杨霁云信,即复。

十日　晴。上午寄韩振业信。寄小峰信。得张锡荣信，即复。得西谛信，即复。得萧军信，下午复，并寄《桃色的云》、《小约翰》、《竖琴》、《一天的工作》各一本。寄紫佩信并书四部，托其付工修整。

十一日　晴。上午得烈文信。得烟桥信。得林绍仑信。得金维尧信，即复。得曹聚仁及杨霁云信，即复。夜为《文学》作随笔一篇[1]，约六千字。

十二日　昙。上午寄赵家璧信并诗荃译《尼采自传》稿一本。得谷天信。下午得〔得〕《ゴオゴリ全集》（六）一本，二元五角，全书毕。

十三日　晴。午得陈静生信并漫画一纸，即为转寄《戏》周刊。得王相林信。得冰山信。得曹聚仁信，午后复，附寄杨霁云抄件二[2]。得山本夫人信，下午复。得韩振业信。晚北新书局送来版税泉百五十。

十四日　晴。上午复冰山信。复王冶秋信。寄谷非信。收广州寄来之木刻一卷。得安弥信。得谷非信。得增田君信，即复。得徐讦信，即复。得杨霁云信，午后复，并稿四篇[3]。得萧军信。下午寄杨潮信并还译稿。内山书店送来《ツルゲーネフ全集》（一）、《ジイド全集》（十一）各一本，共泉四元三角。晚烈文来，赠以《小约翰》一本。河清来并交《译文》第一至四期稿费二百十六元七角五分，图费四十元。夜脊肉作痛，盗汗。

十五日　昙。上午得何白涛信，即复。晚蕴如携晔儿来。夜三弟来并为取得《周易要义》一部三本，《礼记要义》一部十本。

十六日　星期。昙。午后得《移行》及《虫蚀》各一本,赵家璧寄赠。得徐訏信。得杨霁云信二封,下午复。寄母信,附海婴笺。夜寄河清信。寄戏周刊社信[4]。

十七日　昙,上午小雨。病后大瘦,义齿已与齿龈不合,因赴高桥医师寓,请其修正之。得徐訏信并纸二张。得金肇祥[野]信并木刻五幅,邮票一元六角[五]分。得阿芷信并补稿费一元。下午寄谷非夫妇、绀弩夫妇、萧军夫妇及阿芷信,附木刻八张。夜涂莨菪丁几以治背痛。

十八日　小雨。上午以安弥笺转寄联亚。寄三弟信。得杨霁云信,即复。得李桦信并木刻三本,午后复。得木刻筹备会及田际华信,即复。往梁园豫菜馆定菜。下午得河清信并《雪》一本,《译文》五本。赵家璧寄赠《话匣子》一本。

十九日　昙。上午复金肇野信。《准风月谈》出版,分赠相识者。内山夫人赠松梅一盆。得杨霁云[信]并抄稿,午后复。仲方赠《话匣子》一本。晚在梁园邀客饭[5],谷非夫妇未至,到者萧军夫妇、耳耶夫妇、阿紫、仲方及广平、海婴。

二十日　昙,上午晴。寄杨霁云信。寄萧军信。得生生月刊社[6]信。

二十一日　昙。午前以《集外集》序稿寄杨霁云。午晴。得冰山信。得杨霁云信。得烈文信,即复。下午作随笔一篇[7],二千余字,寄《漫画生活》。

二十二日　昙,上午小雨。晚蕴如携阿菩来。夜三弟来并为取得《茗斋集》一部。

二十三日　星期。小雨。午长谷川君赠蛋糕一合。午后得胡风信。得徐华信,即复。得杨霁云信二,即复。得王志之信,即复。得萧军信。得邵景渊信。得母亲信,二十日发。

二十四日　昙。下午复邵景渊信并寄书三本。以书报寄靖华。以《木刻纪程》等寄金肇野。得山本夫人信。夜成随笔一篇[8],约六千字,拟与文学社。

二十五日　昙。上午得谷非信。得赵家璧信,即复。得何白涛信并木刻二幅,即复。寄河清信。午后得李华信并赖少其及张影《木刻集》各一本。得图画书局信并预付稿费六元。夜蕴如及三弟来。雨。

二十六日　雨。上午内山夫人赠海婴玩具二种,松藻女士赠海苔一合。寄赵家璧信。晚河清来。内山书店送来随笔书类十余种,选购《阿難卜鬼子母》、《書斎の岳人》各一本,共泉八元三角。得烈文信,即复。得萧军信,即复。得刘炜明信并《星洲日报》一日份。得崔真吾信。

二十七日　雨。上午寄生生公司稿一篇[9]。寄季市信。复阿芷信。得西谛信,即复。午后往来青阁买《贵池二妙集》一部十二本,五元六角。往梁园定菜。下午镰田夫人来并赠海婴玩具三种。得孟十还信,即复。得王冶秋信。

二十八日　雨。上午复王冶秋信。午后得《版芸術》一本,五角。下午得钦文信。得李天元信。得靖华信,即复。得张慧信,即复。得王志之信,夜复。

二十九日　昙。上午得杨霁云信,即复。得增田君信并稿一,即复。得李桦信并《现代版画》第一集一本。晚蕴如携菜官来。夜三弟来并赠案头日历一个,又为取得《春秋正义》一部十二本。略饮即醉卧。

三十日　星期。雨。下午收北新书店版税百五十。得刘岘信并《未名木刻集》二本。得金肇野信。得生活书店信,即复。得夏征农信,即复。买《烟草》一本,二元五角。李长之寄赠《夜宴》一本。晚属梁园豫菜馆来寓治馔,邀内山君及其夫人、镰田君及其夫人并孩子、村井君、中村君夜饭,广平及海婴同食,合席共十二人。夜风。

三十一日　昙,风。上午得烈文信。得杨霁云信。午后寄良友公司译稿一篇[10]。蕴如来并赠历日三个。下午广平为往商务印书馆取得《晋书》、《魏书》、《北齐书》、《周书》各一部共九十六本。寄刘炜明信并寄书二本。寄靖华及真吾书报各一包。晚译《少年别》[11]一篇讫,三千余字,拟投《译文》。得黄新波信,即复。夜蕴如及三弟来谈。

*　　　*　　　*

〔1〕　即《病后杂谈》。后收入《且介亭杂文》。

〔2〕　即《〈淑姿的信〉序》、《哭范爱农》。后均收入《集外集》。

〔3〕　其中一篇为《选本》,后收入《集外集》;另三篇似为《今春的两种感想》、《英译本〈短篇小说集〉自序》、《上海所感》,后均收入《集外集拾遗》。

〔4〕　即《给〈戏〉周刊编者订正的信》。现编入《集外集拾遗补编》。

〔5〕　在梁园邀客饭　为介绍萧军、萧红与上海左翼作家见面。

胡风夫妇因鲁迅邀函迟收,故未到。梁园,豫菜馆,在九江路近浙江路。

〔6〕 生生月刊社　日记又作生生公司、生生美术公司。该社为筹办文艺杂志《生生月刊》向鲁迅约稿。该刊于1935年2月出版,只出一期。

〔7〕 即《阿金》。此文寄《漫画生活》,未能刊出,后发表于《海燕》第二期(1936年2月),收入《且介亭杂文》。

〔8〕 即《病后杂谈之余》。后收入《且介亭杂文》。

〔9〕 即《脸谱臆测》。此文未能发表,后收入《且介亭杂文》。

〔10〕 即《促狭鬼莱哥羌台奇》。短篇小说,西班牙巴罗哈作,鲁迅译文发表于《新小说》月刊第一卷第三期(1935年4月),后收入《山民牧唱》。

〔11〕 《少年别》　短篇小说,西班牙巴罗哈作,鲁迅译文发表于《译文》月刊第一卷第六期(1935年2月),后收入《山民牧唱》。

书　　帐

景宋本方言一本　五・二〇　一月一日

方言疏证四本　二・〇〇

元遗山集十六本　一〇・八〇

诗经世本古义十六本　二・〇〇　一月三日

南菁札记四本　三・〇〇

ジョイス中心の文学運動一本　二・五〇　一月四日

ヂイド文芸評論一本　二・五〇　一月六日

又続文芸評論一本　二・〇〇

又ドストエフスキー論一本　一・八〇

靖节先生集四本　一・二〇

洛阳伽蓝记鉤沈二本　一・〇〇

ドストエフスキイ研究一本　二・〇〇　一月八日

景宋本宋书三十六本　豫约　一月九日

景宋本南齐书十四本　同上

景宋本梁书十四本　同上

景宋本陈书八本　同上

以俫画集一本　作者赠　一月十日

芸術上のレアリズム一本　一・〇〇　一月十六日

科学随想一本　一・四〇

細胞学概論一本　〇・八〇　一月二十日

人体解剖学一本　〇・八〇

生理学(上)一本　〇・八〇

殷墟出土白色土器の研究一本　八・〇〇　一月二十四日

杙禁の考古学的考察一本　八・〇〇

園芸植物図譜(五)一本　三・〇〇　一月二十六日

白と黒(四十三)一本　〇・五〇

思索と随想一本　一・八〇　一月二十八日

默庵集锦二本　四・〇〇

ソヴェト大学生の性生活一本　一・〇〇　一月二十九日

結婚及ビ家族の社会学一本　一・〇〇

国立劇場一百年一本　小山寄来

D. Kardovsky 画集一本　同上

Bala Jiz 画集一本　同上

鳥類原色大図説(二)一本　八・〇〇　一月三十一日

版芸術(二月号)一本　〇・五〇

版画(一至四)四帖　山本夫人寄贈　　　　　八一・六〇〇

露西亜文学研究(第一輯)一本　一・五〇　二月一日

重雕芥子园画谱三集一部　豫约　二四・〇〇　二月三日

四部丛刊续编一部　预约　一三五・〇〇

群经音辨二本　前书之内

愧郯录四本　同上

桯史三本　同上

饮膳正要三本　同上

宋之问集一本　同上

东莱先生诗集四本　同上

平斋文集十本　同上

雍熙乐府二十本　同上

汗简一本　同上　二月六日

叠山集二本　同上

张光弼诗集二本　同上

只野凡儿漫画(一)一本　一・〇〇　二月十日

司马温公年谱四本　三・〇〇

山谷外集诗注八本　豫约　二月十二日

日本廿六聖人殉教記一本　一・〇〇　二月十五日

東方学報(京都第四册)一本　四・〇〇　二月十六日

東方学報(同第三册)一本　三・五〇　二月十九日

作邑自箴一本　豫约

挥麈录六本　同上

生物学講座補正八本　四・〇〇　二月二十日

白と黒(四十四)一本　〇・五〇

チェーホフ全集(一)一本　二・五〇　二月廿六日

梅亭四六标准八本　豫约已付

東洋古代社会史一本　〇・五〇　二月二十七日

読書放浪一本　二・〇〇　　　　　二〇二・五〇〇

ドストイエフスキイ全集(八及九)二本　五・〇〇　三月一日

白と黒(四十五)一本　〇・五〇　三月五日

云溪友议一本　豫约已付

云仙杂记一本　同上

石屏诗集五本　同上

版芸術(三月号)一本　〇·五〇　三月八日

東方の詩一本　作者寄贈　三月十二日

张子语录一本　豫约　三月十三日

龟山语录二本　同上

东皋子集一本　同上

仏蘭西精神史の一側面一本　二·八〇　三月十六日

仏教ニ于ケル地獄ノ新研究一本　一·〇〇　三月十八日

许白云文集一本　付讫　三月十九日

存复斋文集二本　同上

人形図篇一本　二·五〇　三月二十一日

三唐人集六本　四·〇〇　三月二十二日

ダーウィン主義とマルクス主義一本　一·七〇　三月二十五日

右文说在训诂学上之沿革一本　兼士寄赠　三月二十六日

梦溪笔谈四本　豫约

ドストイエフスキイ全集(十三)一本　二·五〇　三月二十九日

チェーホフ全集(二)一本　二·五〇

芥子园画传四[三]集四本　豫约　三月三十一日

嘉庆重修一统志二百本　豫约　　　　　　二三·〇〇〇

版芸術(四月号)一本　〇·五〇　四月九日

韦斋集三本　豫约

ツルゲェネフ散文詩(普及版)一本　〇·五〇　四月十日

Das Neue Kollwitz-Werk 一本　六·〇〇　四月十四日
周贺诗集李丞相诗集合一本　豫约
朱庆馀诗集一本　同上
猟人日記（下卷）一本　二·五〇　四月十九日
范声山杂著四本　〇·八〇　四月二十日
芥子园画传初集五本　三·二〇
芥子园画传二集四本　六·〇〇
白と黒（四十六）一本　〇·五〇　四月二十一日
马氏南唐书四本　先付　四月二十三日
陆氏南唐书三本　同上
中国文学论集一本　作者赠　四月二十五日
満洲画帖一函二本　三·〇〇
鳥類原色大図説（三）一本　八·〇〇　四月二十七日
ドストイエフスキイ集（十一）一本　二·五〇
チェーホフ全集（三）一本　二·五〇
世界原始社会史一本　二·〇〇　四月二十八日
括异志二本　豫约　四月二十九日
续幽怪录一本　同上　　　　　　　　三八·〇〇〇
現代蘇ヴェト文学概論一本　一·二〇　五月一日
日本玩具史篇一本　二·五〇　五月四日
萧冰厓诗集拾遗二本　豫约　五月七日
青阳文集一本　同上
長安史跡の研究一本図一帙　一三·〇〇　五月九日
六祖坛经及神会禅师語録一帙四本　铃木大拙师赠　五月十日

版芸術(五月分)一本　〇・五〇　五月十一日

白と黒(四十七)一本　〇・五〇　五月十三日

仰视千七百二十九鹤斋丛书一部　一七・〇〇　五月十四日

公是先生七经小传一本　豫约

祝蔡先生六十五岁论文集(上)一本　季市寄来　五月二十一日

尔雅疏二本　豫约

史学概論一本　一・二〇　五月二十三日

ドストエーフスキイ再観一本　一・六〇

石印白岳凝烟一本　文求堂寄来

ドストイエフスキイ全集(一)一本　二・七〇　五月二十五日

Art Young's Inferno 一本　一六・三〇　五月二十六日

吕氏家塾读诗记十二本　豫约

古代铭刻汇考续编一本　三・五〇　五月二十八日

唯美主義の研究一本　八・〇〇

チェーホフ全集(十三)一本　二・五〇　五月三十一日

版芸術(六月分)一本　〇・五〇　　　　七一・〇〇〇

清文字狱档(七及八)二本　一・〇〇　六月一日

补图承华事略一本　七・〇〇　六月二日

石印耕织图二本　一・五〇

金石萃编补略四本　一・五〇

八琼室金石补正六十四本　六〇・〇〇

啸堂集古录二本　预约

ゴオゴリ全集(一)一本　二・五〇　六月六日

にんじん一本　一・〇〇

"Capital" in Lithographs 一本　一〇・〇〇
ダァツェンカ一本　三・五〇　六月八日
にんじん(特制本)一本　一五・〇〇　六月十一日
悲劇の哲学一本　二・二〇
新興仏蘭西文学一本　二・〇〇
读四书丛说三本　豫约
顾虎头画列女传四本　一二・〇〇　六月十五日
小学大全五本　〇・六〇
淞滨琐话四本　一・二〇
圆明园图咏二本　二・〇〇　六月十六日
北山小集十本　预约
白と黒(四十八)一本　〇・五〇　六月二十二日
清波杂志二本　预约　六月二十三日
死せる魂一本　二・〇〇　六月二十四日
淞隐漫录六本　七・〇〇　六月二十六日
海上名人画稿二本　二・〇〇
西洋玩具図篇一本　二・五〇　六月二十八日
ドストイエフスキイ全集一本　二・五〇
版芸術(七月特輯)一本　〇・五〇　六月二十九日
残淞隐续录等四本　三・六〇　六月二十八日
切韵指掌图一本　预约　六月三十日　　　　一四四・六〇〇
沈君阙铭并画象二枚　二・〇〇　七月一日
此齐王也画象一枚　一・五〇
孔府画象一枚　一・〇〇

颜府画象一枚　一·五〇

朱鲔石室画象二十六枚　九·〇〇

巨砖画象二枚　一·〇〇

魏铜床画象八枚　一四·〇〇

オブロモーフ（前编）一本　二·二〇　七月四日

チェーホフ全集（四）一本　一·五〇　七月五日

汉丞相诸葛武侯传一本　预约　七月七日

嘉庆一统志索引十本　同上

ゴオゴリ全集（三）一本　二·五〇　七月八日

白と黒（四十九）一本　〇·五〇　七月十日

陣中の豎琴一本　三·〇〇　七月十二日

続紙魚繁昌記一本　三·〇〇

汉龙虎画象二幅　一·五〇　七月十四日

魏悟安造象四幅　一·五〇

齐天保砖画象二幅　〇·八〇

元城先生尽言集四本　预约

金時計一本　一·〇〇　七月十九日

創作版画集一本　六·〇〇

Spiesser-Spiegel（普及版）一本　五·〇〇

K. Kollwitz-Werk 一本　一三·二〇

世界史教程（三）一本　一·三〇　七月二十日

张蜕庵诗集一本　预约　七月二十一日

ツルゲーネフ全集（五）一本　一·五〇　七月二十三日

ドストイエフスキイ全集（三）一本　二·五〇　七月二十五日

鲁 迅 日 记(二)

影明钞急就篇一本　预约　七月三十日　　　　　　七九・〇〇〇
ツルゲーネフ全集一本　一・八〇　八月一日
版芸術(八月分)一本　〇・五〇
春秋左传类编三本　豫约　八月四日
蜀龟鉴四本　钦文赠　八月六日
郷土玩具集(一至三)三本　一・五〇　八月七日
白と黒(五十号终刊)一本　〇・五〇　八月十一日
麟台故事残本一本　预约
ゴオゴリ全集(二)一本　二・五〇　八月十三日
Gogol：Briefwechsel 二本　一三・二〇
棠阴比事一本　预约　八月二十〖一〗日
東方学報(京都五)一本　二・〇〇　八月二十二日
女一人大地ラ行ク一本　译者赠　八月二十四日
贞观政要四本　豫约　八月二十五日
ドストイエフスキイ全集(十四)一本　二・五〇　八月二十六日
海の童話一本　一・四〇
版芸術(九月分)一本　〇・五〇　八月二十八日　二六・四〇〇
图画见闻志一本　预约　九月一日
ツルゲーネフ全集(四)一本　一・八〇　九月二日
清人杂剧二集十二本　西谛赠
辞通(下册)一本　预约　九月四日
チェーホフ全集(七)一本　二・五〇　九月六日
吴越备史二本　预约　九月八日

504

Grimm:Märchen 一本　七・五〇　九月十日

Neues W. Busch Album 一本　一四・〇〇

虚無よりの創造一本　一・五〇　九月十二日

春秋胡氏传四本　预约　九月十五日

無からの創造一本　一・五〇　九月十六日

モンテエニエ論一本　五・〇〇

王様の背中一本　一・二〇

The Chinese Soviets 一本　译者寄赠　九月十九日

A. Kravchenko 木刻十五幅　作者寄赠

玩具工業篇一本　二・五〇　九月二十日

先天集二本　豫约　九月二十二日

ゴーゴリ全集(四)一本　二・五〇　九月二十四日　三〇・〇〇〇

版芸術(十月分)一本　〇・五〇　十月一日

法书考一本　豫约

安徽丛书三集十八本　一〇・〇〇　十月四日

ドストイエフスキイ集(二)一本　二・五〇　十月五日

仰视鹤斋丛书六函三十六本　豫约　十月六日

吴骚合编四本　豫约　十月七日

冈察罗夫木刻十四幅　作者寄　十月九日

ツルゲーネフ全集(十四)一本　二・五〇　十月十二日

ドーソン蒙古史一本　六・〇〇　十月十三日

郑守愚文集一本　豫约

ジイド全集(四)一本　二・六〇　十月十八日

物質と悲劇一本　一・八〇　十月十九日

雪窦四集二本　豫约　十月二十日

生物学講座補遺八本　四・〇〇　十月二十四日

支那社会史一本　二・五〇

汉上易传八本　预约　十月二十七日

支那仏教印象記一本　作者赠　十月二十八日

版芸術(三之十一)一本　〇・五〇　十月二十九日

ゴーゴリ全集(五)一本　二・五〇

モリエール全集(一)一本　二・五〇　十月三十一日

牧野植物学全集(一)一本　六・五〇　　　四四・四〇〇

ドストイエフスキイ全集(六)一本　二・五〇　十一月二日

王様の背中(豪华版)一本　三・五〇　十一月三日

園芸植物図譜(六)一本　二・八〇

革命前一幕一本　良友图书公司赠

欧行日记一本　同上

三垣笔记四本　一・六〇

安龙逸史一本　〇・三二〇

订讹类编四本　一・九〇〇

朴学斋笔记二本　〇・八〇

云溪友议二本　一・一二〇

闲渔闲闲录一本　〇・五六〇

翁山文外四本　一・九二〇

咄咄吟一本　〇・四八〇

权斋笔记附文存二本　〇・六四〇

诗筏一本　〇·四〇

渚山堂词话一本　〇·一六〇

王荆公年谱二本　〇·八〇

横阳札记四本　一·六〇

蕉乡[廊]脞录四本　一·二八〇

武梁祠画象考二本　四·八〇

チェーホフ全集（八）一本　二·五〇　十一月五日

芸術社会学一本　一·五〇

雨窗欹枕集二本　马隅卿寄赠　十一月十日

モリエール全集（二）一本　二·五〇　十一月十一日

田園詩シモオヌ一本　五·〇〇

程氏读书分年日程二本　豫约　十一月十三日

孔氏祖庭广记三本　同上

沈忠敏龟溪集四本　同上

ジイド全集七本　一八·二〇　十一月十四日

英文动物学教本三本　四二·〇〇

仪礼疏八本　预约　十一月十七日

礼部韵略三本　同上

范香溪文集五本　同上

汉画象残石拓片四幅　四·〇〇　十一月十九日

红楼梦图咏四本　五·四〇　十一月二十日

纫斋画賸四本　三·六〇

河朔访古新录附碑目四本　三·〇〇

安阳发掘报告(四)一本　一·五〇
郑菊山清隽集一本　豫约　十一月二十四日
嵩山晁景迂集十本　同上
N. Gogol's Sämt. Werk 五本　一五·〇〇　十一月二十七日
ドストイエフスキイ全集(十)一本　二·五〇　十一月卅日
　　　　　　　　　　　　　　一一四·五〇〇

蜀碧二本　钦文赠　十二月一日
清石刻薛涛象拓片一枚　同上
容斋随笔至五笔十二本　豫约
版芸術(十二月号)一本　〇·五〇　十二月八日
龙龛手鉴三本　豫约　十二月八日
金石录五本　同上
ゴオゴリ全集(六)一本　二·五〇　十二月十二日
ツルゲーネフ全集(一)一本　一·八〇　十二月十四日
ジイド全集(十一)一本　二·五〇
周易要义三本　豫约　十二月十五日
礼记要义十本　同上
茗斋集附明诗钞三十四本　豫约　十二月二十二日
阿難と鬼子母一本　五·〇〇　十二月二十六日
書斎の岳人一本　三·三〇
贵池二妙集十二本　五·六〇　十二月二十七日
版芸術(明年正月分)一本　〇·五〇　十二月二十八日
春秋正义十二本　豫约　十二月二十九日
煙草一本　二·五〇　十二月三十日

晋书二十四本　豫约　十二月三十一日
魏书五十本　同上
北齐书十本　同上
周书十二本　同上　　　　　　　　　　　二四·二〇〇

　　本年共用买书钱八百七十八元七角，
平均每月七十三元二角四分强也。

日记二十四

一 月

一日　昙。上午寄黄河清信。衡海婴,连衣服重四十一磅。下午译《金表》[1]开手。夜雨。

二日　昙。下午烈文及河清来。[2]晚雨。夜内山君及其夫人来邀往大光明影戏院观《CLEOPATRA》[3],广平亦去。

三日　昙,午晴。下午诗荃来,未见,留赠 CAPSTAN 六合而去。

四日　昙。午得张慧木刻一幅。得何白涛信并木刻四幅。得新波信并木刻十五幅。得王冶秋信。得杨霁云信。得李桦信,即复。得萧军信,即复。得阿芷信,即复。午后寄赵家璧信。寄陈铁耕信。

五日　昙。上午寄母亲信。寄山本夫人信。下午内山书店送来《世界玩具史篇》一本,二元五角。晚蕴如携晔儿来,并为购得《历代帝王疑年录》、《太史公疑年考》各一本,共泉一元三角。夜三弟来。

六日　星期。晴。下午得刘岘信,即复。得河清信,即复。得靖华信,夜复。

七日　昙。上午寄乔峰信。得蒋径三所寄赠《西洋教育思想史》一部二本。得隽闻所寄赠《幽僻的陈庄》一本。得阿芷信并检查官所禁之《脸谱臆测》稿一篇。下午得赵家璧信并《新潮》五本[4]。

八日 雨。午前协和及其次子来。下午得王冶秋从山西运城寄赠之糟蛋十枚,百合八个。得赵家璧信并编《新文学大系》约[5]一纸。得西谛信,夜复。

九日 昙。上午得西谛信,即复。得曹聚仁信,即复。午后得萧军信。得邵景渊信。得何白涛信并木刻三幅。下午以海婴照片一张寄母亲。以朝华社刊《艺苑朝花》五本寄金肇野。以海婴照片一张及《文学季刊》一本寄增田君。夜寄季市信。濯足。

十日 晴。午达夫、映霞从杭州来,家璧及伯奇、国亮延之在味雅午饭,亦见邀,遂同广平携海婴往。下午得阿芷信并小说稿一本[6]。夜蕴如及三弟来并为买得《饮膳正要》一部三本,价一元。

十一日 昙。上午同广平携海婴往须藤医院诊,并以《饮膳正要》卖与须藤先生,得泉一元,海婴得苹果十二枚,饼饵一合。得母亲信,附与海婴笺,六日发。得霁野信。得烈文信。下午得李辉英信。得金肇野信,即复。得紫佩所寄代修旧书四部十二本。得《ドストイエフスキイ全集》(四)一本,二元五角。

十二日 雨。午后译童话《金表》讫,四百二十字稿纸百十一叶。烈文招饮于其寓,傍晚与仲方同去,同坐共十人,主人在外。

十三日 星期。昙。上午寄须藤先生信为海婴取药。寄紫佩信。寄金肇野信。下午得庄启东信。得紫佩信。晚三弟及蕴如携阿菩来。得季市信并还陶女士医药费十六元。夜胃痛。

十四日　昙,风。午后得李桦信。下午须藤先生来诊,并诊海婴。

十五日　晴,风。上午得周涛信。得唐诃信。得赵家璧信。得靖华信并红枣一包。得母亲所寄食物一包,即分赠三弟。下午内山书店送来《チェーホフ全集》(六)一本,二元五角。晚为《译文》译契诃夫小说二篇[7]讫,约八千字。

十六日　晴。上午寄母亲信,附海婴笺。寄靖华信。寄紫佩信。复赵家璧信。午得〔得〕征农信并《读书生活》一本。段干青寄赠木刻集二本。午后寄仲方信。下午须藤先生来诊,其少君同来,并赠海婴海苔一合。

十七日　晴。上午寄阿芷信并小说序[8]。午得山本夫人信。得杨潮信。得阿芷信。得李桦信并木刻两本。得杨霁云所寄《发掘》一本,作者圣旦赠。得施乐君所寄一月分《Asia》一本。下午得西谛信。得王志之信。得孟十还信,即复。得曹聚仁信,附徐懋庸笺,并赠《蹇安五记》一本,即复。晚寄三弟信。寄中国书店信,附邮券三分。从内山书店得《支那山水画史》一本,附图一帙,共八元。

十八日　晴。上午复山本夫人信。复志之信。复唐诃信。下午得红枣一囊,靖华寄赠。得段干青信,即复。夜复赖少麒及张影信。

十九日　晴。上午寄须藤先生信取药。下午寄赵家璧信并还《新潮》五本。得董永舒信。得谷非信。夜蕴如及三弟来。

二十日 星期。晴。午后往中国书店买《顾端文公遗书》一部四本,《癸巳存稿》一部八本,共泉十九元六角。又往通艺馆买翻赵氏本《玉台新咏》一部二本,《怡兰堂丛书》一部十本,共泉十四元。下午从内山书店买《营城子》一本,十七元。晚诗荃来。寄小山书一包。寄董永舒书三本。

二十一日 晴。上午内山书店送来《モリエール全集》(三、毕)、《ジイド全集》各一本,共泉五元。得 P. Ettinger 信。得霁野信。午后寄赵家璧信。寄萧军信。下午得王相林信。西谛及仲芳来。[9] 夜同仲芳往冠珍酒家夜饭。

二十二日 晴。上午得山定信并木刻一卷。微嗽,服克斯兰纳糖胶。

二十三日 晴。午寄河清信。寄传经堂书店信。得仲方信并代购之小说一包。[10] 得阿芷信。得萧军信。得刘炜明信。得徐讦信,即复。得孟十还信,即复。夜重订《小说旧闻钞》毕。

二十四日 晴。午前往内山书店买《美術百科全書》(西洋篇)一本,《不安卜再建》一本,共泉十一元。得生活书店信并《文艺日记》稿费三元,即复。得金肇野信,即复。下午寄黄河清信。晚得小峰信并版税泉二百。河清来取稿,[11] 赠以《勇敢的约翰》一本。得傅东华信。夜选《中国新文学大系》小说开手。

二十五日 昙。上午得母亲信,二十一日发,附与海婴笺。得增田君信。下午西谛来。得紫佩所寄期刊及日报副镌共十二包。[12]河清来。

二十六日　昙。上午复增田君信。得铭之信。得萧军信。得靖华信,下午复。寄望道信,附稿二篇。[13]传经堂[14]寄来书目一本。晚蕴如及三弟携晔儿来,赠以诸儿学费泉百。朱可铭夫人寄赠酱鸭二只,鱼干一尾。夜寄慎祥信。

二十七日　星期。昙,午晴。下午得聚仁寄赠之《笔端》一本。得生活书店寄赠之《文艺日记》一本。得孟十还信,即复。得烈文信,即复。得紫佩信。得李梨信。得耳耶信。夜咳嗽颇剧。

二十八日　昙。上午以照片一枚寄赵家璧。[15]托广平往中国书店买《受子谱》一部二本,七角;《湖州丛书》一部二十四本,七元。午晴。得山本夫人信。下午须藤先生来诊。钦文来并赠柚子二枚,红茶一合。晚得《東方学報》(东京、五)一本,四元。

二十九日　晴。上午得田汗信。午得李映信,即复。得杨霁云信,即复。得曹聚仁及徐懋庸信,即复。午后蕴如来并为买得《讳字谱》一部二本,二元二角。下午同广平携海婴往上海大戏院观《抵抗》[16]毕,至良如吃面。晚得铭之寄赠之茶油渍鱼干一坛,发信谢之。夜复萧军信。复紫佩信。

三十日　晴。上午得望道信。得谷非信,附石民笺。得唐诃信。下午须藤先生来诊。诗荃来,不之见。夜孟十还招饮于明湖春,与广平携海婴同往,合席十四人。

三十一日　昙。上午复石民信。复唐诃信并赠《木刻纪程》二本,一转周涛。寄河清信。午后往汉文渊书店买得旧书四种十八本,十元六角。

＊　＊　＊　＊

〔1〕 即《表》。童话,苏联班台莱耶夫著,鲁迅译文发表于《译文》月刊第二卷第一期(1935年3月),1935年上海生活书店出版单行本,为《译文丛书》之一。

〔2〕 为商量出版《译文丛书》事。

〔3〕 《CLEOPATRA》 中译名《倾国倾城》。以古埃及女王克莱奥帕特拉故事为题材的故事片。美国派拉蒙影片公司1934年出品。

〔4〕 为编辑《中国新文学大系·小说二集》,从《新潮》中选取作品。

〔5〕 编《新文学大系》约 即赵家璧请鲁迅编选《中国新文学大系·小说二集》的出版合同。

〔6〕 即《丰收》原稿。《丰收》,小说集,叶紫著。

〔7〕 即《坏孩子》及《暴躁人》。均发表于《译文》月刊第一卷第六期(1935年2月),题作《奇闻二则》。后均收入《坏孩子和别的奇闻》。

〔8〕 即《叶紫作〈丰收〉序》。后收入《且介亭杂文二集》。

〔9〕 系约请鲁迅为《世界文库》撰稿,后鲁迅允为翻译果戈理的《死魂灵》。

〔10〕 为编《中国新文学大系·小说二集》,请沈雁冰代购有关小说作为资料。

〔11〕 指《译文》用稿。内有鲁迅所译《坏孩子》、《暴躁人》及沈雁冰所译苏联勃拉果夷作《莱蒙托夫》。

〔12〕 为编《集外集拾遗》，托宋紫佩将北平寓中所存《晨报副刊》、《京报副刊》、《莽原》周刊等寄沪，从中查录《集外集》未收的文章。

〔13〕 即《隐士》、《"招贴即扯"》。后均收入《且介亭杂文二集》。

〔14〕 传经堂 上海的一家旧书店。该店定期向读者发送出售书目。

〔15〕 系供赵家璧编印《中国新文学大系》样书用。

〔16〕 《抵抗》 英文名《Sniper》，故事片，苏联1932年出品。

二 月

一日 昙。上午托广平往中国书店买《松隐集》一部四本，《董若雨诗文集》一部六本，《南宋六十家集》一部五十八本七函，共泉三十二元六角。得季市信。得徐诗荃信。得刘炜明所寄书款五元。得孟十还信，即复。下午西谛及仲方来。夜寄谷非信。濯足。雨。

二日 雨。午后得《ドストイエフスキイ全集》（五）、《版芸術》（二月分）各一本，共泉叁元。下午往九华堂买四尺单宣三百枚，二十四元。仲方夫人来，赠食物二种，赠海婴糖食一囊。晚蕴如携阿菩来。夜三弟来。

三日 晴。上午以角黍分赠内山、镰田、长谷川及仲方。下午得唐诃信及汾酒两瓶。得萧军及悄吟信并小说稿。得河清信。星期，亦戌年除夕也。

四日 旧历乙亥元旦。晴。午后复唐诃信。复河清信。寄孟十还信。下午得烈文信，附致仲方函，即交去。得杨霁云信，夜复。

五日　晴,风。上午复李桦信。午后寄三弟信。下午得谢敦南电,问安否,即复。得刘炜明信。

六日　雨雪。下午得唐诃信。得时有恒信。得孟十还信。得刘炜明信。得赖少麒信。得沃渣信并木刻四幅。得增田君信。晚西谛来。

七日　昙。上午得吴渤信。得靖华信,午后复。下午复增田君信并寄《准风月谈》一本。又寄紫佩、唐诃各一本。寄杨霁云《南北集》一本。

八日　晴。上午复孟十还信。复时有恒信。寄徐懋庸信附《春牛图》〔1〕。寄陈望道信并悄吟稿一篇。午得刘岘信并木刻。下午烈文来并赠海婴饼干一合、狮子灯一盏,赠以书三本。晚雨。

九日　雨。上午复萧军信。午后得赵家璧信,即复。得孟十还信,即复。得杨霁云信,即复。得谷非信,晚复。夜三弟来并为买得《巍科姓氏录》一本,九角。

十日　星期。雨。午后买《シェストフ選集》(第一卷)一本,二元五角。得冈察罗夫信。下午寄靖华信。

十一日　昙。午得萧军信。夜蕴如及三弟来,并赠年糕二十二块。

十二日　昙,午晴。午后理发。下午得周涛信,即复。得萧军信,即复。得钱杏村信并借《新青年》、《新潮》等一包,〔2〕即复。西谛来。

十三日　晴。上午得望道信。得金肇野信。夜河清来并交《文学》稿费九元。

十四日　晴。午得杨霁云信。得曹聚仁信,午后复。下午复吴渤信并寄《南北集》等三本。寄周涛《伪自由书》等二本。复金肇野信。复程沃渣信。晚内山君赠鱼饼四枚,以二枚分赠仲方。

十五日　晴。夜寄陈望道信并短文二[3]。译《死魂灵》[4]一段。

十六日　昙。上午得谷非信。得孟十还信。得李桦信并《现代木刻》第二集一本。午后内山书店送来《貔子窝》一本,《牧羊城》一本,《南山里》一本,共泉八十元。同广平携海婴往丽都大戏院观《泰山情侣》。晚蕴如携阿玉来,夜三弟来。得小峰信并版税泉二百,即付印证八千枚。

十七日　星期。昙。午后得靖华信。得赵家璧信并杂志一包,附杏村笺。得刘岘信。西谛邀夜餐,晚与仲方同去,合席十余人,得《清人杂剧》初集一部。

十八日　晴。午后得紫佩信。得陈君冶信,下午复。复靖华信并寄书报二包。复孟十还信。复谷非信。寄三弟信。买《文学古典之再認識》一本,一元二角。

十九日　晴。午后复刘岘信。下午昙。得曹聚仁信。得烈文信并猛克译稿一篇。得张慧信并木刻四幅。夜蕴如及三弟来。

二十日　小雨。上午以《文献》三本寄曹聚仁。得增田君信。收开明书店之韦丛芜版税泉六十二元一角五分。午后往中国书店买旧书七种共一百本,六十三元。夜作《新中国文学大系》小说部两引言[5]开手。

二十一日　小雨。上午收《译文》六期稿费四十二元。午后寄郑伯奇信。夜濯足。

二十二日　昙,午晴。收《太白》十一期稿费八元。得孟十还信并《艺术》两本。得胡风信。得霁野信。得烈文信,即复。夜钦文来并赠火腿一只、榧果一斤。

二十三日　晴。午后烈文来。得母亲信,二十日发。得李辉英信,即复,并还生生美术公司稿费泉十[6]。晚三弟及蕴如携阿菩来。得俞印民信。夜小峰及其夫人来并交版税泉百。

二十四日　星期。昙。午后寄望道信并稿一[7]。寄孟十还信。下午得刘岘信。得阿芷信。得杨霁云信,夜复。寄曹聚仁信。

二十五日　昙。上午得亚丹信。得孟十还信。午后雨。古正月廿二,广平生日。

二十六日　小雨。上午寄赵家璧信并所选小说两本[8]。寄郑伯奇信并萧军稿三篇。得冶秋信。得韩〔振〕业信。得增田君信,即复。下午得《三人》及《Art Review》各一本,共泉五元八角。夜蕴如及三弟来。

二十七日　昙。午后复阿芷信。复孟十还信。下午选校小说[9]并作序文[10]讫。

二十八日　晴。上午同广平携海婴往须藤医院种痘。访赵家璧并交小说选集稿,见赠《今日欧美小说之动向》一本。下午得阿芷信。得刘岘信。得李辉英信。诗荃来。得韩振业信并选集版税二百四十。得山本夫人信。

＊　　＊　　＊　　＊

〔1〕　《春牛图》 历本画页。鲁迅寄徐懋庸用作《芒种》半月刊的封面图。

〔2〕　为编《中国新文学大系·小说二集》，从所借刊物中选取作品。

〔3〕　即《"骗月亮"》、《书的还魂和赶造》。前篇现编入《集外集拾遗补编》；后篇收入《且介亭杂文二集》。

〔4〕　《死魂灵》第一部译稿先连载于1935年生活书店出版的《世界文库》第一至第六册，次年由上海文化生活出版社出版单行本。

〔5〕　即《〈中国新文学大系〉小说二集序》。后收入《且介亭杂文二集》。

〔6〕　还生生美术公司稿费泉十　因《生生月刊》已退回《脸谱臆测》稿，故寄还预付稿费。按1934年12月25日收六元，此时还十元，二数当有一误。

〔7〕　即《论俗人应避雅人》。原题《论俗人须避雅人》。后收入《且介亭杂文》。

〔8〕　指《中国新文学大系·小说二集》的部分稿。

〔9〕　指《中国新文学大系·小说二集》稿。

〔10〕　即《〈中国新文学大系〉小说二集序》，文末署"三月二日写讫"。

三　月

一日　晴。上午寄母亲信。寄紫佩信。寄韩振业信并印证二千枚。寄望道信并稿二篇[1]。午得母亲信，即复。得阿芷信,即复。得萧军信,即复。得《岩波文库》六本,以其三寄烈文。夜河清来。

二日　晴。上午得胡风信。得史岩信,此即史济行也,无耻之尤。夜蕴如及三弟来。

三日　星期。晴。下午得本月分《版芸術》一本,五角。得赵家璧信并《尼采自传》校稿。得唐诃信。得孟十还信,夜复。

四日　晴。上午得阿芷信。下午得内山君信。寄烈文信。晚得刘岘信。得吴渤信并《经训读本》二本。得《文学》第三本所载稿费三十四元。

五日　晴。上午得萧军信并稿三篇。晚约阿芷、萧军、悄吟往桥香夜饭,[2]适河清来访,至内山书店又值聚仁来送《芒种》,遂皆同去,并广平携海婴。

六日　晴。上午得郑家弘信。夜为内山君《支那漫谈》作序[3]。雨。

七日　晴。午后得烈文信。得王学熙信。寄赵家璧信并所选小说序一篇。

八日　晴。上午寄望道信并稿一[4],又萧军稿一。午得母亲信,附与三弟笺,四日发。得王志之信。得张慧信并木刻四幅。得赵家璧信。得望道信,下午复。晚得谷非信。得孟十还信。买《医学煙草考》一本,一元八角。

九日　晴,暖。午后复赵家璧信。复孟十还信。下午得《现代木刻》四集一本。得金肇野信。得刘岘信。晚寄西谛信。寄李桦信。寄紫佩信。蕴如携晔儿来,三弟来。

十日　星期。晴。下午铭之来。内山书店送来 Dostoevsky、Chekhov、Shestov、A. Gide 全集各一本，共泉十元。夜内山夫人来并赠雲丹[5]一瓶，又交漆绘吸烟具一提、浮世绘二枚，为嘉吉由东京寄赠。夜大风一陈。

十一日　晴，稍冷。夜蕴如及三弟来，遂并同广平往光陆大戏院观《美人心》[6]。

十二日　晴。上午内山君赠海婴鱼饼二枚。得雾城所寄木刻四幅。寄谷非信。下午译《死魂灵》第一及第二章讫，约二万字。晚得徐诗荃信。得徐懋庸信，即复。寄费慎祥信。夜同广平往丽都大戏院观《金银岛》[7]。

十三日　晴。上午校《尼采自传》起。午得徐懋庸信。得李雾城信，夜复。

十四日　晴。上午得萧军信，午复。夜校《尼采自传》讫，凡七万字。濯足。风。

十五日　昙，风。上午得刘岘信。得河清信。得罗清桢信，下午复。买《欧洲文芸之歷史的展望》一本，一元五角。收《太白》稿费六元。得胡风信，夜复。寄西泠印社信索书目。内山君及其夫人来。校《引玉集》序跋。

十六日　晴。上午复李雾城信。寄赵家璧信并《尼采自传》校稿二分、书一本。寄慎祥《引玉集》序跋校稿。午后得俞某信。晚蕴如携阿菩来，夜三弟来。

十七日　星期。昙，午后雨。得悄吟信并稿二篇，即复。复河清信。寄十还信。下午烈文来谈。

十八日　昙。上午同广平携海婴往须藤医院诊。寄河清信并"论坛"[8]两则[9],金人译文一篇。午得阿芷信。得李某信。下午河清来并交《译文》二卷一期五本。

十九日 晴。上午同广平携海婴往须藤医院诊。得增田忠达君信。得增田涉君信。得李映信。得萧军信并金人译稿一篇。下午得山本夫人所寄有平糖一瓶,Baby Light[10]一具,手巾一枚。收北新书局版税百五十。夜风。

二十日 晴。上午复萧军信。寄费慎祥信。午得西泠印社书目一本。得紫佩信。得西谛信,即复。得孟十还信,下午复。风而冷,夜雨。

二十一日 昙。上午同广平携海婴往须藤医院诊。午得胡风信。得徐訏信。得王冶秋信并诗三首。午后蕴如来,托其往西泠印社买书六种共七册,其值四元七角。下午得达夫信,绍介目加田及小川二君来谈。得望道信并《太白》稿费四元八角。得徐懋庸信,夜复。

二十二日 晴,午后昙。复王学熙信。诗荃来,不见,留字而去。为今村铁研、增田涉、冯剑丞作字各一幅,徐訏二幅,皆录《锦钱馀笑》。[11]得紫佩所寄《隋书经籍志考证》一部四本,价四元,晚复。复张慧信,托罗清桢转寄。得谷天信并稿。夜译《俄罗斯童话》三则讫。

二十三日 昙。上午同广平携海婴往须藤医院诊,赠以《香谱》一本。得母亲信,十九日发。午往内山书店,买《两周金文辞大系图录》一部五本,二十元;又《チェーホフの手帖》一部,二元。得靖华信,下午复,并寄杂志等一包。寄增田信并字二幅,《文学季刊》(四)一本,《贯休画罗汉像》一本,《漫画生活》及《芒种》各二本。寄季市信。河清来并交《译文》稿费百五十二元。晚蕴如、蕖官及三弟来。

二十四日　昙。夜译契诃夫小说三篇[12]讫,约八千字,全部八篇俱毕。

二十五日　晴。上午同广平携海婴往须藤医院诊。午后收《太白》稿费十一元二角。收生活书店《小约翰》及《桃色的云》版税百五十。得李桦信。得萧军信。晚寄郑君平信。夜蕴如及三弟来。风。

二十六日　雨。午后复萧军信。寄河清信。下午得伊罗生信。得《版芸術》四月号一本,五角。得徐懋庸信并稿[13]。得萧军信。得郑伯奇信,即复。得紫佩信。晚内山书店送来《楽浪彩篋冢》一本,三十五元。得母亲信,二十三日发。得雾城信并木刻一幅。得郑伯奇信。夜有雷。

二十七日　昙。上午同广平携海婴往须藤医院诊。寄河清信。下午雨。得母亲所寄干菜、芽豆、刀、镊、顶针共一包,分其半以与三弟。得《小品文与漫画》一本。

二十八日　昙。上午寄西谛信并泉百五十[14]。午后得良友公司《竖琴》等版税百五十,又三十,《新文学大系》编辑费百五十。得阿芷信,即复。得徐讦信,即复。下午河清来。夜寄李辉英信。作《八月之乡村》序[15]。

二十九日　晴。上午得曹聚仁及徐懋庸信。同广平携海婴往须藤医院诊。得罗清桢信并木刻二幅,文稿一篇。得阿芷信。得俊明信,晚复。夜复曹聚仁及徐懋庸信。

三十日　昙。上午得西谛信,午后复。晚三弟及蕴如携晔儿来。

　　三十一日　星期。晴。上午同广平携海婴往须藤医院诊,又至百货店买玩具少许。午后得李辉英信。得黄河清信。下午寄母亲信。寄紫佩信。为徐懋庸杂文作序[16]。夜补完《从"别字"说开去》[17]成一篇。

　　＊　　　＊　　　＊

　〔1〕　即《漫谈"漫画"》、《漫画而又漫画》。后均收入《且介亭杂文二集》。

　〔2〕　系为商谈出版《奴隶丛书》事宜。

　〔3〕　即《内山完造作〈活中国的姿态〉序》。后收入《且介亭杂文二集》。

　〔4〕　即《"寻开心"》。后收入《且介亭杂文二集》。

　〔5〕　雲丹　即海胆酱。一种用海胆卵巢醃制的食品。

　〔6〕　《美人心》　原名《Don Juan》,故事片,美国联美影片公司1934年出品。

　〔7〕　《金银岛》　原名《Treasure》,故事片,美国米高梅影片公司1935年根据史蒂文生同名小说改编。

　〔8〕　"论坛"　即"文学论坛",《文学》月刊的一个专栏。

　〔9〕　即《非有复译不可》、《论讽刺》。后均收入《且介亭杂文二集》。

　〔10〕　Baby Light　英语:儿童台灯。

　〔11〕　写给今村铁研的字幅为:"顽绝绝顽绝,以笑为生业。刚道黑如炭,谁知白似雪。笑煞婆娑儿,尽逐光影灭。若无八角眼,岂识四

方月？　铁研先生教正　鲁迅"。写给增田涉者为："生来好苦吟，与天争意气。自谓李杜生，当趋下风避。而今吾老矣，无力收鼻涕。非惟不成文，抑且写错字。　所南翁《锦钱馀笑》之一录应　增田同学仁兄雅属　鲁迅"。写给冯剑丞者未详。写给徐訏者，其一为："昔者所读书，皆已束高阁，只有自是经，今亦俱忘却。时乎歌一拍，不知是谁作？慎勿错听之，也且用不着。　所南翁《锦钱馀笑》之一录应　伯訏先生雅属　鲁迅"。另一幅为："金家香弄千轮鸣，扬雄秋室无俗声。　李长吉句录应　伯訏先生属　亥年三月　鲁迅"。

〔12〕即《难解的性格》、《波斯勋章》、《阴谋》。《波斯勋章》当时未发表，余两篇发表于《译文》月刊第二卷第二期（1935年4月）。后均收入《坏孩子和别的奇闻》。

〔13〕即《打杂集》稿。

〔14〕为印制《十竹斋笺谱》等费用。

〔15〕即《田军作〈八月的乡村〉序》。后收入《且介亭杂文二集》。

〔16〕即《徐懋庸作〈打杂集〉序》。原题《〈打杂集〉序言》。稿于次日寄徐懋庸。后收入《且介亭杂文二集》。

〔17〕《从"别字"说开去》　此稿次日寄曹聚仁。后收入《且介亭杂文二集》。

四　月

一日　晴。上午寄曹聚仁信并《芒种》稿一篇，附与徐懋庸信并杂文序一篇。午得母亲信，三月二十八日发。得穆禊信。下午烈文来。

二日　晴。下午同广平携海婴往上海大戏院观《金银岛》。晚得季市信，即复。得萧军信，夜复。小雨。

三日　雨。上午寄河清信。寄望道信并"掂斤簸两"三则[1]。寄三弟信。午得美术生活社[2]借画费五元。得《文学》本月稿费十元。得何白涛信并木刻两种,各二幅。

四日　小雨。午得母亲信,一日发。得增田君信。得萧军信,即复。得李桦信,下午复。买《凡人经》一本,三元。得阿芷信,晚复。复李辉英信。夜同广平往邀三弟及蕴如同至新光大戏院观《Baboona》[3]。

五日　晴。上午得母亲所寄食物一包。得《太白》二卷二期稿费五元。得紫佩信。得西谛信。得曹聚仁信。得靖华所寄《死魂灵》插画十二张[4]。下午内山书店送来《牧野植物学全集》内之《植物随筆集》一本,价五元。夜雨。

六日　昙。午后携海婴至高桥医院治齿。晚蕴如携菉官来,三弟来。

七日　星期。昙。午内山书店送来《ドストイエフスキイ全集》(十八)一本,二元五角。午后得山本夫人信。得Nikolai Petrov信。得王志之信。得靖华信。得徐懋庸信。得望道信。夜雨。

八日　雨。上午往高桥医院治齿龈。得阿芷信。买《小林多喜二全集》(一)一本,一元八角。得良友公司寄赠之《老残游记》二集及《电》各一本。午后河清来。晚复望道信。复西谛信。夜雨。同广平往邀蕴如及三弟至融光戏院观《珍珠岛》[5]上集。

九日　昙。上午寄靖华信并《星花》版税二十五元。复山本夫人信。复增田君信。得萧军信。得《现代版画》(六)

一本。得西谛信并《十竹斋笺谱》第一册一本。夜同广平往融光戏院观《海底寻金》[6]。雨。濯足。

十日　昙。上午得谷非信并《文学新辑》两本。得曹聚仁信，即复。午后复西谛信。下午往高桥医院治齿龈。晚雨。夜再校阅《表》一过。

十一日　昙。上午内山夫人赠新潟[7]酱菜一皿六种。寄望道信。午晴。午后镰田寿君来托为诚一书墓石。得刘岘信并木刻等。下午复胡风信。河清来。夜同广平往邀蕴如及三弟至融光大戏院观《珍珠岛》下集。

十二日　昙。上午得华铿信，即复。得方之中信。得西谛信。

十三日　晴。上午复萧军信。得紫佩信。得罗清桢信并木刻四本。得望道信二封，午后复。得阿芷信，即复。下午得小峰信并版税泉二百，即复。得傅东华所赠《山胡桃集》一本。晚蕴如携晔儿来。三弟来并为购得《元明散曲小史》一本，《疴偻集》一本，共泉三元四角。夜雨。

十四日　星期。昙，上午雨。无事。

十五日　晴。午寄三弟信。寄"文学论坛"稿二篇[8]。下午诗荃来，不见之。晚得河清信。

十六日　昙。午后得靖华信并《文学百科辞典》一本。下午雨。

十七日　昙。上午得西谛信。午译《俄罗斯童话》全部讫，共十六篇。下午得唐弢信。晚生活书店邀夜饭于梅园，同坐九人。得《译文》二卷二期稿费二十七元六角。

十八日　昙。晨咳嗽大作,至午稍减。得方之中信。得尹庚信。得庄启东信。得萧军信。下午蕴如来并为买得《散曲丛刊》一部二函,七元。晚雨。自晨至夜服克司兰的糖胶三次,每次一勺。

十九日　昙,上午晴。往须藤医院诊。得李辉英信。得徐懋庸信。得阿紫信。得增田君信并《台湾文艺》一本。得何谷天信。午后内山书店送来《日本玩具图篇》一本,二元五角。下午复唐弢信。复西谛信。寄赵家璧信。

二十日　昙。上午得徐懋庸信并译稿一篇。午后蕴如携阿菩来,遂邀之并同广平携海婴往光陆大戏院观米老鼠儿童影片[9]。晚三弟来并为买得《观沧阁所藏魏齐造象记》一本,一元六角。

二十一日　星期。晴。上午同广平携海婴往须藤医院诊。午后得史岩信片,即史济行也,此人可谓无耻矣。得唐诃信。得孟十还信,即复。

二十二日　昙。午得王弢所寄赠《幽僻的陈庄》一本。得陈畸信并小说稿一篇。得西谛信。得钦文信,即复。得何白涛信并木刻二幅,即复。午后为镰田诚一君书墓碑,并作碑阴记[10]。下午得《ゴオゴリ研究》一本,ナウカ社附全集赠本。须藤先生来为海婴诊。得唐英伟信。夜蕴如及三弟来。

二十三日　晴。上午得望道信。午后复靖华信。复萧军信。

二十四日　晴。下午须藤先生来为海婴诊。学昭来。

二十五日　晴。上午得谷非信,即复。得赵家璧信,即转与俊明。下午寄河清信并谢芬及学昭译稿各一篇。得《太白》二之三期稿费四元。夜寄萧军信。

二十六日　晴。上午得增田君信片并繪葉書十枚。得张慧信并木刻五幅。下午理发。夜河清来并赠《巴黎之烦恼》二本,还译稿二篇。

二十七日　晴。午后得刘炜明信。得萧军信。晚蕴如携蘂官来,三弟来。

二十八日　星期。昙。午后得母亲信,二十四日发。得胡风信。得李辉英信。得《文学》四之五期稿费十二元五角。买《芥川竜之介全集》六本,九元五角。

二十九日　晴。上午复萧军信并文学社稿费单一纸。得罗西信。午后得胡风信。得靖华信,即复。寄望道信并"掂斤簸两"两则[11]。夜复胡风信。为改造社作文一篇[12]迄,四千余字。

三十日　晴。上午达夫来,赠以《准风月谈》一本。同广平携海婴往须藤医院诊。午得增田君信。得罗清桢信。得五月号《版芸術》一本,五角。下午西谛来。仲方来。晚寄母亲信。寄三弟信。寄费慎祥信。夜蕴如及三弟来,遂并同广平往卡尔登影戏院观《荒岛历险记》[13]下集,甚拙,如《珍珠岛》。

* 　* 　*

〔1〕"掂斤簸两"三则　"掂斤簸两",《太白》半月刊上的小杂感专栏。"三则",即《"某"字的第四义》、《天生蛮性》,另一则似为

《死所》。现均编入《集外集拾遗补编》。

〔2〕 美术生活社　指美术生活杂志社,金有成等创办。1935年4月出版《美术生活》月刊。

〔3〕 《Baboona》　中译名《漫游兽国记》。故事片,美国福克斯影片公司1935年出品。

〔4〕 《死魂灵》插画十二张　俄国画家梭可罗夫作。后附印于《死魂灵百图》。

〔5〕 《珍珠岛》　原名《Pirate Treasure》,惊险片,美国新大陆影片公司1934年出品。

〔6〕 《海底寻金》　原名《Below the Sea》,故事片,美国哥伦比亚影片公司1933年出品。

〔7〕 新潟　即新潟县,在日本中部地区北侧近日本海。县府为新潟市。

〔8〕 即《人生识字胡涂始》、《"文人相轻"》。后均收入《且介亭杂文二集》。

〔9〕 所观电影为《米老鼠大全》,包括《可爱的小白兔》、《奇怪的企鹅》、《聪明的小鸡》等,均为迪斯尼制作的动画片。

〔10〕 即《镰田诚一墓记》。后收入《且介亭杂文二集》。

〔11〕 即《中国的科学资料》、《"有不为斋"》。现均编入《集外集拾遗补编》。

〔12〕 即《在现代中国的孔夫子》。后收入《且介亭杂文二集》。

〔13〕 《荒岛历险记》　原名《Danger Island》,惊险片,美国影片公司1934年出品。

五 月

一日 晴。上午复增田君信并附寄照片一枚。午得罗西信,即复。得曹聚仁信,即复。得萧军信。晚得小峰信并版税泉二百。

二日 晴。上午同广平携海婴往拉都路访萧军及悄吟,在盛福午饭。

三日 晴,风。上午得烈文信。收《集外集》一本。午后复罗清桢信。下午昙。买《现代版画》(七)一本,五角。须藤先生来为海婴诊。夜作《文学百题》二篇。[1]

四日 晴。上午内山书店送来《卜氏全集》(七)一本,二元五角。收《新小说》三期稿费十五元。下午同广平携海婴往上海戏院观《玩意世界》[2]。晚三弟及蕴如携阿玉来。

五日 星期。晴。上午寄赵家璧信。寄来青阁书庄信。下午得胡风信。

六日 昙。上午寄河清信并短稿三篇[3],悄吟稿一篇。午后得阿芷信。得十还信。下午得王志之信。得青曲信。得《自祭曲》一本,赖少其寄赠。买《岩波文库·生理学》(下)一本,八角。夜内山君邀至其寓饭,同坐有高桥穰、岩波茂雄。三弟及蕴如携菓官来,未见。

七日 晴。上午同广平携海婴往须藤医院诊。收《太白》二之四期稿费七元二角。下午收《チェーホフ全集》(九)一本,二元五角。晚往文学社夜饭。夜风。

八日 晴。午得胡风信。得萧军信。午后得真吾信。得赵家璧信并《新文学大系·小说卷二》编辑费百五十。晚得来青阁书目一本。邀胡风及耳耶夫妇夜饭于梁园。译《死灵魂》第三章起。

九日　昙。上午复萧军信。复赵家璧信。寄傅东华信。寄陈望道信。得母亲信并答海婴笺,六日发。得靖华信并寒筠译稿一篇。下午为海婴买留声机一具,二十二元。以茶叶一囊交内山君,为施茶[4]之用。

十日　昙。上午得罗西信。得赖少其信。得温涛信并木刻一本。得赵家璧信并《尼采自传》二本。午小雨。

十一日　晴,暖。上午复赵家璧信。得傅东华信。得谷非信。得孟十还信。下午浴。晚蕴如携阿菩来。三弟来并赠越酒二瓶。夜与蕴如、阿菩、三弟及广平、海婴同往新光大戏院观《兽国寻尸记》[5]。夜半大风。

十二日　星期。晴。上午寄阿芷信。得萧军信。得阿芷信并小说稿一本。下午西谛来并交《十竹斋笺谱》第一卷九本。寄靖华杂志及拓片各一包。

十三日　晴。上午得阎棨信。得马隅卿讣,即寄紫佩函,托其代制一幛送之。下午昙。复阿芷信。复胡风信。夜雨。

十四日　晴。上午得阿芷信。得学昭信。得《集外集》八本。夜河清来。[6]

十五日　晴。上午复阎棨信。复靖华信,附复静农笺。得俊明信。得唐诃信。

十六日　晴。夜蕴如及三弟同来谈。雨。

十七日　小雨。上午得内山君信。得猛克信并《杂文》一本。得小山信。下午镰田寿君来,未遇。得胡风信。得何归信。晚镰田君来并赠油画静物一帧,诚一遗作,又赠海婴留声胶片二枚。

十八日　晴。上午复何归信。复胡风信。午得杨霁云信并纸一卷,索字。下午得内山君信。晚蕴如携晔儿来。三弟来。夜雨。

十九日　星期。晴。午后得钦文信。得陈烟桥信并木刻一枚。收《新文学大系·小说一集》一本。晚内山君邀往新半斋夜饭,[7]同席共十二人。

二十日　晴,暖。午得张慧信并木刻二种。得李桦《春郊小景集》一本,作者赠。下午季市来。内山夫人来并赠盐煎饼一合。复学昭信。晚河清来。烈文、西谛同来。收《世界文库》第一册稿费五十二元。

二十一日　晴。上午得靖华信。得叶籁士信。得增田君信。收《译文》二卷三号五本。下午得小峰信并版税泉百五十,付印证四千五百枚,值一千八十七元五角。

二十二日　晴。上午得罗荪信。得孟十还信。寄萧军信并泉卅。下午得萧军信。得铭之信,即复。复靖华信。复小峰信。

二十三日　晴。上午寄河清信,内附复孟十还笺。得阿紫信。收《太白》二卷五期稿费十三元。午后得萧军信并面包圈五个、黑面〔包〕一个、香肠一条。午后寄西谛信并《死魂灵》第三至四章译稿。买《汉魏六朝专文》一部二本,二元三角。

二十四〔日〕　昙,风。午得胡风信。得友生信。得《世界文库》(一)一本。得《芥川竜之介全集》(八)一本,一元五角。午后复陈烟桥信。复杨霁云信。下午复赖少麒信。复唐英伟信。得杨铿律师信。得赵家璧信并《新文学大系·小说二编》序校稿。夜风稍大。

二十五日 昙。上午复赵家璧信并还校稿。得诗荃信。晚蕴如来。三弟来。西谛来。夜仲方来。濯足。雨。

二十六日 星期。昙,风。上午同广平携海婴往须藤医院诊。得铭之所寄干菜并笋干一篓,即函复。寄河清信。雨。晚季市来,并赠天台山云雾茶及巧克力糖各二合,白鲞四片。夜校《小说旧闻钞》起。

二十七日 雨。上午得陈君涵信并稿。得合众书店信。午后买《小林多喜二全集》(二)一本,一元八角。得萧军信并稿。下午季市来。铭之来。

二十八日 晴。上午同广平携海婴往须藤医院诊。午得河清信并校稿[8]。下午得《雲居寺研究》(京都《東方学報》第五册副册)一本,四元五角。晚寄胡风信。得欧阳山信并《七年忌》一本。得杨霁云信。得唐弢信。夜小雨。须藤先生来为海婴诊。

二十九日 雨。上午内山夫人来。得萧军信。下午复河清信并还校稿[9]。

三十日 晴。上午得唐诃信。得靖华信,即复。下午须藤先生来为海婴诊。内山书店送来《楽浪及高麗古瓦図譜》一本,价五元。晚收六月份《改造》稿费八十圆。得野夫信,即复。得东华信,即复,并附与河清笺。得望道信。得李桦信。

三十一日　晴。午后得刘岘信并木刻。收《现代版画》（九）一本。

*　　*　　*

〔1〕　即《六朝小说和唐代传奇文有怎样的区别？》和《什么是"讽刺"？》。

〔2〕　《玩意世界》　原名《Babies In Toyland》，喜剧故事片，美国米高梅影片公司1934年出品。

〔3〕　即《再论"文人相轻"》、《六朝小说和唐代传奇文有怎样的区别？》、《什么是"讽刺"？》。后均收入《且介亭杂文二集》。

〔4〕　施茶　当时内山完造在内山书店门前设有施茶桶，免费向路人及读者提供茶水。鲁迅曾多次资助茶叶。

〔5〕　《兽国寻尸记》　原名《Savage Gold》，美国人摄制的关于南美洲亚马逊河的探险片。

〔6〕　鲁迅嘱黄源转托陈望道与现代书局联系，拟赎回被该局搁置的瞿秋白译稿《现实——马克思主义论文集》和《高尔基论文选集》，以及曹靖华的译稿《烟袋》和《第四十一》。

〔7〕　内山完造介绍日本作家长与善郎与鲁迅见面。后长与善郎在同年7月的日文《经济往来》上发表《与鲁迅会见的晚上》，对鲁迅的谈话做了不合原意的记载。参见360203（日）致增田涉信。

〔8〕　指《死魂灵》发排稿及《表》的三校稿。

〔9〕　指《表》的三校稿。

六　月

一日　晴。午得霁野信。得胡风信。得山本夫人信。下午诗荃来,不见,留《尼采自传》一本而去。收《版荟術》(六月分)一本,五角。晚三弟来,蕴如及阿菩来。

二日 星期。雨。上午寄河清信。收六月份《文学》稿费十二元五角。得杨晦信并陈翔鹤稿。得郑伯奇信二封,即复。夜译《恋歌》[1]讫,一万二千字。

三日 昙。上午寄刘军信并金人及悄吟稿费单各一纸。寄河清信并自译稿及翔鹤小说稿。复杨晦信。得赖少麒信。得孟十还信,即复。得傅东华信,午后复。下午得梁耀南信并《鲁迅论文选集》八本,《书信选集》十本。得萧军信。得曹聚仁信,夜复。

四日 晴。上午买《人体寄生虫通说》一本,八角。午后风。夜得缪金源信,即复。

五日 旧历端午。昙。上午寄唐诃信并《全国木刻展览会专辑》序稿[2]一篇。下午得河清信。得罗清桢信。得《美术生活》(十五)一本。夜烈文来。

六日 晴,风。午后得胡风信。得萧军信。得青辰信。得母亲与海婴信,三日发。晚三弟来并为豫约圣经纸《二十五史补编》一部三本,三十六元。买冯友兰著《中国哲学史》一部二本,三元八角。夜为《文学》作"论坛"二篇。[3]

七日 晴。上午得紫佩信。得小山信,附与汝珍笺,并波斯古画明信片九枚。下午寄望道信并"掂斤簸两"一则[4]。复萧军信。得阿芷信。夏征农寄赠自作小说集《决[结]算》一本。夜濯足。

八日 晴,风。上午内山书店送来《卜氏全集》(十六)一本,二元五角。得仲方信,午后复。晚蕴如携晔儿来,三弟来。

九日　星期。晴。上午得增田君信。得靖华信。夜作《题未定草》[5]讫,约四千字。

十日　昙。午后风雨一陈。买《其藻版画集》一本,五角。复增田君信并寄《小说史略》日译本序一篇[6],《十竹斋笺谱》(一)一本。下午寄河清信并"文学论坛"稿二篇、《题未定草》一篇。葛琴寄赠茶叶一包。

十一日　昙。上午寄仲方信。复靖华信。得赖少麒所寄木刻八幅,稿一篇。夜译《死魂灵》第五章起。

十二日　晴。上午得三弟信,即复。亚平寄赠《都市之冬》一本。寄郑伯奇信。

十三日　晴。无事。

十四日　晴。上午得河清信。得伯奇信并萧军稿费单。夜风。

十五日　晴,风。午后河清来。得学昭信。得仲方信。寄萧军信并稿费单及《新小说》(四)两本。晚三弟来,蕴如携阿菩来。夜浴。

十六日　星期。昙而闷热,午后雨。得杨晦信。下午寄霁野信。寄李桦信。晚仲方、西谛、烈文来,饭后并同广平携海婴出观电影。

十七日　晴。上午同广平携海婴往须藤医院诊。下午得小峰信并版税泉百五十。得陈此生信,夜复。

十八日　晴。下午须藤先生来为海婴诊。得徐诗荃信。

得娄如焕[煐]信。得陈烟桥信并木刻一幅。得孟十还信。得胡风信。得萧军信。得靖华信。夜内山书店送来《西洋美術館めぐり》一本,二十一元。

十九日　昙,风。午后复孟十还信。下午得内山君信,即复。晚雨彻夜。

二十日　雨。午后内山夫人送枇杷一包。收日本译《鲁迅选集》(《岩波文庫》内)二本,下午须藤先生来为海婴诊,取其一赠之。得望道信,夜复。

二十一日　昙。上午携海婴往须藤医院诊。夜雨。

二十二日　雨。上午以金人稿费单寄萧军。得《Die Literatur in der S. U.》一本。得《ツルゲーネフ全集》(七)一本,一元八角;又《芥川竜之介全集》(四)一本,一元五角。再版《引玉集》印成寄至,计发卖本二百,纪念本十五,共日金二百七十元。得增田君信,即复。晚蕴如携晔儿来,三弟来。

二十三日　星期。雨。上午得霁野信。得萧军信并悄吟稿。

二十四日　晴。午后寄靖华信附与青曲笺,并段干青木刻发表费通知单。得萧军信。得唐英伟信并《青空集》一本。买《比較解剖学》、《東亜植物》各一本,每本八角。得小山所寄波斯细画明信片十二枚。下午须藤先生来为海婴诊。晚学昭来。译《死魂灵》至第六章讫,二章共约三万字。

二十五日　晴。上午得山本夫人信。得胡风信。仲方来。伊罗生来。午后往生活书店取稿费,并为增田君定《世界文库》及《文学》各一年,共泉十七元八角三分。往商务印

书馆访三弟并买《黄山十九景册》一本,《墨巢秘笈藏影》第一、第二集各一本,《金文续编》一部二本,共泉五元四角。下午内山书店送来《ジイド研究》及《静かなるドン》(一)各一本,共泉三元。晚三弟来。得学昭信。

二十六日　昙,风。午陈学昭、何公竞招午餐于麦瑞饭店,与广平携海婴同往,座中共十一人。下午买《マルクスーエンゲルス芸術論》一本,《小林多喜二集》(三)一本,共泉三元。雨。晚蕴如来并赠杨梅一包。

二十七日　昙,风,午后晴。复山本夫人信。得紫佩信,即复。得萧军信,即复。得西谛信,即复。得楼炜春信并适夷所译志贺氏《焚火》一本。

二十八日　晴。上午得赵家璧信并《新文学大系·小说二集》十本。得魏猛克信,午后复。寄紫佩信。寄小山及Nicola Petrov 书各一包。夜寄三弟信。浴。

二十九日　昙。上午复胡风信。复赖少其及唐英伟信。下午邀蕴如及阿玉、阿菩并同广平携海婴往光陆大戏院观米老鼠影片凡十种。寄仲方信。得胡风信。晚三弟来。河清来,赠以《小说二集》、特制《引玉集》各一本。

三十日　星期。雨。午后得柳爱竹信,即复。绵雨彻夜。

* * *

〔1〕　《恋歌》　小说,罗马尼亚索陀威奴著,鲁迅译文次日寄黄源,发表于《译文》月刊第二卷第六期(1935年8月),后收入《译丛补》。

〔2〕　即《〈全国木刻联合展览会专辑〉序》。原题《全国木刻联展

专辑序》。后收入《且介亭杂文二集》。

〔3〕 即《文坛三户》、《从帮忙到扯淡》。十日寄黄源。后篇被禁,转由《杂文》月刊第三期(1935年9月)发表。后均收入《且介亭杂文二集》。

〔4〕 即《两种"黄帝子孙"》。现编入《集外集拾遗补编》。

〔5〕 即《"题未定"草(一——三)》。后收入《且介亭杂文二集》。

〔6〕 即《〈中国小说史略〉日译本序》。后收入《且介亭杂文二集》。

七 月

一日 雨。上午寄河清信。得增田君信。收山本夫人所赠画扇五柄。下午西谛来并赠《西[世]界文库》第二册一本,交译稿费百五十三元,赠以《引玉集》一本。

二日 晴。上午寄望道信并稿二篇[1],又悄吟稿一篇。寄郑伯奇信并萧军、悄吟、赖少麒稿各一篇。得靖华信,附与静农笺。得萧军信。午季市来并赠初印本《章氏丛书续编》一部四本,赠以《引玉集》、《小说二集》各一本。晚烈文来,赠以《引玉集》一本,画扇一柄,又二柄托其转赠仲方。

三日 晴。午后得增田君信,即复。得靖华信,即复,并寄杂志一包,又《小说二集》两本,托其转交霁野及静农。得仲方信。得阿芷信。得李[梁]文若信并译稿一篇。下午寄 Paul Ettinger 信。晚理发。

四日 昙。上午内山夫人来。午后晴。收七月份《文学》稿费三十二元五角,又代烟桥、少麒收木刻发表费各八元。收《新文学大系·小说二集》序言稿费百五十。得《版艺术》(七月分)一本,五角。得孟十还信,下午复。夜译《死魂灵》第七章起。

五日 昙。上午得内山君信。得金微尘信。下午雨。

六日 昙。上午内山书店送来《卜全集》(十八)、《チェーホフ全集》(十)、《静かなるドン》(二)各一本,共泉六元五角。午小雨。下午得吴朗西信并《漫画生活》稿费七元。得黄土英信并《田园交响乐》一本,即复。得萧军信。得刘炜明信。季市及诗英来。晚蕴如同蘖官来,三弟来。

七日 星期。昙。午后得唐诃信。得胡风信。得河清信。晚五时季市长女世琯与姚[汤]君结婚,与广平携海婴同往观礼,晚饭后归。小雨。

八日 小雨。上午季市携世瑛来,即同往晴明眼科医院为世瑛测验目力。午霁。下午烈文来并赠蒲陶酒二瓶。

九日 晴。午后得白兮信并稿。买上田氏译《静かなるドン》一本,一元三角。下午收北新书局版税百五十。得母亲信,六日发。夜浴。

十日 晴,热。午后收韦素园及丛芜版税二百二元五角一分,开明书店送来。

十一日 昙。上午河清及其夫人来。午后雷。内山君赠织物一卷。

十二日 晴。上午得《现代版画》(十)一本。得罗清桢信。得靖华信。

十三日　晴。上午寄赵家璧信并换书,晚得复,即又复。得母亲信,十日发。得赖少麒信并木刻三枚。得易斐君信并《诗歌》两份。得阿芷信并酱肉、鱼干等一碗。得懋庸信。得温涛信。得诗荃信。蕴如携阿菩来,三弟来并为买得《野菜博录》一部,二元七角,又一部拟赠须藤先生。

十四日　星期。晴,大热。无事。夜小雨。

十五日　晴,大热。闻内山君之母于昨病故,午后同广平携海婴往吊之。得萧军信。得王志之信。晚大风略雨。夜浴。

十六日　晴,大热。午后寄李桦信,附致赖少麒笺并文学社木刻发表费汇单八元。寄河清信并"论坛"稿二篇[2],木刻四幅。复萧军信。复阿芷信。下午明甫来谈。夜浴。费君送来再版《小说旧闻钞》十本。复懋庸信。

十七日　晴,大热。上午寄母亲信。复靖华信。复增田君信。复温涛信。午后得张慧信。得学昭信。得姚克信。得何白涛信,即复。得李霁野信,即复。夜付《小说旧闻钞》印证千。浴。

十八日　黎明大雨,晨霁,大热。下午得叶籁士信。得霁野信。夜浴。

十九日　晴,热。上午致内山君母夫人香礼二十元。徐懋庸赠《打杂集》一本。得增田君信。午后大雷电,风雨,历一时而霁。夜浴。雨。

二十日　晴。上午得萧军信。得赖少其信。得增田君信。下午季市来。晚三弟来。黄河清来。收《小约翰》及《桃色之云》版税百,《巴黎之烦恼》版税五十。蕴如携阿玉、阿菩来。郑惠贞［成慧珍］女士来。夜小雨。

二十一日　星期。晴,热。下午同广平携海婴往乍孙诺夫茶店饮茶。夜浴。

二十二日　时晴时雨。上午得静农信并拓片一枚,即复,附与汝珍笺一。午后仲方来谈。夜浴。复霁野信。

二十三日　晴,风,仍热。上午得李辉英信。下午收《太白》稿费九元八角。夜三弟来。

二十四日　晴,热。上午得胡风信。得赖少其所寄木刻《失业》二十本,下午复。晚寄望道信。夜浴。

二十五日　晴,风,仍热。上午伊藤胜义牧师寄赠煎饼一合。

二十六日　晴,热。午后得猛克信。得《鲁迅選集》四本,译者寄赠。寄靖华杂志一包。寄王思远《准风月谈》三本。寄李桦精装《引玉集》一本。得《芥川竜之介全集》(九)一本,一元五角。晚烈文来。夜浴。

二十七日　晴,热。上午复猛克信。复萧军信。吉冈君赠马铃薯,报以水蜜桃。午得孟十还信,即复。得明甫信,即复。下午译《死魂灵》至第八章讫,合前章共三万二千字,即寄西谛。晚三弟来,蕴如携蘂官来。浴。

二十八日　星期。晴。午后得李长之信,即复。得赵越信,即复。夜浴。

二十九日　昙。上午小雨即霁而热。得增田君信。得赖少麒信。得萧军信,即复。得曹聚仁及徐懋庸信,晚复。

三十日　晴,热。上午捐中文拉丁化研究会[3]泉卅。得T. Wei信。得靖华信。得阿芷信,即复。得河清信并绘信片八枚,午后复。买《支那小说史》一本,五元,即寄赠山本夫人。夜浴并沐。小雨。

三十一日　晴,热。上午收八月分《文学》稿费十二元,又《文学百题》稿费四元。得梁文若信。得叶芷信。

* * *

〔1〕　即《名人和名言》、《"靠天吃饭"》。后均收入《且介亭杂文二集》。

〔2〕　即《几乎无事的悲剧》、《三论"文人相轻"》。后均收入《且介亭杂文二集》。

〔3〕　中文拉丁化研究会　上海"左翼社会科学家联盟"领导下的文化团体。主要成员有叶籁士、方善境等。1934年8月成立,1935年3月为筹备出版书刊基金募捐。

八 月

一日　晴。午西谛来并交《世界文库》(三)译稿费百又八元。晚得绍兴修志委员会[1]信。得生活书店信。得《版芸術》(四十)一本,五角。夜浴。

二日　晴,热。上午复增田君信。复陈学昭信并还译稿。复梁文若信并还译稿。下午达夫来,赠以特制《引玉集》一本。

三日　昙,热。上午得望道信,即复。寄汝珍信,附与霁野笺。下午姚克来,王钧初来并赠《读〈呐喊〉图》[2]一幅。晚蕴如携晔儿来,三弟来。夜浴。雨。

四日 星期。晴,热。下午得费慎祥信。

五日 晴,热。上午史女士来并赠花一束,湖绉一合,玩具汽车一辆。托西谛买得景印汲古阁钞本《南宋六十家集》一部五十八本,十元。译《死魂灵》第九章起。晚三弟来,遂邀蕴如并同广平携海婴往南京大戏院观《剿匪伟绩》[3]。

六日 晴,热。上午收サイレン社[4]寄赠之《わが漂泊》一本,《支那小説史》五部五本,即以一部赠镰田君。陈子鹄寄赠《宇宙之歌》一本。得耳耶信。下午内山书店送来《卜氏全集》(别卷)、《ウデゲ族の最後の者》各一本,共直四元。西谛招夜饭,晚与广平携海婴同至其寓,同席十二人,赠其女玩具四合,取《十竹笺谱》(一)五本、笺纸数十合而归。

七日 晨雨一陈即晴。上午得诗荃信。得陈子鹄信。得河清信。得太白社与仲方稿费单,即转寄。午后大风。买《小林多喜二書簡集》一本,一元。夜浴。

八日 雨。上午以译文社稿费二十三元汇票寄刘文贞。得S. Dinamov信并德文《国际文学》(五)一本。以北平笺纸三十合分与内山君,作价十二元。

九日 昙。晨同广平携海婴往须藤医院诊,见赠威士忌朱古力糖果一合。午后晴。得《文学百题》两本。得《新中国文学大系》(九)《戏剧集》一本。得刘岘信并木刻《阿Q正传图》两本。得山本夫人信。得猛克信,即复。

十日 雨,上午晴。复河清信并寄《〈俄罗斯童话〉小引》[5]一篇。寄西谛信。得许钦文信。得何白涛信。午后复雨一陈即晴。内山书店送来东京版《東方学報》(五册之续)一本,四元。下午须藤先生来为海婴诊。晚蕴如携阿菩来,三弟来。

十一日　星期。晴。下午费慎祥来并赠佛手五枚。得谷非信。得阿芷信,即复。得李长之信。得 P. Ettinger 信。得靖华信及静农信各一,至晚并复。雨一阵即霁。夜寄望道信。寄西谛信。浴。

十二日　昙,午后雨。得赖少麒信。得楼炜春信并适夷信片。得萧军信,小说稿二篇。下午须藤先生来为海婴诊。晚姚省吾来并交惺农信。河清来并交望道信及瞿君译作稿二种[6],从现代收回,还以泉二百。

十三日　大雨。上午得增田君信。得西谛信。得胡其藻所寄赠《版画集》一本。午晴。内山书店送来特制本《モンテーニュ随想録》(一及二)二本,其值十元。下午复西谛信。以《支那小説史》赠谷非及小岛君各一。晚王钧初、姚星农来。

十四日　晴。上午得小峰信并版税泉百五十。午后雨一陈。下午同广平携海婴往南京大戏院观《野性的呼声》[7],与原作甚不合。夜作"文学论坛"二篇[8]。

十五日　晴。上午收生活书店所赠《表》十本。得母亲信,附与三弟笺,十日发。得霁野信。得马吉风信,午后复。下午代常君寄天津中国银行信。寄河清信并"文学论坛"稿二篇。晚三弟来。

十六日　晴。上午得良友公司信并《竖琴》等板税百八十元,系九月十七日期支票。得张锡荣信,即复。得黄河清信,午后复。夜浴。

十七日　晴。上午复萧军信并还金人译稿一篇。午后寄徐诗荃信。寄曹聚仁信并《芒种》稿一篇[9]。寄西谛信。得俊明信并诗稿一篇。得赖少麒信。得郭孟特信。下午雨一阵。得王志之信。得韩恒章信。广平携海婴邀蕴如及阿玉、阿菩往上海大戏院观粤剧。三弟来。

十八日　晴,风。星期。上午复赖少麒信。寄胡风信。下午得马吉风信。

十九日　晴。上午得文尹信。得望道信。得亚丹信,即复。得冶秋信,午后复,并还文稿。寄明甫信。下午得望道信。晚铭之挈其长女来,邀之至乍孙诺夫店夜饭,广平携海婴同去。夜浴。风一阵。

二十日　昙,风。上午海婴往幼稚园上学。得何白涛信并木刻二种四枚。得诗荃信。内山书店杂志部送来《乡土玩具集》(十)一本,《土俗玩具集》(一至五)五本,《白と黑》(再刊号一及二)二本,共泉四元。下午风雨一阵,夜又雨。

二十一日　昙。午得明甫信。得黄士英信。午后雨一阵。晚仲方来,少坐同往大雅楼夜饭,应望道之邀也,同席共九人。

二十二日　晴,热。上午得曹聚仁信。得《译文》二卷六期稿费二十八元。晚得萧军信并书一包。得郑伯奇信并还少其及悄吟稿各一篇。得吴朗西信并《俄罗斯童话》校稿一帖,至夜校毕。浴。

二十三日　晴，热。午后得楼炜春信，夜复，并附还适夷信片。作短论二[10]。

二十四日　晴，热。上午复吴朗西信并还校稿。寄陈望道信并短论稿二篇。得霁野信。得胡风信，下午复。复萧军信。晚三弟及蕴如携菓官来。

二十五日　星期。晴。晨须藤先生来，赠 Melon[11] 一个，并还《野菜博录》泉二元七角。得吴朗西信，即复。午同广平携海婴往须藤医院诊。下午雨。王钧初及姚莘农来。夜寄黄河清信。浴。

二十六日　晴。上午得猛克信。得唐弢信，即复。下午大雷雨。

二十七日　昙。上午得愈之及东华信，邀在新亚饭店夜饭。得河清信。得《版芸術》（九月分）一本，五角。下午河清来，晚同往新亚，同席廿人。夜雨。

二十八日　晴。上午译《死魂灵》至第十章讫，两章共约二万五千字。寄望道信。得陈学昭信。得阿芷信，即复。得天津中国银行寄常玉书信并汇票一纸，午后代复，并由广平以汇票寄与常君。下午往内山书店买《两周金文辞大系考释》一帙三本，八元。晚理发。钦文来，赠以《中国新文学大系》内之《小说二集》一本。夜浴。

二十九日　晴。无事。

三十日　晴。上午往生活书店付译稿[12]，并买《表》十五本，共泉四元二角。至北新书局访李小峰。至商务印书馆访三弟，同往冠生园午饭。午后得何白涛信。下午青曲来并赠果脯四合,赠以书籍四种。

三十一日　昙。上午以陈友生信片寄谷非。以《大公报副刊》一纸[13]寄懋庸。复李长之信并附照片一枚[14]。寄母亲信。以果脯分赠内山、镰田及三弟。午寄猛克信并稿二[15]。买《芥川竜之介全集》(十)一本,一元五角。午后雨一陈。静农寄赠《汉代圹砖集录》一部一本。得《文学》九月份"论坛"稿费十七元五角。得山本夫人信。晚蕴如携阿玉来,三弟来。

* 　* 　* 　*

〔1〕　绍兴修志委员会　编修绍兴县志的机构,王子馀任主任委员。该会于1937年至1939年间刊印绍兴县志资料,其中第一辑第十六册"人物列传"中收有《周树人》一篇,结尾注称:"采访,据自叙传略"。

〔2〕　《读〈呐喊〉图》　王钧初(胡蛮)作此图,以预祝鲁迅五十五寿辰。

〔3〕　《剿匪伟绩》　原名《Public Hero Number One》,故事片,美国米高梅影片公司1935年出品。

〔4〕　サイレン社　即赛棱社。日本东京的一家出版社,三上于菟吉经办。该社出版过鲁迅的《中国小说史略》日译本。サイレン,英语Siren(汽笛)的日语音译。

〔5〕　即《〈俄罗斯的童话〉小引》。现编入《译文序跋集》。

〔6〕　瞿君译作稿二种　指瞿秋白所译《现实——马克思主义论文集》和《高尔基论文选集》。后均编入《海上述林》上卷。

〔7〕　《野性的呼声》　原名《Call of the Wild》,故事片,根据杰

克·伦敦的同名小说改编。美国米高梅影片公司1935年出品。

〔8〕 即《四论"文人相轻"》、《五论"文人相轻"——明术》。次日寄黄源。后均收入《且介亭杂文二集》。

〔9〕 即《"题未定"草（五）》。后收入《且介亭杂文二集》。

〔10〕 即《论毛笔之类》、《逃名》。次日寄陈望道。后均收入《且介亭杂文二集》。

〔11〕 Melon 英语：甜瓜。

〔12〕 即《死魂灵》第九、十两章译稿。

〔13〕 《大公报副刊》一纸 指1935年8月27日天津《大公报》副刊《小公园》第一七七八期，上刊有张庚评论《打杂集》的短文，鲁迅在副刊空白处写了对该文的评语。

〔14〕 系应李长之之请而寄，用于《鲁迅批判》卷首。

〔15〕 即《什么是讽刺？》、《从帮忙到扯淡》。后均收入《且介亭杂文二集》。

九 月

一日 星期。昙。午后得伯奇信，告《新小说》停刊。得萧军信。得胡风信。下午姚惺农、王钧初来，晚邀之至新亚饭店夜饭，广平携海婴同去，又赠钧初《北平笺谱》一部。

二日 小雨。上午复萧军信。寄孟十还信。寄赵家璧信。得季市信。晚河清来并持来《世界文库》（四）一本。伯简来。

三日 雨。午后晴。得徐懋庸信并赠《伊特拉共和国》一本。得孟十还信。

四日　晴。午后以《门外文谈》被删之文寄谷非。得《土俗玩具集》（六）、《白と黑》（三）各一本，共一元。下午内山书店送来《チェーホフ全集》（十一）一本，二元五角；牧野氏《植物集説》（上）一本，五元。晚仲方来。收《世界文库》（四）稿费百又八元。

五日　昙，上午略雨即霁。下午得《開かれた処女地》一本，一元五角。夜三弟来并为买得《宋人轶事汇编》一部二本、《北曲拾遗》一本，共泉一元一角。得小峰信并版税泉二百。译 Ivan Vazov 小说一篇[1]讫，约万五千字。

六日　昙。上午得温涛信并木刻一本。得《新文学大系·小说三集》一本。午后雨。得徐懋庸信。得增田君信。寄姚莘农信并赠王钧初《唐宋元明名画大观》一部二本一函。寄黄河清信并《译文》稿一篇，又萧军小说稿一篇。下午杨晦、冯至及其夫人见访。晚烈文来。

七日　晴。上午得赵家璧信。得徐懋庸信。晚三弟携阿菩来，蕴如来。

八日　星期。晴。午后复徐懋庸信。寄河清信并译文后记[2]。复孟十还信。下午收《太白》（二卷之十二）稿费九元八角，即转寄茂荣。晚河清来，饭后并同广平往卡尔登大戏院观《Non-Stop Revue》[3]。

九日　晴，热。上午得田景福信，即复。得李桦信并木刻二本，夜复。浴。

十日　晴，热。上午得母亲信，附与三弟笺，七日发。午后寄三弟信，附母亲笺。下午傅东华待于内山书店门外，托河清来商延医视其子养浩病,即同赴福民医院请小山博士往诊,仍与河清送之回医院,遂邀河清来寓夜饭。夜三弟来。

十一日 晴,热。上午寄明甫信。寄张莹信。得徐诗荃信。得徐懋庸信。得三弟信。午后复增田君信。寄西谛信,附诗荃笺一条。得吴朗西信并《俄罗斯童话》十本,夜复。

十二日 晴,风。上午得嘉吉信。得河清信,即复。得胡风信,即复。得李长之信,即复。得段炼信并诗稿。得颜杰人信并小说稿,即复。午后雨。

十三日 昙,风。上午得耳耶信〔信〕并稿。得胡风信。得孟十还信。得萧军信。午后得王思远信并稿。往福民医院问傅养浩病。诗荃来,未见。

十四日 晴,风。上午同广平携海婴往须藤医院诊,并衡体重,为三七·四六磅。下午烈文来。晚三弟来,蕴如携晔儿来。得小峰信并版税泉百,付印证二万五百枚。

十五日 星期。昙。上午编契诃夫小说八篇讫,定名《坏孩子和别的奇闻》。午后得张慧所寄木刻第二、第三集各一本。河清来。下午须藤先生来为海婴诊。河清邀在南京饭店夜饭,[4]晚与广平携海婴往,同席共十人。夜雨。

十六日 雨。午后寄河清信。寄张莹信。夜译《死魂灵》第十一章起。

十七日 晴。上午得李桦信并刘仑石刻画五幅。得伯简信并校本《嵇中散集》一本。午后往良友公司为伯简定《中国新文学大系》一部。往生活书店买《表》十本。往北新书局取《中国小说史略》五本。往商务印书馆访三弟。晚明甫及西谛来,少坐同往新亚公司夜饭,[5]同席共七人。

十八日　晴。上午河清来。得吴渤信。得钱季青信。内山书店赠梨子七枚,并转交山本夫人所赠莓酱两罐。午后明甫及烈文来。[6]晚三弟来,蕴如来。

十九日　昙。上午寄河清校稿[7]。寄汝珍信并版税二十五元。寄王思远信并书钱十二元六角。午得《中国新文学大系》(七)《散文二集》一本。得张莹信,即复。得罗甸华信,即复。得赵德信并《日本文研究》二本,夜复。

二十日　晴。上午复伯简信。午后得明甫信,即复。得蔡斐君信,下午复。晚复吴渤信并假以泉十五元,新兴文学[8]一本。

二十一日　昙。下午得吴渤信。得萧军信。河清来,付以萧军小说稿。晚得阿芷信。三弟来,蕴如携菓官来。内山夫人赠松菌一包。

二十二日　星期。晴。下午明甫来。[9]

二十三日　晴。午后复阿芷信。寄西谛信。得内山嘉吉君所寄自作雕刻《首》摄影五枚,乃在今年二科美术展览会[10]入选者。得李桦信。

二十四日　晴。上午烈文及明甫来。[11]午后得猛克信。得胡风信。得杨潮信并稿,即复。晚同广平携海婴访胡风,饭后归。

二十五日　晴。下午得唐诃等信。得猛克信。得读者书店信。河清来并交《狱中记》及《俄国社会革命运动史话》(一)各一本,巴金所赠。得靖华信。

二十六日　晴。下午钧初来并赠海婴绘具一副,莘农同来并赠普洱茶膏十枚。

二十七日　晴。上午得吴渤信。得阿芷信。得王志之信并稿,即寄还。海婴生日也,下午同广平携之至大光明大戏院观《十字军英雄记》[12],次至新雅夜饭。

二十八日　晴。下午寄小峰信,波良持去。得胡风信。得王征天信。得《给年少者》一本,风沙寄赠。晚河清来。蕴如携阿菩来,三弟来。夜译《死魂灵》第十一章毕,约二万二千字,于是第一部完。濯足。

二十九日　星期。晴。下午得田景福信。孙太太来并赠板鸭二匹、橘子一筐,因分其半以贻三弟。晚费慎祥来并赠北瓜二枚。夜译《死魂灵》第一部附录起。

三十日　晴。午后得河清信。下午烈文来并赠湘莲一筐。胡风来。

*　　　*　　　*

〔1〕　即《村妇》。保加利亚伐佐夫作,鲁迅译文次日寄黄源,发表于《译文》终刊号(1935年9月),后收入《译丛补》。

〔2〕　即《〈村妇〉译后附记》。现编入《译文序跋集》。

〔3〕　《Non-Stop Revue》　中译名《万芳团》。

〔4〕　为讨论出版《译文丛书》事。其时生活书店已表示无意出版该丛书,席间鲁迅等与吴朗西、巴金商定,改由文化生活出版社出版。

〔5〕　为《译文》编辑易人事。生活书店宴请鲁迅等人,席间提出撤换黄源的《译文》编辑职务,被鲁迅拒绝。

〔6〕 为商议续订《译文》合同事。是日午后与沈雁冰、黎烈文、黄源共商《译文》事,鲁迅认为生活书店如续出《译文》,合同应与黄源签订。沈、黎均同意,鲁迅即请沈通知生活书店。

〔7〕 即《死魂灵》第一部单行本部分校稿。

〔8〕 新兴文学 指《毁灭》。

〔9〕 为调解《译文》事回复鲁迅。是日沈雁冰告诉鲁迅:郑振铎向生活书店提议,《译文》合同由黄源签字,但原稿需经鲁迅过目并签名。鲁迅表示同意。

〔10〕 二科美术展览会 由日本东京大型美术团体二科会举办的美展年会。1935 年为第二十二届美展。

〔11〕 为通知《译文》停刊事。黎烈文和沈雁冰来告诉鲁迅:生活书店未接受郑振铎的提议,表示情愿停刊,允将已排的稿件汇齐出一终刊号。

〔12〕 《十字军英雄记》 原名《The Crusades》,故事片,美国派拉蒙影片公司 1935 年出品。

十 月

一日 昙。上午同广平携海婴往须藤医院诊。以《Die Uhr》一本寄王征天。夜同广平往光陆大戏院观《南美风光》[1]。雨。

二日 雨。上午得有恒信。午后得北新书局版税泉二百,由内山书店取来。下午收本月分《文学》稿费十七元五角。得唐河信。夜寄阿芷信并书帐单[2]。寄刘军信并文学社稿费单一纸。

叁日　晴。午后复唐诃信并捐全国木刻展览会泉二十，又段干青木刻发表费（文学社）八元，托其转交。下午得阿芷信。得金肇野信。得周江丰信，即复。得萧军信，晚复。得《版芸術》（十月分）一本，五角。夜同广平往巴黎大戏院观《黄金湖》[3]。

四日　晴。上午得傅东华信。得孟十还信。夜三弟来。

五日　晴。午后得赵景深信。晚雨。

六日　星期。昙，午后霁。得增田君信。得静农信。得李桦信。下午寄烈文信。夜译《死魂灵》第一部附录完，约一万八千字。

七日　晴。上午得萧军信。得伊罗生信。下午得曹聚仁信。

八日　晴。上午得烈文信。午后雨。晚吴朗西、黄河清同来，签定译文社丛书约[4]。

九日　昙。下午复曹聚仁信。复烈文信。晚雨。

十日　昙。晨内山书店送来《文学評論》一本，一元五角。上午同广平携海婴往须藤医院诊。下午河清来。晚雨。

十一日　晴。上午得杨潮信。得罗甸华信。晚邀胡风及其夫人并孩子夜饭。

十二日　昙。上午收《现代版画》（十二）一本。下午复孟十还信。复魏猛克信。得耳耶信。得周昭俭信，晚复。蕴如携阿玉来。三弟来。

十三日　星期。晴。午后得徐懋庸信，夜复。

十四日　昙，风。上午得母亲信，十一日发。得山本夫人信。得猛克信。夜三弟来并为豫约《四部丛刊》三编一部,百三十五元,先取八种五十本。雨。

十五日　昙。上午得司徒乔信并单印《大公报·艺术周刊》一卷。晚烈文来。

十六日　晴。夜复伊罗生信。

十七日　晴。上午得林蒂信并《新诗歌》二本。得王野秋信并《唐代文学史》一本。收良友图书公司寄赠之《新中国文学大系》内《散文壹集》一本。买《近世錦絵世相史》(一卷)一本,三元八角。赠曹聚仁、徐懋庸《表》及《俄罗斯童话》各一本。夜译《〈死魂灵〉序》[5]毕,约一万二千字。

十八日　昙。上午寄郑振铎信。得半林信。午得王凡信。下午复司徒乔信。寄母亲信。晚得《ジイド全集》(十二)一本,二元五角。

十九日　昙。上午得徐懋庸信。得孟十还信。小峰夫人来并赠禾花雀一碗。下午振铎来并交《世界文库》译费九十元。晚蕴如携阿菩来,三弟来。

二十日　星期。晴。午后复孟十还信。寄吴朗西信并《〈死魂灵〉序》译稿。寄姚莘农信。下午得萧军及悄吟信,晚复。夜同广平往邀蕴如及三弟往大光明戏院观《黑屋》[6]。

二十一日　晴。上午得增田君信并日金十二元,托代买《中国新文学大系》。午朝日新闻支社[7]仲居君邀饮于六三园,同席有野口米次郎、内山二氏。下午北新书局送来版税泉百五十。河清来并交《译文》终刊号稿费二十四元,晚饭后同往丽都大戏院观《电国秘密》[8],广平亦去。

二十二日　晴。上午内山夫人赠松茸奈良渍一皿。得猛克信。得靖华信,附与徐懋庸笺,即复。寄徐懋庸信,附靖华笺。下午编瞿氏《述林》起。

二十三日　昙。上午得耳耶信,即复。夜同广平往丽都观《电国秘密》下集。小雨。

二十四日　昙。上午得魏金枝信。得河清信并《死魂灵》校稿,即开校。夜雨。

二十五日　晴。午后得明甫信,即复。寄吴朗西信并校稿[9]。买《わが毒舌》一〖一〗本,二元。夜与广平往邀三弟及蕴如同至融光大戏院观《陈查礼探案》[10]。

二十六日　昙。上午复增田君信。晚蕴如携菓官来。三弟来。

二十七日　晴。星期。上午得明甫信。晤圆谷弘教授,见赠《集团社会学原理》一本,赠以日译《中国小说史略》一本。午后同广平携海婴访萧军夫妇,未遇,遂至融光大戏院观《漫游兽国记》,次至新雅夜饭。觉患感冒,服阿思匹林二片。

二十八日　晴。上午寄河清信。寄猛克信。得耳耶信。得靖华信。买《エ・ビヤン》一本,二元五角。夜吴朗西来。费慎祥持赵景深信来。

二十九日　晴。午后得张锡荣信,即复。得萧军信,即复。得徐懋庸信,即复,附与曹聚仁笺。得吴朗西信并校稿。夜濯足。

三十日　晴。下午胡风来。晚烈文来。得吴朗西信并校稿。

三十一日　晴。午后得王文修信。买《キェルケゴール選集》(卷二)一本,二元五角。夜吴朗西来。校《死魂灵》第一部讫。

* * * *

〔1〕　《南美风光》　应为《南美风月》,原名《Under the Moon》,故事片,美国福克斯影片公司1935年出品。

〔2〕　指由内山书店代售叶紫小说《丰收》的帐单。

〔3〕　《黄金湖》　英文名《Golden Lake》,苏联拍摄的探险影片。

〔4〕　译文社丛书约　"译文社丛书",即《译文丛书》。黄源编,鲁迅曾予支持并常为审稿。先后编印有《表》、《死魂灵》、《桃园》、《密尔格拉得》等。该丛书原由生活书店出版,后改由文化生活出版社出版。是晚译文社与文化生活出版社签订有关出版该丛书的合同。

〔5〕　《〈死魂灵〉序》　俄国内斯妥尔·珂德略来夫斯基作,鲁迅译文刊入1935年11月文化生活出版社出版的《死魂灵》。

〔6〕　《黑屋》　即《黑地狱》,原名《The Black Room》,恐怖片,美国哥伦比亚影片公司1935年出品。

〔7〕　朝日新闻支社　日本《朝日新闻》报社在上海所设的分社。是日邀饮为介绍日本诗人野口米次郎与鲁迅见面。席间野口提出挑衅性的问题,如把中国的"国防和政治"委托外国管理等,遭鲁迅反驳。事后野口在同年11月2日东京《朝日新闻》发表《一个日本诗人的鲁迅会谈记》,歪曲鲁迅的谈话,引起鲁迅不满。参看360203(日)致增田涉信。

〔8〕　《电国秘密》　原名《The Phantom Empire》,科学幻想片,美国马斯克特影片公司1935年出品。

〔9〕 即《死魂灵》中译本第一部校稿。29、30日所记"校稿"同此。

〔10〕 《陈查礼探案》 原名《Charlie Chan's Chance》,侦探故事片,美国福克斯影片公司1935年出品。

十 一 月

一日 晴。午后得孔若君信,即复。下午诗荃来。晚胃痛。

二日 晴,风。上午得母亲信,附与海婴笺,十月三十日发。午后得何谷天信并赠《父子之间》一本。下午吴朗西来。晚蕴如携阿玉来。河清来。三弟来。夜雨。

三日 星期。小雨。午后得王钧初信。下午同广平携海婴往卡尔登影戏院观《海底探检[险]》[1]。夜同广平往金城大戏院观演《钦差大臣》。

四日 晴。上午得徐懋庸信并上海业余剧社[2]笺。得罗清桢信。得王冶秋信。得《版芸術》(十一月分)一本,六角。开明书店送丛芜版税五十八元八角一分二。

五日 昙。上午寄振铎信。寄萧军信。午后复冶秋信。访明甫及烈文。

六日 晴。上午内山书店送来《チェーホフ全集》(十二)一本,二元八角。孙式甫夫人来辞行。得孟十还信,即复。得蒲风信,即复。下午清水三郎君见访,并赠时钟一具。买《世界文芸大辞典》(一)一本,五元五角。晚邀刘军及悄吟夜饭。

七日　昙。午后得振铎信。下午张因来,赠以メレジコフスキイ《文芸論》一本。

八日　晴。上午得曹聚仁信并《芒种》稿费六元。买《越天乐》一本,二元二角。下午河清来并交孟十还信及所代买《死魂灵图》一本,A. Agin 绘,价二十五元。

九日　晴。上午得孟十还信,即复。得赵家璧信并赠《小哥儿俩》一本,即复。得赖少麒信并木刻三幅。得蒲风信并诗稿。午后访西谛,得《世界文库》六之译费七十二元。下午北新书局送来板税百五十。晚蕴如及三弟、阿菩来。

十日　星期。晴。上午得马子华信。得蔡斐君信并诗稿。下午同广平携海婴往卡尔登戏院观《Angkor》[3],捐给童子军募捐队一元。

十一日　晴。上午得何白涛信并木刻二幅。得张慧信并木刻二十二幅。得王冶秋信。得韦女士信。得增田君信。得孟克信。得《现代板画》(13)一册。得《松中木刻》一册。下午得萧军信。吴朗西来。晚三弟来。夜校《桃园》。小雨。

十二日　雨。午后复马子华信。复蔡斐君信。寄吴朗西信。下午得《世界文库》(六)一本。夜同广平往光陆影戏院观《菲州战争》[4]。

十三日　昙。夜同广平往邀三弟及蕴如至融光影戏院观《黑衣骑士》[5]。雨。

十四日　雨。上午诗荃寄赠《朝霞》一本。下午谷非来。孔若君来。

十五日　雨。上午寄章雪村信。寄来青阁信。得母亲信,十一日发,即复。得伯简信并《南阳汉画象访拓记》一本,即复。寄萧军信并《生死场》小序[6]一篇。得赵家璧信。下午理发。夜同广平往融光影戏院观《"G"Men》[7]。

十六日　小雨。上午吴朗西来并赠《死魂灵》布面装订本五本。午后晴。下午姚克来。晚蕴如来,三弟来。得萧军及悄吟信,夜复。

十七日　星期。昙。午后得陈浅生信并《嫩芽》一本。得王冶秋信并小说稿。买《条件》一本、《文化の擁護》一本,共泉二元八角。下午烈文来。胡风来。

十八日　晴。午后寄王冶秋信并石刻拓印费三十元。寄赵家璧信并书三本,印证四千。得来青阁书目一本。得温涛信并木刻一本。得徐懋庸信。得 P. Ettinger 信。下午寄明甫信。寄靖华信。复徐懋庸信。

十九日　晴。午后得周昭俭信,即复,并赠书五本。下午得母亲信并食物一包,十四日发。

二十日　晴。上午托广平往蟫隐庐买《大历诗略》一部四本,《元人选元诗五种》一部六本,共泉八元八角。得明甫信。得耳耶信,午后复。下午为三笠书房[8]作关于陀斯妥夫斯基之短文一篇[9]。省吾持莘农信并译稿来。

二十一日　晴。上午复猛克信。午后往蟫隐庐买《明越中三不朽图赞》一本,一元三角。又往来青阁买《荆南萃古编》一部二本,三元五角;《密韵楼丛书》一部二十本,三十五元。晚得《中国新文学大系》(一及二)二本。

二十二日　晴。上午内山书店送来《玩具叢書》(七)一本,二元七角。得徐懋庸信。下午姚克来。梵斯女士来。

二十三日　昙。上午得邱遇信,即复。得王冶秋信并其子之照相。下午河清来。晚蕴如携阿玉来,三弟来。

二十四日　星期。昙。上午得孟十还信。得阿芷信。得《白と黒》一本,第四期,价六角。午后孔若君来。同广平携海婴往南京戏院观《寻子伏虎记》[10]。

二十五日　晴。上午得周昭俭信,即复。得刘宗德信,即复,并以其信转寄河清。得靖华信。得张露薇信。午后在内山书店买《キェルケゴール選集》(一)一本,ゴリキイ《文学論》一本,共泉三元八角。下午往来青阁买刘刻百纳本《史记》一部十六本,严复评点《老子》一本,共泉十六元五角。

二十六日　晴。午后寄母亲信,附海婴笺。复阿芷信并书二本。为孔若君作《当代文人尺牍钞》序[11]寄之。得俊明信。得吴渤信。得周扬信,即复。下午胡风来。夜同广平往卡尔登影戏院观《蛮岛黑月》[12]。

二十七日　雨。午后同广平携海婴往须藤医院诊。下午得霁野信,五日伦敦发。得生活知识社[13]信并杂志四本。得增田君信。得章雪村信,即复。买《文学論》及《芸術論》各一本,共二元;又十二月分《版芸術》一本,六角。

二十八日　雨。午后寄河清信。下午得蔡斐君信。得张因信。得《中国新文学大系》(诗歌集)一本。张莹及其夫人来。

二十九日　昙。上午得母亲信,二十五日发。得河清信。得徐讦信,下午复。得静农信。夜作《治水》[14]讫,八千字。雨。

　　三十日　雨。上午内山书店送来《モンテーニュ随想録》（三）、《近世錦絵世相史》（二）各一本，共泉十元。午蕴如携阿菩来。下午得周昭俭信。得河清信。晚得小峰信并版税百五十。夜三弟来。风。

*　　*　　*

〔1〕《海底探险》　即《龙宫历险记》，原名《With Willison Beneath》，探险片，由美国海底探险家威廉逊摄制。

〔2〕　上海业余剧社　全称"上海业余剧人协会"。1935年成立，主要成员有章泯、张庚、于伶、陈鲤庭等。1935年秋公演《钦差大臣》，鲁迅曾应邀往观演出。是日该社来函征求意见。

〔3〕《Angkor》　中译名《兽国古城》。

〔4〕《菲州战争》　故事片，英国1935年出品。

〔5〕《黑衣骑士》　原名《Rock Mountain》，故事片，美国好莱坞1934年出品。

〔6〕《生死场》小序　即《萧红作〈生死场〉序》。后收入《且介亭杂文二集》。

〔7〕《"G" Men》　应作《G-Men》，中译名《一身是胆》，故事片，美国华纳兄弟影片公司1935年出品。

〔8〕　三笠书房　日本东京的一家出版社。其时因出版《陀思妥耶夫斯基全集》普及本，请鲁迅为文介绍。

〔9〕　即《陀思妥夫斯基的事》。后收入《且介亭杂文二集》。

〔10〕《寻子伏虎记》　原名《O'shaughnessy's Boy》，故事片，美国

米高梅影片公司1935年出品。

〔11〕 即《孔另境编〈当代文人尺牍钞〉序》。后收入《且介亭杂文二集》。

〔12〕 《蛮岛黑月》 原名《Black Moon》,故事片,美国好莱坞1935年出品。

〔13〕 生活知识社 沙千里、徐步主持。1935年10月出版综合性半月刊《生活知识》。

〔14〕 《治水》 即《理水》。收入《故事新编》。

十 二 月

一日 星期。昙,冷。下午寄三弟信。装火炉,用泉五。

二日 昙。上午得李长之信。午季市来。海婴始换牙。

三日 晴,午后昙。收山本夫人寄赠海婴之有平糖一瓶。得生活书店信并图书目录一本。得胡其藻寄赠之《一个平凡的故事》一本。得徐讦信,附与诗荃函,即为转寄。得王冶秋信。下午寄河清信。寄懋庸信并稿一篇[1]。晚吴朗西来交版税泉五十,赠《桃园》二本、《文学丛刊》三种各一本。

四日 雨。上午寄母亲信。寄增田君信并《中国新文学运动史》一本。寄山本夫人信。寄三弟信。寄孟十还信。午后寄静农信。内山君赠《生ケル支那ノ姿》五本。得刘暮霞信,下午复。

五日 晴。上午寄王冶秋信。复徐讦信。得母亲信,二日发。午后为仲足书一横幅[2],为杨霁云书一直幅、一联[3]。为季市书一小幅[4],云:"曾惊秋肃临天下,敢遣春温上笔端。尘海苍茫沈百感,金风萧瑟走千官。老归大泽菰蒲尽,梦坠空云齿发寒。竦听荒鸡偏阒寂,起看星斗正阑干。"下午买《猫町》一本,八角。

六日 晴。午后得张谔信,即复。得孟十还信。得徐诗荃信。下午寄静农图书总目录一本。寄 P. Ettinger《士敏土之图》及《Die Jagd nach dem Zaren》各一本,信笺数十枚。夜同广平往卡尔登影戏院观《泰山之子》[5]上集。校《海上述林》(第一部:《辨林》)起。

七日 晴。上午达夫来。得懋庸信。得段干青寄赠之自作版画一本。得《第二の日》一本,一元七角。午复徐讦信。下午寄靖华信。寄章雪村信。买《フロオベエル全集》(二)一本,二元八角。晚蕴如携蕖官来。夜三弟来并为买得《墨巢秘玩宋人画册》一本,一元五角。濯足。雨。

八日 星期。小雨。午后得徐讦信。得周昭俭信,附周棱伽信,夜复。夜风。

九日 小雨。上午张莹来。午后得刘岘信并木刻八幅。得三笠书房编辑小川正夫信并赠《ドストイエフスキイ全集》普及本全部,先得第一及第六两册。

十日 晴。晚河清来,赠以普及本《ド氏集》,并托代交文化生活出版社[6]泉四百。

十一日 微雪。上午得马子华信并《他的子民们》一本。晚同广平携海婴往国泰大戏院观《仲夏夜之梦》[7],至则已满坐,遂回寓,饭后复往,始得观。

十二日 昙。午后得刘暮霞信。得《路工之歌》及《未明集》各一本,作者寄赠。

十三日　昙。下午复徐懋庸信。寄杨霁云信并字三幅。得朱淳信,即复。得赵家璧信,即复。得立波信,即复。得冶秋信。晚烈文来。得易斐君信。夜得内山夫人信并赠酱油渍松茸一碗。始见冰。

十四日　晴。上午得周剑英信,下午复,并寄书二本。得野夫信并木刻《卖盐》一本。得陈烟桥木刻集一本。为增井君作字一幅。[8]晚寄雪村信。蕴如携晔儿来,夜三弟来。

十五日　星期。晴。午后得懋庸信。晚张莹及其夫人来。

十六日　雨。午后买《からす》及《向日葵の書》各一本,共泉四元二角。下午得刘宗德信。

十七日　昙。上午得增田君信。得孟克信。得《现代版画》(十四)、《木刻三人展览会纪念册》各一本,李桦寄赠。午后晴。得杨晦信片。得生存线社[9]信并周刊三期。下午得《土俗玩具集》(七及八)二本,一元一角。得《漱石全集》(四)一本,一元七角。

十八日　晴。上午得小岛君信并赠海婴玩具火车及汽车各一具。夜得靖华信。

十九日　晴。上午得杨霁云信,午后复。下午复靖华信并寄《文学辞典》等二包。明甫来并赠《桃园》及《路》各一本。晚张因来。复 P. Ettinger 信。

二十日　雨。午后得母亲信,十七日发。晚得周昭俭及周楞伽信。河清来。得十还信。

二十一日　昙。上午镰田夫人来,赠海婴玩具一合、文具一合、纸制唱片二枚。开明书店送来佳纸皮面本《二十五史》一部五本,并《人名索引》一本,价四十七元。得伯简信。得明甫信,午后复。寄赵家璧信。下午寄母亲信。得南阳汉石画象拓片六十五枚,杨廷宾君寄来,先由冶秋寄泉卅。得赵景深信。得小峰信并版税百五十,稿费十。晚吴朗西来。蕴如携阿菩来,三弟来。

二十二日　星期。晴。上午内山君赠岁寒三友一盆。午后复台伯简信。复孟十还信。复王冶秋,并《译文》等寄之。下午得叶紫信,即复。得杨廷宾信,即复。

二十三日　晴。上午以广平及海婴照相寄母亲,附书二本,赠和森之子。复小峰信,附与赵景深笺,并稿一[10]。下午得谢六逸信。得文尹信,附王弘笺。

二十四日　昙。上午寄三弟信。寄明甫信。内山夫人赠海婴望远镜一具。晚长谷川君赠蛋糕一合。夜整理《死魂灵百图》序及说明[11]。雨。

二十五日　雨。上午寄水电公司信。复谢六逸信。午后内山书店送来《キェルケゴール選集》(三)一本,二元八角。又从丸善寄来《The Works of H. Fabre》五本,五十元。下午得赵家璧信。得袁延龄信,夜复。

二十六日　昙。下午得阿芷信。晚编《故事新编》并作序讫,共六万余字。夜雨。

二十七日　雨。上午从丸善寄来《The Works of H. Fabre》陆本,六十元。下午得谢六逸信。晚蕴如来。往高桥齿科医院付治疗费六元,三弟家十元。夜三弟来,赠以《The Works of H. Fabre》十一本。得赵景深信。以《药用植物》版权售与商务印书馆,得泉五十,转赠朱宅。晔儿十岁,赠以衣料及饼干。

二十八日 雨。午后买《漱石全集》一本,一元七角;又全译ゴリキイ《文学論》一本,二元。下午张因来。夜吴朗西来并见赠漫画《Vater und Sohn》一本。

二十九日 星期。昙。午后寄阿芷信。下午得《版芸術》(明年正月号)一本,七角。得林绍仑信。得王冶秋信,即复。夜同广平往融光戏院观《Clive in India》〔12〕。

三十日 昙。午后得周剑英信。往永安公司买药三种,五元六角。往来青阁买《论语解经》一部二本,《昭明太子集》一部二本,《杜樊川集》一部四本,共泉九元四角。往商务印书馆取百衲本《二十四史》四种共一百三十二本,又《四部丛刊》三编八种共一百五十本。晚张莹及其夫人来。

三十一日 昙。上午得文尹信。下午雨。寄中国书店信。

* * *

〔1〕 即《杂谈小品文》。后收入《且介亭杂文二集》。

〔2〕 为仲足书一横幅 文为:"善鼓云和瑟,尝闻帝子灵。冯夷空自舞,楚客不堪听。苦调凄金石,清香入杳冥。苍梧来怨慕,白芷动芳馨。流水传湘浦,悲风过洞庭。曲终人不见,江上数峰青。 钱起《湘灵鼓瑟》 亥年残秋录应 仲足先生教 鲁迅"。13日寄杨霁云

转交。

〔3〕 为杨霁云书一直幅、一联　直幅文为:"风号大树中天立,日薄沧溟四海孤。杖策且随时旦暮,不堪回首望菰蒲。此题画诗忘其为何人所作　亥年之冬录应　霁云先生教　鲁迅"。联文为:"望崦嵫而勿迫,恐鹈鴂之先鸣"。

〔4〕 即《亥年残秋偶作》。后收入《集外集拾遗》。

〔5〕 《泰山之子》　即《野人记》,原名《The Son of Tarzan》,故事片,美国独立制片人拍摄的探险片。

〔6〕 文化生活出版社　日记又作文化生活出版所,1935年创办,吴朗西任经理,巴金主持编务。该社曾出版鲁迅的著译《故事新编》、《死魂灵》等,并印行鲁迅所编画册《死魂灵百图》及《凯绥·珂勒惠支版画选集》。下文的"泉四百",为《死魂灵百图》之印费。

〔7〕 《仲夏夜之梦》　原名《A Midsummer Night's Dream》,故事片,根据莎士比亚同名戏剧改编。美国华纳兄弟影片公司1935年出品。

〔8〕 为增井君作字一幅　写唐代刘长卿五绝《听弹琴》,文为:"泠泠七弦上,静听松风寒。古调虽自爱,今人多不弹。　增井先生雅属　鲁迅"。

〔9〕 生存线社　上海杂志社,1935年冬创办《生存线》周刊。

〔10〕 即《陀思妥夫斯基的事》。

〔11〕 《死魂灵百图》序及说明　序,即《〈死魂灵百图〉小引》,后收入《且介亭杂文二集》;说明,即《死魂灵百图》图片说明。

〔12〕 《Clive in India》　in 应作 of。中译名《儿女英雄》,又作《印度亡国恨》,故事片,美国米高梅影片公司1935年出品。

居　　帐

北平文津街（金鳌玉𬟽桥下）北平图书馆
又　府右街饽饽房十三号宋[1]
又　地安门内西板桥甲二号马[2]
又　后门五龙厅十一号台[3]
又　东城小牌坊灯草胡同三十号郑汝珍＝曹[4]
又　齐化门内九爷府女子文理学院注册课收转曹联亚[5]
南京成贤街五十八号国立中央研究院
又　大纱帽巷三十一号张协和
杭州大学路场官弄六十三号王守如[6]
　　岳王路百福弄五号邵铭之
上海静安寺路赫德路嘉禾里一四四二号王[7]
又　大马路四川路口惠罗公司四楼哈瓦斯通信社
又　忆定盘路（愚园路北）四十三号A林语堂
苏州定慧寺巷五十二号姚克 北平西堂子胡同中华公寓四十七号
日本东京市涩谷区上通リ一ノ七、アオバ乐器店山本[8]
又　东京市外千岁村下祖师ケ谷一一三号内山[9]
又　岛根县八束郡惠昙村増田[10] 东京市、杉并区、上荻洼町、九六一片山义雄方

上海博物院路中国实业银行姚志曾字省吾

常州小浮桥二号杨霁云

北平东城旧九爷府北平大学女子文理学院
　　大羊宜宾胡同一号姚白森女士
　　西城背阴胡同二十八号汪绍业转王思远
　　西安门内大街九十四号金肇野
　　东城小羊宜宾胡同一号郑振铎
天津天纬路省立女子师范学院
山西运城第二师范学校王冶秋
南京马家街芦席营六十三号李秉中
浙江金华低田市何泰兴宝号转范村何桂馥[11]
广州东山、山河东街、梓园、二十号二楼当代社陈烟桥
　　西关多宝路、中德中学校林绍仑
广州市莲花井十三号对面松庐李桦

广东南海县属官山西樵中学校何白涛
　　汕头兴宁西门街广亿隆号转交陈铁耕
　　汕头兴宁县北门仁茂号转交吴渤
　　汕头松口镇松口中学校罗清桢
广西平乐省立中学崔真吾
　　南宁军校步一队李天元
　　钟山洋头板坝村董永舒
上海圆明园路一三三号中国征信所
　　北江西路三六八号天马书店

北四川路八五一号良友图书公司
环龙路新明邨六号文学社
广东路一六一号漫话漫画社李辉英

极司非而路信义邨式号黎六曾[12]
金神父路花园坊一〇七号曹聚仁
环龙路一六六号江苏大菜社转孟斯根
南市斜桥制造局路惠祥弄树滋里十号时有恒
拉都路三五一号萧军

*　　*　　*

〔1〕 指宋子佩。

〔2〕 指马裕藻。

〔3〕 指台静农。

〔4〕 指曹靖华。

〔5〕 指曹靖华。

〔6〕 为王映霞之母。

〔7〕 指王映霞。

〔8〕 指山本初枝。

〔9〕 指内山嘉吉。

〔10〕 指增田涉。

〔11〕 何爱玉之姐。

〔12〕 即黎烈文。

书　　帐

世界玩具史篇一本　二・五〇　一月五日

历代帝王疑年录一本　〇・八〇

太史公疑年考一本　〇・五〇

饮膳正要三本　一・〇〇　一月十日

ドストイエフスキイ全集(四)一本　二・五〇　一月十一日

チェーホフ全集(六)一本　二・五〇　一月十五日

支那山水画史一本附図一帙　八・〇〇　一月十七日

顾端文公遗书四本　一六・八〇　一月二十日

癸巳存稿八本　二・八〇

玉台新咏二本　六・〇〇　一月二十日

怡兰堂丛书十本　八・〇〇

营城子一本　一七・〇〇

モリエール全集(三)一本　二・五〇　一月二十一日

ジイド全集(五)一本　二・五〇

美術百科全書(西洋篇)一本　九・〇〇　一月二十四日

不安と再建一本　二・〇〇

李汝珍受子谱二本　〇・七〇　一月二十八日

湖州丛书二十四本　七・〇〇

東方学報(东京、五)一本　四・〇〇

历代讳字谱二本　二·二〇　一月二十九日

冯刻六朝文絜二本　六·三〇　一月三十一日

句余土音补注五本　一·八〇

随山馆存稿四种七本　一·八〇

见笑集四本　〇·七〇　　　　　　　　　六八·九〇〇

松隐集四本　二·一〇　二月一日

董若雨诗文集六本　二·六〇

南宋群贤小集五十八本　二八·〇〇

ドストイエフスキイ全集(五)一本　二·五〇　二月二日

版芸術(二月分)一本　〇·五〇

明清巍科姓氏录一本　〇·九〇　二月九日

シェストフ選集(卷一)一本　二·五〇　二月十日

貔子窝一本　四〇·〇〇　二月十六日

牧羊城一本　四二〇·〇〇

南山里一本　二〇·〇〇

清人杂剧初集一本[部]　西谛赠　二月十七日

文学古典の再認識一本　一·二〇　二月十八日

影谭刻太平广记六十本　三二·〇〇　二月二十日

馀冬序录二十本　九·八〇

梅村家藏稿八本　一三·〇〇

读书脞录二本　一·四〇

读书脞录续编一本　〇·七〇

名人生日表一本　〇·五〇

四六丛话八本　五·六〇

Art Review 一本　三・〇〇　二月二十六日

三人一本　二・八〇　　　　　　　　　　一八九・五〇〇

版芸術(三月分)一本　〇・五〇　三月三日

医学煙草考一本　一・八〇　三月八日

ドストイエフスキイ全集(十五)一本　二・五〇　三月十日

チェーホフ全集一本　二・五〇

シェストフ選集(二)一本　二・五〇

アンドレ・ジイド全集(七)一本　二・五〇

欧洲文芸の歴史的展望一本　一・五〇　三月十五日

貫休画罗汉一本　〇・七〇　三月二十一日

陈氏香谱一本　一・〇〇

山樵书外纪一本　〇・四〇

开元天宝遗事一本　〇・九〇

碧声吟馆谈麈二本　一・二〇

来鹭草堂随笔一本　〇・五〇

隋书经籍志考证四本　四・〇〇　三月二十二日

两周金文辞大系图录五本　二〇・〇〇　三月二十三日

チェーホフの手帖一本　二・〇〇

版芸術(四月分)一本　〇・五〇　三月二十六日

楽浪彩篋塚一本　三五・〇〇　　　　　　　八〇・〇〇〇

凡人経一本　三・〇〇　四月四日

牧野氏植物随筆集一本　五・〇〇　四月五日

ドストイエフスキイ全集(十八)一本　二・五〇　四月七日

小林多喜二全集(一)一本　一・八〇　四月八日

山胡桃集一本　作者赠　四月十三日

元明散曲小史一本　二・〇〇

痀偻集一本　一・四〇

散曲丛刊二十八本　七・〇〇　四月十八日

日本玩具図篇一本　二・五〇　四月十九日

观沧阁魏齐造像记一本　一・六〇　四月二十日

ゴオゴリ研究一本　ナウカ社赠　四月二十二日

芥川竜之介全集六本　九・五〇　四月二十八日

版芸術（五月号）一本　〇・五〇　四月三十日　　三九・八〇〇

ドストイエフスキイ全集（七）一本　二・五〇　五月四日

自祭曲一本　作者寄赠　五月六日

橋田氏生理学（下）一本　〇・八〇

チェーホフ全集（九）一本　二・五〇　五月七日

春郊小景集一本　李桦寄赠　五月二十日

汉魏六朝砖文二本　二・三〇　五月二十三日

芥川竜之介全集（八）一本　一・五〇　五月二十四日

小林多喜二全集（二）一本　一・八〇　五月二十七日

房山雲居寺研究一本　四・五〇　五月二十八日

楽浪古瓦図譜一帖　五・〇〇　五月三十日　　二〇・九〇〇

版芸術（六月分）一本　〇・五〇　六月一日

人体寄生虫通説一本　〇・八〇　六月四日

二十五史补编三本　三六・〇〇　六月六日

中国哲学史二本　三・八〇

ドストイエフスキイ全集（十六）一本　二・五〇　六月八日

其藻版画集一本　〇・五〇　六月十日
西洋美術館めぐり(第一辑)一本　二一・〇〇　六月十八日
Die Literatur in der S. U. 一本　寄贈　六月二十二日
ツルゲーネフ全集(七)一本　一・八〇
芥川竜之介全集(四)一本　一・五〇
青空集一本　作者寄贈　六月二十四日
比較解剖学一本　〇・八〇
東亜植物一本　〇・八〇
ジイド研究一本　一・五〇　六月二十五日
静かなるドン(一)一本　一・五〇
黄山十九景册一本　一・一〇
墨巢秘笈藏影(一及二)二本　三・四〇
金文续编二本　〇・九〇
マ・エン・芸術論一本　一・二〇　六月二十六日
小林多喜二全集(三)一本　一・八〇　　　八一・六〇〇
章氏丛书续编四本　季市贈　七月二日
版芸術(七月号)一本　〇・五〇　七月四日
ドストイエフスキイ全集(十八)一本　二・五〇　七月六日
チェーホフ全集(十)一本　二・五〇
静かなるドン(二)一本　一・五〇
静かなるドン(第一部)一本　一・三〇　七月九日
野菜博录三本　二・七〇　七月十三日
芥川竜之介全集(九)一本　一・五〇　七月二十六日
支那小説史一本　五・〇〇　七月三十日　　　一七・五〇〇

版芸術(八月分)一本　〇・五〇　八月一日
南宋六十家集五十八本　一〇・〇〇　八月五日
わが漂泊一本　サイレン社寄贈　八月六日
支那小説史五部五本　同上
ドストイエフスキイ全集(別巻)一本　二・五〇
ウデゲ族の最後の者一本　一・五〇
小林多喜二書簡集一本　一・〇〇　八月七日
東方学報(東京、五ノ続)一本　四・〇〇　八月十日
モンテーニュ随想録(一及二)二本　一〇・〇〇　八月十三日
郷土玩具集(十)一本　〇・五〇　八月二十日
土俗玩具集(一至五)五本　二・五〇
黒と白(再刊一至二)二本　一・〇〇
版芸術(九月分)一本　〇・五〇　八月二十七日
両周金文辞大系考釈一函三本　八・〇〇　八月二十八日
芥川竜之介全集(十)一本　一・五〇　八月卅一日
汉代圹砖集录一本　静农寄赠　　　　四三・五〇〇
土俗玩具集(六)一本　〇・五〇　九月四日
白と黒(三)一本　〇・五〇
チェーホフ全集(十一)一本　二・五〇
植物集説(上)一本　五・〇〇
開かれた処女地一本　一・五〇　九月五日
現代版画(十一)一本　出版社贈　九月九日
李桦版画集一本　作者赠　　　　　一〇・〇〇〇
版芸術(十月分)一本　〇・五〇　十月三日

ゴリキイ等：文学評論　一・五〇　十月十日
现代版画（十二）一本　出版者赠　十月十二日
四部丛刊三编一部　豫约一三五・〇〇　十月十四日
尚书正义八本　豫约付讫
诗本义三本　同上
明史钞略三本　同上
昭德先生郡斋读书志八本　同上
隶释八本　同上
困学纪闻六本　同上
景德传灯录十本　同上
密庵稿四本　同上
近世錦絵世相史（一）一本　三・八〇　十月十七日
ジイド全集（十二）一本　二・五〇　十月十八日
わが毒舌一本　二・〇〇　十月二十五日
集団社会学原理一本　作者赠　十月二十七日
え・びやん一本　二・五〇　十月二十八日
キェルケゴール選集（二）一本　二・五〇　十月三十一日　一五〇・三〇〇
版芸術（十一月分）一本　〇・六〇　十一月四日
チェーホフ全集（十二）一本　二・八〇　十一月六日
世界文芸大辞典（一）一本　五・五〇
越天楽一本　二・二〇　十一月八日
死魂灵图象一本　二五・〇〇
条件一本　一・七〇　十一月十七日

文化の擁護一本　一・一〇

大历诗略四本　二・四〇　十一月十九日

元人选元诗五种六本　六・四〇

明越中三不朽图赞一本　一・三〇　十一月二十一日

荆南萃古编二本　三・五〇

密韵楼丛书二十本　三五・〇〇

玩具叢書（七）一本　二・七〇　十一月二十二日

白と黑（四）一本　〇・六〇　十一月二十四日

キェルケゴール選集（一）一本　二・七〇　十一月二十五日

ゴリキイ文学論一本　一・一〇

百衲本史记十六本　一六・〇〇

老子严复评点一本　〇・五〇

甘粕氏芸術論一本　一・〇〇　十一月二十七日

森山氏文学論一本　一・〇〇

版芸術（十二月分）一本　〇・六〇

モンテーニュ随想録（三）一本　六・〇〇　十一月三十日

近世錦絵世相史（二）一本　四・〇〇　　　　一一三・一〇〇

猫町一本　〇・八〇　十二月四[五]日

第二の日一本　一・七〇　十二月七日

フロオベエル全集（二）一本　二・八〇

宋人画册一本　一・五〇

からす一本　二・〇〇　十二月十六日

向日葵の書一本　二・二〇

现代版画（十四）壹本　李桦寄赠　十二月十七日

木刻三人展览会纪念册一本　同上

土俗玩具集(七及八)二本　一・一〇

漱石全集(四)一本　一・七〇

二十五史五本人名索引一本　四七・〇〇　十二月二十一日

南阳汉画象拓片六十五幅　三〇・〇〇

The Works of H. Fabre 五本　五〇・〇〇　十二月二十五日

キェルケゴール選集(三)一本　二・八〇

The Works of H. Fabre 六本　六〇・〇〇　十二月二十七日

漱石全集(八)一本　一・七〇　十二月二十八日

完訳ゴリキイ文学論一本　二・〇〇

Vater und Sohn 一本　吴朗西赠

版芸術(明正)一本　〇・七〇　十二月二十九日

论语注疏解经二本　三・八〇　十二月三十日

昭明太子集二本　二・一〇

杜樊川集四本　三・五〇

大德本隋书二十本　豫约

大德本南史二十本　同上

大德本北史三十二本　同上

洪武本元史六十本　同上

礼记正义残本三本　豫约

吊伐录二本　同上

三辅黄图一本　同上

淳化秘阁法帖考正四本　同上

太平御览一百三十六本　豫约
小字录一本　同上
徐公钓矶文集二本　同上
窦氏联珠集一本　同上　　　　　　　二一一・四〇〇

日记二十五

一 月

一日 雨。无事。

二日 昙,午后晴。同广平携海婴往丽都大戏院观《从军乐》[1]。

三日 晴。上午得中国书店书目一本。午后往丽华公司为海婴买玩具及干果等二元。往蟫隐庐买《古文苑》、《笠泽丛书》、《罗昭谏〔文集〕》各一部共十一本,八元。晚河清来。夜肩及胁均大痛。

四日 晴。上午得山本夫人、段干青及李桦贺年片。得徐懋庸信。得谢六逸信。得徐讦信。得萧剑青信。得陈蜕信并靖华所赠小米一囊,又《城与年(大略)》一本。往须藤医院诊,广平携海婴同去。下午明甫来。姚克来。晚蕴如携蘂官来,夜三弟来。复谢六逸信。复萧剑华[青]信。

五日 星期。昙。下午得靖华信,即复。增川君赠果合一具。

六日 昙。上午得水电公司信。午后寄明甫信。寄张因信。得阿芷信,即复。下午得母亲信。得靖华信。得桂太郎信。夜编《花边文学》讫。雨。

七日 微雪。上午静农来并赠蜜饯二瓶、面二合、文旦五枚,又还泉十五。以文旦二枚、蜜饯一瓶于下午赠内山夫人。寄懋庸信并稿一[2]。胡风来。

八日 晴。上午买ゴリキイ《文学論》一本,一元一角。得蒲风信。得河清信,并附戈宝权信及《果戈理画传》一本,即复。得明甫信,即复。得张晓天信,即复。得伢仃信,即复。下午得母亲所寄酱鸭、卤瓜等一大合,晚复。

九日 晴。下午浅野君来,为之写字一幅[3]。分母亲所寄食物与内山君及三弟。

十日 昙。晚得母亲信,五日发。得三弟信。得徐懋庸信。

十一日 昙。上午得欧阳山信。午后内山书店送来《フロオベエル全集》(四)、《近世錦繪世相史》(三)各一本,共泉七元。下午胡风来。晚烈文来。晚蕴如携晔儿来,并赠越鸡一只。夜振铎来并携来翻印之珂勒惠支版画二十一种,每种百枚[4],工钱及纸费共百五十一元。三弟来。濯足。

十二日 星期。晴。上午得小峰信并版税百五十。得陈蜕信。得陈宏实信。下午同广平携海婴往卡尔登影戏院观《万兽女王》[5]上集。

十三日 昙。午后往内山书店,遇堀尾纯一君,为作漫画肖像一枚,其值二元。下午微雪。晚同广平携海婴往俄国饭店夜饭。

十四日 雨。午后得河清信。得曹聚仁寄萧军信,即转寄。李桦寄赠《现代版画》(十五)、《南华玩具集》各一本。

十五日 昙。午后得母亲信,十一日发。内山书店送来

《チェーホフ全集》(十四)、《エネルギイ》及牧野氏《植物分類研究》各一本,共泉八元五角。晚复欧阳山信。寄紫佩信。得陈约信并《艺坛导报》一张。夜同广平往卡尔登影戏院观《万兽女王》下集。

十六日　晴。夜河清来。校《故事新编》毕。

十七日　晴,冷。午后得小峰信并赠桔、柚一筐。下午得王冶秋信。得母亲信,附阮善先信,十四日发。得明甫信,夜复。

十八日　晴。上午海婴以第一名毕幼稚园第一期。得靖华信。晚河清来,托其以三百元交文化生活出版所,为印《死魂灵百图》之用。蕴如携阿菩来,三弟来。

十九日　星期。晴。午后得小山信。晚同广平携海婴往梁园夜饭,并邀萧军等,共十一人。《海燕》第一期出版,即日售尽二千部。

二十日　晴。午后买《青い花》一本,一元捌角。下午得周楞伽信并《炼狱》一本,即复。得生活书店版税帐单。夜费慎祥来并赠火腿一只,酒两瓶。

二十一日　晴。上午得钦文信。得明甫信。得谷天信。午后往生活书店取版税二百九十元,又石民者四十元。往来青阁买书五种十本,共泉二十二元。

二十二日　晴。上午复钦文信。复靖华信并寄小说三本。寄母亲信,附海婴笺。午后得明甫信。得蒲风信。得孟十还信。晚悄吟持萧军信来。得《土俗玩具集》(九)一本,六角。夜复孟十还信。寄张因信。

二十三日　微雪。上午得徐懋庸信。得张慧信并木刻四幅。得逸经社[6]信。

二十四日　阴历丙子元旦。雨。无事。晚雨雪。

二十五日　昙。下午张莹及其夫人来。晚蕴如携阿玉、阿菩来，夜三弟来。

二十六日　星期。晴。午后魏女士来。下午张莹来。烈文来。

二十七日　晴。无事。

二十八日　晴。午后得南阳汉画象拓片五十幅，杨廷宾君寄。下午得《故事新编》平装及精装各十本。夜寄丽尼信。

二十九日　晴。午前得诗荃诗稿。明甫来，饭后同访越之。晚河清来并携赠《文学丛刊》六种，即邀之往陶陶居夜饭，并邀胡风、周文二君，[7]广平亦携海婴去。

三十日　昙。午后孔另境来，未见。下午晴。得母亲信，附与海婴笺，二十七日发。得欧阳山信并《广东通信》一分。得黄萍荪信并《越风》一本。得《版艺术》一本，六角。晚内山书店送来《漱石全集》(十)一本，一元七角。夜寄烈文信。

三十一日　晴。午后得烈文信并《企鹅岛》一本。得艾芜信并《南行记》一本。得靖华信并译稿一本[8]。得巫少儒、季春舫信。得《世界文库》(八)一本。夜悄吟来并赠《羊》一本，赠以《引玉集》及《故事新编》各一本。

*　　*　　*　　*

〔1〕《从军乐》　原名《Bonnie Scotland》，喜剧片，美国米高梅影

片公司1935年出品。

〔2〕 即《论新文字》。后收入《且介亭杂文二集》。

〔3〕 所写字幅为唐代杜牧七绝《江南春》："千里莺啼绿映红，水村山郭酒旗风。南朝四百八十寺，多少楼台烟雨中。 丙子初春录杜牧诗 浅野先生教 鲁迅"。

〔4〕 指《凯绥·珂勒惠支版画选集》散页，系托郑振铎在北平印制。1930年以后，鲁迅通过史沫特莱、徐诗荃分别搜集得珂勒惠支版画多种，决定翻印，并由郑振铎托北平故宫博物院用珂罗版印制。

〔5〕 《万兽女王》 原名《Queen of The Jungle》，探险片，美国好莱坞出品。

〔6〕 逸经社 即上海《逸经》文史半月刊社。社长为简又文。

〔7〕 为傅东华删周文文稿事。当时因《文学》主编傅东华删去周文的小说《山坡上》有关"盘肠大战"的描写，周文为此提出抗议，是日鲁迅邀周文等晚宴进行劝说。

〔8〕 指《远方》。小说，苏联盖达尔著，曹靖华、尚佩秋译。译稿经鲁迅介绍，发表于《译文》月刊新一卷第一期（1936年3月）。

二 月

一日 晴。上午寄紫佩信并泉十，祝其五十岁也。午后寄母亲信。复烈文信。复艾芜信。复靖华信并寄书一包。寄善先书三本。寄铭之书二本。下午明甫来，得苏联作家原版印木刻画四十五幅，信一纸，[1]又《苏联〔版〕画展览会目录》一本。晚张因来。夜蕴如来。三弟来并持来越中朱宅所赠冬笋、鱼干、糟鸡合一篓。

二日 星期。晴。午后得烈文信。得黄苹荪信。得王弘信,附与姚克信。下午张因来。晚河清来。

三日　晴。午后费慎祥来并赠鸡卵一合。寄烈文信,附与明甫函。寄姚克信。下午得明甫信,即复。得周楞伽信。得增田君信,晚复,并寄《故事新编》。

四日　昙。上午得紫佩信。得三弟信。午后得巴金信并《死魂灵百图》序目校稿。下午与广平携海婴往巴黎影戏院观《恭喜发财》[2]。

五日　昙。午后复三弟信。得明甫信二。得黄士英信。孔另境来。下午雨。买《西洋史新講》一本,五元。蔡女士来并交北新版税百五十,《青年界》稿费六元及小峰信。

六日　昙。午后得姚克信。得烈文信。夜寄丽尼信。

七日　昙。上午内山书店送来《フロオベエル全集》(七)一本,二元八角。寄雪村信并校稿[3]。以王弘信转寄姚克。午后得母亲信,四日发。得徐懋庸信。下午以《文学丛刊》寄文尹、肖山及约夫。晚悄吟来。夜萧军来。雨。

八日　昙。上午寄河清信。得白薇信。得三弟信。晚蕴如携橐官来。河清来。得巴金信并校稿[4]。夜三弟来并赠莨菪膏药一张。

九日　星期。晴。上午张因来。午后得紫佩信。得雷石榆信。下午费慎祥来。寄姚克信。晚河清邀饭于宴宾楼[5],同席九人。得卜成中信。

十日　晴,风。午后得艾芜信。得靖华信,即复。得黄苹荪信,即复。下午寄萧军小稿二[6]。买《支那法制史論叢》一本、《遺老説伝》一本,共泉五元五角。得叶紫信。夜内山君来。

十一日　昙。上午得河清信。午内山君邀往新月亭食鹌鹑,同席为山本实彦君。[7]晚寄明甫信。夜同广平往大光明影戏院观《战地英魂》[8]。

十二日　晴。午后得草明信。得孟十还信。得姚克信。得三弟信。萧军来。下午张因来。晚河清来,夜同往大光明戏院观《铁汉》[9],广平亦去。

十三日　晴。午后得黄苹荪信。下午陈蜕持来小米一囊,靖华所赠。晚胡风来。夜烈文来,云背痛,以莨菪膏赠之。

十四日　昙。午后得明甫信。得《鍊》一本,作者寄赠。

十五日　晴。上午得郝力群信。得阮善先信。寄明甫信。午后买日译本《雷雨》一本,二元二角。下午寄母亲信,附与善先笺。寄张莹信。寄明甫信。夜三弟来,饭后并同广平携海婴往大上海影戏院观《古城末日记》[10]。

十六日　星期。晴。午得徐懋庸信。下午张因来。得沈兹九信。晚悄吟、萧军来。

十七日　昙。午后得郑野夫信并《铁马版画》一本,即复。得司徒乔信,即复。

十八日　昙。上午复徐懋庸信。得三弟信,下午复。寄烈文信,附与明甫笺并稿一[11]。寄孟十还信并精装《引玉集》一本。

十九日　小雨。午后得夏传经信,即复。得陈光尧信并诗,即复。得李基信。买《支那文学概说》一本,一元七角。夜同广平往大光明影戏院观《陈查礼之秘密》[12]。雨雪。

二十日　昙。午后寄章雪村信。得曹聚仁信,即复。得叶之林信,即复。得郝力群信并《拓荒》第一期。得中苏文化协会[13]信。得王冶秋信。得陈蜕信。下午买《鬪牛士》一本,一元七角。夜河清来并赠蛋糕二合。

二十一日　昙。上午得靖华信并《远方》原书一本[14]。得曹聚仁信,即复。得徐懋庸信,即复。午后张因来。萧军来。下午得明甫信。赵家璧赠书四种。晚吴朗西来并赠四川糟蛋一罐。夜雨。

二十二日　雨。上午得孟十还信。得烈文信,午后复。寄河清信。下午买《近世錦繪世相史》(四)一本,四元二角。夜蕴如携阿玉来,三弟来。

二十三日　星期。昙。上午同广平携海婴往青年会观苏联版画展览会[15],定木刻三枚,共美金二十。下午得姚克信。买《文芸学の発展と批判》一本,泉二元。晚寄河清信。寄萧军信。收罗清桢所寄木刻十幅。夜萧军、悄吟来。为改造社作文一篇[16],三千字。不睡至曙。

二十四日　昙。午山本实彦君赠烟卷十二合,并邀至新亚午餐[17],同席九人。铭之来。下午得曹聚仁信。寄夏传经信并书四本。夜河清来。

二十五日　微雪。上午静农来并赠桂花酸梅卤四瓶,代买果脯十五合。午后胡风来。夜赠内山、镰田、长谷川果脯各三合。同广平往融光戏院观《土宫秘密》[18]。译《死魂灵》第二部起。

二十六日　昙,午后晴。得陈光尧信。得马子华信。得三弟信。晚萧军、悄吟来。

二十八日　昙。午后得黎煜夏信,即复。得孟十还信。下午访张因。晚得三月份《版芸术》一本,六角。

二十八日　昙。上午同广平往须藤医院诊。午后得黄苹荪信。晚吴朗西来并付《故事新编》等版税泉二百五十八元。

二十九日　晴。午后得汪金门来信并纸。得钦文信并稿。得夏传经信并陈森《梅花梦》一部二本。得靖华信,即复,并寄杂志二包。得杨霁云信,即复,并寄《故事新编》一本。下午李太太持来小峰信并版税泉百五十,即付印证千五百。蕴如携阿菩来。晚河清来。得明甫信。夜三弟来。

* * *

〔1〕　为苏联版画展览会事。苏联版画展览会即将在沪开幕,苏方函邀鲁迅往观,并请撰文介绍,鲁迅根据对方送来的目录和版画,于本月17日作《记苏联版画展览会》。

〔2〕　《恭喜发财》　原名《Kid Millions》,歌舞喜剧片,美国联美影片公司1934年出品。

〔3〕　指《海上述林》上卷校样。此书由美成印刷厂排版并制型。

〔4〕　指《死魂灵百图》序目校样。

〔5〕　为《译文》复刊事。除黄源、鲁迅外,并有茅盾、黎烈文、巴金、吴朗西、胡风、萧红、萧军。席上确定《译文》复刊,改由上海杂志公司出版。

〔6〕　即《难答的问题》、《登错的文章》。后均收入《且介亭杂文末编·附集》。

〔7〕 为介绍中国左翼作家作品事。鲁迅于席间同意山本实彦向日本介绍一些中国现代文学作品,不久即选出若干左翼青年作家的短篇小说,并作《〈中国杰作小说〉小引》。这些作品从本年6月起由《改造》杂志连载。新月亭,日本餐馆,设在天通庵车站附近。

〔8〕《战地英魂》 原名《Lives of a Bengal Lancer》,故事片,美国派拉蒙影片公司1935年出品。

〔9〕《铁汉》 原名《Mighty》,故事片,美国派拉蒙影片公司出品。

〔10〕《古城末日记》 原名《The Last Days of Pompii》,有声故事片,美国雷电华影片公司1935年出品。

〔11〕 即《记苏联版画展览会》。后收入《且介亭杂文末编》。

〔12〕《陈查礼之秘密》 原名《Charlis Chan's Secret》,陈查礼探案系列故事片之一,美国福克斯影片公司1935年出品。

〔13〕 中苏文化协会 1935年10月25日成立,总会设在南京,会长孙科,蔡元培、于右任、陈立夫、鲍格莫洛夫(驻华大使)等为名誉会长,张西曼为常务理事。此处指上海分会。

〔14〕 书中有叶尔穆拉耶夫作插图十七幅,鲁迅收到此书当晚交吴朗西制版,其中大部与译稿同在《译文》月刊新一卷第一期(1936年3月)上发表。

〔15〕 苏联版画展览会 由上海中苏文化协会、苏联对外文化协会和中国文艺社共同主办。于2月20日至26日在上海八仙桥青年会展出,展品包括苏联木刻、铜版、腐蚀铜版、套色木刻等原作数百幅。

〔16〕 即《我要骗人》。后收入《且介亭杂文末编》。

〔17〕 山本实彦邀至新亚午餐 新亚应为新雅,粤菜馆,在南京路。席间介绍刚到上海的日本新感觉派小说家横光利一与鲁迅见面。

〔18〕《土宫秘密》 原名《Abdul the Damned》，故事片，美国好莱坞 1935 年出品。

三 月

一日 星期。晴。上午寄须藤先生信。下午寄汪金门字一幅[1]。

二日 昙。午后得 Paul Ettinger 信并木刻《少年哥德像》（Favorsky）、《古物广告》（Anatole Suvorov）、《波斯诗人哈斐支诗集首叶》（T. Pikov）各一幅。得夏传经信。下午骤患气喘[2]，即请须藤先生来诊，注射一针。晚哨〔悄〕吟来，萧军来。夜得内山君信并药。

三日 昙。上午得尤炳圻信。午萧军来。午后胡风来。下午须藤先生来诊。

四日 昙。上午内山书店送来《世界文芸大辞書》（二）一本，五元五角。午后悄吟及萧军来。须藤先生来诊。下午得楼炜春信，夜复。复尤炳圻信。

五日 晴。上午得申报馆信并稿费十元。得刘岘信并木刻十枚。

六日 昙。上午得河清信。得孟十还信。得杨霁云信。得曹聚仁信。得宋紫佩信并《旧都文物略》一本。内山书店送来《漱石全集》（一）一本，一元七角。午三弟来。午后孔另境来并赠胜山菊花一瓶、越酒一罂。须藤先生来诊。

七日 晴。上午得 P. Ettinger 信。得明甫信，即复。得曹聚仁信，即复。得杨晋豪片，即复。下午张因来。烈文来。

597

晚蕴如携蘖官来,夜三弟来。河清来。

八日　星期。晴,风。上午内山君来访并赠花二盆,未见。书店送来《フロオベエル全集》(六)、《チェーホフ全集》(十五)各一本,共泉五元六角。下午寄河清信并杂稿[3]。萧军来。须藤先生来诊,云已渐愈。得和森信。

九日　晴。下午明甫来。得增田君信。得曹聚仁信。得黄苹荪信。晚蕴如来。夜三弟来。悄吟及萧军来。

十日　晴。上午寄靖华书报二包。得齐涵之信。得杨晋豪信。得许光希信,即复。下午寄阿芷信。收《现代版画》(十六)一本。

十一日　雨。晚悄吟及萧军来。夜朗西来。得夏传经信。复杨晋豪信。寄三弟信。濯足。为白莽诗集《孩儿塔》作序。[4]

十二日　雨。上午内山书店送来《東方学報》(京都六)一本,四元四角。得王志之名片留字。得明甫信,下午复。复夏传经信。寄郑振铎信。夜烈文及河清来。

十三日　晴。午后复齐涵之信并寄诗序稿。下午张因及其夫人携孩子来。

十四日　晴,风。上午得靖华信。得阿芷信。晚蕴如携阿玉来。三弟来。二萧来。

十五日　星期。晴。上午内山君及其夫人来问病,并赠花一盆。增井君寄赠虎门羊羹一包。下午得许光希信。得唐弢信。须藤先生来诊。夜风。

十六日　晴。午后得伯简信。晚河清来并交《译文》稿费十七元,又靖华译稿费百二十元。今关天彭君寄赠《古铜印谱举隅》一函四本。夜雨。

十七日　昙。午后得徐懋庸信,下午复。复唐弢信。寄三弟信。

十八日　昙。上午得杨晋豪信。得张因信。得明甫信。得温涛所寄木刻《觉醒的她》一本。得日本福冈糸岛中学所寄《伊覩》(九)一本。得罗西、草明信,下午复。山本夫人寄赠海婴文具二事。夜复许光希信。

十九日　昙。上午得楼炜春信。得王冶秋信。得三弟信。下午张因来。

二十日　昙。上午寄母亲信,附复和森函。得孟十还信。得陈光尧信并《简字谱》稿,午后复。明甫来。下午河清及姚克来。买《日本初期洋風版画集》一本,五元五角;《聊斋外书磨难曲》一本,一元四角。得姚克信。晚萧军及悄吟来。

二十一日　晴。上午得黄苹荪信。午后往内山书店买《東洋封建制史論》一本,二元;《邦彩蛮華大宝鑑》一部二本,七十元。晚蕴如携阿菩来,三弟来。

二十二日　星期。晴。下午得郑振铎信。得许光希信。得刘鞞[䩐]鄂信并木刻五幅,即复。得曹白信并木刻一幅[5],即复。得许粤华信并《世界文学全集》(31)一本,即复。盐谷俊次寄赠《At the Sign of the Reine Pedauque》一本。

二十三日　晴。上午收《改造》(四月分)一本[6]。得胡风信。得唐英伟信并木刻藏书票十种,午后复。复孟十还信。午后明甫来,萧军、悄吟来;下午史女士及其友来,[7]并各赠花,得孙夫人信并赠糖食三种,茗一匣。夜译自作日文。

二十四日　晴。午后寄靖华信并《译文》稿费百二十。晚吴朗西来。夜黎烈文来。

二十五日　晴。午后张因来。明甫来。夜萧军、悄吟来。译《死魂灵》第一章讫。

二十六日　晴。午后得曹白信。得朱顺才信。得《版芸术》(四月分)一本,六角。

二十七日　晴。上午复曹白信并赠书四本。得夏征农信,即复。得蔡斐君信。午后明甫来。谷非来。

二十八日　昙。上午得增田君信,午后复。寄吴朗西信。下午得唐弢信。得孟十还信。萧军及悄吟来。得《漱石全集》(十三)一本,一元七角。晚蕴如携蘂官来,三弟来。夜小峰夫人来并交小峰信及版税泉二百,付印证四千。邀萧军、悄吟、蕴如、蘂官、三弟及广平携海婴同往丽都影戏院观《绝岛沈珠记》[8]下集。

二十九日　星期。昙。无事。

三十日　晴。上午得猛克信。得曹白信。得白兮信并稿。下午以萧军稿寄明甫。

三十一日　昙。上午复姚克信。复唐弢信。以《译文》稿[9]寄河清。以《作家》稿[10]寄十还。下午往内山书店得マルロオ:《王道》一本,一元七角。得曹白信。夜濯足。

*　　*　　*

〔1〕　寄汪金门字一幅　文为:"一方面是庄严的工作,另一方面

却是荒淫与无耻。　录爱伦堡语应　金门先生教　鲁迅"。语出爱伦堡《最后的拜占庭人》一文。

〔2〕　骤患气喘　本日下午因至狄思威路(今栗阳路)藏书室翻书受寒,发热并发支气管炎,后引发肺气肿。

〔3〕　即《〈译文〉复刊词》、《〈死魂灵百图〉广告》及《〈死魂灵〉第二部第一章译后附记》。后分别收入《且介亭杂文末编》、《集外集拾遗补编》、《译文序跋集》。

〔4〕　即《白莽作〈孩儿塔〉序》。原题《白莽遗诗序》。13日寄齐涵之(史济行)。后收入《且介亭杂文末编》。

〔5〕　即曹白作,被禁止在1935年全国木刻展览会上展出的《鲁迅像》。

〔6〕　本期《改造》刊载鲁迅用日文写的《我要骗人》一文。鲁迅当夜将该文译成中文。后收入《且介亭杂文末编》。

〔7〕　史沫特莱及英文刊物《中国呼声》编辑格兰尼奇(M. Granich)为具体了解东北人民抗日斗争情况,请鲁迅邀萧军等来谈义勇军事,由茅盾翻译。

〔8〕　《绝岛沉珠记》　原名《The Lost Jungle》,故事片,美国好莱坞1934年出品。

〔9〕　即《死魂灵》第二部第一章后半部分译稿。

〔10〕　即《我的第一个师父》。后收入《且介亭杂文末编·附集》。

四　月

一日　雨。上午得母亲信,三月二十六日发,即复。得靖华信,午后复。寄明甫信。夜吴朗西来。得夏传经信。复曹白信。寄三弟信。

二日　昙。上午得颜黎民信。得黄萍荪信。得杜和銮、陈佩骥信,即复。午后得家璧信并《苦竹杂记》、《爱眉小札》各一本,下午复。内山书店送来《近世錦絵世相史》(五)一本,四元二角。

三日　晴。上午得王冶秋信。得楼炜春信附适夷笺及译稿一包[1]。得《土俗玩具集》(十止)及《おもちや絵集》(一)各一本,共泉一元二角。下午寄费慎祥信。复颜黎民信并寄书一包。姚克来。复 Pavel Ettinger 信并寄 Kiang Kang Hu's《Chinese Studies》一本。晚烈文来。萧军、悄吟来,制葱油饼为夜餐。

四日　晴。上午得季市信。得蔡斐君信。下午慎祥来。蕴如携晔儿来,晚三弟来并为取得豫约之《四部丛刊》三编二十二种百五十本,又买《国学珍本丛书》九种十四本,五元四角。

五日　星期。小雨。上午得马子华信并《文学丛报》一本。下午张因来。

六日　晴,暖。上午复季市信。得王冶秋信。寄吴朗西信。得曹白信并《坐牢略记》[2]。烈文寄赠《笔尔和哲安》一本。李长之寄赠《鲁迅批判》一本。下午内山书店送来《フロオベエル全集》(八)一本,二元七角。夜大雷雨。

七日　小雨。上午寄曹白信。得许粤华信。得陈蜕信。得改造社信并稿费八十。午后霁。得母亲信,三日发。往良友公司,为之选定苏联版画[3]。浅野君寄赠《支那に于ケル列强の工作とその経济势力》一本。得《作家》稿费四十。河清寄赠《现代日本小说译丛》一本。晚雷雨一陈。夜作《写于深夜里》[4]讫,约七千字。

八日 昙。上午得诗荃信并稿。得黄苹荪信。得曹白信。得张锡荣信,下午复。寄赵家璧信,附与阿英笺。雨。收到《中国新文学大系》(十)一本。收《现代版画》(十七)一本。夜风。

九日 昙。上午寄孟十还信。寄三弟信。午得孟十还信。得野夫信并《铁马版画》第二期一本,下午复。寄章雪村信。得汉画象石拓本四十九枚,南阳王正今寄来。吴朗西来。

十日 昙。上午得振铎函,附张静庐及钱杏村信。午后得李桦信。见张天翼见赠《万仞约》及《清明时节》各一本。晚小雨。

十一日 昙。上午得徐讦信。得周楞枷信并《文学青年》一本。午后寄明甫信并稿一篇。下午得孟十还信。得房师俊信。得靖华所寄插画本《第四十一》一本。得雷金茅信并稿。晚萧军、悄吟来。蕴如携阿菩来。河清来[5]。夜三弟来。饭后邀客及广平携海婴同往光陆戏院观《铁血将军》[6]。

十二日 星期。晴。晚烈文来。

十三日 晴。上午寄赵家璧信。寄耳耶信并稿[7]。得刘鞞[鞾]鄂信。得靖华信。得王正今信,即复。得楼炜春信,即复。下午明甫来并赠《战争》一本。晚张因来。萧军、悄吟来。饭后邀三客并同广平往上海大戏院观《Chapayev》[8]。

十四日 晴。午后得许光希信。得颜黎民信。得唐弢信。夜得孟十还信并《作家》三本。得章雪村信。校《花边文学》起。

十五日　晴。午后理发。内山君赠 Somatase[9] 一瓶。复唐弢信。

十六日　晴,风。上午复颜黎民信。寄明甫信。寄三弟信。得冶秋信。

十七日　雨。上午得赵家璧信并木刻照片一枚[10],即复。得罗清桢信并木刻,即复。晚得内山夫人信。得须藤先生信并河豚干一合四枚。夜编《述林》下卷。

十八日　雨。午前得明甫信,午后复。得荆有麟信。下午买《小林多喜二日记》一本,一元一角。下午费慎祥来。晚三弟及蕴如携棐官来,饭后并同广平携海婴往卡尔登戏院观《The Devil's Cross》[11]。

十九日　星期。晴。上午得赵景深信。得周昭俭信。铭之来。下午张因来。

二十日　上午得陈烟桥信并木刻两幅。得厦门大学一九三六级级会信,即复。得于黑丁信,即复。得姚克信,下午复。校日本译《羊》[12]一过。

二十一日　昙。午后得黄苹荪信。得何家槐信。得李霁野信。夜雨。

二十二日　小雨。上午得《東方学报》(东京第六册)一本,五元五角。得日本译《雷雨》一本,作者寄赠。李霁野自英伦来,赠复印欧洲古木刻三帖,假以泉百五十。午后张因来。烈文来。晚河清来。夜校《海上述林》上卷讫,共六百八十一页。

二十三日　晴。上午得于黑丁信并稿。得孟十还信。得唐英伟信。得孔若君信。得季市信。得《干青木刻二集》一本,作者寄赠。下午得安弥信,附与亚丹笺。得奚如信。买《读書術》一本,九角。夜雨。

二十四日　昙。上午内山书店送来《人形作者篇》(《玩具叢書》之八)、《閉サレタ庭》各一本,共泉四元五角。下午寄季市书十余册。复何家槐信。寄靖华信,附小山笺。得段干青来信,即复。寄章雪村信。晚孔若君、李霁野同来。得河清夫人信并《The Life of the Caterpillar》一本。

二十五日　晴。上午复唐英伟信。寄吴朗西信。得颜黎民信。下午得增田君信,即复。明甫来。得 V. Lidin 所赠照片一枚。晚蕴如携阿玉及阿菩来,三弟来并为买得《The Chinese on the Art of Painting》一本,九元。得段雪生信并北平榴火文艺社[13]信。

二十六日　星期。晴,风。午后得于黑丁信。与广平携海婴往卡尔登影戏院观杂片。姚克、施乐同来,未见。夜河清来。巴金赠《短篇小说集》二本。

二十七日　晴。无事。

二十八日　雨。上午得陈佩骥信。得蔡斐君信。得赵清信。得三弟信。得《版艺術》(五月分)一本,六角。午后得周昭俭信。得狄克信。

二十九日　小雨。上午得程靖宇信。内山书店送来《樂浪王光墓》一本,二十七元五角。

三十日　晴。上午得阿英信,夜复。寄三弟信。小峰夫人来并交版税泉二百。得赵景深信。烈文寄赠《冰岛渔夫》一本。作杂文一篇[14]。失眠。

* * * *

〔1〕　即《在人间》。小说,高尔基著,楼适夷译于南京狱中。

〔2〕　《坐牢略记》　曹白应鲁迅之约而作。叙述其因刻卢那察尔斯基像被捕判刑的经过。后由鲁迅将它写入《写于深夜里》一文。

〔3〕　选定苏联版画　系应赵家璧之请,从2月间苏联版画展览会的数百件展品中,选定一百五十九幅,后于1936年7月由良友图书印刷公司印成《苏联版画集》。

〔4〕　《写于深夜里》　11日寄沈雁冰。后收入《且介亭杂文末编》。

〔5〕　谈《在人间》(楼译本)发表事。黄源译的《在人间》原在《中学生》连载,是晚黄源在鲁迅处看到楼适夷在狱中所译该书译稿,即决定中止续译,并与开明书店商洽《中学生》此后续刊楼译稿。

〔6〕　《铁血将军》　原名《Captain Blood》,故事片,美国华纳兄弟影片公司1935年出品。

〔7〕　即《续记》。原题《关于〈白莽遗诗序〉的声明》。后收入《且介亭杂文末编》。

〔8〕　《Chapayev》　中译名《夏伯阳》。苏联电影,根据富尔曼诺夫同名小说改编,列宁格勒电影制片厂1934年出品。

〔9〕　Somatase　应作 Somotase。拜耳公司(Bayer)生产的滋养强壮剂。

〔10〕　即《夜间的德尼泊尔建筑》(现译《第聂伯水电站之夜》)。苏联克拉甫兼珂作。鲁迅托赵家璧从原件翻摄,后印入《译文》月刊新

一卷第三期(1936年5月)。

〔11〕《The Devil's Cross》 中译名《剑侠狄伯卢》,故事片,美国哥伦比亚影片公司1936年出品。

〔12〕校日本译《羊》 《羊》,萧军著短篇小说。由鹿地亘等译成日文,经鲁迅校阅后发表于日本《改造》月刊1936年6月号,目录中标明为"中国杰作小说"。

〔13〕北平榴火文艺社 北平大学学生文学团体,1936年成立,同年6月创刊《榴火文艺》月刊(第二期改称《联合文学》)。是日通过段雪生来信向鲁迅约稿。

〔14〕即《〈出关〉的"关"》。后收入《且介亭杂文末编》。

五 月

一日 晴。上午复周昭俭信并《死魂百图》一本。又寄程靖宇一本。寄章雪村信。得雷金茅信。得段干青信。得靖华信。夜朗西来。雨。

二日 小雨。上午内山书店送来《漱石全集》(二)一本,一元七角。得良友图书公司通知信。得徐懋庸信,下午复。寄吴朗西信。晚河清来。得时玳信,即复。蕴如来,三弟来并为代定缩印本《四部丛刊》一部,百五十元。

三日 星期。昙。上午得章雪村信,即复。寄三弟信。晚往九华堂买次单宣三十五张,抄更纸十六刀,[1]共泉二十五元三角六分。译文社邀夜饭于东兴楼,夜往,集者约三十人。复靖华信。

四日 昙。上午得曹白信,即复。得王冶秋信。以《中国画论》寄赠 P. Ettinger。

五日　昙。上午复王冶秋信。寄吴朗西信。午后往内山书店见武者小路实笃氏。得赵景深信。得徐懋庸信。得山本夫人信。得明甫信，即复。下午访章雪村。晚明甫来。寄河清信并陈学昭稿。

六日　晴。上午得母亲信，二日发。得孟十还信。得文学丛报社信。得《おもちゃ絵集》一本，六角。下午买《東洋文化史研究》及《南北朝に于ける社会経済制度》各一本，共泉六元。复雷金茅信并还小说稿。

七日　晴。上午寄母亲信。复段干青信并还艾明稿，并赠《死魂灵百图》一本。又寄赠罗清桢一本。得曹白信。得三弟信。得张静庐信，即复。得静农信，即复。午后得明甫信并《现代中国》二本。下午同广平携海婴往上海大戏院观《铁马》[2]。夜雨。

八日　昙。上午寄三弟信。吴朗西持白纸绸面本《死魂灵百图》五十本来，即陆续分赠诸相识者。下午寄曹白信。寄郑野夫信。得李霁野信并还泉百五十。晚张因来。夜译《死魂灵》二部三章起。

九日　晴。上午德芷来。午后复霁野信。寄吴朗西信。得明甫信。得新知书店信并画集底本。晚河清来并交稿费四十。三弟来。

十日　星期。小雨。上午内山书店送来牧野氏《植物分类研究》(下)、《近世錦絵世相史》(六)、《チェーホフ全集》(十七)各一本，共泉十一元二角。午后得季市信。同广平携海婴往大上海大戏院观《龙潭虎穴》[3]。下午得金肇野信。得唐弢信并《推背集》一本。烈文来。夜胡风来。

十一日　雨。上午得赵景深信。得马子华信。得木下猛信片。得烟桥木刻二幅。

十二日　晴。上午收《竖琴》版税百一元五角二分。得曹白信。得阿芷信。

十三日　昙。午后阿芷及其夫人至书店来，并赠肉一碗、鲫鱼一尾。得欧阳山信并赠《青年男女》一本。得孟十还信。得新知书店信。校《述林》下卷起。

十四日　昙。上午寄章雪村信。寄靖华信并《竖琴》版税二十六元。夜得河清信。

十五日　昙。上午吴朗西来。得草明信，即复。得靖华信，午后复。往须藤医院诊，云是胃病。下午得孟十还信。买《赋史大要》一本，三元三角。

十六日　晴。上午得明甫信。得于雁信。得段干青信，下午复。协和及其次子来。晚蕴如携晔儿来，并为买得茶叶廿余斤，值十四元二角。三弟来。

十七日　星期。晴，风。无事。

十八日　小雨。上午得陈蜕信。午后胡风来并赠《山灵》一本。夜发热三十八度二分。

十九日　晴。上午得三弟信，即复。午后往须藤医院诊。下午得何家槐信。晚河清来并赠松江茶食二种，交《译文》三期稿费十七元。夜热三十八度。

二十日　晴。上午得汉唐砖石刻画象拓片九枚，李秉中寄来。得卢鸿基信。得徐芬信。下午内山书店送来《世界文芸大辞書》（七）一本，五元五角。孔若君来，未见。得明甫信。晚须藤先生来诊。夜九时热三十七度七分。

二十一日　晴。上午寄明甫信。寄三弟信。午后得母亲信，十八日发。收《作家》第二本稿费卅。得《现代版画》（十八）一本。夜九时热三十七度六分。

二十二日　晴。上午得霁野信。得唐弢信，即复。得章靳以信，即复。下午以《述林》上卷托内山君寄东京付印。须藤先生来诊。夜九时热三十七度九分。

二十三日　晴。上午寄须藤先生信取药。午得赵景深信。得赵家璧信并书，即复。得明甫信，即复。得靖华信并译稿，下午复。晚蕴如携阿菩来，三弟来。夜九时热三十七度六分。

二十四日　星期。晴。上午内山君来访。午后得靳以信。晚须藤先生来诊。夜内山君赠莓一合。九时热三十七度三分。

二十五日　雨。上午得钟步清信并木刻。得罗清桢信。得明甫信。得孟十还信，附时玳信，即复。下午须藤先生来注射。夜热三十七度八分。

二十六日　晴。上午得唐英伟信。得赖少其信。山本夫人寄赠秋田氏《五十年生活年譜》一本。内山君赠蒲陶汁二瓶。内山书店送来《青春を賭ける》一本，一元七角。晚须藤先生来诊察并注射。夜热三十七度八分。

二十七日　晴。下午须藤先生来注射。夜热三十七度五分。

二十八日　晴。上午寄吴朗西信并校稿[4]。得 G. Cherepnin 信。得赵家璧信并复制苏联木刻[5]。下午须藤先生来诊并注射。胡风来,赠以《改造》一本。夜内山君来并赠海胆脏一合。九时热三十七度二分。

二十九日　晴。上午季市及公衡来,为作札绍介于须藤医院。得《一天的工作》版税百另六元九角二分。得《版艺术》(六月分)一本,六角。得增田君信。寄费慎祥信。下午须藤先生来注射,并用强心剂一针。夜九时热三十七度二分。雨。

三十日　晴。上午得郑野夫信,午后复。下午须藤先生来注射讫。蕴如来。晚河清来。三弟来。夜九时热三十七度七分。

三十一日　星期。晴。上午季市来。午内山书店送来《漱石全集》(十一)一本,一元七角。午后得李秉中信。得王冶秋信。得阿芷信。下午史君引邓医生来诊,言甚危[6],明甫译语。胡风来。须藤先生来诊。夜烈文见访,稍谈即去。九时热三十六度九分,已为平温。

* * * *

〔1〕 为印刷《〈凯绥·珂勒惠支版画选集〉序目》及作衬页用。

〔2〕 《铁马》　英文名《Summer Day》,故事片,苏联全俄照相电影股份公司(列宁格勒电影制片厂前身)1928年出品。

〔3〕 《龙潭虎穴》　原名《Fang and Claw》,探险纪录片,美国探

险家弗兰克·勃克1936年摄制，RKO公司出品。

〔4〕 即《〈凯绥·珂勒惠支版画选集〉序目》及史沫特莱为该选集所作序《民众的艺术家》校样。6月1日"校稿"同此。前篇后收入《且介亭杂文末编》。

〔5〕 指当时刚印成的《苏联版画集》散页，赵家璧寄请鲁迅审阅并作序。

〔6〕 经许广平、冯雪峰请求，鲁迅同意史沫特莱请邓医生来诊。在史沫特莱、沈雁冰陪同下，邓对鲁迅的病进行了检查，认为鲁迅有罕见的抵抗力，并确认他的病情严重。

六 月

一日 晴。上午得吴朗西信并校稿。下午须藤先生来诊。夜又发热。

二日 雨。上午得靖华信。得唐弢信。下午须藤先生来诊。得《おもちや絵集》（三辑）一本，七角。夜三弟来。

三日 晴。上午得徐懋庸信。得王冶秋信并稿。下午须藤先生来诊。

四日 晴。上午得叶紫信。午后须藤先生来注射。

五日 晴。午得雷金茅信。孟十还赠《密尔格拉特》一本。自此以后，日渐委顿，终至艰于起坐，遂不复记。其间一时颇虞奄忽，但竟渐愈，稍能坐立诵读，至今则可略作数十字矣。但日记是否以明日始，则近颇懒散，未能定也。六月三十下午大热时志。

七　月

一日　晴,热。上午得文尹信。午季市来并赠桔子及糖果。下午须藤先生来注射 Takamol[1],是为第四次。晚三弟来并为代买得景印《永乐大典》本《水经注》一部八本,十六元二角。夜略浴。

二日　昙。上午得 WW 信。得姚克信。下午诗荃来,未见。得吴朗西信并《珂氏版画集序》印本百余枚。须藤先生来注射。晚小雨。得文尹所寄石雕烟灰皿二个,亚历舍夫及密德罗辛木刻集各一本。

三日　昙。上午略整理《珂勒惠支版画集》。下午烈文来。晚须藤先生来注射。

四日　雨。上午得季市信。得孔若君信。以荔枝赠内山、镰田及须藤先生。良友公司赠《苏联版画集》五本。下午吴朗西来。费慎祥来并赠荔枝、苹果。晚须藤先生来注射。蕴如携阿玉、阿菩来,夜三弟来,赠以石皿一。

五日　星期。小雨,上午晴。得李秉中信。得杨晋豪信。得文学丛报社信并稿费廿。下午谷非来。须藤先生来诊并注射。

六日　昙。上午寄母亲信。寄靖华信。复文学丛报社信。得东志翟信。得温涛信。得方之中信,附詹虹笺。下午须藤先生来注射。增田君来。晚得赵家璧信并《苏联版画集》十八本,夜复。内山君来。又发热。

七日　晴。上午须藤先生来注射。得陶亢德信。得陈仲山信,托罗茨基派也。萧军还泉五十。三弟为买磁青纸百五枚[2],直十元。午后复詹虹信。

八日　晴。上午得夏传经信。得三弟信。午河清来。下午谷风来。得赵树笙信并诗。草明还泉五十。须藤先生来诊并注射。晚三弟来。

九日　晴,风,大热。上午得曹白信并郝力群木刻三幅。得郑伯奇信。下午须藤先生来注射。晚增田君来辞行,赠以食品四种。

十日　晴,热。上午得 P. ETTINGER 信。得内山嘉吉信。得张依吾信并稿,即复还。下午须藤先生来诊并注射。内山夫人之父自宇治来,赠海婴五色豆、综合花火合一合,赠以荔枝一筐。夜校重排《花边文学》讫。

十一日　晴,大热。上午寄吴朗西信。复王冶秋信。午得曹坪信。下午河清来。得徐伯䜣[昕]信并生活书店版税泉二百。晚须藤先生来诊并注射。蕴如携蘽官来,三弟来。

十二日　星期。昙。上午镰田君来并赠西瓜一枚,又赠海婴玩具飞机一具。午吴朗西来并赠《GOETHES Reise, Zerstreuung und Trostbüchlein》一本。复曹坪信。下午须藤先生来诊并注射讫。

十三日　昙。午后得 Dr. Y. Průšek 信。夜内山君来。

十四日　昙。上午寄须藤先生信,少顷来诊。吴朗西来。午后内山君赠苹果汽水六瓶。内山书店送来《チェーホフ全集》(十八)一本,《近世錦絵世相史》(八)一本,共泉八元八角。下午大雨。得蔡南冠信,即复。得赵家璧信,即复。晚钦文来并赠火腿一只,红茶一合。小岛君〔赠〕罐头水果三合。

十五日　昙。上午得母亲信,十日发。午雨一陈即霁。午后复徐伯昕信附板税收条一枚。晚广平治馔为悄吟饯行。钦文来并赠 Apetin[3] 一瓶。夜烈文来。九时热三十八度五分。

十六日　雨。上午得冶秋信并绘信片五枚。得李秉中信,即由广平复[4]。下午须藤先生来诊并再注射。

十七日　雨。上午得靖华信。得陈蜕信并还泉五十。得文尹信,下午复。寄季市信。须藤先生来注射。体温复常,最高三十七度。

十八日　晴,热。午后得丁玲信。下午须藤先生来诊并注射。夜蕴如及三弟来。

十九日　晴。星期。午后得曹坪信并稿。得沈西苓信,下午复。须藤先生病,令看护妇来注射。收生活书店补版税五十元,又石民者十五元。

二十日　晴。上午往内山书店闲谈。得季市信。得野夫信并木刻三幅。下午寄靖华信。须藤医院之看护妇来注射。

二十一日　晴。上午得霁野信。午后吴朗西来。下午河清来。须藤医院之看护妇来注射。晚三弟来。

二十二日　晴。上午得赵家璧信。得唐英伟信,午后复。寄孔若君信。下午费慎祥来并还泉百。晚须藤医院之看护妇来注射。

二十三日　晴,热。上午得楼炜春信,附适夷语。午前吴朗西来并补文化生活社版税八十四元,并为代托店订《珂勒微支版画选集》百三本。午后费慎祥来。下午须藤医院之看护妇来注射,计八针毕。

二十四日　晴,热。上午寄詹虹信。下午得陈蜕信。得孔若君信。复 Průšek 信,附《捷克译本小说序》[5]一篇,照相一枚,又别寄《故事新编》一本。寄增田君《作家》七月号一本。

二十五日　晴。上午得增田君信。得沈西苓信。下午张因来。刘军来。内山店送来《雾社》一本,一元七角。晚蕴如携阿菩来,三弟来并为买得《中国艺术在伦敦展览会出品图说》(三)一本,特价三元五角。

二十六日　星期。晴,大风。下午须藤武一郎君来并赠果物一筐。

二十七日　晴,风。上午烈文来。下午季市来。[6]

二十八日　晴,热。上午得曹白信并木刻《花边文学》封面一枚。下午得《版芸術》(八月分)一本,六角。得山本夫人信。

二十九日　晴,热。上午得《自然》(三)一本。午后昙,雷电。下午内山书店送来《女騎士エルザ》一本,一元七角。晚三弟来。夜内山君来并赠食物两种。

三十日　晴,热。上午得曹坪信并稿。夜拭胸背,濯腰脚。

三十一日　昙。午得世界语社信。下午往内山书店。狂雨一陈。

* * *

〔1〕　Takamol　水杨酸钙注射液,解热消炎剂。

〔2〕 磁青纸百五枚　为作《凯绥·珂勒惠支版画选集》封面用。

〔3〕 Apetin　阿稗精,日本肠胃药。

〔4〕 李秉中时任国民党中央党部政治训练处科长,来信表示如鲁迅同意,他可向有关方面疏通,解除对鲁迅的通缉令。鲁迅回信拒绝。

〔5〕 即《〈呐喊〉捷克译本序言》。原题《捷克文译本〈短篇小说选集〉序》。后收入《且介亭杂文末编》。

〔6〕 以《凯绥·珂勒惠支版画选集》题赠许寿裳。题字现编入《集外集拾遗补编》,编集时题作《题〈凯绥·珂勒惠支版画选集〉赠季巿》。

八　月

一日　昙。上午邀内山君并同广平携海婴往问须藤先生疾,赠以苹果汁一打,《珂勒惠支版画选集》一本。即为我诊,云肺已可矣,而肋膜间尚有积水。衡体重为三八·七启罗格兰,即八五·八磅。下午孔若君来。得明甫信。内山书店送来《漱石全集》一本,一元七角。晚河清来。蕴如来。三弟来。夜雨。

二日　星期。雨。午后复明甫信。复曹白信并赠版画两本。下午得母亲信,七月二十八日发。得林仁通信。得靖华信。得徐懋庸信。得马吉风信并稿,即复并还稿。得烈文信。内山君赠烧鳗两簋。

三日　雨。无事。

四日　晴。上午复烈文信。得曹白信并郝力群刻象一幅[1]。

五日　昙。上午得赵越信。得依吾信。得吴渤信。同广平携海婴往须藤医院。下午岛津[津岛]女士来。晚蕴如携蕖官来,三弟来。夜坂本太太来并赠罐头水果二种。夜治答徐懋庸文[2]讫。

六日　昙。上午得赵家璧信并《苏联作家二十人集》十本。得时玳信。

七日　晴。上午得增田君信。得唐弢信。寄白兮信并还稿。午后复曹白信。复时玳信。复赵家璧信并靖华书二本。吴朗西来。往须藤医院,由妹尾医师代诊,并抽去肋膜间积水约二百格兰,注射 Tacamol 一针。广平、海婴亦去。晚烈文来。

八日　晴,热。上午得陈光尧信。内山书店送来《フロオベエル全集》(三)一本,二元八角。斋藤秀一寄来《支那語ローマ字化の理論》二本。下午须藤医院助手钱君来注射。晚蕴如携晔儿来,三弟来。

九日　星期。晴,热。午后得曹白信并力群木刻一枚。葛琴赠茶叶两包。下午钱君来注射。晚河清来。

十日　晴,风而热。上午得萧军信。晚钱君来注射。

十一日　晴,热。上午得靖华信。内山书店送来《おもちや絵集》(四)一本,六角。往须藤医院诊并注射,广平携海婴同去。午后寄雪村信并《海上述林》剩稿。得孟十还信,即复。得蔡斐君信。

十二日　晴,热。下午烈文来。晚须藤先生来注射。蕴如来,三弟来。

十三日　晴,热。上午得明甫信,下午复。须藤先生来注射。夜始于淡[痰]中见血。

十四日　晴,风而热。上午得孟十还信。托广平送须藤先生信,即得复。午得穆克信并木刻。下午河清来。晚须藤先生来注射。

十五日　晴,热。上午得世界社信,即复[3]。得夏征农信,即复。得孟十还信,即复。下午须藤先生来注射。晚蕴如携阿菩来,三弟来。

十六日　星期。晴。午后沙汀寄赠《土饼》一本。得明甫信,即复。晚须藤先生来。

十七日　昙,热,下午雨。晚须藤先生来注射。得曹聚仁信。生活书店送来《燎原》(全)一本。得王正朔信并南阳汉石画象六十七枚,夜复。

十八日　晴,热。晨三弟挈马理子来,留马理居三楼亭子间。午后寄蔡斐君信并还稿。得内山夫人笺并乡间食品四种,为鹿地君之母夫人所赠。得唐英伟信。下午须藤先生来注射。夜三弟为马理取行李来。拭胸背,浴腰脚。

十九日　晴,热。上午得唐弢信。得叶紫信。午后得王凡信。得赵家璧信。下午须藤先生来注射。晚蕴如来,三弟来并为从北新书局取得版税泉二百。吴朗西来。

二十日　晴,热。上午马理赠笺纸一合。复唐弢信。复赵家璧信。得生活书店函购部信,即复。下午须藤先生来注射。得母亲信,十八日发。得欧阳山信。夜内山君来并赠

《一个日本人之中国观》一本。

二十一日　晴。上午广平送马理子往陶宅[4]。得孟十还信并稿费六十,《作家》五本。下午须藤先生来注射,于是又一环毕,且赠松鱼节三枚、手巾一合。

二十二日　晴,热。上午得孟十还信。臧克家寄赠诗集一本。下午蕴如来。晚三弟来。得刘重民信。得蒋径三讣。须藤先生来诊。

二十三日　星期。晴,热。上午得沈旭春信。为《中流》作小文。[5]夜内山君引鹿地君夫妇及河野女士来。九时热七度八分。

二十四日　晴。上午寄烈文信并稿。得靖华信,附与河清函,于夜转寄。

二十五日　晴。上午寄母亲信。复沈旭春信。内山书店送来《オモチヤ絵集》(五、六)二本,《版芸術》(九月)一本,共泉一元八角。午后靖华寄赠猴头菌四枚,羊肚菌一合,灵宝枣二升。下午河清来。须藤先生来诊。复欧阳山信。

二十六日　晴。上午得杨霁云信。得康小行信,即复。夜三弟来。

二十七日　晴。上午马理交来芳子信。夜烈文来。

二十八日　晴。晨寄烈文信。寄靖华信并杂志。下午须藤先生来诊。得辛丹信并《北调》三本,即复。晚复杨霁云信。

二十九日　晴。上午得自称雷宁者信。得阿芷信。理发。午后往内山书店。买《支那社会研究》及《思想研究》各一本，共泉九元五角。赒蒋径三泉十元，广平同署名。晚蕴如来，三弟来。

三十日　星期。晴。午后得良友公司所送《文库》二本。下午须藤先生来诊。

三十一日　昙。上午寄须藤先生信为海婴取药，又感冒也。得三一杂志社[6]信，午后复。寄明甫信。寄三弟信。托内山君修函并寄《珂勒惠支版画选集》一本往在柏林之武者小路实笃氏，托其转致作者。下午须藤先生来注射。夜雨。

*　　*　　*　　*

〔1〕　郝力群所刻鲁迅像。

〔2〕　即《答徐懋庸并关于抗日统一战线问题》。后收入《且介亭杂文末编》。

〔3〕　即《答世界社信》。现编入《集外集拾遗补编》。

〔4〕　陶宅　周鞠子（马理）的中学老师陶虞孙的上海寓所。

〔5〕　即《"这也是生活"……》。原题《……这也是生活"》。后收入《且介亭杂文末编・附集》。

〔6〕　三一杂志社　应作一三杂志社。该社于1931年1月在广州出版月刊《一三杂志》，曾纪勋、黄一修合编。

九　月

一日　雨。上午得王冶秋信并画信片二枚。得 P. Ettinger 信。须藤先生来为海婴诊，下午复来为我注射 Pectol[1]起，并令停止服药。

二日　昙。上午得母亲信,八月三十日发。得 Y. Průšek 信。得许深信。得明甫信。得 P. Ettinger 所寄《Polish Art》一本。得孔若君所寄《斧声集》一本。午晴。内山书店送来《漱石全集》(六)、牧野氏《植物集说》(下)各一本,共泉五元九角。下午须藤先生来注射。河清及其夫人来,并赠海苔一合,又赠海婴玩具二事。晚蕴如来。三弟来并为取得蟫隐庐书目。

三日　昙。上午寄三弟信。雨。得内山君信。得鹿地君信。晚须藤先生来诊并注射。夜孙式甫来;其夫人先至。又发热。

四日　晴。上午寄母亲信。复明甫信。复许深信。午后又服药。下午须藤先生来注射。

五日　晴,热。上午得林伟达信。得孟十还信。得靖华信。午后寄赵家璧信。下午须藤先生来注射。为《中流》(二)作杂文[2]毕。晚蕴如携蘖官来。三弟来并为买来《庚壬录》、《陷巢记》、《雁影斋读书记》、《树蕙编》各一本,共泉二元七角,即以《树蕙编》赠之。夜烈文来。

六日　星期。晴,风。午后复鹿地君信。得伊吾信并稿。得马子华信。得豸华堂所寄书目一本。晚须藤先生来注射。蕴如及三弟来。

七日　晴。上午寄豸华堂信并邮票一元二角三分。下午须藤先生来注射 Cerase[3] 起。收赵家璧所寄赠之《新传统》一本。

八日　晴。上午往内山书店买《紙魚供養》一本,《私は爱す》一本,共泉四元六角。寄靖华信并稿费泉十五。得叶紫信,附李虹霓信,并《开拓了的处女地》五本,下午复。晚须藤先生来注射。蕴如来并为取得《四部丛刊》三编第四期书三十二种一百五十本,全部完。三弟来。夜雨。

九日　雨。上午内山书店送来《反逆儿》一本,一元七角。得赵家璧信。午李秉中来。晚须藤先生来注射。

十日　昙。上午复赵家璧信并靖华译稿四篇[4]。豸华堂寄来《南陵无双谱》一本,价一元,往来邮费二角五分。得练熟精信并稿。午后须藤先生来注射。下午烈文来并交《中流》(一)稿费十二元,交以第二期稿。内山书店送来《フロオベエル全集》(五)、《チェーホフ全集》(十八)、《世界文芸大辞典》(3)各一本,共泉十二元。

十一日　昙。上午得曹坪信并稿。周文寄赠《多产集》。谷非赠《崖边》三本。下午须藤先生来注射。费慎祥来并交版税泉五十。

十二日　昙。上午得母亲信,八日发。午后得靖华所寄赠之木耳一囊。下午须藤先生来注射 Cerase 第二号。晚蕴如来。三弟来。夜内山君来并持来阿纯发生机[5]一具。

十三日　星期。晴。午后内山君来。下午须藤先生来注射,并为海婴治疖。

十四日　晴。上午还伊吾稿,附回信。午前内山君同山崎靖纯君来,并赠羊羹一筒。下午须藤先生来注射。晚吴朗西来。夜发热至三十八度。

十五日　晴。上午寄吴朗西信。寄明甫信。改造社寄赠

《支那》一本。生活书店寄赠《坦白集》一本。丽尼寄赠《鹰之歌》一本。得叶紫信。得靖华信。得小田岳夫信。得增田君信,午后复。复 P. Ettinger 信。复王冶秋信。下午须藤先生来注射。鹿地君来。雨。

十六日　晴。上午往内山书店。孟十还转来星光社[6]信,即复。得梅叔卫信,即复。午后蕴如携晔儿来。晚须藤先生来诊并注射,且诊晔儿。三弟来。何太太携雪儿来。

十七日　晴。上午得张依吾信。午后鹿地夫人来。学昭女士来。下午须藤先生来注射 Cerase 第三号起。寄增田君《作家》(六)、《二心集》各一本。

十八日　昙。上午得明甫信,即复。得綦岱峰信,即复。午蕴如来并交许杰信,午后复。下午晴。复张依吾信。河清来并持来《译文》(二卷之一)五本。须藤先生来注射,傍晚复至,赠墨鱼一枚,雲丹豆一筒。

十九日　晴。上午得尤炳圻寄赠之《一个日本人之中国观》一本。得风沙信并稿,午后寄还之,并复。下午蕴如携晔儿来。须藤先生来注射。

二十日　星期。晴。上午得李秉中明信片。午后得张慧信并木刻。得唐英伟信并木刻。得唐诃信并《木刻集序》[7]。得曾纪勋信,下午复。须藤先生来注射。烈文来。晚作《女吊》[8]一篇讫,三千字。

二十一日　晴。上午得伊吾信。得郫县读者信。午后往内山书店。下午须藤先生来注射。晚复唐诃信。夜濯足。九时发热至三十七度六分。

二十二日　晴。上午寄烈文信并稿二种[9]。寄曹坪信。午后寄母亲信。寄紫佩信。寄费慎祥信。下午姚克来并赠特印本《魔鬼的门徒》一本，为五十本中之第一本。须藤先生来注射 Cerase 第四号起。夜慎祥来。

二十三日　晴。午寄烈文信。午后鹿地夫人及河野女士来。下午须藤先生来注射。夜三弟来。内山君遣人来通知街上有兵警备。[10]七时热至三十八度五分。

二十四日　晴。上午往内山书店买《芸林闲步》一本，二元八角。以《中国美术在英展览图录》（绘画之部）一本寄王凡。午后寄明甫信。下午须藤先生来注射。八时热三十八度四分。

二十五日　晴。上午得芳子信。夜须藤先生来注射。不发热。

二十六日　晴。晨寄季市信。上午寄吴朗西信。午前得赖少其信并木刻。得王志之信并文稿。得梁品青信。得孟十还信。得明甫信。得三弟信。午须藤先生来注射。下午蕴如携阿菩来。晚吴朗西来并赠再版《死魂灵》特制本一本。夜三弟来。九时热三十七度六分。

二十七日　星期。晴。晨李秉中来并赠广平布衫一件。上午复明甫信。复梁品青信。上午访内山君。得谢炳文信。得梅叔卫信。午后得生活书店寄赠之《中国的一日》三本。

二十八日　晴。午得冶秋信并画信片二枚。得吴渤信，午后复。复谢炳文信。复 Y. Průšek 信。寄烈文信并稿一篇[11]。下午须藤先生来诊。蕴如来。费君来取去印证千五百。晚烈文来并交《中流》(二)稿费九元。

二十九日 晴。上午往内山书店。得郭庆天信。得孟十还信。得明甫信。得曹白信并稿二。得郑振铎信,下午复。寄河清信。费慎祥来并赠蒲陶、梨子。晚吴朗西来。

三十日 昙。上午校《海上述林》下卷毕。午后寄章雪村信并校正稿[12]。复曹白信并还稿。下午谷非及其夫人来。须藤先生来诊。晚蕴如携三孩子来,夜三弟来。中秋。似发微热。

* * *

〔1〕 Pectol 日本シオノギ制药公司生产的抗结核剂。

〔2〕 即《死》。10日交黎烈文。后收入《且介亭杂文末编·附集》。

〔3〕 Cerase 一种用从昆虫体内抽出的液体制成的抗结核剂。

〔4〕 为《苏联作家七人集》中的译稿,计聂维洛夫三篇,左琴科一篇。鲁迅于10月16日为此书作序。

〔5〕 阿纯发生机 即臭氧器(Ozone apparatus)。

〔6〕 星光社 长沙星光学术研究社。该社于1936年一月创刊《星光》月刊。

〔7〕 即《〈全国木刻联合展览会专辑〉序》的木刻版拓印本。

〔8〕 《女吊》 后收入《且介亭杂文末编·附集》。

〔9〕 即《立此存照(三)》、《立此存照(四)》。后均收入《且介亭杂文末编·附集》。

〔10〕 指"海宁路事件"。是晚海宁路发生日兵被枪击事件,日军即借口越界布哨、盘查行人。

〔11〕 即《立此存照(七)》。后收入《且介亭杂文末编·附集》。

〔12〕 即《海上述林》下卷校样。

十 月

一日 晴。上午得母亲信,九月二十七日发。得吴渤信。午后往须藤医院诊,云是小有感冒,广平同去。称体重得39.7 K.G.(八十八磅),较八月一日增1K.G.,即约二磅。下午河清来。晚寄三弟信。夜七时热卅七度九分。内山君来。

二日 晴。上午得曹白信。得《版芸術》(十月分)一本,六角。河出书房寄赠《支那印度短篇小説集》一本。文化生活出版社寄赠《河童》四本。下午《海上述林》上卷印成寄至,即开始分送诸相关者〔1〕。寄章雪村信。下午徐懋庸寄赠《小鬼》一本。明甫来。Granich来照相。是日不发热。

三日 晴。上午往须藤医院诊。得王大钟信。得紫佩信。往内山书店买《西方の作家たち》一本,一元五角。晚何太太携雪明来。蕴如携荑官来。夜三弟来并为买得《越缦堂日记补》一部十三本,八元一角。

四日 星期。晴。午后得静农信。得曹坪信。李霁野寄赠其所译《我的家庭》一本。鹿地君及其夫人来,下午邀之往上海大戏院观《冰天雪地》〔2〕,马理及广平携海婴同去。

五日 昙。上午得增田君信,即复。得明甫信,即复。下午须藤先生来诊。

627

六日　昙。上午得芷夫人信,午后复,并泉五十。复曹白信并《述林》一本。午后同马理及广平携海婴往南京大戏院观《未来世界》[3],殊不佳也。晚得李虹霓信并稿。得梁品青信。

七日　晴。上午张维汉君来。得董永舒信。下午须藤先生来诊。生活书店寄赠《醒世恒言》一本。晚河清来。蕴如来,三弟来。夜慎祥来并交版税泉五十。得友生明信片。

八日　晴。上午得梁品青信。得明甫信。午后往青年会观第二回全国木刻流动展览会[4]。内山夫人来并交嘉吉入选雕刻信片,未遇。晚烈文来并交《中流》(三期)稿费二十元五角。止药。

九日　昙。午后吴朗西来。得萧英信并稿。晚得费明君信,即复。内山书店送来《漱石全集》(十四)一本,一元八角。夜寄烈文及河清信,托登广告[5]。

十日　晴。上午张维汉君来。午后同广平携海婴并邀玛理往上海大戏院观《Dubrovsky》[6],甚佳。下午三弟及蕴如携晔儿来。晚内山书店送来《運命の丘》及《おもちや絵集》各一本,共泉二元四角。何太太及雪儿同来。夜为《文艺周报》作短文一篇[7],共千五百字。又发热几卅八度。

十一日　星期。晴。上午孔若君寄赠《中国小说史料》一本。得费慎祥信。得增田君信,即复。寄烈文信。寄河清信。同广平携海婴往法租界看屋[8]。午后访内山君谈。下午须藤先生来诊。

十二日　晴。上午得紫佩信,午后复。寄赵家璧信。午后往内山书店买《新シキ糧》一本,一元三角。晚吴朗西来。浅野君来,不见,留赠《転換期支那》一本而去。夜濯足。

十三日　晴。上午内山书店送来《西葡记》一本,三元三角。下午须藤先生来诊。

十四日　晴。上午得明甫信,即复。得增田君信,即复。得端木蕻良信,下午复,并还稿一篇。下午河清来,得小芋信并戈理基木雕象一座。萧军来并赠《江上》及《商市场[街]》各一本。夜得三弟信。

十五日　晴。上午复刘小芋信。往须藤医院诊,广平亦去。又始服药。午得赵家璧信。得曹白信并木刻一幅。热又退。

十六日　晴。上午复李虹霓信并还稿。复曹白信并赠《述林》上。复静农信并赠《述林》。寄季市《述林》一。午后得内山君信,即复。下午为靖华作译本小说集序[9]一篇成。晚吴朗西来。

十七日　晴。上午得崔真吾信。得季市信。得靖华信,午后复。须藤先生来诊。下午同谷非访鹿地君[10]。往内山书店。费君来并交《坏孩子》十本。夜三弟来。

十八日　星期。

＊　　＊　　＊

〔1〕《海上述林》于5月间通过内山完造寄往日本东京印制,此时印成。即分送郑振铎、耿济之、傅东华、吴文祺、章锡琛、叶圣陶、徐调孚、宋云彬、夏丏尊等,又通过冯雪峰赠送中共领导人毛泽东、周恩

来等。

〔2〕 《冰天雪地》 英文名《The Dearing Seven》,故事片,苏联列宁格勒电影制片厂1935年出品。

〔3〕 《未来世界》 原名《Things to Come》,科学幻想片,英国伦敦影片公司1936年出品。

〔4〕 第二回全国木刻流动展览会 由广州现代创作版画研究会李桦等负责筹办。1936年8月起,先后在广州、杭州等地流动展览。10月6日至8日在上海八仙桥青年会展出,展品四百余件。是日鲁迅抱病前往参观,并与青年木刻家座谈、合影。

〔5〕 即《绍介〈海上述林〉上卷》。后收入《集外集拾遗·附录》。

〔6〕 《Dubrovsky》 中译名《复仇艳遇》,根据普希金小说《杜布罗夫斯基》改编,苏联列宁格勒电影制片厂1936年出品。

〔7〕 为《文艺周报》作短文一篇 未详。

〔8〕 往法租界看屋 因谣传附近将有战事,鲁迅拟搬离日本人势力控制的虹口,迁居法租界,择僻静处养病。

〔9〕 即《曹靖华译〈苏联作家七人集〉序》。后收入《且介亭杂文末编》。

〔10〕 同谷非访鹿地君 当时鹿地亘正在胡风协助下翻译《鲁迅杂感选集》,故前往为之解疑。归途受凉,至下半夜起骤发支气管炎及气胸。

书　　帐

古文苑三本　二·四〇　一月三日

笠泽丛书四本　三·二〇

罗昭谏集四本　二·四〇

ゴリキイ文学論一本　一·一〇　一月八日

果戈理画传一本　戈宝权赠

フロオベエル全集（四）一本　二·八〇　一月十一日

近世錦絵世相史（三）一本　四·二〇

现代版画（十五）一本　李桦寄赠　一月十四日

南华乡土玩具集一本　同上

チェーホフ全集（十四）一本　二·八〇　一月十五日

エネルギイ一本　一·七〇

植物分類研究（上）一本　四·〇〇

青い花一本　一·八〇　一月二十日

高士传像一本　三·五〇　一月二十一日

於越先贤像传赞二本　七·〇〇

谈天三本　二·一〇

李长吉集二本　八·四〇

皮子文薮二本　一·〇〇

土俗玩具集（九）一本　〇·六〇　一月二十二日

南阳汉画象拓片五十枚　杨君寄来　一月二十八日
版芸術(二月分)一本　〇·六〇　一月三十日
漱石全集(十)一本　一·七〇　　　　　　五三·三〇〇
苏联作家木刻四十五幅　刻者寄赠　二月一日
西洋史新講一本　五·〇〇　二月五日
フロオベエル全集(七)一本　二·八〇　二月七日
支那法制史論叢一本　三·三〇　二月十日
遺老説伝一本　二·二〇
雷雨(日译本)一本　二·二〇　二月十五日
支那文学概説一本　一·七〇　二月十九日
闘牛士一本　一·七〇　二月二十日
近世錦絵世相史(四)一本　四·二〇　二月二十二日
文芸学の発展と批判一本　二·〇〇　二月二十三日
版芸術(三月)一本　〇·六〇　二月二十七日　　二六·七〇〇
少年歌徳象等三幅　P. Ettinger 赠　三月二日
世界文芸大辞書(二)一本　五·五〇　三月四日
旧都文物略一本　紫佩赠　三月六日
漱石全集(一)一本　一·七〇
フロオベエル全集(六)一本　二·八〇　三月八日
チェーホフ全集(十五)一本　二·八〇
東方学報(京都六)一本　四·四〇　三月十二日
古铜印谱举隅四本　今关君寄赠　三月十六日
日本初期洋風版画集一本　五·五〇　三月二十日
聊斋外书磨难曲一本　一·四〇

東洋封建制史論一本　　二・〇〇　三月二十一日

邦彩蛮華大宝鑑二本　　七〇・〇〇

At the Sign of the Reine Pédauque 一本　盐谷俊次赠
　　　　　　　　　　　　　　　　　三月二十一[二]日

版芸術(四月分)一本　　〇・六〇　三月二十六日

漱石全集(十三)一本　　一・七〇　三月二十八日

マルロオ:王道一本　　一・七〇　三月三十一日　　一〇〇・一〇〇

近世錦絵世相史(五)一本　　四・二〇　四月二日

土俗玩具集(十止)一本　　〇・六〇　四月三日

おもちや絵集(一)一本　　〇・六〇

四部丛刊三编二十二种百五十本　　预约　四月四日

国学珍本丛书九种十四本　　五・四〇

フロオベエル全集(八)一本　　二・七〇　四月六日

新中国文学大系(十)一本　　出版者赠　四月八日

现代版画(十七)一本　　出版者赠

南阳汉画象石拓本四十九枚　　王正今寄来　四月九日

小林多喜二日記一本　　一・一〇　四月十八日

東方学報(东京六)一本　　五・五〇　四月二十二日

日译本雷雨一本　　作者赠

読書術一本　　〇・九〇　四月二十三日

人形作者篇一本　　二・八〇　四月二十四日

閉された庭一本　　一・七〇

The Life of the Caterpillar 一本　三・〇〇

The Chinese on the Art of Painting 一本　九・〇〇
　　　　　　　　　　　　　　　　　　四月二十五日

版芸術(五月分)一本　〇・六〇　四月二十八日
楽浪王光墓一本　二七・五〇　四月二十九日　　九〇・三〇〇
漱石全集(二)一本　一・七〇　五月二日
缩印本四部丛刊初编一百本　一五〇・〇〇
おもちや絵集(二)一本　〇・六〇　五月六日
東洋文化史研究一本　三・三〇
南北朝社会経済制度一本　二・七〇
牧野氏植物分類研究(下)一本　四・二〇　五月十日
近世錦絵世相史(六)一本　四・二〇
チェーホフ全集(十七)一本　二・八〇
賦史大要一本　三・三〇　五月十五日
汉唐砖石刻画象拓片九枚　李秉中寄贈　五月二十日
世界文芸大辞書(七)一本　五・五〇
五十年生活年譜一本　山本夫人贈　五月二十六日
青春を賭ける一本　一・七〇
版芸術(六月分)一本　〇・六〇　五月二十九日
漱石全集(十一)一本　一・七〇　五月三十一日　一八〇・五〇〇
オモチヤ絵集(三)一本　〇・七〇　六月二日
Anna, eine Weib u. e. Mutter 一本　吴朗西贈
近世錦絵世相史(七)一本　四・二〇
フロオベエル全集(一)一本　二・八〇
M. Gorky's Gesammt Werke 八本　黄河清贈
M. Gorki's Ausgewahlte Werke 三本　同上
M. Gorki: Aufsätze 一本　同上

ロオランサン詩画集一本　三・三〇
影印博古酒牌一本　西谛寄来
ルウバァヤァツト一本　二・二〇
ゴルキイ文芸書簡集一本　一・一〇
版芸術（七月份）一本　〇・六〇
　　月初以后病不能作字，遂失记，此乃追补，当有遗漏矣。
　　　　　　　　　　　　　　　　　六月卅日。
苏联木刻原拓七枚
北ホテル一本　一・七〇
漱石全集（五）一本　一・七〇　六月三十日　　一八・三〇〇
景印大典本水经注八本　一六・二〇　七月一日
亚历舍夫木刻集一本　文尹寄来　七月二日
密德罗辛木刻集一本　同上
GOETHEs 36 Handzeichnungen 一本　吴朗西赠
チェーホフ全集（十八）一本　三・〇〇　七月十四日
近世錦絵世相史（八）一本　五・五〇
霧社一本　一・七〇　七月二十五日
中国艺术展览会出品图说（三）一本　三・五〇
版芸術（八月分）一本　〇・六〇　七月二十八日
女騎士エルザ一本　一・七〇　七月二十九日　　三二・二〇〇
漱石全集（十五）一本　一・七〇　八月一日
フロオベエル全集（三）一本　二・八〇　八月八日
おもちや絵集（四）一本　〇・六〇　八月十一日
南阳汉石画象六十七幅　王正朔寄来　八月十七日

おもちや絵集(五及六)二本　一・二〇　八月二十五日
版芸術(九月分)一本　〇・六〇
支那社会研究一本　五・〇〇　八月二十九日
支那思想研究一本　四・五〇　　　　　　一六・四〇〇
漱石全集(六)一本　一・七〇　九月二日
牧野氏植物集説(下)一本　四・二〇
庚辛壬癸录一本　〇・六三〇　九月五日
流寇陷巢记一本　〇・三五〇
雁影斎读书记一本　一・三〇
树蕙编一本　〇・四二〇
紙魚供養一本　三・三〇　九月八日
私は愛す一本　一・三〇
四部丛刊三编四期书一百五十本　豫约,讫
反逆児一本　一・七〇　九月九日
南陵无双谱一本　一・二五〇　九月十日
フロオベエル全集(五)一本　二・八〇
チェーホフ全集(十八)一本　二・八〇
文芸大辞典(3)一本　五・四〇
芸林閑歩一本　二・八〇　九月二十四日　　三〇・三〇〇
版芸術(十月分)一本　〇・六〇　十月二日
西方の作家たち一本　一・五〇　十月三日
越缦堂日记补十三本　八・一〇
漱石全集(十四)一本　一・八〇　十月九日

運命の丘一本　一・八〇　十月十日
おもちや絵集(七)一本　〇・六〇
新しき糧一本　一・三〇　十月十二日
西葡記一本　三・三〇　十月十三日

附 录

一九二二年日记断片[1]

正 月

十四日 昙。……午后收去年六月分奉泉七成二百十,还季市泉百……

二十七日 晴,雪。午后收去年七月分奉泉三百。买《结一庐丛书》一部二十本六元,从季市借《嵇中散集》一本,石印南星精舍本[2]。许季上来,不值,留赠《庐山复教案》二部二本。旧除夕也,晚供先像。柬邀孙伏园、章士英晚餐,伏园来,章谢。夜饮酒甚多,谈甚久。

二 月

一日 昙。上午得胡适之信。午后往高师讲并游厂甸。下午寄三弟信。

二日 晴。午后寄胡适之信,并《小说史》稿一束。寄何作霖信,并稿一篇[3]。下午游厂甸,买《陈茂碑》拓本一枚,七角。又买《世说新语》四册,湖南刻本也;又《书林清话》四本,又西泠印社排印本《宜禄堂金石记》一部,《枕经堂金石跋》一部,各四本,共泉十二元二角。又买泥制小动物四十个,分与诸儿。

十六日　昙。夜寄宋知方信。寄宫竹心信。以南星精舍本《嵇康集》校汪刻本。

十七日　晴。下午寄马幼渔信。沈尹默寄来《游仙窟钞》一部两本。夜校《嵇康集》十卷讫。

二十六日　晴。星期休息。上午李遐卿来,未见,留赠笔十二支。王维忱卒,赙五元。

三月

六日　昙。午后收车耕南所寄《馀哀录》一本。收三弟所寄《越缦堂骈文》一部四本,即赠季市。晚得胡适之信。

十七日　晴,风。午后赠季市以《切韵》一册。

四月

三十日　昙。星期休息。……雨。译《桃色之云》[4]起。

五月

二十二日　晴。马理入山本医院割扁桃腺,晚往视之,赠以玩具三事。

二十五日　晴。下午寄三弟信。夜风。译《桃色之云》毕。

七月

三日　晴。休假。晨E君启行向芬兰[5]。

十六日　昙。星期休息。……晚往季市寓，小憩乃同赴通商饭馆，应潘企莘之约，同席八人。夜归。

二十八日　晴，热。上午寄季市信……

三十一日　晴，热。午得季市信。

八　月

七日　雨。午后校《嵇康集》起。

十日　昙……下午收商务印书馆编辑所所寄《桃色之云》稿本一卷，又印本《爱罗先珂童话集》二册，以一册赠季市。

二十七日　晴。星期休息。下午寄伏园信。夜抄《遂初堂书目》[6]起。

二十九日　晴。上午文学研究会寄来《一个青年之梦》五册，送季市一册。

九　月

三日　晴。星期休息。夜抄《遂初堂书目》讫。

十二日　晴。夜以明抄《说郛》校《桂海虞衡志》。

十四日　昙。……晚小雨。夜抄《隋遗录》。

十六日　小雨。托陶书臣买榆木圆卓一个，晚送来，其价八圆。夜订书。

十七日　昙。星期休息。仍订旧书。

二十一日　晴。……午后寄季市信。

二十三日　昙。订书至夜。

附录　一九二二年日记断片

二十四日　昙。星期休息。仍订书。下午雷雨一陈即霁。

三十日　晴。……夜订旧书。

十　月

五日　晴。旧历中秋,休假。……寄季市信。

十五日　晴。星期休息。上午同二弟往留黎厂买《元曲选》一部四十八本,十三元六角。又《韦江州集》一部二本,六角。午至西吉庆午餐。

十九日　晴。晚往西单牌楼左近觅寓所。

三十日　昙。上午寄许季市信。

十一月

四日　昙。上午爱罗先珂君至。

十五日　雨。……晤季市。

十七日　晴。上午往高师讲。午后往女高师访许季市。

十八日　昙。下午得季市信,即复,并赠以片上氏著书二册。

二十日　晴。上午寄季市信。

二十二日　晴。午后往赴人艺戏剧学校开学式。下午往女子师范学校访季市。

二十四日　晴。……下午往女师校听 E 君讲演[7]。夜伏园来,交去小说稿[8]、译稿[9]各一篇。大风。

二十九日　晴。……寄季市信。

十 二 月

六日　晴。下午收七月分奉泉百四十元。访季市二次，皆不值。……夜以日文译自作小说一篇[10]写讫。

七日　晴。上午还季市泉五十，由二弟交去。

十三日　晴。……下午买太平天国玉玺印本五张，每张一角二分。夜微雪。

十九日　晴。下午访季市，赠以太平天国玺印本一枚。

二十一日　晴。下午访季市。

二十六日　晴。夜往东城观燕京女校学生演剧[11]。

书帐总计用泉一百九十九元，每月平均一六・四二。

* * * *

〔1〕本年日记在1941年12月15日日本占领军宪兵查抄许广平寓所时抄去，后未归还，下落不明。此系据1937年许寿裳编纂《鲁迅年谱》时的抄件录存。

〔2〕南星精舍本《嵇中散集》，即明嘉靖乙酉黄省曾刻仿宋本，板心有其书斋名"南星精舍"四字。鲁迅本年2月16日以此本与汪文台刻本相校，17日校讫。

〔3〕即《阿Q正传》的部分文稿。

〔4〕译《桃色之云》是日开手，5月25日译讫。5月15日起连载于《晨报附刊》，6月25日刊毕。7月寄上海商务印书馆，8月10日被退回。后交新潮社出版。

〔5〕 E君启行向芬兰　E君，即爱罗先珂。是日爱罗先珂前往芬兰参加第十四届国际世界语大会。后于8月8日至15日出席会议，11月间返回鲁迅家中。

〔6〕 抄《遂初堂书目》　是日开始抄录，9月3日抄讫，抄本共六十四页。

〔7〕 E君讲演　讲题为《女子与其使命》，由周作人口译。

〔8〕 即《不周山》。先收入《呐喊》，后移入《故事新编》，改题《补天》。

〔9〕 即《时光老人》。童话，俄国爱罗先珂著，鲁迅译。译稿发表于《晨报四周年纪念增刊》（1922年12月）；1931年收入开明书店版爱罗先珂童话合集《幸福的船》，后补入1938年版《鲁迅全集》和1958年版《鲁迅译文集》中之《爱罗先珂童话集》。

〔10〕 即《兔和猫》。发表于日文《北京周报》第四十七期新年特别号（1923年1月1日）。后收入《呐喊》。

〔11〕 观燕京女校学生演剧　是日燕京女校学生在协和医校礼堂演出莎士比亚的《无风起浪》，鲁迅和爱罗先珂等应邀前往。